"十二五"普通高等教育本科国家级规划教材
全国高等院校汉语言文学专业教材

20世纪西方文学

20 Shiji Xifang Wenxue

（第3版）

教育部组织编写

刘建军　主编

编写者：

冉东平　刘　妍　刘　爽
刘亚丁　刘劲予　刘建军
刘春芳　孙　宵　柳东林
陈永祥　季星星　张建华
张晓松　张箭飞　杨丽娟
修树新　周明燕　高玉秋
聂珍钊　夏茵英　黄铁池
傅景川　裴丹莹　袁先来

高等教育出版社·北京

内容简介

本教材是教育部"十二五"普通高等教育本科国家级规划教材，是在教育部师范教育司1999年组织编写的《20世纪西方文学》基础上的再次修订本，是一本采用专题形式编写的断代型西方文学史教材。本次修订仍然按原体例进行，即"绪论"加上18个专题，每个专题都是一个具体文学流派的发展状况、基本特征、基本评价以及代表作家和作品。

本次修订进一步突出第1版和第2版教材注重揭示20世纪西方文学所蕴含的独特的人文精神和审美感受的长处。同时，对20世纪下半期出现的新的文学现象的介绍与分析更为加强。除对原教材中的"女性文学""成长小说""元小说""跨文化文学""通俗文学"的内容有更进一步的调整与增补外，新增加了近些年风靡于文坛的"生态文学"专题。还对第2版教材中的一些文学篇目进行了调换，对每章中的具体观点和文字进行了细致的推敲。新修订版更为科学和完整，更好地体现了20世纪西方文学的整体面貌。

本教材适用于高等院校汉语言文学专业的本科生和硕士研究生教学，也可以作为高等院校外语学科的选修课教材以及高校文理科学生的通识课教材。同样，也适合作为西方文学的爱好者和学习者的主要参考书。

图书在版编目(CIP)数据

20世纪西方文学/刘建军主编;教育部组织编写.--3版.--北京:高等教育出版社,2015.6
ISBN 978-7-04-041315-1

Ⅰ.①2… Ⅱ.①刘… ②教… Ⅲ.①文学史-西方国家-20世纪-高等学校-教材 Ⅳ.①I109.5

中国版本图书馆CIP数据核字(2014)第240079号

策划编辑 肖冬民　责任编辑 肖冬民　封面设计 张雨微　版式设计 范晓红
责任校对 杨凤玲　责任印制 刘思涵

出版发行 高等教育出版社
社　址 北京市西城区德外大街4号
邮政编码 100120
印　刷 山东鸿君杰文化发展有限公司
开　本 787mm×960mm 1/16
印　张 27
字　数 500千字
购书热线 010-58581118
咨询电话 400-810-0598
网　址 http://www.hep.edu.cn
http://www.hep.com.cn
网上订购 http://www.landraco.com
http://www.landraco.com.cn
版　次 2007年9月第1版
2015年6月第3版
印　次 2015年6月第1次印刷
定　价 40.00元

本书如有缺页、倒页、脱页等质量问题，请到所购图书销售部门联系调换

物 料 号 41315-00

第3版修订说明

原教育部师范教育司1999年组织编写的教材《20世纪西方文学》及配套教材《20世纪西方文学作品选》,自2000年出版之后,受到了使用者广泛的好评,其间曾多次重印。随着研究的发展和教学要求的深化,根据使用者和学习者的要求,编写组曾于2006年进行修订,并于2007年出版了第2版。据不完全统计,现在已有百余所高等院校使用本教材。

距上次修订又过了近8年的时间,根据形势的发展和研究的深入,尤其是2012年入选教育部"十二五"普通高等教育本科国家级规划教材之后,更高层次的要求使得再次修订就显得很有必要。

此次修订的基本指导思想和写作原则如下:

1. 更进一步突出20世纪西方文学的特色,要做出一部有思想、有启发的、能够科学揭示西方文化内涵和符合文学发展实际的当代西方文学史教材。本教材追求的是在20世纪西方独特的文化语境下,根据西方世界百余年来的文学发展实际,揭示人与世界关系中的独特审美感受,探索20世纪西方文学独特的人文精神与艺术精神,并力图对此作出更为科学的解说。

2. 进一步增强所选文学流派和选文的科学性、实用性和针对性。在第3版中,对20世纪下半期出现的新的文学现象的介绍和考察更进一步加强。如重写的"绪论"就对20世纪西方文学,尤其是后期出现的文学现象和深层意蕴,进行了更加充分的解说。除对原教材中的"女性文学""成长小说""元小说""跨文化文学""通俗文学"的内容有更进一步的调整与增补外,还新增加了近些年风靡于文坛的"生态文学"一章。此外,为了更好地适应教学和学生学习的需要,我们也对第2版教材中的一些篇目进行了调换。如在"意识流文学"一章中,撤掉了原来的第二节普鲁斯特的《追忆似水年华》,改换成了乔伊斯的生平介绍和对他的《芬尼根的守灵夜》的分析。在第六章第二节中,撤掉了原来的《太阳照样升起》,换上了《永别了,武器》。由于原教材中萨特的文字较多,因此在"存在主义文学"一章中换上了加缪的生平介绍和对《局外人》的分析;在"女性主义"文学一章中,撤掉了莫里森的生平介绍和作品《秀拉》,换上了爱丽斯·沃克的生平和其代表作《紫色》的介绍与分析;在"通俗文学"一章中,将第2版中重点讲述的普佐与《教父》换成了当前影响更大的丹·布朗和他的小说《达·芬奇密码》

（尽管这部小说发表在21世纪初，但我们还是放在这里——因为它毕竟是在20世纪末构思与写成的）。此外，从科学性的角度考虑，在此次修订中，我们取消了第2版教材中的“实验小说”这章，将其主要内容和文字都放在了“新小说派”文学的章节里。这样的修改和替换，也并非我们主观想象的结果，我们修改时也征求了很多讲授该门课程的教师和使用本教材学习的学生们的意见。

3. 在修订中，我们还对每一章中的观点和论断进行了细致的推敲，引进了近年来国内外一些最新的研究成果，使得全书增添了很多新的信息。另外对全书的文字也进行了细致的推敲和改写，以便使其更为科学和准确。从这个意义上说，第3版可以说是以较新的面貌出现的一部教材。

4. 此次修订，目的是适应高等院校汉语言文学以及其他相关专业的学生们专业学习的需要，同时也考虑到了各高等院校开设选修课、通识课等课程的需要。

5. 为了方便教师备课和学生学习，全书的体例和格式不做大的改动，也大致保持了原有的字数。在每章起始处加上了【学习重点提示】，以便使学习者能够在学习本章内容之前就可以把握其重点所在，使学习的问题意识更加明确，从而提高学习效率。

6. 最后对采用本教材进行教学的教师提出一点建议：首先，本教材之所以采用绪论加上18章分头介绍不同的文学现象或流派的结构模式，目的是适应当前高校每个学期一般只有18周教学时间的规定。这样，每周一个文学现象或文学流派，基本能够保持每个章节的完整性，也能够满足教学要求。其次，本教材按每个文学现象或文学流派来写作，也是考虑到了教学的灵活性。使用本教材的教师可以根据自己的教学设计，按照学生的学习兴趣，挑选一些自己认为重要的流派重点讲授，可以灵活地删减一些自己认为不重要或不必要的章节，不必面面俱到，以发挥教师的积极性和尊重主讲教师的自主性。最后，使用本教材时，要以本教材提供的专门分析的作品为主，重点通过作品的讲授来把握该流派的基本特征，不要把介绍流派发展历程作为重点。换言之，教师应主要以讲授和分析作品为主，使学生把握作品的思想内容和艺术特征，不要把主要精力用在流派发展脉络的介绍上，流派发展脉络等内容可以让学生自学为主。

由于很多原编写人员情况发生了较大的变化，此次修订，编写组授权主编带领以下人员完成：刘妍（东北师范大学）、刘爽（中国海洋大学）、刘春芳（山东工商大学）、柳东林（东北师范大学）、裴丹莹（东北师范大学）、孙宵（宝鸡文理学院）、杨丽娟（大连大学）、袁先来（东北师范大学）。此次参加修订的人，都是近年来国内学界的新秀，对所修改章节的内容也有过前期的研究。

要强调指出的是，由于主编学识和修订者水平所限，错误和不足在所难免，恳请学界同行和教材使用者批评指正。

编　者

2015 年 3 月

第2版修订说明

教育部师范教育司组织编写的专升本教材《20世纪西方文学》及配套教材《20世纪西方文学作品选》自2000年出版之后，受到了使用者广泛的好评，其间曾多次重印。但随着形势的发展和教学要求的深化，根据使用者和学习者的要求，高等教育出版社决定对此教材进行修订。为此，教材的主编会同原教材的编写者于2006年12月15—17日在北京召开了修订会议。与会者经过认真的讨论，形成了修订意见，并根据写作任务要求和分工，进行了修订写作工作。

此次修订的基本指导思想和原则如下：

1. 进一步突出20世纪西方文学的特色，做出一本有思想特色和符合实际的当代西方文学史教材。本教材原有的特色是以人面对物化世界时的感受为核心，强调在人被异化下的自由追求，探索20世纪西方文学独特的人文精神与艺术精神。在讨论中，大家认为这个特点要进一步强化和发展。

2. 修订之前的《20世纪西方文学》的内容多偏重于20世纪七八十年代之前的文学现象，这次修订，适度减少了20世纪前期文学的比重，加大了20世纪末期出现的一些新的文学现象的介绍和阐释。如把原来的两章欧美现实主义文学合并为一章，新增加了“成长小说”“元小说”“实验小说”“跨文化文学”四章。同时，撤掉了“非虚构文学”一章，改换了“通俗文学”这章中的专节《飘》，换成了更有当代色彩的小说《教父》。其中换掉的章节的有些内容合并到其他相关的章节之中了。这样做的目的，就是要给使用者一个较为完整的20世纪西方文学风貌。我们知道，尽管新增加的这些章节可能还不被学术界完全认同，其中有些分法也不太准确（在写作中就常常遇到一个作家或作品属于不同流派的情况）。但既然这些文学现象已经存在，与其逃避它，不如试着去认识它、剖析它和把握它，以便为今后方家的文学史写作提供一些经验教训。再说，这些新增加的西方文学现象，又是当前深受研究者和学生们关注的领域。

3. 原来的教材是一本专升本教材，适应的范围相对狭窄。这次修订，我们认为，应该做到既要能够适应专升本学生学习的需要，同时也能够适应本科学生的学习需要。当前各个高等院校开设了许多选修课、通识课等课程，而这部新修订的教材也可以满足这方面的需要。

4. 为了方便教师备课和学生学习，全书的体例和格式不做大的改动。除新增加的内容外，原来各个章节主要进行观点的修订、材料的斟酌或增减，并进一步使知识和语句做到科学和准确。全书大致保持了原有的字数。

除原有的参编人员大部分参加了修订工作以外（个别的编写人因工作和出国等原因没有参加），新增加的写作人员有修树新（东北师范大学）、裴丹莹（东北师范大学）、杨丽娟（台州学院）。最后由主编再次统稿。

由于主编和修订者水平所限，错误和不足在所难免，恳请学界同行和教材使用者批评指正。

编　者

2007 年 5 月

第1版编写说明

《20世纪西方文学》是教育部师范司组织编写的“中学教师进修高等师范本科(专科起点)”(简称“专升本”)教材。根据教育部师范教育司有关文件精神,全国师范院校要将“20世纪西方文学”作为一门单独的课程讲授。这本教材就是适应这种变化编写而成的。与其说它是一部文学史教材,不如说是一部专题性质的教科书。我们之所以不按文学史的体例编写,而采用专题的形式,原因在于,现有的“外国文学史”类教材,无疑都包括了20世纪西方文学史的内容。如果我们采用以史为主的写法,让学生们花费时间和精力再学习一次,似乎没有必要。再者,我们考虑,采用专题的写法,更容易集中和深入探讨20世纪西方文学的一些重要现象,对培养学生分析问题和解决问题的能力有好处。

但是,即使是专题性的教材,也有编写的难度。由于有些作家和作品在原有的《外国文学史》教材中都已包含,所以,我们只好另选作家和作品。这就不可避免地会将一些重要的文学现象、作家与作品剔除掉。例如,俄苏文学中,我们知道应该对高尔基、肖洛霍夫等作家单独讲授,与之相关的还有无产阶级文学的问题。但这些内容在专科阶段的教材中已经有了,在此书中就只好放弃了——免得重复,因为教学课时是有限的。

20世纪的西方文学形态复杂,样式众多。我们在写作这本教材的过程中,除按传统的教材写法单独讲授了现实主义文学(包括欧美和俄苏)、现代派文学(按流派讲述)外,还增加了“女性文学”“非虚构小说”和“通俗文学”三个部分,力图较为完整地表现20世纪西方文学的整体面貌。后加的这三个部分在以往出版的教科书中缺乏反映,所以,具有新起炉灶的难度。因而,这些部分的选材与表述科学与否,还有待专家和学习者品评。

本教材的写作是在十分紧张的情况下进行的,前后所花费的时间不过三个月左右。1999年11月下旬,编写组在广东教育学院召开了编写会,参加本书写作的教师,分别来自北京、上海、广东、湖北、四川、贵州、吉林等省市的部分高校与教育学院。高等教育出版社的彭治平编审、吴学先副编审出席了会议并提出了很好的意见和建议。会上确定了本教材的指导思想、编写思路、写作原则并分配了编写任务。2000年3月,初稿完成后,由东北师范大学刘建军教授进行了统稿工作。尽管每位写作者都尽了力,但由于时间紧,加之编者的水平所限,其中的错误和不当之处在所难免,我们将在使用中随时听取意见和建议,以便再版时修改和完善。

本教材编写人员有：刘建军主编；参编者（按姓氏笔画为序）有冉东平、刘建军、刘劲予、刘亚丁、张箭飞、张建华、张晓松、陈永祥、周明燕、季星星、高玉秋、夏茵英、聂珍钊、黄铁池、傅景川。

编　者

2000年4月

目　录

绪论

20 世纪西方文学的几个基本问题

【学习重点提示】

1. 概括把握20世纪西方文学产生的原因、文化特征、基本主题与艺术成就。

2. 把握20世纪西方文学家对人道主义、人的自由、两难处境等重要概念的新看法。

“20 世纪西方文学”是个广义的概念,一般泛指 20 世纪欧美各国出现的文学作品和文学现象。从宏观角度看,20 世纪的欧美文坛上现实主义文学仍然是主流,20 世纪现实主义文学是 19 世纪现实主义文学在新时代的延伸和拓展,是用新的现实主义理念反映 20 世纪新的现实的产物。现代主义和后现代主义文学影响最大,这是一种具有强烈“反传统”倾向的文学,它表现了欧美文学传统在新时代的转型与创新;而数量巨大的通俗文学和新起的影视文学等种种文学现象是 20 世纪西方文学的重要组成部分。三者之间虽然在作品主题、人文观念、美学思想和艺术理念上各有侧重,但各自之间又不是泾渭分明、相互对立的,而是既互相撞击又彼此交融,互相影响又互相推动,呈现“你中有我,我中有你”的态势。

20 世纪的西方文学呈现出了从来没有过的多样性、丰富性和复杂性。这是与 20 世纪西方社会和文化的多样性、丰富性和复杂性密切相关的。可以说,20 世纪的西方文学,是从审美的角度对现当代社会的独特认识和把握的产物。

一、20 世纪西方文学发展的文化背景

“20 世纪”并非仅仅是个时间段的概念,还是一个性质意义上的概念。20 世纪是社会生产力大发展和社会形态发生大变化的世纪,也是人类社会发展的一个全新时代。在这 100 年的时间里,西方社会政治格局、经济和文化乃至文学形态均发生了巨大而深刻的变化。作为在特定历史条件下出现的文学现象,它是现代物质文明高度发展、新的文化语境下的产物,反映的是西方文化精神和审

美情感在20世纪社会历史和文化条件下的新底蕴。

为了说明20世纪西方文学发展的特点，我们首先必须对西方文化精神的发展脉络作出一番简略的描述。众所周知，人类社会文明的发展历程是人类自身以及与它所生存的社会由低到高的文化发展和演进的历史递进过程。基本上体现为从渔猎文明到农耕文明，再由农耕文明到工业文明，然后由工业文明走向后工业文明的历史替代演进关系。这种替代演进并非是历史的一种自然的顺延，其实质正如马克思所说的是人类自由创造历史的过程。这里的意思是说，人类社会的发展核心是人，一切都是围绕着人的发展和进步而演化进行的。西方文学精神的演进，大约主要经历了人与自然、人与神、人与物几个发展阶段。

从自然界分离出来的第一天起，人首先就面临着与自然界的关系问题。这既是人自身生存的需要，也是自身发展的需要。所以，人与自然的关系就是上古时代最重要的关系。由于社会生产力较为低下，当时的人们只能凭借感性的、质朴的认知方式，不自觉地将自然与自然力人格化并试图对自然奥秘加以理解和说明，正是"通过自然力的人格化，产生了最初的神"①。希腊神话中所描绘出来的神与神之间、"英雄"与大自然的各种力量代表之间的矛盾斗争，以及在奴隶制社会早期所产生的"英雄"与某种不可知的"命运"及其他神秘力量之间冲突的作品，无不在其本质上蕴含着人要了解自然、战胜自然、肯定自我的主体意识。

随着社会生产力的发展，最初仅仅反映自然界神秘力量的幻象，不仅获得了社会的属性，成为社会力量的代表者，而且"许多神的全部自然属性和社会属性都转移到了一个万能的神身上"②。从罗马帝国晚期基督教的出现到18世纪的欧洲社会，是人与神的关系凸显、人与自然的关系边缘化的时期，也可以将这个时期称为"人与神矛盾的时代"。如果说中世纪主要是以建构神学为其文化主要特征的话，那么，"文艺复兴"到18世纪末出现的文学作品，则是在对人的情感、人性乃至创造能力的肯定中，在对封建等级制度与人性和人的自由本质相违背现象的批判中，逐渐摧毁了宗教教条和神学偶像。这样，在挣脱宗教观念以及与此相联系的封建等级制度束缚的同时，人的自由获得了新的发展和理解。

从19世纪初期开始，特别是资本主义生产关系巩固之后，由于西方的物质文明和科学技术获得了长足的发展，"人与物"的矛盾冲突取代了"人与神"的冲突。这是因为，在这个新建立起来的制度下，人所固有的对自由的追求和对"物欲"的贪婪紧紧地搅和在一起了。18世纪末19世纪初欧洲资本主义制度的建立，似乎给人带来了个性的解放与发展的自由。但实际上，在这个新制度下，"人们的相互关系失去了道德义务感和情感特征，从而变得靠单一的经济利益

---

① 《马克思恩格斯文集》(第4卷)，人民出版社2009年版，第277页。

② 《马克思恩格斯文集》(第9卷)，人民出版社2009年版，第333页。

来维持。所有的人际关系都基于物质利益”①。正是资本主义制度的不合理，使得19世纪初以来的西方世界，特别是欧洲经济较为发达的资本主义国家中的人们，愈来愈感受到来自金钱拜物教、社会各种暴力形式等对人的自由的取代。再就是从“文艺复兴”以来，当人们反对神学教条时，很重要的一个方面是用人所具有的创造物质世界的能力，与神学的“上帝创造一切”的观念来抗衡。这样，在对“神”的崇拜心理弱化的同时，对“物”的崇拜心理在逐渐强化。而新建立的资本主义制度，无论其生产方式，还是其政治经济文化的活动，其私有制本质决定了都以对物质的无度追求为根本目的，所以，它的发展必然强化人对物的崇拜意识。而人的活动如果与对物质的无度追求联系在一起，那么，物化意识的弥漫就是必然的了。

如果说，生活在19世纪的人们头脑中的“物”的内涵还主要指向金钱、财富乃至某种制度等具体的东西的话（19世纪作家们对拜金主义、不合理的某种制度的批判就是对这种现象本质的反映），那么，到了20世纪，随着西方社会进入高度发展的工业化社会和信息化时代，“物”的力量的内涵在人们的意识中变得更加多元化。在资本主义发展的新阶段，人的本质并不只是异化成了某一种固定的“物”或仅仅受某一种现实的和具体的暴力戕害。在他们看来，“自我”的丧失使人可以随时随地变成任何一种“物”的奴隶（异化），受到无所不在的“物的暴力”的伤害。此时在人们眼中出现的“物”的暴力，说它是战争暴力也可以（如《永别了，武器》《第二十二条军规》《日瓦戈医生》等），说它是国家机器也可以（如《审判》《城堡》等），说它是生存方式也可以（如《太阳照样升起》《变形记》等），说它是陈腐的习俗和传统的力量也可以（如《百年孤独》等）。甚至某种过度的“关怀”、不适当的“爱”等过去人们津津乐道的东西，都可能成为现代社会的暴力形式（如《白象似的群山》里男主人公对女主角的“关心”等）。因此，对现代社会而言，“暴力”既是有形的，又是无形的。它无处不在，又难以具体所指。“物的暴力”的符号由一个具体的“所指”，开始承载了无数个“能指”。这种“物的暴力”内涵的广延性说明，此时它已由现实的具体之物（如金钱、法律、制度等），转化为一种人的精神上、情感上受强暴的异己力量，变成了由一个个具体的“物的形态”当中存在的异己的现实社会政治、经济和文化力量对人的精神上、思想上的无情控制（异化）。换言之，“物的力量”变成了与人的自由精神格格不入的广泛的无所不在的“暴力形式”。1857年法国作家波德莱尔的诗集《恶之花》，第一次从新的认识角度和反映角度——即作者本人内心体验的角度，反映了近代西方社会变化和所带来的人的精神危机。在诗歌中，波德莱尔把

① 埃凯：《世界范围内的反现代化思潮——论文化守成主义》，张信译，贵州人民出版社1991年版，第76页。

造成个人的痛苦、绝望、迷惑、毁灭、悔恨等一切外在的力量,都当作人的对立面加以表现了。这种通过人的内心体验来揭示外在世界暴力形式变更的努力,实际上便为19世纪末20世纪初以来西方文学家进一步探讨人的异化现象开拓了新的领域。换言之,在19世纪五六十年代,正当"物"被作为"金钱"以及"不合理的制度"等具体内涵予以集中认识和表现的时候,对"物"的新内涵的认识和把握已经初露端倪。资本主义垄断时期各种矛盾的日益尖锐和人与物之间关系的颠倒,使得传统的社会结构、生活方式和思维定势发生了根本性的解体。人们发现,在现代社会里,人所创造出来的一切东西(甚至包括一些非常私人化的东西)都在无情地吞噬着人的自由,使人无立足之地。正是在这种描写中,20世纪上半叶西方文学揭示出了现代社会中人和外在的一切关系的错位,揭示了人被全面异化的现实。

当历史的发展进程步入20世纪六七十年代之后,随着社会生产力的新发展,特别是随着信息化以及经济全球化时代的到来,普泛化的物化现象越来越被西方社会的人们看成是让人无所适从的某些"冲突结构"(弥漫性的和散乱的物化现象被抽象成了几种关系结构间的冲突)。概括地说,后现代西方文化语境呈现出了三个显著的冲突新特征:第一,技术理性与人文理性的冲突日益强烈。技术理性也被称为消费理性或契约理性,它主要按技术指标和消费的要求来实现社会的物质文明的快速发展,因而是以损害人的精神要求和个性发展为代价的。而人文理性本质上是人的欲望和要求的产物(如兴趣爱好、情感需求等)。人文理性虽然照顾到了个性的差异和要求,但却是以社会发展相对缓慢为代价的。因此,从20世纪后期以来,西方文化世界要求平衡二者之间关系的呼声日趋强烈。一方面,人们需要社会更快地发展,创造更多的物质财富,以满足人们日益增长的物质需要;另一方面,人类又希望尊重自己的人性,渴望个性欲望得到最大限度的满足。这样,二者间的冲突不可避免(例如《第二十二条军规》等)。第二,"身份和角色"与其"内涵"的难以统一的矛盾和相互之间的冲突日趋强烈。在20世纪西方文学作品中,读者常常看到,一个人无论怎样努力,都不能实现自己的角色。例如,桑提亚哥是渔民,但他却无论怎样努力都打不到鱼,即使打到了鱼,拖回来的也只是一副鱼骨架而已,最终也没有实现身份和内涵的契合。随着人类社会物质文明的高度发展,世界性的交流十分频繁,全球化的趋势日趋激烈。在这种情况下,一个民族的成员向另外一个民族流动的现象十分普遍,由此带来了"个人"身份难以确定的问题。同样,按德里达的后现代理论,既然人的意义不是固定的,"在场中隐含着不在场",那么,也带来了人的角色的难以固定。这样势必导致人的本质的难以固定和人的身份的缺失感(lost)的产生。第三,个体性价值与普适性价值之间的矛盾和冲突显示出新的特点。全球化时代必须要有世界各民族共同信奉的基本价值,如民主、自由、平等、和谐等。

但由于不同国家和民族发展的差异性，每个国家和民族有着自己的对基本价值的特殊理解。一方面个体的（个人主义的）权利和价值要求得到充分的张扬与肯定，但另一方面人们在实践中越来越感到人世间应该具有人类共有的价值存在。这种共有的价值与个体价值常常也会发生矛盾，有时矛盾冲突还很激烈。如有人主张个体性的“人的权利”的实现与满足，但这种主张恰恰与民族的乃至世界的要求不尽一致。这样，个体价值的张扬与共有价值的实现之间的冲突，也构成了当今西方社会乃至整个人类社会一个重要的特点。可以说，这三种“两难”之间的关系，既是人们对当代社会普泛化的物化现象抽象的结果，也是当代西方社会面临的难以抉择的重大难题。而正是这三大文化特征决定了20世纪下半叶，尤其是20世纪八九十年代以来的西方文学的认识结构，当代的西方文学也正是在这种新的历史文化发展语境下展开的。

二、20世纪西方文学的时代文化特征

20世纪的西方文学，是由传统向现代转型并走向新的历史发展进程的文学。作为对当代现实不断发展的反映和表现的产物，它不仅深受时代文化精神的影响，同时也深刻地表现和反映了独具特色的20世纪文化特征。假如从文化的角度来看20世纪的西方文学的基本特征，大致可以包括以下几个方面：

1. 文学活动和文学作品表现出了作家看待世界与人之间关系立场的根本性和持续性转变。

20世纪上半期的西方作家抛弃了传统的从世界出发来看待人、说明人的固有模式，并将其转换成了从人出发来看待世界的新方式，即用现代的人本主义取代了传统的人本主义。而到了20世纪后期，发展成了人与世界平衡联系的当代人本主义的新模式。

从人类文学历史的发展进程来看，西方传统作家固有的认知模式是将人与客观世界的关系看成是二元对立的两极存在，人们总是通过对客观世界的把握来认识人类自身和寻找人类一切行为的根源。但随着“物”的内涵的逐步拓展以及人类所创造的“物”逐渐成为凌驾于人之上的一种力量，人的异化感日趋严重。所以，20世纪初期的西方人感到，传统的对社会的指责与批判，均难以解决人被异化的问题。加之随着现代社会生产力的高度发展和自然科学领域的飞速进步，人们对世界未知领域的探索越来越深入，这样的现实也使得20世纪初期的西方人意识到，在已知的现象世界中，还有很多更本质的东西被人们所忽略。这导致西方现代意义上的认知模式出现：人与世界是浑然不可分割的一体，他们将人看成是世界的本质，要从人自身出发，并通过对人的内部研究来解释世界。由此，叔本华和尼采的直觉主义、柏格森的反理性主义哲学、弗洛伊德的精神分析学说和战后广泛流传的存在主义理论等，均成为很多现代作家认识20世纪现

实和写作的指导思想。这是一种认知模式上的极大变革,是对传统认识世界方式的真正的颠覆。20 世纪上半期的西方文学,都是这种认知方式下的产物,目的是要在“物的暴力”新形式面前、在心灵深处寻找所谓的真正的人的本质。

但由于现代主义文学家抛弃了人与外在世界的联系,只从人内心看待和解释世界的立场,也不能解决 20 世纪后期出现的各种问题。因此,20 世纪六七十年代之后西方文学家看问题的方式又有了新的发展。在此现实状况下,一个认识论意义上的转变又开始了:以德里达等为代表的当代哲学家们,提出了解构主义学说。解构主义的核心目的是改变持续两千多年的“逻各斯中心主义”的思维模式。而在他们看来,不仅传统的文学是以“逻各斯”为中心(只不过是以外在生活为中心)思维的产物,而且现代派作家们的思维方式也是“逻各斯中心主义”的产物——只不过他们是以人的下意识和潜意识为中心的。后现代主义作家意识到,像传统作家那样强调外在世界对人的作用,已经无法解释现代人的心灵困境和实际处境的困境;但同时,若一味地把人的主观世界,特别是人的潜意识和下意识看作是世界的本质,也难以对今天人的地位、作用以及价值作出令人信服的科学阐释。因此,一些新的作家开始要造就一种符合当下复杂社会关系的新的平衡思维模式——强调主客平衡:一方面强调外在世界对人存在的价值和作用,另一方面也不忽略人的主观性作用。这也是后现代视野下“新人本主义”追求的要义。为此,后现代小说中既给读者提供了一个已经删除了任何作家的主观倾向的纯客观化的故事平台,同时又非常看重读者的主观能动性。这就是他们为主客观平衡所做的新的努力方向。

与之相联系的是文学家对新的公共话语空间和共有价值观的寻找和构建。当代西方资本主义社会进入了后现代的消费社会。而过分物质主义、理性化、科技化导致当代社会分工越来越细,社会渐渐形成不同的利益集团和与之相应的话语集团。西方敏感的知识分子看到,假如这些集团互相之间没有对话,没有交流,社会能量不能自由地在相互间流动,那么,意识能量蓄积愈久,其危险愈大。如何重新建立一个公共的对话空间,促使各话语集团之间展开对话,促进社会能量的自由流通和周转,防止社会危机产生,成为摆在当代文化批评家和文学家面前的无法推卸的重任。西方当下的文学发展实践告诉人们,后现代主义文学之所以盛行,之所以要取消作品中具体的功利性价值的表达,就是要把文学文本变成一个人人都能参与的话语平台,这体现着当代作家要和读者平等对话的努力。

2. 在 20 世纪的西方文学创作中,作家从对民族的、国家的意识的张扬开始逐渐转向对人类共同命运的探讨,作家们力图展示人类的共同命运,挖掘人类共同的境遇,自觉或不自觉地要做整个人类的代言人。

从文化学的意义上说,人类世界的全球化走过了两个历程:一个是不自觉的全球化阶段,主要是指近代国家形成之前的全球化阶段。我们知道,远古文学自不必言，就是“文艺复兴”之前的欧洲的文化，尤其是中世纪基督教文化，一直是以建构全人类的共有价值为出发点或着眼点的。当时的哲学、宗教等领域，涉及的问题基本上都属于“人类”意义上的问题而不是近代“民族”或“国家”意义上的问题。例如，人与神的关系、天堂与地狱、善与恶乃至有神与无神、多神与单一神等，这些问题都不是具体的民族问题，也不是局限在一个国家内的问题。而到了 17 世纪现代意义上的民族、国家出现之后，文化的主旨发生了根本性的变化。其中最重要的变化在于：过去从抽象的人的立场上考虑问题的方式被置换成了从现代国家的立场上来考虑问题了。可以说，民族、国家意识的形成，开辟了各国的现代化之路，也真正开始了民族文学之路。国家或民族的文学根本不同于早前文学的基本特征有三：一是此时文学考虑问题的出发点和归宿都是“国家的”或“民族的”立场，而不再是人类立场；二是在现代国家形成之后，很多作家和艺术家其实都变成了国家问题的解决者，个人的创作基本上受制于他所生活的这个国家的制度和意识形态（无论是做歌颂的或反叛的均如此）；三是民族的传统和形式得到高度的关注。“民族风格、民族特色和民族气派”不仅受到文学家艺术家的注重，而且也得到国家的提倡，“越是民族的越是世界的”的观念深入人心。在这种文学观念的背后，隐含着一个最基本的东西，就是作家的创作受到了国家的、民族的集体无意识的制约。

然而，到了 20 世纪初，西方文学开始具有了新的全球意识。特别是在西方现代主义文学中，为人类代言的特征凸显。可以说，现代派文学要认识和回答的都不是哪一个国家独自遇到的问题，也不是哪一个人遇到的问题。客观上说，是整个人类遇到的问题（如人的异化、世界的荒诞等）。这些问题跨越了阶级、种族和民族文化的界限。如艾略特是 20 世纪初出现的西方文学代表人物，他的长诗《荒原》就是关注人类普遍性问题的杰作。从《荒原》中可以看到，它并非仅仅是讲英国现代资本主义社会出现的危机，而是在讲人类所实行的法则不合理。艾略特反思了人类历史，认为人类社会从出现的第一天起，就一直没有实行“人类法则”，而实行和遵从的是“荒原法则”（或曰“动物法则”）。诗作最后所谓“雷霆的话”，其实就是在说人类要想得救，就必须打碎“荒原法则”去施行“人类法则”。换言之，在艾略特看来，人类今天的问题并不是今天造成的，而是从古到今人类没有实施过“人的法则”，都是“荒原法则”在起作用的结果。由此可以看到，艾略特从人类的历史整体角度反思了人类今天面临的问题。这诚如尼采所提出的“一切价值重估”，其实就是要从整体上反思人类的错误。卡夫卡的《城堡》也讲了一个非常简单的道理，即自古至今，人类总有自己实现不了自己的愿望的情况，这每个似乎就在眼前，但却实现不了的东西，其实就是人类时刻面临的“城堡”。也可以说，“城堡”就是每个人都面临的具体的，都想得到却永远也得不到的那个东西的符号。贝克特的《等待戈多》中，“戈多”其实就是“戈戈”和“狄狄”的“城堡”。海明威的《老人与海》是一部表现硬汉子的小说，老人桑提亚哥那种超迈的人格力量也并非仅仅是美国人的写照，而恰恰是整个现代人类精神应有的气概的象征。

到了20世纪后期的全球化迅猛发展阶段，此时的作家艺术家开始更有意识地把超越民族和国家的普遍性问题作为自己文学创作的主要价值追求。换言之，此时的社会文化发展导致了“国家意识”“民族意识”被“人类意识”“世界意识”逐渐取代。众所周知，随着西方现代化进程达到了一个很高的阶段后，一个不争的事实开始出现，即任何国家都不可能在今天的形势下单独发展，世界各个民族、国家之间的联系必然会越来越紧密。但由于发展的程度不同，又使得不同民族、国家之间的价值观被各自高度张扬。这导致了新的冲突出现。在此情形下，寻找共有价值，宣扬共有价值就成了和现代化、全球化要求相适应的文化策略。所谓共有价值是指不同的民族和国家，尽管有着不同的利益需求与价值取向，但作为人类的成员，必须还要有整个人类共同拥有的价值尺度，例如民主、自由、平等、和谐、富裕、幸福等。因为只有这些共有价值，才能被各种不同文化传统和背景的人所接受。在这里，必须指出的是，这里所说的共有价值应该而且必须是从全人类文明中抽取出来并在承认全人类不同成员差异基础之上形成的，是体现着每个国家与民族相互平等、相互尊重、相互宽容意义上的用语和概念。从操作层面来说，作为西方世界的作家，他们希望人们在看待问题的时候，既要抛弃“我”的立场和价值观，也要抛弃“你”的立场和价值观，必须以“人类”的立场和价值观去思考、解释问题，要反思人类整体在新的社会发展条件下的困境和如何生活得更加美好。20世纪后期文学也鲜明地表现出了这一特征。

3. 根据对时代变化的新认识，当代西方作家要在文学艺术与现实生活之间建立起一种全新的联系，是20世纪西方文学发展的又一个基本特征。

传统的文学观念强调人与环境的联系，认为人是所处环境的产物。所以，传统的文学家们极为注意人的处境（现实社会环境）的作用和对人物所处具体环境的描写。以在19世纪的欧美文坛达到了成熟阶段的现实主义文学为例，可以看出，这一影响深远的文学观念和表现方式，形成了自己鲜明的特征：现实主义就是着力表现当代社会生活，除了细节的真实之外，还要再现典型环境中的典型性格。其实，这里所说的“描写当代生活”，并非仅仅指的是当时的事件和当时社会出现的现象，而是要表现当时社会中特定的人与人之间的关系。换言之，19世纪的现实主义文学是描写当时社会中特定的和具体的人与人之间关系（包括当时的无产阶级与资产阶级、资产阶级内部的经济、政治等关系）的文学。所谓典型化，是对在具体环境中人与人之间的典型化关系的集中揭示。这里，特定的社会关系就是人所处的社会环境（或曰处境）。而生活在20世纪初期西方社会中的人们，则把被19世纪作家所看重的“人的生存环境”转换成了“人的生存境遇”。所谓“境遇”，就是人的异化状态，就是人精神上所面临的并且无法逃避的两难困境。现代西方人愈来愈发现他们身不由己地被卷入了这样一个矛盾的境地：一方面是物质资料日趋丰富，另一方面却是传统的价值观念及道德风尚的日趋衰落。人们在追求财富中形成的关系，到头来却无情地破坏了人与人以及人与周围世界的和谐。他们无法使自己与社会机体建立起富有意义和令人满意的联系。例如，劳伦斯的小说描写了现代文明的发展结果是破坏了的人的天然本性，使人的两性关系变得畸形。奥尼尔《毛猿》中的扬克象征着在物质文明挤压下痛苦地寻找自身归属的现代人。作品揭示，他的面前只有两条路：或往前走，或向后退。往前走面临的是更深重的异化，而往后退则沦为禽兽；他寻找自我的过程，正是自我毁灭的过程。在尤奈斯库的《椅子》中，物（椅子）的无限增长威胁着人类的生存，人所创造出来的“物”变成了整个世界的主宰和凌驾在人身上的力量——因此，异化感无所不在。20世纪上半期的西方人就生活在这样一种两难的境遇之中，致使原有在具体社会关系中把握人的状态的创作观念被取代，从而导致现代主义作家们转向去描写这样一种独特的处境。

20世纪七八十年代之后，物质文明进一步高速发展，人的异化现象更为严重。人在这种现象控制下的突围变得更为困难。人们逐渐发现，没有现代物质文明的不断发展，人类永远无法脱离自然的羁绊和客观现实的束缚。但现代文明的发展又导致了持续不断的社会危机、精神危机、环境危机的出现，带来了人的主体地位的新的动摇——这是哈姆莱特“To be or not to be”问题的当代体现。在这种新的无所不在的极端的两难境遇下，后现代的作家们开始转向新的探索和追求：打破“逻各斯中心主义”的思维定势，解构一切以往的文学模式（包括现代主义的文学的写作模式），从而试图对当今人类的困境作出新的回答。再者，随着当代大量的资本、商品和人口进入全球性的广泛流通以及第三世界广大的民族、国家被卷入全球化进程，尤其是信息化技术的发展，各种价值观相互碰撞，原有的西方文化中心主义受到激烈质疑，“文化多元主义”成为当代政治的中心议题和文化发展的典型话语。在此情况下，对新的历史发展条件下人的生存境遇的探索与理想生存状态的发现，就成为20世纪后期以来直到今日西方文学描写的重点。换言之，回答今天社会发展形态下“何为理想的人”以及“人的理想处境”是什么，成为当前最紧要的课题之一。他们正是要在这种新的历史文化语境中，试图在多元文化的各种要素的平衡中，去寻找适应今天人类生存的某种理想模式。应该看到，这种模式今天已经反映在很多作家的作品中。他们通过写作，要破除个体、民族和国家之间的文化栅栏，承认文化上的差异，强调破除文化上的“逻各斯中心主义”，强调对每个生命个体的尊重和每个文化个体的尊重，以求实现价值的多元化和个性化。这是后西方马克思主义、后殖民文学、生态文学以及后女性主义文学等产生的思想认识基础。被称为所谓后现代主义的文学作品，基本上体现出了这样一种文化意味。

三、20世纪西方文学的基本主题

纵观20世纪西方文学的整体构成，可以看出，它主要表现了以下一些基本的文学主题。

1. 20世纪西方文学表现了对世界荒诞现实的认识和对新型暴力世界的恐惧与厌恶，深刻揭示了西方社会以“荒诞”“混乱”和“暴力”无所不在为特征的历史文化本质。

20世纪初期的西方作家们深刻地表现了现实社会是非颠倒和混乱无序的状况。苏联文学尽管出现了很多表现无产阶级革命和建设的优秀作品，涌现出了以高尔基、奥斯特洛夫斯基和肖洛霍夫为代表的伟大作家；但是，早期苏维埃政权的“左”倾做法、30年代的肃反扩大化以及文艺政策方面的失误，也使得很多作家受到了严重的伤害。肖洛霍夫、帕斯捷尔纳克等作家用自己的创作表现了这种人遭受戕害的状况。在欧美的现实主义作家的作品中，也都表现了社会本身的荒诞性。罗曼·罗兰笔下的克利斯朵夫生活于其中的德国社会，是一个用偏见和虚伪来扼杀人才的地方；美国作家雷马克的《西线无战事》和海明威的《永别了，武器》等作品表现了帝国主义战争的荒诞性；德莱塞的小说《嘉莉妹妹》《美国的悲剧》重在说明社会本身就是让人堕落、使人犯罪的场所。现代派作家对现代资本主义社会荒诞性的描写，就更具有典型性。很多现代主义作家，集中书写了人的精神上的混乱和痛苦，揭示了人被异化的可怕现状。如卡夫卡的《变形记》就描写了人变成甲虫的可怕现实。我们知道，人在躯体上和外形上，无论压力多大，都不可能变成甲虫的。但若把一个人放在精神领域和感受领域，效果就完全不同了。其实，在这里，作家意在说明：物质世界是心灵世界的曲折反映；精神荒原才是真正的荒原。那些生活在现代精神泥潭中的人们，人性已经被“非我”所置换。由于填不满物欲（情欲、色欲），只好在绝望中沉沦，一步步走向精神的地狱。长期生活在法国的罗马尼亚作家尤令·尤奈斯库则在继承先驱者的基础上，用自己的创作进一步展示了“物体是孤独的具体化”的可悲情景。他在1951年写作的《椅子》一剧中，用椅子代替物，挤满了整个舞台。而剧中的两个人物——一对年逾九旬的老夫妻，则被挤得连立足之地也没有，最后只好从窗口跳海自杀。这部戏剧的寓意是十分明显的：有着漫长年龄的人类自身，已丧失了在这个世界上的地位，人的自由本质已经在物欲的潮流面前无立锥之地。从艺术效果上说，作者最大限度地利用戏剧的虚构性，用物的无限扩张和增多，给观众无法忍受的压抑感和孤独感。可以说，无情的、以几何级数增长的物的威胁,也残酷地落在正在发笑的观众的心灵上。作者就是要用这种直喻的形式,使人们认识到被非人的力量疏离的人类的悲惨境地。捷克现代主义作家卡·恰佩克也在戏剧《万能机器人》中,描绘了异化感的加强使人无社会归属感与自我价值丧失的现实。在这个充满了机器人的世界里,人类停止了生育,丧失了恋情,末日即将来临。作品的价值正是在于通过这样荒诞的情节,昭示物化社会中存在的种种可怕的现实。

20 世纪下半期,由于东西方两大阵营对峙的解体,加之信息科学技术的迅猛发展,20 世纪上半期那种东西方阵营的鲜明对立,制度与人之间的鲜明对立以及科学技术与人的生活方式之间的鲜明对立的界限逐渐模糊。这导致了西方社会一种普遍的对当前社会和人类生存状态不满的情绪出现。这种不满已经不再是以往社会中的人们那样单纯地对某种制度或法律的不满,也不再是对某个阶层或阶级统治的不满,甚至也不再是对某种具体压迫形式的不满。就连常常被人们所说的暴力形式,也不再是制度的、武力的和那些赤裸裸可见的,而成为无所不在的与人相对峙的压迫人、束缚人的某种异化力量——不仅现存的制度和规则,还包括温柔的暴力、无所不在的"媚俗"以及过度的关怀与保护、不当的亲情与友情等。总之,凡是束缚每个个体的人的力量,都被看成是与人对立的东西。在这种状况下,整个现代社会制度、意识形态、生产方式和生活方式等,都成为现代西方人所追求的自由状态的障碍。这是对西方现代社会和现代文明的又一次深刻反思。所谓后现代文学作品,表现的大多数是这类情怀。萨特的作品、"新小说"派作家的创作乃至那些归类于后现代作家的创作,无不或强或弱地表现了这种情绪。可以说,20 世纪欧美文学在文化精神上的变化,说明了 20 世纪欧美作家对人与社会的关系问题的探索的深化。但是,这并不意味着这些作家找到了正确答案,也并不意味着 20 世纪欧美现代主义作家都是社会问题的真正解答者。这是我们需要注意的。

2. 力图揭示在荒诞的境遇中人的本质特征,不断探索和反思当代人的生存状况,也是 20 世纪文学的基本主题之一。

社会的荒诞和人的生存境遇的荒诞,导致人自身的荒诞和真正本质的丧失。在对人的看法上,20 世纪初期作家们认为现代社会中的人被异化了,人在物质高度发达的资本主义社会中,无不日益感到"物"的世界对人的本性的压迫和戕害。苏联作家帕斯捷尔纳克在《日瓦戈医生》中,展示了一个人情感和心理在社会暴力高压下发生的变异。英国作家劳伦斯是用自己的创作集中反映了人在工业社会中真正情感和爱欲的失落。他在小说《恋爱中的妇女》中,揭示出工业巨子杰拉尔德通过企业改革,不仅将工人变成了机器的附庸和活的物体,自己也变成了一个精神空虚、感情枯竭的人的悲剧。爱尔兰作家詹姆斯·乔伊斯在他的半自传体小说《青年艺术家的画像》中,通过描述主人公斯蒂芬·迪达勒斯的成长经历，暴露了荒诞现实生活对人的恶劣影响，家庭、学校、教会、国家这些力量与个人对立，年轻的主人公生活在充满冷淡与敌意的环境里，感到好像掉进了四壁如桶的冰冷污浊的水沟。英国作家吉里斯·里斯的作品，通过描述那些被侮辱与被遗弃的女性的遭遇，也同样传达出了现代社会里人的深沉的孤独感与冷漠感。英国作家弗吉尼亚·伍尔芙的创作也深刻地表现了人的心理在新的社会条件下更加复杂的状况。奥地利著名“现代艺术的探险者”卡夫卡更是用表现主义手法，深刻地描写了资本主义社会中的异化现象，揭示出了现代西方社会制度、法律、金钱、机器等“物”控制人，把人变成“物”或“非人”，使人失去人的本质的残酷现实。他作品中的主人公大多是遭受欺压凌辱，但却任人摆布、无法自主而又深深感到孤独与悲哀的小资产阶级及其知识分子，是“弱的英雄”。他的《变形记》是西方现代派文学中描写人被异化的杰作。作品通过主人公变成大甲虫的荒诞故事，表现了在现代资本主义社会中劳动对劳动者身心的异化、人与人之间关系的“异化”和人的自我异化的悲剧。正是由于人在精神上感觉受物控制难以解脱，20 世纪上半叶的现代主义作家们普遍从个人受压抑、悲观与绝望的角度传达出了一种沉重的危机意识。在他们看来，在这样的社会境况中，生存本身就毫无价值。所以，在行将“崩溃”的世界面前，再企望什么人的本质的复归，人性的解放，不过是痴心妄想。因此，在 20 世纪上半期的许多作品中，不仅没有什么理想国的塑造，甚至也难以找到什么具体济世方案的提出，相反却带有浓重的危机感与幻灭感，充满了对现存世界的憎恨、绝望气息。他们更关心的是个人的社会归属和自我价值的存亡。于是，现代小说中的许多主人公都用颤抖的声调在询问：“我是谁?”“我在干什么?”“我向何处去?”“到哪里去寻找我?”这样的文学，将个人内心世界的认识作为重点考察的对象，从而对人的精神存在特征作出独特的说明。

进入到 20 世纪六七十年代之后，由于物质产品的高度发达和人类现实生活的相对安逸的新状况，除了早期的不安全感和异化感继续发酵外，整个社会中又出现了“倦怠感”“疲惫感”和“不适感”的弥漫状态，从而引出了对新状况下何为真正的人的再一次探索。外在的一切均不可靠，人的精神世界，尤其是下意识和潜意识世界混乱不堪，人的本质究竟在哪里？后现代主义语境下的西方文学，向人们揭示了今天寻找人的本质的新途径。这种新途径就是：此时对人的本质的探索开始直接指向现实生活中错综复杂的人与人之间关系的平等构成上。这里有两个基本要义：一是多样性的现实生活。从当前欧美文学作品的实践来看，抛弃所谓的宏大叙事，把笔触转向人们的多样性的日常实际生活，并在多样性的日常生活琐事的描写和反映中，来展现当代人类所面临的重大问题，不再像以往作品那样只表现作家所挑选的重大事件和典型的社会关系。二是今天的西方作家非常注重对人所面临的具体关系境遇，尤其是具体的精神困境把握。他们试图要在每个人具体关系的困境中，寻找自我存在的价值。因此，他们放弃了以往那种在总体性的社会氛围中寻找自我本质的努力，要在自我独有的具体关系构成中来寻找普遍性的东西。这就意味着今天的西方文学作品，既是每个具体人物独有关系处境的写照，又关注了人类当今社会的重大问题，如生态变化、女性政治、跨文化下的个人命运、就业失业、情爱关系以及老年困境等诸多具体领域中的问题。从目前出现的文学作品中，可以看出，这些既是每个具体的人的问题，也是人类当前遇到的重大问题。而具体的人的自我本质是什么，则在这些具体关系的情境展现中，从而发现人的真实存在。

3. 20世纪的作家还根据不断变化着的新状况，对当代人应有的精神风貌进行探索，力图构建和弘扬一种全新的人文精神。

尽管20世纪上半期出现的以现代主义为特征的西方文学表现出了强烈的非理性色彩和浓厚的悲观绝望情怀，但就这一文学深层的意韵来看，西方现代作家描写世界的荒诞、人的痛苦和非人状态下人混乱的内心世界等，并非仅仅是现代人悲哀意识的单纯宣泄。作家创作的目的其实是要指出现代社会和现代文明的病状，尤其是人被异化下的状态，以期引起人们对出了问题的社会的注意和对人在异化状态下的出路的思考。也可以说，他们对荒诞社会是拒绝的，对使人成为非人的世界是痛恨的，对人内心世界的混乱是极度恐惧的。但在他们强烈地嘲弄人、反讽人的背后，我们又会发现这些作品隐含着探索现代人的出路、展示荒诞境遇下现代人格的深意。在这种情况下，人的主体意识的内涵也发生了新的变化。如果说，在生产力非常低下的古代，人的主体性是在与大自然的斗争中表现出来的，强调的是人对自然的驾驭和把握的主体性；而“文艺复兴”时期出现的是来自对神的反叛，是从神控制人、奴役人的对峙中寻找自己作为“宇宙的精华，万物的灵长”的主体性；那么，到20世纪之后，人的主体意识的觉醒就促使人从被异化的语境中寻找和确立人的主体性了。这是新的历史条件下对人的主体性认识的新特征，也是在20世纪新的历史条件下人的主体性认识的新发展。这里面包含两个向度：一是在有些典型的现代派作品中，如卡夫卡、乔伊斯、奥尼尔等人的创作中，就表现出了在异化状态下人是人而非人的状况。而在另外一些现代派作家，如萨特、加缪以及海明威等的作品中则表现出了异化状态下人的主体意义的积极方面。海明威的《老人与海》可以被看作是一部“存在主义哲学的寓言”，因为作家在这样一个世人皆知的老故事之中，隐藏着他对处在荒诞境遇中的现代人特征的理解。正像国内外一些批评家们指出的那样，生活本身浓缩为一个孤苦伶仃的老人的狭隘视野，桑提亚哥是哲理化的人类形象和人类精神的象征。而桑提亚哥所面对的外部世界，已不再是传统作家笔下的可以让人认识和改造的自然，它完全成了凌驾于人之上的强大暴力，成了捉弄人、作践人的荒诞存在；而人本身在这个世界中的生存也是痛苦和失败的。海明威的杰出就在于,他揭示了真正的人所具有的精神品质和人格力量。在老人桑提亚哥身上,作家弘扬的是人的不屈服的抗争精神,是向荒诞世界证实自我存在的价值。这样,打鱼对他来说,已不再是一种单纯的谋生行为,它已成为一个实现自我设计的庄严仪式。尤其是他在与大海较量失败后所说的“一个人并不是生来要被打败的,你尽可以把他消灭掉,可就是打不败他”的话,以及他回到岸上在睡梦中又梦见了象征力量的“狮子”的情节,是对人的精神力量唱了一曲高昂的赞歌。应该指出,类似《老人与海》这样的作品,在20世纪四五十年代,甚至五六十年代以后出现得还是较多的。

20世纪七八十年代之后,由于社会关系的新特点,人们对人的积极精神的理解进一步深化。今天人们看到,人的主体精神不再仅仅是如同桑提亚哥那样是作家所表达出来的一种抽象的积极的力量,更是一种能够在各种关系束缚中自我和他者共同寻找更美好价值的力量。人作为“宇宙的精华,万物的灵长”在今天更体现为人能够不断深化和认识自己所处的具体境遇,并能够在诸种关系中寻找既属于自己的,也与他者价值契合的新的人的精神风貌。与此前作品中的人文精神表达不同的是,这种对人的理解,不仅仅是作者完成的,而是作者通过作品的写作,来启发读者完成的。我们知道,当前的时代是一个价值多元化的时代,自我和他者、读者和作者的立场不同、价值不同,会导致一部作品的多元性理解。例如,当前,“人权”的价值观念得到了众多作家的认同和表现。在世界各种文化冲突、各种社会危机越演越烈的时候,渴望维护个人的权利、民族的权利乃至一切生命体的权利等,成为作品表达的重要主题,各种作品都蕴含着追求人的权利的韵味。但问题是有人从肯定个人的权利角度,有人从肯定人类的权利角度;有人从生存的内涵角度,有人从发展的内涵角度;有人从后殖民受压迫的角度,有人从女性长期以来被边缘化的角度来写作,从而形成了对“人的权利”内涵的多元化理解。作者正是通过作品来让每一个读者自己树立起属于自己的人的主体性。

可以说,这时作品中出现的大多数主人公,无论是精神昂扬的,还是情绪悲哀的;无论是局内的,还是局外的,都用自己的行动或正面或反面地反思着人类当前生存的现状。更重要的是它启发着读者的梦想,激励着读者认清自己的现实处境,从而追求人类更为理想的更符合人类价值的生活。这就明显地改变了以往文学作品中那种悲观绝望的情绪,作品变成了对某种人生状态或人生哲理的反思,从而透露出了一种积极探索新的人类生活、不断反思当下现存生活是否合理的情怀。这就使得海明威式的作家(那种对人的积极精神的抽象的呼唤和弘扬),变成了每个人都进行的自主思考与积极行动。这是新形势下对人的主体性的创新性表达,是新的人文精神的基本体现。

四、20 世纪西方文学的艺术方法特征

文学艺术的发展实际上是一个不断寻求新的艺术形式以表现新的精神发展特征的过程。20 世纪西方社会独特的境况，必然要求有一种与以往文学不同的艺术表现形式与之相适应。20 世纪的西方作家依据变化了的社会状况，采用不同于传统的认识和描写方式，创造出了与新的现实相适应的新的艺术观念和艺术形式。20 世纪西方文学的艺术方法总体上来说体现着以下特点。

1. 认识和表现生活的方式，体现了由外在生活“再现”，到内心潜意识和下意识的“表现”，再到客观事物的纯粹主观“呈现”的不断替代性。

我们知道，受“逻各斯中心主义”二元对立思维方式的影响，传统的叙事作品习惯于以物理时间的顺序、空间的联系以及事物发展的因果关系等编制完整的故事，有人将这类叙事模式称为“直线有序型”的叙事结构。我们无论是在《荷马史诗》、埃斯库罗斯的戏剧中，还是在但丁的诗歌以及 18 世纪和 19 世纪的小说中，都可以看到这类叙事模式的应用范例。但 20 世纪初期以来错综复杂的社会矛盾和人际关系，尤其是现代人因受多种社会暴力压迫而产生的那种纷乱复杂的精神世界和人被全面异化的无着落感、危机感，都迫切地需要新的叙事方式出现，于是按照内心精神活动的特点（尤其是下意识和潜意识特点）和“心理时间”与“意识空间”的要求来叙事的新的艺术表现方式应运而生。西方现代作家特别看重人的主观直觉、本能欲望和下意识宣泄，认为唯有这些才是超现实、超阶级、超党派、超功利的人人都有的共同人性。例如超现实主义代表作家布勒东在其《超现实主义宣言》中断言，只有人的下意识领域，即梦魇、幻觉、本能、呓语这些“超现实”的生活，才是人类本质的真正活动；那些“不受一切理性的监督，在一切美学和道德的陈见之外”的“纯粹心理上无意识的行为”，才能起到“表达思想的真正的作用”。后象征主义代表作家瓦莱里也公开宣称：“诗人的任务是创造与实际事物无关的一个世界或一种秩序，一种体制。”一些意识流小说作家们也认为只有写出了人内心底层的黑暗和变态，才是写出“生活”的“真实和真理”。20 世纪上半期出现的很多文学作品，特别是现代主义文学作品，在很大程度上就是作者自己的主观情怀或下意识、潜意识的直接表现，是人在现实中找不到位置、失去了固有身份地位的悲哀心态的感性化抒写。这一点，甚至在一些现实主义作家以及所谓的通俗文学中，都可以找到明显的例证。

20 世纪后期作家（尤其是后现代作家）的创作，在继承现代派文学艺术观念的基础上，体现了更新的艺术理性的追求。由于强调主客观的平衡，这就使得 20 世纪后期新起的作家一改往日的那种热衷于表现人意识混乱的艺术手法，开始向新的艺术“理性”迈进。这种新的艺术“理性”，主要特征包括以下几个方

面:一是认为生活是原生态的,是片段化或碎片化的。因此,反映生活的艺术也必定是片段化或碎片化的。但要注意,这种片段化或碎片化与现代主义作家不同。在他们看来,现代主义作家作品中的片段化和碎片化是经过作家意识,尤其是潜意识或下意识重新组合的结果,现实生活逻辑虽然被打碎了,但作家们又通过自己的下意识或潜意识,重新组装了生活。因此,现代主义文学作品,不过是按人的潜意识或下意识的逻辑或无理性的情感逻辑重新组装的生活,仍然是"逻各斯中心主义"的产物。对此,德里达、罗兰·巴特等人都曾有过深刻的论述。而在后现代作家看来,文学作品也不能再描写那种经过作家意识(哪怕是下意识或无意识)过滤或整理后的生活。因此,后现代文学作品所表现的生活,是现实生活"元生态"的呈现。这样,艺术作品既不是传统艺术理念中的"再现",也不是现代主义作家热衷于内心情怀的"表现",而是生活的"元呈现"的样态。文学写作就是展现生活极度客观化存在的本身,要按着生活本身原生的存在样态去直接呈现。如"新小说"所强调的作品只能呈现生活的原样,世界是由独立于人之外的物质所构成的,因此只能着重描写包括人在内的物质世界。要解决小说中留下的问题,只有通过读者的阅读,像侦探一样经过一番分析、推理和考察,剔除种种非本质的现象,才能实现。这样在艺术上就实现了纯客观描写与读者主观能动的平衡和统一。其实,后现代文学中出现的所谓"实验小说""零度写作""元小说"手法等就是如此观念下的产物。

2. 20 世纪的西方文学作品在艺术上体现出了全新的符号化样态。

在传统的文学艺术观念中,由于强调"模仿说"从而形成了文学观念上的二元论,即文学的本质是生活(或者说理念、上帝等),因此,遵从生活逻辑,按生活本来的样子去叙述生活和描写人生,是传统文学创作天经地义的准则。这样的作品,总是按照事物本身客观发展的逻辑,按照物理的时间逻辑和空间逻辑,从开端、发展到高潮和结局来叙述描写并据此安排作品的结构。因此,这样的文学作品,总是故事化或形象具体化的。这一点,无论是在古代文学,还是现实主义文学中,都有过清晰的表述和成功的实践。在现代主义文学兴起之后,遵从客观的生活逻辑变成了遵从作者自身的心理逻辑,尤其是潜意识和下意识的逻辑。这样,传统文学作品中的物理时间和物理空间被现代派作家的心理时间和心理空间所取代。由此,也带来了 20 世纪文学,尤其是现代主义文学作品中传统的叙述方式、结构布局和表达方式都弱化了或不见了,取而代之的或是混乱不堪的潜意识、下意识流动,或是颠三倒四的情节,或是不知所云的喃喃呓语,或是毫无头绪的现实与梦幻交织串联。文学的叙述和表达已经脱离了具体的人物、事件的具体性和单一性,这些作品本身,完全成了作家主观感受的符号性显现。换言之,一个"所指"文本已经成为具有无限"能指"的文本。这其实就是文学作品的符号性特质的凸显。从这个意义上说,20 世纪西方文学的文本不论有意还是无意，都是符号性的产物，而不再是写实性的和故事性的结果。这与20世纪现代主义文学要表现病态、畸形、歇斯底里、性冲动、死亡、梦境、回忆等内容是一致的，也是与作家要作为人类代言人的目的相一致的。

需要指出的是，20世纪后期的西方文学，体现了文本符号的系统性。其中包括几个层次：一是整个文本就是一个符号（或曰符号系统）；二是一个文本的片段（或所谓场景、断片）也是符号；三是甚至一个意象、一个词语都具有符号性特征。如此才导致了20世纪西方文学文本形态根本的改变。这种符号性的特性被人们广泛接受和使用，本质上隐藏着一个创作思想的变革，即：20世纪以来的西方作家们越来越看到，现当代的文学作品并非要讲述和传达什么具体的道理和作家的某种对社会现象的具体认识，相反，表现哲理才是今天文学的新追求。换言之，表现道理的文学作品，常常面对的是具体问题和具体表达，是深受局限的创作方式；而要成为人类命运的思考者和表达者，应传达哲理化的思考。例如，如果把卡夫卡笔下的"城堡"，仅仅看成是"资本主义的法庭"或"官僚机构"，换言之，若是把"城堡"看成是反人性的资本主义法律和官僚机构的暴力载体的话，那么这就是有具体所指的"道理"；但如果从哲理角度来看，不论哪个民族、哪个社会形态的每个人，都有自己想进去，但始终达不到目的的状态，就是"城堡"——换言之，每个人都有自己的"城堡"。这样，"城堡"就成为了每个现代人都会遇到的"现象"。

3. 20世纪文学开创了注重由作家通过作品表达意义转向注重读者对作品的感悟作用的道路。

传统的西方文学，由于受到柏拉图和亚里斯多德文艺理论的影响，一直热衷于在文学描写中表达作家对其所生存现实的审美感悟，讲述作家认为是真理的东西，从而通过作品表达作家自己对所描写的事件、人物的评判。因此，我们可以说，传统的文学作品，是以表达作家的主观认识和审美判断作为艺术创作主旨的。例如，但丁创作的《神曲》，表现的是13世纪末14世纪初意大利四分五裂、恶行当道的现实。在这样的时代，他通过"但丁"漫游幽冥三界的故事要告诉人们的道理是：人在现实之路走不通的时候，就要走另外一条路，即精神和道德复兴之路。而要精神和道德复兴，就必须要通过"理性"认识错误和改正错误；同时，通过对基督教坚定不移的"信仰"和"爱"的虔诚，来达到至高至善的境界。至于巴尔扎克对拜金主义的批判，列夫·托尔斯泰对沙皇制度吃人本质的否定，都反映的是作家们对生活的认识和反思。因此，也决定着一个人在这样的作品面前，抱的是"它告诉我们什么道理"的心态。而故事情节的完整性、人物形象的生动性和作品结构的有机性就是必需的了。但20世纪的西方文学，由于作家以表现下意识或潜意识以及纯粹外在世界形态作为文学的本质，加上作品的符号性质，传统文学中揭示道理的企图在读者那里完全失效。因此,20 世纪的西方作家们开辟了一种新的作品理解和批评模式,即把追寻"作品要告诉读者一个什么道理"转向了"在作品面前你感受到了什么"。例如当看一部现代派小说时,一个读者想要知道作家在表达什么认识和要讲述什么样的道理,无疑比登天还难。但倘若读者换个角度,面对一部现代或后现代作品,根据自己的生活感受来体验,那样,就会依据作品得出自己的理解,那也就说明这个人读懂作品了。举例来说,看卡夫卡的小说《城堡》,如果你一直问作者要表达什么,可能永远不会正确理解作者的意图。但若你依据自己的经验,感受到每个人都有自己的"城堡",那就等于理解作品了。这样,作品的意义就被交到了读者的手上,从而完成了作品欣赏理解的根本性转换,满足了主客观相统一的时代要求。

4. 在艺术手法上体现出多元性和创新性。

例如,现实主义文学在 20 世纪就经历了分化、演变、沉寂和不断复兴。作为一种侧重反映外部客观世界的创作手法,面对经济萧条、世界大战和冷战对峙等重大社会问题,仍然不失为最为直接和迅速的反映现实的手段,使得现实主义仍然有勃兴的土壤。社会主义国家的现实主义文学和西方左翼作家的现实主义创作,更加注重对社会不公正现象的揭露,尤其是权力政治对普通人的迫害以及社会危机对人的精神的扭曲。至于现代派和后现代文学的艺术手法的创新性与实验性就更为明显了。但需要人们注意的是,尽管 20 世纪西方作家们在艺术手法上有共同的特征,但是,从严格的意义上来说,他们所使用的创作方法并非是一个统一的艺术表现方式,而是五花八门,各有所长。有时不同派别之间的艺术主张甚至是截然相反的。在 20 世纪上半期的现代主义作家中,既有对潜意识和下意识的随意呈现,也有各种情绪和生活片段的自动组合,还有各种象征和意象的主观变形,更有所谓"死亡游戏"式的自动写作,等等。而到了 20 世纪下半期以后,创新实验手法更是层出不穷,日益翻新。如有的流派创造了在一个时间点上把不同空间并置的方法,打破了传统小说的布局和结构形式(如"新小说"代表作家西蒙创作的《佛兰德公路》,就是一幅让人一眼能看到多件事情同时发生、多种情节同时展现、各种感情交错相融的具有立体感的文学图画);有的作家把生活的各种片段随意地组合在一起,形成了元生活状态的自然显现(卡尔维诺的小说《寒冬夜行人》);还有些作家从人的某个器官的视角出发,把某个器官拟人化进行器官独白的所谓身体写作;等等。可以说,这种多元化艺术表现手法的出现和大量运用,显示了西方当现代文学家们的多方面探索,极大地丰富了艺术的创作技巧。从这个意义上来说,20 世纪西方作家们在艺术手法的选择上,充满了创造性和革新精神。这也是 20 世纪西方文学在艺术上的独特贡献之所在。然而个别流派过于热衷于表现自我、形式实验,难免将文学引入远离大众的象牙塔。

当然，需要指出的是，虽然在创作手法上异彩纷呈，形态各异，但表现当代人精神上、情感上的现实，仍然是西方20世纪文学最本质的底蕴。也可以说，在这些创作手法的背后，仍然体现出对现实人生问题以及人与世界关系问题的强烈关注。

第一章

欧美现实主义文学与《洪堡的礼物》

【学习重点提示】

1. 通过学习20世纪欧美现实主义文学发展流程,把握20世纪现实主义文学的新特征。

2. 把握《洪堡的礼物》对当代知识分子命运的独特表现。洪堡留下的“礼物”象征什么?

第一节 欧美现实主义文学概述

一、欧美现实主义文学的发展状况

从20世纪西方社会和文化的发展进程来看,欧美现实主义文学以第二次世界大战结束的40年代末、50年代初为界限,可以分为前后两个发展时期。

在文学史界有一种观点,即19世纪西方文学的主流是现实主义的,而20世纪上半叶则是现代主义的。诚然,在这个时期,繁复纷纭的各种现代主义文学思潮接踵而至。但现实主义文学仍然是20世纪文学的主要流派之一。理由有以下几点。

第一,那些原本属于19世纪现实主义文学流派的作家仍在创作。例如美国作家马克·吐温、英国作家哈代、法国的罗曼·罗兰、俄国的契诃夫等人仍很活跃,他们的一些重要的杰作许多就产生在20世纪。即使一些被鉴定为20世纪现实主义大师的作家,像高尔斯华绥等人,他们几乎就是与上述作家同时代的人,只不过是成名较晚而已,或者说他们文学活动持续的时间更长而已。

第二,20世纪最杰出的作家大多都师承19世纪现实主义文学的优秀传统,不少作家特别强调了巴尔扎克和托尔斯泰两位19世纪的现实主义巨匠对他们的影响。这些作家认为自己的文学修养、小说家的禀赋乃至对其一生有着决定性的、最大的和起着持久作用的东西,都是来自19世纪的现实主义文学。这正如托马斯·曼给朋友马尔滕斯的信中所说的:“我相信,伟大的作家在其一生里并没有发明什么,他们只是用自己的心灵对流传下来的东西加以丰富充实并重新进行塑造。”①

第三,即使一些被定性为现代派的作家们,其实也继承了一定份额的现实主义遗产。20 世纪西方文坛上一个有趣的现象是:自称为现代派的作家在颠覆以往的文学遗产的同时,也从这遗产中获得了发展的动力。而许多被定性为现实主义的作家,也在某个阶段卷进了现代主义文学运动。这样的现实形成了 20 世纪西方文学你中有我、我中有你的局面。例如亨利·巴比塞就参加过象征主义运动,亨利希·曼和托马斯·曼兄弟二人就一度对于唯美主义的美学主张非常倾心。这种交叉现象极大地改变了作家的认知方式,并扩延了他们对于“现实”的理解。他们认为,现实并不仅仅止于“普通的、日常生活的”经验,而是涵盖了人类所有的经验,包括幻象、意识和梦的真实的全部所在。法国“新小说”派的代表人物之一罗伯-戈里耶就说:“要描写这样一个现实,就不能用巴尔扎克时代的那种方法,要从各个角度去写,要用辩证的方法去写,把现实的漂浮性、不可捉摸性表现出来。”这就意味着,在 20 世纪西方作家的眼里,忠实于心理上的现实也是一种现实主义。这一切,在某种程度上意味着由 19 世纪巴尔扎克们所构建的现实主义伟大传统并没有被 20 世纪出现的作家完全颠覆。与其说是现实主义受到了现代主义的颠覆,不如说现实主义在新的社会文化条件下有了新的发展。英国小说家和评论家戴维·洛奇(1935—　)认为,20 世纪出现的文学在现代主义和现实主义两极之间,像时钟锤一样有规则地来回摆动。在摆动的过程中,这两种倾向互相渗透,彼此影响,因而使文学作品的主题内容和表现形式不断丰富与深化。对此,罗曼·罗兰也指出:“艺术的领域在两极之间。只有既向这个极点,又向那个极点往来自如的人,才是伟大的作家。”②事实上,20 世纪的许多作家的确都能在现实主义和现代主义两个极点间往来自如。例如,分属于现实主义和现代主义阵营的德国作家托马斯·曼和卡夫卡其实是一对精神上、艺术上的孪生兄弟,双方同样承担着对于世界的本质东西的深刻挖掘,同时又分享着冷峻、洗练、反讽的叙事风格。

第二次世界大战对欧美各国造成的影响是极其深远和广泛的。战后初年,美国由于在战争中获利而迅速进入“丰裕社会”,欧洲各国则存在一个医治战争创伤的问题,经历了从战后到 50 年代的经济恢复过程。从 50 年代到 60 年代,欧美部分国家出现了经济复兴与繁荣。

福利国家的模式对西方各国有着普遍的吸引力。科学技术的新发展和飞

---

① 转引自克劳斯·施略特:《托马斯·曼》,印芝虹等译,三联书店 1992 年版,第 77 页。

② 转引自柳鸣九:《巴黎对话录》,湖南文艺出版社 1983 年版,第 15 页。

跃，特别是电子技术的广泛应用，不仅引起了生产领域的变革，而且带来了社会生活、家庭生活和人的价值观念的巨大变化。现实生活的浮动性取代了以前的稳定性，多样性代替了单一性，快节奏代替了慢节奏。人的劳动越来越多地被机器的操作所替代。在这种情况下，人自身价值的失落感加剧了。冷战导致的军备竞赛的升级，两种社会体系和军事集团的对峙，军国主义的阴影，核恐惧和社会生活中种种不安定因素的存在，这一切，造成了人的新的危机感。这种危机感结合对两次世界大战所造成的灾难的沉痛反思，在 20 世纪后半期的欧美文学中得到了广泛的反映。

以萨特为代表的法国存在主义，适应战后人们对战乱社会的体验和寻求主体价值的心理需要，在欧美各国得以蔓延并广泛影响了 20 世纪五六十年代的欧美思想文化界，由此造成现代主义文学在这一时期文坛上的重兴，而现实主义文学的发展则处于一个相对低落的蛰伏期。但在英国等现实主义传统积淀深厚的国家，现实主义文学仍显示出较强的运行势头。进入 70 年代后，欧美文学出现了新的显著变化。部分曾活跃在五六十年代现代主义试验小说和戏剧圈内的作家感到“路到尽头”。与此同时，许多初登文坛的年轻作家宣称，他们的创作任务是“讲述历史”。这一切，使得现实主义叙事小说在文艺作品中重新占有自主的巩固地位。评论界有人把这种文学走向称为现实主义的复归。但回过头来看，“复归”二字未必能准确描述出战后几十年现实主义文学的面貌，因为此时出现的现实主义文学，在发展过程中已经显露出许多不同于过去历史时期现实主义文学的重要规律和特点。这些规律和特点是由各种文学独自的发展过程所决定的。文学评论界由此有“后现实主义文学”之称。

英国现实主义文学　英国是 20 世纪现实主义文学较有成就的国家之一。20 世纪的头 30 年，一般认为是英国文学史上的“现代派运动时期”。但现代主义文学的强光非但没有遮盖住现实主义文学的锋芒，反而凸显了它活跃的生机。尽管伍尔芙发动了一场讨伐维多利亚作家的美学战役，也并没有撼动现实主义的基业。因为英国的现实主义有着 200 多年积累起来的传统，这一传统在其继承者手里仍然得到了发展。

萧伯纳（乔治·伯纳德·萧，1856—1950）是英国最有代表性的现实主义戏剧家。一生共创作了 51 个剧本。萧伯纳的文学活动始于 19 世纪 80 年代。1892 年他完成第一个剧本《鳏夫的房产》，揭露中产阶级的虚伪和金钱的丑恶与万能；接着完成了主题相同的剧本《华伦夫人的职业》（1893）。这两个剧作尖刻的批判力量在伦敦上流社会引起了轩然大波。这两个剧本加上同时期写作的《多情种子》（1892），构成了萧伯纳的“不愉快的戏剧”。另外还有 4 个剧作，统称为“愉快的戏剧”。顾名思义，它们的批判锋芒不再那样尖刻和直截了当，其中较重要的是《武器与人》(1894)。

萧伯纳一些脍炙人口的杰作则问世于第一次世界大战前后。此时出现的剧作,讽刺与幽默的风格更显突出,在传统的喜剧形式下开拓着多种可能性。《人与超人》(1901—1902)是萧伯纳根据欧洲流传已久的唐璜传说写成的哲理喜剧,集中地体现了剧作家的"创造进化论"思想。《英国佬的另一个岛屿》(1904)是一出政治喜剧,剧本在谐谑的外表下塑造了爱尔兰人赖瑞的形象。第一次世界大战后,萧伯纳像许多欧洲知识分子一样,对西方文明深感失望,此间写成的十多个剧本都弥漫着这种失望情绪。《伤心之家》(1916—1917)被认为是萧伯纳最优秀的剧作之一,生活的荒谬性质和人们的反常心态,在剧中得到了充分的表现。1925 年,萧伯纳荣获诺贝尔文学奖。此后,萧伯纳还陆续写出了十多个剧本,较突出的有《苹果车》(1928)等。

萧伯纳的剧作在思想主题方面体现了以下内容:第一,批判讽刺了英国 19 世纪末 20 世纪初的各种社会现实问题,包括中产阶级的文明习俗和伦理道德。第二,描写了中产阶级新一代人的软弱。这一代人不像自己的父辈那样是通过奋斗挣扎才从社会底层爬上来的,而是从小生活在优裕环境里,具有良好的教养,懂得区分高雅与鄙俗,甚至接触到了进步思想,包括社会主义的思想。他们往往会对自己的父辈和社会提出各种批评,表示不满甚或蔑视,但也就仅止于此。由于割不断的血缘关系,在资本主义的金钱法则面前,他们很快就动摇、屈服、妥协,最终表现出一种左右为难的尴尬。第三,萧伯纳的讽刺锋芒不仅指向社会现实,也指向更有普遍意义的人生态度与人性问题,直指人的丑陋方面和人性弱点。例如在《圣女贞德》(1923)中,剧作家通过再现法国爱国少女贞德的悲剧,深入揭示了人类天性的悖谬。但萧伯纳对人性并不悲观,相信人类的进步,他有不少剧作探讨了人性由恶向善的转变,赞美了人的生命力。

约翰·高尔斯华绥(1867—1933)通常被认为是英国维多利亚时代晚期的作家。一生共创作了 17 部小说、26 个剧本以及 12 本短篇小说集等。早期作品有短篇小说集《天涯海角》(1897)、长篇小说《洛宾别墅》(1900)等,尽管反响平平,却预告了他一生的重要主题,即通过生动的描写对他的时代进行评价,揭露事物的黑暗面。在其代表作《福尔赛世家》(1906—1921)中,这种主题被评价为"美对私有世界的扰乱和自由对私有世界的控诉"。他最重要的作品都是 20 世纪以后创作的,主要包括《岛国的法利赛人》(1904)和三个三部曲——《福尔赛世家》、《现代喜剧》(1926—1928)及《尾声》(1931—1933)。《岛国的法利赛人》是他的第一部小说名作。作品通过主人公谢尔顿的眼睛来观察英国社会的各个层面,无情地揭开了有产者和贵族阶级优雅体面的外表,暴露出他们冷酷势利的内心世界,同时也讽刺了英国中上层阶级的习俗和偏见。从某种程度上说,这部作品也是一部反思小说,反思的是整个维多利亚时代法利赛[1]式的生活方式。

《福尔赛世家》是高尔斯华绥的代表作,全部作品包括三部小说和两部插曲:《有产业的人》(1906)、《一个福尔赛人的暮秋》(1917,插曲)、《进退维谷》(1920)、《觉醒》(1920,插曲)和《出租》(1921)。小说主要描写了福尔赛家族第三代的代表人物索姆斯的生活。

索姆斯是个20世纪资产者的典型形象。作品指出,作为一个精干的律师和精明的收藏家,他的每个毛孔都浸透了财产意识和占有欲望。首先,他的言谈举止都反映了这种财产意识。作品交代,他与人交谈的内容时刻不离股息、股票和物价。借用狄更斯形容笛福的话来说,索姆斯本人就是"一件异常枯燥而又讨厌的商品"。其次,他也是个缺乏人间正常情感的冷酷的资产者。他失败的婚姻构成了《福尔赛世家》的重要内容。按照福尔赛人的评价标准,应该说他是一个值得同情的对象,因为他除了会赚钱外,还具有维多利亚社会所赏识的那种循规蹈矩的美德,如从不在外面过夜、酗酒和胡闹等。但是,这些所谓的美德并不能掩盖他的冷酷——正是他本人那种贪婪冷酷的福尔赛性格葬送了他的第一次婚姻。虽然他在追求和供养伊琳时,颇费心思,也肯花钱,但这不是出自理解和感情,而是由于虚荣心和占有意识的怂恿——"终日面对这瑰丽的景色,能够在朋友面前炫耀它,谈论它,而且占有它!……就好像四年前伊琳的绝色姿容照射进他的心扉,使他渴望占有她一样。"出于这种占有意识,他把一个"天生要被人爱和爱人"的女神贬低为一个需要严加看护的物品。在索姆斯的词典里,爱是一个被删除了的词语。随着情节的进展,索姆斯从一个扁平的"福尔赛人"演化为一个"圆形人物"。在《福尔赛世家》里,他是按照一个简单的特性(强烈的财产意识)创造出来的。但到了《现代喜剧》(1928)时期,他的性格中掺进了一些新的因素。作品写道:时间和阅历柔化了他原来冷酷的心肠,对芙蕾的溺爱使他变得有点善感了;他对艺术品的鉴赏也不再那么功利了;甚至在买一个失业工人卖的气球时,他居然多给了钱!这对于以前的索姆斯来说是不可想象的。最后,强烈的父爱升华到自我牺牲的程度:为了救出自杀的女儿,他献出了生命……

索姆斯的转变一向备受批评家质疑,认为这种描写反映了作者对社会批判的不彻底性和世界观的矛盾。但我们认为,作者对索姆斯的转变还是做了足够的铺垫的:在《有产业的人》序言里,高尔斯华绥就已把他定性为一个悲剧人物。在某种程度上说,索姆斯也是福尔赛家族正统教育的牺牲品。一方面,作为第三代福尔赛人,他除了接受金钱和财富的信仰之外,别无选择。另一方面,作为一个"具有中等阶级的那种惊人的正常性情"的父亲,在物欲横流的社会中,他也

---

① 法利赛:犹太教的一派,代表了犹太的中产者和文师、律法师。他们严于律己,笃信教义。在高尔斯华绥的笔下,法利赛意味着假道学、自私、排斥异己等。

不可能不表现出人性的某种温情。而这样一个复杂的人物，正是他所生活的社会造成的。所以，他的悲剧是现代社会的悲剧。

大卫·赫伯纳·劳伦斯（1885—1930）也是20世纪英国文学史上最重要的作家之一。他出生在英国中部诺丁汉郡伊斯伍德镇一个矿工家庭。他的父亲受教育的时间较短，为人朴实、直爽，但性情粗暴，还染上了酗酒的恶习。他的母亲则受过较好的教育。夫妻间经常发生矛盾冲突。由于夫妻感情长时期不和谐，劳伦斯的母亲将全部感情倾注在儿子身上。这种来自母亲的爱在很长时间里影响着劳伦斯的情感与心理，他在深层意识中对父亲有一种莫名的愤恨。劳伦斯于1906至1908年在诺丁汉大学读书期间开始诗歌与小说的创作。一生中写下了《白孔雀》（1911）、《儿子与情人》（1913）、《虹》（1915）、《恋爱中的妇女》（1920）、《迷失的少女》（1920）、《袋鼠》（1923）、《羽蛇》（1926）和《查特莱夫人的情人》（1928）等多部长篇小说。除此之外，劳伦斯一生还创作了10多部中短篇小说，他也是20世纪欧洲最重要的短篇小说家之一。《菊馨》（1911）、《狐》（1921）是劳伦斯有代表性的短篇名作。劳伦斯也是一位著名的诗人，主要诗集有《情歌》（1913）、《最后的诗》（1932）等。

第一部长篇小说《白孔雀》写的是两对青年男女间的爱情与婚姻生活，已初露了劳伦斯以后作品中反复出现的人与文明的关系的主题，并表现出心理探索的倾向。《儿子与情人》是劳伦斯的成名作，这是一部带有自传性的作品。作者通过保罗一家人的生活企图说明现代文明社会中一个恶性循环的事实：男人毁了女人，女人又毁了儿子们。在这个恶性循环事实的背后，隐含了人与文明、自然与文明的矛盾冲突。劳伦斯在这部小说中集中探究了人性的变异与心灵的扭曲，以此来批判工业文明对人的自然本性的摧残。《虹》和《恋爱中的妇女》被认为是姊妹篇。这两部作品借男女主人公的情感冲突与纠葛来审视西方文明。作者通过故事说明，理想的两性关系应该是灵肉和谐、男女双方的人格既独立又完整。建立这种和谐的两性关系和人际关系，是人类从现代文明中挣脱出来从而走向新生的必由之路。《查特莱夫人的情人》是劳伦斯后期创作中最重要的长篇小说。这是一部探讨现代西方人的生存与前途的作品，具有严肃而深刻的思想，它深化了作者以前小说中探讨的人与文明、人与自然之间关系的主题。小说中的矿业主克里福特崇尚理性，信奉"工业先于个人"的原则，他是一个典型的文明人，与自然相对立。这一形象象征着病态的现代文明。猎场看护人麦勒斯厌恶现代文明，崇尚自然，过着与自然浑然一体的生活，他是一个典型的与文明相对立的自然人。女主人公康妮则是处于文明与自然之间的人。克里福特和麦勒斯的冲突，隐喻了自然与文明、生命与死亡之间的冲突；康妮离开格拉比庄园和克里福特、投入小树林中看护人麦勒斯的怀抱，隐喻了文明人转化为自然人、自然战胜文明、生命战胜死亡的过程。

小说通过爱情故事的象征性结构，阐明现代人自然生命的复归在于摧毁文明给人设置的障碍，挣脱意识、理性和原有自我的束缚，创立一个新的自我，而通向这一目标的途径是纯洁的性爱。为此，作者在小说中赋予性爱描写十分深刻而丰富的象征意义，这也是这部作品远远不同于一般的性小说的根本原因。劳伦斯是一个处在传统与现代交接点上的作家。他的小说艺术特点在于，一方面真实地再现现代资本主义社会的客观生活和物质形态；另一方面，又热衷于展露在自然本能驱使下人物的心理与情绪状态，具有现代小说的那种心理探索的内倾性特征。这导致他的小说在情节结构上既有传统小说的故事性，却又出现了情节淡化和暗示性等现代小说的因素。劳伦斯喜欢用象征手法表现人的心理情绪，一切大自然现象在他的作品中几乎都被赋予了人类精神之灵光。如在《查特来夫人的情人》中，小树林象征自然，格拉比庄园象征工业社会。在这类象征描写中，劳伦斯的主要目的，是用自然物象和景致来暗示人的某种心灵隐秘，借以沟通物我间的交流，表达人的心灵在自然力启迪下的某种顿悟、反响和心态、情绪与意识的细微变化。这类象征具有传统文学不曾赋予的美学特征。

爱德华·摩根·福斯特（1879—1970）是作为一个小说家而在现代英国文学乃至世界文学中占有重要的地位的。他一直同乔伊斯、劳伦斯和伍尔芙被并称为20世纪英国最伟大的小说家。福斯特1901年毕业于剑桥大学英王学院。他在那里攻读过欧洲历史和希腊文学，毕业后又到希腊乡下住了一段时间，所以希腊古典的人本主义在他的思想上刻上了深深的印记。

他一生中所写的小说并不多，只有长篇小说6部（包括遗嘱中指定死后出版的《莫里斯》），短篇小说集2部。长篇小说有《天使惧于涉足之地》（1905）、《最漫长的旅程》（1907）、《看得见风景的房间》（1908）、《霍华德别业》（1910）和《印度之行》（1924）。另外，在小说理论方面，他也有独到的建树。其演讲集《小说面面观》（1927）对20世纪西方文艺批评也产生了较大的影响。他的绝大部分作品都是在第一次世界大战前发表的。在创作中提出了当时社会发展中遇到的一些新的问题，而这些问题又大都是知识界在那个特定的历史时期所面临的并为之思考而又得不到解决的问题。他作品中经常出现的主题是人际关系（指感情的关系）与所存在的各种截然不同的观念之间的矛盾，这种矛盾在福斯特看来往往是不可能调和的。在他的《霍德华别业》中，主要人物之一海伦·施莱格尔说："永远、永远最重要的是人际关系，而不是这个以电报和怒气所组成的外部世界。"福斯特的这种观点，事实上是资本主义社会发展到"全盛"时代已逐渐暴露出的潜在的危机（如第一次世界大战即将爆发）在知识分子的心中所引起的反应。福斯特对这个社会及上层建筑感到厌恶，持强烈的反对态度。

《印度之行》是他的几部长篇小说中声望最高的作品。这是他根据自己在印度的实际经历和感受写成的。1912年，他曾与社会思想家路威·狄更生一同去印度旅行过。1922 年他又去印度，为印度一位王公当秘书。在这部小说里，他对印度人和在殖民地印度生活的英国人之间的关系的刻画，表现出了极大的悟性和智慧，也加深了他对西方文明所面临的困境的认识。在他看来，印度人对感情、对生活和对宗教的敬畏所表现出来的“开放”情怀与英国人为了挥舞权力而展示的“实际”和僵硬态度，正显露出了真实的人和虚伪的社会之间存在的差异。《看得见风景的房间》是福斯特的又一部精品小说。作品描写了英国姑娘露西与青年乔治的爱情故事。作家在这部小说中塑造了一个包括爱情在内的完整和谐的世界，深刻指出，就个人而言，只有大胆地正视自己的真实情感，勇于摆脱陈腐观念的束缚，才能得到真正的爱情。就整个社会而言，在这个世界上，应该消除一切个人的、阶级的和民族间的偏见，人与人、人与自然应该真诚而融洽地“联结”起来。福斯特从人本主义出发，既不满足于英国维多利亚时代的文学说教，也不愿意苟同孤立于社会以外以个人为中心的观点，对 20 世纪初期的英国社会作了深刻而独特的反映。他的灵魂深处，潜藏着一种严肃的社会责任感。

威廉·萨尔默特·毛姆(1874—1965)也是英国 20 世纪现实主义文学的重要代表，著名小说家。他的个人生活颇有传奇色彩，足迹遍及世界各地，曾以间谍的身份到过俄罗斯和中国。一生创作了 30 部剧本和大量的短篇小说。他自认为是“二流作家中最好的作家”。面对当时文坛上流行的弱化、淡化小说故事性的叙事风尚，毛姆却逆流而行：“我有故事要讲，我把讲故事看作是乐趣。”他的小说大都具有引人入胜的阅读魅力：情节曲折多变，笔墨洗练，结局令人出乎意料。因此，他成为“20 世纪英国小说界少数几个雅俗共赏的作家之一”。毛姆的小说多以家庭、婚姻、恋爱为主题。代表作有《月亮和六便士》(1919)、《刀锋》(1940)等。《人生的枷锁》(1915)属于自传性小说，具有个人小说的自我探索的特征。它取材于作者本人的早年经历。通过主人公菲力普·卡莱极力追求自由发展的成长经历，揭露了宗教、教育、贫困和社会风尚等是束缚人性的枷锁。

第二次世界大战以后，英国的现实主义文学得到了进一步的蓬勃发展。

首先是战前已经开始创作活动的无产阶级文学和左翼文学作家此时的创作成就令人瞩目。其代表人物，除奥凯西外，还有林赛，他们代表着战后英国进步的现实主义文学传统和发展方向。杰克·林赛(1900—1990)出生于澳大利亚一个艺术家家庭，1926 年定居英国。30 年代至 50 年代初是其早期创作阶段，此时创作主要以历史题材小说为主。包括《1649 年，一年的历史》(1938)、《我们会回来》(1941)、《克服了恐怖》(1943)和《1848 年的人们》(1948)。20 世纪 50 年代以后被看作是他的后期创作阶段。林赛此时创作了几部反映战后英国人民生活道路的史诗性作品。这些小说被加上一个副标题：“不列颠式的小说”。其中第一部，即是被认为是林赛代表性的长篇小说《被出卖了的春天》(1953)。作品描写的是 1947 年春天工党政府走上与帝国主义妥协的道路，在工人和人民群众中引起的反弹;描写重心是与罢工运动相联系的一些事件的发展过程,在这些事件的背景上塑造人物的形象,如矿工的形象、女工的形象。小说也刻画了与工人为敌和出卖工人利益的各色人物的丑恶嘴脸。

伊夫林·沃(1903—1966)在20世纪20年代末30年代初发表作品。在战后20多年里共写了8部小说,其中最著名的是《重访布莱兹赫德》(1945)、《亲爱的人》(1948)和"《荣誉的剑》三部曲"[包括《军人》(1952)、《军官和绅士》(1955)、《无条件投降》(1961)]。沃有"天主教作家"之称。他从1930年起就皈信天主教。在《重访布莱兹赫德》和"《荣誉的剑》三部曲"等所谓"天主教小说"里,沃宣扬了他的宗教观念。虽然如此,它们仍不失为描写战后初年英国社会面貌的优秀作品。这些小说反映了英国中产阶级上层的旧世界及其一整套价值观念的破灭,表现了这个阶层人们没有能力适应社会的变化,对现实感到惶惶不安和失望,对未来又怀着无限恐惧的悲观情绪。在艺术上,这些小说都继承了狄更斯的现实主义讽刺传统,成功地刻画出了那些被时代潮流抛到后面的人物的可怜而可笑的神态。

查尔斯·斯诺(1905—1980)的身份比较特殊,兼作家、科学家和官员等多种角色于一身。在大学攻读过化学,1930年获剑桥大学博士学位。由于认识到研究人和社会比研究科学更为重要,斯诺毅然离开科学研究领域而专心于文学创作。他的主要作品是1940至1970年发表的总题为《陌生人与兄弟》的一套小说,包括11部各自独立的长篇。这些小说以第一人称的形式叙述主人公路易·艾略特一生的经历,即斯诺所说的"观察到的经历",反映了从20世纪20年代到70年代英国知识分子的生活、工作和思想情绪。斯诺透过形形色色的知识分子之间错综复杂的关系,揭示了英国社会的内部结构,特别是权力结构的奥秘。他曾说过,一个人要想在改进社会方面有所作为,就应该"懂得这架机器是怎样运转的"。斯诺的小说大部分以大学和政府机关为背景,深刻地刻画出了现实社会的人们在感情、抱负、权力等问题上所显示出来的复杂而微妙的性格特点。如《权力的走廊》(1964)就描写了英国议会和政府的政客、官员以及科学家和工业巨头们围绕一项科学研究方案所进行的斗争和彼此间的相互影响,从而揭示了国家最高权力机器运转的秘密。"权力的走廊"(Corridors of Power)这个词也由此成为了当代英语的常用语汇。第二次世界大战后,斯诺曾在政府任职,并被封为爵士,后加封勋爵,享有很高的声望。

新流派的兴起和由此涌现出的新一代现实主义作家群体,是战后英国文学的一个十分显著的特征。这里首先应该提到的是"愤怒的青年"和"工人小说"。这两个流派的作家都是出身于下层平民和工人阶级的青年。其中不少人在英国教育改革("普及中等教育法"和建立大学助学金制度)和工党执政后,有机会受到了高等教育。他们加入到文学创作队伍中来,想按自己的观点反映社会,特别是对 20 世纪 50 年代的“福利社会”及其所带来的问题作出自己的评价。他们创作思想的基调是出于对当权集团和保守、狭隘的中产阶级传统势力的不满而发起的猛烈抨击和社会批判。他们看到，经过两次战争震动的英国社会没有发生根本性的变化，他们尽管有幸享受到高等教育，但在等级森严的中产阶级社会，仍然得不到真正平等的对待。然而，他们也只是怀着变革社会的愿望，借助文学创作，倾泻对现实的失望和不满，而不能给社会指出一条正确的出路。

“愤怒的青年”因剧作家约翰·奥斯本发表轰动文坛的剧本《愤怒的回顾》而得名。其主要成员大多是小说家，其中影响最大的有约翰·韦恩、昆斯里·艾米斯、约翰·布雷恩等，他们注重描写社会丑恶，一些作品即使描写人的思想活动，也有别于现代主义的“意识流派”，而偏重于对外界现实的反映，内容多是对社会的评论，因此有“社会文献派”之称。“愤怒的青年”作家风格不尽相同，有的富于喜剧性和讽刺锋芒，有的反映现实问题直截了当。但从创作方法上看，基本上都属于现实主义。

战后，在诗歌领域，一方面有奥登、斯彭德、麦克德尔米德等老一辈诗人遵循传统继续写作。另一方面，一个新的诗歌流派——“运动派”崛起，成为 20 世纪 50 年代英国诗歌的主流。“运动派”和戏剧、小说领域的“愤怒的青年”关系密切，它也强调继承现实主义文学传统，反对现代主义的反理性。“运动派”诗歌的杰出代表是菲利普·阿瑟·拉金（1922—1985）。他是诗人兼小说家。他于 1955 年发表的诗集《较少受骗的》被视为“运动派”诗歌兴起的标志。其实，他发表于 1946 年的小说《吉尔》已显示出“运动派”的特点。拉金的诗歌清新流畅，韵味隽永，表现了传统诗歌旺盛的生命力。

格雷厄姆·格林（1904—1991）是英国文坛上创作历史最长的多产作家之一，也是一个与传统现实主义保持较多联系的现当代小说家。自 1929 年发表第一部长篇小说《内心人》以来，他在长达半个多世纪的创作生涯中共计发表长、短篇小说各 20 余部（篇），另有些剧本和游记、散文等作品，在当代英国和国际文坛上都享有很高的声誉。

格林曾把他的作品划分为两类：一类叫“消遣读物”，一类叫“严肃文明作品”。属于前一种的，除了其成名作《伊斯坦布尔列车》（1932）之外，还有《一枝出卖的枪》（1936）、《恐怖部门》（1943）等。自 1938 年发表《布莱顿硬糖》开始，格林发表了一系列探讨宗教问题的小说，主要的有《权利与荣誉》（1940）、《问题的核心》（1948）及《事情的结局》（1950）等。

《问题的核心》给作者带来了世界性声誉。小说主人公斯考比在英属西非殖民地任警官已经 15 年，为人善良，但也具有明显的人性弱点。他虽然出于善心做了很多事情，但他的所作所为，后来都成了酿成他的不幸的祸因。他的不幸，固然有不怀好意的恶人从中作梗的原因，但是在作者看来，主要还是他自己造成的。应该说，斯考比是一个心地善良的人，他所做的一切，都是出于怜悯的感情。可是，这种感情却并没有使他越来越高尚，而是把他一步步推入“罪恶”的深渊，使他变成一个不道德的，为舆论和法律所不容的人。例如，他抱着让妻子幸福的良好愿望，向尤塞夫举债，而落入圈套；他同情海伦的孤苦命运，爱她，却犯了通奸罪；后来，他给海伦写了一封信，表示对她的爱的坚贞，这封信却落到尤塞夫的手里，成了后者要挟他的把柄；他怜悯葡萄牙船长，却犯了渎职罪。这样，斯考比这个本性善良的人，不论从世俗的角度看，还是从宗教的角度看，都成了一个罪人。在作家看来，问题的核心不是别的，而是他的怜悯心与责任感。斯考比自己也认识到这一点。他认为，别人“都是受了金钱的腐蚀，而他却是受感情腐蚀而堕落的”。他陷进了无法解脱的矛盾之中。作品指出，在人世间万全的解决办法是没有的，在他面前只有自杀这一条路。因为没有人需要一个死人，他死了，人们也就把他忘了。《问题的核心》不同于一般的惩恶劝善的小说。作者没有对他笔下的主人公的行为作简单的谴责。毋宁说，他在向读者提出了一个问题：人生的善恶是否有绝对的标准？他的回答是否定的。他认为，有两种善——真正的善和世俗的善，二者是不能相容的。服从了世俗的善（教规和禁令），就要牺牲人性（对人的怜悯、爱）；而服从了真正的善，又要触犯教会的教规和世俗的禁令。当二者的矛盾不能解决的时候，他只好以消灭自己的肉体来解决问题。显然，作者并没有对表面上有罪的主人公作简单的善恶是非意义上的判决，而是从人性的意义上作了深刻的探索。这部作品的价值还在于，格林写了一部探索人的精神以宗教方式解脱的小说，但读者处处可以感受作者对现实问题，对善与恶、灵与肉的斗争的忧思，一句话表达了他的隐衷：“恶在人间畅行无阻，而善却不能再在世间漫步。”

第二次世界大战期间，格林从事了几年外交工作，到过西非、亚洲和拉丁美洲。这一经历，使他战后的创作对国际政治题材产生了浓厚的兴趣。世界上哪里发生问题，他的笔就指向哪里。1955 年，这类作品中的一部《沉静的美国人》问世。小说背景是抗法战争时期的越南。当法国的殖民统治彻底失败，从越南撤退之际，美国开始插手印度支那局势。作品描写一个外表“沉静”的美国官员派尔，在经济援助的幌子下，企图建立反越排法的第三种势力。作品指出，他实际上是暗中进行破坏活动的罪犯：他运来大批炸药，武装一小撮土匪，屡次在西贡制造爆炸事件，广场上染满无辜百姓的鲜血，河边布满了妇女和婴儿的尸体，红河上到处是被击沉的船只……这一切残忍而凄惨的景象，都映在英国新闻记者托马斯·富勒的眼里。现实无情地粉碎了他决意奉行的“不干涉”的生活原则，也使他彻底认清了战争罪犯的真实面目，憎恶并起而反对“肮脏的战争”。最后，这位记者帮助越盟地下工作者杀死了对和平人民犯下罪行的派尔。格林类似的国际政治题材小说还有《我们在哈瓦那的人》（1958）、《勾销的病案》

(1951)、《喜剧演员》(1966)等。

1978年,格林在其写作生涯的第50个年头,发表了他的第22部小说《人的因素》。小说主人公莫里斯·卡瑟尔多年供职于英国情报机关。他在南非工作期间,违反种族隔离法,与一黑人女子结婚,为摆脱警方缉捕而逃回英国。后来,他获得了美、英、法三国合谋帮助南非当局镇压黑人革命运动的情报。出于对南非人民的同情,他将手中掌握的重要情报泄露给了俄国人,以为俄国人会挫败西方帝国主义者的阴谋。没有想到俄国人竟立即将情报转给了西方三国,同时,还把卡瑟尔弄到莫斯科软禁起来。小说表现了一个有正义感的西方侦察人员的遭遇以及由于陷入情网(对一个已成了"双重间谍"的女人恋恋不舍)和职务上的矛盾而造成的孤独和痛苦。最终,小说写他对追求真理丧失了信心,陷入相对主义。因为他无法回答:"究竟什么是真理?它在哪里?"

格林的小说大都是带有消遣性质的作品,但又不同于一般的西方侦探小说,他强调忠实于生活,敢于接触有重大国际政治意义的题材。在艺术上,格林的小说格调新颖,情节生动,往往以巧妙的悬念吸引读者。他的最大优点是擅长讲故事,这是他的小说为读者所喜欢的主要原因之一。

乔治·奥威尔(1903—1950)是英国记者、小说家、散文家和评论家。生于英国殖民地的印度,童年耳闻目睹了殖民者与被殖民者之间尖锐的冲突。少年时代受教育于著名的伊顿公学,后来被派到缅甸担任警察工作;在缅甸期间,同情苦役犯的命运。20世纪30年代,参加了西班牙内战,因属托洛茨基派系(第四国际)而遭排挤,回国后却又因被划入左派,不得不流亡法国。第二次世界大战中,他在英国广播公司(BBC)从事反法西斯宣传工作。1950年死于肺病,年仅46岁。他将悲喜剧融为一体,使作品具有极大的张力。他并非仅仅用小说来影射个别的人与政权,而是直接揭露语言的堕落。在奥威尔眼里,语言是掩盖真实的幕布,粉饰现实的工具,蛊惑民心的艺术。他坚信:"在一个语言堕落的时代,作家必须保持自己的独立性,在抵抗暴力和承担苦难的意义上做一个永远的抗议者。"其代表作有《动物庄园》(1945)和《一九八四》(1948),都影响巨大,他以先知般冷峻的笔调勾画出人类阴暗的未来,令读者心中震颤。

金斯莱·艾米斯(1922—1995)是英国小说家、诗人和评论家。一生写有40余部作品,多为尖酸幽默的小说;其第一部小说《幸运的吉姆》(1954)是喜剧杰作。代表作还有《模糊的感情》(1955)、《绿人》(1959)、《杰克的东西》(1978)和《老恶魔》(1986)等。

约翰·福尔斯(1926—2005)是当代英国著名的小说家之一。出生于英国埃塞克斯郡,自幼热爱自然,成年后也对自然科学颇有研究。在长篇小说《收藏家》(1963)成功之后辞去教职成为专职作家。在长达40多年的创作生涯中,约翰·福尔斯留下了六部长篇小说、多部非小说类作品。代表作有《巫术师》

(1966)、《法国中尉的女人》(1969)、《尾数》(1982)等。他用十分贴切的维多利亚时代的语言、对话、文体再现了这一时代。例如,《法国中尉的女人》的故事发生在1867年的英国。主要讲述了贵族青年查尔斯·史密森到小镇莱姆会见已经与他订婚的欧内斯蒂娜·弗里曼小姐。在海边,他遇见了萨拉·伍德拉夫,她被小镇居民蔑称为"法国中尉的女人"。她身上那种浓郁的神秘气质,与所处的时代和环境格格不入的特立独行,都使查尔斯为之倾倒。他热烈追求萨拉,导致他与欧内斯蒂娜的婚约被解除。然而萨拉虽钟情于他,却对他若即若离,最后竟不辞而别。小说的主题写的是在这样一个毫无自由的社会里,一个地位卑贱的女子是怎样获得自由的。这部小说因写了好几个可能的结局——一个以悲剧结尾,一个是以喜剧结尾,等等——而变得引人注目。

爱丽丝·默多克(1919—1999)是战后英国文坛最具影响力的小说家之一,也是自狄更斯以来英国文学中少有的多产作家。在40多年的写作生涯中总共发表了小说、剧本和哲学著作近40部,其中小说有《在网下》(1954)、《独角兽》(1963)、《黑王子》(1973)和《海,海》(1978)等26部。《独角兽》是一个神秘的爱情故事,描写富有的汉娜嫁给了自己的表哥后却又与邻居之子皮普偷情,后因试图谋害丈夫,被丈夫囚禁在家中,但她却也甘心接受惩罚。在囚禁7年的岁月中,虽然很多人尝试拯救她,但最后都无结果,直至家庭教师玛丽安的到来。玛丽安同情汉娜,决定打破施在汉娜身上的符咒,便与将汉娜当圣母般崇拜和痴爱的仆人艾菲汉一起设计要将汉娜送走。计划失败。远在纽约残废了的丈夫彼特要返家的电报,使故事再起波澜。一直默默隐忍、不愿出走的汉娜突然向监禁她的杰拉尔德求救,希望他能带自己离开。当众人以为故事即将结束,汉娜终于得救之时,彼特却又不回来了。汉娜狂怒之下杀死了杰拉尔德,并在玛丽安潜意识的怂恿下自杀而亡。彼特闻讯归家,结果在途中被一直深爱汉娜的丹尼斯溺死于海中。汉娜的遗产神秘地被赠与了从未谋面却心有灵犀的老麦克斯。7年来如局外人一样只能用望远镜窥视汉娜的昔日恋人皮普开枪自杀。小说最后,玛丽安和艾菲汉仿佛从一场噩梦中醒来,如释重负,不约而同地登上了同一列火车,回到了健康正常的生活轨道。全书有一种朦胧神秘的感觉,似乎很多事情都是无解的荒诞的,无法看透的。

法国现实主义文学　法国的现实主义文学在20世纪也获得了新的发展。文学史上一个公认的事实是:法国是近现代欧洲一切艺术革命的策源地——19世纪的现实主义文学运动和象征主义诗歌运动都是从法国开始,而后扩散到其他国家的。按照《阿塞克斯的城堡》的作者埃德蒙·威尔逊的观点,现代主义其实就是象征主义的错综复杂的延续。尽管20世纪的法国再次扮演了美学先锋的角色,甚至激进的现代派作家声称巴尔扎克和左拉的创作原则已经退化成千篇一律的教条,但现实主义文学依然保持着活跃的态势。这部分是因为它拥有罗曼·罗兰这样优秀的作家，部分是因为法国文学史的特性：先锋文学与传统文学总是平行发展的。

法朗士（1844—1924），本名蒂波·法朗索瓦，生于巴黎一个书商家庭。1873年出版第一本诗集《金色诗篇》。1881年出版《波纳尔之罪》，在文坛上声名大噪。之后他写了一系列历史题材小说。他的这些作品均流露出历史循环论、社会改造徒劳无益论的悲观情绪，但更多的是充满对社会丑恶的嘲讽和抨击。在第一次世界大战和"十月革命"的影响下，他热情参加国内外工人运动，曾担任法俄人民友好协会主席，支持民族解放运动，成为进步的社会活动家。在文艺理论方面，法朗士要求文艺评论家发表自己的主张，反对强加于人和教条式的批判；他曾在《时报》上长期主持论坛，与保守派批评家布吕纳介对垒。主要代表作品有：《文艺生活》（4卷，1888—1892）、《黛丝》（1890）、《红百合》（1894），长篇四部曲《现代史话》（1896—1901），以及《企鹅岛》（1908）、《诸神渴了》（1912）、《天使的反叛》（1914）等。法朗士65年创作的杰出成就，使他成为"一位真正的文坛宗师"，作为作家的他在国内外赢得了极高的声望。

《诸神渴了》是他的代表作。讲述了一个有卓越才华的年轻画家在法国大革命期间投身于革命的故事。主人公甘墨兰不仅有才华、有勇气和必胜的信心，对祖国也无比热爱。作为革命者，在他的心目中，所有有损法兰西、有损大革命的行为都是不可原谅的。甘墨兰在法院的陪审团中将无数生灵——自己认识的，不认识的，对自己有恩的，有仇的，该杀的，不该杀的，统统丢上了断头台。这些人中有自己的妹夫，保举自己得到审判员位置的女贵族，自己的邻居，假想中的情敌，杀到最后，连他的母亲都惊恐地认为他是个疯子。作品的结局很简单，甘墨兰在群众的斥骂声中，和他的偶像罗伯斯庇尔一起都被送上了断头台。作品表现了典型的现代资产阶级人道主义思想，即：自由是人的天性，人们反对压迫，争取自由毫无疑问是正确的，值得肯定的；但作家又认为人的自由追求，必须要用正义来匡正。否则，这种自由的追求就会成为一场灾难。

罗曼·罗兰（1866—1944）被公认为是20世纪法国最伟大的现实主义作家。他以剧作家身份开始文学生涯，却以传记文学和小说方面的成就蜚声全欧。作为一个富有浪漫主义激情的传记作家，他在20世纪初令人窒息的环境中，写下的系列英雄传记《贝多芬传》（1903）、《米开朗琪罗传》（1906）和《托尔斯泰传》（1911），展示了不同民族的三个伟大艺术家的精神力量和反抗风采。他们都是罗曼·罗兰谓之的"以心而伟大的"英雄，作家意欲通过颂扬贝多芬等人抗争苦难的精神历程来安慰"世上不幸的人们"，鼓励他们努力做一个"无愧于人的称号的人"。

他的代表作是长篇小说《约翰·克利斯朵夫》（1903—1912）。这部作品继承和发展了他的传记文学的基本主题：弘扬崇高的英雄主义。在其引言里，罗曼·罗兰就声称:“这是一个主角的心作为中心所看见的世界。”这部10卷本的巨著融合了约翰·克利斯朵夫的原型贝多芬和作者本人的生活经验与心灵史,反映了1880年到第一次世界大战期间法国和欧洲其他国家的虚伪腐败的社会现实。作家以一个德国音乐家的精神反抗以及创作过程中的痛苦和欢乐构成小说的主要内容。在曲折宛如河流的生命历程中,克利斯朵夫从一个音乐神童成长为一个卓异的精神巨人,反抗和反思犹如正、副主旋律贯穿了他的一生。例如,他厌恶德国小市民的庸俗,也憎恨法国艺术界那种被风雅巧妙地掩饰着的庸俗。就像尼采的“超人”一样,他以蔑视的态度注视着他身边的这个市场化了的世界。但是,克利斯朵夫也逐渐意识到,正如音乐不只是一种独白,唯有跟别人息息相通的艺术才是有生命的艺术一样,一个人也要融入到这个社会之中。而他的融入却是以同这个社会的妥协为结局的。这样,罗曼·罗兰完成了克利斯朵夫性格发展的“反抗—失败—妥协”历程,而这正是20世纪初期欧美进步知识分子典型的性格发展、思想发展和生活道路的真实写照。这部作品对人们认识20世纪初欧洲令人窒息的社会风气和把握当时知识分子的精神面貌,具有巨大的现实意义。作为“一部现代心灵的道德史诗”,《约翰·克利斯朵夫》兼备了史诗性的大气和抒情诗的优美风格。路易·阿拉贡(1897—1982)称它“打开了20世纪的门户”。可以说,《约翰·克利斯朵夫》所达到的思想深度和艺术高度确保了它不衰的精神感召力。

马丁·杜伽尔(1881—1958)是法国伟大的现代作家之一,也是一个具有高度的理论自觉的现实主义作家。他曾说过是托尔斯泰教会了他“向心灵深处观察”。8卷本的长篇小说《蒂博一家》(1922—1940)完美地体现了他的创作原则:“长篇小说的主要目标就是表现出生活的悲剧性,个人生活的悲剧性,一个正在形成的命运的悲剧性。”《蒂博一家》常常被批评家界定为“世家小说”,因为它涉及了两个家庭(蒂博和丰塔南)的变迁和两代人的命运。其实,小说的核心内容是老蒂博家两个儿子昂图瓦纳和雅克的成长经历。

兄弟俩具有完全不同的气质,代表了矛盾的两个方面:“一方面本能地渴望独立、反抗、不服从,而另一方面是遗传的分寸感、拥护秩序、不采取极端行为。”[①]杜伽尔通过精细入微的心理描写、典型性的行动描写和出色的对话刻画了一对血肉丰满的人物。哥哥昂图瓦纳性格坚毅,颇有谋略,是一名优秀青年和敬业的医生。他曾怀着满腔的热情走向战场,结果在前线中了毒气,只得卧病在床,等待死亡。作品描写他在历经沧桑之后才“第一次被迫对一切表示怀疑”,意识到了人类的苦难和自己原有认识的局限性,在他的追问“生命的意义何在”中内含着一种无路可走的悲观情绪。弟弟雅克自小就桀骜不驯,对家庭和社会

① 马丁·杜伽尔:《回忆录》,见《法国作家论文学》,王忠琪等译,三联书店1984年版,第217页。

充满了愤怒，为了摆脱这个敌意社会的一切束缚，他逃离家乡，到过许多国家，经历了许多痛苦，甚至进过监狱。最后，因独自驾机散发反战传单，被当作德国间谍而死在法国士兵之手。作品写道：弟弟死时，也正是他哥哥被人用担架抬下来的时候。从作品中可以看到，在兄弟俩人合演的这出生活的悲剧里，交织着情爱的隐痛、精神的创痛和时代的剧痛。作品既给后世留下"一切使人不堪重负的问题"（加缪语），同时也留下了一些希望。与罗曼·罗兰磅礴绮丽的文风相比，杜伽尔的风格显得"简单、明快而不耀眼"。因为《蒂博一家》"其人物画廊的丰富性和分析的全面性已达到小说主题所容许的最大程度"，杜伽尔荣获1937年的诺贝尔文学奖。

弗·莫里亚克（1885—1970）是1952年诺贝尔文学奖获得者。他从20岁起开始写作，48岁当选为法兰西学士院院士。一生发表过20多部小说。最著名的是《给麻风病人的吻》（1922）、《苔蕾丝·德盖鲁》（1927）、《蝮蛇结》（1932）。这些小说的主题，均可以套用作家的一部中篇《爱的沙漠》的书名来概括。它们所描写的大多都是外省资产阶级的家庭悲剧：用世俗利益与宗族荣誉撮合在一起的男人和女人们被围困在"爱的沙漠"中，饱受情欲的饥渴和罪孽的折磨。例如，健康美丽的诺埃米被贪财的家人嫁给了一个大庄园主的继承人——丑陋不堪的让·佩罗埃尔。婚后，尽管佩罗埃尔从内心爱慕妻子，但由于自尊和自卑的作祟，他不肯流露自己的温情；而诺埃米为了恪守妇道，不得不克制自己的厌恶，强行做出一副温柔忠实的样子。双方都挣扎在"罪恶深渊之中"，被嫉妒、憎恨、情欲拖进绝望的境地。莫里亚克是一个出色的心理学家，善于刺探人物的内心世界和人物灵魂深处的恶，因而他获得"描绘痛苦的大师"的封号——在刽子手那里寻找受害者，在受害者那里寻找刽子手。莫里亚克的艺术特点是从生活素材出发，又同生活进行争论。

安德烈·纪德（1869—1951）也同样擅长心理分析，他的作品多半带有自传性质。《背德者》（1902）追求人生的乐趣和"绝对自由"。日记体小说《窄门》（1909）则相映成趣，写的是一个受宗教影响而弃绝爱情的悲剧。《伪币制造者》（1926）反映了当代青年的不安与苦闷，流露出对现实社会的怀疑。作品采用了小说中套小说的别致写法，被认为是一部反小说。

安德烈·马尔罗（1901—1976）也是20世纪法国一位较有影响的小说家和社会活动家。他的小说常常从东西方的政治生活中撷取素材，例如《征服者》（1928）就以中国1925年的省港大罢工为题材。《人的状况》（1933）描绘了1927年的上海工人起义。《希望》（1937）描写了在西班牙的反法西斯战斗。20世纪一些震动国际社会的重大事件在他的小说中都得到了真实的再现。

弗朗索瓦兹·萨冈（1935—2004）是法国著名女作家。18岁时以《你好，忧愁》（1954）一举成名，创下84万册的销售纪录。萨冈的小说大多篇幅不长，描写的都是二人或三人世界里的感情波澜，用优美的文笔创造了一个独具特色的情感世界。主要作品有《某种微笑》(1956)、《您喜欢勃拉姆斯吗?》(1959)、《纹丝不动的风暴》(1983)、《厌倦的战争》(1985)、《水彩画的血迹》(1986)、《失落的镜子》(1996)等小说。她笔下的人物多为生活在中产阶级家庭的青年男女，他们虽然生活无忧，但精神空虚，百无聊赖，从三角恋爱中获得刺激。这正是当代法国社会里相当普遍的精神状态的典型体现。她逝世后，法国总统希拉克评价她是"为我们国家女性地位的改善作出杰出贡献的作家"。

德国现实主义文学　与英、法两国相比，德国的现实主义文学传统要薄弱得多。造成这种局面部分是由于它们继承了与英、法作家们不同的哲学思想。众所公认，文学意义上的现实主义与哲学意义的唯物主义共享一个核心理念，即存在决定意识。这个理念也可以被转述为"如实地摹写生活"，或"我们所虚构的作品来源于现实的因素"(莫里亚克语)。英、法两国一直有着深厚的唯物主义传统，而德国向来是唯心主义的大本营。唯心主义所携带的非理性主义基因总是成为各种名目的现代主义的酵母。在这种大背景下，德国现代作家或隐或显地都表现出表现主义的倾向。这说明德国的现实主义文学是以崭新的形态发展着的。

德国20世纪现实主义文学的代表作家首推亨利希·曼(1871—1950)和托马斯·曼(1875—1953)兄弟。他们出生在德国吕贝克市一个显赫的富商世家，其家庭一度是上流社会社交生活的中心，二人从小就受到良好的艺术熏陶。资产阶级的附庸风雅和对艺术的鄙薄激发了兄弟俩对于他们"所属于的这个庸俗世界"的厌恶，但父亲却反对两个儿子的文学抱负。这样近乎矛盾的成长背景为他们未来的创作提供了丰富的素材。

亨利希·曼的《臣仆》(1918)是他创作成熟时期写作的一部最重要的长篇小说，副标题是"在威廉二世统治之下官方思想的历史"。作者通过塑造主人公狄德利希·赫斯林这个典型形象，无情地揭示了德国国民的劣根性。他们一方面具有奋斗进取之心，另一方面却对达官显贵的权势和尊荣表示敬畏之意。"狄德利希生性就是这样：他以自己能属于这一抹杀了个性的整体为幸福……也为自己也是这种权势的一个渺小的组成部分而感到自豪，尽管这种地位只能给他带来痛苦。"

托马斯·曼的《布登勃洛克一家》(1901)也是一部延续了19世纪批判现实主义传统的杰作。作者通过叙述一个商业巨族的兴旺和没落，表达出他对于时代环境的质疑和批判。小说包含了丰富复杂的社会和心理内容，在布登勃洛克这个商业王国里，美和真理没有生存的空间。作者以从容的叙述方式驾驭了繁纷的情节线索，一种讥讽的调子弥漫在整个叙述之中。最后，作家让肩负复兴家业希望的年仅15岁的汉诺死于伤寒，暗示这个家族及其所属的阶级终将消亡的历史命运。

总的来说，曼兄弟继承了欧洲的现实主义的传统。亨利希有“巴尔扎克的学生”之称，托马斯有“托尔斯泰的弟子”之誉，他们具有鲜明的人道主义立场和怀疑主义精神。

埃里希·玛利亚·雷马克(1898—1970)，德国小说家。18 岁被征入伍，在战斗中多次负伤。战后在写作小说期间，雷马克担任赛车手和体育记者。1932 年雷马克离开德国，前往瑞士。1933 年他的书被纳粹党查禁。1939 年他流亡美国，1947 年入美国国籍。第二次世界大战以后，他定居瑞士，直至去世。一生写作了 11 部长篇小说和 1 个剧本。代表作有《西线无战事》(1929)、《黑色方尖碑》(1956)、《凯旋门》(1946)、《里斯本之夜》(1963)等。长篇小说《西线无战事》故事的背景是第一次世界大战期间，一位 19 岁的学生保罗·博伊默尔在学校教师的激励下跟同学莱尔、米勒等参加国民志愿兵，在接受十个星期严厉的新兵训练之后，就被派往前线与法军作战，战争的无情让他犹如活在地狱中，战壕内都是老鼠、虱子，烈性传染病威胁着每个士兵的生命。保罗眼看着同学们一个个阵亡或受伤。少数生还者之一的保罗因伤放假回到故乡，发现前线与后方的差距很大，父亲带着他要去向朋友炫耀，大家都相信政府的宣传，以为德国很快打赢了。在学校里教师坎拖雷克依然充满激情地鼓动学生上战场。重回前线后，保罗看尽了死亡。好不容易等到了战争结束，但就在战争结束的那天早晨，一个小小的弹屑击中他的头部。第二天德国报纸却刊载：“西线无战事。”小说表现了强烈的反战主题，揭露了战争的残酷和反人性。小说出版后获得了巨大反响。

赫尔曼·黑塞(1877—1962)，德国作家。出生于牧师家庭，在父亲的劝说下进入神学校读书，但随即退学。后来在书店工作，开始发表诗歌和小说。1899 年出版诗集《浪漫之歌》；1904 年发表长篇小说《彼得·卡门青特》，一举成名，从此成为专业作家。这一年他与玛丽结婚，移居巴登湖畔，埋头写作，1906 年发表了长篇小说《在轮下》。这一时期的创作以浪漫主义诗歌、田园诗风格的抒情小说和流浪汉小说为主，作品洋溢着对童年和乡土的思念之情，充满对广大自然和人类的爱，同时也表现了青年人的精神苦闷与追求。第一次世界大战后，黑塞的创作发生了明显的变化，他醉心于尼采哲学，求助于印度佛教和中国的老庄哲学，并对荣格的精神分析学说产生了深厚的兴趣。他试图从宗教、哲学和心理学方面探索人类精神解放的途径。这时期的长篇小说有《克努尔普》(1916)、《德米安》(1919)、《席特哈尔塔》(1922)、《荒原狼》(1927)和《纳尔齐斯与歌尔德蒙》(1930)等。这些书深受西方读者的喜爱，得到极高的评价，其中《荒原狼》曾轰动欧美，被托马斯·曼誉为德国的《尤利西斯》。1923 年他 46 岁入瑞士籍。20 世纪 30 年代后，法西斯在德国猖獗，黑塞对社会前途陷入深深的怀疑与绝望之中,但他仍不倦地从东西方宗教与哲学中寻求理想世界,《东方之行》(1932)、《玻璃球游戏》(1943)正是这一时期他所追求与探索的结晶。1946 年荣获诺贝尔文学奖。1962 年于瑞士家中去世。

战后德国文学是在较为特殊的情况下发展起来的。第二次世界大战后,德国分裂为东、西两部分。德国文学也随之分为德意志民主共和国文学和德意志联邦共和国文学,即东德文学和西德文学。

战后东德、西德和其他德语国家文学,首先呈现的显著特征是对德国法西斯所挑起那场邪恶战争的沉痛反思。西德文学对刚结束的战争的反应,表现为"废墟文学"口号的提出。"伐光派"以极端的文学主张,表现出对文学遗产的虚无主义态度;继之而起的"四七社"则强调文学的社会责任感,以反对派的姿态积极介入政治,带动了众多文学团体和流派的兴起,形成了战后新一代作家成长的文化土壤。

战后,东德与西德和其他德语国家都出现了一批有才能的现实主义作家。他们在继承现实主义传统的基础上,在方法和形式方面都有不同程度的突破,有些作品体现了现实主义和现代主义的融合。战后具有崭新特色的德语国家现实主义文学,在西格弗里德·伦茨、罗伯特·瓦尔泽、克蕾斯特·沃尔夫、海因里希·伯尔等作家的创作中得到了突出的体现。

西格弗里德·伦茨(1926—　)是战后西德文坛负有盛名的多产作家。除代表作长篇小说《德语课》(1969)外,还有中、长篇小说《与影子决斗》(1953)、《激流中的人们》(1957)、《面包与运动》(1958)、《灯船》(1960)、《满城风雨》(1963)、《楷模》(1973),剧本《无罪的时代》(1960)、《面容》(1963)、《扎眼睛的绑带》(1970),以及短篇小说多种。

《德语课》所表现的是战后德国作家所惯于触及的对战时和战后民族性与民族心理的剖析,尤其批判了在纳粹精神腐蚀下形成的那种"忠于职守"的意识。正是出于这种观念,一个愚顽不化的警察严禁一个画家作画,在战后没收了他的作品并予以销毁。警察的儿子暗中帮助画家,一次,他从展览会偷走画家的画,被父亲送进教养所。小说是以一个真实事件为依据,采取第一人称回忆的形式写成的,虽然其中运用了某些现代主义手法,但整个说来格调健康、新颖,语言鲜明生动,并具有浓厚的乡土气息。

罗伯特·瓦尔泽(1878—1956)在当代德国作家中是声誉较高的一位,评论界甚至把他同格拉斯相提并论。他在戏剧和小说创作方面的成就卓著。其小说注重写实,但又博采多种手法,大量运用心理分析;其剧作尤其善于运用布莱希特的叙事剧表现手法,作品细节描写真实传神,讥讽幽默中透露出一种整体上的悲剧感。瓦尔泽的主要作品有:小说《菲城婚事》(1957)、《间歇》(1960)、《惊马奔驰》(1978)、《心灵的活动》(1979)和《耳光》(1986)等。

《惊马奔驰》(一译《一匹在逃的马》)被认为是当代德语小说杰作,出版后曾引起文坛轰动,成为20世纪70年代联邦德国十大畅销书之一。小说写的是中年知识分子的生活片段和心理状态。中学和大学时代的同窗好友赫尔穆特·哈尔姆和克罗斯·布赫各偕妻子在博登湖畔度假时相遇。他们回忆过去的美好时光,感慨不已。赫尔穆特曾是当年的优等生,而今却业绩平平;当年以调皮出名的克罗斯,如今却功成名就。赫尔穆特生活过得虽然比较保守,但也不无危机意识,朋友因妻子年轻而显出的精神上的朝气,使他暗自妒羡;尤其是克罗斯在林中勇拦惊马的壮举,更使他在钦佩中夹杂着嫉妒。而克罗斯尽管性格开朗,谈吐随便,但在看似无拘无束的调侃中,也时有苦闷、迷惘的心绪流露。在湖上泛舟时,两个朋友敞开心扉,边划边叙。不意间风暴骤起,在惊慌失措之中,赫尔穆特踢掉了克罗斯手中的舵柄,使他落入水中。赫尔穆特随后向死者的妻子报丧。克罗斯年轻的妻子在哀泣之余,出人意料地叙述起自己内心的苦闷。原来,他们夫妻生活中曾经历过的蹉跎尴尬尚记忆犹新,夫妻关系中的真真假假使她痛苦。这样,克罗斯的死讯,倒使她产生一种摆脱了羁绊的松弛感。蓦然间,落水的克罗斯出现在他们面前。他听见了妻子讲述的一切,不知该作何反应,两位故友一时也无言以对。克罗斯只是重复着一句话:“现在走吧。”他的妻子也说:“我们勇敢地走吧。”但往哪里走呢? 小说没有说明,似乎有意留给读者去思考。

实际上,在当时联邦德国的社会里,知识分子的苦闷与孤独是无法摆脱的,从他们在避暑过程中的交谈可以看出,在他们的生活中,在人们的交往中,已经失去了有意义、有价值的内容。这部小说,真实地表现了战后一代知识分子的心理特征和思想情怀,因而有很高的认识价值。

克蕾斯特·沃尔夫(1929—2011)是东德最著名的女作家,在西德也享有盛名。出生于商人家庭,在大学学过德国语言文学,后下工厂体验过生活,并开始写作活动,1962年以后成为职业作家。1962年至1967年被选为德国统一社会党中央候补委员。

沃尔夫是一位有才华而又善于独立思考的作家。她强调文学的社会作用,但认为这种作用主要不是表现在唱赞歌上,而是表现在发现现实中的缺点和弊端并进行毫不留情的揭露和批评上。她主张真正的文学和社会主义本身只有一个目的,就是旨在改造人、陶冶人、使人臻于完善。她奉真实为自己创作的宗旨,反对作家顺应政治潮流去写作。她认为作家应摆脱条条框框的束缚,有时甚至必须冒点风险,否则,就不可能在创作中有所成就。她主张作家要敢于描写感情色彩的东西,敢于写人物性格的个性差异。沃尔夫曾因在创作中表现不同的文艺观点而遭到当局的批评,并于1971年统一社会党“八大”时失去了中央候补委员职务。

沃尔夫的处女作是短篇小说《莫斯科人的故事》(1961),写的是一位德国女医生和一名苏联翻译1959年在莫斯科重逢的事。长篇小说《被分裂的天空》(1963)通过一道柏林墙把一对情侣隔开的故事,反映了作家对德意志民族被分裂的忧虑,寄托了对德国统一的理想。《追思克里斯塔·T》(1968)是一部带有自传色彩的小说。小说以第一人称的形式,叙述作者的女友短暂的一生。据作者称,克里斯塔·T确有其人,她曾是作者小学和大学的同窗。她爱好文学与写作,毕业后和一名兽医结了婚,并生了两个女儿。后来,她不幸患了白血病,年仅34岁就去世了。克里斯塔·T留下了许多日记、书信、摘记等。作品主要写的是这位朋友1933至1963年间的生活和经历,但第一章却不是从1933年(主人公5岁)开始写起,而是写第二次世界大战结束前的1944年"我"邂逅T时对往事的回忆。小说没有连贯的情节,重在刻画主人公的性格和内心波动。从小说可以看出,这是一个与众不同的有着独特个性的女性。她不愿顺应客观环境卑微地生活,而是以局外人自居,追求自我的实现。这种性格为现实所不容,终因愿望难以实现,抑郁成疾,过早地夭折了。作品曲折地表现了当时东德的社会现实和人们的处境,因此,小说出版后,在民主德国受到了严厉的批判。但作者不以为然,她在《自我问答》一文中说:"文学也和社会一样,正是要关怀和支持不同意见的人,创作自我满足、四平八稳、逆来顺受、视不同意见为陌生的那种人物形象,对我来说是乏味的,无意义的。"

海因里希·伯尔(1917—1985)是20世纪后半叶西德最重要的作家之一。伯尔出生于科隆一个木匠家庭。中学毕业后当过书店学徒。1939年刚入大学不久,便被征入纳粹军队,开赴法西斯侵略战争前线。1945年,从美军俘虏营返回故乡。此后,一面继续在大学攻读文学,一面当辅助工维持家庭生活。1947年开始文学创作。1953年成为专业作家。1970年至1974年,先后出任西德笔会和世界笔会主席。1972年获诺贝尔文学奖。

伯尔的创作可以分为三个时期:20世纪40年代末至50年代初为第一时期,此时作品着重揭露法西斯的残暴统治和纳粹的血腥罪行;50年代为第二时期,主要反映战后西德社会现实,描写小人物经历浩劫后心灵上的创伤、痛苦和凄凉的生活状况;60年代至逝世,是他创作的最后一个时期,此间他共写了五部中、长篇小说,集中反映小人物在现代资本主义制度下的遭遇。

20世纪50年代伯尔最有代表性的作品是长篇小说《一声不吭》(1953)、《无主之家》(1954)和《九点半钟的台球》(1959)。

《一声不吭》以20世纪50年代西德出现的经济复苏为背景,描写普通劳动者在饥饿线上的痛苦挣扎。小说主要描写小人物的生活困苦和精神苦闷,是一曲关于小人物苦难命运的哀歌。作品采用了象征手法,具有浓厚的哲理色彩,取得了很高的成就。如第九章描写女主人公凯特在周末大扫除时的心理活动。当她回忆一家人在第二次世界大战中的苦难经历,从两个孩子的死联想到现实生活中的忧伤痛苦时，从附近的教堂传来了一个黑人神父低沉悲哀的歌声："他们把他钉死在十字架上……他也不吭一声……"作者用"一声不吭"作为这篇小说的书名，用耶稣被钉在十字架上的形象象征小人物在战后西德的处境，是意味深长的。

20 世纪 60 年代，伯尔的创作进入了一个新的时期。从 1963 年开始，他陆续发表了长篇小说《小丑之见》(1963)、《一次出差的结束》(1964)、《莱尼和他们》(1971)、《监护》(1979)及中篇小说《丧失了名誉的卡塔琳娜·勃鲁姆》(1974)等。这些小说，显示了作家深刻的现实洞察力。伯尔在西德经济实力迅速膨胀的情况下，清醒地看到官方宣扬的"福利社会"无助于解决日益严重的社会问题，在经济繁荣、物质生活水平提高的后面，资本主义制度的痼疾仍然存在。因此，在政治态度上，他对多党制民主越来越失望，对社会弊病可以通过社会自身的"自我调节"得到克服的主张也失去了信心。这一切，使他创作的揭露性和批判性明显加强，更深地触及到社会本质问题，在描写小人物孤苦无告的处境以及对他们的悲惨命运寄予同情的同时，越来越强烈地传达出他们愤懑抗议的呼声。同时，作品的悲剧气氛也更加浓厚。

在《莱尼和他们》这部小说中，伯尔塑造了一个最富有同情心的人物，她就是"他们"中的"女士"莱尼·普法伊费尔。小说采取了一个杜撰的作者报告的形式，由这位虚构的作者在长达 400 页的篇幅中介绍他走访的结果，而关于莱尼的身世情况又不是直接向莱尼本人探询得到的，而是出自那些直接或间接与莱尼有关的人物的谈话。因此，在有关莱尼情况的访谈和询问的同时，也就勾画了与莱尼有关的那些被询人的轮廓，从而形成了一幅以莱尼为中心的合影，一幅与莱尼身世有关的形形色色人物的画面。

《丧失了名誉的卡塔琳娜·勃鲁姆》是伯尔 1972 年获得诺贝尔文学奖后创作的第一部作品。小说主人公卡塔琳娜·勃罗姆是一个年轻的家庭助理员。她每天东跑西颠，干活挣钱，日子过得还算平静。但突然发生的一件事，使她的生活脱离了正常轨道。在一次舞会上，卡塔琳娜爱上了一个叫戈顿的年轻人，这是一个正被通缉的联邦国防军的逃兵。卡塔琳娜使他摆脱了警察的追捕，并把他送往国外，由此酿成所谓的卡塔琳娜案件。作品进一步描写，后来的事态发展和新闻界插手有着密切关系。一家叫《日报》的报纸披露了尚在调查中的事实，毫无根据地认定戈顿是杀人犯和抢劫银行的恐怖分子(实际上他抢的只是国防军的保险柜，并造了假账，这些卡塔琳娜当时并不知道)；还说卡塔琳娜与戈顿早已相识，她的住所是强盗窝、聚会处、武器转运站，她是强盗的情人，她父亲是暗藏的共产党员，等等。遭到这些诬陷的同时，卡塔琳娜还收到了 18 封匿名信，写信人对她进行了恶毒的辱骂和人身攻击。还有一个叫托格斯的新闻记者不断纠缠卡塔琳娜的母亲"了解情况"，致使当时正患病住院的老人因精神受到刺激而死。托格斯还施展卑鄙伎俩，有恃无恐地对卡塔琳娜横加各种罪名，制造轰动视听的新闻，败坏她的声誉，使她陷入哭诉无门的境地。小说最后，卡塔琳娜在忍无可忍的情况下，开枪打死了托格斯。

在这部小说中，作者似乎有意在两个重要问题上引导读者进行思考。一是"暴力"问题。关于这一问题，作者有自己的理解。他认为，除了诸如炸弹、手枪、棍棒、石头等"有形暴力"（所谓"直接暴力"）之外，还有一种"无形暴力"，也称为"间接暴力"。小说深刻探讨了两种暴力之间的关系，卡塔琳娜在忍无可忍的情况下打死托格斯，是一种"有形暴力"行为。但她的"有形暴力"行为是被"间接暴力"逼出来的。而"间接暴力"是杀人不见血的。问题在于，"间接暴力"又是怎样产生的呢？伯尔认为，它是整个社会和人的市场化造成的。用他的原话就是："整个故事就是一个市场的故事，是给市场提供材料的。"他又说："我认为，开枪是她（卡塔琳娜）认清了她的案件的商品化的结果。"人们拿她的名誉做买卖，从耸人听闻的新闻报道中取利。这样，丧失了名誉的就不仅仅是卡塔琳娜，而是这个视金钱为上帝的社会了。

二是小说的深刻性还在于，作家也描绘了女主人公的复杂性格和她悲剧的自身原因。从小说中可以看到，卡塔琳娜既是拜金主义的牺牲品，但同时又是拜金主义的崇拜者和推行者。她出生于工人家庭，有着艰辛的童年。后来得到亲友的帮助，上了家政学校。她从事过多种职业，并深得她所服务的主人的好感。在收入日渐丰厚以后，她买了小汽车，还买了一套豪华住宅。于是，开始厌恶自己的丈夫，终于导致婚姻解体。她甚至在狱中还转着发财的念头，计算着在这段时间里她的那些钱能生多少利息。所以伯尔说："这是一个纯粹追名逐利的女人。"她欲壑难填，又有西德的消费社会为她提供发迹和向上爬的条件。她进行暴力反抗乃是出于个人目的。因为托格斯所代表的新闻机器毁了她的名誉，断绝了她继续向上爬的希望，她要报仇。可以说，卡塔琳娜曾是一个纯洁的天使，但后来受到环境商品化和利己主义膨胀的损害，逐渐丧失了自己身上美好的东西，即独立的精神价值，变成了"物化"的奴隶。这是一个"受了损害的天使"。

小说在写作上有两点尤其引人注意：第一点是关于"叙述人"的特征及作用问题。作者描述事件，推进故事进程，但始终退居幕后，"幽灵似的"模糊存在着。这种叙述形式，可以较好地说明作者对主人公的双重态度。一方面，便于为卡塔琳娜的无辜受谤进行辩护，这种辩护因来自一个来去无踪的第三者而更显得客观有力；另一方面，可使作者同主人公保持一定的距离，而宜于对他并不那么喜欢和肯定的主人公身上的弱点进行应有的批判。小说写作上的第二点，是对传统德国文化的服膺。其一是小说的情节设计和素材建构，明显地受到席勒和克莱斯特作品的影响。其二是作者深谙德国古典美学中有关和谐的原则，不过是反其道而用之而已——因为这部小说在结束时并无什么和谐可言。用作者的话来说，就是"发生的事情总是不圆满，总是对立的"，读者看到的只是"一幅异化的人际关系图：朋友反目，夫妻口角"，一个人从极度热爱生活一变而对生活极度冷漠。伯尔的审美理想正是蕴含在对社会和人的这种不完整性与不和谐性的批判之中。伯尔创作的现实主义力量也就在于此。

伯尔是在托马斯·曼等巨匠之后，对德国现实主义文学发展作出了重大贡献的作家。他被称为当代德国文学中的歌德。

君特·格拉斯（1927—　）出生在但泽（现今波兰的格但斯克）一个小贩之家。童年和青少年时代参加过希特勒少年团和青年团，未及中学毕业又被卷进战争。1945 年在前线受伤后成了盟军的俘虏。战后先后当过农民、矿工和石匠学徒，1948 年初进杜塞尔多夫艺术学院学习版画和雕刻，后又转入柏林造型艺术学院继续深造。格拉斯最初是以诗歌登上文坛的。1956 年的诗集《风信鸡的长处》和 1960 年的《三角轨道》既有现实主义的成分，又受到表现主义和超现实主义的影响。同时开始创作剧本。早期的剧作如《还有十分钟到达布法罗》（1954）、《洪水》（1957）、《恶厨师》（1961）等，明显受到法国荒诞派戏剧的影响。1966 年的《平民试验起义》和 1969 年的《在此之前》，试图将戏剧情节变为辩证的讨论，力求揭示人物的内心矛盾。格拉斯自称这两出戏是布莱希特"从史诗戏剧发展到辩证戏剧"方法的延续。1958 年，格拉斯向"四七社"成员朗读了尚未完成的长篇小说《铁皮鼓》的第一章，受到了与会者的一致赞扬。后来又写出了小说《猫与鼠》（1961）和《狗年月》（1963）。自 1972 年起，格拉斯潜心于长篇小说《比目鱼》的写作并于 1977 年出版。1999 年君特·格拉斯获得了诺贝尔文学奖。

长篇小说《铁皮鼓》共三篇四十六章。这些故事则由主人公奥斯卡·马策拉特来叙述。因此这是一部自述体或第一人称的小说。作品以一定的现代主义艺术形式反映现实主义主题，塑造了当代德国文学中一个独一无二的小侏儒形象，以其"底层视角"回顾和反思历史，观察和揭示当前问题。格拉斯在空虚庸常的小市民日常生活和精神状态中思索了法西斯主义产生的根源问题，并对战后联邦德国的社会发展趋势表达了忧虑。

美国现实主义文学　现实主义的发展在美国的情形有些特别：19 世纪的作家通常具有良好的家世，而 20 世纪以后出现的美国作家大都出身低微，他们不得不与穷困和敌意斗争若干年后才能崭露头角。因此，20 世纪出现的作家对构成美国人的一个心理现实——"美国梦"——有着切身的体验。所谓"美国梦"就是一个关于成功的许诺："在这个自由的国家里，贫穷不是一个人前进的阻力。"[①]这个特别的心理现实引发了美国现实主义文学的一个重要主题——梦想

① 钱满素：《韦斯特解构美国梦》，见《韦斯特小说集》，张文等译，作家出版社 1998 年版，第 3 页。

与幻灭。如果说在20世纪初这个梦想还集中在人们对成功的渴求上的话，那么，到了20世纪二三十年代，"美国梦"已经演变为噩梦。对它以及对支撑着它的制度做批判性的探讨成为美国现实主义作家的历史经典命题。

杰克·伦敦(1876—1916)是美国19世纪末20世纪初现实主义文学的杰出代表。他出身贫寒，经历驳杂，当过报童、炉灶工、乞丐、水手、淘金人、工人鼓动家等，并靠自修考上了加州大学。在读了《共产党宣言》之后，加入了美国共产党。同时，他也热烈地信奉尼采的超人学说和达尔文的"优胜劣汰"生存哲学。因此，为生存而斗争成为他创作的主题。著名的短篇小说《热爱生命》就通过一个濒临绝境的淘金者的求生故事，歌颂了人的坚强意志和与严酷的自然搏斗的勇气。伦敦短暂的一生写下50多部中、长篇杰作，其中包括《荒野的呼唤》(1903)、《海狼》(1904)、《铁蹄》(1907)、《马丁·伊登》(1909)等。

《马丁·伊登》是他最杰出的作品，也被视为作者本人的传记。小说主要描写了工人出身的青年马丁偶然地救了一个富家公子阿瑟，由此被引介到阿瑟的家庭，并对阿瑟的姐姐罗丝一见钟情。他虽然只对罗丝所属的上流社会短短地瞥了一眼，却认定那里有着"大公无私的人，纯洁而崇高的思想，热烈的精神生活"，由此产生了要"设法打进她(罗丝)的生活圈子"的强烈欲望。为此，他尝试着写作，试图以此为阶梯实现自己的梦想。但写作并不顺利。同时，在他与罗丝之间，由于教养、思想观念的隔阂，也屡屡产生误会和龃龉。就在他失意的时候，他的那些旧作品却"蹿红"起来。最终他实现了打入上流社会的梦想。然而，享受到了成名带来的虚荣和繁华之后，他也体验到一种无法忍受的苦闷和空虚。在无法克服内心矛盾的境遇中，他最终选择了跳海自杀。这种结局是对"美国梦"的一种反注释，表明作家已经敏锐地注意到了主人公历尽艰辛所实现的所谓的"美国梦"也不过是一场悲剧而已。若干年后，德莱塞在他的《嘉莉妹妹》、《美国的悲剧》里进一步深化了这个主题。

西奥图·德莱塞(1871—1945)在美国20世纪初期的文坛上占有极为重要的地位。"不论和哪一位美国作家相比，德莱塞更显得是只身奋勇前进的人。"[①]他出身于一个贫寒的家庭，从事过多种职业，并在1892年成为终身记者。记者职业使他保持了和现实的密切联系，培养了他敏锐的观察力，也使他的叙事方式更多地接近自然主义的客观、冷静。也因为这个原因，他常常被列入自然主义作家。他的代表作包括长篇小说《嘉莉妹妹》(1900)、《珍妮姑娘》(1911)、《美国的悲剧》(1925)等。其中一个主题贯穿了他的全部创作，即"金钱的价值压倒了其他一切的强大诱惑"。

---

① 辛·刘易斯:《美国人对文学的恐惧》，引自《美国作家论文学》，刘保瑞等译，三联书店1984年版，第228页。

在第一部长篇小说《嘉莉妹妹》中，作家真实地描绘了19世纪90年代美国社会表面虚假繁荣下隐藏着的失业、贫困和饥饿的阴暗面。这部书稿曾引起出版大亨的不快，多亏诺里斯的干预，才敲开了20世纪美国文学的大门。作品写道，嘉莉是个18岁的淳朴农村姑娘，带着天真和梦幻般的虚荣心来到芝加哥。起初在鞋厂做工，后遭解雇失业。现实的遭遇使她发现，在这个社会里，她无法靠诚实的劳动生存，生活为她安排的唯一出路就是用自己的身体谋生。于是，她先后给商业推销员杜洛埃和酒店经理赫斯渥做情妇。对于丧失贞操她并无懊悔，最终终于凭借其姿色和天赋成为红极一时的歌剧明星，踏上了新的人生台阶。作家并没有让她像一般小说中的"堕落女人"那样受到惩罚，而是描写了她的成功。然而，人们看到，成功后的嘉莉却有一种令人不寒而栗的窒息时刻罩住她的心灵。小说的故事是沿着嘉莉的命运之星上升和赫斯渥的命运之星坠落两条交叉线索而展开的，它表明作者对人生和现实本身的理解。嘉莉的内心忧郁、苦闷和空虚，显示着美国资产阶级生活方式的幻灭；而赫斯渥的落魄潦倒以致最后自杀，则是资产者精神世界腐朽沉沦的写照。《嘉莉妹妹》也显示了德莱塞艺术上的自然主义倾向，这主要反映在他对人的命运的看法上。他对人生的描摹大多蒙有一层淡淡的悲观主义和宿命论的色彩，在他看来，人并不能真正掌握其命运，而常常为环境、自然和社会中的神秘力量所驱使、所左右。

20世纪20年代完成的长篇小说《美国的悲剧》，是德莱塞一生中最重要的作品，被誉为"我们这一代最伟大的美国小说"。作品通过穷教士的儿子克莱德·格里菲思的奋斗经历，揭露了"美国生活方式"的残忍性和虚幻性，对美国整个资本主义制度进行了有力的控诉："美国梦有时也像毒药，叫人精神错乱的、甜甜的毒药。"为了能借助婚姻进入上流社会，格里菲思谋杀了自己以前的情人。为此，他被判了死刑。作者给他的一生作了一个悲凉的总结："那些仅有的短促而灿烂的紧张的时刻啊。他那不断追求……不断追求……的欲望啊，在桑德拉出现以后，他在莱科斯文所感到的那种热切的欲望啊。而现在落得这样，这样！……这样……这样……怎么了，他根本还没有好好生活过啊……"作者揭示出正是这种社会制度的必然产物——拜金主义——腐蚀着成千上万的青少年，使他们道德堕落，把他们引上犯罪道路。从作品中可以看到，克莱德·格里菲思的道德堕落过程就是资产阶级利己主义侵袭的过程，也就是"美国生活方式"毒害青少年一代的过程。这才是美国社会的真正悲剧。

德莱塞在《美国的悲剧》中坚持现实主义基本原则，深刻揭示了人物与其社会生活环境的制约关系，描绘现实具有鲜明的时代色彩。与此同时，他又吸收了弗洛伊德主义的某些成分，在艺术描写中运用性本能的抑制与升华、潜意识与梦幻等手段来刻画人物性格，成功地描绘了克莱德如何陷入资产阶级情欲的罗网并走上毁灭的道路。他把精神分析学的描写纳入现实主义领域，注重从社会心理方面来刻画人物，赋予小说以极大的心理描写深度。同样，德莱塞也不属于精雅细腻的一派，他的文笔配合他所描写的内容，使得客观冷静的叙述取得一种逼近新闻报道的效果。辛克莱·路易斯说德莱塞“把美国文学从维多利亚式和豪尔威斯式的怯弱与装腔作势下解放出来，并把它们引上了真诚、勇敢和热情地描写生活的道路”①。

辛克莱·路易斯(1885—1951)，出身于一个乡村医生家庭，毕业于耶鲁大学文学院。求学期间就担任过《耶鲁文学杂志》的编辑。1920 年他的长篇小说《大街》问世，轰动了整个美国并为他带来了世界性的声誉。这部小说取材于作者熟悉的美国中西部小镇生活，着力表现了那里的闭塞、保守的沉闷空气和中产阶级的生存状态。“大街”是整个美国社会的缩影，具体而细微地象征了美国的城镇特有的庸俗保守的地方文化特色。1922 年，他又出版了旨在探讨美国中产阶级的生活方式和精神状态的长篇小说《巴比特》。小说主人公巴比特是泽尼斯城一个所谓的成功人士，他事业兴隆，家庭看起来也很和睦，举止和言论也都符合中产阶级的道德标准。但在这些表象的背后，却是他以公正诚实的名义为自己谋取最大利益的心理和行为。同时，他内心也充满着深刻的矛盾，他隶属于一个褊狭保守的封闭体系，但又不敢摆脱这个体系，于是只好逃避到中产阶级的梦幻世界里去。由于这一形象的深刻性，“巴比特”变成了一个家喻户晓的人物，甚至成为词典必录的一个新词。“巴比特”用来指那种肤浅自大、褊狭保守的商业市侩。1930 年，“由于他描述的刚健有力、栩栩如生和机智的幽默创造新型性格的才能”而获诺贝尔文学奖——这是美国文学史上的第一个诺贝尔奖。

美国小说家约翰·斯坦倍克(1902—1968)是 1962 年度诺贝尔文学奖的获得者。1902 年 2 月 27 日出生在加利福尼亚州蒙特雷县萨利纳斯镇。由于早年一直在乡村、牧场中度过，他养成了对大自然、田野和乡民们的深厚感情。1918 年，斯坦倍克在当地高级中学毕业，第二年进入斯坦福大学英文系。但由于经济困难，他两度辍学，以做小工谋生。大学毕业后的 10 年，斯坦倍克始终在艰难的自我奋斗中度过，直到 1935 年，受人欢迎的中篇小说《玉米饼坪》出版，斯坦倍克才从困境中解脱出来。在《玉米饼坪》中，作者怀着深切的感情和幽默、含蓄的笔调，具体而细致地描绘出生活在加利福尼亚州蒙特雷地区那些“乡里佬”的生动形象。此后，斯坦倍克成了职业作家，1936 年创作了长篇小说《胜败未定》，作者以极大的同情来描写那些生活在层层剥削和压迫之中的流动水果采摘工的苦难遭遇，为了对抗资本家，他们只有团结起来进行罢工活动。小说以主要篇幅塑造了罢工领导人、共产党员麦克的形象，具有明显的进步倾向，但作者在描写

① 辛·刘易斯：《美国人对文学的恐惧》，引自《美国作家论文学》，刘保瑞等译，三联书店 1984 年版，第 228 页。

中掺杂了不少歪曲的成分，成为作品的一大缺陷。第二年他又创作了中篇小说《人与鼠》(1968)，作品以两个流动的农业工人的悲惨命运为描述内容，反映了作者在作品中一再强调的关于对人的自然属性的基本估价的观点。主人公莱尼原先只想"有一间房子，能养起一批牲口"，可是在弱肉强食的社会里，终于被资本主义这头怪兽吞噬了。小说在1938年被改编为剧本，并获得了这一年的"纽约戏剧评论奖"。

20世纪30年代是他最有成绩的时期。从政治方面来说，斯坦倍克积极投入了左翼文学运动，成为"约翰·理德俱乐部"的骨干；从创作方面来说，此时斯坦倍克优秀的现实主义风格已被社会和广大读者所承认，而到了这一阶段末尾的1939年，《愤怒的葡萄》的出版则将这位小说家推向了成功的顶峰。

长篇小说《愤怒的葡萄》主要描写了汤姆·约德一家背井离乡流亡到加利福尼亚州的情景。20世纪30年代，美国的经济再次出现严重危机，地主趁机将租给"分益佃农"的土地收回再卖给畜牧资本家，于是在资本家派来的拖拉机的推撞下，大批农民房屋毁坏，土地丢失，他们只能拖儿带女、背井离乡，踏上流浪的征途。当时，在通往加利福尼亚州的公路上就挤满了这些流浪的农民。他们把希望寄托在遥远的加利福尼亚，但那里等待他们的是更为悲惨的绝境。作家的正义感促使斯坦倍克拿起笔写下了美国现代社会这一页黑暗而悲惨的历史。

小说主人公汤姆·约德是千千万万被压迫、被剥削的劳动者中的一员。开始时他单纯、无知，坐牢使他懂了不少道理，出狱后具有一种坚强的毅力。作者在小说的第二章向读者介绍道，他还不出30岁，"两眼是深褐色的，眼珠略带棕黄。他的颧骨又高又阔，一道道很深的皱纹顺着脸颊而下，在嘴边变成弧形。他的上唇很厚，为了盖住暴出的牙齿，他的两瓣嘴唇老是绷得很紧地闭着。他那双结实的大手长着粗粗的指头和蛤壳似的指甲，虎口和手掌上都长着亮闪闪的老茧"。可是，就是这样一个浑身都是力气的汉子，却连出卖劳力图个温饱的权利都没有。在无可奈何之中，汤姆茫然地跟随全家踏上了西进的路途。他既没有大弟弟奥尔那种想买辆新汽车、娶个漂亮老婆的念头，也没有已经怀孕的大妹妹罗撒香那种想到西部买套房子再生个孩子安家的计划。他想的只是能在法律允许的范围内设法让一家人有饭吃、有地方安身。约德一家一路饱经风霜，爷爷、奶奶死在路上，妹夫、二弟独自出走，剩下八口人千里迢迢赶到加利福尼亚，可是等待他们的还是受压迫、受剥削、受欺诈。他是一个假释的犯人，牢狱随时在等待他回去，因此他得处处小心、时时谨慎。然而不管汤姆如何细心地避免触犯那个"法律"，"法律"总是跟穷人作对。在忍无可忍的情况下，汤姆打倒了一名警察，打死了一名杀害凯绥牧师的坏蛋。为了逃避追捕，他只得只身逃亡。在躲藏的树林里，他与前来送食物、钞票并劝他外逃的母亲告别时所说的话便是他内心世界的彻底表露，也是这个人物思想发展的顶点："到处都有我的存在——你在任何地方都能看见我。凡是有饥饿的人们为了吃饭而进行斗争的地方，就有我在场；凡是有警察打人的地方，就有我在场。假如凯绥能知道这些就好了，当你们愤怒地叫喊的时候，这叫声里就有我；当饿着肚子的孩子们高兴地有丰盛晚餐吃的时候，当我们老百姓能吃到自己种的粮食、住进自己造的房子的时候——都会有我在场。”虽然作者未能写出汤姆反抗道路的结果，但小说显示出来的人物特征已经表明：此时的汤姆同刚从监狱里出来的汤姆相比，已经在个性、思维、行动上发生了质的变化——从一个小心谨慎的释放犯成了忍无可忍的反抗者。

小说另一个重要人物就是汤姆的母亲，一个善良、乐观、勤劳的劳动妇女。她是一家人的主心骨和灵魂，每当遇到困难的时候，她都用语言和行动来激励丈夫和儿女们。奶奶在车上断气之后，是她一个人以惊人的毅力陪伴着尸体；汤姆打死胖警察之后，她支持他的行动，将仅有的七元钱交给他叫他逃走，鼓励他去和其他穷人一起参加集体的反抗斗争。总之，在这位女性身上表现了美国劳动妇女一切优秀、高尚的道德品质，是作者笔下一个完美的典范。她在深重的灾难面前还这样教导儿子：“有钱人即使发了财还是要死……我们的路倒是越来越宽广。”可见她心胸的宽广和伟大，她是作品中令人难忘的形象。

《愤怒的葡萄》是一部出色的社会小说，其主要意义就在于它真实、严肃、及时、典型地反映了20世纪30年代在经济危机冲击下美国破产农民的悲惨命运，具有鲜明的时代特色；同时写出了新一代年轻人反抗情绪的增长，体现了资本主义制度下劳动阶级的思想感情。小说的艺术风格是严谨的现实主义，在这一创作原则的指导下，作者发挥了他对农村广大受苦受难的农民的深厚感情，着重描写了他们的可贵精神，进而塑造出典型形象。小说的结尾是极为感人的：汤姆的母亲带着刚刚流产的大妹子四处流浪，路遇一个垂死的男人，她毫不犹豫地叫女儿将乳汁喂给这位陌生的苦难者，表现了她们崇高的精神。无论从思想上还是从艺术上来说，《愤怒的葡萄》都属于20世纪美国小说史上重要的作品，它是作者现实主义创作手法与社会实践相结合的优秀产物。

第二次世界大战爆发后，斯坦倍克一度作为美国空军的特派记者去欧洲前线采访，1943年又受聘为纽约《先驱论坛报》驻欧洲记者。在这一时期，他写了几部有关战争的作品，其中的《月亮下去了》(1942)是一部描写挪威人民抵抗纳粹德国侵略军的中篇小说，后被改编成电影；《投弹：一个轰炸机分队的故事》(1942)，是一部描写空军战斗的特写报告集；还有战后出版的战地通讯报告集《曾经发生过的战争》(1958)等。大战结束后，斯坦倍克相继发表了长篇小说《罐头工厂街》(1945)、中篇小说《珍珠》(1947)和《任性的公共汽车》(1947)以及中篇小说形式的象征性道德剧《炽热的光辉》(1950)。1952年出版的《伊甸园的东方》是自《愤怒的葡萄》问世以来斯坦倍克最重要的一部长篇小说，描写了美国盐湖谷地区从南北战争到第一次世界大战之间一个家庭的历史演变。作者运用了现实主义和象征主义相交替的手法，力图在作品的主题上体现出人类善良与邪恶之间的斗争。

战后的美国文学取得了多方面的成就。第二次世界大战的结束，标志着美国文学进入当代阶段。由于在战争中的获利和战后科学技术的迅猛发展，美国进入了“丰裕社会”。但物质上的相对富裕，难以抹掉人们对战争的噩梦般的记忆。如果说第一次世界大战造成了青年一代的迷惘，那么第二次世界大战带来的则是人们对现存的社会道德准则和价值观念的动摇。在当代人的眼中，这个物质上相对富裕的社会，也是人与人互不了解，个人精神苦闷彷徨的冷漠社会。中下层社会的人们普遍感到过去残存的一点和谐关系现已荡然无存，社会成了为自己奋斗的个人组成的群体，社会关系不过是为了兑现某种法定合同而形成的市场关系。在这个社会中生活着的大多数人，也不过是受雇于人，无自主权，也无根基的“新小人物”。他们急于探测、解释自己在这个社会中的处境，寻找自我的位置。

正是因为适应这种社会心态，当代美国出现了形形色色的社会思潮和哲学思潮。例如，战后不久，以萨特为代表的法国存在主义传到美国。存在主义为人生勾画的孤独、痛苦的状况和关于世界是荒谬的论述，对思想文化界产生了普遍影响，以至于在一些优秀作家的创作中，不难看到存在主义的痕迹。曾在20世纪二三十年代风行过美国文坛的弗洛伊德精神分析学说，到了50年代，经过美国知识界的改造，从自我意识的角度提出了“自我本质危机”问题。而“自我本质危机”在后来的美国文学中，几乎成了普遍的主题。由于大众文化的泛滥和欧洲新马克思主义的影响，美国思想文化界又出现了把马克思主义与弗洛伊德学说结合起来的哲学思想，强调通过意识领域的革命来改革社会。泛滥一时的性解放和无政府主义暴力革命的狂热，便是这种思潮荡起的涟漪。科学技术的发展，也给思想文化领域染上驳杂的色彩。宇宙“热寂说”在60年代的流行，成为某些作家创作的动因。托夫勒提出“第三次浪潮”，预言继几千年前的“农业革命”和300多年前的“工业革命”之后，正在开始的“科技革命”必将对西方社会的政治结构、经济体制和价值观念造成全面破坏，并代之以新的文明。这种预言，无疑也对思想文化界产生了巨大影响。

正是在以上的社会和思想文化背景下，当代美国现实主义文学的发展比以往任何时期都更为纷繁复杂。

战后出现的第一股文学浪潮是战争小说。梅勒的《裸者与死者》(1948)和詹姆斯·琼斯的《从这里到永恒》(1951)是其中的名篇。艾尔弗雷德·海斯的《所有你的被征服者》(1946)、乔治·霍恩·邦斯的《画廊》(1947)、万斯·波尔杰利的《我的生活结束了》(1947)等，也是战争小说中有影响的作品。战争小说作家均为第二次世界大战的参加者或目击者，他们写进作品中的多是自己战时的经历和感受，主要采用现实主义创作方法，描写士兵、下级军官与军事机构的冲突，即人的个性与扼杀个性的权力机构之间的冲突；也有的作品用较多的自然主义笔触，描写战争中的暴力和恐惧。站在一种新的角度上看，美国当代战争小说的时代价值在于对传统战争文学的超越，即作者关注的不再是战争本身及其后果，而是透过战争表现美国军事官僚的集权主义、扩张野心和政治阴谋，具有强烈的政治批判倾向。战后初期的文学小阳春来得快，退得也快。不久后开始的冷战，使文坛蒙上一场寒潮。接踵而来的是麦卡锡政治高压，造成文苑的萧条沉寂。学院派文化全然以正统自居，似乎要一统美国思想文化界的天下。出自对保守、沉闷的政治空气和学院派“高雅”文化的反叛，一些自称为“诗人、浪子、毒鬼三位一体”的年轻人创造出“地下文化”，以病态的内向性的自我探索和放浪形骸的“脱俗”来对抗社会。

20世纪50年代的社会情况或造成文坛的冷寂也好，或激起病态的反叛也好，其实在灰暗的背景下仍然不绝地流淌着现实主义文学的溪流。在战后初期，渗透现实主义精神的西方小说再度兴起的环境对美国产生了影响。在小说领域内，现实主义一直经久不衰，关于现实主义的真实性、哲学价值和现实意义的各种争论一直持续不断地引发。实际上没有一部自称为反现实主义的作品不包含现实主义的成分。

此时，美国文坛正经历着现实主义作家队伍的交替。虽然曾经参与创建二三十年代现实主义小说最辉煌时期的安德森、菲茨杰拉德在40年代初先后去世，但海明威、多斯·帕索斯、斯坦倍克等仍在创作。同样，现实主义文学传统需要新的继承人，而新的继承人也正好适时而生。战后现实主义小说的主要代表是被称为“第三代”小说家的契弗、塞林格、凯鲁亚克和厄普代克等。

在当代小说家中，杰罗姆·大卫·塞林格（1919—2010）的作品为数不多，但发表于20世纪50年代初的著名小说《麦田里的守望者》（1951）足以使他进入第一流作家的行列。

杰克·凯鲁亚克（1922—1969）主要作品为18部小说，大都带有自传性质。代表作《在路上》（1957）就是根据他与巴勒斯等人1943至1950年在美国和墨西哥各地流浪的经历写作而成的。作品展示了他们在流浪中酗酒、吸毒和乱七八糟的性生活等事件，深刻地表现了战后美国一部分被称为“垮掉的一代”青年的生活方式和精神状态：思想既苦闷又混乱，对社会不满但又找不到出路，只好放浪形骸，自暴自弃。

约翰·厄普代克（1932—2009）常被视为所有卓越的“第三代”小说家中最富有现实主义特色的一个，也被称为“纽约派小说家”。他著名的3部“兔子”小说《兔子，跑吧》（1960）、《兔子回家》（1971）和《兔子富了》（1981），以一个出身于中下层社会的平庸美国人哈利·安格斯特罗姆（绰号“兔子”）的经历为中心，展现了20世纪50年代以来近30年间的美国社会生活,揭示了其精神文化中的悲剧性因素。作品描述,他无法忍受平庸刻板的生活,想要逃出去。但是,当他一离开自己的“窝”,却发现步步是陷阱,到处是罗网,只好又回到“窝”里。但“窝”里也不平静。最后,他虽然有了钱,但精神并不快乐。厄普代克强调,小说家笔下的现实“是通过显微镜般的精细观察而反映出来的各种精确细节的综合”。这在当代美国小说史上实属不多见的自觉的现实主义创作主张。

值得一提的是,当代社会生活的急剧变化和各种思潮的影响,给现实主义在20世纪六七十年代的发展带来新的特点:除了自然主义色彩更浓外,还表现在反映现实时偏重于精神生活方面,并广泛地借用现代主义的表现技巧。由此出现了现实主义和各种艺术方法以及表现技巧的交替并用。厄普代克以及忠于描绘“心理现实”的女作家欧茨都具有这样的创作特点,而犹太文学在这方面显示出卓越的成就。20世纪70年代后期,代表西方较新思想的贝娄和属于“意第绪”文化传统的艾萨克·辛格,基本上都采用现实主义方法,同时揉进虚幻神奇的超自然描写和各种现代主义表现技巧,写出具有国际影响的犹太文学作品,并相继获得诺贝尔文学奖。这不仅说明犹太文学在美国当代文学中的重要地位,而且从宏观上反映了美国当代现实主义文学多元化交叉发展的特点。

美国现实主义文学此时出现的另外一种特殊的文类是“非虚构小说”。其概念是美国小说家杜鲁门·卡波特在20世纪60年代中期提出的。一些小说家认为美国的现实生活光怪陆离,无奇不有,如果用小说手法描绘现实生活中的真人真事,用文学的语言真实记录具有典型意义的社会事件,说不定会收到出其不意的效果。在这种思潮推动下,所谓的“非虚构小说”便应运而生,并流行起来。

“非虚构小说”并没有一个严格的文学上的定义,总的来说,它属于纪实小说。也可以说,记录小说、传记小说、历史纪实小说、报告文学、“新新闻报道”等,一切以事实为基础、以非虚构为主要创作原则的小说,都属于“非虚构小说”的范畴。这种小说完全凭借博物馆、档案馆、图书馆的历史文件写成,作品中的人物、事件、时间、地点大都可以通过文件加以确认,在艺术上多采用小说形式,使用了小说的各种艺术方法,故事真实可信,富有趣味性和吸引力。

就“非虚构小说”而言,虽然它经常以各种形式出现,但从其题材来说,可以分为三种主要类型:历史纪实小说、传记小说、社会纪实小说或“新新闻报道”。

历史纪实小说是“非虚构小说”中最基本的类型。它的主要特征是非虚构性,即纪实性。亚历克斯·哈利的《根》(1976)就是这种小说的代表作品。在《根》中,作者通过奴隶的不幸遭遇揭露了美国法律制度的惨无人道,也描写了他们在同美国社会的融合过程中为争取自由而进行的反抗和斗争。哈利为写这部小说一共花了12年的时间,曾到多国进行过广泛的研究,在许多图书馆、档案馆里查阅过资料,甚至沿着当年运送奴隶船在大西洋上的一条航线作过调查。

哈利把历史事实和艺术虚构融合在一起,按时间顺序叙述了昆塔及其后代在美国的生活。

传记小说在对原始资料大量占有和深入研究的基础上,以某个真实人物为主角,展开情节和叙述历史上真实发生的事件。它以记叙历史事实主要原则,但允许在某种程度上杜撰材料,凭想象虚构场景和对话,把小说的故事性和传记的真实性糅合在一起。被誉为传记小说之父的美国当代著名作家欧文·斯通(1903—1989),一生写了25部传记小说,其中最有名的是《梵高传——对生活的渴求》(1929),他还为杰克·伦敦、尤金·德布斯、米开朗琪罗、弗洛伊德、达尔文等历史文化名人写过传,在欧美各国很有影响。他的传记小说,就是在史实的基础上虚构人物的对话,渲染人物的内心世界的产物。其中常有虽无据可查,但有可能发生的事件和插曲。

社会纪实小说的代表作家是诺曼·梅勒(1923—2007)。他写作了四部"新新闻报道"作品,即"非虚构小说"。1979年出版的《刽子手之歌》是梅勒"非虚构小说"的代表作品,作者称之为"生活实录小说";曾获得美国普利策奖。这部小说是作者根据杀人凶手加里·古尔摩一生的经历写成的,探讨了一个出入监狱22次,死时年仅36岁的罪犯犯罪的心理原因和社会原因。为了完成这部小说,梅勒进行了100多次采访,把法庭记录、主人公的来往书信以及采访录音等进行艺术加工、提炼,最后衍生成一部1 000余页的新闻报道体长篇小说。

"新新闻报道"的另一个代表作家是汤姆·沃尔夫(1931—)。沃尔夫是一个著名的新闻记者,他在报刊社工作时发现传统的新闻五要素,即五个W(what、when、where、who、why)比较单调,传统的"倒金字塔"报道方式(即按重轻急缓顺序报道事件)比较呆板,因此,开始采用小说构思的方法和叙述技巧来写作,出版了《流线型宝贝》(1965)、《水站匪帮》(1968)、《名利之火》(1970)等作品。1973年,沃尔夫把诺曼·梅勒、萨里·萨森、盖伊·塔里斯、琼·狄台翁等著名作家的有关作品收集成册,出版了一本名叫《新新闻主义》的文集。在文集序言中,他虽然讲述的是"新新闻主义"的内容、艺术方法和发展历史等,但实际上阐发的是"非虚构小说"的理论。

进入20世纪80年代后,不少现代主义作家意识到"不可避免的个人混乱,也是社会悲剧的写照",严肃的创作离不开直面现实的精神。他们不再那么过分强调主观性、超小说和神秘主义,而是同现实主义握手,学习现实主义对待生活的感知方式和态度,将现代主义时空构架与现实主义的生活描绘、伦理道德的深度挖掘结合起来,创作出题旨明晰、内涵丰富、形象生动、心理容量宽厚的成功之作,显示出现代主义与现实主义相互吸收、交融的积极成果。这种交融、互补,不仅是80年代美国小说创作的主要倾向,而且延伸到90年代,它在整体格调上加强了小说创作的现实性和严肃性,使崇尚怪诞、离奇、神秘、挑逗的创作之风得以抑制。随之而来的是小说中的道德和社会意识加强。以写荒诞著称的约翰·巴思也予以肯定，认为道德占优势的这 10 年，无疑也将是道德小说占优势的 10 年。

东欧、北欧和南欧现实主义文学 20 世纪的东欧、北欧和南欧也出现了众多的现实主义作家。

20 世纪上半叶东欧的社会特点是各国为民族独立而斗争，东欧文学也以此为内容，揭露黑暗现实，描写民族苦难。战后波兰影响较大的作家是流亡后定居美国的切斯拉夫·米沃什(1911—2004)，他以诗歌创作闻名于世，并于 1980 年荣获诺贝尔文学奖。其主要诗集有:《冰封的日子》(1933)、《三个冬季》(1936)、《白昼之光》(1953)、《无名的城市》(1969)、《冬日钟声》(1974)、《日出日落之处》(1974)等，并著有小说《权利的攫取》(1955)、《伊萨山谷》(1981)。其论著《被奴役的心灵》(1953)是一本有关社会政治学方面的著述，为诗人赢得了世界性的声誉。尽管他长期身处国外，仍被波兰社会认为“成为可能是我们这个时代最伟大的诗人之一”。1989 年，米沃什结束了近 30 年的流亡，回到祖国。捷克作家雅罗斯拉夫·哈谢克(1883—1923)的政治讽刺小说《好兵帅克》(1920—1923)抨击了奥匈帝国的穷兵黩武，主人公帅克是捷克人民不屈灵魂的写照。

东欧各国战后文坛在 20 世纪 80 年代以前受苏联影响，“社会主义现实主义”文学占主流，同时也出现了一些致力于探索的作家。匈牙利文坛上较有影响的作家有小说家马林·普雷达(1922—1980)，写有《莫罗米特一家》(1955)等充满生活气息的小说，1975 年出版长篇小说《呓语》，对罗马尼亚现代历史的重大问题作出新的评价，引起极大的反响。战后活跃在保加利亚文坛上的有老作家格·卡拉斯拉沃夫(1904—1980)，他完成于 1975 年的长篇小说《普通的人》(1952—1975)再现了第一次世界大战以来半个多世纪的保加利亚历史。斯坦涅夫(1907—1978)的长篇小说《伊凡·康达列夫》也是一部 20 世纪 70 年代才完成的史诗式的作品，描写了第一次世界大战后一个时期的生活矛盾和斗争。

北欧和南欧的文学以描写古老家族的史诗性作品和反法西斯题材的作品最为成功。挪威作家克努特·哈姆生(1859—1952)的《大地硕果》(1917)，西格里德·温赛特(1882—1949)的《克丽丝丁》(1920—1922)都是史诗性的作品，在广阔的历史背景上反映了民族的生活和斗争历程。瑞典作家塞尔玛·拉格洛夫(1858—1940)的《尼尔斯骑鹅旅行记》(1906)是优秀的儿童文学作品。

西班牙作家西亚·洛尔迦(1898—1936)的《吉卜赛谣曲》(1927)同情受压制、受凌辱的劳动人民，反对凶残的统治者。意大利的真实主义作家格拉齐娅·黛莱达(1871—1936)的《风中芦苇》(1913)描写了古老家族的解体。

希腊小说家尼科斯·卡赞扎基斯(1883—1957)的《自由与死亡》(1950)反

映了克里木人反抗土耳其统治的爱国精神。

拉美现实主义文学 20世纪上半叶拉丁美洲的现实主义文学也得到了蓬勃发展，这个潮流是与拉丁美洲的民族民主革命同步进行的。墨西哥作家马里亚诺·阿苏埃拉（1973—1952）的《底层的人们》（1915）描写了受压迫的农民为土地和自由而斗争，再现了墨西哥的民主革命。委内瑞拉作家罗慕洛·加列戈斯（1884—1969）的《堂娜芭芭拉》（1929）描写了大牧场主堂娜芭芭拉的奋斗与失败，表现了文明与野蛮之争的主题。哥伦比亚作家何塞·欧斯塔西奥·里韦拉（1889—1928）的《旋涡》（1923）描写了橡胶工人受到的野蛮剥削和非人道待遇。秘鲁作家西罗·阿莱格里亚（1909—1967）的《广漠的世界》（1941）展现了三代印第安人为保卫自由而进行反抗斗争的故事。智利杰出的现实主义诗人聂鲁达（1904—1973）在《伐木者醒来吧》（1948）等作品中，显示了他进步的思想和奔放的激情。巴西作家若热·亚马多（1912—2001）的《无边的土地》（1943）反映了巴西封建社会的主要矛盾，其中可可庄园主的兴起以及混血种工人的非人生活都得到了生动的再现。

第二次世界大战前后至20世纪50年代，是拉丁美洲现实主义文学高涨和先锋派文学同时兴盛的时期。此种纷繁的文坛现象，除了受到大的国际政治背景的影响外，一个重要的原因在于欧洲和美国的现实主义和现代主义两种文学传统的吸引。以巴西的乔尔格·亚马多（1912—2001）、委内瑞拉的乌斯拉尔·彼特里（1906—2001）、厄瓜多尔的伊卡萨（1906—1978）和秘鲁的阿莱格里亚（1909—1967）为代表的一批作家，用一系列史诗般的作品表现了本国、本地区20世纪的社会生活，具有重要的认识价值。在艺术上，他们的某些作品虽然具有较为明显的现代主义色彩，但其创作的主导方面仍是现实主义的。真实而富于典型性的环境描写，高度概括而又具有鲜明个性的人物形象，以及朴素热情的叙事风格，构成他们创作上的主要特色。

进入20世纪60年代，拉丁美洲各国、各地区的文学日益显示出各自的风貌，但总体的特征仍然存在。在小说方面，伴随“拉美民族意识”的高涨，崛起了新流派——魔幻现实主义（目前有很多学者倾向于将其看成是产生于拉丁美洲的现实主义文学流派）。它植根本土，枝蔓开阔，在世界文坛上以其独特的风貌和鲜明的地区色彩格外引人注目，成为当代拉美各国最重要的文学现象之一，故有“爆炸文学”之称。

20世纪70年代后，拉美一些国家相继发生军事政变。军事独裁政权的高压政策，严重阻碍了文学的发展，“爆炸文学”趋于衰落。但是尖锐的社会矛盾，觉醒的民族和民主意识，以及作家的良知和责任感，仍激励着大批作家在逆境中奋笔创作，并促使一批文学新人在70年代中后期登上文坛，被文学评论界称为“爆炸后的新一代”。新一代作家有的致力于文学语言的变革，以探索扩大语言的表达能力而闻名。但其“大胆的文字试验”有时超越了文学的承受力。更多的作家则程度不同地坚持反映现实的文学传统,他们希望“更敏锐、更深刻地捕捉和反映现实生活”,为此在表现技巧上进行了许多探索,诸如魔幻手法、心理分析、巴洛克式的描写、传统现实主义的典型塑造,都被兼收并蓄,或交替使用,使拉丁美洲文坛出现新的纷纭繁复的态势。

二、欧美现实主义文学的基本特征

“现实主义”开始是以一个简单的术语出现的,表示在艺术描写中要求对细节观察和描写具有准确性与生动性。恩格斯曾经根据现实主义文学的发展,把现实主义定义为“典型环境中的典型人物”,并由此引申出现实主义的三个基本特征:客观性、批判性和典型性。到了20世纪,现实主义发展成为一个包容性很强的概念。除了原有的这些特征在很多现实主义作家的创作中被保留之外,20世纪的欧美现实主义文学还具有一些新的特点。从20世纪西方那些被公认为是现实主义的作品中,我们可以归纳出三种最明显的倾向。

1. 人道主义内涵的新发展。

人道主义是传统现实主义最重要的精神遗产之一。19世纪的现实主义作家热衷于暴露社会的弊端和黑暗事物以期引起公众的注意,以便激发起改革的情绪。在这个意义上,现实主义文学意味着对资产阶级世界的反叛。他们的这种道德使命感发展到20世纪之后,就与解决新的社会问题(反对战争,反对阶级压迫等)联系在一起。这一点,虽然在一些现代派作家那里有所减弱,但在萧伯纳、罗曼·罗兰、托马斯·曼这样的现实主义大家这里却得到加强。萧伯纳宣称,要是为了纯艺术写作,他情愿一个字也不写;托马斯·曼表示,要“探讨人道这个课题”;罗曼·罗兰则说:“一切受苦的人就是我的祖国,一切使别人受苦的人就是我的仇敌。”[①]

这一时期的重要作家几乎都经历了两次世界大战,而两次世界大战都有一个很长的酝酿期。战争的威胁助长了一种狂热的民族主义和狭隘的爱国主义。政客和财阀就是利用这两个名义蛊惑民众,从中渔利。在历史学家看来,西方20世纪上半叶的历史具体展现为各民族之间的利益竞争和战争,而“战争并不导致任何伟大的历史决定”[②],战争不改变任何事物,仅仅造成毁灭。在这种社会背景下,参与战争的喧嚣其实就意味着卷入一场毫无意义的集体暴力之中。但是,由于政客、财阀的蛊惑,反战又意味着把自己置于“人民公敌”的处境,因为一般的民众会出于盲从的心理和苟求安全的心理而卷入集体的暴力之中。我

① 罗大冈:《论罗曼·罗兰》,上海文艺出版社1979年版,第7页。

② 卡尔·雅斯贝斯:《时代的精神状况》,王德锋译,上海译文出版社1997年版,第89页。

们知道,19 世纪的现实主义作家通常扮演着"社会的书记员"的角色,强调全面而客观地记录时代生活;而 20 世纪的现实主义作家往往成为广场艺术家,具有强烈的介入意识。对于 19 世纪及其之前的作家来说,人道主义是他们鼓吹的一种信仰,而在 20 世纪的现实主义作家这里,人道主义是一种行动纲领。他们把人道主义丰富的内涵浓缩为一个具有强烈政治色彩的理念:"再也不要战争!"他们通过参加进步的政治运动来具体实践人道主义并为此付出代价:罗曼·罗兰组织召开国际反战同盟大会,由于反战立场而遭到右翼势力的攻讦甚至普通读者的误解,法国政府甚至阻挠瑞典皇家学院把 1915 年的诺贝尔文学奖颁发给他,他的文章在国内都没地方发表;托马斯·曼兄弟则因为他们的反纳粹主义的立场而被剥夺了德国国籍,不得不流亡美国。因为这个原因,20 世纪的一些现实主义杰作都涉及战争内容并体现出了极为明显的人道主义反战思想,并因此常常被称作"反战小说"。例如罗曼·罗兰的《欣悦的灵魂》(1933)、马丁·杜伽尔的《蒂博一家》、雷马克的《西线无战事》(1929)等。最好的反战小说都出现在第一次世界大战前后。它们都从一个特别的视角揭露战争的苦难,质疑战争的意义,宣传保卫和平的人道主义思想。雷马克的《西线无战事》的卷首语可以说是所有这类小说的一个主题性的总结:"这本书既不是一种控诉,也不是一份自白。它只是试图叙述那样一代人,他们即使逃过了炮弹,也还是被战争毁灭了。"

第一次世界大战结束后,战争的阴云并未散去,加之世界性经济危机的到来,西方世界的人道主义思想又与"左倾"的进步思想开始合流。这种普遍而独特的人道主义意识又间接地促成了现实主义文学在 20 世纪 30 年代重新流行。这一时期的欧美现实主义文学因其进步倾向而有"红色的 30 年代"之称。作家朱利安·贝尔对 20 世纪 30 年代的英国知识界的赤色风气的描述,部分地说明了当时整个西方文坛的现状:"到了 1933 年底,我们看到这样一种情况:当代政治差不多成了讨论的唯一话题。在比较有才华的本科生中大部分人是共产主义者,或者说几乎是共产主义者。对于文学的兴趣仍然存在,不过性质基本上改变了,……大概可以不无理由地说,当今英国共产主义在相当程度上是一种文学现象,是'战后第二代'企图逃出'荒原'的努力。"①"红色的 30 年代"时期,虽然没有直接促成杰作的产生(美国作家斯坦倍克的《愤怒的葡萄》是个例外),却使人道主义思想在文学中变成了一种新的形态。30 年代至 50 年代是西方的艰难时世,经济大萧条、法西斯运动、西班牙内战、奥斯维辛大屠杀、冷战等造成的生存危机、文明危机构成了一个黑色的客观现实,没有人能够置若罔闻。一度左倾的英国作家乔治·奥维尔 1948 年在他的一篇随笔中写道:"当然,政治必然会侵入

① 转引自《考德维尔文学论文集·译序》,百花洲文艺出版社 1995 年版,第 2-3 页。

到文学中来。即使极权主义没有出现，这种情况也必然会发生，因为我们已经怀有我们祖辈所没有的一种内疚，一种对世界存在着巨大的不公平和苦难的意识，好像有一种负罪感，觉得应该做点什么来补偿，这就使人们不可能对生活抱有纯粹的审美态度。现在已经没有人能像乔伊斯或亨利·詹姆斯那样专心地献身于文学了。”[①]在这种背景下，1930 年以来出现的重要的文学作品，很多具有强烈的政治因素，也即现实主义的因素。

人道主义思想作为现实主义文学一个重要的思想特征，在 20 世纪下半叶也有了新的变化。如果说，在 20 世纪前期的现实主义文学中，人道主义主要表现为强烈的反战思想和左翼倾向的话，那么，此时就更为鲜明地表现出了对人的主体地位的探讨和对人的心理、精神层面的关注。他们要在对现实生活的描写和反映中，寻找精神的家园。也可以说，要在文化的语境中，而不是在社会的语境中，对“什么是人”及“人的本质是什么”进行探讨和反映。因此，与以前的现实主义作家比较起来，新现实主义的作家们更关注的是人类的命运以及人类在当下境遇中面临的种种问题。从这个意义上说，他们与现代主义，包括后现代主义作家们的创作，有着较为相似的目的。例如，索尔·贝娄的小说《奥吉·玛琪历险记》(1953)就可以看作是这种新的人道主义思想的典型表现。作品主人公奥吉·玛琪坎坷半世的“历险”的过程，其实就是寻找自我本质的心路历程。其精神价值就在于，他的内心确实有一种对立的态度，有一种进行抵抗和要说出“不”字的强烈愿望。他抗拒着“全世界范围的奢华淫靡”，发狠地向这个“老要出来的、折磨我的动物，狞笑的动物”示威，像古希腊悲剧中的俄狄浦斯一样，以自我流放的方式来避开生存的各种陷阱。然而，他所追求的自由过于空泛、虚幻，甚至连他自己也无法确认。因此，他的“自我实现”便成了无法兑现的天国的梦，整个过程被抽象或寓言化成脱离具体社会内容和特征的“天路历程”。作家正是通过这个故事，表现了当代西方人对人类命运忧虑，并企图寻找出路的新的人道主义思想。

2. 20 世纪的现实主义文学观念发生的巨大变化。

传统的现实主义文学，强调在对社会生活的冷静观察和本质把握的基础上，力求描写社会生活的本来面目。这其实是一种典型的立足传统的“二元(社会-人)对立”思维模式在小说观念中的体现。在这种观念中，文学的“真”是社会生活的“真”的体现，由此，现实主义的价值就在于通过对社会生活的如实描写来反映生活的本质。但是，当代西方的现实主义作家却认为，由于当代社会对人的认识的深化，以往关于现实主义的定义，已经不再适合今天时代的要求了。例如，20 世纪 60 年代以来，民主德国的理论家和文学史家们提出了“功能的现实

① 转引自彼德·福克纳:《现代主义》，付礼军译，昆仑出版社 1989 年版，第 108 页。

主义”这一新概念,使现实主义文学发展中出现了“哥白尼式的转折”。“功能的现实主义”的这一提法虽然最早可以追溯到30年代的布莱希特,但只有到了60年代才发展成为一场美学革命。“功能的现实主义”并不是指特定的某种风格和方法,而是涵盖面很广的概念。“功能的现实主义”强调的是文学介入现实,认为凡是促进人类主体从思想上和物质上掌握世界,并在这个过程中以发展和完善自我为己任的一切文学,都可以看成是现实主义文学。在这个理论中,传统的、片面依据科学的认识论模式建立的“现实主义”概念,遭到抛弃。由此而言,现实主义文学就不再是一个永远固定的形态,与此相关的真实性也就不仅仅指对一个现实对象的忠实描述。德国女作家安娜·西格斯就指出,20世纪的作家面对的是一个新的危机时代,这样一种变化了的现实就要求作家“塑造新的基本体验,开创我们时代的艺术”①。德国作家克蕾斯特·沃尔夫文艺观的核心,也是强调在创作过程中主体(主要是作者主体)的存在和作用。她认为,人的主体意识是艺术创作的灵魂,而作者——叙述者的真实存在则是人的主体意识得以贯彻的前提。沃尔夫还提出了“主观真实性”和“第四维”的概念。她认为:“叙事文学的空间有四维:虚构人物的三个假定坐标及第四个,即叙述者的‘真实’存在,这是深度、时代感、介入现实的坐标,它不仅决定素材的选择,而且也决定作品的色调,自觉地运用它是现代散文的基本手法。”②不仅德国作家如此,美国作家欧茨也认为,作家和作品在本质上是分离的,读者从作品中了解到作家是“私下的自我”,而现实生活中的作家则是“公开的自我”,创作过程就是从“公开的自我”到“私下的自我”的演变过程。由于大多数人的外部自我都是以伪装形式出现的,因此,最真实、最有价值的自我则潜藏在人的灵魂之中。这种对作家、作品与现实间相互关系的独特认识和处理,形成了欧茨创作的最明显特点,即评论界所称的“心理现实主义”。

传统的现实主义经常被一些现代派作家误解为一种物质主义的现实主义,即只求再现人的外在世界,几乎无法深入到人的内心世界。有人常常用巴尔扎克的艺术宣言中的话“我要写的作品必须从三方面着笔:男子、女子和事物,也就是人物和他们的思想的物质表现;总之,就是人与生活,因为人与生活是我们的衣服”来支持这种观点,这其实是一种误解。就是在19世纪,也并不是所有的现实主义作家都把“严格地摹写现实”的创作原则推到蔑视人的心灵的程度。还在巴尔扎克、左拉如日中天的时代,就有作家实验着对人的主观世界进行探索和挖掘。例如陀思妥耶夫斯基的小说就已经显露出了从宏观综合性向微观分析性方向发展的迹象,预示了心理现实主义的到来。一些批评家指出:“陀思妥耶

① 《安娜·西格斯与格奥尔格·卢卡契的通信》,见《外国美学》1986年第2期,第428页。

② 沃尔夫:《读与写》,见《外国文学研究》1987年第1期,第16页。

夫斯基发现了每个人的灵魂地下室,他好似每个人同时兼备的利己和犯罪素质的窥秘者。"[①]在20世纪,心理现实主义得到了理论上的强化和创作上的推广。罗曼·罗兰就说过:要"穿通生活的外壳,达到激情深隐的底层"[②]。如果说对某些意识状态的直接研究已经成为现代小说的基本特征的话,那么这个描述同样适用于说明现实主义文学的状况。

许多现实主义作家不再把反映和摹写外部世界的现实作为自己的终极目标,而是要竭力全面地"反映出一个心灵的心理发展过程"(杜伽尔语),进而发现人生的真理。有鉴于此,许多小说家广泛地使用了意识流、时序颠倒、象征、隐喻等手段。例如:托马斯·曼在他的《绿蒂在魏玛》(1939)里就充分利用意识流叙事所具有的那种自由跳跃的特性,使我们窥见了歌德内心世界的各个方面,"深入到歌德同其本人的过去、现在甚至将来的经历的复杂关系中去",并通过带有象征色彩的描绘或在人物的独白中使潜在的诗的哲理浮现出来。

现实主义文学观念的变化导致了现实主义的内涵得以大大拓展。当代的现实主义文学发生、发展于"人们变得被动、冷漠和四分五裂"的当代西方社会,这个"忧虑时代的消沉""缠绵不愈的灵魂疾病""繁荣掩盖下的心神不宁"使当代西方现实主义文学家们逐渐染上存在主义色彩或纳入现代心理学因素的倾向。这也从一个大的文化氛围表明,此时的现实主义作家再企图完全坚持传统意义上的现实主义实际上已不可能。20世纪后期的现实主义小说家的作品都不同程度地融进了现代主义的非现实主义成分,有的作家甚至写出近似现代主义的作品。正是在这个意义上,美国文学史家将他们的创作通称为"新现实主义"小说。这也可以说,新的现实主义在历史与现实、传统与变革之间达成了一种衔接与递进,并赋予其开放性。例如20世纪六七十年代以来在美国作家乔伊斯·卡罗尔·欧茨(1938—)、沃尔特·阿比什(1931—)、雷蒙德·卡弗(1938—1988)等人的创作中,就将对现实生活的如实描写、心理探测、性格刻画、环境写实与某些象征、怪诞手法融为一体,被称为"心理现实主义"小说,也可归属于"新现实主义"小说之列。再如,如果我们将魔幻现实主义也看成是一种现实主义的话,那么,这种现实主义的主要特征,在于它非同寻常的现实观,它不仅反映人们对世界的感觉,而且是拉丁美洲独特的社会生活本身的映照。正是为了表现这种神奇的现实,作家们广泛借鉴欧洲现代主义,尤其是超现实主义文学的表现技巧,常用谈神说梦的方式,打破主客观世界的界限,力图把"习以为常"和"神秘离奇"两个方面融为一体,从总体上更好地反映拉美的现实,达到以鬼揭

---

① 赫尔曼·黑塞等:《陀思妥耶夫斯基的上帝》,斯人等译,社会科学文献出版社1999年版,第1页。

② 伍蠡甫:《西方古今文论选》,复旦大学出版社1984年版,第488页。

其凶，以神鞭其恶，以怪诞、象征、意识流、寓言等手法追求神奇的艺术效果。它的主体还是对现实的“汇集、评价和批判”。因此，虽然在外观上与现代主义极为相似，实质上却仍然是现实主义的，这二者有重大区别。

3. 叙事形式的演进和分化。

自小说兴起以来，一直存在着两类小说：社会小说和个人小说。社会小说力图描绘人类经历的每一个方面，具有史诗性叙述的那种错综稠密和视野广阔的特点；而个人小说则倾向于描写某个（些）人物的精神发展过程。在20世纪，社会小说的形式主要表现为世家小说和系列小说。这些作品一般通过对一个具有代表性的大家族兴衰过程的精确观察和描写，来折射出一个民族或一个国家某一历史阶段的命运。这方面的代表作有托马斯·曼的《布登勃洛克一家》，高尔斯华绥的《福尔赛世家》等。个人小说则由传统的忏悔录和自传的形式裂变出“长河小说”的样式。“长河小说”即是“一种相对地说不太注意结构的叙述方式，它像一条贯穿广阔田野的河流，蜿蜒而下，把途中所见的一切都反映出来。这类小说的实质，无论就其主要方面还是细节方面，都在于反映的准确性而不在于各部分之间的和谐的均衡；它没有固定的形式，像河流那样从容地徘徊流连，有时，极其偶然地有一股暗流打扰了河流表面的平静”①。“长河小说”的这种特性暗合了人生的轨迹。因此，一些表现自我探索题材的小说多具有长河式叙述的特点。总的来说，“长河小说”就是通过对某个（些）人物进行认真的、细致的和微妙的刻画，来反映人对自身的疑问和精神成长的过程。“长河小说”杰作当属罗曼·罗兰的《约翰·克利斯朵夫》、马丁·杜伽尔的《蒂博一家》等。

值得注意的是，20世纪后期欧美的现实主义叙事性作品呈现出新的特点，这就是对重大的历史和现实事件的描写开始与现代主义乃至后现代主义的各种手法结合，客观事件的展示越来越与心理问题的探讨紧密联系在一起。如果说此时的叙事还有故事的话，不如说此时作品中出现的故事仅仅变成了心理展示的背景和各种意识冲突发生的平台。叙事不再是引导情节发展的主要动力，心理发展的矛盾冲突、对某些重大问题答案的追寻，成为情节发展、故事演进的主要动力。

三、欧美现实主义文学的基本评价

20世纪前期出现的现实主义文学是一种开放的现实主义。这种现实主义艺术通过兼容并蓄各种文学流派的优长，扩展成了20世纪后期所谓的“无边的

---

① 转引自戴维·洛奇：《二十世纪文学评论》（下），郑敏等译，上海译文出版社1993年版，第337页。

现实主义”。这种现实主义文学对反映20世纪发展和变化了的社会生活,对展示现代西方社会人的复杂的精神状态,特别是在表现人类生存环境的广度和哲理深度上,与19世纪同类文学比起来,具有巨大而独特的价值。正像英国批评家雷蒙德·威廉斯观察到的:“绝大多数的现代小说,包括那些仍被认为是文学作品的小说,仍然遵循着现实主义的一般准则。它们不仅集中描写了当代的种种主题,而且由于解除了某些清规戒律,在现代小说中对一般日常生活的描写在许多方面也比19世纪的小说更为明显。”[①]所以,可以说,这是适应20世纪社会发展和精神心理演进的新的现实主义艺术。

20世纪前期的西方现实主义文学,也集中表现了处于现代进程中人类所遇到的种种重大的社会和心理问题,例如战争与和平、人生与社会、生存与境遇、个性与情欲等。在反映内容和表现主题上,均具有20世纪前期的韵味和特色。

发展到了一个新的历史阶段的20世纪后期的欧美现实主义文学,深刻地反映了在新的历史文化条件下欧美社会政治、经济和文化的新的发展状况,尤其是深刻表现了当代西方人独特的心理发展和精神特征,显示了要在特定的境遇下追求人的本质和价值的努力。这是传统的现实主义在文学观念和文学思想上的新发展。它也表明,20世纪后期的现实主义文学始终是与社会现实的发展同步的,因此,具有巨大的存在意义和认识价值。同样,它的存在,也表明了现实主义文学的艺术内涵的发展和扩大,并创造出了与传统的现实主义文学作品不同的独特的艺术形态。如在坚持描写现实社会和生活的基础上,吸收现代主义文学表现手法(意识流、梦幻呈现、时序颠倒、荒诞意识等)和艺术技巧(象征、佯谬、淡化人物等),并从其他艺术形式如电影、电视、新闻报道中借鉴了一些有益的方法,从而使其艺术形式更具有当代的特点。这也是现实主义作家对人类艺术的巨大贡献。

当然,我们也要看到,由于20世纪后期现实主义作家所接受的哲学思想较为复杂,特别是受文化多元化现实的影响,此时的现实主义文学缺乏传统文学中的那种对现实阶级关系的深刻剖析和对社会生活事件的清醒把握。同样,这些作品虽然对当代人的心理反映更为细腻和丰富,并不时探索人物的潜意识、下意识世界,但又明显地表现出了非理性的色彩和非科学的态度。在艺术手法上,由于有许多新的艺术因素进入其中,作品本身更具有现代艺术气息,但是也明显地造成了作品形态之间界限的模糊,从而使得有些作品难以确定究竟属于什么类型,有些作家难以确定究竟属于什么流派。

---

① 转引自吴岳添:《马丁·杜伽尔研究》,中国人民大学出版社1992年版,第357页。

第二节　索尔·贝娄与《洪堡的礼物》

一、生平与创作

索尔·贝娄(1915—2005)是美国当代享有盛誉的犹太小说家。生于加拿大魁北克省的拉辛城,父母是俄国犹太移民。9 岁时随家迁居美国芝加哥。动荡不定的城市生活,交错繁杂的文化传统和风俗影响,引起他的困惑多思和对社会问题的兴趣。1933 年他进入芝加哥大学学习,后转入西北大学,攻读人类学和社会学,毕业后当过编辑和记者。第二次世界大战期间曾在美国海军服役,战后长期在大学执教,是个造诣颇深、有学者气质的作家。

贝娄的文学活动始于 20 世纪 40 年代中期。当时,第二次世界大战即将结束,在战争中发了财的"运气"似乎向美国展示了"金元帝国"的憧憬,但在精神文化领域,曾在三四十年代有过冲动和激奋的知识分子却陷入普遍的沮丧之中,这种沮丧与美国经济的繁荣极不协调,因而显得特别突出。延续下去,也就成了马库斯·克莱因所称的"在异化之后"的一种普遍情绪。于是,一些面庞迥异,然而气质相似的"异化的犹太主人公",或作为灰暗、痛苦的历史幽灵,或作为被疏隔和孤立的现代探索者,源源不断地出现在犹太作家的笔下。

作为一个思想型的犹太作家,写作初期的贝娄像当时的许多西方知识分子一样,受风靡欧洲的非理性主义哲学思潮的影响,创作了一些风格明显受存在主义思想影响的作品,以一种被评论界称为"荒唐的现实主义"的笔法,深刻表现了当代美国社会以及人们的心理和情绪状态。这些作品的思想内涵和艺术风格虽不尽一致,但有一些共同点是很明显的:他笔下的社会,是那样嘈杂、紊乱、冷漠。小说主人公身处浩茫世界,却感到没有精神生活的空间。他们情绪烦躁,忧郁寡欢,但不知什么地方出了毛病;他们想与人倾诉,又厌恶周围的一切人;想有所作为,但又一事无成;想有所追求,但又漫无目标;想逃避现实,但又无处可逃。于是,他们大体都经历了这样一条人生道路:由不满现状开始,经过痛苦的内心煎熬,终于以对现实的妥协和自我感觉中的道德完善得到解脱。

发表于 1944 年的《晃来晃去的人》是贝娄的第一部长篇小说。作品以日记形式记叙了主人公约瑟夫 27 岁时的一段生活和心理活动。作品写他大学毕业,有 5 年婚龄。现已辞去了旅游公司的工作,正在等待应征入伍。由于正式通知迟迟未下,他便想利用这段时间读点儿书,写点儿东西,享受一下个人自由。没想到"自由"反倒给他带来无穷的烦恼——空闲起来的他,既羞于靠妻子供养,又不愿做任何事情;所谓写作、读书,又都做不来;还无端跟邻居吵架,赶走朋友,冷落情妇,对一切人都看不顺眼。这种晃来晃去的生活使他感到"自己并不是处身在一个广阔的世界里，而是在一个封闭的、绝望的牢房中……没有未来，只有过去！”于是，他来到兵役局，希望立即到军队去，以结束自己的“自由”。

《晃来晃去的人》透现出“由抑郁造成的冷漠基调，以及精神孤儿身份的那种暗示”，充满了对社会的幻灭意识和急于摆脱生活的厌倦感。作者采用日记体的叙述方式，本身就构成强烈的反讽。如书中所说：“在曾经有过的时代，他们习惯于经常谈论自己，不羞于记录他们的内部事务。而如今，记日记被认为是自我放纵、意志薄弱和低级趣味。因为，现在是一个无情的时代。”在这个时代，小说暗示出，人的“自我”如果不向内部发展，就必然会被扼杀；而向外发展，行动不再体现为自己意志的支配，悲剧就成了必然——现代社会中的人就生活在这样一种境遇之中。因此，《晃来晃去的人》便成了一种悲悼小说，隐含着现代人难以直言的痛苦。作品中的约瑟夫，是美国20世纪40年代文学中的“反英雄”典型，他无法接受社会的冷漠和无意义，更无法为改变这种冷漠和无意义做一点具体的事，只好以冷漠和无意义来回敬这个社会。从他的精神状态，人们很自然地联想到法国作家加缪笔下的“局外人”。这表明，约瑟夫颇有些存在主义的色彩，同时，他又代表了“经济萧条和战争年代长大的那一代人的心声和最诚实的自白”。

可以说，这部小说的创作是发自对当时流行的一种文化模式的挑战。在20世纪四五十年代前后，以海明威笔下的主人公为典范的“硬汉”形象在美国文坛乃至整个文化领域扮演着重要角色。他们代表这样一种人格造型和生活态度：像运动健将般的男人韧劲十足，激情无限，敢于冒犯厄运与死亡，用行动证明一切，从而确立一种人生的价值标准。但是，随着社会的发展和形势的变化，人们发现，在知识分子关注社会的热情普遍弱化的纷纷扰扰的现代工业社会里，精神和思想上的种种困惑远不是用一种“电报式”的短句所能表达的，更不能指靠一时的行动去应对，正如“晃来晃去的人”约瑟夫所说，“许多严肃的事物都被封闭在‘硬汉’坚强的心灵之外。他们不愿反思内省，因此很难应付那些用手枪或匹夫之勇解决不了的对手”。海明威的主人公们都有一种含混的表达习惯，他们在面对感觉世界时往往保持沉默，这是一种把内心的自我隐藏起来的策略。与之相反，约瑟夫要求清晰地表述自我，“作家可以创造一个世界，但这个世界必须不同于我们共同生活的世界——我们或者挑战或者深入探究它”。作为作品主人公，约瑟夫的思想和见解无不反映着贝娄对社会的看法。他认为，由于对感情和精神世界的开掘不力，现代美国社会普遍存在一种弱化人性本质的幼稚病，这种幼稚病反映出美国人精神上的不成熟。他曾在一篇题为《我们走向何处》(1963)的文章中对此进行了指责：“几乎没有一种精神上的、使人崇高的性格被美国现代的社会机构引入到现代美国人的内心生活中来。这种性格必须靠个人的经验去发掘，靠他作为一个探险者的运气去探索，否则就毫无作为。社会给他

(美国人)吃,给他穿,在一定范围内保护他,他是社会的婴儿。如果他接受了这种'婴儿状态',他也许会感到满足。但如果有着更高功能的思想感情触及他的话,他就会深感不安。"约瑟夫的思考和各种努力,正是要从这种幼稚病中解脱出来。

发表于1959年的《雨王汉德森》,近似一部现代传奇。书中那个到非洲寻找理想的汉德森是作者笔下唯一的非犹太主人公。他出身于富豪之家,祖辈显赫于政界,父亲是著名学者,本人是硕士和300万美元遗产的唯一继承人。但他却在这样的环境中深感精神空虚,常常因找不到个人在生活中的位置而痛苦,内心深处经常发出"我要、我要"的呼声。第二次世界大战期间,这位已近不惑之年的富翁为了在战争中寻求生活,入伍到了前线。但除了肉体留下创伤外,精神上仍一无所有。复员回家后,他把优雅的古屋用来养猪,把宅第变成了肮脏的猪场,还常常干些笨重的体力劳动。但即使这样,烦恼并未消除,心灵深处的呼声仍不时搅扰着他,使他终日不得安宁:

> 你拿自己怎么办呢?……即便是养猪也是赚钱的。我根本不会亏本。这些猪给屠宰,被吃掉。它们被制成了火腿、动物胶、猪皮手套和肥料。那我又被制成了什么呢?我想,我大概被制成了某种战利品,像我这样的一个人,是可能成为战利品之类的东西的。我把自己洗得干干净净,穿上了昂贵的衣服。屋顶下安着隔热材料,窗户上是隔热玻璃;……地毯,……家具,……还有糊墙纸和窗帘!一切都打扫得干干净净,装饰一新。可是谁住在这儿呢?谁坐在这儿呢?人嘛!就是他——人![①]

汉德森感到自己成了一个有闲阶层的浪荡之徒,他的富有像某种沉重之物压得他窒息。在20世纪50年代美国物质主义的洪流之中,汉德森的唯一"功用"就是用来宣传金钱和物质对一个所谓"成功"的人的回报。他觉得自己被物质和金钱异化了。随着摆脱异化的渴望与日俱增,汉德森最终登上飞往非洲的飞机。而对其保姆——伦诺克斯小姐的拜访,则直接导致了他的非洲之行。作品描写:他走进伦诺克斯小姐的房子,"小屋里堆满了她捡的盒子、童车和篓子一类的东西,因此我得跨过这一堆堆破烂,才能从这个房间爬到另外一个房间去"[②]。这一堆堆破烂对他说来变成了一种突如其来的象征,使他对自己面临的困境有了清醒的认识:这个搜集婴儿车的老处女在用"物"的累积来填补自己的孤寂和空虚。西方现代社会孕育出来的商业文明充满了矛盾,它一方面是促成

---

① 索尔·贝娄:《雨王汉德森》,诺曼译,上海译文出版社1986年版,第45页。

② 索尔·贝娄:《雨王汉德森》,诺曼译,上海译文出版社1986年版,第44页。

这个世界进步的有力工具，另一方面又造成了人的平庸和麻木。于是他想："看在上帝面上，汉德森，采取行动，作出努力吧。你也会有一天死于这种瘟病的。死亡会消灭你。除了一堆垃圾——现在！为了一切，走吧！"[①]这样，汉德森成为贝娄笔下第一个断然地从他周围环境中解脱出来，毅然出走的主人公。他的非洲之行的目的是追求精神的满足，寻找一种既能容纳他的精神也能容纳他的感官本能的现实。他在非洲获得的启发为他建立了个人生存的合理性。他接近了一种令人欢欣鼓舞的唯我论，这种认识自身的理论作为其个人生存合理性的相关条件建立在一种新的现实意识的基础之上："旅行是精神的旅行……我们称作现实的东西是悬而未决的……事实的世界是真实的，对，没有改变。物质的东西都摆在那儿，属于科学。但同时又有精神的独立部分。在那儿我们不断地进行创造。"[②]小说的结尾，汉德森经历了一次美妙的感情爆发，他满怀着巨大的热情，踏上了返回美国之路，但除了汉德森的"思家病"——想要"回到莉莉和孩子们的身边"的需要外，贝娄提供不出任何事实表明，他的主人公与他即将返回的美国的主体价值之间建立起了某种可靠的联系，连汉德森自己都承认了他最初的希望遥不可及："我们应该认为高尚的品质是不真实的。然而事实上恰恰也是如此。幻想站在另一只脚上。人家要我们以为我们总是在渴求更多的幻想。唉，我是根本不渴求幻想的。人们说，要想得远一些。那当然是瞎扯淡，不过是另一套生意经罢了。"[③]在作品中，汉德森面临的困境是他与美国社会及文化的严重脱节。这个出身显贵的富家子弟，显然由于父辈与威廉·詹姆斯和亨利·亚当斯的至交而具有相当的文化品位，但正是这种富有的和独特的文化背景加剧了他与整个20世纪50年代社会环境的不和谐。美国现代商业文化造就的是功利主义者，汉德森则在蒸蒸日上的物质生活中越发感到自己的无用，"我要，我要"的呼声，表达了他发自内心深处认识自我的渴望。

《雨王汉德森》着重表现的是一个生活态度比较严肃而又善于思考的知识分子的精神危机，他的痛苦内省和幻想的新生。在这个人物身上，有作者和某些中产阶级知识分子的严肃思考。他们厌恶社会上的人欲横流，不甘心精神沉沦，希望保持人的价值和尊严，因此试图用乌托邦式的理想来肯定人生和个人的意义，为自己指出一条摆脱精神危机的道路，这在当代西方文学中，毕竟是一种积极的思想倾向。问题是，乌托邦终究是幻想，幻想一旦破灭就会坠入更深的失望，贝娄后来的作品就证明了这一点。

小说寓哲理于讽刺、诙谐之中。主人公在重新确立人的价值中翻江倒海的

---

① 索尔·贝娄：《雨王汉德森》，诺曼译，上海译文出版社1986年版，第26页。

② 索尔·贝娄：《雨王汉德森》，诺曼译，上海译文出版社1986年版，第355页。

③ 索尔·贝娄：《雨王汉德森》，诺曼译，上海译文出版社1986年版，第197页。

心理狂潮,喜怒无常的情感世界以及慧敏和愚钝兼容的气质,都通过意识流表现技巧多层次地交织表现出来了。作者同时采用讲故事的叙述方式编织跌宕多姿的情节,使小说兼有现代心理小说和传统情节小说的多重艺术感染力。

发表于1964年的《赫索格》是贝娄的又一畅销书,由于作者更加注重从精神领域表现人的价值与当代美国社会的尖锐冲突,作品突出显示了"思想小说"的特征。小说着重描写赫索格在动乱的20世纪60年代的生活和苦闷。他是大学教授,收入丰厚,生活优越,精神上却屡遭打击。第一次婚姻不遂心,第二任妻子又与他最好的朋友勾搭。感情上的困境泯灭了他的生活热情,在委顿、绝望之际,他只好靠不断给古人、今人、死人及活人写信打发日子。小说用电影蒙太奇的手法,把人物的思想活动、他所写的信件、他对童年的回忆以及现实的生活情景交织在一起,较全面地反映了当代美国社会里一个高级知识分子面临的精神危机。

自《赫索格》之后,贝娄的创作进入后期。从20世纪60年代末到80年代末,他先后发表了《赛姆勒先生的行星》(1969)、《洪堡的礼物》(1975)、《院长的十二月》(1982)、《更多的人死于心碎》(1987)等重要作品。《赛姆勒先生的行星》被某些评论家视为作家创作的新起点,主要写从纳粹的大屠杀中幸存下来的波兰裔犹太移民赛姆勒目睹美国社会的混乱和疯狂以及由此产生了强烈的幻灭意识。小说的基本主题,仍是现代西方社会的精神危机问题。一般认为,标志着贝娄创作新发展的是《洪堡的礼物》。而《更多的人死于心碎》则被《纽约时报书评》评为当年美国最优秀的长篇小说之一。在这部作品中涉及的"转折点计划"则标志着贝娄创作思想的进一步深化。

"转折点计划"是小说第一人称叙述人肯尼思提出来的具有人文性质的规划,它实现的前提是要解决"精神启示性问题,思想的群众性滞后问题,令人振奋的宇宙观变革问题,人类新的发展方向问题"。显然,他认为现代美国人如果能解决好以上几个问题,就可以经过重要的人生"转折点",达到内心世界与外部世界和谐统一的理想境地。肯尼思将"计划"的实现寄托在执意要为精神世界的丰富和发展作出贡献的著名植物学家本·杰民身上,视其人格力量为他的"转折点计划"所要达到的理想状态。本·杰民虽是这个时代少有的一个地地道道的"人文主义"者,却也是日益衰落的"人文主义"文化罕有的遗迹。作品描写,他同植物进行交流的天赋无助于他处理各种复杂的社会关系。因为20世纪80年代的美国社会是属于技术管理者,属于传媒大亨,属于娱乐文化和商业文化巨头的。在这样的现实中,敏感多情、崇尚精神的本·杰民必然会受到极大的伤害。最后他发现北极的冰雪荒原要比美国这个"更多人死于心碎而不是核辐射"的国度更加适合他的生存。本·杰民的出走,使肯尼思的"转折点计划"陷于流产。小说结尾,贝娄再次展示了一场"人文主义者的终结游戏":本·杰民奔向北极荒原，但“那甚至不够遥远”；而肯尼思在经历了“转折点计划”的失败之后，也预感到日渐衰落的人文精神的终结。小说的这一象征性结局，可以作为贝娄整个创作的符合逻辑的意蕴揭示，现代美国精神文化的“贫血症”患之已久，重病沉疴，而知识分子软弱的“精神自救”、沉闷的内心陈词又无助于从根本上解决这一问题，于是，“更多的人死于心碎”将作为严峻的时代问题继续存在下去。

除长篇小说外，贝娄还写有中、短篇小说，散文随笔，剧本和文学论文多种，但它们的成就均不能与其长篇小说比肩。贝娄的长篇小说，虽然同西方一些多产作家相比并不算多，可是他早已被评论界公认为继福克纳、海明威之后最伟大的当代美国作家。

二、《洪堡的礼物》分析

《洪堡的礼物》是索尔·贝娄1976年获诺贝尔文学奖的作品，被评论界视为他最有代表性的作品之一。他们认为：贝娄作为美国最伟大的当代作家，其地位主要是由《洪堡的礼物》所奠定的。

内容介绍 小说的故事背景是现当代的美国思想界和知识界。作品所描写的美国社会生活瞬息万变的场景和扑朔迷离的精神状态，主要是通过“我”即主人公查理·西特林的追忆往事的自叙方式再现出来的。往事分成了两个部分：一部分是不久前的往事，另一部分是发生得更早的“往事中的往事”。作品一开始，是“我”对20世纪30年代到70年代与洪堡之间关系的回忆，得出的结论是“我发现，洪堡在苦苦思索着，如何在过去与现在、生与死之间周旋，才能使某些重大问题得到完满的回答。然而，苦思冥想并没有使他头脑清醒”。而“我”（查理·西特林）此时年已40岁，是成长于芝加哥的一位作家，法国荣誉军团的爵士，还曾因创作历史情节剧《冯·特伦奇》和写了一本论威尔逊的书而声名鹊起。然而此刻“我”却正陷于个人感情和生活处境的困窘之中：前妻丹妮斯因经济纠纷指控“我”，现在的情人蕾娜妲又以姿色使“我”迷离沉溺而难以自拔；不久前的创作失败，造成“我”的智力衰退和反应迟钝；随之而来的生意场上的失败，更令“我”心绪焦灼不安；律师、诉状代理人因经济债务追逐着“我”；而蕾娜妲的逼婚和不时以同他人示好的行为向“我”挑战，更使“我”愤恨不已。然而这还不是“我”的危机的全部。由于拒绝付赌债，“我”受到以偷盗为业的街头流氓肯塔比尔的暴力威胁：当对方挥起棒球棍时，“我”只好惊恐万状地立即掏出了钱。但事情并没有完结。原来肯塔比尔看中的是“我”在商场上的生意，他要强迫“我”接受他的邪恶建议和安排。一个时期以来，肯塔比尔紧跟着“我”，从国内到国外，直到马德里的寄宿旅店。对此，“我”只能屈从和忍受。正当“我”处境最艰难的时候，传来了已故诗人洪堡给“我”留下一笔遗赠的消息，顿时“我”

内心里翻江倒海，浮现出绝交已久的亡友的形象，并反复追忆起我们之间的关系和种种变故。整部小说都是由“我”的联想和回忆构成的。

有些研究者指出：“如果留意一下贝娄的简历，就不难发现，西特林与贝娄的许多经历何其相似。美国的许多评论家还指出，小说中的洪堡，就是贝娄最亲密的朋友艾萨克·罗森菲尔德和德尔默·施瓦茨。……施瓦茨死后，贝娄开始写回忆录。……正是这本回忆录，经过 8 年的演绎，成了现在的《洪堡的礼物》。”①

人物形象 冯·洪堡·弗莱谢尔是作家笔下的一个现代悲剧型知识分子的形象。作品交代，他生于犹太移民家庭，聪明早慧，青年得志，很早就发表诗集，以此轰动文坛，在 20 世纪 30 年代享有很高的声誉，并成为纽约文化界的一颗新星。可以说，他的早期一直是按照资产阶级为浪漫诗人所写的脚本生活着的，是黑格尔的信徒。那时他的心里装着“大写的名词”：成功与失败，艺术和美。他相信理性，自制自律，爱情专一，写作认真。他发表的作品中渗透着人道主义的温情。可是 40 年代后，国际政治舞台的风云变幻、法西斯势力的恐怖活动以及战后美国愈演愈烈的种族歧视，使这个犹太知识分子内心充满了恐惧。一度坚信的理想和信念迅速解体。他发现，一直被人坚信不疑的有关忠诚与爱人之心不再时兴，背叛和利己主义堂皇登台。这一切，导致洪堡在文坛上的景况每况愈下。他试图转而寻找政治上的出路，却依然处处碰壁，最后甚至连一个稳定的职业也谋求不到。生活的步步紧逼导致洪堡精神崩溃。他满腔的悲愤无处发泄，只好在自己最亲近的人身上出气，甚至干了一些损害朋友的事。例如，当查理的《冯·特伦奇》在百老汇上演时，他无端指责其是剽窃之作，诅咒查理背信弃义，甚至采用聚众围攻等手段，惩罚查理对他的疏远和冷漠。但即使这样，仍然不能解脱精神上的痛苦。最后在行将就木之际，他怀着忏悔之心给查理留下一份遗书和一份礼物。作家在这个人物身上，深刻表现了当时社会中一代善良知识分子的精神危机和悲剧性的命运。

查理·西特林（“我”）是小说中出现的 20 世纪五六十年代的知识分子形象，与洪堡迥然不同。如果说洪堡注重精神追求的话，那么，查理则更多地体现出了世俗的特征，但他作为一个知识分子，良心并未完全泯灭。小说写道，在洪堡享名于文坛时，他还是康斯威里大学的学生，刚迈出校门，他就乘车前往纽约，登门求教于洪堡，成为其崇拜者和追随者，并靠恩师的提挈进入文坛。但他的生活态度与洪堡截然相反。他把艺术当作发财手段，玩弄手腕、巴结政客、贪恋女色，广结三教九流，处处逢场作戏。当老师背运时，他见了面竟避之唯恐不及，但当他同样面临破产时，老师的遗赠应时而至。洪堡留下的两部剧本提纲，很快转

① 蒲隆：《译者前言》，见《洪堡的礼物》，江苏人民出版社 1981 年版，第 3 页。

化成巨款,帮助查理夺回了生意上的控制权,彻底摆脱了肯塔比尔的纠缠。渡过难关的查理不得不重新肯定了亡师的价值,他将葬于乱坟岗上的洪堡的遗骸取回,重新厚葬。在洪堡的安葬过程中,查理感慨道:“我们沿着棺材,站立在表示敬意的位置上。我握住把手——这是我与洪堡第一次在一起,棺材里并没有多少重量。当然,我决不会相信那堆遗骸会同人的命运联系在一起。人的骨头很可能就是精神力量的标志……洪堡,我的伙计,我们的亲人和兄弟,他热爱善与美,他的一件小小发明正在三马路和爱丽舍田园大街娱乐公众,但同时也正搜刮每个人的钱财……”查理对洪堡的感情复杂,过去他有愧于洪堡,如今又从洪堡的下场联想到自己,所以他最后发出这样的叹息:“啊,洪堡,我是多么忏悔呀。洪堡,洪堡——这就是我们的下场。”小说明白地告诉读者:洪堡的下场就是查理的下场,洪堡的命运就是查理的命运,今日的洪堡就是明日的查理,这是一切无能的、精神脆弱的知识分子在美国的必然遭遇。

思想意义　小说以两代作家的思想与命运为中心线索,在广阔的社会生活画面上表现从 20 世纪 30 年代到 70 年代美国知识分子的精神、品性和情操,并折射出各个时期的社会风貌及其变化。作品提出的中心问题,是艺术和艺术家在美国社会的价值和出路。

1. 作家在作品中深刻地揭示了当代美国知识分子受伤的心理特征和病态的精神风貌。

作品描写到,洪堡虽然早年成名,但时代的风云变幻和社会的矛盾,使他很快失去了安全感。这位诗人的内心充满着无名的恐惧。他常常害怕三 K 党徒迫害他,也怕有人暗算他。甚至躲避到偏僻的乡村之后,也是每天噩梦不断。可以说,洪堡的这种恐惧心理的形成,主要不是他个人的原因,而应归咎于他所代表的人道主义传统在物质主义进逼下的分崩离析。而他的学生,那个放荡的落魄文人查理,则是文学商业化的产物,是 20 世纪 70 年代美国文化生活的畸形儿。如果说查里在刚踏上社会时,内心世界还有很多美好的东西的话,那么,在社会的影响下,他很快形成了势利、自私的阴暗心理。如果说,洪堡的一生代表着美国精神文化的危机,那么,查理的道路便象征着美国物质主义的得势。贝娄几十年来对美国社会的文化和知识界的观察与感受,在这部作品中得到了集中的反映。

2. 作品提出了如何恢复人的本性,如何才能不使人变成物的奴隶的问题,并对这一重大问题进行了苦苦的探索。

贝娄是个极力探索当代西方世界精神危机的作家,他小说中的主人公大多是敏感的知识分子,他们对当代都市的政治、经济和文化生活感到疑虑和烦恼,进而选择追求某种高于现实生活的精神生活,期望在混乱的世界中找到一席生存之地。他们虽然受挫折,但仍然相信人生的价值在于维护人的尊严。然而,他们似乎永远也找不到这种东西。"人总是某种东西,但他是什么呢?"就是贝娄笔下人物精神状态的恰当写照。在《洪堡的礼物》中,我们可以看到,无论是洪堡也好,还是查里·西特林也好,都表现出了这种典型的精神探索和心理探索过程。而洪堡和查理二人的悲剧,也充分说明,他们的绝望情绪和虚无观念正是产生在这块罪恶的土地上的,像他们这样的知识分子在当代社会中是找不到精神出路的。

艺术特色 《洪堡的礼物》不同于传统的现实主义作品,具有20世纪现实主义文学的一些明显的艺术特色。

1. 在艺术上体现了现实主义创作倾向同现代主义表现手法的有机结合。

这部小说的写法极为特殊,作者从主角兼叙述者查理·西特林的追忆往事写起,笔触放开去写,不拘一格,时间跨度40余年,地点包括欧美和北非的广大区域,人物涉及总统、法官、律师至职员、平民、娼妓等各个阶层和各个行业的人,所有这一切,构成了一个广阔、真实而又具体可感的背景。同时,作品尽管表现的是个人的思想流程和命运遭遇,但这些个人的东西又是与时代的重大的政治、经济等问题息息相关的,也可以说,小说表现的是当代社会面临的一些重大问题。因此,作品的主要艺术特征是现实主义的。然而,同传统的写法不同,贝娄并没有采用照相式的手法追求其外表的逼真,而是在真实的背景上,通过主人公的主观感受,捕捉一些富有特征的事物加以描写,从而使外部环境与人物的内心世界浑然一体。作者还大量采用意识流手法述说故事和结构作品,用随意性的独立场景和零散片段造成小说新的形态,使得作品的叙述方式新颖别致,有穿越时空、急速多变的现代主义小说的特点。

2. 作者在《洪堡的礼物》中善于采用对比和反衬的手法来刻画人物。

这里的对比包括生者和死者的对比,精神追求和物欲追求的对比,也包括一些具体场景的鲜明对比。但是,作家并非单纯地为对比而对比,目的是通过对比反衬出一种哲理来。例如,洪堡注重精神追求,结果酿成悲剧;而查理注重物欲的满足,最终也以悲剧收场,这就是一种鲜明的对比。这种对比,目的是说明在现代资本主义社会一个善良的知识分子无论怎样做,结果都是毁灭。同样,用活着的人的生活去反思死者的一生,也构成了一种对比,反衬出的是虽生犹死或生不如死的可怕现实。至于具体的场景间的对比,更是比比皆是。例如诗人洪堡和富翁朱利叶斯都患了心脏病,但前者只好等死,而后者则利用金钱创造了奇迹。这反衬出现代资本主义社会物质强于精神的现实。正是这种种对比手法的运用,使小说的主题表现得更加深刻。

3. 小说善于运用幽默和讽刺的手法,使一部悲剧性的作品带有喜剧性的风格。

在场景上,《洪堡的礼物》中很多地方都是充满喜剧性的。比如,洪堡本来生活在一个物欲横流的社会里，却一心想做个诗人，以至于连他都觉得自己“像个孩子，像个小丑，像个傻瓜”。“对这种生活的自相矛盾、寻寻觅觅之中的滑稽式的人物，作者一方面用了喜剧手法来表现；另一方面却以貌似戏谑、内蕴深沉的笔墨，写出了饱含辛酸的时代悲剧。”①在语言上，这种幽默、讽刺语言的运用也是很出色的。例如查理说洪堡：“我一向对他怀有仰慕之心。然而他却满怀激情地奏完了成功的主旋律。他是以一个失败者而告终的。即使把这些字母大写了又有什么结果呢？我总是在回避这些神圣的字眼，而洪堡，我认为是堆砌得太多了——诗呀，美呀，爱呀，荒原呀，异化呀，政治呀，历史呀，无意识呀，不一而足。”这样的语言，充分表现了作者痛苦中蕴含着幽默、讽刺的意蕴。

总之，作为一个犹太后裔作家，贝娄的创作又不可避免地受到犹太传统文化的影响，带有犹太文学中说教小说的某些特征。同时，贝娄又是一个受西方现代哲学思想影响较深的作家，他作品中那种奇异而模糊的氛围，具有较浓厚的现代主义文学特色。不少评论家认为，贝娄的创作，反映了美国当代文学发展的重要倾向。在今天美国的小说界，假如没有他和他的作品，那将是难以想象的。

① 蒲隆：《译者前言》，见《洪堡的礼物》，江苏人民出版社 1981 年版，第 5 页。

第二章

俄苏现实主义文学与《日瓦戈医生》

【学习重点提示】

1. 把握20世纪俄苏现实主义文学独特的发展轨迹与基本特征。
2. 把握《日瓦戈医生》中所表现出的基本矛盾冲突与典型艺术氛围。

第一节　俄苏现实主义文学概述

一、俄苏现实主义文学的发展状况

20世纪的俄罗斯或苏联文学是世界文学中的一支劲旅。俄苏文学具有自己独特的发展特征，形成了自己独有的现实主义文学流变轨迹。根据文学流派嬗变的内在逻辑，20世纪俄苏文学大致可分为以下四个时期。

第一个时期（大约19世纪末到20世纪20年代）　在纷繁的时代背景下，这一阶段的俄苏文坛呈现出三足鼎立的复杂局面。批判现实主义文学仍具有相当的生命力，老牌经典作家列夫·托尔斯泰的《哈泽·穆拉特》（1904）、《舞会以后》（1911）和契诃夫的剧作《三姐妹》（1901）、《樱桃园》（1903）等作品体现出空前的批判性和暴露性。一批年轻作家也走上前台，继续高举批判现实主义文学的大旗，对沙皇俄国社会的各个方面进行无情的批判和揭露。高尔基早期的一些作品以及库普林的《决斗》（1905）、布宁的《从旧金山来的绅士》（1915）、安德烈耶夫的《大满贯》（1898）等就是这一倾向的代表作。

此时，现代主义作家群中走出了布洛克、阿赫玛托娃、马雅可夫斯基、叶赛宁等一批具有世界性影响的诗坛巨星——诸多流派交相更迭，名家辈出，名作如林，成就了俄罗斯文学史上浓墨重彩的“白银时代”的辉煌。

与此同时，无产阶级文学健康发展，一批具有鲜明社会主义现实主义特色的名著开始辉耀文坛。在诗歌散文方面有高尔基的《鹰之歌》（1895）、《海燕之歌》（1901）等。在文学理论方面，列宁的《党的组织和党的出版物》（1905）首次提出了文学的党性原则，要求文学要成为无产阶级总的事业的一部分，要为劳动人民服务。早期的马克思主义文学批评家普列汉诺夫(1856—1910)、沃罗夫斯基(1871—1923)、卢那察尔斯基(1875—1933)也做了大量的文艺理论和批评工作，促进了社会主义文学的发展。在小说创作领域，高尔基、别德内依(1883—1945)和绥拉菲莫维奇(1863—1949)等人成为苏联文学的开创者。其中高尔基是无产阶级文学最杰出的代表。

马克西姆·高尔基(1868—1936)，原名阿列克塞·马克西莫维奇·彼什科夫，出身贫寒，幼年丧父，11 岁开始到“人间”谋生，贫民窟成了他的“社会大学”。早期创作风格以浪漫主义为主，代表作品有《马卡尔·楚德拉》(1892)、《伊则吉尔老婆子》(1895)、《鹰之歌》(1895)等。中晚期创作以现实主义为主，代表作品有战斗诗篇《海燕之歌》(1901)，长篇小说《母亲》(1906)，自传三部曲[《童年》(1914)、《在人间》(1916)、《我的大学》(1923)]，长篇小说《克里姆·萨姆金的一生》(1936)，以及剧本、政论多种。

《母亲》是无产阶级文学的奠基之作。列宁称这部小说对许多参加革命的工人来说是“一本非常及时的书”。它之所以是无产阶级文学的奠基之作，是因为这部小说与当时世界文坛出现的其他文学流派相比，显示出题材新、主题新、人物新与艺术方法新的特征。

一是新的题材。这部小说取材于遍及全俄的无产阶级革命风潮。这在以往文学史上是没有的。高尔基亲眼目睹了 1902 年索尔莫夫城罢工游行中涌现出的扎洛莫夫和他的母亲扎洛莫娃的英雄行为以及在法庭上反审判的英雄事迹。高尔基在这个真实事件的基础上加以虚构，并融会了自己对 20 世纪初社会思潮和革命风潮的感受写成这部小说。高尔基将革命的气氛和政治风云置于选材的中心，真实地表现了俄国 1905 年前后的政治形势：劳动人民开始觉醒，革命者“逮也逮不净”，青年工人学会了思考，参加一些进步集会，对沙皇的现存制度提出怀疑；老工人对革命的态度发生转变，在思想上接近革命；农村革命风潮也风起云涌，农民们赶走嗜血成性的税官，质问警察局局长，有的村庄官逼民反，农民群起攻击村长。革命像野火一样，烧遍了整个俄罗斯。高尔基敏锐地看到，时代确实不同了，工人、农民、市民、知识分子、家庭妇女甚至连小孩都卷进了革命的洪流。

二是新的主题。在 19 世纪的俄国文学和世界文学中，描写工人痛苦生活和罢工斗争的作品并不罕见。但是，描写无产阶级在其政党的领导下，以马克思主义为指导思想，进行有纲领、有计划、有组织的革命斗争，在高尔基以前尚未有过。在小说《母亲》中，作者正确地反映和处理了无产阶级革命运动中一系列重要理论问题和实践问题。政治斗争与经济斗争的内容和形式，党的领导作用的重要性，马克思主义理论和提高社会主义觉悟的重要性，农民问题即加强工农联盟的必要性等，都在《母亲》中做了形象的描绘。巴威尔的线索、雷宾的线索就分别体现了城市工人阶级和农村农民阶层在马克思主义理论指导下、在无产阶级政党指导下从事社会变革的伟大实践；而巴威尔与雷宾的联系与交往则体现出工农联盟的原则。总之，《母亲》第一次反映了在布尔什维克党领导下的遍及全俄国的无产阶级革命运动，这无论是在俄国文学史上还是世界文学史上都是崭新的。

三是新的人物。在19世纪文学史上，塑造无产阶级正面形象的作品也不乏其例，但这类形象缺少明确的政治目标，往往停留在自发的反抗阶段。而《母亲》中的正面人物如巴威尔、尼洛夫娜、雷宾等，则以马克思主义为指导思想，身处革命斗争的中心，经受革命风暴的锤炼，推动革命运动的发展，由资本主义的奴隶成长为资产阶级的掘墓人。

在巴威尔身上，最主要的精神特征是他无限忠于革命的信念。无论是经济斗争还是政治斗争，都体现出巴威尔积极革命的意识与精神，体现出一个革命者成长的过程。在“沼地戈比”事件中，他挺身而出，作为群众利益的卫护者，与厂方展开斗争。他企图将经济斗争转化为政治斗争，尽管这次斗争最后失败了，但是他从中得到了可贵的经验和教训：必须有革命的理论，必须有革命的组织。巴威尔对革命无限忠诚，他并没有因为斗争失败而丧失革命信念。小说随后就描写了“五一”游行、法庭上反审判斗争，这些都是政治斗争的具体表现。“五一”游行显示出理论的指导性，也显示出组织的威力，游行是十分成功的。而在法庭上，巴威尔利用法庭作“讲坛”，宣传革命的学说，扩大社会民主党的政治影响，以非法的身份进行合法斗争。这两次斗争都足以证明巴威尔的成长和成熟。巴威尔的形象，突出了党的先锋作用和核心作用，反映了工人阶级自觉的革命活动，从艺术上捍卫了列宁主义路线，批判并否定了经济派和孟什维克的机会主义路线。巴威尔是世界文学史上第一个自觉的工人革命者的典型形象。

在尼洛夫娜的身上体现出无产阶级革命从自发走向自觉的过程。由于长篇小说的情节是透过巴威尔的母亲——尼洛夫娜的眼光、感受和认识展开的，因此，这一形象在作品中占据着特别光辉而重要的意义。母亲从胆小怕事到主动地帮助儿子送革命稿子、散发传单，到最后参加革命表现出临危不惧的大无畏精神的过程，表现了真理的深入人心和革命的必然性。母亲从感性到理性上的变化，是一个由量变到质变，由渐变到突变，从自发到自觉的过程；是一个从血缘上的母子感情升华到精神上的母子关系的过程——她不再是巴威尔个人的母亲，而是整个革命事业的母亲。革命唤醒了她对自己的重新认识，使她建立起全新的自我价值观。高尔基通过这一形象，令人信服地反映了当时革命的高涨与必然。正如小说中的一个次要人物所说的：连尼洛夫娜这样的妇女都参加了革命，谁还不参加革命呢？

四是新的创作方法。高尔基在《母亲》中最早较为完整地体现了后来为苏联作协确定的社会主义现实主义创作方法。小说从特定的俄国现实生活出发，注意描写事物发展的必然趋势，从黑暗中看到光明，从曲折中看到前途。此外小说中还洋溢着浪漫主义的革命乐观主义激情，表达了革命真理给人们的鼓舞力量和教育作用。

第二个时期（大约20世纪30至50年代） 这个时期是批判现实主义文学在苏联渐渐销声匿迹，社会主义现实主义文学进入蓬勃发展的时期。20世纪30年代初，针对当时文学团体林立对峙、宗派主义习气严重的局面，联共（布）中央于1932年决定改组文学团体，解散“拉普”及一切作家团体，建立统一的作家组织。同年，“社会主义现实主义”这一概念初次见诸报端，并得到斯大林的肯定。前来参加高尔基寓所举办的一次文学座谈会时，斯大林谈到：“艺术家首先应该真实地反映生活。如果他真实地反映我们的生活，那么他在生活中就不可能不察觉到、不可能不反映使生活走向社会主义的东西，这就是社会主义艺术，这就是社会主义现实主义。”1934年苏联作家协会成立，高尔基当选为主席，文学界的统一初步实现。从思潮的角度而言，社会主义现实主义作为苏联文学的基本创作方法，在逐步完善自身的构建之后，于第一次作家代表大会上最终确定下来。作协的章程对其进行了如下定义：“社会主义现实主义作为苏联文学创作和文艺批评的基本方法，它要求艺术家从现实的革命发展中真实地、历史具体地去描写现实。同时，艺术描写的真实性和历史具体性必须与用社会主义精神从思想上改造和教育劳动人民的任务结合起来。社会主义现实主义保证艺术创作有特殊的可能性去表现创造的主动性，选择各种各样的形式、风格和体裁。”从此，社会主义现实主义不仅成为苏联文学创作的主流，并在法国、日本等国产生了积极的反响。

在创作上，社会主义现实主义文学硕果累累。远在社会主义现实主义尚未被确认为苏联文学的基本方法之前，很多作品实际上早已达到它的创作要求。在小说创作领域，绥拉菲莫维奇的《铁流》（1924），通过一群“乌合之众”经受炮火的考验最终成了“铁的洪流”的故事，深刻地表现党领导的人民群众必然胜利的主题。富尔曼诺夫（1891—1926）的《恰巴耶夫》（1923）描写了农民出身的红军干部，改掉了草莽习气，终于成为杰出的红军将领的故事。法捷耶夫（1901—1956）的《毁灭》（1927）描写了革命对人的筛选的问题。在人物塑造上，无产阶级的正面人物已经生动地走上苏联文坛。奥斯特洛夫斯基（1904—1936）在《钢铁是怎样炼成的》（1934）中塑造的保尔·柯察金的形象最为动人，他成了各国进步青年的榜样。这个时期史诗性的作品也大量出现，其中包括反映知识分子经过痛苦的探索走向革命的阿·托尔斯泰（1883—1945）的《苦难的历程》三部曲（1922—1941），反映哥萨克阶层激变的卷帙浩繁的长篇巨著《静静的顿河》（1928—1940）等，这些作品为苏联文学赢得了广泛的世界性声誉。在诗歌创作方面，马雅可夫斯基的《列宁》(1924)、叶赛宁(1895—1925)的《安娜·斯涅金娜》(1925)、特瓦尔多夫斯基(1910—1971)的《春草国》(1936)、伊萨科夫斯基(1900—1973)的《四个愿望》(1936)最为出色。此外，戏剧方面也取得了引人注目的成就。其中包戈廷(1900—1962)以列宁为题材的三部曲《带枪的人》(1937)、《克里姆林宫的钟声》(1940)、《悲壮的颂歌》(1958)最为成功。第二次世界大战爆发后，卫国战争文学空前繁荣，有西蒙诺夫(1915—1979)描写前方战事活动的《日日夜夜》(1944)，法捷耶夫反映反法西斯青年组织英勇抗敌的长篇小说《青年近卫军》(1945)，波列沃依(1908—1981)表现苏联人的英雄性格的《真正的人》(1946)等。诗歌领域，吉洪诺夫的《基洛夫和我们在一起》(1941)、特瓦尔多夫斯基的《瓦西里·焦尔金》(1945)是长诗里的典范。

肖洛霍夫可以看作是这一时期苏联现实主义文学的杰出代表。米哈依尔·亚历山德罗维奇·肖洛霍夫(1905—1984)是苏联最重要的小说家之一，他的作品擅长描写哥萨克的生活，具有史诗般的气度和风范。由于成就杰出，他曾被授予列宁勋章和“社会主义劳动英雄”称号。1965 年荣获诺贝尔文学奖。主要作品有《顿河故事》(1926)、《静静的顿河》(1928—1940)、《被开垦的处女地》(又译《新垦地》，1932 年发表第一部，1960 年发表第二部)、《他们为祖国而战》(1943)和《一个人的遭遇》(又译《人的命运》，1957)。

《静静的顿河》以其宏大的史诗般的规模为作者赢得了世界性的声誉，几乎被译为世界上所有主要文字，而且一版再版，畅销全球，是当代世界文学名著中流传最广的作品之一。小说描绘了 1912 年至 1922 年间的重大事件：两次革命(“二月革命”“十月革命”)和两次战争(第一次世界大战、国内战争)，特别是 1919 年顿河哥萨克反苏维埃政权的暴乱；并以这些重大事件为情节骨架来表现哥萨克阶层的 10 年动荡生活，广泛地反映了他们独特的风土人情，哥萨克各个阶层在重大事件影响下的种种变化，哥萨克个体在复杂的历史转折关头所经历的曲折道路。小说围绕着麦列霍夫、阿斯塔霍夫、柯尔叔诺夫、柯晒沃依、李斯特尼次基、莫霍夫等几个家庭的兴衰沉浮和众多人物的不同命运来表现哥萨克的命运，展示历史事件变化。小说通过人物的命运来反映历史的进程，而历史的发展与变化又决定着人物的命运。肖洛霍夫在书中描写了旧政权的垂死挣扎、白匪军的必然失败和红军必然胜利的趋势，而着重表现的是在新政权和旧政权、红军和白军、新世界和旧世界之间，以葛利高里·麦列霍夫为代表的劳动哥萨克不断探索真理、不断选择生活道路的痛苦过程，他们在历经了痛苦、迷惘和悲剧的命运之后，最终走向了新生活。

葛利高里·麦列霍夫是一个悲剧人物，他的命运具有典型意义。在短短的四五年间，葛利高里·麦列霍夫两次参加红军，三次投身到白军叛乱之中，他的这种徘徊动摇、犹疑不决恰恰反映出他一直在探索自己应该走什么样的道路这个问题,典型地反映出1920年以前的像葛利高里·麦列霍夫那样的哥萨克,他们在走向新生活时,都曾走上过歧途,发生过蜕变,经历过动摇……葛利高里·麦列霍夫的动摇和徘徊既有深刻的社会历史根源,又有个人主观原因。就社会历史而言,他是那个时代的产物。就个人而言,他既是劳动者,又是私有者,他身上鲜明地体现出劳动者追求平等的思想和私有者的所谓哥萨克的特权思想。这样他在动荡历史时期表现出的行为方式就是左右动摇。他那劳动者追求平等的思想,使得他同白军格格不入,参加了红军;也是他的平等思想,加之他那私有者的特权观念,使得他对苏维埃政权中的过激行为表示不满,他把新政权看成异己政权,这一切则又使得他参加了白军。他从自身的角度出发,企图寻找一条超越革命与反革命的中间道路,他从一个阵营逃向另一个阵营,孜孜探索着自己的道路。他处在历史事件的急流之中,同各种社会力量的代表人物,不论是布尔什维克、革命的哥萨克,还是反动的白军军官、将军们,都发生了冲突。他既无法理解革命政权对反动势力的无情镇压,也厌恶反动势力对革命战士的野蛮摧残,最终他也没有找到一条所谓的"理想的第三条道路",在生活中碰得头破血流。葛利高里·麦列霍夫的形象典型而又真实地概括了许多中农哥萨克在特定的历史年代和社会环境中所经历的曲折而艰难的道路。

这部小说在艺术上呈现出史诗般的风格。小说场景宏大,画面生动丰富;气势宏伟的战争和革命场面与细腻入微的日常生活场面融为一体,出色的风景描绘与人物心理展示彼此交相衬托、呼应;众多的人物命运与重大的历史事件水乳交融般地糅为一体;在语言上,多种语言反复交互运用,既有幽默的哥萨克口语的运用,又有民歌民谣的引用,还有小说本身的淳朴的语言。所有这一切构成了这部作品卷帙浩繁、画面广阔、气势磅礴、内容深邃的史诗风格。

第二个时期的中后期,个人崇拜的形成以及教条主义和庸俗社会学的盛行,最终导致了社会主义现实主义创作方法对其他方法和流派的排斥。于是在社会主义现实主义"节节胜利"的同时,也暗示了社会主义文学渐渐失去多样性的局面。这种后果直接导致了20世纪40年代风行"无冲突论",即认为,社会主义的文学应该反映生活中"好与更好之间的冲突",其结果是粉饰现实、公式化、概念化的作品大量出现,严重地影响了苏联文学的健康发展。

第三个时期(大约20世纪50至80年代)　这个时期苏联文坛的主要特点是批判现实主义与社会主义现实主义重新并存。

1952年4月7日,《真理报》率先发表编辑部文章对"无冲突论"发难,同年年底,苏共中央在总结报告中进一步号召作家艺术家们要"大胆地表现生活的矛盾和冲突",用果戈理和谢德林的讽刺烈火"把生活中一切反面、腐朽和垂死的东西,一切阻碍进步的东西都烧毁"。1953年3月5日,斯大林去世。3个月后,《真理报》再次发表社论直接向文学批评领域的滞后、虚饰的现状发难。很多作家、诗人纷纷发文对“无冲突论”进行挞伐。在此背景下，“积极干预生活”“写真实”成了作家们的口号。奥维奇金（1904—1969）的《区里的日常生活》（1952）率先突破“无冲突论”的樊笼，表现了不加粉饰的农村的真实生活，被视为苏联当代文学的“第一只春燕”。随后，列昂诺夫（1899—1994）的《俄罗斯森林》（1953）和爱伦堡（1891—1967）的《解冻》（1954—1956）相继问世。《解冻》描写了“官僚主义”的厂长茹拉夫辽夫这个典型，小说结尾，冰雪消融的解冻时期悄然来临，“官僚”厂长被撤职。书名“解冻”反映了这个时期文学的重要走向，“解冻文学”一词由此得名。它表现为干预生活、描写阴暗面、表现重大的社会问题、关注人物命运等创作倾向，批判性和暴露性成了文学表现最重要的特点之一。在这一思潮的影响下，一大批“解冻”文学作品应运而生。著名的小说有帕斯捷尔纳克的《日瓦戈医生》（1957）、索尔仁尼琴（1918—2008）描写监狱生活的《伊凡·杰尼索维奇的一天》（1962）。

在战争题材中，作家们也开始表现战争的严酷性，描写“战壕真实”，如西蒙诺夫（1915—1980）的“战争三部曲”（1959—1971）等。由于矫枉过正，20 世纪五六十年代作品的批判性、暴露性走向极端，“过分强调反面事物”。在这种情况下，60 年代末苏联文学界开始强调“反对两个极端”：既反对“抹黑”现实，也反对“粉饰”生活。苏共中央又发出决议，强调文学的“党性和人民性”，强调写正面人物，指示文坛克服“非英雄化”倾向，并在理论上对社会主义现实主义进一步解释、完善，提出它是一种“开放体系”，即它在认识生活方面是“没有止境的”，题材的选择方面是“没有限制的”。经过调整，苏联社会主义现实主义文学又开创了一种新局面，小说、诗歌、戏剧各方面的创作重新走向繁荣。瓦西里耶夫（1924—2013）的中篇小说《这里的黎明静悄悄》和邦达列夫（1924—　）的《热的雪》同于 1969 年问世，拉开了苏联战争文学再创辉煌的序幕。全景文学的迅速崛起是这一时期苏联战争文学引人注目的特征之一，作家们从全景角度把握战争，由多个聚焦点来透视战争事件，从而使作品具有诗史一般的恢弘气势。代表作品有恰科夫斯基（1913—1994）的《围困》（5 卷，1968—1975）、邦达列夫与人合著的电影剧本《解放》（1964—1973）、西蒙诺夫的“战争三部曲”《生者与死者》之最后一部《最后一个夏天》（1970—1971）等。

进入 20 世纪 70 年代以来，还出现了一批着重探讨人生、道德、善恶题材的作品，如舒克申（1929—1974）的《红莓》（1970）、艾特玛托夫（1928—2008）的《白轮船》（1970）、特罗耶波尔斯基（1905—1995）的《白比姆黑耳朵》（1971）、阿斯塔菲耶夫的《鱼王》（1972—1975）、拉斯普京（1937—　）的《活着，可要记住》（1974）、邦达列夫的《岸》（1975），还有特里丰诺夫（1925—1981）的“反市侩”中篇小说《滨河街公寓》（1976）和长篇小说《老人》（1978）等。这一时期戏剧领域的杰出代表是天才剧作家万比洛夫（1937—1972）。

第四个时期(大约20世纪80年代至20世纪末)　这个时期俄苏文坛的基本特点是多元化趋势。其中批判现实主义文学开始回归,社会主义现实主义渐渐淡化。20世纪80年代以来,由于实行"民主性"和"公开性",苏联社会气氛宽松起来,舆论空前活跃。1986年召开的苏联作协第八次代表大会,要求文学密切配合戈尔巴乔夫的"新思维"运动,从而改变了苏联文学的发展轨迹。文坛上一度出现了批判现实主义文学占上风的局面。一方面,少数能够坚持创作的作家,一反过去苏联文学以正面描写、歌颂和肯定为主的正统写法,集中暴露阴暗面和描写消极现象,揭露和讽刺社会弊病,使得暴露文学盛行,如艾特玛托夫、邦达列夫、拉斯普金都卷入这股浪潮。1986年,阿斯塔菲耶夫的《忧伤的侦探》、艾特玛托夫的《断头台》、别洛夫的《一切都在前面》和贝科夫的《采石场》四部作品引发了激烈的争议。另外一方面,文坛上出现了一股"挖掘热",一些被"封杀""尘封"的稿子受到了热烈的欢迎。这些作品或是苏联作家早先在国内写成的,由于暴露性非常明显,成书时未能获准出版;或是"十月革命"后三次移民浪潮中移居国外的侨民作家在国外创作并在国外发表的作品,它们的强势"回归"引爆了苏联读书界的空前热情,一时间,满城争睹,沸沸扬扬……雷巴科夫的《阿尔巴特街的儿女们》(1966—1983),阿赫玛托娃的长诗《安魂曲》(1935—1940),皮利尼亚克的《不灭的月亮》(1926),布尔加科夫的《狗心》(1925)、《不祥的蛋》(1825)和《火红的岛》(1928),普拉东诺夫的《基坑》(1930),比托夫的《普希金之家》(1971)是其中的佼佼者。1988年,反思和回归的热潮势头不减,首先是帕斯捷尔纳克的长篇小说《日瓦戈医生》首次在苏联本土出版,之后几年陆续回归的优秀作品有普拉东诺夫的长篇小说《切文古尔》(1929),格罗斯曼的长篇小说《人生与命运》(1961),扎米亚金的"反乌托邦"经典讽刺长篇《我们》(1920—1921),皮利尼亚克的中篇小说《红木》(1929),索尔仁尼琴的《古拉格群岛》(1962—1973)、《癌病房》(1968)和《红轮》(1989)等。"回归文学"表明:多年以前,苏联作家即以他们精彩纷呈的创作为苏联文学填补了许多空白。

1991年苏联解体后,俄罗斯文学经历过一段动荡而痛苦的徘徊期,文学创作一度处于低潮。之后,种种思潮争相登场,多元化趋势日益明显。到了20世纪90年代中后期,传统的现实主义在俄罗斯文坛再露锋芒,作家们再度将笔触探向俄罗斯的现实生活。其中,邦达列夫的《不抵抗》(1994—1995)、《百慕大三角》(1999),马卡宁(1937—　)的《地下人,或当代英雄》(1998)等作品赢得了普遍赞誉。安德烈·德米特里耶夫(1956—　)以中篇小说《河湾》(1995)崭露头角,被评论界称为"当代最有才华的现实主义作家之一"。

二、俄苏现实主义文学的基本特征

俄苏现实主义文学作为一种流派,由于它自身的哲学与文化土壤、社会与历史背景的交互影响，显示出与欧美现实主义不甚相同的基本特征。

1. 社会学派的文艺批评理论、马列主义文艺批评理论和党的文艺政策对文艺起着指导作用。

20世纪的俄苏现实主义文学是在马列主义文艺批评理论和党的文艺政策的直接指导下产生的。社会学派文艺批评理论对文学的影响由来已久，早在19世纪，别林斯基、车尔尼雪夫斯基、杜勃罗留波夫等人便明确提出文艺应该为社会服务的主张。随着辩证唯物论在苏联理论界的深入和确立，马克思列宁主义的文艺批评理论以及与此相关的俄共中央在文艺方面的政策，都对俄苏现实主义文学起到了重要的指导作用。

1905年，列宁在《党的组织和党的出版物》中首次提出了文学的党性原则的概念，它要求文学事业应该成为无产阶级总的事业的一部分，它的服务对象是“千千万万劳动人民”，而不是脑满肠肥的“少数人”。普列汉诺夫、沃罗夫斯基、卢那察尔斯基等早期的马克思主义文学批评家撰写的大量文艺理论和批评著作，对促进进步文艺的发展功不可没。“十月革命”胜利不久，为指导无产阶级文化协会正确地展开活动，列宁于1920年做了《论无产阶级文化》的报告，俄共（布）中央也于同年发表了《关于无产阶级文化协会》的决议，反复强调无产阶级文化应该是人类所有优秀文化遗产“合乎规律的发展”①。随着新经济政策的实施，思想领域的交锋日趋尖锐，20世纪20年代中期，苏联文艺界终于爆发了一场激烈的文艺大论战，焦点围绕在三个方面的问题上：应如何对待传统文化遗产？党同伐异的宗派作风将何去何从？无产阶级文化的生命力如何评价？面对剑拔弩张的论战氛围，1925年，俄共（布）中央发布了《关于党在文学方面的政策》的决议，及时指引了苏联文艺的明确方向。到了20世纪30年代，各种文学团体的对峙已经不利于无产阶级文学的发展，于是，俄共（布）中央于1932年发布《关于改组文学艺术团体》的决议，决定解散“拉普”等一切作家团体，建立统一的作家组织。两年后，苏联作协成立，文学界纷争的局面基本结束。直到20世纪40年代中期，俄苏现实主义文学一直得到长足的发展。

然而1946年至1948年间，联共（布）中央一连发布的四项决议却违背了其良好的初衷，引发了严重的后果。这些决议对文艺自身存在的问题采用了简单粗暴的手法，例如1946年8月14日发布的《关于〈星〉和〈列宁格勒〉两杂志的决议》简单粗暴地否定了左琴科和阿赫玛托娃的作品，勒令《星》和《列宁格勒》两杂志整顿停刊。这些决议的权威性，加之20世纪40年代盛行的个人崇拜，终于导致苏联文艺走上了“粉饰现实”“公式化”的道路，“无冲突论”独尊文坛。直到20世纪50年代末、60年代的“解冻文学”才完全清除了“无冲突论”。70

---

① 《列宁选集》（第4卷），人民出版社1978年版，第348页。

年代初，针对俄苏现实主义文学中关于文学的“粉饰性”与“暴露性”喋喋不休的争论，1972 年 1 月，苏共中央作出了《关于文艺批评》的决议，提出苏联文学当前的任务是加强文学的“党性和人民性”，争取“高度的思想和美学水平”。苏联现实主义文学渐渐繁荣起来。1986 年，戈尔巴乔夫的“改革”与“新思维”的概念出现以后，俄苏现实主义文学又向这个方面发展。

可见，社会学派的文艺理论、马列主义的艺术理论、党的文艺政策，这些都对俄苏现实主义文学的确立和发展起到重要的作用，但是也存在着一些对马列主义、社会学派文艺理论机械理解和庸俗运用的问题，这些也对俄苏现实主义文学产生了不容忽视的负面影响。

2. 爱国主义、人道主义思想贯穿始终。

在俄苏现实主义文学中，爱国主义和人道主义深深地根植于其中。爱国主义表现出两个层面上的含义，即对苏维埃的热爱或对俄罗斯的热爱。所谓爱苏维埃，主要是指那些明确欢迎或者是同情、理解无产阶级政权的作家，在创作中，他们或欢呼世界上第一个无产阶级政权的出现，或对这个新政权表示理解。因而他们的作品主人公大都是一些热爱党、热爱苏维埃政权，并为之奋斗献身的革命斗士，例如《毁灭》中的莱奋生，《钢铁是怎样炼成的》中的保尔・柯察金，《青年近卫军》中的英雄群像，等等。社会主义现实主义的大量作品都洋溢着这种爱国主义的主题。所谓爱俄罗斯，主要是指那些流亡海外的侨民作家或是国内的“同路人”作家。这些作家对哺育自己的俄罗斯大地充满了无尽的乡情，对俄罗斯民族满怀难以言尽的恋情，譬如帕斯捷尔纳克的《日瓦戈医生》、索尔仁尼琴的作品都体现了这种深挚的爱。

人道主义也是贯穿 20 世纪俄苏现实主义文学的一根红线。它与传统的人道主义一脉相承，但又有其新的含义。“十月革命”胜利后，高尔基把它定义为“无产阶级的人道主义”或“革命的人道主义”，其本质是对劳动人民讲“人道”，而对敌人讲“憎恨”，后来的社会主义人道主义也具有同等意味。在创作中，作家们着力在极度尖锐的矛盾冲突中体现社会主义人道主义的力量和激情，例如拉夫尼约夫的《第四十一个》、列昂诺夫的《獾》、肖洛霍夫的《静静的顿河》等。20 世纪 50 年代中期到 60 年代初期，对“个人崇拜”的批判反思导致了对人道主义概念的重新诠释。人道主义恢复了其普适内涵，此外社会主义人道主义的概念也得到了更加丰富的界定，新提出的口号是“一切为了人，一切为了人的幸福”。一系列优秀作品应运而生，如肖洛霍夫的《一个人的遭遇》、邦达列夫的《岸》、阿斯塔菲耶夫的《牧童和牧女》、拉斯普金《活着，可要记住》等都强调了人性意义上的人的命运，人道主义的主题得到十分鲜明的凸显。在后来几十年的俄苏文学中，人道主义的红线贯穿始终，作家们不断在作品中抒写人性美和人性的魅力。

3. 社会主义现实主义是一个时期内俄苏现实主义文学的基本创作方法。

毋庸置疑,20 世纪在俄苏现实主义文学中占主导地位的创作方法是社会主义现实主义。一方面,它是一种历史的必然产物,另一方面,它的滥觞也是由无产阶级文艺进程的客观需求所决定的,它是对《母亲》以来的苏联无产阶级文学创作实践的理论概括。这个概念最早出现于 1932 年。许多大作家、大理论家对"拉普"所谓的"辩证唯物主义的创作方法"简单而庸俗的提法纷纷发表了自己的看法,提出了"无产阶级现实主义""宏伟现实主义""倾向性现实主义""社会现实主义"等概念,最后统一于"社会主义现实主义"之上,并于 1934 年苏联第一次作家代表大会上确定下来,其基本内容如下:(1)艺术家要从现实的革命发展中真实地、历史具体地描写现实,同时强调文学党性、人民性,强调文学的教育改造意义;(2)这种创作方法既包括客观认识(现实主义因素)的深度,又包含主观激情(浪漫主义因素)的广度,所以它不但不排斥浪漫主义,而且要求作品中充满着理想的激情;(3)这种方法是"基本的"方法,但并不是"唯一的"方法,所以它要求作家在创作中不拘一格,保证艺术创作的主动性、自由性。

社会主义现实主义既是一种流派,也是一种创作方法,它在 20 世纪俄苏现实主义文学的创作中功不可没,但是由于表述、操作上的不够精确,也出现了一定的历史失误与遗憾,例如过于强调文学的教育意义,导致了文学的审美意义不足和"粉饰"现实、教条化的作品出现;强调"基本的"创作方法,导致很长一段时间里人们将它误解为"唯一的"创作方法,从而形成了"排斥异己"的不良后果。

4. 现实主义流派多元共存。

回顾俄苏现实主义文学的发展史,社会主义现实主义一向是艺术创作和文学批评的基本方法。自 20 世纪六七十年代学者们指出"基本方法"不等于"唯一方法"之后,社会主义现实主义文学的概念得到了进一步扩大,形成一种更为开放的体系。

现实主义呈现出多种形态共存的多元特征。概而论之,苏联文坛的现实主义流派存在着三种形态。首先是重客观的现实主义,主要特征是再现现实,注重环境和人物的描绘与刻画。马雷什金、巴别尔、绥拉菲莫维奇、阿·托尔斯泰、西蒙诺夫等人的创作最具这种特征。其次是重主观的现实主义,它的主要特征是兼有浪漫主义的某些特征,即借助人物主观世界——如人物的内心感受、激情和印象——来展示外部世界的真实;往往运用外部生活对人物内心感受所造成的刺激,运用细腻的心理和意识折射来展示外部世界;有时甚或运用象征、虚拟、夸张以及神话的怪诞手法来表现现实。法捷耶夫、列昂诺夫、费定、肖洛霍夫、帕斯捷尔纳克、拉斯普金、邦达列夫、艾特马托夫等人的创作最具代表性。最后是注重讽刺批判的现实主义,它的主要特征是带有强烈的批判倾向,从社会道德、家庭伦理等方面无情地暴露腐朽,鞭挞罪恶,它的创作方法与批判现实主义几乎无异。布尔加科夫、普拉东诺夫、左琴科、伊里夫和彼得罗夫的创作为这种方法的代表。必须指出的是,这三种形态的区分也不是绝对的,有的作家以某一种倾向为主,兼具其他风格,有的作家是前后期分别选择了不同的风格。这的确显示出20世纪俄苏现实主义在表现手法上的多姿多彩。

三、俄苏现实主义文学的基本评价

20世纪的俄苏现实主义文学像一艘各个部门都争论不休的大船在20世纪的文学大海里沐浴了风风雨雨的洗礼、绕过了形形色色的暗礁险滩、历经了各种各样的考验,终于走完了自己命定的行程。

1. 20世纪的俄国,就历史而论,完成了"十月革命",建立了新的社会制度,进行了社会主义建设,打败了德国法西斯,捍卫了社会主义成果。

尽管苏联在建设过程中出现过严重的失误,但是社会生活中光明的一面是主要的。所以说,必须承认苏联新制度在70余年的文学生活中所起的主导作用;所以说,反映这个时代的变革,描写新时代的主人公——工人和农民的生活和斗争,表现他们的痛苦和欢乐的苏联文学(其主体为社会主义现实主义文学),无疑是符合时代精神的。

社会主义现实主义文学拥有一大批杰出的作家和诗人,创作了许多举世公认的优秀作品,取得了突出的成就,并对世界文学的发展产生过重大的影响,这些都是世人有目共睹的。高尔基的《母亲》,马雅可夫斯基的《列宁》《好》,富尔曼诺夫的《恰巴耶夫》,绥拉菲莫维奇的《铁流》,法捷耶夫的《青年近卫军》,奥斯特洛夫斯基的《钢铁是怎样炼成的》,肖洛霍夫的《静静的顿河》《一个人的遭遇》,列昂诺夫的《俄罗斯森林》,瓦西里耶夫的《这里的黎明静悄悄》,艾特玛托夫的《白轮船》等作品,都将流芳后世,成为俄罗斯人民和世界人民宝贵的精神财富。这些作品,无论从思想内容,还是从艺术技法上来看,都影响了一代或几代人的思想和创作,并且还将继续影响下去。

自然,社会主义现实主义文学由于苏联社会主义建设中出现的失误,它自身也出现了理解上和操作上的失误。在概念上,它从"基本方法"变成了"唯一方法";在操作上,它排斥多种流派和方法。这些都导致了社会主义现实主义文学一度走向粉饰现实、走向独尊的不良后果。不过,这些都构不成对社会主义现实主义文学全盘否定的理由。

2. 从1986年起陆续由地下走向地上的"回归文学"则体现出在复杂时局时序中的另一种声音、另一种思维。

这些作品就内容而言,对苏联的政治、社会生活中的阴暗面进行了揭露和批判;就艺术表现手法而言,有的是批判现实主义之作,如布宁、索尔仁尼琴、特里丰诺夫等人的作品,有的是讽刺暴露文学的典范,如布尔加科夫、左琴科、普拉东诺夫等人的作品,有的是综合型的现实主义之作,如扎米亚金、普里什文、帕斯捷尔纳克等人的作品。布尔加科夫的《狗心》、皮利尼亚克的《不灭的月亮》、扎米亚金的《我们》、雷巴科夫的《阿尔巴特街的儿女们》、普拉东诺夫的《基坑》、阿赫玛托娃的《安魂曲》、帕斯捷尔纳克的《日瓦戈医生》、格罗斯曼的《人生与命运》、纳博科夫的《真凭实据》、索尔仁尼琴的《古拉格群岛》等作品都是“回归文学”中的轰动之作。在艰难的铁血时代,他们以自己的天才创作丰富了20世纪的苏联文学。

第二节　帕斯捷尔纳克与《日瓦戈医生》

一、生平与创作

鲍里斯·列昂尼德维奇·帕斯捷尔纳克(1890—1960)生于莫斯科一个犹太族家庭,家境优裕,家中文化氛围浓郁。父亲列昂尼德是著名的画家、美术院士,任莫斯科美术-雕塑-建筑学院的教授,曾为列夫·托尔斯泰《战争与和平》《复活》等巨著绘制插图,深得托尔斯泰赏识,二人结为挚友,托尔斯泰临终时的画像亦出自其手。母亲罗莎·考夫曼是位天分十足的钢琴家,因为体弱放弃了音乐职业,但仍与音乐界保持联系,经常出入他家的大多是著名的作家、诗人和音乐家。其中对帕斯捷尔纳克影响最大的当推大文豪列夫·托尔斯泰、奥地利著名诗人里尔克和俄国杰出音乐家斯克里亚宾。托尔斯泰是帕斯捷尔纳克少年时代的精神导师,也直接影响了他的宗教观念,帕斯捷尔纳克晚年曾总结说:“他(托尔斯泰)的形象伴随我一生。”而里尔克的诗和斯克里亚宾的音乐则激发了帕斯捷尔纳克对诗歌的兴趣与诗情,以及对乐感的敏感而准确的把握。18岁时,他考入莫斯科大学法律系,翌年申请转入历史语言学系哲学专业,3年后前往德国投身于著名哲学家科恩教授的门下研究哲学。回国后,决定献身于文学事业。帕斯捷尔纳克青少年时代所受的教育和熏陶是一般人望尘莫及的,他是在世界一流的文学、艺术和哲学大师的直接影响下成长起来的。

还在大学求学期间,帕斯捷尔纳克就参加了俄国象征派大师安德烈·别雷主办的文学活动。1913年,他加入了由未来派诗人勃布洛夫、阿谢耶夫等领导的“离心机”社团,并结识了日后声名大振的马雅可夫斯基。1914年,帕斯捷尔纳克出版了第一本诗集《云雾中的双子星座》。同年,第一次世界大战爆发,他因少年时代骑马落下的跛足毛病而获准免服兵役,在乌拉尔一家工厂当办事员。

1916年,他的第二部诗集《超越障碍》出版。“十月革命”胜利后,他回到莫斯科,在人民教育委员会的图书馆任职,业余时间从事文学创作。1918年,他完成了诗集《生活啊！我的姐妹》(1922 年正式出版)，这部未公开发表之前就在读者中广为流传的诗集为诗人赢得了广泛的赞誉，曼德尔施塔姆、茨维塔耶娃等优秀诗人对作品评价甚高。1923 年，诗集《主题与变奏》面世。这两部诗集展现出诗人独特的风格，帕斯捷尔纳克已然跻身于一流诗人的行列。就主题而言，诗人早期的创作凸现了对内心体验的细微描摹，抒发了对爱情和大自然的独特而细腻的感受。就艺术风格而论，其早期创作在汲取莱蒙托夫、丘特切夫、里尔克等杰出抒情诗人精华的基础之上，还深受象征主义、未来主义和印象主义的影响，表现出意象奇特古怪、遣词造句晦涩难懂、句法变化莫测的特征。高尔基曾评价他的诗“印象和形象之间的联系，过于纤细，几乎难以捉摸”。正因为帕斯捷尔纳克集各路诗人之大成，形成了工于诗歌技法的独特特征，所以马雅可夫斯基称他为“诗人中的诗人”。

继早期创作之后，诗人在其 20 世纪二三十年代的创作中开始注重对重大历史事件进行反映。《热病》(1923—1928)中出现了列宁的形象。《施密特中尉》(1926)和《一九〇五》(1927)歌颂了 1905 年的革命。这些长诗都对革命和个人进行了思考，将青春和战斗热情交织在一起。

这一时期帕斯捷尔纳克还创作了一些散文和中、短篇小说。

《空中路》(1924)描写了无产阶级革命领袖列宁和李卜克内西的形象，但故事的结局则表现了革命中的残暴和混乱。《摘自中篇的三章》(1922)、《中篇故事》(1922)、《斯倍克托尔斯基》(1931)这三部作品在内容上相辅相成，暗含着革命和战争时期对于人的命运的思考，在几部作品中，帕斯捷尔纳克一方面表达了对革命事业所蕴含的精神层面的真理和崇高的道德准则的信仰，另一方面又否定了为达到这些崇高目的而采取的革命暴力手段。1931 年，帕斯捷尔纳克完成了自传性随笔《安全通行证》，这是一部流传甚广、受到高度赞誉的作品。阿赫玛托娃认为，在 20 世纪俄国诗人的自传中，只有曼德尔施塔姆的《时代的喧嚣》可以与之相媲美。

1934 年帕斯捷尔纳克参加全苏第一次作家代表大会，会上布哈林对其创作予以高度评价，称他为“我们当代诗歌界的巨匠”。但是诗歌评论界对他的诗毁誉参半。他的精湛、高超、纤细的作诗技法得到了赞扬，但是他诗歌里所表现的象牙之塔情调也遭到了许多批评和抨击。1935 年苏联因为基洛夫事件而大搞“肃反”运动，许多文艺界人士被捕入狱或遭处决。躲过一劫的帕斯捷尔纳克开始潜心于文学翻译工作，他掌握多种语言，尤其精通格鲁吉亚文、英文和德文。除了格鲁吉亚诗人的作品，他还翻译了拜伦、济慈、魏尔伦、裴多菲等诗人的作品。

卫国战争时期，帕斯捷尔纳克和许多作家一样，奔赴战场，写了大量的报道、特写。此间，他的两本诗集《在早班列车上》(1943)和《辽阔大地》(1945)接连问世，诗作摆脱了早期象牙之塔的雕琢、晦涩，开始变得简洁、明朗。1946 年，在联共(布)中央整顿文艺界的运动中，阿赫玛托娃、左琴科等一批作家受到不公正的批判，帕斯捷尔纳克的作品也难逃厄运，被谴责为无思想性、非政治化和缺乏人民性。他再次陷入沉默，开始潜心翻译西欧古典名著，这项工作一直坚持到他去世前夕。帕斯捷尔纳克的译著在苏联国内外始终享有盛誉，他所翻译的莎士比亚剧作，如《哈姆雷特》《罗密欧与朱丽叶》《麦克白》《李尔王》至今仍被公认为最出色的俄译本，而歌德的《浮士德》则是他翻译领域的巅峰之作。

《日瓦戈医生》的发表，使帕斯捷尔纳克遭到苏联作协的开除。自此，他过着离群索居的生活。1960 年 5 月 30 日，帕斯捷尔纳克在孤独中郁郁而终。他最后一本诗集《雨霁》(1956—1959)在身后出版，还留下一部自传体随笔《人与事》(1957)。1982 年，苏联政府为其恢复了名誉，《日瓦戈医生》于 1988 年在苏联本土首次公开出版。

二、《日瓦戈医生》分析

1945 年至 1946 年冬，帕斯捷尔纳克开始长篇小说《日瓦戈医生》的创作，呕心沥血，近 10 年而成。手稿在国内遭拒，1957 年小说最先在意大利米兰发表，随即引起轰动，被译成 20 多种语言风行世界各国。1958 年 10 月 23 日瑞典文学院授予他诺贝尔文学奖，以表彰他“在现代抒情诗和伟大的俄国小说传统领域所取得的巨大成就”。西方各大媒体对该书竞相炒作，宣称该书的出版标志着“自由俄罗斯之声在重新回荡”。这一切在苏联国内激起了一场轩然大波，10 月 27 日，作协宣布，鉴于帕斯捷尔纳克“政治上和道德上的堕落以及对苏联国家、对社会主义制度、对和平与进步的背叛行为”，决定将其从苏联作协开除。在重重压力下，帕斯捷尔纳克宣布拒绝领取奖金——即所谓的“叛国酬金”，成了国际冷战政策的牺牲品。此事在文学史上被称为“帕斯捷尔纳克事件”。

内容介绍 尤利·安得列耶维奇·日瓦戈(小名尤拉)从医学院毕业后成了一名医生，并与青梅竹马的托尼娅结了婚，不久有了儿子，一家人生活得很幸福。女主人公拉莉萨(爱称拉拉)在稀里糊涂地委身于律师科马罗夫斯基之后，身心受到了巨大的创伤，工人子弟巴维尔·安季波夫(小名巴沙)向她伸出了爱的双手，两个人结为夫妇，并生下女儿喀秋莎。第一次世界大战爆发后，巴沙想建立军功，于是上了前线。拉莉萨思念丈夫，学会护理，到前线做了护士。她没能找到丈夫，却得到了丈夫牺牲的噩耗。一天，拉莉萨与也上前线当军医的日瓦戈相遇了，双方心里都有一种异样的感觉。然而拉莉萨硬是不肯表露自己的痛苦，日瓦戈也尽量克制自己，不去爱她。“十月革命”爆发之后的一个风雪之夜，风雪吹打着日瓦戈的眼睛，灰白色的、沙沙响的雪粒子渐渐盖住苏维埃政权实行无产阶级专政的政府公告上的文字。然而，此时此刻他十分激动，一时回不过神来。他赞扬革命,大声地自言自语道:“多么了不起的手术!巧妙的一刀,一下子就把多少年发臭的烂疮切除了!痛痛快快,干脆利索,一下子就把千百年来人们顶礼膜拜、奉若神明的不合理的制度判了死刑。这种无所畏惧、讲求彻底的精神,是我们固有的民族精神。这是来自普希金那种毫无杂念的光明磊落和托尔斯泰那种一丝不苟的精神。”

冬天来到了,然而这却是一个黑暗、饥馑、寒冷的冬天。原有的一切已经被摧毁,一切生活的基础都在重建,人们都在拼命挣扎,不挣扎就活不下去。这样可怕的冬天一连就是三个,一个接着一个。日瓦戈一家也过着食品短缺的日子。在莫斯科挨过了一个冬天之后,日瓦戈举家上路,打算搬迁到遥远的乌拉尔地区的瓦雷金诺。路上遭受了千辛万苦,特别是遭到了化名为斯特列尔尼科夫的巴沙的粗野的盘查,原来巴沙并未阵亡,而是被俘了,当他听说俄国发生了革命,便逃回祖国。这时巴沙已是性情大变,他认为人们只有认真遵守规则,才能在斗争中达到完美的境地,失望使他变得很残酷。这一切都激起了日瓦戈的思考……

在瓦雷金诺图书馆,日瓦戈再次邂逅了拉莉萨。这一次的相逢打开了他与拉莉萨的爱情的闸门,他们相爱了。两个多月后的一天,日瓦戈去拉莉萨那里幽会时,不幸成了游击队的俘虏。其间他三次试图逃离游击队,但都被抓了回来。作为一名医生,他进一步看到了战争的残酷。在一个月明如洗的夜里,他再一次悄悄地走进森林,离开了营地,向着他心爱的人的住所走去。他终于来到了拉莉萨的家,接着大病一场。在拉莉萨的护理下,日瓦戈的身体迅速复原。他们是心心相印的,当他们相互袒露真情的时刻,对自己和人生的认识也就愈来愈深刻。拉莉萨告诉日瓦戈,自己的处境不妙,她丈夫的处境也不妙,尽管他对革命忠贞不贰,但极有可能遭到清洗,甚至被处决。她还说,如果他不搞什么暴动,就不会变得那么冷酷,不那么原则高于一切的话,她会死死追随他的,因为他在她的心目中就是纯洁的化身。一天,日瓦戈收到了妻子托尼娅的来信。信中充满了对日瓦戈无限的情愫,同时又是万般的无奈。信中还告诉自己的丈夫,她和她的孩子将与她的父亲一起被驱逐出境。

寒冬时节,不速之客科马罗夫斯基突然来访,他说日瓦戈、拉拉(拉莉萨)、巴沙目前的处境都非常危险,只有他能解救他们,他和同伙要组建远东共和国……最后,他把拉莉萨母女给骗走了。第二天,来了一个体格强壮、自称斯特列尔尼科夫的人,从他那清晰的思路、直率的谈吐、铁一般的原则性上可以断定,此人就是巴沙。他是来找拉莉萨的,在心中他仍然挚爱着自己的妻子和女儿,他向日瓦戈倾吐了自己的秘密。早晨醒来,日瓦戈一出门,看见斯特列尔尼科夫自杀了。

拉莉萨走后,日瓦戈的精神极为痛苦,他终日饮酒,以拉莉萨为题写诗来打发时光。他日益颓丧,行医和写作的能力大为减退,原有的心脏病发展得很快,但他对疾病的严重程度却一无所知。由于那时苏维埃正实行新经济政策,为了活命,他将自己身上值钱的衣服都换了吃的东西,但仍然困苦不堪,最后只好回到莫斯科。8 月底的一天早晨,日瓦戈到鲍特金医院去上班。这是他接受的一份新职,这也是他第一天上班。电车里到处是人,空气污浊,日瓦戈以惊人的毅力拼命挣扎着、挤着,人们踢他,朝他恶狠狠地喊叫。他走下了电车,一步、两步、三步,咕咚一声摔倒在路上,再也没有起来。日瓦戈死了。拉莉萨来到莫斯科想为女儿打听一下上大学的事,路过原先的房子时,却看到了日瓦戈的棺材。她悲痛欲绝地与相恋至深的爱人告别。几天后,拉莉萨不知所终……

思想意义 《日瓦戈医生》以日瓦戈和拉莉萨各自的经历及其在战乱中的爱情为主要线索,以红军将领斯特列尔尼科夫的故事、游击队员帕雷赫的故事、知识分子戈尔顿和杜多罗夫的故事为次要线索,在广阔的时空背景上再现了第一次世界大战、1905 年的俄国革命、1917 年的"二月革命""十月革命"、国内革命战争、新经济政策时期等一系列重大的历史事件,倾注了作家对历史和个人命运的深刻而凝重的思考,表达了作家对祖国前途和人的命运的关注。整部作品博大精深,思想成就表现在以下几点。

1. 作品最重要的主题思想是呼唤人性,强调人的意义,捍卫人的尊严。

在小说中,日瓦戈对所有大事的反应和评判是以他的人道主义思想为尺度的,而这种人道主义又得自舅舅尼古拉的影响,尼古拉坚信:基督的福音是历史的基础,历史的进程和社会的发展应该是建立于维护人格自由、保持个性纯洁、捍卫人的尊严之上的,而不是建立在对人的毁灭之上的。这些构成了日瓦戈为人的信条和观察世界的准则。所以日瓦戈对待"十月革命"起先是拥护的,他渴望革命,因为沙皇帝国暴露出种种弊端,早已失去了人道的意义。他是那么热烈地呼唤革命的成功,因为这场革命一下子将非人道的旧秩序砸烂了,把"多年的烂疮切除了",把几百年来的不合理、非人道的制度判了死刑。他认为苏维埃政权是"前所未有的壮举,是历史的奇迹",符合人性的发展。随着革命的深入,暴力力度的加大,日瓦戈开始认为革命是一场"动乱",是一场"胡编乱造的闹剧"。而当他在游击队里度过了 18 个月的俘虏生活,亲历了战争的血腥和残酷之后,更加厌恶一切暴力行为,他渴望自由生活,渴望人格的独立,陷入与世隔绝的小天地里。他善良的天性无法忍受革命中的血淋淋的互相杀戮,也不能理解当外国武装干涉者和国内反动势力妄图把刚刚诞生的苏维埃政权扼杀在摇篮里的时候,苏维埃政权所采取的以革命的暴力反抗反革命的暴力的正义性和必要性。他希冀通过以改良主义的方式完成社会变革,提倡和平过渡,遵从"以善为善"的原则。

对待大是大非他是如此,对待个人生活琐事他也是从人的角度出发的。他将维护人的自由、纯洁、尊严的信念放到了具体的日常生活的温饱观念之中,他在自己的日记里以风趣的口吻引用普希金在《奥涅金的旅行》中的诗句来形容自己的人生观:"我现在的理想是有位女主人,我的愿望是安静,再加上一锅菜汤,锅大就行。"在这里他称赞普希金和契诃夫充满人道主义精神的纯朴的俄罗斯品质,他们安静地生活,做自己的工作,这些工作日后将变得越来越有意义。然而,风云突变的时代不可能给日瓦戈提供发挥自己才能的机会,他那朴实、纯洁、富于人性的人生理想被风起云涌的时代大潮荡涤得无影无踪。天资颇高、博学多才的日瓦戈竟然成了新时代里的"多余的人",成了一个无能之辈。事业上他一事无成,生活上他一败涂地。但是即使是这样,日瓦戈仍然执著地遵循着自己关于人的信念。他独善其身,维护和保卫着人的个性自由、纯洁和尊严。

对日瓦戈与拉莉萨爱情的描写是作品的华彩篇章,集中体现了作家对追求个性的肯定,从而深化了关注人性、呼唤人性的主题。日瓦戈与拉莉萨之间的爱情是基于一种内在品质、精神气质方面的彼此吸引。他们两个人都心地善良,以善为善,追求个性的自我完善,对暴力持有一种天然的过敏和反感。所以当时代的巨浪将这两个志趣相同的人冲到一起的时候,在灵肉结合的爱情里,他们追求个性解放的初衷,他们品格中的"真善美"就彼此辉照着,点亮了瓦雷金诺的荒郊僻野。但严酷的现实毁掉了一切,有情人终于阴阳两隔。在日瓦戈的葬礼上,拉莉萨扑倒在爱人的尸体上痛不欲生,她喃喃轻语:"你的离开,我的结束……生命之谜、死亡之谜、天才的美、质朴的美——这些我们是熟悉的。可是天地间那些琐细的争执,像重新瓜分世界之类,对不起,这完全不是我们的事。"的确如此,他们的人生理想距离现实世界太远了,所以他们注定要被时代所伤。在此,帕斯捷尔纳克对于两个人的爱情予以了一种诗性的肯定:"他们的相爱并非受到驱使,不是有些人所说的'情欲的奴隶'。他们之所以相爱,是因为周围的一切,那脚下的大地、头上的青天、天空的白云和地上的树木,都希望他们相爱;他们周围的一切,不论是陌生的路人,还是漫步时展现在眼前的远方田野以及他们居住和会面的房间,都为他们相爱而欣喜,甚至还超过他们自己。"这也就肯定了追求个性解放与个性完善的正义性,歌颂了永恒的人性美。

小说对巴沙(后化名斯特列尔尼科夫)所作的性格上的定位与处理,从另一个方面突出了人性的可贵与人性美的不可阻挡。作为人道主义精神的人性美,它高于任何原则与准则,高于一切纪律和法则。巴沙从孩提时代起,心中就充满了崇高的志向,认为人应该在严守规则的前提下去寻求完美。可是心爱的拉莉萨曾经失身的现实使他深受打击,痛苦之余,他匆匆考入军校,妄图做生活的铁血裁判者。后来,他终于如愿成了革命时代的一个风云人物。他所以能够成为显赫一时的红军将领,不是由于他的天赋和才能,而是由于他善于克制自己的天性和人性,"只认得什么原则、纪律"。他多年狠心地不见自己的妻女,并不是他心中不思念,而是他违心地克制自己,去遵循所谓的原则。然而他内心深处人性的火花是扑不灭的，当“俄军准尉”的履历使他也成为被清洗的对象时，他身上的人性火花终于爆发出来，禁不住潜往瓦雷金诺，期盼和妻女见上最后一面。得知妻女已随白卫军军官永远地离开了瓦雷金诺，他开枪自杀了，以此回应这个容不下个性自由和尊严的世界。

2. 反思历史，反对暴力革命。这是与作品呼唤人性的主题密切相关的。

由于帕斯捷尔纳克非常推崇个性尊严，提倡个性解放，渴望有一种宽松自由的个性生存环境，因而他对革命中出现的一些免不了的暴力，或者是一种过激的行为产生了一种不满，因为这些暴力，有意无意地都会毁灭独立的个性、摧残人格中的人性美。这些都与帕斯捷尔纳克所信奉的历史的发展必须建立在人道的原则之上的观点相去甚远。所以在小说中，暴力就成了作者否定的东西。在小说中，帕斯捷尔纳克通过形形色色的人的悲惨遭遇和命运，表明了暴力革命只能给人带来不幸。革命爆发后，物质匮乏，日瓦戈不得不举家远离莫斯科，过着颠沛流离的生活。后来他又被俘做了游击队的军医，成了一个有家不能归、有妻室不能管的人，不能尽一个父亲和丈夫应尽的义务，天伦之乐被暴力完全摧毁了。在学业上，日瓦戈原本应该是一个前程似锦的人，可是战争和动荡的社会环境让他一事无成。后来他的妻子托尼娅和孩子被驱逐出境，永远地离开了祖国，他的情人拉莉萨也被迫无奈去了远东，永远地离开了瓦雷金诺。日瓦戈及他周围的一些普通人，无论是否曾经倾心于革命，最终的命运都是悲剧性的，这一切都表明暴力革命是造成这些事实的可怕根源。为了对历史进行反思，帕斯捷尔纳克表明了自己的历史观，他借日瓦戈之口表明，历史的发展应该基于人道主义之上。

承袭这一思路，小说描写了革命后的残酷现实，向人们表明了暴力革命破坏了整个俄罗斯的生活，使历史倒退。原本是兄弟和朋友的俄罗斯人后来变成残酷的对手，并且在这种自相残杀中以击败对手而自豪；而红军内部，为了争权夺利而进行的清洗，则更为触目惊心，许多在“战争中一起流过血，为捍卫共同事业而战斗过的阶级兄弟”最后都倒在了自己战友的枪下。在家庭生活方面，几乎所有的家庭都“支离破碎，无家可归”。拉莉萨说：“所有的生活和习俗，人们的家庭与秩序有关的一切，都因整个社会的变动和改造而化为灰烬。”所有这一切在作者看来都是对传统的充满了基督福音的俄国生活的残酷践踏，暴力革命使俄国的生活与历史倒退到史无前例的境地，暴力革命是俄国社会一切不幸的根源。

艺术特色　《日瓦戈医生》是一部风格独特、神秘难解的作品。同一般的小说不同，它是一位精纯诗人的心血之作，在史诗的风貌下时隐时现的是诗的呓语与狂澜。作品的艺术贡献如下。

1. 独特的现实主义创作理念的诗性表达。

帕斯捷尔纳克所谓的现实主义艺术的创作过程是这样一个公式:“现实通过自我进入艺术。”而他的现实又是“用力量的光线穿透过的生活”,也就是经过作家的自我感觉、自我体验、染上强烈感情色彩的现实,大自然也是含有如此意味的“现实”,同样需要加以关照、过滤。他同时认为:“小说是一种尝试,要把事件、事实、发生的一切的整个过程表现为运动着的整体,表现为发展的、飞逝的、徐徐驶过的灵感,仿佛现实本身便有着自由和选择,自己在创作自己……”由此,作品完全打破了“流畅叙述”的传统,带有明显的象征性、印象主义风格,支离破碎的场景、戏剧性的事件、抒情的语句杂糅在一起,体现了“通过抒发情感取代现实描写”的艺术,充满浓郁的主观性和强烈的直觉性。文学评论家沃兹德维伍斯基甚至评价说:这“实质上是一部现代主义主观性很强的作品”。

2. 隐喻、象征手法的运用。

作品中多处运用了隐喻和象征手法。“日瓦戈”来源于俄语中“生命”一词。暗喻主人公的遭遇和命运即生命的遭遇和命运,由此,日瓦戈成了生命的象征。如此一来,作品的内涵得到了丰富,整部作品的底蕴显得更加厚重而深广。美国学者埃德蒙·威尔逊[①]认为拉莉萨(拉拉)和巴沙、科马罗夫斯基、日瓦戈三个男人之间的关系具有深刻的象征意味。拉莉萨象征着俄罗斯文化女神,整部小说写的就是男性为争夺女神归属权而发生的历史冲突;巴沙是俄国革命者的典型;科马罗夫斯基是旧俄国统治者的代表,是邪恶与魔鬼的化身;日瓦戈集医生、诗人和孤儿多重身份于一身,是时代的边缘人。而拉莉萨少女时代的梦则暗喻着这位文化女神是被活埋而死的。

暴风雪、烛光两个意象在作品中也反复出现,含义丰富而复杂。暴风雪象征着时代的风暴,“十月革命”的消息在呼啸的大地上裹胁着暴风雪传来,象征着革命风暴亦善亦恶。烛光象征着生命、希望,象征着善与美。它在拉莉萨和巴沙的关系中是举足轻重的。拉莉萨喜欢在幽幽的烛光下谈话,巴沙总是为她准备一包没有启封的蜡烛。最后,当他赶到瓦雷金诺去见自己的拉莉萨时,却得知她已经随科马罗夫斯基远行。希望破灭了,他点上储备已久的“漂亮的硬质蜡烛”,和日瓦戈彻夜长谈,第二天早上决然自尽。“窗台上那支燃烧的蜡烛和玻璃上的冰凌融化出来的圆圈”是作品中出现多次的意象,除了宗教内涵,它还是沟通日瓦戈和拉莉萨性灵的火花。如此等等,不一而足。

3. 小说结构的精巧性。

小说采用了音乐上的奏鸣曲式的结构。这种奏鸣曲式的结构使得小说的每一部分既相对独立,又交互影响,显示出非凡的共鸣的艺术效果,展示出这部小

---

① 埃德蒙·威尔逊(1895—1972),美国评论家,文艺理论家,帕斯捷尔纳克研究领域公认的权威。

说史诗般的时空气度。小说共分三部分。第一章至第十五章是第一部分，时间从 1905 年到 1929 年。以日瓦戈和拉莉萨的生活为主题，组成了一个二重奏，叙述着纷乱的过去。第十六章是第二部分，这是上述二重奏主旋律的尾声，响彻着日瓦戈对“圣城”莫斯科和世界的祝福，日瓦戈的心灵自由之歌具体体现在他和拉莉萨的女儿身上。小说最后一部分为第十七章，这个独立的一章收录了日瓦戈歌颂爱和救赎的抒情诗，在浓郁的宗教情结中，奏响了整部奏鸣曲中不可或缺的最强音，使得读者对日瓦戈丰富的内心世界有了进一步的感知。这三部分既独立又交融，既能使情节充分发展，又能展示人物丰富而复杂的内心世界，再现了广阔的时间和空间，显示出这部小说史诗般的气势。

第三章

象征主义文学与《荒原》

【学习重点提示】

1. 结合象征主义文学流派的发展历程，把握象征主义文学的基本特征。

2. 通过对诗歌《荒原》的学习，把握诗人对“荒原世界”的独特认识和如何走出“荒原”的基本策略。

第一节　象征主义文学概述

一、象征主义文学的发展状况

在20世纪欧美现代派文学中，象征主义文学是出现最早、持续时间最长和影响最大的文学流派。象征主义是在19世纪法国诗歌的基础上发展起来的一个重要文学流派，是浪漫主义文学革命的一种继续。象征主义在文学上往往同颓废文学、唯美主义、新浪漫主义、现代主义、意象主义等联系在一起，在绘画上则同印象主义相联系。象征主义文学的发展大体上经历了两个阶段。

前期象征主义文学　象征主义文学最初产生于19世纪下半叶的法国，它是对以孔德为代表的实证主义哲学和以左拉为代表的自然主义文学的反拨。象征主义文学的先驱是波德莱尔，但其影响可以追溯到美国的爱伦·坡（1809—1849）。爱伦·坡是美国南方诗人、小说家、评论家，他在作品和文学理论中强调印象和效果的统一，在代表诗作《乌鸦》（1845）中有意选择乌鸦作为象征，抒发“最大限度的悲痛与绝望”，描写自己忧郁、阴暗的心理状态。他强调形式美、暗示性、音乐性，追求新奇，擅长描写变态心理、犯罪、死亡，表现出非理性的荒诞因素，被后来的象征派诗人波德莱尔、马拉美等奉为精神领袖。

波德莱尔（1821—1867）是象征主义的先驱。他于1840年发表的十四行诗《应和》被瑞士学者罗贝尔-博努瓦·舍里克斯称为“象征派的宪章”，影响极为深远。这首诗主要表现波德莱尔的应和理论，即自然中的万物之间、自然与人之间、人的各种感官之间、各种艺术形式之间,都相互有一种隐秘的、内存的、应和的关系,而这种关系又发生在一个复合的统一体中。这首诗以18世纪瑞典哲学家斯威登堡的神秘主义、18世纪德国作家霍夫曼的应和论为基础,把大自然表现为一座"庙宇"和向人们传递信息的"象征的森林",揭示人的各种感官之间的应和关系。在他看来,声音可以暗示颜色,颜色可以让人闻到芳香,芳香可以使人听到声音,声音、颜色、芳香互相沟通,主观的内心世界与客观的物质世界之间相互感应,而实现相互沟通和感应的共同语言就是隐喻和象征。波德莱尔说的声、色、味等的互通,属于一种生理和心理现象,在心理学上被称为"通感"或"感觉移置",是象征派诗歌的主要风格标志。波德莱尔肯定物质世界与精神世界的相通以及声、色、味各种官能的相互感应,对后来象征派和现代派都产生了重大影响。

波德莱尔于1857年出版的诗集《恶之花》是象征主义文学发展史上一个重要的历史事件。《恶之花》以全新的感觉方式、理解方式和表现方式,在诗歌创作中引进全新的题材和主题,创造了"一种新的战栗",从而使传统的欧美浪漫主义诗歌发生了质变。他在诗中描写丑恶和病态的城市题材,否定现实和追求人工天堂的主题,通过暗示、对比、烘托和联想的艺术方法表现个人的感受和内心世界,创造"恶之花"的审美意象,从而建立起与浪漫主义诗歌不同的象征主义诗歌美学,为后来象征主义流派的形成在创作实践和理论上均奠定了基础。

继波德莱尔之后,魏尔伦、兰波和马拉美充实和发展了由波德莱尔开创的新一代诗风,并在19世纪80至90年代形成了象征主义的诗歌流派。1885年至1895年间,一些诗人聚集在马拉美位于巴黎罗马街的寓所里,定期举行星期二茶话会。参加这个以马拉美为中心的文学团体的作家都是当时和后来的著名诗人,他们选择瓦格纳作为保护神,并以瓦格纳的名字创办了第一份象征主义的杂志《瓦格纳杂志》(1885—1888)。1886年,诗人勒内·吉尔发表《言词研究》,马拉美在为其写作的前言中对波德莱尔以来的诗歌创作的新特点、新成就给予了肯定。1886年9月,年轻诗人让·莫雷亚斯在《费加罗报》上发表了被称为象征主义诗歌宣言的《文学宣言——象征主义》,在理论上对象征主义运动进行了总结,对象征主义诗歌的基本创作原则作了阐述。1889年,莫里斯发表象征主义重要理论著作《近期文学》,进一步阐述了象征主义诗歌的美学思想。至此,法国前期象征主义诗歌已经成为法国文学中的主流,并对整个欧美文学产生了广泛影响。

继波德莱尔之后,魏尔伦从音乐性方面推动了象征主义诗歌的发展。保罗·魏尔伦(1844—1896)在《诗的艺术》(1884)中认为"音乐高于所有其他艺术",把诗歌从视觉的基础上移到了语音和语调的结构上。他的《无词的浪漫曲》(1874)进一步扩大了诗歌模拟乐器的范围,认为文学作品如同每一种乐器

(如小提琴、横笛、竖琴、军号、钟、吉他等)都有它们自己的特殊音色一样,它用重复的形象组成了和音乐中的音阶一样可以辨认的符号,如灰色的天空;从海鸥到乌鸦的各种不同的鸟;如萤火虫、蜜蜂等可飞的东西;再如荒原的地形、冰川;污浊的池塘、冰冻的公园;变成了化石的闪光的石头;荒凉忧郁的风景;世界末日厌倦的所有暗示、痛苦美的概念以及普遍的道德感和生活中每天产生的悲剧人物;等等。勒内·吉尔在他的著作中重点论述了乐器的声音同诗歌语言的声音组合之间相互关系的科学基础,吉斯塔夫·凯安则主要研究了作诗法,致力于把法国的诗体学从亚历山大诗体400多年的控制中解放出来。

如果说波德莱尔、魏尔伦是浪漫主义和象征主义之间自觉的中介,那么斯蒂芬·马拉美(1842—1898)则是象征主义运动的理论家。他写作了《牧神的午后》(1876)、《海洛狄亚德》(1871年起发表,历时20余年)等主要诗篇以及大量的十四行诗,用以说明他的理论。他认为,创造的象征以两种方式出现:一点一点地把对象暗示出来,用以表现一种心灵状态;反之也是一样,先选定某一对象,通过一系列的猜测探索,从而把某种心灵状态展示出来。在以马拉美为中心的文学小团体中,还有一些象征主义作家在他们自己的文学背景中用自己民族的语言从事写作,如尼加拉瓜诗人鲁宾·达里奥,他在法国象征主义诗歌的基础上把传统的象征主义内容结合进自己的诗歌创作,推动了西班牙语现代主义文学中的自由诗的发展。在最初的一批来到法国后来把象征主义诗歌带回到西班牙的诗人中,还有马可多兄弟安东尼奥和曼纽尔。来自德国的诗人有格奥尔格·施台凡,也深受法国诗派的影响,把法国象征主义的诗歌介绍到德国,在他写作的诗歌中创造了一个荒凉的象征主义的世界。象征主义的批评家在英国有乔治·莫尔、爱德蒙·戈塞、亚瑟·西蒙斯。在东欧,著名的象征主义诗人主要有匈牙利诗人恩弗瑞·艾迪、俄国作家亚历山大·勃洛克。他们在象征主义的影响下采用神话变形的方法并使用本地民间传说进行创作,把个人崇拜转变为对集体心理的全人类自我的崇拜。

前期象征主义文学在戏剧方面也取得了重要成就,重要作家有比利时的梅特林克、德国的霍普特曼、英国的约翰·沁等。梅特林克(1862—1949)上大学学习的是法律,毕业后在巴黎受到象征主义作家的影响,从而开始了他的文学生涯,并决定了他的创作倾向。他的文学创作中蕴含着深刻的哲学意义,他惊叹大自然的景象,甚至对昆虫学、社会学和玄学都怀着强烈的好奇心,不断思索人的命运问题。梅特林克只写过两本诗集:《炎热的温室》(1889)和《十二支歌》(1894)。他的诗以意境奇丽、格调别致简洁著称,对后来的法国诗歌产生了重要影响。他的象征主义诗艺不仅体现在诗歌中,而且在意境朦胧、景色奇美、富于形象的戏剧中也有体现。梅特林克的文学成就主要体现在戏剧方面。1889年,他发表剧本《玛莱娜公主》,第一次把象征主义手法运用到戏剧创作中。此后不断发表剧本，成为20世纪初最重要的象征派剧作家。梅特林克的戏剧作品有20多个，其中主要有《佩莱亚斯和梅丽桑德》(1892)、《莫娜·瓦娜》(1902)、《青鸟》(1908)、《圣安东的显灵》(1919)等。《青鸟》是一出六幕童话剧或梦幻剧，是梅特林克的代表作品。剧本通过两个孩子寻找青鸟的故事，表现了作者对穷人生活的同情，对现实和未来的乐观态度和憧憬。在剧中，青鸟是幸福的象征，寻找青鸟的过程就是寻找幸福的过程。作者采用象征的艺术手法，通过青鸟把过去、现在和未来联结在一起，说明幸福是存在的，可以获得的。但是同时指出，争取幸福的过程是反复的、艰苦的、漫长的。在剧中，有形的动植物，或是无形的思想感情、抽象的观念，都被拟人化了，具有象征意义。《青鸟》一剧在思想和艺术两个方面都取得了成功，梅特林克也于1911年因其在文学上的成就而获得诺贝尔文学奖。霍普特曼(1862—1946)的创作经历了从自然主义、现实主义到象征主义的转变，并因在戏剧方面取得的成就而获得诺贝尔文学奖。在他的代表作《沉钟》(1896)里，女妖罗登德兰救出铸钟人，使他看见了奇异的神话世界，这是铸钟人摆脱苦难的资本主义世界的象征。剧中的太阳又是光明和力量的象征，是对作者信念和理想的隐喻。作者使用了超自然的力量，如活泼的水妖、淘气的侏儒、水神、林魔等，为全剧增添了绚丽色彩和神秘气氛。1895年，象征主义文学发展到一个十字路口：一方面已经形成了一种习俗，认为作品的形式和象征应该在模仿音乐中产生，应该强调富有诗意的内心交流和灵魂对话的暗示；另一方面，一些诗人追随马拉美，按照他关于象征的观念创作更为复杂的表现神秘的诗歌，认为诗人如同寺庙里的牧师，能引起已知和未知之间的帷幕的飘动，创造出神圣的奥妙，艺术作品的目的在于超越自然。马拉美宣称艺术应该是一种补偿的形式，即人类可能战胜物质死亡而存在下去的可能性。颓废主义者和唯美主义者在19世纪末也表达过同样的思想，但与此相对照，象征主义诗歌在艺术主张和美学实践上都超越了它们。

19世纪90年代是法国前期象征主义文学走向衰落的时期。1891年5月，发表象征主义宣言的莫雷亚斯宣布同象征主义诗人“魏尔伦和马拉美决裂”。同年9月，莫雷亚斯在《费加罗报》上发表了一封信，宣布象征主义“已经死去”和法国新罗曼司诗派的诞生。由于以莫雷亚斯为代表的一批诗人脱离象征派，法国象征主义诗歌潮流接近尾声。1895年，以完美为理想的古典主义诗歌开始回潮，文学杂志发表的诗歌又开始追求艺术形式的和谐与完美。1898年，马拉美逝世，这标志着法国前期象征主义文学发展阶段的结束。

后期象征主义文学　19世纪末，法国象征主义运动没落，但是法国文学中并没有出现一个可以取代象征主义的新的文学运动。于是，此时的法国文学在前期象征主义文学的影响下和国际上象征主义文学的推动下，再次出现了繁荣，这就是文学史上所说的后期象征主义文学。法国前期象征主义文学不仅为20

世纪的法国文学孕育了一批新的具有象征主义倾向的作家，而且还把象征主义的影响传到了欧美各国，从而为法国象征主义文学的再次崛起奠定了基础。在法国，亨利·德·雷尼埃（1864—1936）、保尔·福尔（1872—1960）、弗朗西斯·雅姆（1868—1938）等，都是写作过象征主义作品的新一代作家。20 世纪初期法国最重要的象征派诗人是保尔·瓦雷里和克洛代尔。瓦雷里（1871—1945）是马拉美的门徒，是其思想和艺术主张的继承者。瓦雷里自幼喜爱音乐、绘画和诗歌，曾受到法国当时盛行的巴纳斯派和象征派诗歌的影响。1889 年，他公开发表了第一首诗《梦》，走上了文学创作道路。1890 年，他加入“南法古语爱好者协会”，开始同马拉美通信，先后发表作品《神秘之花》（1891）、《爱的森林》（1892）等。从 1892 年起，瓦雷里决心放弃诗歌创作，转而进行哲理思考，开始写作长达 29 卷的哲学笔记。1917 年，瓦雷里在整理旧稿的基础上发表了著名长诗《年轻的命运女神》，从而进入诗歌创作的成熟时期。1920 年，他的代表作《海滨墓园》发表，震动了法国文坛。1922 年，他的包括《海滨墓园》在内的《幻美集》出版，诗歌创作达到最高成就。1925 年，瓦雷里当选为法兰西学士院院士。1945 年 7 月，瓦雷里因病去世，法国政府为他举行了隆重的国葬，并根据他的遗愿将他葬于启迪他写作《海滨墓园》的故乡塞特海湾公墓，墓碑上刻有选自《海滨墓园》的两句诗：“多好的酬劳啊，经过了一番深思，终得以放眼远眺神明的宁静。”

《海滨墓园》是瓦雷里的代表作品，也是西方象征主义诗歌中的名篇。长诗写作于诗人由哲学的沉思向现实生活回归的转折时期，其主题是关于绝对静止和人生变易的对立统一关系，是诗人 20 年哲学沉思后对自己复杂的心路历程的艺术探索。诗作共 24 节，144 行。全诗突出描写了三个象征意象：象征生命永恒形式的大海；象征宇宙绝对精神的太阳；象征人生归宿死亡的墓园。在诗的开头，诗人面对由火焰织成的大海，通过对白帆、松林、坟丛等意象观察自然和人生，思考生和死的关系问题，并在此基础上展开对宇宙、自然、时间、空间、生命和人生意义的哲学思考。在诗中，诗人同大海融为一体，体验人生同自然的种种玄妙关系，思索了一系列哲学问题。通过思索，诗人在哲学上为自己面对的问题找到了答案，得到了报偿，感到宽慰，从而为诗歌的进一步展开奠定了基础。在第 2—4 节里，诗人通过不变的太阳的启发，对人生有了新的认识：“时光”在闪烁，“梦想”就是悟道。大海是诗人形而上理念世界的外化象征，它和死亡联系在一起。虽然面对“时间”的神殿感到无奈，但是诗人通过象征精神生活的太阳，表达了自己凌驾乾坤的情思。在第 5 节里，诗人表示要正确对待不可避免的死亡，享受生活的美好：正像果实融化而成了快慰，正像它把消失换成了甘美。在第 6—11 节里，诗人从过去使自己感到迷惘的问题中解脱出来，体会到了自己思想发生变化后的真实和美好。在时间和空间里，死亡是不可抗拒的，人的最终归宿墓园是“献给光明的一片土地”，“充满了无形的火焰，紧闭、圣洁”。在第12—18

节里，诗人从哲学的高度探讨生与死的意义以及自我的意义。在时间和空间里，实际上没有不朽，人间一切虚荣和浮华、地位和荣耀，死后都“归了尘土”，“还原为一场春梦”。诗人感到基督教宣扬的“月桂冠冕”即不朽说的可憎，称它是“美好的海市蜃楼，虔敬的把戏”和“空浮的梦想”，表示不会再受它的欺骗和愚弄。在 19—24 节里，诗人从哲学的高度表达了自己对人生的看法，认为时光是和生命紧密联系在一起的。“真正的大饕，辩驳不倒的蠕虫”是动、变、感知、消逝的时光的象征，它“靠生命而生活”，诗人不能离开时光而存在。诗人还用希腊哲学家伊里亚·芝诺（前 490—前 435）的“飞箭不动”和“阿喀琉斯永远追不上乌龟”的辩题，说明动与静和生与死的关系。诗人终于完成了对生与死、静与动的、绝对永恒与人生变易的哲理思考，终于“砸碎沉思的形态”，“投入不断的未来”，“畅饮风催的新生”，感到浑身充满了生命的活力。诗人热情地欢呼说：“迸裂吧，波浪！用漫天狂澜来打裂/这片有白鸽啄食的平静的房顶。”诗人的生命意识和现世生活融合在一起，感受到生活的无限美好，表示要敢于生活下去，从而通过思考对生命的意义和生活的美好作了积极的肯定。

《海滨墓园》不仅蕴含着深刻的哲学内涵，而且也通过大量的象征和暗示手法取得了高度的艺术成就。在诗中，墓园是人生归宿的象征，太阳是绝对精神的象征，屋顶是大海的象征，白鸽是白帆的象征；诗人还用偶像崇拜者暗示基督教徒，空浮的梦想暗示基督教的不朽说，明眸皓齿、迷人的酥胸、满脸红晕暗示浮华人生，等等。但是，由于长诗是作者长期进行哲理思考的结果，因此无论其内涵、象征还是暗示的意义，都显得晦涩难懂，十分含蓄、复杂，往往有多重的理解。不过这也正是象征派诗歌的突出特点。

在法国象征派诗人中，克洛代尔（1868—1955）是与瓦雷里齐名的诗人。他最著名的诗歌是《五大颂歌》（1901）和散文诗《认识东方》（1900）。《五大颂歌》包括《缪斯》《精神与水》《圣母赞歌》《圣母是神宠》《关闭的小屋》五部长诗，主要通过写诗人从童年时代到青年时代的精神历程，展示了作者内心的爱欲与惆怅、欢乐与痛苦的情怀，表达了作者狂热激荡的宗教情绪。《认识东方》中的大部分作品是诗人在中国 14 年生活的结晶。其中有对中国江南水乡优美风景的赞美，也有对旧中国无政府主义、瘟疫、动乱的揭露。这部诗集对法国人了解中国和促进中法文化交流发挥了重要作用。克洛代尔把兰波的“辐射的精神”主张转化为现代诗的语言节奏和直觉性审美内涵，把诗歌的灵感、音韵和情感同宗教的庄严结合在一起，通过诗歌表达一种高尚、神圣的宗教感情。如果说瓦雷里继承的是由波德莱尔和马拉美开创的象征主义诗歌传统，恪守诗歌的通感、音乐性、哲理性和韵律学，以自己的诗歌实践和美学理论把法国的象征主义诗歌发展到了一个崭新的阶段；那么，克洛代尔则主要在兰波的影响下转向了天主教，使他的象征主义诗歌带上了宗教仪式的特点。他们分别以各自的诗歌创作和艺术理论丰富并发展了法国象征主义诗歌，从而成为法国后期象征主义运动的代表人物。

虽然瓦雷里和克洛代尔把法国象征主义诗歌推向了一个新的阶段，但在瓦雷里逝世之前，象征主义诗歌在法国诗坛上的主流地位已经开始动摇，出现了许多在象征主义影响下产生的具有不同创作倾向的文学小团体，如1906年以杜亚梅尔为代表的“修道院派”，以意大利诗人马利涅蒂为代表的未来主义，以马克斯·雅可布为代表的立体主义等。

但是，随着法国象征主义的衰落，欧美其他国家的象征主义运动却在法国的影响下风生水起，并且取得了很高的成就。从19世纪90年代开始，象征主义向英、美、德、俄、意、西班牙等国家传播，到20世纪20年代，象征主义已成为一个影响深远的国际性现代派文艺运动。

在诗歌方面，英国的阿瑟·西蒙斯、艾略特和爱尔兰的叶芝是象征主义的代表诗人。威廉·叶芝（1865—1939）是20世纪初开展的“爱尔兰文艺复兴”运动的领导人之一，并于1923年获得诺贝尔文学奖。叶芝早在19世纪90年代访问巴黎以前就在布莱克和雪莱的影响下形成了自己的象征主义观点，后来又在西蒙斯的《象征主义文学运动》一书中接触到波德莱尔等法国诗人的作品。他在《肉体之秋》（1898）和《诗的象征主义》（1900）中表达了法国前期象征主义的艺术观点，强调诗歌的象征作用和音乐性。叶芝早期创作中的象征主义同爱尔兰民族的古老神话结合在一起，把神话传说中的角色、故事和事物作为象征进行创作，主要作品有长诗《莪相的漫游》（1899）、诗集《回梯》（1929）等。从20世纪初开始，叶芝走出了神话世界。1904年，他同剧作家格雷戈里夫人共同创办了阿贝剧院，上演他们创作的关于爱尔兰历史和农民生活的戏剧。由于面对社会现实，加上意象主义诗人庞德的影响，他开始改变诗风，在创作中把象征和现实紧密地结合在一起，从唯美的朦胧世界走向了明朗的世界。1914年，他的诗集《责任》出版。在这部诗作中，叶芝把诗歌创作同爱尔兰的社会和政治生活联系在一起，据此，可以看作是他的诗风发生变化的标志。此后叶芝的诗歌创作逐步走向成熟，写出了一系列重要的作品，如诗集《库尔园的野天鹅》（1919）、《迈克尔·罗巴茨和舞蹈家》（1921）、《钟楼》（1928）等，从而成为后期象征主义诗歌的代表人物之一。1923年，“由于他那些始终充满灵感的诗，通过高度的艺术形式展现了整个民族的精神”，他被授予诺贝尔文学奖。1939年，叶芝因病逝世。《钟楼》中最重要的作品是《丽达与天鹅》《驶向拜占庭》等。

《丽达与天鹅》是叶芝按照神秘的象征主义体系创作的名篇。叶芝认为历史像车轮和螺旋一样循环运动，两千年为一周期，每一循环都由一位姑娘和一只鸟的结合开始。诗人借用了希腊神王宙斯化为天鹅与人间美女丽达交合的神话，并同基督教关于圣母玛丽亚得神之助而生耶稣的传说相对照，把他们的交配与生殖作为历史的开端。作者在诗中渲染了暴力和恐怖气氛,暗示由此产生的希腊文明和基督教文明最终将在战争和动乱中毁灭,表达了诗人的唯心史观和对西方现代社会走向崩溃的预感。

《驶向拜占庭》表现的是诗人心中永恒的艺术理想和艺术追求。诗人感到在爱尔兰,年轻人都沉溺于感官享乐而忽视不朽的理性的艺术,于是对宗教和艺术的圣地拜占庭心驰神往。在诗中,飞越汪洋大海,来到这个圣地。叶芝认为公元6世纪的拜占庭是贵族文化的代表,精神与物质、文艺与政教、个人与社会达到了和谐统一,在那里自己可以摆脱七情六欲的官能享受,超脱自然和自我,从而在理性的哲学和艺术中获得永恒不朽。

叶芝除了写作诗歌外还写作戏剧,但是他的戏剧主要不在于塑造人物和描写戏剧冲突,而在于抒发自己的情绪和描绘自己的憧憬,因此他的戏剧只适合阅读欣赏,不适合演出。他编写了26种诗剧,主要有《国王的门槛》(1904)、《在贝尔海滩》(1905)、《戴尔德拉》(1907)等。

在现代德语文学中,莱纳·玛利亚·里尔克(1875—1926)是最有影响的象征主义诗人之一。他的一生经历了19世纪和20世纪交替时代西方社会的经济危机和社会危机,因而他的悲哀和空虚的人生观导致他在创作中去探索生存与死亡、幸福与痛苦、变化与永恒等重大的哲理问题。他的早期创作情感炽烈,语言精练,富有音乐性的旋律,带有神秘、梦幻、哀伤的情调,流露出浓厚的宗教情绪和朦胧的美感。后来他和罗丹的交往促使他的艺术思想发生转变,诗歌创作的特点从热烈流动的音乐性转向冷却凝固的雕塑性。里尔克在创作的晚期继续探索音乐、绘画和诗歌完美结合的艺术道路,此时诗歌中表现出了作者对人生、宇宙、存在的更玄深的思考和更复杂的感情。里尔克的主要创作有《祈祷书》(1905)、《图像集》(1906)、《新诗集》(1907)、《玛丽亚一生》(1912)、《杜伊诺哀歌》(1922)等。里尔克的诗歌给人音乐的旋律和绘画的造型的美感,语言凝练含蓄。他用形象化的象征和暗示开拓了诗歌意象的新空间,拓展了诗歌的表现领域,为现代诗歌作出了重要贡献。

意大利文坛由于受到法国象征主义,特别是魏尔伦、兰波、马拉美、瓦雷里等诗人的影响,在20世纪上半叶产生了在西方有重要影响的隐逸派。隐逸派诗歌主要描写自然景色,抒发人的瞬间感受、幻想和隐藏在内心世界中的微妙情绪,表现人生的孤独、忧郁和生活的邪恶。隐逸派在艺术上主要借助独特的意象和隐喻,以敏锐的感觉和大胆的想象描写艺术形象,表达诗人的主观感觉。它讲究韵律和谐,追求诗歌的音乐性,认为字的声音比字的意义更有表现主观感觉的力量。隐逸派产生于第一次世界大战后,20世纪30年代是它的全盛时期,重要诗人有蒙塔莱、夸西莫多、翁加雷蒂、萨巴等。蒙塔莱(1896—1981)是隐逸派诗歌的重要代表,于1975年获诺贝尔文学奖,主要作品有《乌贼骨》(1925)、《境遇》

(1939)、《暴风雨和其他》(1956)等。他注重描写自我的细微感情，擅长运用象征和隐喻的艺术手法，用类比和意象传达感情，讲究字句的雕琢，追求诗歌音韵的审美效果，具有象征主义诗歌的特点。夸西莫多(1901—1968)也深受法国象征主义的影响，在创作中往往采用象征、对比、回忆、联想等手法。他悲叹人类的命运和历史，但是又很少从正面描写现实，而是通过对大自然的描绘来隐喻人生和现实，描写自我的苦闷与烦恼，语言晦涩难懂。1959 年，因其“抒情诗以高贵的热情表现了我们时代生活中的悲剧”而获诺贝尔文学奖。

在俄国和苏联，重要的象征派诗人是勃洛克和叶赛宁。勃洛克(1880—1921)从 1897 年开始诗歌创作，是俄罗斯象征主义的代表诗人。他早期创作在艺术上主要受唯美主义、浪漫主义和象征主义的综合影响，但是思想上主要是受象征主义的影响。他于 1904 年出版了充满神秘主义和浪漫主义色彩的《美妇人诗集》，在诗中描写神秘而虚无缥缈的“另一个世界”，以美妇人作象征，追求永恒的、和谐的、美妙的理想境界。在 1905—1907 年革命浪潮的影响下，他开始摆脱象征主义，面向社会现实，创作了一系列以祖国和人民为主题的诗歌，如《可怕的世界》(1909—1916)等。在“十月革命”的影响下，勃洛克于 1918 年写作了长诗《十二个》和《西徐亚人》。《十二个》广泛采用了象征和暗示的艺术手法，用大风雪象征伟大的“十月革命”，用黑夜象征黑暗的旧世界，用白雪象征光明的新世界，用 12 个门徒象征革命战士，用耶稣基督象征革命领袖或革命信念，对摧毁旧世界的新生力量进行了热情的歌颂。这首长诗是勃洛克最优秀的作品，是他的创作达到顶峰的标志。勃洛克的诗歌对俄罗斯和苏联的诗歌发展产生了极大的影响。

除了上述国家外，象征主义诗歌还出现在西班牙、波兰、罗马尼亚、保加利亚、葡萄牙等国家。在英、美两国，出现了在象征主义诗歌影响下产生的意象派诗歌，如英国诗人托玛斯·休姆，美国诗人埃兹拉·庞德、艾米·洛威尔等。

二、象征主义文学的基本特征

象征主义文学是在法国象征主义影响下先后在欧美各国出现的一个文学流派，其影响遍及世界。虽然象征主义在不同时期、不同国家和不同作家的作品中各有不同，但在思想和艺术上都有着共同的特征。

1. 强调世界是人的心灵的象征。

“象征”一词源于希腊语动词 symballein，意为拼拢(put together)，与此有关的名词 symbol on 意为标志、证物、符号，指钱币被一分为二，双方各执一半作为信物。因此，它的基本意思是指一种结合或聚合，继而指某种东西结合或聚合在一起，用以代替或表示全部的复合体。在语言学研究里，词语都是它们所代替的事物的符号或象征。现代语言学用作为符号的语言把能指和所指联结起来，形成一个整体。符号(sign)和象征(symbol)的区别在于,前者指由一件事物对另一件事物的特殊的表达,例如红色的交通灯意为停止;而后者则指由一件事对另一件事一词多义的表达,例如大海用来表达诸如同溺水类似的危险、旅行的激动和担忧、身体的力量和精力的充沛等。也就是说,在文学用语里,象征指某种物质的东西借助联想而表示某些其他非物质的东西。它把一个形象(类似之物)同这个形象暗示的或唤起的一种观念或概念(主观之物)联结在一起,如爬楼梯的形象被用来暗示一个人精神升华的过程。美国劳伦斯·坡林教授认为,"象征的定义可以粗略地说成是某种东西的含义大于其本身"。象征主义文学的"象征"就采用这一含义,用"象征"这种方法,暗示作品的主题或作者的内心世界。象征主义文学是19世纪70年代以来资本主义世界的矛盾在一部分资产阶级知识分子头脑中反映的产物。对大资产阶级统治的不满,对革命的怀疑和失望,加上斯威登堡、尼采、柏格森等人的神秘主义、悲观主义和直觉主义等唯心主义哲学的影响,使小资产阶级出身的知识分子转向内心去寻求精神上的和谐与平衡。他们认为,现实世界是痛苦而虚伪的。真和美不存在于事物的表面,而存在于"深层"和"彼岸";他们要追求的就是所谓"深层的真实"和"彼岸的真实"与"美"。

2. 象征主义强调"感应"和"通感"。

象征主义常常被看成是表现人的感觉和自然现象中不确定因素的精美的歧义艺术,其"象征"不同于词语在宗教、人类学、心理学以及符号学意义上的运用。象征主义文学中最早直接提到"感应"这个词语的是波德莱尔,他在十四行诗《感应》中借用了18世纪瑞典哲学家斯威登堡的术语"感应"和"象征的森林"。但波德莱尔对斯威登堡关于物质世界和超自然世界、物体和景物的物质特点与精神特点之间的关系进行了修改,认为人与自然、精神与物质、形式与内容、各种艺术之间都存在着感应的关系。他对各种关系的论述,对后来的象征主义文学理论产生了重要影响。象征主义还强调神秘美和通感的意义。虽然象征主义者认为大自然充满了梦幻般的神秘,但诗人的心灵同这个神秘的世界之间仍存在一种能够交流的共同语言,即隐喻和象征。在象征的世界里,各种感官的作用彼此互通,这就是通感。具体而言,通感是指某一感官受到刺激时所产生的两种或两种以上的感觉经验,在文学上表示用一种感觉对另一种感觉的描写,如色彩对声音,气味对色彩,声音对气味等。通感是象征主义诗歌的主要特点之一。

3. 在艺术上,象征主义文学广泛使用象征、暗示、隐喻等方法,表现自然现象和自我之间的相通。

象征主义作家认为艺术表现只能是象征,诗歌就是暗示,即梦幻,主张用象征性的事物暗示主题和作者微妙的内心世界。象征主义还强调诗歌的音乐美,认为诗歌的象征主义是诗歌走向纯艺术——音乐性的必然归宿,音乐性是理解诗歌本质的钥匙。音乐性强调的不仅是音韵形式上的和谐和美,而且也在于引起丰富的暗示和联想。应该指出,象征主义是一种复杂的文学现象,艺术上的特点是多方面的,在不同时期、不同的作家身上和不同的作品中,往往融合了多种流派的艺术风格,表现出不同的艺术倾向。如英、美以叶芝、艾略特为代表的后期象征主义,就结合了英国玄学诗的传统和写实倾向,形成了他们具有独特风格的现代诗派。在象征主义影响下,英、美出现了意象派诗歌,意大利出现了奥秘派诗歌,等等。

三、象征主义文学的基本评价

象征主义更新了传统的艺术观念,丰富了文学艺术表现的手法,拓展了文学表现的领域,对西方现代派文学的发展作出了重要贡献,并以其思想和艺术方面的独特性而对整个世界文学产生了重要影响。

在思想上,象征主义文学表现出了对现代资本主义社会混乱现实的新的认识和文化上深切的危机意识。由于资本主义社会发展到了新的历史阶段,各种新的矛盾层出不穷,加之象征主义作家对现代社会的种种矛盾缺乏清醒的认识,因而企图破译物质现象以进入理念世界,借助艺术把物质世界和精神世界联结起来,从而解决19世纪下半叶以来的社会矛盾。这虽然是不科学的,但仍然表现了作家的历史使命感和艺术使命感。

在近代文学史上,象征主义文学是浪漫主义文学向现代派文学转变的过渡阶段,它的创作实践和美学理论对整个100多年来的现代派文学运动以及整个现代西方文学产生了极其深远的影响。它在创作理论上继承了浪漫主义文学对主体、想象和音乐性的强调,并在此基础上向内心意识的方向发展,摒弃了浪漫主义直接表现感情的抒情方法,强调对细微的感觉和抽象思维的表现。象征主义不大关注社会现实中的重大问题,但是它通过象征、暗示和隐喻的方法获得了浪漫主义所缺少的深刻、精巧和抽象性的特点。

但是,也要看到,在哲学上,象征主义本质上是主观唯心主义的,因而表现出虚无的人生态度。象征主义作家用抽象的哲理和所谓的宇宙精神描写自己的主观感受和畸形心态,其基本主题是表现死亡、虚无、绝望、自我,以及丑恶的、病态的事物,往往带有悲观颓废的情绪和神秘主义色彩。象征主义追求艺术形式的奇特完美,大量使用象征、暗示、联想、比拟等手法,也致使作品晦涩难懂。总之,象征主义作为20世纪西方较大的文学流派,其影响曾波及音乐、绘画、戏剧、电影、雕刻等各个艺术门类。象征主义还对中国产生过影响。五四运动以后,我国在西方象征主义诗歌的影响下出现了以李金发、戴望舒、艾青等为代表的诗人,促进了中国新诗的发展。

第二节　艾略特与《荒原》

一、生平与创作

托玛斯·史登斯·艾略特(1888—1965)是后期象征主义文学的代表作家，他的诗歌、戏剧创作和文学理论对20世纪西方文学以及世界文学都产生了重要影响。艾略特出生于美国密苏里州圣路易斯，祖籍英国，父亲是砖瓦商人。1906年，艾略特进入哈佛大学攻读哲学和英美文学。大学毕业后，又师从“新人文主义者”欧文·白璧德攻读硕士学位。1910年，艾略特转赴巴黎大学学习，听到法国哲学家柏格森的哲学讲座，并研读前期象征主义诗人波德莱尔、魏尔伦、兰波、马拉美等人的诗作。1914年，艾略特再赴德国马尔堡大学学习哲学，后因第一次世界大战爆发而于当年夏天来到英国，结识了英、美意象派诗歌的领袖庞德，并得到庞德的鼓励和帮助。同年10月，艾略特进入牛津大学麦尔顿学院学习。1916年，艾略特完成博士论文，但因故未能回母校哈佛大学参加论文答辩，所以没有获得博士学位(1964年他的论文以《F. H. 布莱德雷哲学中的知识与经验》为题发表)。1915年，艾略特与维芬妮·海格-伍德结婚。定居伦敦后，迫于经济压力，艾略特先后从事过中学教师、银行职员、杂志编辑等工作。1917年后，担任过先锋派文学杂志《自我主义者》的副主编、文学杂志《标准》的主编，以及英国费伯出版社的编辑、董事长和出版人等。1927年，他皈依英国国教，从此创作和文学批评出现重大转折。同年，他加入英国国籍。1932年，艾略特在哈佛大学担任一年诗歌教授。1947年，艾略特获哈佛大学荣誉博士学位。1948年12月，艾略特因“对当代诗歌作出的卓越贡献和所起的先锋作用”而被授予诺贝尔文学奖。1965年1月4日，艾略特在伦敦的家中逝世，骨灰被安放在他的祖先诞生地东库克村的圣米恰尔教堂，墓碑上刻着他在《四个四重奏》中写的诗句：“我的开始就是我的结束，我的结束就是我的开始。”艾略特对文学的贡献主要在诗歌创作上。一般认为，他的诗歌创作可分为三个阶段。1922年艾略特发表《荒原》之前为早期创作阶段；从1922年发表《荒原》至1929年是艾略特的中期创作阶段；从1930年发表《圣灰星期三》至逝世是他的晚期创作阶段。

在早期创作阶段，艾略特在法国象征主义诗歌影响下开始文学创作。在哈佛上大学期间，他选修了法国文学，喜爱上波德莱尔的诗歌，认为“不管是在哪种语言中，波德莱尔确实是现代诗的一个最伟大的典范”。1908年，亚瑟·西蒙斯的《文学中的象征主义运动》一书又给艾略特深刻的影响，并奠定了艾略特走上象征主义诗歌创作道路的思想基础。早在1905年，年仅16岁的艾略特就开始在《史密斯学院纪事》上发表描写时间主题的诗歌，表现出作者的哲学思考。

他早期最重要的作品是他于 1917 年出版的诗集《普鲁弗洛克及其他观感》。1919 年，艾略特出版第二部作品《诗集》，其中包括有《夜莺声中的斯维尼》《阿拉·鲍斯·普雷克》等作品。

《普鲁弗洛克及其他观感》是艾略特出版的第一部诗集，其中包括作者早期发表的诗歌 12 首，如《一位夫人的画像》《大风夜猜想曲》《一个哭泣的年轻姑娘》等。诗集中《阿尔弗瑞德·普鲁弗洛克的情歌》是艾略特的成名作，它通过主人公普鲁弗洛克在求爱过程中的内心独白，描写了他的种种复杂心理，揭示了现代人精神世界的极度匮乏，同时也反映了作者自己的思想困惑和精神危机。普鲁弗洛克对单调乏味的生活感到厌倦，但又缺乏人生目的，无法创造新的世界，只好在梦幻中沉思默想，虚度光阴。在诗中，普鲁弗洛克是现代派笔下所谓的非英雄典型，他的精神结构被转化成一种普遍存在的象征形式，说明了西方现代人的精神空虚和心理阴暗。诗歌广泛采用象征手法，以独特的构思打破抽象世界与现实世界之间的传统逻辑联系，用象征、暗示和联想揭示普鲁弗洛克的精神和心理世界，用声音、典故加强诗歌的艺术表现，在诗歌领域里开了一代诗风。

1922 年，文学季刊《标准》上发表了艾略特的长诗《荒原》，在西方文学界引起强烈反响，并为他带来国际声誉。《荒原》的发表是艾略特的诗歌创作进入中期的标志。此后，他陆续发表的诗歌作品有《诗集》(1909—1925)、《空心人》(1925)、《东方博士的旅游》(1927)、《西缅之歌》(1928)等。在艾略特创作的中期，除了《荒原》外，《空心人》也在他的作品中占有重要地位。《空心人》中的许多诗句是《荒原》中删除的诗句，作者在诗中主要通过对空心人的描写来表现西方现代人内心灵魂的丧失和精神的空虚，带有悲观和虚无主义的色彩。诗歌开头的“空心人”和“稻草人”是两个含义深刻的象征形象，喻指西方现代人的思想困惑、精神迷茫和虽生犹死。

从 20 世纪 30 年代起，艾略特的创作进入晚期，创作上最重要的特点是宗教倾向日益强烈。艾略特在 1927 年皈依英国国教后，思想上出现了新的变化。在早期和中期创作阶段，他主要描写现代西方人的精神空虚、内心迷茫和对未来所抱的悲观情绪。然而在他的创作晚期，他一心要把生活在荒原上精神空虚的人们引入宗教的领域，以便使他们从绝望中解脱出来。他于 1930 年发表的《圣灰星期三》宣扬服从上帝旨意和悔罪的基督教教义，是艾略特思想发生转变的标志。

艾略特晚期最重要的作品是长篇组诗《四个四重奏》(1943)。诗歌由《烧毁的诺顿》《东科克》《干燥的萨尔维奇斯》和《小吉丁》四组诗组成，围绕时间与永恒、现实与历史、生与死展开思考，探讨人类的生存、历史和价值等问题。作者通过个人遭遇和社会历史事件指出“原罪”是一切灾难的根源，认为只有皈依基督教和修炼赎罪才是人生的唯一出路。《四个四重奏》在艺术上同《荒原》相比也发生了变化,《荒原》中广泛运用“客观对应物”,将现代社会的荒原场景放在时隐时现的神话结构中加以对照,大量使用典故造成反衬的效果,这些特点在《四个四重奏》中都基本上消失了,而代之以流畅的语言和强烈的节奏。《四个四重奏》注意抒情和思辨的结合,从而增强了诗歌的艺术表现力。结构上它通过模仿音乐结构和意义的对应物,把各自独立的四首诗组成了一个新的整体。《四个四重奏》被认为是艾略特诗歌创作的顶峰,作者也因此获得了 1948 年的诺贝尔文学奖。

除了诗歌外,艾略特还写过不少戏剧。他的第一部戏剧是于 1934 年在伦敦上演的《力士斯威尼》,同年 5 月上演的《磐石:一出壮丽的历史剧》初获成功。艾略特的戏剧主要描写宗教题材。他于 1935 年完成的现代诗剧《大教堂凶杀案》(1935)是为坎特伯雷大教堂的节日活动编写的,主要歌颂大主教为基督教殉教献身的精神。《全家重聚》(1939)强调犯罪是造成家庭破裂的罪魁祸首。其他的剧本还有《鸡尾酒会》(1950)、《政界元老》(1959)等。

艾略特不仅在诗歌和戏剧创作上取得了重要成就,而且在文学批评方面也作出了重要贡献。他写作的论文有数百篇之多,其中约有 70 余篇结集出版,如《圣林》(1920)、《论文选集:1917—1932》(1932)、《诗的功能和批评的功能》(1933)、《论诗与诗人》(1957)等。他的艺术观点基本体现在他的一系列论文中,主要有“非个性化”理论。他认为“一个艺术家的前进是在不断牺牲自己,不断消灭自己的个性”;“诗不是放纵感情,而是避却感情;诗不是表现个性,而是避却个性”。经过“这种弃却个性的过程,艺术家才可以说是接近科学状态”。他正是从这一观点出发,主张用 17 世纪玄学派诗人的方法写作诗歌,既反对一味向内心世界开掘的理论,也反对浪漫主义的抒情方法。他还提出“客观对应物”的诗歌批评概念,认为“用艺术的形式表现情感的唯一方法是发现它的‘客观对应物’”,即通过“特定的媒介物”加以暗示和象征,造成气氛,使“印象与经验以特殊而意想不到的方式组合起来”。他还认为批评是为了解析作品,提高读者的鉴赏力,而世界文学是一个有机的整体,只有与整体联系起来,作家和作品才有意义。

艾略特的思想十分复杂。哲学上主要受巴比特(1865—1933)和桑塔亚纳(1863—1952)的影响,他自己就曾说:“政治上我是个保皇党;宗教上,我是个英国天主教徒;文学上,我是个古典主义者。”他不满西方资本主义社会现实,企图以“宗教复兴”解决社会问题,提出建立“积极的基督教社会”的政治理想。正是他这种基督教思想决定了他的诗歌和戏剧的创作特色,即他在早期和中期创作中从不同角度揭示了西方资产阶级知识分子生活的庸俗、无聊和空虚,反映了他们的精神危机;而在晚期创作中则往往把对社会现实的揭示变成了天国福音的宗教说教。艾略特是后期象征主义诗歌的主将,在诗歌创作实践和艺术理论上为象征主义文学作出了重大贡献。他在诗歌写作中广泛使用戏剧化、内心独白、客观对应物、典故、音乐性、象征性等艺术手法，开现代主义一代诗风，是“当今诗歌风格整个革命的创造人”。

二、《荒原》分析

《荒原》是艾略特的代表作品，被西方评论家看成是现代诗歌的里程碑。这部长诗写于1919年至1922年间，于1922年10月在文学刊物《标准》上发表。《荒原》最初发表时，许多人感到晦涩难懂，因而被指责为“厚颜的骗局”和“疯人院的肮脏”的呓语。但随着时光的流逝，《荒原》描写的主题和采用的新的艺术手法逐渐被人们所接受，被视为现代派的经典作品。

内容介绍 《荒原》全诗共分五章，共433行。第一章“死者葬仪”写现代荒原的衰败、没落和死亡。诗人以复杂的感情描写了对荒原的绝望和怀抱的希望。在4月的春天，“死亡的土地”上生出了丁香花，由于春雨的滋润，迟钝的根芽开始复苏了。冬天白雪为大地保持了温暖，因而干枯的球茎也生出了“小小的生命”。诗人发问：“那些纠结在一起的是什么根芽？乱石堆中长出的是什么枝条？”但是“人子”只有“一堆破碎的印象”，说不出也猜不到那个树无绿叶、流水干涸的地方。诗人也感到“既不生也不死，什么也不知道”，只是看见“荒凉而空虚是那大海”。诗人这里描写的是荒原上的景象和自己的感情。接着，诗人把荒原同波德莱尔笔下的巴黎和但丁笔下的地狱作对比，着重描写伦敦的景象。伦敦是一座虚幻的城，在冬天早晨的黑雾里，人流涌过伦敦桥，目光盯着脚前，麻木不仁地在现代城市里漂泊，如同行尸走肉，他们要去的教堂传来的是“一声死亡之音”。这时诗人遇到以前和他同船的人，问他在花园种下的尸体是否已经发芽开花，或是否已被霜冻破坏了它的眠床。在这一章里，诗人运用各种象征、暗示和典故等手法，描写现代社会的荒凉和人类的无奈与绝望，同时也希望荒原通过死的祭礼而得到新生。

第二章“弈棋”的标题取自托马斯·米德尔顿的剧本《弈棋》，而情节取自他的另一剧本《女人提防女人》。剧中的公爵为了同情人卞安格幽会，让邻居设计请卞安格的婆婆来下棋，公爵在他们下棋时终于如愿以偿。艾略特以弈棋为题，是为了用这个故事隐喻、暗示和讽刺人欲横流与尔虞我诈的西方现代社会。在这一章的开头，诗人先写了三个帝王的宫廷生活：埃及女皇克莉奥佩特拉放纵情欲，在古墓中被毒蛇咬死；特洛亚王子伊利亚斯娶狄多为妻最后又遗弃了她，造成狄多自杀而死；国王铁卢欧斯强奸妻妹翡绿眉拉，割了她的舌头。而国王的妻子则杀了亲生儿子为妹妹复仇，结果姐妹二人双双被国王所杀，变成夜莺和燕子，向世人诉说她们的不幸。接着，艾略特从对古代人物的描写转而续写现代人物：一对情人精神空虚、生活无聊，内心充满矛盾，不知所想，不知所为，于是一起在晚上下棋消遣。另一个场景是在一个下等酒吧里，莉儿及女伴们在老板一声声"时间到了"的催促声中交谈。诗人通过他们的谈话反映人类社会，尤其是现代社会存在的种种问题。莉儿和丈夫之间毫无爱情可言，完全是逢场作戏。为了追逐金钱和物质享受，莉儿不要道德约束，一味放纵情欲，结果打胎5次，31岁就掉光了牙齿，变得丑陋苍老。这正是西方现代社会的真实写照，表明在腐朽的现代社会里，传统的道德和价值观念已经崩溃了。

第三章"火诫"与东方的佛教有关，是全诗的重点。佛要其门徒悟道，懂得怎样躲避情欲和性感的熊熊火焰，过一种神圣的生活，从而达到涅槃，超脱生与死的境界。"火诫"的象征意义是明显的，它暗示现代的荒原只有经过火的洗礼，才能获得新生。在此章诗的开头，作者用斯宾塞《结婚曲》中仙女游览泰晤士河的美景同现代泰晤士河畔留下的空瓶子、三明治包装纸、丝手帕、硬纸板盒子、香烟头作对比，说明现代社会的荒凉和破败。现实中的冷风、回忆中的沉船、死去的国王最终只是一堆被老鼠踩来踩去的白骨。艾略特接着引用马佛尔《给他那若即若离的情人》中的诗句，用"喇叭和汽车的声音"替换原诗中"时间的飞轮"，用现代娼妓博尔特太太代替贞洁的狄安娜，对现代社会进行讽刺。作者笔下的伦敦，金钱代替了上帝，女人出卖肉体，翡绿眉拉被奸污，一幅幅现在和历史的图画在孩子们天真的赞歌声中得到凸现。然后作者写了冬天的黄雾，商人的交易，女打字员和小公司职员的淫行，并引用许多文学典故，说明现代婚姻关系的堕落。最后泰晤士三个女儿之歌，穿插着莱茵河女儿之歌，唱起了伤心的往事。第一支歌写现代工业对泰晤士河的污染，暗示现代工业给社会带来的灾难；第二支歌写伊丽莎白时代河流景色的优美，借以同现代河流的破败形成对照；第三支歌叙述伦敦东郊贫民区里一个肮脏的爱情故事。在诗的最后，艾略特引用佛经和《圣经》中的话突出火的意象，表现劫火在燃烧。这火既是代表现代世界精神堕落和传统价值崩溃的情欲之火，也是洗涤罪恶的炼狱之火。诗人希望借助燃烧的大火，荡涤社会和人类罪恶，使坠入欲海的人类忏悔罪恶，得到拯救，使荒原得以再生。

第四章"水里的死亡"在原稿中有93行，后来被庞德删为现在的10行，虽然在结构上同其他几章不太平衡，但是同样蕴含着深刻的内容。这一章主要写腓尼基水手弗莱巴斯死后的遭遇和警戒意义。弗莱巴斯沉溺于物欲和色欲的大海而不能自拔，终于在欲海中毁灭了自己。他死后，一切官能享受和物欲追求，都变得毫无意义，只剩下海底的潮流"在悄声剔净他的尸骨"。在这一章里，水是欲海的象征，也是毁灭的象征，而死于欲海的弗莱巴斯则是对世人的警示。

第五章"雷霆的话"是前一章主题的延伸，奉劝现代人接受佛陀关于"给予、同情、克制"的教诲，以使自己得到复活和现代世界得到拯救。这一章里的"雷霆"代表上帝。诗人先写耶稣受难，岩石崩裂，大地震动，荒原不育和缺水。关于“岩石”的描写同第一章渔王的故事相呼应，荒原是“岩石堆成的”一个缺少活命之水的死寂的世界。被干渴所折磨的人们“又是喊叫又是呼号”，四处寻找“有水有泉”和画眉啼鸣的幽林。然而“只有枯干的雷没有雨”，他们等待的救世主没有出现，山那边（指十月社会主义革命前后的东欧）爆发了震撼世界的革命运动，整个欧洲一片混乱。诗人接着写了长发女人的呜咽，蝙蝠的呼哨，干涸的水池和水井，坟墓上小草在幽暗的月光下歌唱，空教堂的门被风吹动着。在这一片荒凉破败中，一只公鸡在屋顶上高声啼叫，迎来了一道闪电，还有一阵将把雨水带来的湿风。世界万物正在等待着这场雨，这时雷霆说了话：给予、同情、克制。全诗最后结束时引用了优波尼沙士经文的结语：“Shantih shantih shantih”（平安，平安，平安）。

思想意义 《荒原》是继波德莱尔的《恶之花》之后以西方现代社会为中心内容的著名诗篇，它把神话的、人类学的、基督教的和东方宗教的意象结合在一起，用诗的方法反映了第一次世界大战后整个西方世界的精神危机，用象征和暗示的艺术手法表现了西方现代世界的腐朽没落和人类的精神空虚，在艺术中为现代的“荒原”探索精神上和道德上的出路。

《荒原》作为一个庞杂的艺术集合体，蕴藏着丰富的思想内涵。从总体上说，《荒原》其实在讲一个道理：即人类从一开始就走错路了，这个世界一直实施的是“荒原法则”（亦即相互算计、相互摧残的，遵从欲望行动的“动物法则”），而不是人与人之间相互尊重、互帮互爱的“人类法则”。它的艺术是象征的，但它的思想却是写实的。同样，诗人还指出，人类不是从现代社会才开始变成荒原的，而是从人类社会一出现那天就走错了路，换言之，就是用“荒原法则”取代了“人类法则”。诗人虽然是用象征手法描写了现代社会贫瘠的荒原、冰冷的岩石、灰暗的城市、凄凉的钟声、淫乱的狂笑、慈母的哭泣，赋予了现代人精神的贫乏和道德的堕落以可感的形象，但是诗中经常出现的这些意象却不仅仅是现代人类社会的真实写照，而是人类社会的全部象征。因此，可以说，作者之所以用“现代伦敦”的意象来表达这个道理，只不过是这个时代表现得更加明显而已。例如，作者用伦敦象征现代世界，描写这个荒原的颓败、荒芜、没落，描写人失去了宗教信仰、精神支柱、正义和理性，像动物一样充满盲目的欲望，变得疯狂、麻木、堕落，其实正是整个人类社会的缩影。因此，艾略特在诗中象征性地概括了西方世界的精神荒原和精神毁灭。

为了强调这一点，《荒原》除了写实和象征的意义外，还有神话传说的意义，目的是加强这种人类社会的整体的荒原感。艾略特在《荒原》的注释里说，他在诗中运用了不少韦斯顿女士关于圣经传说的书《从仪式到神话》和弗雷泽的人类学巨著《金枝》两本书里的材料，这两本书为《荒原》提供了神话学意义上的基础。弗雷泽认为，原始人类把每年植物的枯死和第二年的再生看成是由神的婚姻、死亡和再生决定的，他关于神的死去和复活的神话，又被韦斯顿用来解释中古传奇中的圣杯传说和圣杯故事中的渔王形象。渔王的患病和衰老，导致了土地的荒芜，只有渔王得到医治，大地才能复苏。圣杯代表女性，利剑代表男性，都是繁殖力的象征。《荒原》不断提到原始的繁殖仪式并把它和圣杯传说及基督的故事联系起来，在神话的基础上揭示西方现代社会的现实，并企图在古老的神话中寻找医治"荒原"的道路。

无论从思想、感情还是意象上看，《荒原》的内容都是十分丰富的。但是，《荒原》思想的跳跃性、文字的复杂性、内容的多层次性，又使得长诗显得晦涩难懂，并弥漫着浓郁的宗教神秘主义气息。艾略特试图从宗教信仰中寻求医治社会的药方，宣扬保守和迷信的主张，这也表明了作者在创作中的思想局限性。

艾略特的诗歌突破了传统的诗歌题材，进一步发展了城市诗歌和象征主义的艺术手法，扩展了诗歌艺术的表现力和作用，是后期象征主义诗歌中的经典作品。

艺术特色 《荒原》作为著名的象征主义诗歌，表现出与传统文学不同的艺术特点。

1. 在艺术形式上，诗人采用了独特的象征结构。

全诗共分五章，第一章"死者葬仪"是对现代世界唱的一曲挽歌，是荒原死亡的象征；第二章"弈棋"是对虚伪欺诈的人际和社会关系的象征；第三章"火诫"是诗人企图通过苦难而洗濯罪恶的象征；第四章"水里的死亡"是对沉溺于欲海的人给予警示，是毁灭的象征；第五章"雷霆的话"是人类启示的象征。这五章共同构成了《荒原》的象征体系，从而赋予长诗以丰富的思想内容，强化了"荒原"这个总的象征。《荒原》的象征结构还表现在对神话的借用方面。艾略特自己曾说："这首诗不仅题目，甚至它的规划和有时采用的象征手法也绝大部分受到韦斯顿女士有关圣杯传说一书的启发。"《荒原》的写作也受到弗雷泽《金枝》的影响。有关繁殖崇拜的神话和圣杯的传说，为《荒原》提供了总的框架和象征语言。他正是通过神话的平行结构把现代生活的事件同古老的神话事件联系起来，使人从中悟出深刻的内涵。另外，《荒原》除了常用象征外，还大量运用了比喻、隐喻、暗示、联想等，汇集了一大堆相关或不相关的物件和意象，从而加强了内容的丰富性。

2.《荒原》发展了意象派诗歌的艺术技巧。

它从单纯的意象使用发展到多意象的叠合，其艺术结构是奇特的，它既不像长篇叙事诗，也不像戏剧，其中独白、人物、场景的变化，意象、节奏、联想的快速跳跃，表面看起来是杂乱无章的，但其内涵却是完整的，其意义也是可寻的。它用意象、场面、零碎的对话和穿插对比表现城市的全貌，运用不断出现的相互联系的场面，典故，意象，象征物（如沙漠、水、火造成的死亡）等，来表现完整统一的艺术感情效果,形成了自己独特和统一的艺术风格。

3.《荒原》大量运用典故,从而使诗歌的含义更加丰富和深刻。

在《荒原》400 余行诗里,艾略特直接和间接引用了至少 37 种艺术、文学和音乐作品,如《圣经》、莎士比亚、维吉尔、奥维德、波德莱尔、伊丽莎白时代的剧作家、小乘佛教经典、法国象征派诗作等,还涉及古希腊、古埃及和古印度的神话。艾略特对典故的引用在于引起联想,拓展诗歌的内涵,增加诗歌的内涵深度,以及提高象征的审美性质和情趣。

4.《荒原》在语言运用方面功力深厚。

首先是运用了多种语言形式。他强调将口语入诗,诗里的口语、书面语、古语、土语,杂糅在一起,取得了令人惊讶的艺术效果。除了英语外,艾略特还使用了希腊、拉丁、梵文、德、法、意等语言。其次,他注重语言的象征意义,如火既是普通的火,也是情欲之火、炼狱之火;水既是生命之水,又是欲望之水、死亡之水;风信子既是普通的花,又是春天的象征。最后,他的遣词造句、对节奏和停顿的安排、口语和文言的对比运用、散文语言的诗化等,都充分显示出他在语言运用方面的卓越才能。《荒原》是多种诗体混合的自由体诗,虽然很少押韵,但是节奏感十分强烈。由于诗中模仿了民间歌谣的韵调,从而增加了诗的音乐性。

第四章

表现主义文学与《城堡》

【学习重点提示】

1. 通过学习表现主义作家的创作实践,理解“艺术是表现,不是再现”的基本内蕴。

2. 掌握卡夫卡在《城堡》中描写主人公K和“城堡”之间关系所使用的艺术手法。

第一节　表现主义文学概述

一、表现主义文学的发展状况

表现主义文学产生于20世纪初,是西方现代派文学中影响较大,成就也较为突出的一个流派。从西方现代文学流变轨迹考察,此时自然主义和印象主义渐近尾声,人们对这两种创作方法所表现的人对外部世界的被动状态,已经深感厌倦与不满了。摆脱对外在“物”的世界的奴性依赖,向自我和内心世界探索,寻求精神家园独有的价值体系,成为年青的一代知识分子的强烈追求。一部分作家、艺术家从叔本华和尼采的唯意志论、柏格森的非理性主义、弗洛伊德的精神分析学说等中,寻找到了理论依据。于是,在德国发动并掀起了一个新的艺术狂飙——表现主义运动。青年艺术家们组织社团,发表宣言,进行新的艺术手法试验,开拓了人的精神世界的表现空间,使得西方文坛又呈现出一片春意盎然的生机。

表现主义文学具有独特的艺术风格,它开创了西方文学新的发展阶段。仅以创作特征而言,西方现代主义忧郁、神秘的特点,在象征主义身上已有了明显表现;而它怪诞、诡异的特色,直到表现主义出现以后,才逐渐形成并越来越引人注目。表现主义引导现当代西方文学“向内转”“深层化”,它的原创性、开拓性被后来的各种现代主义流派继承发展。超现实主义、荒诞派、“黑色幽默”、“新小说”等，无不受表现主义的深刻影响，形成了脉络清晰的师承关系。所以国外的某些学术著作，如美国威斯康星大学编的《文学中的现代主义》，就把多数现代主义流派统称为“广义的表现主义”。因此，可以说表现主义文学研究是我们把握西方现当代文学的一个重要基点，值得我们认真关注。

“表现主义”一词最早出现于1901年在法国巴黎举办的玛蒂斯画展上，是茹利安·奥古斯特·埃尔维一组油画的总题名。1911年德国《暴风》杂志刊登希勒尔的一篇文章，首次借用这个词来称呼柏林的先锋派文学家。1914年以后这个词为文学评论界普遍承认与采用。

表现主义是一种反传统的现代主义流派。它产生于20世纪初的德国绝非偶然。德国是一个晚起的资本主义国家，小资产阶级同英、法两国的同阶层人物相比，物质生活更为贫困，精神上更受束缚，因而同大资产阶级的矛盾更为尖锐，要从旧的传统的束缚中解放出来的愿望更为迫切。这就是表现主义发端于德国的社会原因。比如“侨社”的青年画家们一方面身穿工人服装，住进工人区，同“自发的”工人阶级结交；另一方面又从原始的农业社会和东方文明中寻求精神的寄托。表现主义绘画或者表现无产阶级对资本主义社会的愤怒和反抗，揭露金钱和物质对人的奴役以及科学技术与社会分工的发展所造成的人性的异化；或者表现没有遭受工业化社会侵害和污染的自然风光及田园景色。在第一次世界大战爆发后，由于表现主义的思想基调特别能表达西方知识分子普遍滋长的对现实的不满和反叛情绪，所以颇受作家、艺术家、诗人们的青睐，形成了一个席卷欧美的文艺思潮。

表现主义文学兴起于1911年，至20世纪20年代得到巨大发展，在诗歌、小说，特别在戏剧领域产生了一大批有影响的作家。

表现主义诗歌所表现的内容与技巧颇具创新性，其特点是不重视细节的描写，只追求强有力地表现主观精神和内心激情。它初期的抒情诗形式自由，句子简短，节奏鲜明，往往以音响引起联想，不受句法的约束。后来发展到极端，出现了没有思想内容，只剩下音响、节奏的纯粹形式主义的所谓“绝对诗”。其主题多为厌恶都市的喧嚣，或暴露大城市的混乱、堕落和罪恶，充满了隐逸的伤感情绪；或张扬“普遍的人性”。奥地利诗人特拉克尔(1887—1914)、韦尔弗(1890—1945)，德国诗人海姆(1887—1912)、贝恩(1886—1965)以及早期的贝希尔(1891—1958)都是重要的表现主义诗人。代表作品有特拉克尔的《寂寞的秋天》《童年》，海姆的《新的日子》《城市之神》《柏林》，以及韦尔弗的诗集《世界之友》和《彼此》等。

在小说领域，表现主义代表作家是奥地利的卡夫卡。他笔下的人物和故事都是现实异乎寻常的变形和扭曲。卡夫卡创造出一种把荒唐无稽的情节与绝对真实的细节描写相结合的独特艺术手法，用来表现“现代人的困惑”，反映出敏感的知识分子对时代危机的痛苦体验与绝望情绪。其他表现主义作家还有捷克的恰佩克和德国的德布林。表现主义小说想象奇特，情节荒诞，环境阴森，主人公噩梦般的感受令人震惊，促使读者从反面审视社会和人性中的非理性因素。

表现主义戏剧在德国开始于1910年前后，在第一次世界大战期间和战后经济衰退时期达到了高峰。然而，表现主义戏剧的先驱者却是瑞典剧作家斯特林堡(1849—1912)。他的三部曲《到大马士革去》(1898—1904)是欧洲最早出现的表现主义戏剧，它采取活人与鬼魂同时登台的形式，对资本主义社会中人与人之间尔虞我诈的关系作了较为深刻的揭露。在表现技巧上，多以独白的形式描写人与命运、异性、教会以及与自己的搏斗，为表现主义戏剧表现模式奠定了基本格局。

表现主义戏剧的代表人物有德国的施特恩海姆(1878—1942)、托勒尔(1893—1939)、凯泽(1878—1945)，美国的尤金·奥尼尔(1888—1953)、爱尔默·赖斯(1892—1967)，捷克的恰佩克(1890—1938)，英国的衣修伍德(1904—1986)以及爱尔兰的奥凯西(1880—1964)等人。

尤金·奥尼尔是美国戏剧史上最重要的剧作家，一生写有50多个剧本。他的剧作风格多样，既有现实主义、象征主义，也有表现主义；但就总体而言，他注重心理分析，致力于发掘社会现实重压下人的心态，为现代心理悲剧开辟了道路。他的剧作《毛猿》(1922)被看作表现主义的代表作。作品通过寓言式情节，使思想表现戏剧化。主人公扬克是无产者的写照，更是拼命寻找自己“归属”的现代人的写照。

尤金·奥尼尔另一部表现主义代表作品是《琼斯皇帝》。剧中描写一个叫琼斯的黑人由于在赌博中杀了人而被捕。从狱中逃出后，他来到西印度群岛的一座岛上，做了当地黑人部落的首领，称“琼斯皇帝”。戏开幕时，黑人们不堪忍受琼斯的残酷统治，起来造反。琼斯得知消息后离开宫廷逃命。剧本主要写他去法国炮舰避难途中，经过一片森林，由于恐惧、疲惫和饥饿，头脑中不时出现各种幻象。他在慌乱中开枪，浪费了所有的子弹。在森林中迷路的琼斯，丧家之犬般辗转了一夜，到黎明时又转回原地，终于被追捕他的土人杀死。剧本塑造了一个性格极为复杂的黑人形象。一方面他是一个从祖先起就受虐待、被歧视的黑人，另一方面又是一个残暴奴役黑人的统治者。戏剧冲突的中心情节是“琼斯皇帝”被追捕，但是，奥尼尔避开了“追捕”这一事件本身，而是着意于去写被追捕者琼斯的心理情绪。这一戏剧构思在结构中反映了出来。全剧八场中，直到最末一场才出现追捕者的形象；而除了首尾两场之外，其他六场戏全是琼斯一个人的独白。在一场连一场的独白中，这个逃亡中的黑人统治者的复杂心理得到了充分的展现，突出表现出了作品“表现”的艺术特征。

表现主义电影1919年首次出现于德国，其风格特征主要运用在画面构图、音乐、音响等非词语传播手段方面，以深化对人物的心理分析，揭示生活本质，并加强反理性主义因素。著名电影导演维恩、皮克以及电影评论家豪森施坦为表现主义电影作出了卓越贡献。

表现主义文学作为一种运动存在的时间并不长，尤其是第一次世界大战粉碎了青年人的理想之后，这一运动就已趋向结束。但表现主义文学强烈的反叛精神与创新意识对当代文学艺术产生了直接而深远的影响。卡夫卡的小说是表现主义文学创作的最高成就。

二、表现主义文学的基本特征

表现主义文学运动的参与者、拥护者、实践者的构成是极为复杂的，他们在政治信仰、哲学观点上存在着很大的差异，其中有无政府主义者、虚无主义者，也有社会主义者。所以，表现主义文学运动从来就不是一个完全统一协调的运动，也很少有始终如一的“纯粹”的表现主义者。但他们也有一些共同的思想倾向和艺术特点，即不满社会现状，要求改革，要求创新。在创作上他们反对烦琐细碎的自然主义和注重形似的印象主义，不满足于对客观事物的外在摹写，要求进而表现事物的内在本质；要求通过对人的行为和人所处的环境的描绘来揭示人的灵魂；要求不再停留在对暂时现象和偶然现象的记叙而展示其永恒的品质。他们深受康德哲学、柏格森的直觉主义和弗洛伊德精神分析学说的影响，否定局限于客观的写实，强调表现“主观的现实”，亦即表现艺术家“自己”。

表现主义文学有如下几个基本特征。

1. 反对再现，注重表现。

在主观与客观的关系上，表现主义者认为，文学不是客观现实的反映与再现，而是主观的自我表现。他们把直觉看作是认识世界的唯一方法，强调表现人们的主观世界，尤其是直觉和下意识，主张用特殊的手法来反映现实世界。例如卡夫卡就追求“瞬间的直觉”，他认为外界现象的本质是由人的感觉所决定的，外在世界并无什么规律可言，因而研究它没有任何意义。表现主义作家提倡与“自然间隔”，以反对自然主义和印象主义的与“自然接近”。埃德施米特在被称作表现主义宣言的《创作中的表现主义》中宣称：“一定要纯粹确切地反映世界的形象，而这一形象只存在于我们自身。”这种理论尤其突出地反映在戏剧艺术上，剧作家们反对现实主义传统，把文艺创作的目的放在显示内在的心理现实上，强调人的内心感受，以沟通物与我、外界与心理；反对印象主义对自然事物的表象进行书写与再现，主张通过个人的意志创造一切艺术，反映所谓的普遍的社会生活原则。换言之，他们突出表现的是个人的感受、感觉、幻想和激情。

2. 突破表象，直接表现本质。

表现主义认为客观外在现象不可相信，人生无真实可言，真实的唯有“自我”,“本质”即自己的灵魂。作家只有从主观自我出发,才可以演绎出万事万物来。埃德施米特说:“现实性必须由我们创造出来。”①另一个德国表现主义代表作家库恩菲尔德也说:“一切现实都是错误的,心灵着迷才能显现真理。”②他们还强调“世界形象都在我们自身”,主观幻想乃是“事物的更深一层的形象,事物的纯粹真实”③,认为只要开掘自己的内心世界,特别是深挖那些隐秘的直觉和潜意识,就能产生出艺术作品来。开掘愈深,作品的成就愈大,就愈能成为“灵魂的戏剧”,甚至能展示人类的永恒品质和终极真理。埃德施米特在《创作中的表现主义》中还宣称:艺术家首先应该去经历一切,然后凭借主观精神进行内心体验,体验的结果产生一种激情,这种激情经久不衰,并无限扩张,包容一切。艺术家就是要以这种激情来表现事物的幻象。所谓幻象,就是事物的更深一层形象,亦即事物纯粹的真实。如果是表现房子,那就要舍弃房子的形似,使其本质显露出来。例如表现一个妓女,要使她在“没有香水,没有色彩,没有手提包,没有摇晃大腿的情况下出现”④。埃德施米特反对对世界进行复制,要求作家在“最切实的核心中去探寻世界”,从而重新创造它。

3. 表现抽象的本质和理念精神。

表现主义作家认为,他们所要表现的“本质”,并非客观事物的本质规律或内部联系,而只是作家的主观感受、意念、体验。它是一种直觉的东西,要接近它,不需要依赖一般的从感性到理性的认识程序。因此,逻辑和语法往往是不必要的。由于直接表现本质和传达主观感觉的需要,表现主义作品往往违反常规,极度的夸张、形象的变形、大段的内心独白即所谓的“原始语”,是他们惯用的艺术手段;在戏剧中,则常常出现乖张和疯子一般的动作、莫名其妙的对话,以及呓语和嗥叫等。

在人类社会群体与个体的关系上,表现主义不重视个体的特征,而注重表现全人类的普遍的本质。表现主义作品常常涉及重大题材,反映与人类命运攸关的事件,如战争、和平、劳动、自由、异化、孤独以及人的各种境遇等。写人,则总是一般的人,往往不描写人物的姓名、年龄、处境、出身等。卡夫卡作品的主人公最常见的名字是K,它实际上只是一个象征性的符号,具有极大的随意性和不确定性。哈森克列弗剧本《人类》的登场人物是:凶手、人头、醉汉、青年、少女、父、母、客人等,有名字的只有亚历山大一人。格奥尔格·凯泽的《瓦斯》(第一部)里的人物注明是:白衣绅士,第一黑衣绅士、第二黑衣绅士、第三黑衣绅士、小姐、士官、技师、政府代表、第一劳动者、第二劳动者等;时间和地点也无确指,只标

---

① 转引自陈慧:《论西方现代文学及其他》,南开大学出版社1987年版,第80页。

② 转引向陈慧:《论西方现代文学及其他》,南开大学出版社1987年版,第80页。

③ 转引自陈慧:《论西方现代文学及其他》,南开大学出版社1987年版,第80页。

④ 转引自伍蠡甫:《现代西方文论选》,上海译文出版社1985年版,第153页。

明：时间——现代，地点——世界。

4. 采用寓言故事与变形手法。

在艺术表现方式上，表现主义对具象不感兴趣，而侧重表现抽象的情感、体验、异化以及境遇等。其主题的表层结构模式较多为寓言故事：如一个人一觉醒来变成一只大甲虫（卡夫卡《变形记》）；一个人费尽心血百般努力，最终还是不能进入想进的城堡（卡夫卡《城堡》）；一个人莫名其妙被审判、被处死（卡夫卡《审判》）；一位真诚的艺术家为了延续自己的艺术生命，竟不得不采用毁灭自己的手段——绝食（卡夫卡《饥饿艺术家》）等——这些表面上看似荒诞不经的故事，实则是严肃深刻的现代寓言，其思想内涵始终是一个正直的作家在现代社会普遍的异化中所感受到的孤独和苦闷，是揭示社会和人生非理性的现代启示录。

由于表现主义作品表现的是人的内心的体验与感受，所以，表现主义作家“不去创造瞬间即逝的火箭，而要表现经久不衰的激情”[1]，在写人状物时，往往有意识地进行扭曲、夸张和变形：写人则或写成虫（卡夫卡《变形记》），或似野兽（奥尼尔《毛猿》），或变为鬼怪（斯特林堡《鬼魂奏鸣曲》）；写物则与常物不同，如卡夫卡的《审判》将楼道写得像迷宫，写城堡则把城堡写得摇摇欲坠；在写抽象的东西时则又将其具体化，如奥尼尔的《琼斯皇帝》中出现一群黑色大蠕虫似的怪物，用以象征主人公的无名恐惧。这些变形蕴含了极为深刻的哲学内涵。这些创作技巧被后来其他的现代主义流派，如荒诞派戏剧、“黑色幽默”等继承，成为现代派作家最惯用的艺术手法之一。

三、表现主义文学的基本评价

对于表现主义文学的评价，历来分歧较大，20 世纪 30 年代曾有过激烈论战。论战一方的主要代表为卢卡契，另一方为布莱希特和布罗赫。卢卡契把表现主义看作帝国主义时代的资产阶级的颓废流派，予以全盘否定；布莱希特则认为表现主义具有不可磨灭的思想成就和艺术成就。

我们认为，表现主义文学通过众多人物形象对境遇的感受、思考，揭露和表现了现当代西方社会种种异化现象和社会弊病，虽然未能揭示产生这些弊病的真正根源，找出克服这些矛盾的正确途径，而且也确有颓废倾向，却也能引起人的震惊，启发人的思考。以卡夫卡、奥尼尔、恰佩克为代表的优秀的表现主义作家，带着内心的痛苦和憎恶，静观这个道德低下、冷酷而卑劣的龌龊世界，这是一些关注人类命运前途、具有善良意愿的作家，尽管他们是在深刻揭露，消极反抗，但他们的思考仍具有深刻的警世作用。像卡夫卡的《变形记》《城堡》，奥尼尔的《琼斯皇帝》《毛猿》等，都当之无愧地进入了世界文学名著之列。

---

① 转引自伍蠡甫：《现代西方文论选》，上海译文出版社 1985 年版，第 153 页

在艺术上，表现主义作家的艺术探索，无疑拓宽了文学的表现领域、改变了以往传统的文学艺术观念，丰富了人类的艺术表现方法。特别是在20世纪特定的历史条件下，寻找到了一种贴切、恰当而又深刻地展现当代西方人精神危机和社会混乱的艺术形式，具有不可替代的作用。但是，也要看到，表现主义的艺术方法具有混乱、晦涩等毛病，也需引起我们的注意。

第二节　卡夫卡与《城堡》

一、生平与创作

弗兰兹·卡夫卡（1883—1924）是表现主义文学最具代表性的作家，被称为“欧美现代派文学之父”。他于1883年7月3日生于当时属奥匈帝国的布拉格的一个犹太人家庭。“卡夫卡”是希伯来语，其词语意思是“穴鸟”，这一含义竟与卡夫卡一生孤独凄凉不谋而合。父亲赫尔曼·卡夫卡是一个经营化妆品的批发商，他对儿子管教殊严，引起卡夫卡的敬畏与厌恨。母亲柔丽叶·卡夫卡出身名门，善于隐忍，在丈夫一手遮天的情况下过着默默无闻的生活。

卡夫卡6岁上小学，16岁入国立德意志高级中学，在中学期间，对自然主义的戏剧和易卜生、斯宾诺莎、尼采、达尔文等人的著作发生兴趣。1901年秋，通过高中毕业考试，进入布拉格大学，先学了两周化学，后从父命改学法律。在大学期间，他对文学兴趣大增，曾计划去慕尼黑大学从事德国文学研究，因父亲反对未成。他常与布拉格一些作家交往，一次他在德国学生俱乐部听了马克斯·布罗德关于叔本华的演说，卡夫卡不同意他的观点，与之争论。但学术和文学方面的共同兴趣，使他们两个人结成了生死之交。卡夫卡在布罗德的影响下开始创作，并在其鼓励下发表了短篇小说《一场战斗纪实》（1904）、《乡村婚礼筹备》（1905）。1905年至1906年，卡夫卡经毕业考试，获法学博士学位，在刑事审判庭、民事审判庭实习，后来作为“见习助理”就职于“通用保险公司”，1908年辞去该职，转入半官方的“工人工伤事故保险公司”任临时职员。不久转为终身职务。

从1908年起，在布罗德的帮助下，卡夫卡增加了与友人的交往、旅行和访问活动。除布罗德外，他常联系的人还有布拉格的一些无政府主义者。他的旅行活动，多是借出差和假期之便，或单身、或与友人同行，到过意大利的米兰、法国的巴黎、德国的兴登堡和莱比锡、瑞士的苏黎世以及丹麦的玛利恩利斯特等地。在旅途中，出于对德国古典文学的兴趣，卡夫卡曾在魏玛逗留，访问过歌德和席勒的故居。第一次世界大战开始时卡夫卡31岁，他虽经征兵检查合格，但以现任职务重要为由，免除兵役。

卡夫卡是现代艺术的一个自觉的探险者，坚韧不拔的实践者。他的深厚的哲学素养、复杂的情感经历、冷静的观察与思考，以及揭穿一切假面具的深刻洞察力，为他的创作奠定了坚实的基础。他的创作过程大致可以划分为三个阶段。

早期创作（1904—1912）　这是卡夫卡创作的初始阶段。卡夫卡的创作活动，如果从习作算起，可以追溯到 20 世纪初。他的首篇问世之作，是 1904 年开始写作并于 1909 年公开发表的短篇小说《一场战斗纪实》的两个片段。长篇小说《美国》为早期的代表作。

一般认为，《美国》属于现实主义作品，卡夫卡在日记中称之为“对狄更斯的摹仿”。从作品中天真善良的青年、乐于助人的性格、惊险奇特的经历、最后大团圆式的结尾，确实可以看出受到狄更斯创作风格的影响。但值得我们注意的是，这部小说还生动反映了资本主义制度下人的异化：少年卡尔被父母冷酷的手推向陌生、危险的世界。通过主题的开掘与展现，卡夫卡对人在世界上的孤独、陌生、无奈的处境，作了新的思考，表现出卡夫卡并不同于他 19 世纪的前辈，已经形成新的创作特色了。

《变形记》的问世标志着卡夫卡独创风格的形成。这篇小说完成于 1912 年 12 月 7 日，1915 年首次发表在月刊《白色书页》10 号上，小说以整体荒诞、细节真实精细的寓言式风格显示了“卡夫卡式”小说的艺术特征。小说以旅行推销员格里高尔一觉醒来发现自己变成大甲虫的荒诞经历，揭示了人的异化；而社会则表现为一种强大的扭曲人性的异己力量，在它的挤压下，谁也无法掌握自己的命运。

值得注意的是，在《变形记》中，卡夫卡运用“图像式”的表现手法取得了显著的艺术效果。由于是一只虫，所以人们对它的厌恶是自然的、有理由的；但这只虫又一直完好地保存着人的意识和感情：“信念、希望、幻想、挣扎与痛苦、悲哀、孤独……这里我们又感到死去的实际不是一只虫，而是一个人，一个被摧残而死的生活中的弱者。”这样，同一个形象（图像）便产生了双层含义，它所引起的感受和反应也是双重的：作为一个扰乱了人的生活安宁的动物，它引起恐惧和厌恶；作为一个不幸的弱者，则引起怜悯和同情。但是，这两种貌似对立的感受，在作者那里，却统一于对于人在资本主义制度下的境遇的深刻思考，图像以最露骨的形式直接揭示出资本主义制度下人与人之间关系的残酷本质，喻示着一个人“非人化”以后他所遭遇的就是一只虫子的命运。

卡夫卡在早期创作中还发表了不少散文及短篇小说，其中较著名的有《判决》，描写父子冲突及父权残暴；《乡间婚礼筹备》写新郎拉班荒诞的生活与情感经历等。

中期创作（1912—1917）　这是卡夫卡思想探索、艺术探索的新时期，此时他的主要作品有长篇小说《审判》（1914—1918），短篇小说《在流放地》（1914）、

《中国长城建造时》(1917)、《致科学院报告》(1917)、《乡村医生》(1917)等。

《审判》被认为是"卡夫卡式"小说正式形成的标志。小说的主要情节是:一个晴朗的早晨,银行高级职员襄理约瑟夫·K在自己的寓所里,莫名其妙地被逮捕了。执行这一任务的是法院的两个看守,K不明白为什么遭到逮捕,两个看守也无法回答。他们唯一告诉他的就是"你被捕了,这是事实"。奇怪的是,这只是宣布法院对约瑟夫·K的逮捕通知,他仍被允许外出、上班、生活、恋爱,只在审讯的日子才传他到庭。可是,并没有合乎法律程序的名副其实的审讯。所谓"初审",竟是以法官的这样一句话开头的:"你是油漆匠吗?"堂堂法官竟不知道被捕者的真实身份,不过,这并不妨碍法律这部机器的照常运转和最后将它的捕获物置于死地。这样,约瑟夫·K为证明自己无罪而多方奔走求助就显得徒劳无益。女朋友、叔叔向他伸出了援助之手,他也曾聘过律师,请求过其他有关的人帮忙。但这一切,除了使他越来越看清法院的肮脏内幕外,是没有任何效果的。按照法院的时间表,约瑟夫·K被判决的日子终于到来了,一天夜里,两个刽子手到他的寓所逮捕了他。他突然明白了"反抗是毫无用处的"。他被带到了采石场,一个刽子手解开大衣,从挂在背心皮带上的刀鞘里抽出一把屠夫用的双刃刀,在月光下试了试刀锋,接着,深深地插入约瑟夫·K的心脏并转了两下,K的目光逐渐模糊了。就这样,一个人莫名其妙地被逮捕,又"像一条狗似的"给杀掉了。

《审判》触及到了资本主义司法腐败制度这个尖锐问题,客观上揭露了资本主义社会法律的腐败、残忍和虚伪。卡夫卡运用自己法学博士精熟的法律知识,随着主人公约瑟夫·K由被捕到处决的过程,层层深入地暴露了资本主义司法制度的反人道本质。值得我们注意的是小说中那个被名之为"法门之前"的寓言,它在一定意义上可以看作是整部小说的缩写与图示。一个乡下人来到"法"的门前要求见法,法的大门敞开着,但是守门人说"现在你不能进去,以后可以进去"。于是乡下人就坐在那里等着,一年,两年,多少年过去了,准许他进入法门的许可证一直没有下来,他却已经老了。临终前,乡下人问守门人:"这么多年,为什么除我之外,没有任何一个人来求见法呢?"守门人回答说:"因为法的大门先决定是为你而开的,现在,我要把它关上了。"这个寓言的主题是找"法",但乡下人一生也没找到"法",这个"法"是什么呢?卡夫卡运用抽象的形式和表现主义笔法使一个形象产生了两重性——同一个"法"的两种解释。一方面,它代表现实的法(资本主义社会的法律);一方面,代表永恒的"真理"和"正义"。这两种意义上的"法",对那个乡下人来说都是可望而不可即的。这使我们想起卡夫卡的那段名言:"目的虽有,却无路可循,我们称作路的,不过是彷徨而已。"在深层意义上,这部小说也揭示出了现代西方人的生存环境及可悲境遇:孤独—等待—挣扎—无意义地消磨时间—无价值地死亡。

晚期创作(1917—1924)　从 1917 年起,卡夫卡开始咯血,先被怀疑、后被确诊为当时视作不治之症的肺结核。他身患绝症,精神极度苦闷,家庭生活、爱情生活均不如意,只有创作是他实现自我、沟通世界的唯一途径,他曾在给女友的信中说:“每个人都各显神通,从地狱里上来。我是通过写作来实现的。事实上我也只能通过写作,而不是通过睡眠和宁静,来保持在地狱之上的生活。”经过早期与中期创作的磨炼,卡夫卡形成了自己独特的艺术个性与创作风格,他的表现主义创作手法日益精熟老练,从而在描写的抽象化、深刻化方面达到了登峰造极的地步。1919 年《乡村医生》和《在流放地》出版。此后,他的主要作品还有长篇小说《城堡》,短篇小说《饥饿艺术家》(1922)、《地洞》(1923)、《女歌手约瑟芬或耗子民族》(1924 年,这是卡夫卡的最后一个作品)。

1920 年 7 月,卡夫卡由于病情有所好转,一度恢复在“工人工伤事故保险公司”的工作,后因病情加重去卡尔帕提阿山的塔特拉疗养院疗养。1921 年 8 月,病情进一步恶化,由塔特拉返回布拉格。1922 年 6 月下旬,从“工人工伤事故保险公司”退职,领取养老金。1924 年 4 月中旬,身体过分虚弱的卡夫卡,经维也纳大学医疗部哈耶克教授确诊为喉头结核,被送进“维也纳森林”疗养院。6 月 3 日与世长辞。遗体运至布拉格休特拉斯尼兹的犹太人公墓安葬。

卡夫卡的作品在他生前只有极少部分问世。相当多的作品,包括三部重要的长篇小说,都是在他死后由他的挚友马克斯 · 布罗德整理出版的。他的作品被译成多种文字,对众多知名作家、文学流派产生了很大的影响,被人们尊称为“西方现代文学之父”,“本世纪最优秀的作家之一”,“传奇英雄和圣徒式的人物”,人们认为“他与我们时代的关系最近似但丁、莎士比亚、歌德与他们时代的关系”。

二、《城堡》分析

《城堡》写于 1920 至 1922 年间,是卡夫卡创作中最重要的作品之一。它不仅表现出“卡夫卡式”小说的主要特点,同时也是卡夫卡一生思想探索与艺术探索的总结。“城堡”这个象征物就是他一生所感到的那种与人敌对、压抑着人的精神和肉体的社会超验的力量的象征。这种存在既有“至高无上”的强迫性,又有“不可捉摸”的隐匿性。它实际上是折磨人、摧残人的社会机器,它从各个方面以各种方式挤压人、虐待人。它随时随地无端地强迫人出示自己的生存许可证,为自己与生俱来的自由权利作外在说明。《城堡》所反映的绝望凄凉的人生境遇,既是卡夫卡个人的,也是犹太民族甚至整个人类的。因此,它具有惊人的普遍性和强大的艺术力量。卡夫卡是以他的全部痛苦、孤独、绝望和磨难来创作这部经典作品的。

内容介绍　《城堡》与卡夫卡的其他作品一样,人物、故事、主题都深奥难懂，作为一部表现主义作品，卡夫卡无意在此叙述一个娓娓动听的大团圆式的故事，而是想透过作品的表层结构表达深刻的主题意蕴。

《城堡》情节线索可分为一条主线及若干条副线，主线内容就是讲述主人公K竭尽全力想进入城堡而失败的故事。一个名叫K的人，在冰天雪地里来到城堡属下的村子。他自称是土地测量员，应聘而来，要面见城堡的最高统治者CC伯爵，以便得到许可在他的辖区内落户，劳动度日。他准备在旅店里暂住一宿，第二天再进城堡。但是，当晚他就因身份不明而受到有关人员的盘查：从城堡来的电话先不承认他的土地测量员身份，然而后一个电话又不否认他是这一职务的承担者。这预示着，对他来说，进入城堡将不会是一帆风顺的。第二天及以后发生的事证明，K一心想进入城堡却处处碰壁。城堡并不遥远，它就在前面的山冈上，晴天时一眼可见，似乎条条道路都可以通达。然而，对于K来说，它们则是一条又一条死胡同。疲惫、失望、孤独、烦躁伴着这个异乡的陌生人。他从信使手中接到了城堡官员克拉姆的两封信，希望见到克拉姆，哪知道这个克拉姆也像城堡一样可望而不可即，能用的办法（包括勾引克拉姆的情妇弗丽达）他都用过了，仍一无所获。他只得按克拉姆信中的指示去见村长，在那里，他了解到甚至连招聘的事都是永远无法查实的事。但是K仍未死心，他一方面接受村长为他安排的学校看门人的低贱职务，和弗丽达及城堡派来的两位形迹可疑的“助手”一起过着凄苦而屈辱的生活；另一方面，继续设法疏通进入城堡之路。他想方设法结识信使巴纳巴斯及其一家，但这一家陷入的困境表明，他们自己尚且求助无路，哪里还有力量帮助别人！结果，反倒无意将K推向绝境：K因与奥尔加关系亲密引起弗丽达的嫉恨；她在客店老板娘的挑拨离间下，离开了K而委身于他的一个“助手”。

《城堡》同卡夫卡的其他两部长篇小说一样，也是未完成的作品。编者马克斯·布罗德在《城堡》第一版的附注中说：“卡夫卡从未写出结尾的章节，但有一次我问他这部小说如何结尾时，他曾告诉我，那个名义上的土地测量员将得到部分的满足。他将不懈地进行斗争，斗争至精疲力竭而死。村民们将围集在死者的床边，这时城堡当局传谕：虽然K提出在村中居住的要求缺乏合法的根据，但是考虑到其他某些情况，准许他在村中居住和工作。”

除了主人公K的人生悲剧故事外，小说还写了其他副线，这些副线以K为中心点，构成放射状的网络结构：有弗丽达与客店老板娘的故事，信使巴纳巴斯的故事，村长夫妇的故事，鞋匠女儿阿玛丽娅的故事，小侍女佩彼的故事。其中K欲进城堡而不得无疑是《城堡》的情节主干。

思想意义　西方学术界关于《城堡》的主题内涵大致有三种理解：第一，犹太人长期漂泊，试图寻找精神家园；第二，人类寻找上帝；第三，人类追寻真理和人生目的。这三种理解均存在着一定的合理性，但它更是当代西方知识分子对人与荒诞境遇关系认识的真实反映。

《城堡》所表现的是人在世界上的荒诞感、孤独感、绝望感这一存在主义哲学命题。卡夫卡用表现主义创作方法来处理这一主题。K是谁？他是不是真正的土地测量员？这些都不重要，为了表现主人公孤独的本质，卡夫卡将K同现实社会的一切联系预先消解，将他变成城堡及其附属村落——这个森严闭锁的王国绝不容留的眼中钉、肉中刺。K实际上是一个绝对孤独的符号。城堡也是一个符号，它与人世间的联系，也被作家预先消解了，变成了一种绝对的存在和神秘莫测的超现实力量。它代表什么？某种权力，世界秩序，或者法律？可以作出一大堆解释，但是，哪一种解释也不是最确切的。实际上它也是不可解释的。你想到那里去吗？不仅它的门朝哪儿开你不知道，走哪条路可以到达你不知道，甚至它是否真的存在你也无法断定。它变化莫测，弄得你都不敢相信自己的眼睛，不敢相信自己的耳朵。K就曾感到，"那是一片空洞虚无的幻景"。但是，它统治着它属下的那片土地和土地上的人民，却是千真万确的。城堡有自己的特权和利益原则，要让它高抬贵手，恳求、纠缠、愤怒、抗争都是无济于事的。所以，K同城堡之间那场戏谑性的真真假假、假假真真的"斗争"，一开始就注定是要失败的。因为"城堡"一方是绝对强大的、无所不在的，K一方却是孤独无援、形单影只的。这场"斗争"不过是早已注定的失败的验证罢了。

K并不是战斗的英雄，而是一位"非英雄"。他的目的不过是想证明自己存在的合理性，成为城堡的恭顺良民。为此他想尽一切办法，甚至听从村长的安排，忍受到学校当仆役的屈辱，还恭顺地在官员的雪橇边守候半天，冻得直打哆嗦，但都失败了。那么，K竭力想去做的当地居民又怎么样呢？小说写道："一张张都是饱经苦难的脸——他们的脑袋看上去好像头顶被打扁了似的，他们的体态也好像是挨了打而疼得扭成现在这副样子。"但他们一面在恐惧中提心吊胆地过着战战兢兢的日子，一面又为自己有资格成为城堡的顺民而庆幸。如客店老板娘就是一个典型例子，她知道弗丽达竟然爱上了K，气得大病一场，质问K是施了什么魔法迷住了年轻的姑娘，并表示无法理解为什么弗丽达要放弃城堡官员情妇的光荣称号，而与一个异乡人相爱；并且不顾人之常情，将K与弗丽达赶出了客店。这表明城堡居民们的恐惧感已经深化为集体无意识，成为人皆有之的心理疾患。这种集体无意识加深了人与人之间的疏离、隔膜，又加剧了人内心的惶恐、困惑，更加强了邪恶势力的张狂与蛮横。

小说副线中有一个独立的故事——鞋匠一家的悲剧，给了我们理解作品主题的另一把钥匙。鞋匠原先生意兴隆，远近闻名。两个女儿如花似玉，活泼美丽。大女儿阿玛丽娅穿着漂亮服装去出席一次集会，被城堡官员索尔蒂尼看中，但他托信使捎来的"情书"却充满了威逼与命令的语言和无耻下流的腔调，阿玛丽娅一气之下撕毁了信件。尽管索尔蒂尼未作任何表示，但鞋匠一家的厄运从此开始了,他被取消了消防队员的荣誉称号并被赶出消防队,所有顾客不再来做鞋子,他们一家被村民邻里孤立,成为贱民,与全体居民隔绝。为了恢复正常的生活状态,他们四处哀告、乞求,甚至不惜倾家荡产去求得城堡官员的宽恕和谅解。是谁造成了这个平民家庭的悲剧呢?卡夫卡消解了社会原因,却保留了这个原因的精神后果或心理后果,那就是极权社会的阴影导致了小人物非理性的恐惧,这是对于某种至高无上而又不可名状的残暴统治的恐惧,是弱者对强者的极度恐惧。鞋匠一家的悲剧命运也体现了狼群的生活逻辑:一只狼负了伤,流了血,转眼间就会被狼群撕得粉碎,吃个干净。

卡夫卡是一位严肃的作家,他揭露了社会的黑暗与腐败,用寓意、象征、变形、自白、反讽等手法来表现"自我",表现现代西方人道主义者对社会现实的深刻感受。他的全部作品描写的都是生活在下层的小人物,他们在这充满矛盾、扭曲变形的世界里惶恐、不安、孤独、迷惘,遭受压迫而不敢反抗,也无力反抗,向往明天又看不到出路的精神现实;具体刻画了"人"如何变成"非人"以及人与人之间的冷酷关系,始终贯穿着一个反复出现的主题,即普通人与现代资本主义环境间的深刻矛盾和专制极权统治对人在精神上构成的威胁,这就是我们理解的《城堡》的主题思想。

艺术特色　卡夫卡是现代小说艺术的辛勤探索者和实践者,他善于通过奇特的构思勾勒出夸张而又真实的画面,他把现实与非现实、合理与悖理、常人与非人并列在一起,从而赋予作品相当丰富复杂的内涵,使作品主题具有多重性、矛盾性,契合了现代读者复杂的阅读要求,使他们对世界、人生获得全新的认识和理解。这种有别于传统的现实主义的写作方法,为以后的现代派作家所学习、仿效并发展,从这一点上来说,卡夫卡又是现代派文学的鼻祖,也是现代小说艺术的奠基者。下面,我们以他的《城堡》为例,分析一下卡夫卡小说的艺术成就。

1. 独特的叙述角度与叙述手法。

小说是叙事艺术,传统的现实主义文学往往采用全知全能的叙述方式。而卡夫卡叙述手法的特点,是将叙述者与主人公合二为一。城堡中的 K 既是主人公又是叙述者,读者在阅读过程中只能通过主人公的感官(所见、所听、所思、所想)才能获得信息,不再有"全知全能"的叙述者出场来向读者解释情节发展的前因后果。卡夫卡和法国的普鲁斯特(他打破了叙述的时间顺序)以及爱尔兰的乔伊斯(他采用了独白形式的意识流手法)一起改革了传统的叙述艺术。

2. 象征寓意的意象构筑。

卡夫卡的每一篇作品都是一个现代寓言。他喜欢用寓言方式来剖析现代社会无处不在的异化,人生的孤独绝望、荒诞、非理性。这里的象征寓意还可具体分为整体象征、情节象征和细节象征等。如《城堡》小说整体象征就是社会强权统治使弱者无立锥之地,甚至失去生存的合法性。作品中 K 想方设法,竭尽全力争取居留权最后失败的故事情节，象征的是资本主义社会中小人物走投无路的绝望境地，表现了在资本主义制度下人被异化的骇人场面，暴露了官僚机构极权统治的腐败本质。所谓细节象征就是指某些细节本身就有象征意义。如《城堡》中 K 半夜被摇醒，要求出示居留许可证，其实也就象征着无所归依的现代人被提醒说明自己的人生由来，解释自己的生存依据。再如 K 与弗丽达的突兀结合与离异，象征了现代人感情生活中的有情无爱与有爱无情的荒诞。

3. 精确、细致、严密的语言风格。

《城堡》作为卡夫卡后期创作的代表作品，表现出炉火纯青的语言艺术造诣。整个小说像日常生活用语，简单而生动；又像法律用语，严密而精确，娓娓道来，无一赘疣。尽管小说的主要情节是荒诞的，但卡夫卡对事件过程的描述完全是现实主义的，冷静而细致，解释事物的因果关系逻辑严谨，推理缜密，无懈可击——使读者难以摆脱作者的叙述逻辑。由此带来了风格上的“佯谬”（paradox）特质，即常规的理性、客观的逻辑在小说世界中被卡夫卡式的思维方式、逻辑轨道取而代之。他为读者呈现的是隐藏在现实后面的、经过生活发酵的、变形成一种陌生形态的世界的面貌。除了陌生感，在卡夫卡的小说世界里读者还会不断发现自相矛盾、似是而非的情节，仿佛陷入一个文字的迷宫里。这种现象被称为佯谬，或者悖谬。“佯谬是在自相矛盾中构成的”，“卡夫卡的佯谬就是让你的思维在逻辑的与非逻辑的轨道上来回滑动，但又始终不让它到达两个极的顶端”。

第五章

意识流文学与《芬尼根的守灵夜》

【学习重点提示】

1. 从意识流文学的发展历程和创作成就两个方面深刻把握“意识流小说”的基本特征。

2. 把握《芬尼根的守灵夜》的写作手法与其所表现的作家循环史观之间的关系。

第一节　意识流文学概述

一、意识流文学的发展状况

19 世纪末至 20 世纪二三十年代，在英、法、美等国的文坛上，一批作家不约而同地将创作视角由面向客观世界转向人内心的主观世界，并采用悖逆于传统现实主义创作方法的艺术表现形式，来展现常人视线不及的精神领域。读者在这类创作中不再借助文字的形象性功能进入到清晰、有序的故事“大观园”，而是在一种不受理性约束、自由流动的意识的引导下，通过依附于语言的表达来经历人类精神世界的时空交迭与气象万千。人们称这类创作为“意识流文学”。

“意识流”(stream of consciousness)一词本为心理学术语。1884 年，美国实证主义哲学创始人、心理学家威廉·詹姆士(1842—1910)发表《论内省心理学所忽视的几个问题》一文，论述了意识活动流动不止的特点，并首次使用了“意识流”一词。文中写道：“意识对于自己并不呈现分裂成为碎块的状态。我们只管用什么串字、链字来形容，其实都不能和它第一步呈现出来的状态相切合。意识并非由一节一节构成，乃一整片在那里流泻。最好莫如用川或流等字来比喻，要算和自然最相近。从此以后，让我们唤它作思想流、意识流或主观生命流。”①

① 詹姆士:《心理学简编》，伍况甫译，见王云五:《万有文库》，商务印书馆 1930 年版，第 95 页。

詹姆士提出的“意识流”概念，强调了思维的不间断性，即没有“空白”，始终在“流动”；也强调其超时间性和超空间性，即不受时间和空间的束缚，因为意识是一种不受客观现实制约的纯主观的东西，它能使感觉中的现在与过去不可分割。这一概念及其内含的思想直接影响了一批文学家，被他们借用、借鉴，从而进入文学领域，作用于作家的创作，导致“意识流”文学的产生。

实际上，詹姆士的心理学理论并非意识流文学产生的唯一诱因。与其他现代主义文学流派产生的社会原因类似，它也是在20世纪西方资本主义高度发展的情况下，在新的经济结构体系中，人对自我进行重新定位后被开掘出的一片文学新领地。

这种社会背景下流行开来的西方非理性主义哲学和现代心理学又为意识流文学的创作提供了理论依据。法国哲学家柏格森（1859—1941）认为，世界的本质是“生命冲动”，或称“意识绵延”，只有它才是宇宙的主宰和动力。这种存在于时间之中不断变化运动着的“流”即“绵延”，既非物质，也非理念或意志，而是各种状态、各种因素不断渗透、不断交替展现的过程，是一种不间断的、不可分割的活动。这种活动是心理的而非物质的，是时间的而非空间的。因此，人对世界本质的认识不能凭借理性，只能依靠直觉，这样才能认识世界和解决社会的一切问题。由此，作家必须深入到人的内心世界甚至潜意识领域中去，把握理性不能提供的东西，潜意识应该成为文学的表现对象。另一位深刻影响现代主义文学、尤其是意识流文学的理论家是奥地利心理学家弗洛伊德（1856—1939），他对潜意识和无意识的充分肯定无疑为意识流文学创作思想张目。他的精神分析学说中关于潜意识和无意识的理论，意在反驳“人是理性动物”的传统观念。他认为，潜意识乃至无意识是人的生命力和意识活动的基础，人的行为动机出自人的本能冲动；人的本能冲动经常受到社会规范及理性良知的束缚，使人充满矛盾。作家的创作活动就是冲破理性、发挥本能冲动的过程，借此释放受到遏制的本能（力比多）。

19世纪末，法国作家埃杜阿·杜雅尔丹（1861—1949）发表了小说《被砍倒的月桂树》，该作因始终运用“内心独白”的艺术手法，被后人视为意识流文学的先声。进入20世纪后，意识流文学家们将意识流创作方法加以完备并使之走向成熟。至20年代前后，意识流文学进入兴盛时期。

法国小说家马赛尔·普鲁斯特（1871—1922）是意识流文学的奠基者。其长篇小说《追忆似水年华》是意识流小说的经典之作，在法国文学史上占有重要地位，对后世欧美文学也产生了巨大影响。普鲁斯特出生于法国巴黎一个富裕的资产阶级家庭，但由于从小体质羸弱不堪，病弱的体质、纤细敏感的气质使普鲁斯特对周围的一切都具有细致入微的感受，这无疑是他在小说中捕捉意识流动并从中挖掘出记忆宝藏的个性根由。从1909年开始，普鲁斯特开始创作七部长篇巨著《追忆似水年华》的第一部《在斯万家那边》。不幸的是，第一次世界大战的爆发中断了小说的问世，直到 1918 年，小说第二部《在少女们身旁》才得以出版。其后，第三部《盖尔芒特家那边》(1920—1921)和第四部《索多姆和戈摩尔》(1921—1922)先后与读者见面。从 1921 年开始，普鲁斯特病情急剧恶化。为争取时间在病魔夺走生命之前完成创作计划，他断绝了一切外界交往，拼命工作。他对女仆说："死神在追逐我。我没有时间完成了……别让人走进我的家！"1922 年，普鲁斯特与世长辞。同年，《追忆似水年华》第五部《女囚》出版。后两部《女逃亡者》(1925)和《重现的时光》(1927)是在其身后问世的。遗憾的是，作家没有看到他的巨著完整地与读者见面的那一天。普鲁斯特的作品还有《仿作与杂记》(1919)以及他去世后才出版的《专栏文章》(1927)、《驳圣伯夫》(1954)等。它们均表现出作者不同于传统文学家的见解和认识。

《追忆似水年华》是一部不同于传统鸿篇巨制的作品。它没有显而易见的中心主题，也没有由这个主题辐射出的一个或几个副主题；它的情节平淡，不复杂，也不曲折；客观环境在作品中也失去了借以展示人物思想、行为、提供情节的功能。作品着重表现的是作者的心理思绪状态，笔触所及乃是人物内心世界最深层、最隐蔽的所在。因此，读者无法像对待传统小说那样从作品中抽取出比较明晰的情节链条。不过，透过人物繁复的心理思绪的描写，读者还能大致理清小说发生的背景和年代。它反映的是 19 世纪末到第一次世界大战结束时期的法国上层社会生活，但其中却没有重大历史事件的任何描写和表现。作者让读者认识的是这个时期上流社会各种人在思想上的苦闷、彷徨、空虚以及其他种种病态的心理。《追忆似水年华》是以文学的形式对"内心时间"的再现，是以"寻找失去的时间"作为全部作品的主题而写成的一部皇皇巨著。首先，它是一部关于"心理时间"的小说。小说中作者关于"时间"的内涵与传统文学同类作品截然不同，它不是存在于客观世界中，而是存在于人们的记忆深处，当现实生活中的某个事物触发人们记忆的闸门，潜存于下意识中的往事便蜂拥而至，时间便在恢复的记忆中得以重现。其次，《追忆似水年华》还表现了现代西方社会的知识分子对社会、人生、历史和现实的深沉感悟与矛盾心情，是当代一部分人心理状态的真实写照。《追忆似水年华》被视为意识流文学的奠基作。最后，七卷本长篇小说《追忆似水年华》实践了作者"主观真实论"的艺术观，是"单纯型"意识流文学的范本。这部作品为意识流文学的发展打下了坚实的基础。它的创作方法和艺术技巧体现出意识流文学的基本风格，直接影响并作用于其后出现的意识流文学家的创作。诚如法国当代著名作家兼评论家安德烈·莫洛亚所说："对于 1900 年到 1950 年这一历史时期而言，没有比《追忆似水年华》更值得纪念的长篇小说杰作了。"

英国著名小说家、批评家维吉尼亚·伍尔芙(1882—1941)也是意识流文学的奠基者。她在对一些意识流小说家的创作进行总结、借鉴的基础上，丰富、发展了意识流文学的表现手法，并对之进行了理论的阐发。1919 年，伍尔芙发表了第一篇意识流小说《墙上的斑点》。作品通过一个妇女看到墙上一个模糊不清的斑点而引起无限联想的意识流动过程，来揭示人内在世界的丰富和易于变化。《达罗卫夫人》(1925)、《到灯塔去》(1927)是伍尔芙意识流小说的代表作。前者围绕着属于上流社会的达罗卫夫人和因经历战争而精神失常的小职员、退伍兵史密斯一天的生活这两条互不关联的平行线索展开人物的意识流程。虽然社会地位、生活环境及状况不同，但他们在精神上所面临的困惑和危机却有诸多相似之处，显示了作者对世界秩序及人生终极价值的怀疑和追问。《到灯塔去》被广大读者和批评家视为伍尔芙最优秀的作品。该作大量运用象征主义手法，表达的是作者对超越了功名恩怨的彼岸世界的向往，呈现给读者的是人物的深层意识。伍尔芙的小说不注重表现事件、人物之间的关系，而把创作重心放在对人物内心世界和个人感受的描写上，尤其是在采用第三人称的间接内心独白表现人物意识方面成就突出。

爱尔兰作家詹姆斯·乔伊斯(1882—1941)是意识流文学代表作家之一。

美国作家威廉·福克纳(1897—1962)是意识流文学的又一杰出代表。福克纳出身于美国南方密西西比州北部的一个贵族庄园主世家。1926 年在舍伍德·安德森的指导和帮助下发表第一部小说《士兵的报酬》。1929 年，福克纳向意识流小说过渡的作品《萨托利斯》问世，开启了作家终生为之奋斗的“约克纳帕塔法世系”小说的先河。福克纳选取“约克纳帕塔法”这个虚构小镇上不同的家族作为描写对象，用他们的故事构成一部部小说，表现了美国南方社会近一个半世纪间的兴衰变迁和各阶层人物的荣辱浮沉。“约克纳帕塔法世系”小说包括 15 部长篇和大量中、短篇，其中重要作品如《我弥留之际》(1930)采用意识流手法和多角度叙述方法，创造了“关于人类忍受能力的一个原始的寓言”(迈克尔·米尔盖特语)；《八月之光》(1932)在三条平行发展的线索中重点描述了一个在社会上找不到自己位置的孤独者裘·克里斯默斯挣扎与毁灭的故事；《押沙龙，押沙龙!》(1936)从不同人的视角展开了对庄园主托马斯·萨本德事业兴衰历程的叙述与评判。该作具有史诗结构和浓郁的悲剧气氛。

福克纳最具代表性的作品是长篇小说《喧哗与骚动》(1929)。小说的故事背景是杰弗逊镇。它描写和表现了一个曾经显赫、如今已走向没落的家族——康普生家族后代的生活及精神世界。全书分为四个部分，分别截取康普生一家生活中的四个日子作为标题，各部分又分别从白痴班吉、他的哥哥昆丁和杰生的意识流动以及作家本人的叙述角度讲述同一个故事，故事的中心点为康普生的女儿凯蒂的命运。南方世家大族的后代康普生和夫人精神颓丧，生活空虚，对孩子没有温暖，也没有爱。女儿凯蒂热情奔放，与家庭难融。长大后不慎失身于一纨绔子弟，后因此导致婚姻悲剧，遭到遗弃，沦为妓女。凯蒂的弟弟班吉是个白痴，33 岁的年龄，却只有 3 岁孩子的智力水平，他对姐姐充满依恋之情；凯蒂的哥哥昆丁对妹妹怀有乱伦的感情。凯蒂的失贞与出走，对他们造成极大的精神打击；班吉失去精神的唯一依靠，昆丁从小建立起的南方传统的价值观遭到毁灭性打击，最终选择自杀之路。兄妹中唯有杰生与时代节奏合拍，自私自利，卑鄙无耻，对姐姐凯蒂嫉恨有加，寻找机会敲诈落难的姐姐和她的私生女。在这个环境中，只有黑女仆迪尔西头脑清醒，能理性地判断是非。作家站在她的立场上审视各个人物，同时通过她也反映出劳动者忍辱负重、善良的品行。

福克纳采用"复合式"意识流的表现手法，通过不同性格、不同遭际、不同品质的人物在不同的时间段内的意识流动来叙述同一个故事的始末，造成了一种意识复合流动的效果。其中虽有部分重复，却毫无雷同之感，原因在于作者描写的重心不在凯蒂母女堕落的故事本身，而是该事件在不同人的内心产生的影响及其导致的心灵变化。故事化为三个人物意识流程的有机组成部分，把读者引入各种人物的内心世界。小说未按时序展开叙述，需要读者在阅读中参与创作，把事件的全过程拼装完整，这说明表面颠倒混乱的时序下发生的故事有着内在的秩序。作品的叙述角度是由内向外的，叙述者思绪的不断变化成为作品内容延展的主线。文中跳跃变换的思绪不用清晰的文字作交代，而是采用诸如变换字体、口气、称谓等手段，需要读者细心甄别。

乔伊斯·卡洛尔·欧茨(1938—　)，美国当代享有盛誉的女作家，意识流小说在美国的又一代表人物。欧茨出生于美国纽约州北部布法罗市郊克波特的工人家庭。中学毕业后，她得到一笔奖金，进入锡拉丘兹大学学习文学，后又进入威斯康星大学，获得硕士学位。大学毕业后，她先后在加拿大、美国等大学任教。

欧茨的文学创作大致可以分为两个阶段。20 世纪 60 年代创作出版的长篇小说《童年》、《战栗的陨落》(1964)、《人间乐园》(1967)等作品，基本上是以现实主义方法为主的。从 70 年代开始，欧茨逐步把较多的注意力放在注重心理描写、注重对潜意识的挖掘上。有人说她后来是"心理现实主义"作家，但大都把她归入意识流小说的范畴。70 年代以来，她创作的作品主要有长篇小说《任你摆布》(1973)、《刺客》(1975)、《查尔德伍德》(1976)；短篇小说集《爱的轮回》(1970)、《婚姻与失节》(1972)、《女神及其他女人》(1974)、《饿鬼集》(1974)、《诱奸及其他故事》(1975)、《有毒的吻及其他》(1975)、《通过国境线》(1976)、《黑暗的一面》(1977)等。《任你摆布》具有明显的现代派色彩。此后，她进一步接受乔伊斯、福克纳和弗洛伊德的影响，希望探索一条新的小说创作道路。在《女神及其他女人》中，有一篇短篇小说，题为《关于鲍比·T 案件》，可谓她在这方面的代表作。小说描写一个 19 岁的黑人青年无故受到挑衅后进行自卫，结果被捕入狱的故事。小伙子在牢房里关了19年。等他出狱时，已变成了一个胆小怕事的小老头。作者认为造成这一悲剧的原因是美国社会的“集体无意识”，即认为个人的一部分潜意识是由种族、家庭、时代、历史等因素决定的。根深蒂固的种族歧视思想深深埋在人们的潜意识中，支配着人们的行动，直接造成黑人青年悲剧的小姑娘弗兰西丝等人并不是有意去挑衅，而是因为他们受到渗透在无意识里的种族歧视观念的支配，因而不自觉地给黑人青年带来了一生的不幸。小说明显模仿乔伊斯、福克纳等人的意识流手法，在时空观念上也接受了柏格森学说的影响，但又没有照抄照搬，而且有所创新。

二、意识流文学的基本特征

意识流文学的创作高峰期基本上集中于20世纪二三十年代。关于它是一种文学流派还是一种创作方法的问题，长期以来颇多争议。实际上，它难以算作一种严格意义上的文学流派，一方面，因为被公认的意识流作家之间在创作上没有沟通，没有发表宣言阐述共同的宗旨，也未形成具体的组织；另一方面，意识流文学发展的时间较长，早在19世纪末，这种方法就在文学创作中得到运用，而整个20世纪，世界各国不同时期仍有意识流文学作品出现。这种情况是“文学流派”的概念难以涵盖的。

尽管意识流作家在创作思想和艺术风格上表现出很大的差异，如普鲁斯特借助“本能的回忆”，向往着一种神奇的力量从潜意识中唤起从前种种生活情状，留住既往的时光；乔伊斯则热衷于表现人的罪恶和兽性，描绘意识活动中充满黑暗和盲目的混乱画面；福克纳的意识流作品与美国南方社会的现存状况息息相关；而伍尔芙的意识流小说则具有浓郁的抒情性和唯美主义倾向。但意识流作家们在创作中仍表现出一系列根本性的共同特征。

首先，在表现对象方面，意识流文学脱离传统现实主义文学反映现实生活、描写真切可信的典型人物形象的规范，完全面向自我，重在表现人的下意识、潜意识乃至无意识的内心世界。在意识流作家看来，现实主义和自然主义仅仅反映了外在的现实和表面的真实，而这个外部世界并不真实，真正的真实只存在于人的内心主观世界。因此，作家应把创作重心放在对人的精神世界的描绘上，写出人内在的真实。从这一文学观念出发，意识流作家把创作视点由“外”转向“内”，小说中的人物心理和意识活动不再是一种描写方法，不再附着于小说情节之上成为达到某种艺术效果的手段，而是作为具有独立意义的表现对象出现在作品中。意识活动几乎成为作品的全部内容，而情节则极度淡化，退隐在小说语言的帷幕后面。福克纳的《喧哗与骚动》中的四个部分——班吉的部分、昆丁的部分、杰生的部分及迪尔西的部分均由不同人物的纷繁复杂、理性与非理性相混的意识流动构成小说的基本内容。

因为意识流文学重在表现人的意识领域，所以作家的叙事角度与传统文学相比也发生了改变，意识流小说的叙述焦点已由外部描写彻底转向内心活动的呈现，即人物的意识流动过程的直接呈现。按照法国叙述学家热奈特《叙事话语》中沿袭韦勒克和沃伦创用的“叙述聚焦”一词划分出的“零聚焦”“内聚焦”与“外聚焦”等几大类来看，意识流文学多选择“内聚焦”的叙述角度。内聚焦的意思是叙述者与人物知道的一样多。小说所展示的仅仅是某个人物或某些人物的所思所想、所见所闻，全然不同于传统现实主义小说中叙述者全知全能、无所不在的“零聚焦”方式。采用“内聚焦”叙述角度的叙述者必须跟着人物走，小说世界的广阔与否全凭人物视角来定。人物视点消失，所叙事物的有序性也应中断。例如，福克纳在《喧哗与骚动》第二章“昆丁的部分”中，就以昆丁叙述突然中断来表明他的自杀身亡。

其次，意识流文学不按照客观现实时空顺序或事件发展过程结构作品，而根据意识活动的逻辑、按照意识的流程安排小说的段落篇幅的先后次序，从而使小说的内容与形式相交融。人物意识渗透于作品的各个画面中，起到了内在关联作品结构的作用。

人的意识是复杂的，理性与非理性意识共存。其中有明确、完整的意识，也有朦胧、片断的意识；有言语层的意识，还有尚未形成语言的、即前语言阶层的意识；等等。这些意识混杂在一起，交替出现，故而很难从中找出逻辑性轨迹。而时间颠倒、空间重叠也就成为意识世界常有的情形。意识流文学企图如实展现人的意识流动，这就使作品的内容无法按照正常的时空顺序一一展开，而是根据有别于“空间时间”的“心理时间”（柏格森语）表现意识的流程。福克纳说：“我可以像上帝一样，把这些人调来调去，不受空间的限制，也不受时间的限制。我抛开时间的限制，随意调度书中的人物，结果非常成功，至少在我看来效果极好。”①

这种“随意调度”的本领得自于意识本身不受时空限制的特性。《喧哗与骚动》中班吉和昆丁的意识不断跳跃，不存在现在、过去和未来的界限，书中内容在时间上颠倒混乱，作者对此不作解释，也不交代，只以变换字体或改换称谓来提醒读者。如小说第一章“1928 年 4 月 7 日”即“班吉的部分”的一段：

我们顺着栅栏，走到花园的栅栏旁，我们的影子落在栅栏上，在栅栏上我的影子比勒斯特的高。我们来到缺口那儿，从那里钻了过去。

“等一等，”勒斯特说，“你又挂在钉子上了。你就不能好好地钻过去不让衣服挂在钉子上吗。”

---

① 李文俊：《福克纳评论集》，中国社会科学出版社 1980 年版，第 274 页。

凯蒂把我的衣服从钉子上解下来，我们钻了过去。凯蒂说，毛莱舅舅关照了，不要让任何人看见我们，咱们还是猫着腰吧。猫腰呀，班吉。像这样，懂吗。我们猫下了腰，穿过花园，花儿刮着我们，沙沙直响。地绷绷硬。我们又从栅栏上翻过去，几口猪在那儿嗅着闻着，发出了哼哼声。凯蒂说，我猜它们准是在伤心，因为它们的一个伙伴今儿个给宰了。地绷绷硬，是给翻掘过的，有一大块一大块疙瘩。

把手插在兜里，凯蒂说。不然会冻坏了。快过圣诞节了。你不想让你的手冻坏吧，是吗？

"外面太冷了，"威尔许说，"你不要出去了吧。"

威尔许是康普生家的黑小厮，迪尔西的大儿子。前后有三个黑小厮服侍过班吉。1905 年前是威尔许，1905 年以后是迪尔西的小儿子 T. P. 威尔许，"当前"即 1928 年则是迪尔西的外孙勒斯特。福克纳在小说中用不同的黑小厮来表明不同的时序。由于作家打破了传统小说的条理和顺序，重新组建时空秩序，如实地呈现了小说人物在感官、刺激、记忆和联想等作用下出现的那种紊乱的、多层次的立体感受和意识的动态，所以读者能始终体验作品人物所经历的哪个时刻——心理时间。

乔伊斯的《尤利西斯》最后一章描写女主人公莫莉睡意蒙眬的状态，其意识自由飘浮，模糊不清，最后完全消失。整段长达 40 页，不使用标点符号，不断句，显示出意识流动的不间断性。下面举出其中一段，略窥其特色之一斑：

那是我们在豪思山头上躺在杜鹃花丛中的那一天他穿的是灰色花呢套服戴着那顶草帽我就是那天弄到他求婚的真的我先还嘴对嘴给了他一点儿芝麻饼那时一个闰年和今年一样真的十六年过去了天主呀那一吻可真是长差点儿把我憋死真的他说我是一朵山花真的我们女人就是花朵全是花朵女人的身体真的他这辈子总算说出了一个真理还有太阳今天是为你放光真的我就是因为这个才喜欢他的因为我看得出他懂女人体贴女人而且我知道我能让他听我的那天我尽给他甜头引他开口求我答应可是我不愿马上回答一个劲儿地望着天空心里想到许许多多他不知道的事情想到马尔维想到斯坦厄普先生想到赫丝特想到父亲想到格罗夫斯老舰长想到那些水手在码头上玩鸟儿飞我说弯腰还有他们叫作洗碟子的游戏总督府门前站岗的头上戴个白色头盔有一道箍可怜的家伙晒得半死不活的还有西班牙姑娘们披着披肩头上插一把高高的梳子嘻嘻哈哈的还有清早赶集拍卖什么人都来了有希腊人有犹太人有阿拉伯人整个欧洲还加一条公爵大街什么犄角旮旯儿里的稀奇古怪的人都来了还有家禽市场在拉比沙伦外面一片嘈杂鸡鸭乱叫驴子可怜瞌睡懵懂的尽滑跤阴暗处影影绰绰常有人裹着斗篷躺在台阶上

睡觉还有大车轮子真大还有斗牛还有几千年的古堡真的还有英俊的摩尔人一身白脑袋上缠着头巾神气得很好像是国王似的小不点儿的铺子还请你坐下还有朗达西班牙的房子古老的窗户两颗明亮的眸子藏在窗格子后面情人只好吻铁条夜间酒店都是半开门的还有响板那天晚上我们在阿尔赫西拉斯没有赶上渡轮打更的提着灯笼转悠平安无事阿唷深处的潜流可怕阿唷还有海洋深红的海洋有时候真像火一样的红嘿夕阳西下太壮观了还有阿拉梅达那些花园里的无花果树真的那些别致的小街还有一幢幢桃红的蓝的黄的房子海鸥一座座玫瑰花园还有茉莉花天竺葵仙人掌少女时代的直布罗陀我在那儿确实是一朵山花真的我常像安达卢西亚姑娘们那样在头上插一朵玫瑰花要不我佩带一朵红的吧好的还想到他在摩尔城下吻我的情形我想好吧他比别人也不差呀于是我用目光叫他再求真的于是他又一次问我愿意不愿意真的你就说愿意吧我的山花我呢先伸出两手搂住了他真的我把他搂得紧紧的让他的胸膛感到我的乳房芳香扑鼻真的他的心在狂跳然后真的我才开口答应愿意我愿意真的。[①]

应该注意的是，虽然意识流小说描写的内容包含非理性意识层面，但作者则是在十分理智的状态下结构作品。我们从优秀的意识流小说中，都能明显感受到作者谋篇布局的匠心。

最后，意识流文学在创作上大量采用“内心独白”“自由联想”“感官印象”等手法，扩大了文学的心理描写领域，并把对人类精神心理活动的文学表现水平大大提高一步。

关于内心独白，意识流小说的发轫者、法国作家杜雅尔丹曾概括为“具有近乎诗的领域的性质。是人物内心深处的、最接近无意识地带的思想。是摒弃逻辑关系的、未加分化的状态。是在没有听者的情况下，在沉默中进行的语言”。[②]传统文学创作中的心理描写方法之一即有内心独白。莎士比亚戏剧就成功地采用过内心独白的方法，后来在列夫·托尔斯泰、福楼拜等现实主义大师的作品中，也可看到用零乱的词语和不完整的句式表现人物内在世界真实状态的艺术手法的运用。“内心独白”一词诞生于大仲马的创作中，但它作为传统文学的心理描写方法，与意识流的“内心独白”有着明显的差异。前者反映的是人物自觉的意识，受着理性意识的控制，因而它叙述的是连贯的意识。而意识流文学的内心独白(又称自由直接引语)则用具有自由感和无间断感的形式叙述自由的无间断感的下意识。意识流作家将以无间断和自由为其主要特征的下意识内容广

① 乔伊斯:《尤利西斯》(下卷)，金隄译，人民文学出版社 1994 年版，第 1059-1060 页。

② 转引自李恩·依德:《现代心理小说》(日文版)，龙口直太郎等译，东京评论社昭和 34 年版，第 84 页。

泛引入小说创作，内心独白形式上的上述特征恰好适合意识流作家的需要。正因此，他们才在众多现有与潜在的叙述形式中选择了它。首次广泛、成功地使用内心独白的范例是乔伊斯的《尤利西斯》。前文提到的莫莉夜半时分躺在床上展开的“内心独白”，将这种艺术手法的功能发挥得淋漓尽致。这种手法能使读者感到仿佛直接触及人物的灵魂，透视人物意识深处的活动，故而成为意识流作家最常用的艺术手法。

“自由联想”也是意识流作家所热衷的一种写作手法。从心理学角度看，它是独立于语言的，但一旦进入意识流小说的范围，它势必要成为一种心理语言活动，因而也有人称之为“自由联想式内心独白”。不过，与“内心独白”相比，自由联想带有更大的主观随意性和跳跃性。它巧妙地利用现实这个“中转站”，将主观世界与客观世界、意识层次与潜意识层次连接起来，能在意识深处由一个意念激发出另一个意念。《尤利西斯》第三章写斯蒂芬·迪达勒斯在海滩散步时复杂纷乱的内心活动，便通过“自由联想”的手法加以展现：

他们从里希台地上谨慎地走下阶梯，助产士们，她们下到倾斜的海滩上，伸成八字形的脚松弛地陷入淤塞的沙子里。像我，像阿尔吉农一样，朝我们强大的母亲走下来。头一个沉重地甩动着助产士的袋子，另一个的伞伸到了海滩上。获得了特许，出来痛痛快快地玩一天。弗洛伦丝·麦克凯布夫人，已故帕特克·麦克凯布的遗孀，布来德街上，深深地哀悼他。她那些姐妹中的一个把我尖叫着拖进生活。从虚无中创造。她袋子里都有些什么？一次堕胎的产物，连同蜿蜒的脐带一起塞进红色的绒布里，连接着过去的一切带子，一切肉体的纠缠扭结的电线。那就是为什么和尚是神秘的。你要像神一样吗？瞧瞧你的肚脐吧。喂，我是肯西。请接伊甸园 A001。①

这个例子中，联想的基本模式为：袋子→死婴→脐带→和尚→电话。联想的内容与激发联想的事物似乎没有多大关系，这充分显示了自由联想的随意性与大幅度的跳跃性，还能够暗示出人深藏于无意识中的心理状态。自由联想方法的运用极大地扩展了意识流小说的表现范围，使作家在有限的时间和空间里容纳较多的主观生活，增加了作品的容量和透视层次。

此外，由于人物的意识流动常有瞬间即逝、难以把握的特点，所以，要完全原样地把握和描写它是根本不可能的。正如意识流小说心理学上的奠基人威廉·詹姆士所认为的，接近完全无意识，像用温暖的手抓雪花，抓住了它，它已变成水；又如捕捉陀螺的旋转，陀螺抓住了，旋转也就消失了。所以对于意识的这一

① 乔伊斯：《尤利西斯》（上卷），金隄译，人民文学出版社 1994 年版，第 60-61 页。

部分，意识流作家采取“感官印象”的技巧，使用破折号、删节号、大写字母、斜体字、拟声词、新造生词、不正常句式、不断句等手段，传达出语言无法表达的内容。另外，暗示、象征等其他现代主义文学的艺术手段也得到意识流作家的青睐，原因在于这些手法能够将人物具体而微、独特无类的情感意识表现出来，使读者在自己的生活体验和心灵意识的基础上，建立起理解作品并与之沟通的桥梁，充分体验作品的总体意象和情绪。

三、意识流文学的基本评价

意识流文学不仅成为20世纪西方现代主义文学的一个重要组成部分，而且成为文学后继者乐于采用的一种艺术手法，对文学发展的贡献不容低估。

意识流文学打破了长期以来文学主要以客观世界中人的活动为内容的框架，把人类的精神意识活动作为描写对象，并视之为文学表现的最高真实。这种崭新的创作思想表明人在新的社会形势下对“自我”的进一步关注。它把人类生活中处于重要地位却一直受到忽视的精神世界作为表现对象，挖掘出人所固有的理性与非理性思维、言语状态与言语前的意识状态，并以独有的方法再现出来。这是从新的角度对人自身及其所处社会环境进一步认识的反映。它给读者提供了观察世界的新视角和新的透视方法。同时，还提倡了一种新的审美态度，即通过对作品中人物意识活动所表现的情感和心灵意向的总体把握进行审美观照。因为意识流文学摆脱了情节框架的限制，为读者提供了再创造的广阔空间，所以能极大地解放读者的审美意识。

意识流手法作为一种创作方法，扩大了文学的心理描写空间，丰富与深化了文学的表现力，对意识流以外的各种文学产生了很大影响，成为文学的创作技巧之一。虽然意识流文学创作盛期不足20年的时间，但它的创作方法中合理的成分已有机地融入其他各种流派的文学创作中，显示出旺盛的生命力。

但是，应该看到的是，由于意识流文学过于偏激地反对现实生活在小说中的再现，将主观世界置于超越一切的地位，势必不可能客观具体、完整地反映生活的真实；加之作家们过分追求形式和技巧，从而使作品晦涩难懂，甚至使文学阅读变成密码破译，大大削弱作品的审美效果。故而意识流作为独立的有影响的潮流未能持续发展，只存在了20年左右，便走向式微。

第二节　乔伊斯与《芬尼根的守灵夜》

一、生平与创作

詹姆斯·乔伊斯（1882—1941），爱尔兰作家、诗人，20世纪最伟大的意识流作家之一，其作品及“意识流”思想对世界文坛影响巨大。

1882 年 2 月 2 日詹姆斯·乔伊斯出生在爱尔兰的都柏林。他的父亲对民族主义有坚定的信念，母亲则是虔诚的天主教徒。乔伊斯出生的时候，爱尔兰这个风光绮丽的岛国是英国的殖民地，战乱不断，民不聊生。1887 年，乔伊斯的父亲约翰·乔伊斯开始担任都柏林公司的征款员一职，于是乔伊斯的家庭由拉斯加区搬迁至布雷区。他从小就在天主教教会学校学习，成绩出众，并初步表现出非凡的文学才能。然而四年之后，因为他的父亲已经无力再负担学费，他不得不离开这所学校。之后，乔伊斯曾经接受过短暂的家庭教育，并就读位于北里士蒙大街的基督教兄弟会学校。1893 年经康米神父介绍，乔伊斯进了贝尔维迪尔公学三年级。这座学校也是耶稣会所创办的，他一度想当神父。尽管乔伊斯一直就读于基督教教会学校，中学毕业前，他就对宗教信仰产生了怀疑，并在 16 岁那年和天主教决裂。

1897 年，乔伊斯获全爱尔兰最佳作文奖。1898 年进入都柏林大学专攻哲学和语言，主修英语、法语和意大利语。同时，乔伊斯还参加了大量和戏剧、文学相关的社会活动。19 世纪以来，在都柏林形成了以叶芝、格雷戈里夫人及辛格为中心的“爱尔兰文艺复兴”运动。他受到影响，对爱尔兰民族独立运动非常关切。然而给予他更强烈影响的是 19 世纪末出现在欧洲文学中的自由思想。

1900 年 1 月 20 日，乔伊斯在学院的文学及历史协会发表讲演，题目是《戏剧与人生》。同年 4 月 1 日，英国文学杂志《半月评论》发表他的关于易卜生作品《当我们死而复醒时》(1899)的评论，此文获得年过七旬的易卜生的称许，使乔伊斯深受鼓舞，从而坚定了他走上文学道路的决心。1901 年 10 月，写《喧嚣的时代》一文，批评爱尔兰文艺剧院的狭隘的民族主义，自费出版。乔伊斯早年在爱尔兰的生活对其小说创作产生了深远的影响。

1902 年，乔伊斯第一次来到巴黎，目的是修习医学。1903 年他因母亲病危而返回爱尔兰。次年 1 月，乔伊斯写了一篇关于美学的散文，题为《一位艺术家的画像》。乔伊斯将此文向一直倡导思想自由的杂志 *Dana* 投稿，却被拒绝。乔伊斯在 1904 年开始创作短篇小说集《都柏林人》。在写给出版商理查兹的一封信中，他明确地表述了这本书的创作原则：“我的宗旨是要为我国的道德和精神史写下自己的一章。”这实际上也成了他一生文学追求的目标。在乔伊斯眼中，处于大英帝国和天主教教会双重压迫和钳制下的爱尔兰是一个不可救药的国家，而都柏林则是它“瘫痪的中心”，在这个城市里每时每地都上演着麻木、苦闷、沦落的一幕幕话剧。而出自《都柏林人》中的一篇短篇小说《阿拉比》，展现出作者文笔的魅力和其意识流作风小说的美感。1906 年 7 月底赴罗马，在银行任通讯员。1904 年 9 月 30 日在致斯坦尼斯劳斯的信中谈到短篇小说《尤利西斯》的设想，主人公是住在都柏林的一个犹太人。但他当时并未把这个短篇写出来。1906 年 4 月以来,就改写短篇小说集《都柏林人》的问题与理查兹鱼雁往还。

没过多久,乔伊斯和诺拉·伯娜科私奔,开始了流亡海外的生涯。他们先去了南斯拉夫的普拉,然后又迁居奥匈帝国统治下的特里雅斯特,靠教授英文为生。在特里雅斯特乔伊斯结识了艾托·史密茨,并成为好朋友。乔伊斯一生中大部分时光都是在欧洲大陆度过的。1915 年乔伊斯移居苏黎世,并于 1920 年再次来到巴黎,在此度过了接下来的 20 年的光阴。在这 20 年中,他曾两次回爱尔兰小住。1940 年,乔伊斯再次移居苏黎世。1941 年 1 月 13 日凌晨去世,享年 59 岁。

乔伊斯的作品始终围绕着都柏林人和他们的生活展开。早期短篇小说集《都柏林人》(1914)由 15 个有共同主题的短篇小说组成,描写都柏林中下层市民形色各异的生活,现实主义倾向比较鲜明。在他的小说中,故事的发生均以爱尔兰为地点,深入地剖析都柏林社会发展的迟缓和麻木。《都柏林人》的主题是“顿悟”,意指对灵魂或其他事物突然间的发现或自觉。

《青年艺术家的画像》1914 年完稿于意大利的里雅斯特,历时 10 年。这是乔伊斯思想和艺术发展的转折点。这部小说具有强烈的自传性质,记述了一个天才男人逐渐成熟并认清自我的过程。主要人物名叫斯蒂芬·迪达勒斯,影射作者本人。作品中大量使用内心独白、时空交错、自由联想等意识流文学常用的表现手法,揭示主人公从幼年到青年时代的内心世界。作者的笔触伸向主人公的潜意识领域。乔伊斯通过斯蒂芬·迪达勒斯的故事,提出了艺术家与社会、与生活的关系问题,并且饶有趣味地揭示了这样一个事实:斯蒂芬·迪达勒斯本人恰恰就是他力图逃避的都柏林世界所造就的,都柏林无形中报复了反叛的青年艺术家。在这部小说中乔伊斯的意识流创作技巧初露端倪,他运用大量的心理独白,而且更多地关注人的内心世界而非客观现实。

1922 年创作的长篇小说《尤利西斯》是乔伊斯的代表作之一,也是意识流文学的扛鼎之作,历时 8 年完成。它“套用”《荷马史诗》中《奥德修纪》的框架,分为 3 部 18 章,在人物设计与情节安排上也与之呼应。作品没有传统小说中故事性极强的情节,只是以布卢姆和斯蒂芬从 1904 年 6 月 16 日早上 8 点到次日凌晨 2 点这 18 个小时内在都柏林的生活和内心活动为主要内容,把他们过去的经历和精神生活纳入其意识无秩序的流动中分别表现出来。作品的核心人物只有 3 个,他们身上显示出多层次的复杂矛盾的性格。某报馆的广告业务承揽人利奥波尔德·布卢姆庸碌、卑微,却不乏忠厚、善良;他的妻子——稍有小名气的歌手莫莉耽于肉欲,但内心也渴望真情;私立中学历史教师斯蒂芬·迪达勒斯精神空虚,却不肯放弃幻想。通过他们,乔伊斯逼真地描绘出西方现代都市中人的真实形象,他们身上不再闪耀古代英雄的光彩,精神不再崇高,但仍固守着人性的精神家园。作者向人们展现了一幅现代人的灵魂全景图。而布卢姆的妻子莫莉在小说中大部分是通过他人视角显示出来的，直到小说即将结束之际才正面出现。作者以她躺在床上、在半睡半醒的状态下的长篇内心独白结束全作。他们的经历不能构成完整有序的情节线索，事件的发生和时间的发展也无任何序列关联，却成为人物意识流动的一个又一个外在引源，带出人物绵延不断的意识之流，而这种意识活动完全不同于传统小说有逻辑、有条理、在理性支配下的心理描写，不受时空限制、不受逻辑制约，具有极大的跳跃性、随意性和不连贯性，展示了人类意识的本原状态。可以说，小说通过三个主人公一天的生活，把他们的全部历史、全部精神生活和内心世界表现得淋漓尽致。在艺术上，《尤利西斯》与传统的现实主义小说迥然不同。它全方位运用意识流的表现手段，通过人物潜意识的流动，表现了现代西方人的精神危机。因此，小说被西方评论界奉为意识流的百科全书。与其他意识流作家的叙事方法比较，乔伊斯在《尤利西斯》中采用"交错式"意识流的写法，即各人所想与其他人不相干，虽然有时出现重叠，却是偶然造成，因为人物不需要共同面对同一件事。这种叙事方法，使小说内容更加分散，加之作品中"内心独白"的大量运用，"自由联想"的跨越性与随意性极大，故而给读者的阅读和理解造成较大的困难。

乔伊斯在晚年创作了长篇小说《芬尼根的守灵夜》(1939)。

除上述三部作品，乔伊斯还著有诗集《室内乐》(1907)和剧本《流亡者》(1915)。

乔伊斯是20世纪最重要的作家之一，对包括塞缪尔·贝克特、托马斯·品钦、威廉·博罗斯在内的诸多年轻作家产生了深远的影响。乔伊斯的影响力甚至超出了文学的范畴。在《芬尼根的守灵夜》一书中，乔伊斯自创了"夸克"(Quark)一词，这个词后来被物理学家默里·盖尔-曼吸纳，被用来命名一种基本粒子。法国哲学家雅克·德里达曾经专门就《尤利西斯》的语言风格写过一本专著，而美国哲学家唐纳德·戴维森则就《芬尼根的守灵夜》写出哲学著作。在如今的都柏林，设有"布卢姆日"(布卢姆为《尤利西斯》的主要人物)，用以纪念这位伟大的爱尔兰文学家。近些年来，对"布卢姆日"的庆祝也逐渐超越了都柏林一城的范围，扩展到越来越多的其他城市。

二、《芬尼根的守灵夜》分析

内容介绍 《芬尼根的守灵夜》于1939年出版。乔伊斯为创作这部小说耗费了17年的心血，才完成了这部"让评论家忙上三百年"的天书一般的作品。

试图概述《芬尼根的守灵夜》的情节必定遭人诟病，因为在很大程度上，这部小说根本就没有什么情节内容。它所谓的内容和意义其实就隐藏在乱七八糟的字里行间，就蕴含在颠三倒四的"叙述"中，因此，删减和简述势必造成对小说的误读。但是,一方面,从为更好地理解小说提供方便的层面上讲,情节的概述自有其自身的必要性;另一方面,近60年来对《芬尼根的守灵夜》的研究已经让小说的真面目初现端倪,这又使得概述成为可能。所以在这里还是冒着风险把此书作一个简单梳理。字里行间依稀可见,作品的主要人物是酒馆老板汉弗莱·顷普顿·叶尔委克(Humphrey Chimpden Earwicker),名字简写为HCE,几乎每页都出现以这三个字母来隐射他。他的绰号也是HCE,即Here Comes Everybody,意思是一位引人注目的“每一个人”(everybody)。他的一家共五口人:妻子安娜·利维娅·普鲁拉贝尔(简称ALP),ALP也与都柏林的主要河流利菲(Liffery)河简称同名(该河古称为“安娜·利菲亚”,ALP)。这里暗示:HCE和ALP也就是最早的亚当和夏娃的化身和象征。他有两个双胞胎儿子,即山姆(Shem)和肖恩(Shaun),这两个儿子有许多不同的别称,如Jerry和Kevin。山姆与肖恩之间时常发生冲突。他还有个女儿伊茜(Issy),她成天照镜子自我欣赏与想入非非,对兄长和父亲有着不伦的情感。安娜·利维娅·普鲁拉贝尔是一个忠诚的妻子,如河流一样滋养、包容着丈夫和子女。相反,叶尔委克却是一个不忠实的丈夫,似乎跟自己的女儿也有乱伦的关系。正是他在都柏林城西凤凰公园与两位少女的事情惹得满城风雨,成为整部作品的主要事件。性放纵始终是本书描写的一个重点。

小说一共十七章,分为四部书:“父母之书”“子辈之书”“人民之书”和“复归”。

第一部分,“父母之书”包括第一章至第八章。第一章写有个搬运砖瓦的工人芬尼根从梯子上跌落,大家都以为他死了,守灵时洒在他身上的威士忌酒香却刺激他苏醒过来。人们把他按倒,叫他安息,并告诉他已经有人来接替他了。芬尼根的继承人就是酒店老板叶尔委克(HCE),他的梦构成全书的主要内容。小说时间大约从傍晚开始,断断续续地表现他混乱的梦境,乔伊斯企图通过他的梦来概括人类全部历史。芬尼根从墙上跌落死亡,又一下子醒来,代表着人类的毁灭与复苏。其间夹杂着对英格兰历史与爱尔兰历史的描述,还有关于欧洲大陆移民朱特人与爱尔兰土著默特人之间的对话等。第二章写主人公叶尔委克(HCE)名字的由来和关于他不良行为的流言的叙述。第三章写关于叶尔委克的传说,该章节的后半部分还思路清晰地描述了叶尔委克的故事。第四章写对于叶尔委克的审判,其间的描述了散乱地贯穿了爱尔兰历史上天主教与其他宗教势力的斗争,还有叶尔委克两个儿子之间的纠纷。本章还提及了已故“爱尔兰无冕之王”帕内尔的复活。第五章围绕着一封引起很大争议的书信而写,乔伊斯认为这章是全书中“最容易”的一部分。第六章以12组问答的形式构成,问题主要关于都柏林、叶尔委克一家以及这部小说的内容。第七章写叶尔委克的儿子山姆,这是一个类似《青年艺术家的画像》中的青年艺术家形象。第八章写叶尔委克的妻子普鲁拉贝尔，本章是《芬尼根的守灵夜》一书中非常重要的一部分，学者纷纷认为这是小说中最出彩的一章，乔伊斯自己也曾经以单行本的形式发表本章，以示重视。

第二部分即“子辈之书”，包括第九章至第十二章。第九章写叶尔委克儿女们与同学们的玩耍。第十章写他儿女们做家庭作业时的故事，这一章节是小说中非常令人费解的一部分，形式与语言都带给读者很大麻烦。第十一章写了酒吧老板讲述的两个故事和自己酒馆打烊之后的一个故事。第十二章写特里斯坦和伊茜引人争议的恋情和他人对此的态度。

第三部分是“人民之书”，指第十三章到第十六章的部分。第十三章写叶尔委克的儿子、邮递员肖恩。第十四章写肖恩以唐璜的身份布道，这也是《芬尼根的守灵夜》一书中比较轻松有趣的章节。第十五章写肖恩以约恩（Yawn）的身份接受他人的质询。第十六章写黎明前夕叶尔委克一家的生活，这是书中最为晦涩难懂的部分之一。

第四部分名为“复归”，即第十七章。写黎明到来，芬尼根开始苏醒。这一章由四部分组成：爱尔兰6世纪圣人凯文的传说，讨论来到爱尔兰岛的欧洲移民默特人与朱特人；普鲁拉贝尔给叶尔委克的信和她的内心独白。这四部分又与全书的四部分相对应，同时也与维柯循环论的四个阶段形成了对应关系。（在维柯的《新科学》中，维柯把人类的历史归纳为4个阶段：“神灵时代”“英雄时代”“凡人时代”和“复归”，由此构成一个循环。[①]）

思想意义 1922年，乔伊斯完成了其旷世巨著《尤里西斯》之后，他的赞助人问他下一步打算写什么作品。乔伊斯回答说，“我要写一部世界史”。

1. 在循环史观指导下反思了爱尔兰乃至整个人类社会没落、停滞和无聊的原因。

这个题材取材于爱尔兰的同名民谣，指涉的是芬尼根的死和所有芬尼根们的复苏。在古老的民谣中，芬尼根是位砖瓦匠，他因为醉酒不幸堕梯而亡。朋友们都来参加他的守灵仪式，结果大家在守灵仪式大吃大喝，将其变成了一出闹剧。在混乱的争斗与叫骂中，守灵人不小心将被爱尔兰人称为“生命之水”的威士忌洒在了芬尼根的遗体上。不料，这个小小的失误居然唤醒了死去的芬尼根。乔伊斯选用这个典故显然有深深的寓意，有评论家认为，乔伊斯希望借助这一民谣故事，揭示人类历史堕落、昏睡、死亡和复活的循环过程。乔伊斯在写作该书前也曾向朋友表达过这样的想法：通过该书描写芬尼根的一个梦。他会梦到自己死后躺在利菲河边，看着爱尔兰和全世界的历史在他眼前流过。这些历史既包括过去也包含未来，但一切都像飘浮在长河中的杂物一般流过。乔伊斯精心

---

① 维柯：《新科学》，朱光潜译，人民文学出版社1986年版，第22页。

打造的循环结构体现了他深刻的思想认知。在他的循环重复中,时间不再是一个牛顿的平面,而是爱因斯坦的无始无终的圆面。事实上,《芬尼根的守灵夜》中有好几处提到了爱因斯坦和他的理论,乔伊斯对爱因斯坦理论的认可由此可见一斑。《芬尼根的守灵夜》的中心是通过一些具有普遍性的行为和关系模式,把叶尔委克一家人的行为融入整个人类的历史。叶尔委克一家人在乔伊斯笔下,不是特定时间、特定场合的典型人物,而是人类群体的化身。在微观的层面,这些个体体验着世俗生命的喜怒哀乐,并把自己的命运看作唯一的经验。然而,无处不在的循环模式和在潜层穿插的历史维度则使读者看到,人类其实是在不断地重复、循环,每一个个体都带着前人的、后人的影子,而正是数不清的重复和循环汇集成了人类世界生生不息的历史长河。

小说借用意大利18世纪思想家维柯关于世界在四种不同社会形态中循环的观点,在此框架中展开庞杂的内容。书中暗喻《圣经》、莎士比亚、古代宗教、近代历史、都柏林地方志等材料,展示了混乱而驳杂的人类发展进程;并大量借用外国词语甚至自造词汇,通过夸张的联想,喻示爱尔兰乃至全人类的历史、全宇宙的循环运动,从而完成了他对历史发展的理解。不仅如此,作品也暗含了在历史循环论的基础上对爱尔兰社会的麻木、停滞和无聊生活以及社会发展缓慢原因的深刻反思。

可见,《芬尼根的守灵夜》这部让人读不懂的“天书”其实是可以试图读懂的,因为它在总体结构上套用了维柯的“历史循环论”思想,在形式和布局的艺术上借鉴了布鲁诺等人的“对立统一原则”,在内涵上吸纳了弗洛伊德及荣格的精神分析学说,在语言革命上参照了相对论和量子力学中的测不准原理、互补原理,并打破了文学与哲学、文学与科学之间的种种内在联系。这些都深刻揭示了爱尔兰社会乃至欧洲社会和人类社会的无聊、停滞、庸俗的历史和现实,并表现了作者不满现实的主观倾向。

2. 通过对“本我”自由的体验和书写,表现了站在不同立场和角度的人对自由的多元理解,以及不同自由间的相互制约,并对现代社会这种自由的矛盾状态进行了深刻反思。

从小说中可以看到,《芬尼根的守灵夜》在形式上的革新都建立在一个美学原则之上,这个原则也是《芬尼根的守灵夜》的核心艺术思想,那就是“自由”。《芬尼根的守灵夜》表现的是人类(主体)在历史循环(时间)中的活动。与此相应,《芬尼根的守灵夜》所表达的自由也主要包括两个方面:时间的自由和主体的自由。一方面他笔下的时间(非传统意义上的物理时间)作为自足的主体是自由地流淌的,它是按照自己的法则自由地运动着的——完全遵从着作家所想象的时间自身的逻辑运行着。另一方面与那种束缚于物理时间和因果逻辑,用结果取代过程的人生观不同,乔伊斯认为,作为主体的人的自我运动,有着自身的自由运动规则。因此它强调人自身的行动过程和体验本身的意义。他借助层出不穷的离奇意象和性方面的描写，使人的“本我”得到自由的宣泄，并在“本我”的自由宣泄中获得与时间自由的激烈碰撞，结果造成了悲剧。同样，在叶尔委克家里，五个人都有追求着自己的自由，但他们所追求的自由性质和目的总是不一样的，因而，不可能不发生碰撞——可以说，这是乔伊斯理解的“他人就是地狱”。——这部小说中有着多种声音混杂交织，其实也象征着作家对多种自由声音都在张扬着自我存在的价值认识。

不过，受意大利哲学家布鲁诺的辩证理论的影响，《芬尼根的守灵夜》所表现的自由也是一种辩证的自由，是自由与约束的辩证统一，这一点决定了《芬尼根的守灵夜》在形式上并非完全毫无规则，而是在规则中传递出对规则的超越。换言之，混乱是小说中无所不在的，但混乱又是一种自由的表现形式。假如没有混乱，就没有每个人物、每种声音的自由。同样，允许每个人物、每种声音自由存在和张扬，也就没有了原先都熟悉的规则，作品就变得让人难以理解。因此，作家需要建构一种新的自由与限制的规则，这一点这对创作来说更加困难，但也使《芬尼根的守灵夜》更具有回味无穷的审美内涵。可以说，乔伊斯在《芬尼根的守灵夜》中，已经不满足于让艺术成为一面镜子，自己扮演一个隐蔽的记录者。相反，他要让艺术成为现实之外的灵魂的王国，艺术家通过这个王国获得自由，颠覆一切束缚人的规范，自主地创造，自由地展现“自我”，让“自我”在时空中自由释放。《芬尼根的守灵夜》的最大贡献就是把这个自由推到了艺术的语言物质领域。德国著名思想家和诗人席勒就曾指出过，要使艺术不仅仅在某个具体问题上启示读者，而且要从观念、情绪、行动等各个方面影响人的整体，只有通过形式才能做到。《芬尼根的守灵夜》便是使艺术通过形式获得自由和解放的例证。

3. 小说也对现代西方社会人与人之间的隔膜和冷酷现象进行了反思。

这部小说最大的特点就是语言的混乱和结构形式的混乱。但从这种混乱中可以看出作家深刻的思想意蕴，即现代的社会是多种语言、包括多种话语（作者的话语、作品中不同人物的话语）以及多种意识混乱杂糅的存在，并且是一种自我封闭的存在。这样写的目的其实是要告诉读者，进入到本书中的各种话语，都是各自的独自封闭的呓语和独白，不同的潜意识与潜意识。不同的潜意识形成的话语，根本上是没有任何交集的，也是根本无法交集的。由此，现代社会就成了多种封闭呓语混在的共在场，是个语言和意识交流被阻断和隔绝的地方。几十种语言混杂其中而又各自自言自语，不知所云，就说明现代社会已经成为了一个思想隔绝、意识隔绝、话语隔绝的文化“荒原”。这里能够看到的只是各种话语声音的“骚动”与“喧嚣”。这诚如哈贝马斯等人所担心的，现代社会过度的物质主义、理性化渐渐形成不同的利益集团和与之相应的话语集团。假如这些集团互相之间没有对话，没有交流，社会能量不能自由地在其间相互流动（更何况在当时的弗洛伊德信徒们看来，潜意识、下意识本来就是破坏性的源源不断的动力之源），那么，意识能量蓄积愈久，其危险愈大。如何重新建立一个公共的对话空间，促使各话语集团之间展开对话，促进社会能量的自由流通和周转，防止社会危机产生，成为摆在当代文化批评家和文学家面前的无法推卸的重任。乔伊斯正是用这种超常规的形式，对当时的社会危机发出了振聋发聩的呼喊。由此可见，《芬尼根的守灵夜》故意用艰涩的语言使读者的阅读无比艰难——该书虽然被称作小说，但书中的情节、人物和环境都非常模糊，难以捉摸，也令人望而却步。然而，这些艰涩难懂的语言与结构深处却都有着丰富的内涵，体现了作者表达思想情感的一种独特途径。

艺术特色　乔伊斯毕生都在追求小说的改革与创新。可以说，这部小说达到了内容即形式、形式亦即内容的高度一致和完全融合。在艺术贡献上，《芬尼根的守灵夜》如天书一般艰涩，却因其显著的艺术特色和独特的文体特点卓然于世。具体说来，有以下几个方面。

1. 结构的循环。

《芬尼根的守灵夜》具有“迷宫”一般的文学结构。小说根据维柯的循环史观，在整体上建立起一种有序的循环结构，使个体的行为在循环重复中超越具体、狭隘的时空限制，获得宇宙和社会的普遍性和永恒性。在《芬尼根的守灵夜》中，首尾词语的连接、四部书的结构等都明显与维柯的循环史观对应。不仅《芬尼根的守灵夜》的各书与维柯的四个阶段对应，甚至各书中的各个章节、各个章节内部都包含了这四个阶段。如第三部分第一章可以分为三个循环和一个沉寂这四个部分，每个部分的内部也与维柯的“3+1”模式相吻合。这种“3+1”的结构甚至不仅仅存在于段落和章节层面，在词语之内也有体现。如《芬尼根的守灵夜》的标题“Finnegans Wake”的音节，就正好构成了“3+1”的结构模式。可见，在具体的章节、段落、语句层面，乔伊斯通过身份和意义等的分岔，又建立起多元且交叉的时间迷宫，使结果因为不确定而让位于过程；此外乔伊斯还通过离题有意破坏段落之间、句子之间的逻辑关系，在封闭的结构体系之外打开另一个空间。所有这些使《芬尼根的守灵夜》的结构呈现出开放性和不确定性。前面介绍了小说开篇的自造词汇及字里行间的深刻含义，而如果精读过开篇后浏览全书直到最后一句，就会惊奇地发现这句“Given! A way a lone a last aloved a long the”，正好可以与开篇（见下页英文句子）相连，是一例奇妙的首尾呼应。这样，我们有理由认为《芬尼根的守灵夜》的文本结构是开放性的，小说可以从任何一句开始，也可以从任何一句结束。在开篇中乔伊斯就暗示了本书不仅写历史，而且是循环历史，小说的整体与片段之间互相映射。不过，乔伊斯并不是任文本无限制地分散，相反他通过“结点体系”将那些看似分散的材料连接在一起，从而使作品在结构上更接近康德所说的看似自然而又包含着创造者意图的艺术世界。

2. 语言的艰涩。

从作品中也可以看到，它开始了“以自我为中心的现代主义”向“以语言为中心的后现代主义”的过渡与转折。一些评论者对作品中天书一般的语言表示愤怒。乔伊斯的弟弟也曾责备他说：“你写了文学史上最长的一个日子，现在又鼓捣一个最深沉的夜晚了。”《芬尼根的守灵夜》最突出的特点，也是令读者最痛苦的地方就是作者自造的词语。自造的词语来源包含近 50 种语言，共有63 924个单词。自造词中占主要部分的是由几个词语的词素组合而成的混成词，此外还有变形词、组合词等；同时乔伊斯还以不合语法的方式任意插入专有名词。乔伊斯甚至发明了一种在世界语言史上绝无仅有的“梦语”。例如，这部小说中最“雷人”的一个词是乔伊斯用 100 个英文字母拼成的“雷击”一词，模拟雷声隆隆不断。乔伊斯自造新词的目的是为了突破既有词语所包含的社会束缚，代表着对社会的不妥协和拒绝，同时也是在自由的创造中为自己营造一个自由的艺术世界。而对读者来说，词语的无限衍生的可能性赋予了读者前所未有的解读自由，使文本成为一个开放、自由的空间。以小说开篇的语言为例：“riverrun，past Eve and Adam's，from swerve of shore to bend of bay，brings us by a commodius vicus of recirculation back to Howth Castle and Environs.”（河水流淌，经过夏娃与亚当教堂，从凸出的河岸，到凹进的海湾，沿着宽敞的循环大道，把我们带回霍斯堡和郊外。）这句话中的一些词汇根本无法在词典中查到，完全是作者创作的陌生词语，生涩的单词由此一句便可见一斑。然而，艰涩的语言背后，仔细地阅读可以看出乔伊斯通过语言所希望表达的深刻思想。这句话似乎只是通过寥寥数笔勾勒了都柏林的风貌，如夏娃与亚当教堂、都柏林湾和霍斯堡等。同时，第一个词“riverrun”验证了“河在流淌”这一永恒不变的历史现象。利菲河在这里已经不仅仅是描写都柏林的线索，她奔腾的河水好比流淌的时间，成了整个人类世界和人类历史的线索。乔伊斯选择它作为《芬尼根的守灵夜》开篇中利菲河畔的“第一景点”，就是选择基督教文化中人类的始祖作为世界历史的第一页，同时预示着流淌的时间一头通向历史的源头，另一头应该通向无限的未来。“亚当与夏娃”其实是现实中利菲河畔的一座教堂，但在小说中，乔伊斯则有意省略了“教堂”一词，使位于都柏林的这道风景成为位于人类历史之河中的第一个事件。同时，亚当和夏娃被贬出伊甸园的故事又点明了本书的第一层主题，即人类的跌落。“宽敞的循环大道”是另一个时间意象密集的风景。乔伊斯在写作中却去掉了“宽敞的”一词的一个字母，使该词成为需要读者自行删减字母来解读的自造词汇。这样，“commodius”既可以理解为“宽敞的”，又可以理解为罗马暴君康茂德的名字。“vicus”也是字典上找不到的词，有人解释为“堕落的”，也有人认为该词是拉丁文,有“街道、道路”的意思,又是意大利哲学家维柯名字的拉丁语拼法,所以这个词组可以与之后的“recirculation”一起被理解为“宽敞的维柯循环道”,有指涉人类循环历史的意味。而“Howth Castle and Environs”的意思是“霍斯堡和郊外”,字面的意思是指都柏林的一处高耸的海峡,是都柏林的一处垂直性景观,与地面象征时间的利菲河相对,代表着空间维度。同时,这个词组的首字母缩写为 HCE,这正是主人公的名字,而利菲河又是 HCE 的妻子 ALP 的中间的名字,因此这霍斯堡和利菲河既是对空间和时间的指涉,又是对历史发展的暗示,同时又揭开了《芬尼根的守灵夜》的故事序幕。

3. 文体的杂糅。

乔伊斯因为在创作《尤里西斯》时所呈现的复杂多变的文体而获得了“本世纪最出色的散文文体家”的称号。文体虽然在《芬尼根的守灵夜》中不再像在《尤利西斯》中那样成为形式实验的核心,也缺少《尤利西斯》文体运用上纵横捭阖的气势,但乔伊斯依然通过文体碎片的杂糅,通过文体狂欢般的跳跃转换,使《芬尼根的守灵夜》成为文体的“万花筒”,从而消弭了小说自 18 世纪以来渐渐形成的文体上的界限和等级,使叙述得以自由地穿越不同的领域。例如,作品第一部分“父母之书”以风格化叙述者的叙述为主,而且多是对历史事件的追述,有神谕的色彩。第二部分“子辈之书”的戏剧因素增加,表达了英雄时代的崇高风格。第三部分“人民之书”的前三章基本上使用多对一的直接质询的方式,以对话体为主,体现了人民时代民主决议的特点。第四部分“复归”因为代表着循环,因此既有风格化叙述者超时代和超地域的讲述,也有戏剧式的对白;最后还增加了叶尔委克的独白,既意味着大融合,也意味着新的开始。此外,乔伊斯还在文体的边缘放入颠覆性的话语,或者在主导文体中放入颠覆性的边缘文体,探索出了一种以边缘化的对抗为主的文体形式。在创作的早期,乔伊斯遵循的是中立、冷漠的现代叙述原则,但到了《芬尼根的守灵夜》,乔伊斯使叙述成了叙述者的快乐言说。通过将叙述从现代的客观性“展示”转为以叙述者的“讲述”为主的叙述的表演,通过将隐蔽于文本之后的叙述者转变为风格化的“说故事的人”,通过重复、列举、描述、陈词滥调、不断地否定性修正等近乎饶舌的言说方式达到“言语的喷涌”,乔伊斯使言说在该作品中获得自觉,使作者的自我获得自由的表达。要指出的是,杂糅所具有的自由感只对乔伊斯这样的先驱者有意义,当杂糅成为后现代主义的一条需要遵循的法则后,原则化了的杂糅对于那些模仿者来说,反而成了一种限制。

第六章

“迷惘的一代”文学与《永别了，武器》

【学习重点提示】

1. 结合“迷惘的一代”文学的发展历程，重点把握这一流派的思想与艺术特征。

2.《永别了，武器》中对暴力世界的认识有哪些新特点？如何看待该作品的象征性？

第一节 “迷惘的一代”文学概述

一、“迷惘的一代”文学的发展状况

“迷惘的一代”是第一次世界大战之后的美国文学流派。第一次世界大战后，一些美国青年遭受战争的伤痛，人生信仰遭受极大摧残，流落到巴黎等欧洲城市，发表作品表达战后彷徨、失落的情绪，继而发展壮大，形成作家群体。由海明威1926年创作第一部长篇小说《太阳照样升起》时，以侨居巴黎的美国女作家葛特鲁德·斯泰因的话作题词“你们都是迷惘的一代”而得名。

“迷惘的一代”的产生有着极其复杂而特殊的历史背景。进入20世纪以来，欧美科学技术迅速发展，工业化、商业化、科学化、新技术、大众化的到来，以及电影、电话、打字机等新事物的产生，西方现有的社会结构、文化传统、生活方式、伦理道德、精神信仰和思维模式受到了全方位的冲击和破坏。与此同时，第一次世界大战的爆发，成为一个导火索，引发了更加尖锐的社会矛盾和严重的精神危机，异化感和幻灭感成为弥漫在西方世界的共同情绪。那些受“爱国主义”口号影响并富有浪漫主义情怀和冒险精神的美国热血青年，抱着为民主、为正义而战的理想，投笔从戎，奔赴欧洲战场参加战争或救援工作。然而他们目睹的却是战场上的野蛮和疯狂，经历的却是噩梦般的杀戮，“神圣”的战争不过是列强之间肮脏的交易，欧洲战场不过是一个屠宰场。这进一步导致了他们原有信仰

的崩溃，陷于“迷惘”与困惑之中。紧接而来的战后世界性的经济大萧条，更使他们看清了现实的荒诞与残酷，理想信念被渐渐摧毁，这一切都成为“迷惘的一代”产生的时代因素。

同时，20 世纪的前 10 年，又是西方艺术的实验和创新时期。当时的巴黎成为现代主义艺术的实验基地，大批现代艺术家如雨后春笋般地脱颖而出，他们以“锐意进取的探索精神、永不满足的求知欲望和坚定不移的自我分析态度”进行文学的实验和创新。反传统成为时尚，生活方式上放荡不羁，艺术创作上追求标新立异。诗歌领域里以埃兹拉·庞德为代表的意象主义，绘画领域里的野兽派、立体派和早期未来派等，都在尝试着开创一个现代艺术的新纪元。对于那些感到不能自由呼吸的美国作家来说，欧洲正好为他们提供了一个情投意合的最终归宿，于是他们纷纷到欧洲去。在 1921 年左右，美国出现了有史以来空前规模的向法国“逆向移民”的热潮。

在巴黎，一批极富独创性的美国作家试图“把具有国际性的现代主义同美国的本土特色结合起来”，他们沉浸在艺术里，修补、慰藉受损的心灵。在这些作家中较有代表性的是 F. 斯科特·菲茨杰拉德、厄内斯特·海明威、多斯·帕索斯、E. E. 卡明斯、埃兹拉·庞德、T. S. 艾略特和葛特鲁德·斯泰因等。曾在战争中当过救护车驾驶员的葛特鲁德·斯泰因把这些作家称作“迷惘的一代”。“迷惘的一代”并不是一个有组织、有纲领、有共同的信仰和宗旨的文学团体，把他们相互联系在一起的，主要是创作风格上的相似性和思想上、精神上的一致性。因此“迷惘的一代”与其说是一个文学流派，不如说是一种时代精神——“信仰的失落”和“精神的迷惘”是那个时代精神最典型的表现。同时，这也是一个积极探寻的时代，一个失望与希望交互错杂的时代。

在“迷惘的一代”作家群中，葛特鲁德·斯泰因、F. 斯科特·菲茨杰拉德和厄内斯特·海明威以及多斯·帕索斯是几位影响巨大的人物。这些作家不但共同继承了亨利·詹姆斯所谓的“小说之家”的遗产，而且他们那富有创新意义的作品还影响了许多国家文学的创作。

葛特鲁德·斯泰因(1894—1946)是 20 世纪初期美国文学界中除庞德外最有影响力的作家。葛特鲁德·斯泰因 1894 年生于宾夕法尼亚一个中产阶级家庭，她曾在拉德克利夫学院受教育，师从威廉·詹姆斯；以后又在约翰斯·霍普金斯医学院度过 4 年的学习时光，1903 年移居法国，此后一直住在法国，因此她把美国称之为“祖国”，而把法国称之为“家乡”。她在巴黎的家以保护和培养现代派艺术家而著称，海明威、菲茨杰拉德等都经常在那里聚会，斯泰因在精神上和物质上给予这些作家极大的帮助。

斯泰因的创作具有反传统和刻意求新的特点。斯泰因善于用简单平常的词语，以令人惊奇的句法构成她的句子，往往给读者造成一种新鲜的震撼感。她使用“重复法”来表现人物性格，在她描写被社会抛弃的妇女的短篇小说集《三人传》(1909)中的《好安娜》，就出色地展现了这种重复手法：

> 安娜干活，工作，盘算，积攒，叱骂和照料所有的房客，照料彼得和拉格斯以及所有的其他人。安娜的努力没完没了，于是她总是显得更加疲乏、更加惨白苍黄、脸更加瘦削而且更带苦相了……安娜真正需要的是休息一段时间，吃得多一点，使自己变得强壮一点，但这些却是安娜自己最后办的事。安娜从来不休息。

斯泰因相信她能够通过瓦解人们熟悉的文学技巧，穿透读者的意识并引起真正的反应。于是，她有意识地使用非文学语言的措词，用非文学的结构进行写作。斯泰因在她的作品中反复进行不连贯的、曲折迂回的、靠思维联系的语言形式的实验，“意识流”创作方法的出现，在相当大的程度上与斯泰因对语言的创新有很大关系。

斯泰因坚持主张写美国生活中的真人、真事、真景，但她并不仔细描绘人物的外貌，不给他们分类或贴标签，而是迫使读者来完成描绘的工作。她运用自己的心理学知识，以标新立异的、出人意料的手法去描写人物。斯泰因虽然还不能算作严格意义上的“迷惘的一代”作家，但她保护、引导并在创作技巧和创作方法等方面给予年轻一代作家极大的帮助，成为“迷惘的一代”开创初期的主要引导者。

厄内斯特·海明威被认为是最有代表性的“迷惘的一代”作家。

F.斯科特·菲茨杰拉德(1896—1940)也是“迷惘的一代”作家中有代表性的一位。他那充满名利与颓废以及浪漫、忧郁而又短暂的一生，不仅为其小说提供了最生动的创作素材，而且也成为整个“迷惘的一代”的缩影。

菲茨杰拉德出生于美国明尼苏达州的圣保罗市。他的祖先中曾有一位是杰弗逊任总统时期的国会议员，父亲是一位小公司职员，母亲喜爱文学却贪图享受。12岁时，他的父亲失业，家境日趋贫寒，引以为豪的家族历史和窘迫的现实生活对菲茨杰拉德的心理产生了潜移默化的影响，并成为其日后奋斗与沉沦的重要原因之一。菲茨杰拉德才华出众，13岁时便在校刊上发表了他的第一篇小说。1913年进入普林斯顿大学读书，在那里，他广泛阅读了托尔斯泰、惠特曼、萧伯纳和威尔斯等作家的作品，结识了埃德蒙·威尔逊等著名批评家和文人雅士。第一次世界大战期间，菲茨杰拉德应征入伍，获少尉军衔。其间，他与一位相貌迷人、但举止轻浮而又贪图虚荣的少女泽尔达·塞拉一见钟情，从此开始了他们悲欢交织、充满恩怨和酸甜苦辣的婚姻生活。

1920年，菲茨杰拉德的第一部长篇小说《人间天堂》发表，这部小说使他名声大震。同年4月，他与泽尔达在纽约举行了豪华奢侈的婚礼。1922年他的第二部小说《美丽与该死》出版，同他的另外两部短篇小说集《少女与哲学家》(1920)和《爵士时代的故事》(1922)一样，这部小说也包含了大量的自传成分。1924年5月，菲茨杰拉德携家眷侨居巴黎。次年，他的代表作长篇小说《了不起的盖茨比》(1925)出版，从而确立了他在美国文学史上的地位。尽管菲茨杰拉德的收入十分有限，但他与泽尔达却经常出入酒吧和夜总会，挥霍无度，以致最终陷入窘境。与此同时，他的妻子泽尔达的虚荣心和婚外恋使他们的婚姻关系紧张，极大地影响了菲茨杰拉德的创作。1926年，他不得已率全家离开巴黎回到纽约。这时他的妻子突然精神失常，使他的家庭再次陷入混乱之中。在此期间，菲茨杰拉德凭着惊人的毅力完成了他的另一部长篇小说《夜色温柔》(1934)，并再次获得好评。由于长期无节制的饮酒，加上精神郁闷，菲茨杰拉德患上了心脏病。1940年12月21日，菲茨杰拉德在刚刚修改完《最后的一个巨头》的第五章后与世长辞，时年44岁。

《人间天堂》是一部自传性很强的小说，描述了主人公艾莫利从童年到青年的心理成长和精神发育过程。艾莫利出身于富家，喜欢社交，热爱文学。在大学时代，他经历了两次浪漫的爱情，均以失败告终。第一次世界大战爆发后，他入伍赴法国参战，却目睹了人类历史上最疯狂、最残酷的一幕。战争结束后，艾莫利返回美国。此时，他的父亲因投资不当而破产，全家生计窘迫。此后，他又经历了两次爱情悲剧，心灵受到沉重打击，心灰意冷，整天借酒消愁。小说结尾，艾莫利重访了普林斯顿大学以及他从前生活过的地方，不禁百感交集。《人间天堂》生动地记载了第一次世界大战前后美国青年一代追求享乐、放荡不羁的生活方式，深刻地揭示了这一代人的精神空虚和道德沉沦："凌晨3点，她们在令人难以想象的餐馆里用跳舞之后的晚餐，半真半假地谈论着生活的每一个方面，然而，她们谈话时的那种隐秘的激动心情在艾莫利看来则代表了一种真正的堕落。"主人公直言不讳地告诉读者："我们整个一代人都骚动不安。"《人间天堂》以一个青年艺术家寻求自我价值为主题，通过其个人坎坷的经历来展示"迷惘的一代"作家们的共同遭遇，为"迷惘的一代"小说的创作开了先河。

如果说，《人间天堂》生动地表现了第一次世界大战前后青年一代的轻浮放纵以及对传统道德观念的"一种模糊的反叛"，那么，《了不起的盖茨比》则深刻地揭示了中年人在"爵士时代"的道德沉沦和"美国梦"幻灭的悲哀。《了不起的盖茨比》是美国文学史上最优秀的小说之一，它将"迷惘的一代"小说的创作推向了高潮。小说以来自中西部的纽约债券经纪人尼克为叙述者，讲述了暴发户盖茨比与大富翁汤姆之间的对立与冲突，并以此来揭示美国社会中新发迹的一代与地位已经确立的有产阶级之间的斗争。盖茨比出身贫寒，在第一次世界大战期间立过战功，与黛西相恋却因贫穷而无法结合。后来盖茨比靠投机交易发迹，成为赫赫有名的暴发户，他始终恋着自己青年时代的情人黛西，渴望旧梦重温。他为黛西举行盛大的舞会，想用财富买回昔日的浪漫之梦，然而早已嫁给了大富翁汤姆的黛西却是一个贪图虚荣的女人，她在两个富有的男人之间左右摇摆，态度暧昧。盖茨比为黛西所做的一切换来的只是一次次的尴尬和失望。最终，黛西驾驶着盖茨比的汽车将威尔逊太太撞死，而汤姆却幸灾乐祸，并嫁祸于人。盖茨比被不明真相的威尔逊枪杀致死，而黛西此时却仍在和她的丈夫逍遥度日。

盖茨比的"了不起"就在于他身上所表现出来的所谓"美国气质""美国精神"。他是自我造就的那种所谓"美国式英雄"的典型和象征：家境贫穷而勤奋，出身低微而上进，长相英俊，受过良好的教育，得到富人的扶持。他把个人的梦想强加于他生活于其中的社会现实。他蔑视谨慎和循规蹈矩以及自我保护等社会规范，成为出身低微、不讲道德甚至违法犯罪的新一代美国"英雄"人物。盖茨比的物质成功是"美国梦"的延续，而他的悲剧又恰是"美国梦"的物质主义理想的虚空和幻灭的结果。当他不择手段地追求并获得了财富的时候，社会把他视为成功者；他自己也认为，汽车、房子、贵重的服饰等就是一个人成功的标志。盖茨比因此犯下两个错误：其一，他把财富和享乐当作了实现理想和爱情的精神基金与情感招牌，以为用这些东西就能换回昔日的浪漫情怀；其二，他所追求的黛西并不是爱情理想的化身，而是那种"外表可爱娇媚，浪漫却有寄生性，且情感冷漠"的人。用尼克的话来说就是"这类人一有机会便退缩回去，重新回到金钱堆里，过起无忧无虑的生活"。当盖茨比把梦想寄托在这位虚空的、不负责的、缺乏道德的躯体上时，他的理想主义就注定了是一场虚无缥缈的悲剧。在盖茨比富于传奇性的一生中，人们依然能够找到菲茨杰拉德自己生活的影子。作家本人也经历了从穷小子到在文坛上崭露头角、从一举成名到纵情享乐的过程。在《人间天堂》出版之后，他用"口袋里叮当响的金钱"才重新赢回了早先嫌他穷困、弃他而去的少女泽尔达，使他一度美梦成真，从此过上了狂欢达旦的生活。在某种程度上，菲茨杰拉德和泽尔达的关系就是小说中盖茨比和黛西的关系。这使他得以出色地描绘盖茨比那既神秘又富于魅力的财富，展现爵士时代灯火阑珊的醉人气氛。然而当菲茨杰拉德把这种个人经历"外化"的同时，更拓宽了自己的视野，展现出"把个人意识和外部世界、个人情感和社会环境有机结合的第一流的才智"。作者在描写他所称颂的"历史上最伟大、最纵乐的排场"的同时，看到了这个时代背后"一切神祇统统死去，一切战争都已打完，人的一切信仰都已动摇"的现实。

继《了不起的盖茨比》之后，菲茨杰拉德又凭着惊人的毅力，用 9 年时间完成了长篇小说《夜色温柔》(1934)。这部小说也以第一次世界大战后美国"迷惘的一代"的骚动、失落与沉沦为主题，深刻揭露了在动荡不安的 20 世纪 20 年代美国人所面临的日趋严重的异化感。然而，不同的是，菲茨杰拉德将这部小说的叙述重心转向了战后移居欧洲的美国人的坎坷与惆怅，反映了他们的悲观意识和厌世情绪，并以生动的笔触描绘了复杂和令人烦恼的现代经验。小说主要叙述了一对美国夫妇——心理医生迪克·戴弗在欧洲长达十年的沉沦堕落以及他和妻子尼科尔之间的恩怨经历。通过这部小说，菲茨杰拉德将“迷惘的一代”的生存境遇与精神危机表现得淋漓尽致。

在美国现代文坛上，多斯·帕索斯（1896—1970）是与菲茨杰拉德和海明威几乎同时崛起的又一位“迷惘的一代”作家。像前两位作家一样，多斯·帕索斯也将“迷惘的一代”的坎坷命运和复杂经验作为创作的焦点，但他更注重对社会作宏观的描述，巧妙地将个人失败与沉沦的经历转向了整个社会领域。同时，他也是“迷惘的一代”作家中改革意识最强并在文学实验中步伐迈得最大的小说家。多斯·帕索斯 1896 年 1 月 14 日出生在芝加哥的一个律师家庭，曾就读于哈佛大学。第一次世界大战爆发后，他应征参加了法国野战医疗队。1918 年他又到意大利参加国际红十字会的救护工作。1918 年之后，他旅居巴黎，做新闻记者。从战争年代起，帕索斯就开始了他的创作生涯。一生发表的作品达 40 余部，涉及小说、诗歌、戏剧、散文、传记和游记等多种文学体裁。他的早期小说《单人举动》（1920）、《三个士兵》（1921）以及《夜晚的街道》（1923），均是以作家本人在大战中的亲身经历为基础写成的。1925 年，帕索斯发表了他的成名作《曼哈顿中转站》。随后，多斯·帕索斯潜心创作他最重要的作品：《美国》三部曲（1938），即《北纬四十二度》（1930）、《一九一九年》（1932）和《赚大钱》（1936）。在这部长达近 1 500 页（1938 年版本）的小说中，作者采用多种现代主义表现手法，揭示了从 19 世纪末到 20 世纪 30 年代美国社会的动荡与变迁，这部作品被誉为是一部现代美国的“民族史诗”。多斯·帕索斯的创作为美国现代文学在 20 世纪 30 年代的持续发展作出了重要贡献。

由三部小说组成的长篇巨著《美国》，是迄今为止英、美小说中最长的作品，也是美国 20 世纪最重要的小说之一。它不仅全面反映了 20 世纪前 30 年美国社会的动荡与变迁，而且还集中了现代主义小说的各种技巧。帕索斯在小说中采用了比《曼哈顿中转站》更为成熟的片断性纪实方式描绘了形形色色的人物和混乱无序的社会生活。作为一部富有实验精神的小说，《美国》三部曲打乱了人物与事件之间的逻辑联系，将主题和共同的经验作为连接作品的结构。《北纬四十二度》详细地追述了 1900 年至 1918 年期间，美国垄断资本和寡头经济的发展以及对个人所造成的压力。作者描写了一场从洛基山脉刮到大西洋海岸并一直刮到纽约的强台风，试图用强台风来象征动荡不安的社会和混乱无序的生活。《一九一九年》生动地描绘了从第一次世界大战最后的厮杀到 1919 年末美国风云变幻的社会局势。而《赚大钱》则真实地反映了美国从 1920 年至 1929 年出现经济大萧条时的历史演变过程，深刻揭示了战后十年间“迷惘的一代”所面临的严重的精神危机。从青年时代起，帕索斯就十分关心政治和社会问题，他曾在 1928 年访问过苏联，并受到马克思主义的影响。在 20 世纪 30 年代与美国共产党建立了密切的关系。《美国》三部曲集中反映了帕索斯的政治观点和社会立场，在一定程度上体现了马克思的政治经济学理论对他的影响。他在小说中详细地描写了劳工运动的组织者本尼·康普顿接受马克思主义的情况，也反映了他对资本主义社会机器的不满和谴责。

在《美国》三部曲中，帕索斯再次运用了全景观察法，即运用多种叙述方法来造成一种多重透视的效果。其一是“新闻短片”的叙述方法，即用报纸新闻、广告、电台流行歌曲等作为每篇小说的标题，以增强新闻纪实性和时代特征。全书共有 68 次“新闻报道”，内容五花八门，不仅向读者提供了广阔的社会背景，而且使人能深入了解世纪初美国的社会舆论及时代与环境。其二是“照相机镜头”叙述方法。全书的 51 次“照相”，以各种杂乱而零散的片段表现作者在不同的人生时刻对生活的印象与感受，反映出作者试图“客观地”表现生活的努力。帕索斯说：“这正是我在《美国》三部曲中采用‘照相机镜头’的原因，直接将我个人琐碎的经验注入作品这种方式有助于排除其主观成分。”其三是“人物传记”，这也是小说中具有特色的叙述方法之一。《美国》三部曲共有 26 篇“人物传记”，作者在这些真实的人物传记中也清晰地表明了他试图将历史事实渗透到虚构的画面中以“获得某些比虚构的小说更确切的东西”的创作意图。其四，帕索斯在采用传统的第三人称作为小说叙述方式的同时，还经常采用一种被称为“自由的间接语体”进行叙述，这种语体使他能够根据人物的身份与性格自由选择词汇，而且还有助于作者随时表现自己对人物的同情或嘲讽等不同的主观态度。此外，帕索斯对人物过去和现在的经历从不作全面完整的叙述，而只是提供一些支离破碎的信息，他的第三人称叙述的琐碎性和间断性也表现出淡化故事情节、强调人物经验的创作倾向。这些迥然不同、方式多样的创作手法，极大地丰富了作品的层次感和立体感。

《美国》三部曲全方位地反映了第一次世界大战前后美国社会的生活，深刻地揭示了“社会机器”对人性的压抑与摧残。从某种意义上来说，这部巨著不仅全面地描述了“迷惘的一代”的形成与发展的全过程，而且也是对这一代人命运的概括与总结。不少评论家认为，《美国》三部曲是反映“迷惘的一代”的最后一部重要小说，它为战后美国盛极一时的“迷惘的一代”小说画上了一个圆满的句号，同时也为美国 20 世纪 30 年代社会小说的崛起拉开了序幕。

此外，20 世纪前 30 年的美国，还有一些不属于严格意义上的“迷惘的一代”的作家，但作为一种个人寻找和现代生活的联系以及这种寻找最终表现为一种对抗性的冲突的创作现象，他们和“迷惘的一代”又存在着许多相似之处。托马斯·沃尔夫（1900—1938）就是这类作家的代表。沃尔夫一生创作了 4 部长篇小说，代表作是《天使望家乡》(1929)。这部小说写一个叫尤金的青年的一段人生经历。尤金出身于石匠家庭，家庭以及社区周围人们的不幸在他幼小的心灵上刻下了深深的印记。长大后，他干过各种活计，还上了大学。可是个人的努力并没有给他带来舒适豪华、令人振奋的生活。尤金决心再一次去承受来自生活和情感的压力，他告别了家乡，永不复返。沃尔夫不同于帕索斯之处在于，他不是从宏观的社会整体的角度去寻求解决现实生活冲突的办法，而是以个人的灵魂、以自身去对抗这种冲突。他往往以自己的个人经历和体验去展示冲突，这使他的作品带上了明显的自传色彩。他说，"我必须把自我和美国融合在一起"。

"迷惘的一代"思潮在欧洲文学中也有所反映。德国作家埃·马·雷马克(1898—1970)的长篇小说《西线无战事》(1929)也是"迷惘的一代"文学的重大成就之一，采用主人公自白的形式，愤怒控诉了帝国主义战争对一代青年的损害与摧残。英国作家理·奥尔丁顿(1892—1962)的长篇小说《英雄之死》(1929)是英国文学中反战主题最鲜明的作品之一，谴责了帝国主义发动战争、把人变成炮灰的罪恶，同时也流露出作者病态的怀疑和近乎歇斯底里的苦闷情绪。

二、"迷惘的一代"文学的基本特征

1. 浓墨重彩地表现青年人严重的心理和精神创伤。

"迷惘的一代"文学是在第一次世界大战之后，资本主义社会经济危机以及传统信仰危机下的产物。这一派作家大多数亲身经历了帝国主义战争的浩劫，把自己的命运同帝国主义战争联系在一起，认为这是悲剧的历史根源。他们怀着无限的伤感和悲苦来描写被战争驱逐出生活常规的、饱经沧桑的人们的不幸，致力于挖掘人物的心灵创伤。当这些小资产阶级知识分子的玫瑰色梦想被帝国主义战争炮火轰毁的同时，他们的道德标准、伦理观念、人生信仰等也随之破灭。他们憎恨战争，却又不知该如何消灭战争；他们被战争所唤醒，又看清了战后资本主义世界的危机和本质，更加感到前途茫茫，心灵空虚。"迷惘的一代"文学从不同角度全面地反映了20世纪初美国社会的动荡与混乱，并通过他们的创作，展现了美国青年面对着战争的创伤不知所措的精神状态。海明威深刻反映了战争对人性的摧残以及对战后一代所造成的严重精神创伤，如在《永别了，武器》中，主人公亨利"与敌人单独媾和"的迷茫；多斯·帕索斯则成功地谱写了从20世纪初至经济大萧条时期的美国社会的政治、道德和技术史。这一切都打上深刻的时代印记，在美国文学史留下重重的一笔。

2. 深刻揭示了一代青年人想走出困境，但又无路可走的心理状态。

面对困境，是积极应对，还是悲观逃避？这是人们受到心理和精神创伤后的两种选择。"迷惘的一代"作家们，几乎都选择了后者。但这些青年又和一般的遭受创伤的人不同的是，他们受到了现实暴力的严重伤害，对此认识得很清楚，也想从这种困境中和创伤中逃避出来,但却根本找不出走出创伤、逃离困境的出路。因此只能在迷惘中浑浑噩噩地度日,在放浪形骸中耗费生命。他们是清醒者,同时又是找不到出路、缺乏逃出勇气的一代人。换言之,他们失落了理想,只能逃避现实,躲进个人狭小的天地,想用爱情、友谊和寻欢作乐来解脱精神的痛苦,企图在富有刺激性的活动中使自己振作起来。然而这种消极遁世的思想和放荡不羁的生活反而使他们更加离开生活的常轨,陷入更深的悲观绝望而不能自拔。菲茨杰拉德生动地描绘了爵士时代美国上流社会的纵欲无度,如盖茨比所信仰的"美国梦"最终破灭的真实过程。

3. 尽管"迷惘的一代"仍保持了部分现实主义的创作传统,在小说的技巧和形式上不像其他现代主义流派如意识流小说那样,不遗余力地进行彻底革新,但在许多方面仍表现出现代主义的主要特征。

首先,"迷惘的一代"小说具有题旨的现代性,即揭示现代人的生存境遇,着力表现战后弥漫在西方世界的异化感、孤独感和绝望心理,并深刻反映出现代人的道德困境和信仰危机。例如海明威的小说着力表现人们生存境遇的"虚无"与"创伤",菲茨杰拉德则集中描写"虚幻的美国梦",而多斯·帕索斯的小说更多地表现"社会乌有",所有这些共同构成了斯泰因所说的"迷惘",也与艾略特的"虚无又是虚无"彼此呼应,相辅相成。就根本而言,"迷惘的一代"小说通过揭示人们在战争以及现实世界中受伤和失落的心理来对抗资本主义世界的冷酷现实,描述了人的本质被物化的新特点。其次,在作品形式和创作技巧上体现了现代主义的艺术特征。"迷惘的一代"小说往往有选择地、迂回地表现客观外部世界,描绘规模和视野均十分有限。摈弃了通晓一切的全知叙述方式,而经常采用像《了不起的盖茨比》中的尼克那样有限的、不可靠的甚至自相矛盾的叙述角色;许多作品在结构上打破时间顺序,淡化情节,采用隐喻、意象和象征等手段表现人的心理体验,并通常伴以含混的、"开放性"结尾。这些都使得"迷惘的一代"与现代主义小说有着更多的艺术亲缘关系和艺术共性。当然"迷惘的一代"小说还不像意识流小说那样直接深入人的无意识领域,也不像其他现代派作品那样执著于艺术手法的标新立异,但他们在揭示社会矛盾、表现精神危机方面毫不逊色,而且更具有可读性,拥有广大的读者群,在西方社会中产生了广泛的影响。

三、"迷惘的一代"文学的基本评价

"迷惘的一代"文学在第一次世界大战之后出现,具有深刻的社会历史与文化意义。

首先,"迷惘的一代"文学突出表现了对帝国主义战争的反感和厌恶情绪,具有强烈的反战情怀,深刻反映了当时西方社会的时代文化要求。众所周知,第一次世界大战刚刚结束不久,欧洲大陆又弥漫着第二次世界大战的阴云。当时欧美社会，尤其是欧美知识界，反战情绪高涨。面对这样严酷的社会现实，"迷惘的一代"作家们凭着亲身参与战争的特殊体验以及自身所信奉的传统信仰幻灭的经历，站在人道主义与和平主义立场上揭露帝国主义战争的残酷与荒唐，表现了战争所造成的一代青年的毁灭。因此，"迷惘的一代"作家的作品就体现了适应历史发展要求的时代进步性。

其次，"迷惘的一代"文学也深刻地展示了当时青年一代的独特心理特征和精神风貌。可以说，"迷惘的一代"作家的共同点是厌恶帝国主义战争，却又找不到出路。第一次世界大战爆发时，他们大多是20岁左右的年轻人。他们在战争中经历了种种苦难，了解到普通士兵中间的反战情绪，这在他们心灵中留下了无法医治的创伤。他们的作品大都反映了这样的思想感情。但他们对待战争的态度，只限于厌恶、逃避与诅咒，由此也导致了他们对战后的和平生活也不抱希望，所以在作品中迷惘、悲观的情绪较为浓厚。所谓"迷惘"，即厌恶战争，失去了生活的方向，内心感到失落、惆怅、空虚。尤其是他们不能清醒地认识到帝国主义战争的根源，不能把批判的矛头指向资本主义制度本身，常常陷入主观好恶之中，消极逃遁的个人主义和悲观色彩极为浓厚。

最后，"迷惘的一代"从其崭露头角的那一刻起就具有鲜明的文化反叛性。亨利·F. 梅在其著作《美国天真时代的终结》中就认为，第一次世界大战好像一条历史鸿沟，割裂了西方文化传统的绵延和发展，成为现代意识和新文化的起点。曾经支撑欧美旧文化的三根支柱，即对传统道德、社会进步与绅士文化的信念，遇上第一次世界大战的强烈冲击，必然会带来整个旧文化体系的轰塌。"迷惘的一代"作家们，融合了战后对传统的反叛精神，吸收了各流派的艺术成就，通过在文学创作时推崇文字上的简约主义，创造出了完全不同于以往作家的新的文学风格和文学表达方式。例如，对所有崇高的题材和字眼都弃之如敝屣，认为"光荣"的东西也没有什么光荣，至于"牺牲"那不过就像芝加哥的屠宰场，不同的是肉拿来埋掉罢了。所以其社会影响远远超出文学范畴，在文学和文化领域都产生了革命性的轰动效应，甚至影响了战后一代青年的思想和行为方式。

第二节　海明威与《永别了，武器》

一、生平与创作

厄内斯特·海明威（1899—1961）生于美国伊利诺伊州橡树园城一个有名望的家庭。父亲是医生；母亲是歌剧演员，还是一位早期的女权主义者。海明威在中学时成绩优异，经常为报纸和文学杂志写稿，参加多种运动，并随父亲学会了打猎和钓鱼。每年夏天，海明威都在他的家乡附近的瓦鲁湖边度过一些时光，和朋友垂钓，与父亲一起打猎。早年生活的经历给他以后的创作提供了素材。中学毕业后，海明威离家到《堪萨斯城之星》报社工作，报道医疗卫生和犯罪消息，渐渐形成了他以巧妙的幽默笔调讲述故事的特有风格。

海明威的一生与战争、暴力和死亡结下了不解之缘。他的真正教育不是在大学而是在欧洲战场上完成的。1918 年春天，未满 19 岁的海明威加入了美国红十字会救护队，前往意大利参加第一次世界大战的救护工作。同年 8 月身负重伤，在米兰的红十字会医院接受治疗。其间，与照料他的护士阿格尼丝产生了爱情。战争的经历使刚刚进入青春期的海明威身心两方面都受到了严重的创伤，对他的性格、思想和创作产生了至关重要的影响。1919 年，海明威从意大利返回美国。他经历了许多痛苦的考验：疯狂而又残酷的战争回忆始终纠缠着他，死亡与恐怖仍在时时威胁着他，身体的创伤使他患了严重的头痛病，痴心相爱的阿格尼丝也拒绝了他的爱情。他就像一头受伤的狮子，忧郁苦闷，感到前途渺茫。1920 年，他在为《多伦多明星报》撰稿的同时开始了小说创作，并于同年 12 月，与新婚妻子哈德莉一起远渡重洋，移居巴黎。在巴黎，海明威先后结识了埃兹拉·庞德、葛特鲁德·斯泰因、詹姆斯·乔伊斯、多斯·帕索斯和菲茨杰拉德等侨居巴黎的现代作家。在庞德的邀请下，1923 年他发表了第一部作品《三个短篇小说和十首诗》。次年，他的短篇小说集《在我们的时代》发表，这部小说集生动简洁、文体优美，标志着海明威独特风格的形成。在这部小说集里，包括两类作品：一类是通过虽不连贯但又相互联系的一组短篇小说，描写带有作者自传色彩的主人公尼克·亚当斯少年时期在密执安的生活遭遇；另一类是穿插在这些短篇小说中间的、类似新闻报道的无标题小品，多数是客观地描写第一次世界大战的残酷画面。作品中和平生活的场景与战争中的厮杀场面不断更迭，交替出现。以尼克为代表的一类青年，在战火里死里逃生，在战后心灰意冷，灵魂一片空虚。《在我们的时代》里，已经产生了“迷惘的一代”的雏形。

1926 年，海明威的第一部长篇小说《太阳照样升起》发表。这部真实描写战后美国“迷惘的一代”异化感、孤独感和失落感的长篇小说实际上是这个流派的宣言。它不仅塑造了“迷惘的一代”的典型，同时也将“迷惘的一代”小说创作推向了高潮。小说描写的是第一次世界大战之后一群流落巴黎的英美青年的情感痛苦、精神空虚失落和百无聊赖、放纵无度的生活经历。主要人物有男主人公杰克·巴恩斯，女主人公勃莱特·阿施利，犹太青年罗伯特·科恩，年仅 19 岁的斗牛士罗梅罗，破产商人迈克·坎贝尔等。小说卷首的引语“你们都是迷惘的一代”点明了小说中所有的人物都是“和土地失去了联系”的“流亡者”。

主人公杰克·巴恩斯是个美国青年，在第一次世界大战中负了重伤，战后旅居法国，为美国的一家报纸当驻欧记者。他热恋着勃莱特·阿施利夫人，但负伤造成的残疾使他失去了性功能，不能与自己钟爱的女人结合。他丧失了生活的目标和理想，陷入深深的幻灭感中。他嗜酒如命，企图在自我麻醉中忘却精神的痛苦。女主人公勃莱特在第一次世界大战中当过护士，在战争中失去了爱人，战后也旅居巴黎，由于“在这种地方谁也不知道要干什么”，所以她在咖啡馆里酗酒，和男人调情，过着纸醉金迷、恣意放纵的生活，目的是为了忘却“人间地狱般的痛苦”。深为自己的犹太出身感到自卑和困惑的科恩也狂恋上了勃莱特，并与她结伴同往西班牙圣塞巴斯蒂安游览。

巴恩斯不愿意在无谓的寻欢作乐中耗尽生命，于是和朋友彼尔一起到彼利牛斯山区去旅行，企图在大自然的怀抱中寻找“和土地的联系”，并试图在悠然自得的垂钓中治疗心灵的创伤，以求得精神解脱。勃莱特也不甘心自暴自弃、堕落到底，她和未婚夫迈克以及巴恩斯等人一起参加巴斯克人的节日狂欢，在潘普洛纳观看斗牛。在斗牛士罗梅罗身上，他们看到了敢于单身鏖战、对痛苦无动于衷和蔑视死亡的“硬汉子”精神，感受到极大的刺激和振奋。追求刺激的勃莱特狂热地爱上了年仅 19 岁的斗牛士罗梅罗。这使科恩醋意大发，盛怒之下，曾获得普林斯顿大学中量级拳击冠军的科恩，将巴恩斯和迈克击倒在地，又将罗梅罗打得鼻青脸肿。尽管如此，罗梅罗还是在当天晚上与勃莱特一起离开了潘普洛纳。然而，勃莱特最终发现了两个人年龄的悬殊和精神的差异，不得不与之分手。天下没有不散的宴席，为期七天的圣福明节的狂欢过去之后，书中人物幽灵般纷纷离去。更加怅惘抑郁的巴恩斯向困在马德里旅馆里的孤独的勃莱特再次伸出了友谊之手，可是，这一对彼此真心相爱的男女却永远不能结合。他们感到了愈发解脱不了的孤独苦闷，愈发感到前途渺茫。小说在弥漫着浓重的悲观情绪和哀伤痛苦的气氛中结束。

巴恩斯是具有双重身份的“迷惘的一代”的典型代表：他既是一个战争的受害者，又是一个社会的观察者；既是“迷惘的一代”思想与行为的参与者，又是他们的代言人。在这个形象身上还带有作者自传的成分，体现了海明威本人的某些经历和他战后初年的世界观以及性格上的许多特点。

次年，海明威发表了第二部短篇小说集《没有女人的男人》，在这部小说集中，海明威的“硬汉子”形象愈发地硬朗，性格也更加鲜明。如《打不败的人》《杀人者》《五万元》等作品，体现了海明威对“硬汉子”形象独特的理解方式，他可能不是胜利者，但一定是打不败的人。

1928 年，海明威的父亲因无法忍受生活的压力开枪自杀，他本人则经历了两度离婚，这些无疑都在海明威的心理上留下了更加浓重的阴影。在此后的十余年中，海明威发表了一系列带有“迷惘的一代”色彩的作品。其中包括《永别了，武器》(1929)、《有的和没有的》(1937)等。这些作品以强烈的反战倾向深刻揭示战后欧洲人的精神危机，确立了青年时代的海明威作为“迷惘的一代”代表作家的地位。

第一次世界大战的硝烟刚刚散去，人们还未能从痛苦和怀疑中走出来，第二次世界大战的阴云再一次威胁着人类的生存。1936年，西班牙内战爆发，战争的炮火使海明威这头雄师再次振作精神，作为一名战地记者来到被围困的西班牙首都马德里。在他撰写的报道、特写和其他文艺作品中，海明威热情歌颂战斗的西班牙人民，精神世界更为丰富和开阔。1940年，以西班牙内战为题材的长篇小说《丧钟为谁而鸣》出版，在世界文坛引起强烈反响。小说中塑造的为异国的正义事业而捐躯的英雄罗伯特·乔丹的形象，给人们带来了极大的精神鼓舞。第二次世界大战期间，海明威曾随美军在诺曼底登陆，参加过解放巴黎的战斗，还到中国进行过为期6个月的访问。战后的1952年，他的经典力作《老人与海》发表，这部凝聚着海明威一生体验与思考精华的作品，使他荣获诺贝尔文学奖。

20世纪50年代末，他患上了忧郁症，几经治疗不见好转。1961年7月2日，海明威像他的父亲那样用猎枪结束了自己的生命。正如研究海明威的著名学者杰弗里·迈耶斯所说，海明威本人就是一部自我矛盾的杰作。这种矛盾既贯穿他一生，更渗透于他的全部写作生涯和生活际遇之中。他本应是天之骄子，却又一辈子与死神打交道，他责备他父亲的自杀为怯懦，但自己最后也走上了同一条路。他本来与托尔斯泰、劳伦斯一样主张活生生地写实，以自己亲身经历的斗争素材来创作，但又经常故意歪曲事实，杜撰情节，时而把自己打扮成英雄，时而又成为自己笔下的流氓和骗子。可以说他是文坛怪杰，也是举世闻名的风云人物。他既是20年代“迷惘的一代”文学的代表人物，也对20世纪美国文学作出了多方面的贡献，开创了一个时代的文风。[①]

综观作家一生的创作，可以看出，战争以及战争对人的戕害是海明威小说中最常见的题材。在他的全部作品中就有26部的主题是战争。[②] 尤其是海明威亲身经历的两次世界大战，成为他观察社会人生的视点。正是这种身份使海明威有了一般人难有的特殊体验：他既是战争的亲历者和受害者，又是血腥战争的目击者和旁观者。他既能在生与死的激烈瞬间观察人的本性，又能冷静地通过思考战争的意义来考察社会和人类生存境遇的本质，这使得他能用自己独特的方式描写两次世界大战。在经历了两次世界大战之后，与战争戕害同时俱来的死亡意识与悲剧意识逐渐成为海明威小说的重要题材。尽管他的作品中的主人公们仍凭借坚强的意志取得了胜利，维护了自己的荣誉，但其精神的痛苦仍然是显而易见的，流血的心灵伤口是难以愈合的。海明威曾借用了莎士比亚《亨利四世》中的一段调侃意味的台词，直截了当地表明了他对于死亡的看法：“我倒

---

① 杰弗里·迈耶斯：《海明威传·译者前言》，萧耀先等译，中国卓越公司1990年版，第3页。

② 肯尼思·S. 林恩：《海明威前言》，中央编译出版社1997年版，第3–4页。

并不在乎;死了一次不死第二次。我决存那种卑劣的心思;死也好,活也好,一切都是命中注定。为王上效劳是每一个人的天职;无论如何,今年死了明年总不会再死。"①

暴力与死亡更是海明威小说一以贯之加以思考的重点。在他看来,无论是人类社会还是自然界,都是一个由暴力和死亡构成的世界,是每一个人所必然面对的、无法逃离也无从回避的生存环境。"暴力"的具体表征就是"物"——即现存的社会政治、经济、文化与自然界中的神秘力量,它与人的本质和自由精神决然对立,是人所面对的外在异己力量,它无所不在,无可逃避,这就是人所面临的境遇。海明威在他的作品中,将"暴力"形式具象化为战争、狩猎、捕鱼、斗牛和拳击等充满惊心动魄的、生死搏斗的场面。他不仅将这些作为小说的主要意象和基本主题,而且通过这些暴力形式考察人在其中的反应和态度。1934 年,海明威在写给菲茨杰拉德的一封信中说道:"当你受到该死的伤害后,要利用这种伤害,可千万不要自欺欺人。要像科学家一样去忠实地对待它。"他在这里所说的"伤害"就是最终表现在他作品中那无处不在的"暴力"的"伤害"。海明威对于来自任何方面的任何一种伤害都十分敏感,而他与其他同时代作家不同的地方,就在于他能充分地感受到这种伤害,并且将它准确地表达出来。海明威的大部分作品中,暴力总是令人不安的主宰,一切人都逃脱不了它的威逼。他作品的魅力,正来自在暴力与死亡威胁之下人性的痛苦、迷惘、绝望、抗争等所形成的巨大张力。特别值得注意的是,海明威虽然在 20 世纪二三十年代里具有强烈的"迷惘"色彩,可是他与其他"迷惘的一代"作品不同的是,他并没有在"迷惘"中走向沉沦,而是从中生长出了他独有的"硬汉子"哲学思想与精神不败的勇气。这使得他后来笔下的人物,总是在暴力和死亡的威逼之下表现出了超越常规的气质和风度。例如,海明威 20 世纪 20 年代创作的短篇小说中,就充满了暴力、鲜血和死亡的意象,并围绕着创伤与死亡来表现暴力对人类尤其是青少年精神与肉体的伤害和影响。但他们往往以勇敢、尊严和忍耐为准则,独自面对痛苦的折磨或死亡的威胁,沉默而执著地寻找战胜失败的方法。尼克是海明威短篇小说中经常出现的一个人物,他并不是故事的中心人物,而更多的时候是一个旁观者。在《印第安营地》中,孩提时代的尼克经历了对于生命、暴力、痛苦和死亡的最初体验。从这部小说开始,在《三天大风》《斗士》《杀人者》《大二心河》等许多作品中,尼克在越来越多的暴力和罪恶中,完成了从童年、少年到青年的成长过程。暴力与罪恶使尼克身心两方面都受到重创,对人类的前途感到迷惘和困惑,但他却并没有因此悲观绝望,除了孤独地默默忍受或逃避暴力与罪恶的伤害而外,尼克对生命和死亡有了更深刻的认识。在对尼克形象的不倦探讨与刻画

① 威廉·莎士比亚:《亨利四世》,朱生豪译,大众文艺出版社 2008 版,第 305 页。

中，海明威渐渐形成了艺术思想中的死亡意识和悲剧意识。

塑造精神不败的“硬汉形象”，寻找在痛苦世界中迷惘的人们的出路，既是“迷惘的一代”精神发展在海明威作品中的升华，也是海明威作品的基本主题。“硬汉形象”是海明威在冰冷破碎、颠倒混乱的世界中，在那些孤独苦闷、迷惘空虚的西方精神流浪者面前，塑造出的既风流倜傥又无所畏惧，言辞干净利索、行动果敢有力的在重压和失败面前依然保持着优雅风度的英雄形象。这些“硬汉”坚忍刚毅，勇敢、正直，他们的“硬”，不仅在于勇于抗争，也不仅在于视死如归，更在于他们忍受苦难与折磨的能力，以及对待失败的优雅风度。面对战争的噩梦以及荒诞的生存境遇下的失落、迷惘和幻灭的困扰，抚摸着身上的创伤，建立起生存的法则：“一个人并不是生来就给打败的，你尽可以把他消灭掉，可就是打不败他。”这种对待命运的态度，是在特定的时代条件下，一个民族的生活哲学的体现。

《老人与海》是海明威一生思想和艺术发展的总结性作品。这部作品以对人的生存境遇中的荒诞和暴力的高度概括，人在这种情境下孤独的抗争以及面对失败时的态度等，获得了深远的寓意。在《老人与海》中，海明威的深刻在于：第一，他不仅揭示了人的社会处境的孤独，甚至人与一切生物之间的冷酷无情，更表明整个人生从现象到本质都是彻底的孤独与荒诞的。第二，无论人怎样聪明有力，怎样地意志坚强，无论他进行怎样非凡而卓绝的反抗，其结果注定了以失败告终，获胜的希望从来就没有过。在他们的反抗开始之前，“行动的悲剧性”早已注定了。因此，同生之痛苦、绝望相比，死亡倒是一种“唯一的安全保障”，具有“超越一切的现代舒适”。第三，既然如此，人生的全部意义就仅仅在于面对必然失败的命运时人如何保持胜者的风度。桑提亚哥作为“硬汉形象”的代表，正在于他“主动选择”了抗争，既然无法逃遁便泰然处之。“重压之下的优雅风度”，使他得以展现出超越时空的人格力量，成为处于双重荒诞境遇中的“真正的”精神的强者。正因如此，《老人与海》可以看成是一部存在主义哲学的寓言，因为在这个世人皆知的故事之中，隐藏着作家对处在现实和人生双重荒诞境遇中现代人特征的深刻理解，这些不惮于失败的“硬汉形象”，正是海明威从“迷惘”走向“自由选择”的百折不挠的精神归宿。

在艺术上，青年时代的海明威也是世界文学史上风格极为独特的作家。

第一，遣词造句的简洁精练和思想情感的含蓄深沉，是海明威艺术风格中最突出的特征。这种风格早在他创作的初期就已经显露出来，在《三个短篇和十首诗》《在我们的时代里》《太阳照样升起》和《永别了，武器》等作品中，他总是极尽字斟句酌精雕细刻之能事，这种简练的文字使他几乎达到了“点石成金”的艺术境界。海明威懂得如何以最简单的语句来表达最复杂的思想，如何去掉繁文缛词而使语言朴实无华。他很少使用形容词和副词，而主要依靠名词的准确性和动词的生动性直接触及事物的原样，使所表现的事物本质清晰地呈现在读者面前。这种特色,形成了他后来写作的“冰山”原则。1932 年,海明威在他的作品《午后之死》中说:“我总是按照冰山的原则来写作,那就是浮出水面的只有八分之一,还有八分之七藏在水下。你知道的东西可以略去不写,这样反而加固了你的冰山。略去不写的就是含而不露。”很显然,所谓“冰山”原则,就是用简洁的文字塑造出鲜明的形象,并把作者自身的感受和思想最大限度地隐藏在想象中,使之情感充沛却含而不露,思想深沉却隐而不晦,将文学的可感性与可思性巧妙地结合起来,在简练的文字与深沉的含义的相互撞击中,迸发出巨大的思想与情感的艺术张力。他将强烈的情感隐藏到简约的笔法之中,留下大量空间,让读者用自己的想象去填补“水面以下的”八分之七的天地,从而将作者、读者和小说中的人物三者之间的距离缩短到最低限度,迫使读者在阅读其小说时所产生的丰富联想和想象,营造出更深远、更含蓄的意境,使每一个意象、每一个场景、每一个展示出来的动作,都同时兼具多重寓意。简言之,“冰山”原则由四大要素构成,这就是:简洁的文字,鲜明的形象,丰富的情感和深刻的思想。鉴于海明威所创造的这种极富个性的散文风格,瑞典皇家科学院在授予其诺贝尔文学奖时称他“精通现代叙事艺术”。英国作家赫·欧·贝茨称他的小说引起了一场“文学革命”,把附着在文学身上的“乱毛”“剪了个干净”。贝茨认为“海明威是个拿着一把板斧的人”,“斩伐了整座森林的冗言赘词”。[①]

第二,意蕴深刻的象征也是早期的海明威艺术风格的一个特点。他运用象征的手法将抽象的思想变成具体的物象,再让读者从具体的物象激发经验、想象和情感,去发掘其中的意蕴。海明威使用象征手法颇有节制,主要用来渲染气氛,以达到深化主题的目的,或为了精要地揭示人物性格特征。例如在《永别了,武器》中,海明威用了各种各样的“雨”,来象征和表现人物的不幸及其内在情绪,雨季仿佛贯穿了作品的全过程。雨不仅影射主人公风雨飘摇的生活和战争的恐怖,而且还象征痛苦和死亡。越到后来,这种手法创作就越加自觉。例如,在《乞力马扎罗的雪》中,作者采用了讨厌的大鸟、猎狗、死豹、骑自行车的警察、白得炫目的雪山等大量隐喻和暗示的意象来象征死亡;而在《老人与海》中,象征则成为一种普遍的手段。大海象征着人所面临的变幻无常的神秘处境,马林鱼象征着人生的目的;鲨鱼象征着永远摆脱不了的暴力与悲剧,狮子象征着勇气和力量;甚至老人桑提亚哥也是一个象征,他象征着“完全哲理化的人类形象和人类精神”。从这些手法中不难看出早期的海明威与后来的海明威之间的联系。

第三,真实性是海明威创作最打动读者的地方,也是他所追求的效果。《在

---

① 赫·欧·贝茨:《海明威的文体风格》,见董衡巽:《海明威研究》,中国社会科学出版社 1980 年版,第 130 页。

我们的时代里》《太阳照样升起》等作品，表现当时“迷惘的一代”的生活真实、思想真实、情感真实以及其赖以产生的时代氛围真实等都达到了极为深刻的程度。越到后来，海明威的小说似乎每一部都是他亲身经历的缩影：在罗伯特·乔丹式的战士、曼纽尔·加西亚式的斗牛士、桑提亚哥式的渔夫、弗朗西斯·麦康伯式的猎人身上，人们都能很容易地发现海明威个人经历的影子。海明威的一生是在冒险的经历、战争的伤害、死亡的威胁以及种种个人生活的磨难和挫折中度过的，他的性格中也具有喜欢冒险猎奇、争强好胜和不甘失败的特点。在他的遗作《海流中的岛屿》(1970 年出版)中那个受了伤，可能要死去的主人公所说的“别操心，老兄，……你一辈子走的就是这条路”的话，正是海明威一生性格和精神特征的真实写照。海明威将他的小说创作当作是实现自我的一条途径，在塑造人物的同时，又塑造出了另外一个自我。

二、《永别了，武器》分析

1929 年发表的长篇小说《永别了，武器》(又译《战地春梦》)，是“迷惘的一代”文学的代表作。

内容介绍 小说分成两部分，第一部分是告别战争；第二部分是告别爱情。故事描写第一次世界大战期间，美国青年弗雷德里克·亨利应征入伍，被派往意大利前线的一个战地救护队任中尉。亨利为人和善，在军队里人缘很好。一次休假时，亨利在好友的引见下，结识了军队医院的一个美丽的英国女护士凯瑟琳，两个人产生了好感。战争期间，亨利因工作需要经常往返于前线与后方医院，也经常去看望凯瑟琳。

一次亨利在前线执行任务时，一发炮弹落入他所在的隐蔽室。他因此腿部受伤而被送进了野战医院。刚好凯瑟琳也调入这家医院，意外的重逢加深了两个人的感情。治疗期间，亨利尽情享受着爱情的滋润，伤口也一天天愈合。这期间凯瑟琳怀了孕。但因前线战事吃紧，亨利不得不返回前线。此时，他越来越厌恶这场倒霉的战争。气候变得非常恶劣，战争的形势也越来越糟。不久，他们的防线被德、奥联军全面突破，意大利军队全线大撤退。亨利负责护送救护车随着大溃败的队伍一路后撤。道路泥泞，队伍嘈杂，逃兵、伤员和农民混杂在一起，混乱一团，天上还不时地有敌机的空袭。

亨利和他的战友在混乱的撤退大军中，竟然误跑到德军占领区。亨利东躲西藏，千方百计地逃离了敌军阵地，终于回到了意大利人防地的河岸，但却只因为不是纯正的意大利口音，竟被意大利宪兵怀疑是间谍而扣押起来。看着同行的一个中校军官被宪兵不分青红皂白地拉出去枪毙，而这种枪毙还在继续，亨利明白不能把命运押在这些愚蠢的混蛋手中，于是趁宪兵不备，跳入冰冷的河水，冒着枪林弹雨逃了出去。到岸上，亨利丢掉了军服和所有的证件，爬上一辆运送枪炮的列车。对战争已经彻底失望的亨利来到了米兰，一心想与凯瑟琳相见，但是凯瑟琳已经离开。几经辗转，亨利来到了斯特雷萨，终于见到了日思夜想的爱人凯瑟琳。劫后余生使两个人更加珍惜他们之间的爱情，决定隐居乡下，逃离战争。但是仍旧躲不过米兰宪兵的追查，不得已他们逃往中立国瑞士。他们住在蒙特勒一家小旅店里，每天在湖边散步、一起在小木屋里读书，畅想战争结束后一家人的生活。在冬天最寒冷的日子，亨利把凯瑟琳送进了医院，他们的儿子降生了。但是噩运接踵而至，先是他们的儿子没有活下来，然后凯瑟琳也因失血过多而离开人世，只把亨利一个人留在这悲凉凄苦的人世间。

人物形象　小说的主人公弗雷德里克·亨利是"迷惘的一代"文学中最具代表性的人物。亨利原本是一个热爱生活、有正义感的美国青年，在威尔逊政府"拯救世界民主"的宣传下，怀着为正义、为民主、为和平而战的热情，离开美国来到意大利前线。作为战地救护队的中尉，他在战场上关爱士兵，尽职尽责，总是申请到第一线上去救助伤员。然而，战场上残酷的杀戮，士兵们血肉横飞的尸体，与他对战争的想象大相径庭，他越来越发现自己被欺骗了。亨利的信念开始动摇，逐渐随波逐流，与朋友们混日子。初识凯瑟琳时，他也有些游戏人生的态度。随着与凯瑟琳交往的深入，爱情的种子播入心田，精神找到了归宿，他开始向往未来的美好生活。

对战争的深切的体验，同时也受到前线士兵厌战情绪的感染，对比他亲眼目睹的后方富豪们奢华享乐的生活，使他越来越怀疑这场战争的意义。他在前沿阵地被炸负伤后，更加憎恨这场战争。亨利并没有因为获得奖章而感到光荣，反而是"什么神圣、光荣、牺牲，这些空泛的字眼，我一听就害臊"。伤愈重返战场之后，他更加认清了自己不过是这场战争的炮灰，也更加惦念凯瑟琳和未出世的孩子。他的悲哀，不仅来自敌人的炮火和杀戮，还来自自己人内部的戕害和摧残。例如被意大利宪兵毫无理由地当成了间谍，要时刻躲避宪兵的追捕。这一切，使亨利彻底看清这场杀戮生命的战争本质。他唯一的精神寄托，就是对凯瑟琳和未出生的孩子的爱。他想逃避这场杀戮，在一个清净之地享受着与世无争的淡泊生活。但是，这一愿望最后也在残酷的现实面前被彻底粉碎。刚出生的婴儿和凯瑟琳先后死去，这使他万念俱灰，只有带着无限的哀伤独自面对这丑陋的现实。

作品通过亨利的痛苦遭遇和精神困惑，揭示了经历了战争痛苦的青年一代"迷惘"的情绪。他们也曾经满怀热情，坚守信念，但是残酷的现实消磨了他们的热情，摧毁了他们的信念。战争中痛苦的经历，使他们不再相信为"正义"而战的鬼话，陷入到厌战的悲观情绪之中。连续不断的厄运使他彻底清醒："愤怒跟责任一起已经在河里冲洗掉了。"他终于看到，其实这场战争根本无正义与非正义可言，也无谁对与谁错的区分，因此，他得出结论："我并不反对他们（德国人），我已经与此无关。”“我已经单独与敌人媾和了。”应该说，亨利不是一个自觉的反战主义者，他也无力对抗这场杀戮，只能选择一种消极避战的态度来自我逃离。这是海明威“迷惘”情绪最经典的写照，亨利也因此成为“迷惘的一代”文学中最典型的形象，在他身上深刻地概括了整整一代人的悲哀。

思想意义　这部小说体现出了深刻的思想认识价值。具体来说，表现在以下两个方面。

1. 作品通过人物在战争中的命运，集中表现了一代青年的“反战”的情绪。

像亨利这样的相信帝国主义的战争宣传，认为参战是神圣而光荣的青年，在第一次世界大战期间是很多的。他们大都怀着满腔的狂热情怀，投身于战场，要为“正义”而战。但在残酷的战争面前，他们都迷惘了。他们发现，战争的背后不过是政客之间的阴谋和算计，是大资产者攫取和瓜分最大利益的手段。他们认识到了战争不过是用人的生命所进行的赌博，而自己不过是这场赌博中的棋子而已。更重要的是，他们看到，这些肮脏的目的却是打着“正义”“爱国”“荣誉”等冠冕堂皇的旗号来掩饰的。这些青年不过是大资产者和无良政客们的炮灰而已。这样，战争“神圣”和“光荣”的外衣被剥得精光，因此，他们必然要求永远告别战争。亨利内心中所想的是：“什么神圣、光荣、牺牲，这些空泛的字眼，我一听就害臊。”“我可没见到什么神圣的东西，光荣的东西也没有什么光荣，至于牺牲那就像芝加哥的屠宰场，不同的是把肉拿来埋掉罢了。”这其实正是代表了一代青年的典型想法，是他们对帝国主义战争厌恶情绪的典型流露。

但同时需要指出的是，作品中亨利中尉所体现的“反战”情绪，并不是清醒意义上的反战思想的反映。他搞不清战争究竟有什么意义和价值，因此在迷惘和困惑中，以逃避的态度来表达反战情绪的。这又是最典型的“迷惘”的思想情绪的体现。

2. 小说也通过亨利和凯瑟琳的爱情悲剧，深度思考了当代人类悲剧命运的来源——暴力世界的问题。

在海明威看来，我们正处在一个暴力世界中：在战争条件下，战争暴力戕害人，令人恐惧，让人讨厌。但他也没有把希望寄托在战后的和平生活上——因为他认为这仍然是一个充满暴力的世界。凯瑟琳因难产而死，孩子也夭折，亨利一人生活在绝望和凄苦之中，这就给小说抹上一笔浓重的悲剧色彩。在小说中，毫无疑问，战争是暴力，是用有形的暴力在损害人，置人于死地。但在现代社会的和平环境中，作家看到各种“暴力”仍然无所不在，冥冥中仍然有着与人为敌的各种暴力形式——如“难产”“孤独”“痛苦”等，人无论如何是逃脱不掉被“暴力”世界损害的“厄运”的。换言之，一方面，面对残酷战争，人逃脱不了一死。例如在小说中，亨利的许多朋友都死于战争。但另一方面，即使逃出了战争又会怎么样呢？亨利和凯瑟琳终于逃了出来，但凯瑟琳却死于难产，亨利孤独地留在人世上，生不如死。小说还把这种厌恶和恐惧暴力的情绪扩展到普通士兵和平民当中。普通士兵乃至下级军官，普遍地厌恶战争，有的人通过自残来逃避上前线，有的人千方百计地想出各种主意赖在医院，有的人酗酒成性，借酒消愁。但无论怎样，每个人最终都成为了暴力世界的受害者。因此，在作品中有一个非常形象的比喻：人好像是烧着了的木头上的蚂蚁，有的迎着火焰爬，直接被烧死；有的想逃离火焰爬向木梢，一大群聚集在一起，最终还是掉进火里被烧死。这样，作者就从对战争暴力的反叛，发展到了对现存社会"暴力"本质的揭露，从而深刻地反映了现代人难以逃避的悲剧命运。因此，海明威在小说中所表现出的"迷惘"情绪，既是对帝国主义战争的"迷惘"，更是对现代社会已成为暴力世界的"迷惘"。作品中关于"暴力世界杀害最善良的人，最温和的人，最勇敢的人"的结论，就是这种思想认识的深刻反映。这种对现代世界的悲观绝望，从根本上否定了资本主义的社会制度和所谓的文明。

艺术特色 《永别了，武器》是海明威非常经典的一部小说，充分体现了他的艺术成就。

1. 独特的写作手法起到了奇妙的象征效果。

尽管海明威不愿承认自己的小说中运用了象征手法，但《永别了，武器》这部小说却体现出了高妙的象征性。例如《永别了，武器》的小说名称就具有强烈的象征性："永别了，武器"，其实就是人们要与现代的"暴力"永别，是要与不合人性的"暴力世界"永别。同样，小说中前面写战争的悲剧，后面写爱情的悲剧，也象征着战争与和平两个世界中的悲剧。在具体表现手法上，按照海明威研究专家卡洛斯·贝克的分析，《永别了，武器》一书的象征效果乃是靠着一种细致而重复的暗示过程造成的。在他看来，海明威的象征手法有三个方面：天、地、人。"天"指天气变化，例如雨，暗示灾难与不幸，在小说里重复出现，在读者心中缓慢地建立起雨和灾祸的心理联想。具体的象征这样细致重复，累积起来，具有排山倒海的巨大力量。"地"是指地点，把平原、低地与战事、死亡、悲哀等联系在一起。高原、高山，不管是神父的故乡还是瑞士的高山，总是与美好的幸福生活连接在一起的。作者寓情于景，使人物的感情变化更具有实在的感染力。最后谈"人"，小说中的人，都是被欺骗和被戕害的人。他们都具有特殊的道德品性，在暴力世界中遵守超越现实的行为准则，他们是暴力世界中真正的人。例如军医雷那蒂，一心一意抢救伤员。又如军队里的神父，纯朴友善，受尽军官们的挖苦讥笑，但他坚持宣扬基督的爱，始终不离岗位。再如凯瑟琳，怀了孕，还敢于冒着大风雨，连夜奔往瑞士；在难产的手术台上，还与死神搏斗了好多个小时，就是在极端疲倦和痛苦中，还能坚持安慰她的爱人亨利。但这些好人，善良的人，结局却都是悲剧性的。作者正是用这些象征手法，描绘了一个让人充满迷惘的现实世界。

2. 小说运用戏剧艺术的对话方法，起到了简洁而深邃的艺术效果。

在《永别了，武器》中，人物思想情感的交流常常是通过对话来实现的，让读者仿佛身临其境地感受到人物复杂的情感。亨利与凯瑟琳情感的推进，是小说情节发展最为重要的因素，也包含了人物复杂的情感变化。但是，小说对于心理描写却没有更多着墨，而是通过一组组对话完成的。第四章中，两个人第一次的见面，就是一组组对话，亨利的美国人身份，在军队担任的职务，凯瑟琳死去的恋人，两个人对战争的看法——读者能从对话的背后，感受到两个人相互吸引，为今后的交往埋下伏笔。第十四章，亨利负伤后，凯瑟琳来到他的身边，意外的惊喜使情感迅速升温，却没有更多的心理铺垫，也是通过对话来实现的。第二十三章，凯瑟琳已经怀孕，而亨利却要重返前线，又是一组很长的对话，甚至没有一点儿心理描写，却把一对相爱的人离别前的缠绵、彼此的牵挂表现得淋漓尽致。这样通过对话来展现人物情感世界、推动小说情节发展的方法，在小说中比比皆是。这样的对话方法，有戏剧艺术的特点，使读者在阅读小说时，往往能够通过对话，进入人物的内心，解读人物复杂的情感世界。这正是海明威写作中“冰山”原则的体现。

3. 小说使用绘画艺术的留白方法，起到了让人不断思索的艺术效果。

海明威对现代文体的杰出贡献，就在于他并不按照传统叙事艺术的严密逻辑进行叙述，小说中对事件因果的来龙去脉，人物情感的复杂变迁，常常留下空白，让读者细细品味。小说中的一些事件的因果，表面看来有些突兀。例如，亨利最初见到凯瑟琳，从两个人的一番对话中，似乎感受不到凯瑟琳的心理变化。在第二次见面时，亨利对她做出亲昵举动，凯瑟琳激烈的耳光和温柔的亲吻，来得都很突然。但是，如果认真琢磨周围人对他们第一次见面时的反应，其实早有铺垫。亨利撤退时被拘后的突然跳河出逃，似乎也不合乎常理。一个来到意大利前线的美国人，地位很优越，也很容易说清自己的身份，他的跳河举动，可能招致更危险的后果。但是，结合亨利在之前的一些行为举止来看，这很符合海明威笔下常常出现的男人思维方式，他绝不能将自己的命运押在那些愚蠢的笨蛋手里。尤其是小说的结尾，孩子和凯瑟琳的去世，使亨利遭受的打击可想而知。这是最复杂、最揪心的时刻，小说却留下了一个巨大的空白。当医生告知他凯瑟琳死去的消息，并表示可以把他送回旅馆时，亨利却独自一人走进病房。“等我把他们赶走以后，关上房门，拧熄了电灯，并没有丝毫用处。这好像是在向一尊塑像告别。过了一会儿，我走出房间，离开医院，冒着大雨走回旅馆。”小说就此画上句号。

第七章

超现实主义文学与《娜嘉》

【学习重点提示】

1. 重点把握超现实主义文学所主张的“超”的基本含义与其独特的艺术手法。

2. 把握《娜嘉》中主人公“娜嘉”的形象特点以及超现实主义者写作这类形象的真正意蕴。

第一节　超现实主义文学概述

一、超现实主义文学的发展状况

超现实主义于20世纪20年代产生于法国，是继象征主义之后规模最大、涵盖面最广、持续时间最长的又一重要的现代主义文学思潮。两次世界大战之间迅速波及并流行于欧、美、亚、非各国，如英国、德国、比利时、西班牙、美国、日本等。它广泛涉及诗歌、小说、戏剧、电影、绘画、雕塑、建筑、音乐等文艺领域，主要成就包括造型艺术以及诗歌与小说等。超现实主义作家强调表现超现实非理性的无意识世界和梦幻世界，主张以纯精神和自动反应进行文学创作。“自动写作”与梦幻记录成为他们最基本的写作方法。超现实主义有组织，有刊物，阵容庞大，追随者众多；布勒东是超现实主义的领袖人物和理论家，也是代表作家之一。

达达主义　超现实主义的前身是“达达主义”，达达主义从思想与组织上直接孕育了超现实主义。达达主义运动产生于第一次世界大战期间的瑞士，主要活动于1915年到1923年间。第一次世界大战的血腥屠杀、残暴罪行及所造成的空前浩劫，使大批知识分子尤其是青年一代对西方传统的理想与信念产生了极大的怀疑，对现存的一切制度秩序感到极度的失望，对整个社会文明产生强烈的反叛情绪。1916年，以德国作家雨果·鲍尔为首的一批避居中立国瑞士苏黎世的知识分子，自发组成了一个“伏尔泰小酒店”俱乐部，表达对自己所生存的世界的憎恶。一次俱乐部聚会上，罗马尼亚人特里斯当·查拉(1896—1963)当众将一把裁纸刀随意插入一本法德辞典中，然后翻开辞典，取刀尖所指之词“达达”作为自己小团体的名称(也有的称该页页首词正好是“达达”)。“达达”是法语中儿语“马”的拟音词。取名方式的随意性、偶然性与所取名字“达达”自身含义的无意义性，已体现出整个达达主义运动的虚无主义思想倾向。

达达主义者发表了系列宣言，出版系列书刊，举办各种展览，摄制电影短片等，其活动形式多样。1917 年，出版《达达》月刊，发表最早的达达宣言《头痛灵先生宣言》。1918 年查拉发表《1918 年达达宣言》，宣称达达就是“自由”，是“一切对应物、矛盾、怪诞和不合逻辑的事物的交织”，达达就是“生命”，达达就是破坏，而破坏就是创造。达达主义振聋发聩，它迅速地流传于欧洲各国，柏林、科隆、巴塞尔、巴塞罗那等许多地方相继建立起达达团体。

1919 年，巴黎的年轻人安德烈·布勒东、路易·阿拉贡、菲利普·苏波(人称“三剑客”)因痛恨并反抗当时的现有制度与传统文化，联合创办《文学》杂志，嘲讽传统文学。同年，查拉来到巴黎，布勒东等人加入达达，《文学》杂志成为达达运动的喉舌。因此，世界达达主义运动的中心移至巴黎。

达达主义不承认任何理论，反对一切体系，反对一切现存的价值观念，认为一切都具有偶然性和不可知性，一切都是荒谬的，确认资本主义社会由于竞争和功利主义，已异化到了极点。怀疑一切，否定一切，打倒一切，是达达运动的根本精神。《达达》的封面上引了笛卡儿的名言：“我甚至不想知道在我之前是否有过人。”对于什么是美，什么是丑，什么是伟大，什么是弱小，什么是我，达达的回答全部是“不知道，不知道”。政治、伦理、宗教、科学、语言都是达达主义攻击的对象。达达主义者们将摧毁一切偶像，乃至艺术本身作为首要任务。他们用所能想得出的一切手段批判现存的社会制度，嘲讽传统的价值观、美学观等。

1922 年 4 月，布勒东在《文学》杂志上发表《抛弃一切》的文章，号召伙伴们“抛弃达达”，与达达决裂。他指责达达试图永远只停留在一个水平上，仅局限于不满和反抗，认为与僵化、变质、堕落的资产阶级文明彻底决裂是必需的，但这只是认识新世界的准备。如果说，查拉旨在否定与破坏，布勒东则认为应革命，并有所创新有所建设，而不能满足于否定与破坏。他开始提出自己的对超现实的有条有理的全新追求。从 1924 年布勒东自行组建超现实主义团体，倡导超现实主义，众多达达成员转入新的阵营，到 1929 年，查拉也放弃达达，加入超现实主义行列，标志着达达主义运动的衰落与终结。

达达主义运动是第一次世界大战的产物，也是敏感的知识分子对帝国主义战争及现有的资产阶级文明不满与绝望的表现，但并未探究清楚什么是社会罪恶的根源。他们对传统及现存的一切的全盘否决与盲目反叛在当时整个社会中激起了强烈的反响，也强化并推进了文学艺术领域的反传统意识。达达运动虽然并未解决什么实际的社会问题，但如查拉所言，“达达的价值正在于为别的什么东西扫清了道路”①。

超现实主义 1924年11月，布勒东发表第一次《超现实主义宣言》，同年，布勒东及其伙伴正式成立超现实主义组织“超现实主义研究会”，创办杂志《超现实主义革命》为超现实主义的机关刊物，宣告超现实主义运动的开始。

“超现实主义”这一术语出自20世纪初法国未来主义诗人纪尧姆·阿波利奈尔(1880—1918)。1917年他首创并使用“超现实主义”一词，称自己的剧作《蒂蕾西亚的乳房》为“超现实主义戏剧”。他的名言是“当人想要模仿行走的时候，他创造出了和腿并不相像的轮子，他以同样的态度对待超现实主义，而自己却没有意识到”。由于阿波利奈尔的反僵化、反传统和寻求超现实的美学倾向与布勒东团体的追求宗旨相契合，布勒东等取其精神而用其名。1919年，布勒东与苏波用阿波利奈尔多次尝试过的“自动写作法”合著小说《磁场》，这是超现实主义的第一部实验性作品。作品通过梦境与幻觉来展示战时法国青年的绝望心理。开始时，超现实主义的人马都是原来达达主义团体的成员，有布勒东、阿拉贡、苏波、艾吕雅、佩雷、恩斯特等。后来则有大批追随者加入，如阿尔托、巴隆、克勒韦尔、戴斯诺斯、莫里兹、纳维尔、维特拉克等。随着超现实主义运动的持续发展，旧有的成员不断脱离或被清除出去，也有新人不断加盟。

20世纪20至40年代是超现实主义的全盛期。1930年《为革命服务的超现实主义》创刊，1933年《米诺多》杂志为超现实主义团体所用，1935年《反击》创刊。众多的杂志刊物为超现实主义文艺作品提供了广阔的发表园地，大量文学作品问世，超现实主义的影响不断扩大。

超现实主义虽然是个文艺团体，其手段主要是文学艺术，但具有明显的政治色彩，当时法国国内外发生的一些重大的经济、政治事件也使超现实主义者面对现实，甚至介入社会政治斗争。政治上，超现实主义反对现存的资本主义制度，反对法国对摩洛哥的殖民主义战争。由此，超现实主义曾一度与法国共产党联合，如布勒东、艾吕雅、佩雷、阿拉贡等人加入了法国共产党。但出于他们的基本理念——信仰超现实，崇尚幻觉、梦境、潜意识，反对传统的理性思维与价值观念，鼓吹精神革命，超现实主义者拒绝走资产阶级的文人道路，开除了“过于热衷于文学运动”的苏波等人，但也拒绝依附于共产主义，拒绝活动受法国共产党的限制，拒绝放弃自我探索、内心探索的独立性。1932年，阿拉贡被开除出超现实主义团体。1933年，布勒东等人脱离法国共产党，但布勒东始终追求政治活动与超现实主义探索的共存。

---

① 转引自袁可嘉：《欧美现代派文学概论》，上海文艺出版社1993年版，第325页。

除文学之外，超现实主义也在各艺术领域内横向拓展，大批电影、绘画、粘贴、雕塑等作品陆续面世。20世纪30年代中后期，超现实主义已经影响到欧美许多国家，英国、美国、比利时、瑞士、捷克斯洛伐克、日本、墨西哥、荷兰、智利等，成为国际性文艺运动。许多国家举办了超现实主义展览会，1938年巴黎举办的国际超现实主义展览，有14个国家的70多名作家艺术家参加，活动影响巨大。

第二次世界大战爆发，法国超现实主义团体解体，一部分人应征入伍，一部分人出走国外。大部分人留在法国参加反纳粹的抵抗运动，其中部分人不再创作，部分人边战斗边创作。布勒东在1941年至1946年间流亡美国，他一边从事抵抗活动，一边继续超现实主义的探索。该阶段超现实主义运动在美国有了长足的发展。在此之前，美国对超现实主义虽有所介绍，也举办过展览会，但布勒东的到来，无疑壮大了美国超现实主义的声威。新的团体成立，《VVV》杂志创刊。杂志大量登载超现实主义文艺作品及理论性文章。布勒东也发表《第三次超现实主义宣言或并非宣言之绪论》(1942)，并到处发表演说。与此同时，由于超现实主义的其他成员散居世界各国，这大大地促进了超现实主义在各国的传播。20世纪40年代，世界上有20多个国家组建了超现实主义团体。

战后，随着布勒东回国，超现实主义的中心又转移到法国，其成员再度年轻化，布勒东仍然是运动的核心与领袖。布勒东重申超现实主义"不可分割的三重目标"——"改造世界，改变生活，彻底恢复人类的理解力"①，并要求进一步创新与提高。战后，超现实主义者继续在巴黎、布拉格、纽约等城市举办国际性展览会，并继续创办发行超现实主义刊物《霓虹》(1948—1949)、《通灵者》(1952—1959)、《超现实主义化身》(1956—1959)、《渠道》(1959—1960)、《缺口》(1961—1965)、《巨臂》(1967—1969)。最高时，各国的超现实主义杂志多达十几种。超现实主义继续干预社会，反对帝国主义、殖民主义及资本主义，也继续从事超现实主义文艺的深入探索，取得一些成果，但似乎成果不如从前。

1966年布勒东去世，新的领导人让·许斯特于1969年10月发表法国超现实主义的最后一个宣言《第四章》，正式宣布超现实主义团体解散。超现实主义运动于此告终。但即使告终，1970年，在斯德哥尔摩还举办过一个国际超现实主义展览会。由此可以看出，超现实主义对后世仍具有极大的影响。

综观超现实主义文学存在的数10年，确实可说是硕果累累，战绩显赫。诗歌、小说、文论尤为显著。佩雷的《在Bd 125》(1923)、《精彩之极》(1934)，阿拉贡的《梦幻之潮》(1924)、《巴黎的土包子》(1926)，布勒东的《失去的足迹》(1924)、《娜嘉》(1928)、《疯狂的爱情》(1937)、《钟里的灯》(1948)、《等角投

① 转引自柳鸣九:《未来主义　超现实主义　魔幻现实主义》，中国社会科学出版社1987年版，第120页。

影》(1963),苏波的《黑人》(1927),艾吕雅的《痛苦之都》(1926)、《爱情与诗歌》(1929)、《丰富的眼睛》(1936),戴斯诺斯的《为了哀悼的哀悼》(1924)、《自由或爱情》(1927),克勒韦尔的《艰难的死亡》(1926)、《狄德罗的羽管键琴》(1932)、《盘子里的脚》(1933),查拉的《狼在何处喝水》(1932),恩斯特的《抓飞机的花园》(1934)、《寂静的眼睛》(1944),多明盖的《无目的的移印画》(1936),马塔的《地球是一个人》(1941),戈尔基的《肝是鸡冠》(1944),芒苏尔的《呐喊》(1953)、《白色正方形》(1965),勒格朗德的《变化的石头》(1953)、《倒填日期的新年礼物》(1964),舒斯特的《黑夜的秩序、白天的混乱》(1967)、《古巴的金凤花,自由之树》(1968)、《档案 57/68》(1969),集体发表的《一具僵尸》(1930),等等,其作者之多,作品数量之众,非其他文学思潮可比。

超现实主义最重要的作家当推布勒东、阿拉贡和艾吕雅。

路易·阿拉贡(1897—1982),著名诗人、小说家、文艺理论家。青年时期学医。1919 年,与布勒东、苏波联合创办《文学》杂志,参加达达运动,后转入超现实主义的行列,曾是超现实主义运动的骁将,热衷于超现实主义的创作。1931 年,阿拉贡发表在莫斯科期间所写的诗歌《红色阵线》,受到布勒东等人的尖锐批判,与布勒东决裂,脱离超现实主义运动,文学创作转向现实主义。第二次世界大战期间参加反法西斯抵抗运动中的文化运动,文学的政治色彩更浓。曾加入法国共产党,20 世纪 50 年代当选为法共中央委员,直至去世。阿拉贡是个才华横溢的多产作家。诗歌、小说、文论皆很出色。主要作品有文论《梦幻之潮》(1924)、《论文体》(1928),小说《巴黎的土包子》(1926)、《共产党人》(1949—1951),诗集《断肠集》(1941)、《艾尔莎的眼睛》(1942)、《法兰西晨号》(1945)、《未完成的小说》(1956)、《艾尔莎》(1959)、《诗人》(1960)等。

小说《巴黎的土包子》被认为是阿拉贡超现实主义的代表作。小说主要以第一人称进行抒写,随意地记叙、描写"我"的思维流,"自动写作"的风格浓郁。小说没有明确完整的故事情节,思绪、画面、场景中偶尔飘荡着一两个来去无踪、无名无实或有名无实的空幻的人物,记叙之中夹杂着诗歌、短剧(戏剧片段)。小说拆除现实、梦幻、意念、想象之间的屏障,信笔涂鸦似的大量描写潜意识与梦幻,其间又穿插着许多理性的思考和议论。小说也用奇奇怪怪的形象表现清醒意识与朦胧的欲念或梦幻交织的状态。小说潜意识流涌,意念朦胧,想象丰富,气势恢弘,给人奇妙的美感。

政治与爱情是阿拉贡诗歌的重要主题。早期的诗作实践他超现实主义的理论主张,创作不受理性的控制。如诗集《永恒的运动》(1925)中的《礼帽和宝剑》:"狂飙骑士们挂在店铺的百叶窗上/像一群云雀搞翻的奶盒/它们绕着头盘旋/缱绻地依在理发师们的带胡子的圆球上。"诗行中,"狂飙"的喧嚣奔腾,"百叶窗"的寂静,"带胡子的圆球"的虚幻,奇特的幻景、意象被随意地拼接在一起,像一幅粘贴画，诗意含混，却留给读者广阔的想象空间。

对法兰西命运的忧虑，对祖国被占领、人民遭蹂躏的痛苦，对妻子艾尔莎的爱情，是阿拉贡后期诗歌的主要内容，引发诗人书写出众多抒情性极强的诗篇。如《断肠集》中的《1940 年的理查二世》："祖国好比一叶孤舟，/纤夫们把它撇下不管。/我好比一位古代的王侯，/他倒霉可以说到了极巅，/只剩下痛苦是他的江山。"诗中，诗人因祖国沦陷而忧心如焚，内心的痛苦溢于言表。阿拉贡的诗歌，语言明白晓畅，素朴洒脱，堪称抒情诗的典范。

保尔·艾吕雅(1895—1952)，原名欧仁·格兰岱尔，著名的抒情诗人，超现实主义的代表作家。曾参加第一次世界大战、第二次世界大战中的反法西斯抵抗运动、西班牙内战。也曾加入法国共产党。文学上，先后投身于达达主义与超现实主义运动。1938 年后放弃超现实主义，如他自己所言，"进入公共生活中"，"从个人的地平线转向大众的地平线"。重要作品有诗集《和平咏》(1918)、《人与兽·兽与人》(1920)、《死于不死》(1923)、《痛苦之都》(1926)、《爱情与诗歌》(1929)、《公共玫瑰》(1934)、《丰富的眼睛》(1936)、《诗与真》(1942)、《政治诗集》(1948)、《凤凰集》(1950)以及与布勒东合著的《无瑕的观念》(1930)等。《痛苦之都》被认为是他超现实主义的代表作。

爱情、自由、生活是艾吕雅反复歌咏的对象，其诗歌永恒的主题。"你双目弧光环顾我心房/一圈的旋舞与一瓣宁香/时光的晕辉安稳的永夜摇篮/……光粲的茂叶行露的青苔/风中的香蒲清芬的笑容/双翅飞越光华的宇宙/蓝空与碧海载的扁舟/繁响的逐浪彩色的泉涌。"(《你双目弧光环顾我心房》)该诗写出了诗人对情人的思念、赞美，对爱的体验，诗歌灵思飞扬，意象清新，富有梦幻色彩，是其早期超现实主义诗作的代表。

后期诗歌于现实主义的基调上兼具超现实主义色彩，语言平易晓畅，格调明朗自然，意象朴实，不似其他超现实主义诗人刻意地追求神秘、奇妙、朦胧，甚至艰涩，以致令人难以理解。在反法西斯的战争岁月中写下的名篇《自由》(1942)就是典范之作："在我的练习本上/在我课桌和树上/在沙上和白雪上/我写上你的名字……自由。"在他这首诗中，练习本、树、雪、石头、血、沙漠、鸟巢、回声、真理、孤独、危险、希望等，数十个毫无关联的意象跳跃喷涌，累积叠加，意象或具体，或抽象，或虚幻，织造出意象的网络，传达出诗人对自由的挚爱与渴望。

二、超现实主义文学的基本特征

超现实主义的文学渊源，最早可追溯到 18 世纪末英国的哥特式小说及 19 世纪初浪漫主义文学的影响。哥特式小说对欲望力量的赞颂、对传统价值观念的反叛，浪漫主义无拘无束、大胆自由的神奇想象，对一切清规戒律的蔑视抛弃，无疑都给超现实主义启示。在超现实主义自列的众多启蒙者与先驱中，兰波、内瓦尔、洛特雷阿蒙、圣波尔·鲁、阿波利奈尔可说是举足轻重的。兰波对幻觉、错觉的强调,内瓦尔对梦幻世界的描绘与张扬,洛特雷阿蒙作品中纯属下意识的涌动与宣泄,圣波尔·鲁于现实中发掘出超现实的神秘与奇迹的超自然主义尝试,阿波利奈尔对超现实主义的推崇等,在超现实主义那里得到最直接的传承。

理论基础方面主要关涉到哲学与心理学。黑格尔的本质与现象对立统一、主体与客体对立统一的理论,他的激活创新精神的辩证法,柏格森的以生命冲动、绵延说为根基的新的时空观及他的直觉论,马克思的辩证唯物主义与历史唯物主义等是超现实主义的哲学基础。弗洛伊德的精神分析学说是超现实主义的心理学支柱。弗洛伊德对梦幻、潜意识、性欲的考证与解析,他的理论与实践,给超现实主义者最大的启迪。

超现实主义者有大量的形形色色且自相矛盾的理论主张,主要的不外乎如下几个方面。第一,信仰超现实。认为互不相容的两种状态——梦境与现实融为一体即超现实。第二,鼓吹梦境与幻觉。认为清醒状态的人为正统观念规范所累,人性被挤压;梦幻能宣泄本能,挣脱理性的遥控,消除一切规约,使人回归绝对的精神自由,回归人的本真状态。故倡导精神革命,推崇潜意识,反对传统的单一的理性思维、理性文化、资产阶级的理性王国,反对资本主义社会的全面异化,以解放人的精神,恢复人的自由。具体而言就是,释放非理性的潜意识,让潜意识自由奔涌,让梦幻占有自己的一席之地。第三,高扬想象,肯定疯狂。认为超现实就是"某些联想的形式"本身,疯狂则意味着绝对的自由。他们把想象、疯狂、潜意识与自由相联系,把现实、正常、意识与禁锢、束缚相联系。因此,反对现实主义,认为现实主义"对于科学、艺术的发展横加阻隔",迎合低级的趣味,明白直接到了庶近蠢笨的地步[①],毫无意义,令人兴味索然。第四,主张改造世界,改变人生。超现实主义者宣称自己"和文学无关",但在必要时也"善于利用文学",要"最终地摧毁一切其他的精神学结构,并取而代之,以解决人生的主要问题";"要进行一场革命","具有社会形式的革命",必要时能采取任何行动手段。[②]

基于上述种种,超现实主义者进行了不懈的努力与创作实践,并取得丰硕的成果。其文学及创作手法也截然有别于传统文学,自有其特征。

1. "自动写作"与集体创作。

"自动写作"与集体创作是超现实主义者的独创。"自动写作"就是要求作者排除一切内外干扰,松弛精神控制力,使意识处于自在的具有原初本性的状

---

① 转引自柳鸣九:《未来主义　超现实主义　魔幻现实主义》,中国社会科学出版社 1987 年版,第 242-244 页。

② 转引自陈焘宇、何永康:《外国现代派小说概观》,江苏人民出版社 1985 年版,第 90-91 页。

态,再将自己纯粹的精神活动忠实地记录下来。“自动写作”与梦幻记录有着密切的联系。人在梦幻与疯狂状态下,所有的控制松弛、失效,潜意识自发地流露,“自动写作”便有助于人记录下自己的意识。梦幻状态、催眠状态是“自动写作”的最佳状态之一,当然也不排斥清醒状态及介于梦幻与清醒之间的状态。第一次《超现实主义宣言》就解说了“自动写作”的奥秘所在,它的要点与进程等。“找一个尽可能有利于集中注意力的静僻处所,然后把写作所需要的东西弄来。尽你自己之所能,进入被动的或曰接受性的状态。”“落笔要迅疾而不必有先入为主的题材;要迅疾到记不住前文的程度,并使你自己不致产生重读前文的念头。第一个句子会自动地到来,这是千真万确的,以至于每秒钟都会有一个迥然不同于我们有意识的思想的句子,它唯一的要求便是脱颖而出。”“只要你愿意,就一直往下写。”若“产生沉默的间歇”,“则应当机立断,中止那过于鲜明的句子”。如不知如何继续下文,就随便写上一个字母,“以它作为下一字的头一个字母,这样你就恢复了随心所欲的状态”。“自动写作”就是将自己随心所欲的思想记录下来。

集体创作是一些集体活动,又称为集体游戏。它种类不少,有类比问答、定义问答、时间条件游戏、猜谜游戏、诚实游戏,最具代表性的有“精美的尸体”。“精美的尸体”这种创作形式是由几个人合写一句话或合画一幅画,每个人写完便把纸折叠起来,后面的人就无从知道前面的内容。该名称得自于超现实主义者一次集体创作而得的名句:精美的——尸体——将喝——新酒。其他种类的集体创作中,一些互不相干、各自独立完成的句子,经随意地搭配,也产生了一些无比新奇或颇具新意的形象,如时间条件游戏或定义问答。例如:

S. 米扎尔:当不可能的事物帮助不可预料的事物时……
A. 布勒东:恐惧将会蹦得很高很高。

A. 布勒东:女人是什么?
M. F. :是水里的星星。

A. 唐居伊:什么是衰老?
A. 布勒东:就是懦弱。

这些新奇形象单凭一个人的头脑是想象不出的,它是数个截然不同的精神不由自主地无意识地不可预见地混合在一起产生的奇妙结果。这种创作在保持个人个性的同时,可最大限度地分享他人的灵感和才干。可相互取长补短,也使对潜意识的探索更有活力。可见,超现实主义的集体创作并非无意义的胡闹,它是有意识地激发人们的想象。当然它也确实得出过众多荒谬绝伦的组合。

2. 梦幻与梦幻记录。

超现实主义作品中,梦境、幻觉普遍而大量地存在。在梦幻中,理智规范已不起任何作用。梦幻丰富而真实,做梦者不加掩饰地将内心与人格完全裸露无遗,潜意识中秘而不宣的种种欲望自由奔泻。梦境既能显示过去与现在,又能预知未来。戴斯诺斯的小说《梦》,记叙了自己的梦,“我躺着,看到了我在现实中的样子。电灯亮了。带镜衣橱的门自己打开了。我看见放在衣橱里面的书。在搁板上有一把铜质裁纸刀……”作者描述梦中的“我”看见了自己在现实中的所作所为。阿拉贡的《巴黎的土包子》中亦是梦境、幻觉连绵不断。幻觉中,“歌剧院街市是一口大玻璃棺材”。而“在歌剧院街市里,我看到一条金色的蟒蛇慢慢盘成了一个个正圆”。梦幻中,男人、女人以及“我”的欲念、情欲杂乱纷呈,“我”对社会、人、哲学及其各种观念的理解、思考畅想无阻,无所谓叛逆,也无所谓狂放。

梦幻记录开始于运动早期。超现实主义者曾做过大量的催眠术实验,并现场记录、描述梦幻。他们使自己处于梦幻状态,听任自己的想象驰骋或服从潜意识,在梦幻进行过程中,由自己或他人将这些梦幻或呓语记录下来,认为是最真实的思想记录,最完美的作品。由于陷于催眠术不能自拔,实验者竟做出不少精神病患者的举动,如想自杀或杀人等。鉴于此,超现实主义者中止催眠术的实验,但对记录、追叙梦幻的提倡与实践则并未中止。

3. 想象、仙境与疯狂。

超现实主义者不拘泥于眼前的现实,他们展开想象的翅膀自由翱翔。作品中,人间万象,无奇不有,似真似幻,或美或丑,过去、未来时间可交错,本土、异域及天上、人间空间可移位,正常、变异形态混杂,光明、阴暗格调共存。在想象的自由奔驰中,作品既勾勒出各色美丽的内心仙境,也描画出许多疯狂的世界、疯癫的人物。布勒东与艾吕雅合著的《无瑕的观念》中就模仿了人的各种精神错乱的状态,如精神幼稚症、急性躁狂症、麻痹性痴呆、判断狂、早发性痴呆,等等,接着又毫不费力地回复到平时的正常精神状态。作者是想以此证明,正常人与疯子之间并无确定的鸿沟,人们对这两种类型人的区分也并无衡定准确的标准。

4. 意象组合。

超现实主义的文学作品中处处是形象,按超现实主义者自己的理解,这些形象“奉献给人们,自发地、毫不容情地奉献。人们不能把它打发走;因为意志已不再有力量,不再能够主宰智能”。超现实主义的形象有无数种类型,“最强烈的形象便是主观随意度最高的那一种”,而且是一些潜意识引导下产生的纷乱的奇异的意象组合。“形象的价值取决于所产生的火花是否优美;因此,它以两个传导物之间内蕴的差异为转移。”超现实主义的意象组合,受作者追求神奇的审美要求所支配，又顺应作者潜意识的无规律运行。它不是“随便地重新分配视觉形象”，而是“重新建立一种状态，它同精神错乱几乎完全一样”。我们只需读上几部作品的标题就可领略一般：《会融解的鱼》《白发左轮枪》《盘子里的脚》《狄德罗的羽管键琴》《抓飞机的花园》《肝是鸡冠》《钟里的灯》，等等。超现实主义者将这些毫不相干的事物组合在一起，营造成突兀神奇的意象，并认为唯此类意象的能量最大。超现实主义者既以意象组合来引发思想，又借之表达自己的感受。如他们的诗句：“太阳不过是一滴汗水/一声钟响/一颗红珍珠从垂直的针上落下。”“你的肉体闪光，如同天堂千鸟掠过/是置于雪中的高耸的火焰。”此类意象组合若运用得当，确实给人耳目一新的感觉，并能启发读者的想象。使用不当时，则让人觉得不知所云。

三、超现实主义文学的基本评价

超现实主义是西方社会危机在文化上的反映，它直接继承了20世纪初达达主义对西方文明、传统文化的否定与反抗，但抛弃了达达主义“破坏一切”“破坏就等于创造”的原则。超现实主义者对社会的全面反叛，首先还是精神的叛逆，他们坚持在否定、反叛的基础上不断创新，建立新精神、新世界。

作为一种文艺思潮，一种思想理论体系，超现实主义有着自身的矛盾与局限性。超现实主义者信仰追求梦境与现实融为一体的超现实，即想焊接内在心理现实与外在物质现实，创造出全新的超级现实、新世界。但他们实际上更侧重于梦幻，更专注于心理现实，而常常对客观的外在现实忽略不计。从形式上讲，超现实是要融合心理现实与物质现实，但就本质而言，超现实仅仅是允许用外在物质现实的某些形象来表现内在心理现实，即超现实实质上只是内在心理现实。超现实主义者理想的新世界，只是一个具有充分心理自由、内在自由的世界而已。

超现实主义者致力于精神革命，大力张扬非理性思维，企图焊接理性与非理性，以消除因单一的传统理性思维方式束缚人而导致的人的不自由及社会的不平等。超现实主义者把反叛传统的理性思维作为自己精神叛逆的基点。对人类精神世界的探索，使他们深入人的潜意识及梦幻世界，他们把非理性潜意识的解放视作人的精神的解放，而人的自由正在于人的精神自由，他们矫枉过正，过于推崇非理性的潜意识、梦境与幻觉，实际上忽略了现实人生。他们把思维革命精神解放与艺术探索相联系、相统一，更与他们的社会革命等同。他们从人的精神革命入手寻找改造社会、改变人生的途径，他们试图以精神革命、文学革命改造世界，因此他们构想的个人自由平等的社会理想，实质上不过是一个精神自由，即个人欲望及意志畅行无阻的理想世界。他们主观上想改造世界，实际上却是退居于心灵世界，逃避了社会现实。他们也曾参加社会斗争、社会革命，但同时他们又坚持精神探索、文艺探索的绝对独立性;他们既强调文艺是为革命服务的工具,又强调文艺本身便是目的,实际上是退出社会斗争,他们是用精神革命、文学革命取代社会革命。超现实主义者在批判、否定传统方面颇见成效,但在创立新精神、新世界方面则收效不大。不过,他们在精神解放及文艺探索方面还是有所突破与进展的,他们的思维革命、精神解放毕竟推动了美学观念、艺术表现手法的革命与创新,拓展了艺术表现的新天地,这也就推动了现代西方艺术的新发展。

第二节　布勒东与《娜嘉》

一、生平与创作

安德烈·布勒东(1896—1966)是超现实主义运动的创始人,理论家、诗人和小说家。自开创之日起就一直领导着这一运动。出生于法国奥恩省丹什布雷市,父亲原是罗马尼亚人。据说他母亲性格专横,布勒东因此自小养成孤独和压抑的性格。1913 年到巴黎学习医学,但一贯爱好文学,并在此期间开始接触波德莱尔和马拉美的作品。后来迷上兰波的诗歌,从诗歌中找到精神寄托。布勒东特别推崇洛特雷阿蒙,洛特雷阿蒙的纯属下意识的创作使他大为倾倒。1916 年,布勒东进入阿波利奈尔的文学圈子,阿波利奈尔反僵化、反传统、追求现代性、追求超现实的倾向给布勒东极大的启示。1915 年布勒东应征入伍,在部队精神病医院工作,从事对患精神疾病的军人的治疗工作。治疗过程中,开始接触弗洛伊德的精神分析学说,并将其学说付诸治疗实践。第一次世界大战结束,国家满目疮痍、遍地废墟,人民死亡无数,西方现代文明全面毁败,憎恶、失望和反抗充斥一代青年的心,布勒东也不例外。文学、哲学、心理学先哲的启迪,对现存秩序、传统文化的憎恶与反叛,使布勒东联合志同道合者,共同走上文学创作和文学革命的道路。

1919 年,布勒东和阿拉贡、苏波三人共创《文学》杂志,杂志的宗旨是反对一切文学传统和偏见。布勒东发表第一部诗集《当铺》。同年,查拉来到巴黎,宣传达达主义,布勒东与之不谋而合,加入达达团体,参加达达派的各种活动。同时开始进行各种超现实主义的实验,如催眠术实验、“自动写作”及梦幻记录等。也就在这一年,布勒东与苏波合作,以“自动写作法”创作出第一部超现实主义小说《磁场》。1922 年,布勒东去维也纳拜访了弗洛伊德,他一直盛赞弗洛伊德,将弗洛伊德的学说作为自己文学创作的基础,认为弗洛伊德从事的是“最广泛意义上的人类的解放事业”,说弗洛伊德把歌德的“给世界更多的光明”的呐喊变成了现实。布勒东把自己的著作《连接的容器》(1932)题赠弗洛伊德,向他表示敬意。后来,因团体宗旨与原则上的一些重大理论分歧,布勒东与查拉分道扬镳,布勒东转而反对达达,倡导超现实主义。1924 年,他拉达达派的一些人马,组建超现实主义团体。此后他相继三次发表超现实主义宣言及其他理论性论著,全面阐述超现实主义的理论主张。

布勒东曾一度加入法国共产党,又因坚持超现实主义探索的独立性,不惜与密友阿拉贡决裂,并脱离法国共产党。1938 年,布勒东去墨西哥拜访了托洛茨基,他一直为托洛茨基的理论所吸引。托洛茨基关于艺术不接受任何指令,只服从自己特有的生成变异的规律的艺术独立、艺术革命的思想,使布勒东深受鼓舞。

1939 年第二次世界大战爆发,布勒东再度入伍。复员后,1941 年流亡美国,一边参加反纳粹的正义斗争,一边继续超现实主义的探索。他组织团体,发表文章、演说,阐述超现实主义的主张,有力地促进了超现实主义在美国的发展。1946 年,布勒东回国,重组法国超现实主义团体,继续超现实主义事业,直至1966 年去世。

布勒东作为超现实主义的理论家,对超现实主义作了大量的理论研究和阐释工作。他是超现实主义主要理论思想最权威的代表。他的理论思想主要集中在他的三次超现实主义宣言中。三次宣言思想丰富,涵盖面广,涉及哲学、美学、心理学以及政治观念等诸方面。其文学思想主要关涉艺术的本质论和创作论。

布勒东将非理性的无意识、潜意识领域及梦境与幻觉确立为艺术表现的中心世界,视梦幻为艺术的本质,竭力反对现实主义。在布勒东的构想中,梦幻与现实的交融才是超现实,理性状态与客观现实只是世界的表象。梦幻不受逻辑理智的支配,是精神自由的王国,梦幻中才能发现健全的自我。这种无意识、非理性状态才是世界的真正实体与本质。也“只有幻境才是美的”,“只有幻境才能使属于较低级样式(如小说)的作品丰富多彩”。而且超现实主义是“纯粹的精神学自发现象”,是“思想的照实记录”。以往的传统文学恰恰只抓住了表象,而忽略了世界的本质,即最真实的部分。因此,“包蕴着平庸、仇恨与低劣的自满自得”的现实主义于今只能产生一些可笑的作品。

布勒东主张用“自动写作”这一最纯正、最生动的表现形式来叙写梦幻、叙写潜意识,要求作家在创作过程中,摆脱理性思维的控制,让自己处于半梦幻半清醒状态,处于人的本真状态,任潜意识奔涌,任想象翱翔;不必构思,不必先入为主,只需忠实地记录,事后也不须作任何修改,初稿即定稿,完美而真实。

布勒东的文学创作成果卓著,主要有诗歌、小说、散文等。著名的作品有《失去的足迹》(1924)、《娜嘉》(1928)、《连接的容器》(1932)、《疯狂的爱情》(1937)、《钟里的灯》(1948)、《等角投影》(1963),和艾吕雅合著的《无暇的观念》(1930)等。布勒东的创作不受理智的控制和语言惯例的制约,想象活跃,联想丰富,意象奇幻,或跳跃或重叠,连串的意念、幻觉在他笔下如潺潺流水般源源不绝,作品结构形式随意自如,语言文字自由结合,妙语佳句屡见不鲜。

诗歌常以爱情为题材,以为爱可以解决一切社会问题;有些诗歌则直接以梦幻和潜意识为描写对象。他的诗歌意象丰富,语言奇崛,多通过一大串相关或不相关的意象的排列组合,含蓄地表达诗人的主观感受。布勒东的《自由结合》(1931)一诗便是用大量接踵而至的新奇意象来赞颂妻子的美与可爱的:“我妻子她头发是一把蓬松的火/她的思想是夏天的电光/她的腰是一个沙漏。”当然,里面也不乏晦涩难解的地方。《警觉》(1931)一诗,通篇都是梦幻,梦幻中,事物扭曲变形,发生荒诞的变幻。离奇的梦境由各种奇异的意象组合构成,塔楼仿佛向日葵,鲨鱼等于被子,躯体好似密室,太阳生出棱角,等等。但离奇、荒诞的梦境也隐隐地透示出做梦者潜意识里的欲望:毁灭旧我,造就新我。

二、《娜嘉》分析

《娜嘉》是布勒东的代表作,也是超现实主义文学的一部力作,发表于1928年,1963年重新修订出版。《娜嘉》以其独特的内容、人物和表现方式,在法国文学中享有较高声誉,在世界文学中占有一席之地。

内容介绍　小说以第一人称的口气讲述娜嘉的故事。1926年的某天,作者在巴黎街头徘徊时,偶遇并结识一位年轻女子娜嘉,他们逐渐频繁地接触,并交往了一段时间,直到娜嘉被人关进疯人院,两个人关系断了,不复相见。小说虽然以娜嘉为主人公,但对她的叙说描写只占全文篇幅的一半。小说开头,作者用了1/3的篇幅来叙写自己生活中的若干细节、一些偶然事件、琐事碎片以及自己对生活的感受,然后才讲述娜嘉的故事。小说虽有虚构的成分,但与这些琐事、感受相关的地点如先贤祠广场、勒内·莫贝尔音乐戏剧学院、斯特拉斯堡林荫道、昂戈庄园以及后来“我”与娜嘉来往时所涉及的场所如艺术剧院、卢浮宫博物馆等皆是真实的地名。随之出现的人物艾吕雅、德斯诺斯、阿拉贡等亦皆是现实生活中的真实人物。作者以真实的场景、人物为背景述说娜嘉的故事,以此暗示娜嘉并非虚构的人物。根据记载,“在布勒东的生活中一共有三个娜嘉。一个是真实的娜嘉,她令布勒东痴迷。另一个是作品中的娜嘉,布勒东在和现实生活中的娜嘉相识了10个月到13个月后在《娜嘉》中塑造了这个人物。第三个娜嘉出现在大半个世纪后”。“玛格丽特·博内确认现实生活中的娜嘉名叫莱奥娜·D。”“自从布勒东和娜嘉相遇后,他便每天都向朋友们讲述有关娜嘉的事情。”当两个人“关系滑向了低谷。布勒东不再在现实生活中对她进行描述而是让她出现在回忆当中”①。因此,该作品与其说是虚构的小说,不如说是作者生

① 皮埃尔·代克斯:《超现实主义者的生活》,王莹译,山东画报出版社2005年版,第202-209页。

活中许多偶发事件的忠实记录。

人物形象 娜嘉是一个富有谜一般色彩的神奇女子。她体质羸弱，衣着寒酸，装扮古怪，却昂着头走路，眸子里闪烁着一种不可思议的东西，目光既黯然神伤又傲气凛凛。“我”一见到她就被她吸引住了。而她一上来就向我推心置腹，信赖不已。刚刚相识，彼此就闯入对方的生活之中。两个人接触来往频繁，但对“我”来说，娜嘉始终是个谜。

娜嘉具有神秘的非凡的感觉力、联想力和预知力。作品描写，她常心不在焉，魂不守舍，又极为敏感警觉，能感常人所未感，见常人所不见，能遥感、捕捉到各种奇特的信息，能预测到异时异地的事物现状。例如，小说写道，她看到火在水上，一只火手在水上，而这只火手正好是“我”的手。她会看到两个人的思想从某处喷出来，射到一定高度，落下来，溶在一块，又费力地上冒、粉碎、落下，如此循环往复，无穷无尽……她会预言某个黑洞洞的房子里再过一分钟将会闪红光，而不久预言果然应验。她断言旅馆底下有一条地道，并告诉“我”，那是几个世纪以前挖掘的，而几个世纪前，她曾在那里面坐过牢。她还能看见一阵蓝风飘过树林，并听见一个声音在说“你会死的，你会死的”，而被吓得心惊肉跳。这是一种奇异的功能，但她自己从不觉得其特异，对她而言，这一切都再正常不过了。但她这种超常的感觉能力使她显得像个幽灵，她自称是个“游荡的灵魂”，她确实像个通灵者，自己“永远富有灵感，又给人灵感”。她的个人意识与思维特质都与众不同，与普通人不同，是个神秘莫测的女子。

她又是个现实生活中真实存在的人。作者告诉读者，她是个外省女子，离乡背井，独自来到巴黎谋生。平时流落街头，贫困时时困扰着她，为了生存，她不仅卖身，有时还贩毒，曾因贩毒被抓又被释放，她自己也吸毒。作者没有多交代她的身世经历，但从她的言行举止及自述中，我们可知，她生活于社会的底层，是个贫贱的妓女。她是个极普通的穷人，生活中随处可见。

娜嘉虽地位低下，深受世事的磨难，但她性格独特，不同凡俗。她有父母，有男朋友，却因不想麻烦他们而远走他乡；虽然无以维持生计，不惜卖身、贩毒，堕落、违法地自谋生路，但却以艰难困苦的自我牺牲为代价换取自由；她不时为衣食无着而忧虑，但一旦衣食有着落，忧愁不安即刻烟消云散，并洋溢出一种轻松和热情交织成的可爱心情；她出身寒微，文化水平不高，却颇具灵感和天赋，能领悟且恰如其分地点评诗句；她的绘画奇特而含有深意，描述神话或幻景极富艺术色彩；她时时高傲地抬着头，满意且感激地领受各色人物对她的敬意；她浪迹天涯，随处飘零，生活的困窘未能禁锢住她那天生的、发自内心的对自由的渴望与追求；她沉迷于自我的心灵、感觉及潜意识中，对生活琐事、时间等不予重视，不屑一切传统规范、戒律习俗，无所畏惧地竭力保持自己尽情地享受自由的权利。

但是，她尽管自称是“游荡的灵魂”，却始终未能搞清楚自己究竟是谁。她渴求获得最大限度的自由，但终未果，而且连原有的那点自由也被剥夺。娜嘉性格复杂，具双重人格，形象矛盾，但富有深意。从表层意义来看，娜嘉是个被侮辱、被损害的女性，是那貌似自由竞争、实则戕害人性的社会制度的牺牲品。作者通过她的命运，在某种程度上揭示了不合理的资本主义社会制度下女性的悲惨命运。就深层含义而言，娜嘉又是超现实主义者的理想化人物的化身。她是现实的又是超凡的，在她身上充分体现了超现实主义者融现实与梦幻为超现实的理想，即要求获得彻底的个人自由的理想，以及不懈追求超现实的努力。我们之所以这样说，原因在于，娜嘉既是个现实生活中的普通人，但她又并不像其他普通人那样顾及社会舆论价值观念、道德规范而循规蹈矩。她尽管身处逆境，但敢于冲决传统理想、信念、规范、理性思维的罗网，将自己对外部世界的感受、潜意识世界中最真实、最隐秘的东西全盘托出。她不屑别人的非议，也不怕他人的迫害，无所顾忌，我行我素，她不是理性王国中的正统公民，但也绝不是疯子（尽管她最后被关进疯人院）。她能与现实沟通，又能与非现实沟通，这便是超现实主义者的理想人物，超现实世界的公民，一个真实的人，精神自由的人，一个“自由的精灵”。

思想意义 1. 对娜嘉的赞颂，传达的是作者歌颂、呼吁自由的心声。

现实的资本主义社会中，很多人为正统文化所局限、所束缚，他们戴着面具，虚假且不自由。作者指出，这是因为现存社会容不得真实的人，容不得叛逆者。娜嘉被关进疯人院，便是资本主义社会所能给予她的唯一“合理”的结局。当然这个像空气般的自由的精灵只会被暂时固定住，外界“别想把她制服”。娜嘉的结局暗示出超现实主义者对社会拒绝超现实、拒绝个人自由的强烈反叛精神。作者通过娜嘉的故事，对剥夺人自由的现代资本主义文明提出强烈的谴责与抗议，认为在现存时代，常人只要“觉察到自己同良知和德行的愚蠢准则并不完全协调”，处事举止“不合乎礼教或超乎常理”或“做出某种反常行为”，就可能被“扔到另一堆人当中去”，被列为疯子关起来。这实质上是“剥夺一个人的自由”，尤其是思想的自由。

2. 小说讨论了“我是谁”“人生到底是什么”这一根本问题。

娜嘉的回答“我是一个游荡的灵魂”是那么不确定。她不仅不能确定自己是谁，就连旁观者也疑窦丛生：这个“最穷困潦倒，最无人身保障的女人。这，就是真正的娜嘉吗？”不仅娜嘉如此，就是作者是谁，也难以确定：“你是谁？”作者亦自嘲：“我的生命就是一种痛苦的形象。”但“我们自己到底又是谁呢？”“是我独自一人吗？是我自己吗？”这一切说到底，都在指明，人既无法认识自己，也无法认识他人，在娜嘉与他人眼中，对方都是一个解不开的谜，都像幽灵——“生命就像密码文件一样难以破译”。人与人之间无以沟通，人也无所依附，每个人都是“孤孤单单的一个人”，虽存在，然飘荡不已。而人生或生活又究竟是什么呢？作者指出，生活，“它充满着大大小小的偶然性”，“有种种出其不意的相类似的事，有令人咋舌的种种巧合，有胜过任何精神飞跃的联翩浮想，有如同用钢琴奏出的和音，有人们看得见的雷光电闪”，“有内在的、大概不易检验到的价值”，“有绝难预料的、突如其来的性质”——诸如邂逅、巧合、吃饭、聊天、闲逛、辛劳、创作、求索、希望、感触、思考、戏剧、文学、爱情，等等。零散、碎裂，人生就是这些突兀、偶然事件的组合，没有任何规律可循，绝非如人们设想的那样按部就班。它既可无因无果，也可无始无终；既可突然而至，瞬息万变，也可立马消失，了无痕迹。

3. 作者记述的琐事及借娜嘉所作的一切探索，目的是要展示出人生中大量不尽如人意的东西：冷漠、孤独、失望、压抑、忧虑、恐惧、怀疑、束缚、不平等、混乱、丑恶等。

像娜嘉所感知的种种怪异现象，多具梦魇色彩，绝少希望与光明。人生是这般了无情趣，更像陷阱、空洞、幻影。尽管也有美的存在，但这“美可能是痉挛性的，也可能不是”。痉挛的美只能说是一种畸形或病态的美，或者说，畸形的社会只能产生病态的美。而令人舒心而欢畅的美只存在于非现实的幻境中，存在于超现实世界中。小说对现实人生和现实生活的否定是极为深刻的，同时，小说对自我的追寻和对人生的探索，也不免流溢出虚无的色彩，即生命现象不可知，人生荒诞不可理喻，人类的前途命运难以预卜。这正如冯汉津所指出的：“小说自始至终都显示出人类命运的悲剧色彩，人生含义的飘忽无定。作者确实感到自己身上流淌着生命之水，然而它却浇灌着梦之花，作者深为自己灵与肉的离异而黯然神伤。”[①]但也应看到，小说在否定的同时仍然包含有肯定，更有企盼，渗透着作者完善自我、追求自由、改变人生的积极要求。

艺术特色　《娜嘉》是超现实主义文学理论具体实践的典范。

1. 它采用的是“自动写作法”。

作者在写作时，任自己的思绪和潜意识随意畅流，无碍无挂，绵绵不断。思维流流到哪儿，作者就写到哪儿，正所谓思之所致便笔走龙蛇，句子脱颖而出，不可穷竭，结尾处只是戛然而止。小说地点不断转换，人物如匆匆过客走马灯似的贸然出现，并旋即消失，相关的事件便也即刻打住。这些易时易地的人物、事件、场景之间几乎没有任何联系瓜葛，个个自生自灭。整部小说就是一些分散的场景、片段的组接。它叙事不连贯，断断续续，无所谓传统小说的故事的完整、情节的贯穿、人物形象的典型、人物性格的鲜明、矛盾冲突的尖锐等要素。它唯一注重的就是将作者的纯粹的精神活动一股脑儿地记录下来。

2. 作者连篇累牍地描述梦幻。

---

① 转引自陈焘宇、何永康：《外国现代派小说概观》，江苏人民出版社 1985 年版，第 177 页。

以“自动写作法”书写潜意识与梦幻是超现实主义的基本特征。杜布莱西斯曾说:“精神一旦随意驰骋,它就会消失在幻影的世界里。”[1]诚如此言,小说《娜嘉》随作者思绪自由流泄,信笔神游,读者不自觉地深入到一个个神奇的梦境和幻觉当中。这些最不可信的奇异的幻象仿佛稀松平常,伸手可及,但作者恰恰是通过这种手法的运用来发掘这不为人知、鲜为人触及的梦幻世界的。在作者笔下,外在的客观现实都被转化为娜嘉梦幻的感应物,而娜嘉披露的神秘的幻境不过是她内在心理现实的真切流露,是她那超然于逻辑、理性、道德评判的欲念、本能的形象化与外化。梦幻世界、内心仙境是超现实的重要组成部分,娜嘉的幻象为我们开启了这个被忽视、尘封已久的隐秘领域,传达出超现实主义者挖掘潜意识时对超现实世界的实在体验。

3. 小说中意象奇特而纷繁。

在“自动写作”中,理性思维的干扰被排除,超现实奇异的幻觉意象不断迸发,流诸笔端。如:火的手在水上燃烧;人心就像地震仪那么美;“我”吻娜嘉的漂亮牙齿,有如默默地举行领圣体仪式;在娜嘉画的肖像画中,“我”的头发耸立,有如长长的火焰,火焰又形成一只老鹰的肚皮,老鹰沉重的翅膀在“我”的头上;在“我”的眼中,“城市变了个样,它甚至逃遁了。它溜走了,它燃烧了,它沉陷在街垒杂草战栗之中,沉陷在房间帘幔的梦幻之中……”诸如此类,相距甚远的各种现实、各种形象奇妙地汇集一处,构成种种新奇的意象组合。它具体表现什么?无非是表现作者对外界事物的微妙的主观心灵感应和作者的感悟——有社会的冷漠,也有“我”的压抑,甚或还有希冀。能在现实本身当中看到意外的东西,是超现实主义的特征。一般来说,超现实主义的文学形象,主要是在潜意识引导下产生的奇异的意象组合。但这种主观随意度极高的意象组合,既是作者潜意识的自我宣泄,也还含有作者有意而为之的因素。“这实非笔者的故弄玄虚,而实由于偏爱出奇制胜而已。”因此,这些神奇的意象组合也是作者大胆想象的结晶。

4. 小说的文体、结构形式独特。

《娜嘉》虽具一定的戏剧性,但更带有散文的意味。它记叙事物,也记叙作者的感受和思考,随意而广泛。小说大致可分为开头、中间和结尾三部分。小说以“我是谁”的追问开篇,继之有对生活的议论,议论之余是众多琐碎事件细节的追忆,而追忆又多“按事情出现的时间先后走笔谈来,打腹稿,不作构思”。小说的中间部分是娜嘉的故事,以叙事为主。小说的开头与结尾部分并不刻意强调具体的时间,但是小说的中间部分,即娜嘉的故事部分则完全是依日记的方式,按日讲述。小说的最后部分再度任各种驳杂的事物自由呈现,由此也继续引

---

① 杜布莱西斯:《超现实主义》,老高放译,三联书店1988年版,第48页。

申出联想、感触、议论等。小说以对美的思考作结。也就是说，小说以议论始，以议论终。总体而言，小说结构较为松散，但形散神不散，大致环绕一个中心。《娜嘉》放弃传统小说的理性手段、结构模式，以新的思维方式、艺术表现透视现实人生，构筑理想，其艺术上的创新对小说艺术的发展不无积极意义，但一些具体实践，如一些意象或语言晦涩艰深甚或无意义，不能不说是一种缺憾。

第八章

存在主义文学与《局外人》

【学习重点提示】

1. 通过对存在主义文学经典作家和作品的学习，深入把握存在主义文学的基本特征。

2. 如何看待加缪和萨特存在主义思想的差异？加缪的《局外人》是如何描写世界荒诞和人生痛苦的？

第一节 存在主义文学概述

一、存在主义文学的发展状况

存在主义文学是存在主义哲学思潮背景下产生的文学流派，它于20世纪30年代末兴起法国，第二次世界大战后对欧美乃至全世界的文学产生了重大的影响。存在主义哲学是存在主义文学的基础，也是认识存在主义文学的一把钥匙。

存在主义哲学 存在主义一词源于拉丁语词汇，意为存在、生存、实在。作为哲学概念，是由19世纪丹麦神学家、哲学家索伦·克尔凯郭尔(1813—1855)提出的。他认为哲学不应研究客观世界，而应研究个人主观的存在。克尔凯郭尔的哲学著作《恐惧的概念》(1844)，奠定了基督教存在主义的思想体系。他从基督教哲学的立场出发，反对黑格尔以推崇理性为核心的思想体系，认为存在并不像黑格尔所设定的那样，是一个抽象的、普遍的、永恒的范畴。存在不能用概念思维来表达，存在只能是一种主观体验，存在也就必然与人相关，是以具体的个人形式存在的，存在本质上是个人的，因而人是"孤独的个体"。他以宗教为前提，以个人生活的主观体验为基点来论证个性原则和宗教信仰，强调个体为中心的个体选择的重要性。"孤独的个体"是克尔凯郭尔哲学的核心范畴，这个"孤独的个体"带有精神性、个体性和非理性的特点，对后世的存在主义哲学家产生了很大的影响。

20世纪存在主义哲学进入到高峰时期，德国哲学家马丁·海德格尔(1889—1976)是存在主义哲学最重要的代表，他的哲学思想对20世纪中后期的西方哲学产生了巨大的影响。海德格尔一生致力于对西方哲学史的批判，认为西方哲学的一大失误，就是过分地知性却忘记了存在本身，或者说是“存在的遗忘”。1927年出版的哲学著作《存在与时间》，标志着海德格尔哲学体系的建立。海德格尔继承了德国现象学家胡塞尔的现象学说，把现象学与克尔凯郭尔的“孤独的个体”思想结合起来，形成了以个体存在为核心的“此在”概念。海德格尔强调“此在”不是一种现成的存在，而是一种存在的生存状态，它没有可被概念所规定的本质意义。另外，“这个存在者在其存在中对之有所作为的那个存在，总是我的存在。因而‘此在’永不可能从存在论上被把握为某种现成存在者族类中的一员和样本”。[①] 也就是说，“此在”就是在世界之中的存在，就是人的存在状态，它不可能成为现成的存在者中的一员。作为存在的一种状态，此在没有任何的先于此在的意义。海德格尔确立了在本体论层面的存在论学说，超越了西方哲学永恒的同一信念的基础，甚至对此后西方哲学走向都产生了巨大的影响。

法国哲学家让-保尔·萨特继承了存在主义哲学的成果，将存在主义哲学发展到成熟阶段。其存在主义哲学思想核心大致有三点：一是“存在先于本质”。按照萨特本人通俗的解释，“‘存在先于本质’意味着人首先存在着，遇到他自身，涌现在世界上，然后才给自己定性”。他认为人的存在之所以先于人的本质，是因为首先是人存在、露面、出场，然后才说明自身。人生来是无法定性的，人之初，是空无所有；只是在后来人要变成某种东西，于是人就照自己意志而造成他自身。二是“自由选择”。人在选择自己的行动、决定自己的本质时，是绝对自由的。他认为，如果存在确实先于本质，人就永远不能参照一个已知的或特定的人性来决定自己的行动，来为自我定性。他反对任何形式的决定论，他认为，人是自由的，无论面对什么样的环境，无论想采取什么行动，怎样采取行动，“自我”都有绝对自由，即自由选择。三是“世界是荒谬的，人生是痛苦的”。萨特认为，这个世界是一个既无主宰，又无理性的世界。每一个人都是孤独的，是被扔到这个陌生而危险的世界上，被不可知的、无理性的、无规律的力量所限制的。人的选择，只能是一种盲目、毫无支撑点的荒谬行为。每个人的选择都是一种主观行为，个人的选择就必然要同他人的选择发生冲突，人与人之间必然无休止地争夺，世界也就必然充满了丑恶和罪行。这样就必然得出：世界是荒谬的、人生是痛苦的、“他人就是地狱”等结论。

---

① 海德格尔：《存在与时间》，陈嘉映、王庆节译，陈嘉映修订，三联书店2006年版，第50页。

存在主义文学 存在主义文学是存在主义哲学在社会生活中的一种必然反映，也是西方特定历史时期的一种必然。19 世纪以来的西方非理性主义哲学，对于传统的西方哲学的本体论和认识论进行全面质疑。特别是 20 世纪两次世界大战，摧毁扫荡了西方人原有的价值观念，人们看到一个满目疮痍、惨绝人寰的荒诞世界。在传统哲学思想危机和社会价值坍塌的背景下，具有浓郁哲学色彩的存在主义哲学的出现，使西方人找到了对世界、对自我的一种认知方式。存在主义告诫世人，上帝“死”后，人在这个世界上是孤独的，谁也不能代替他。同时，存在主义又给人传递着一种信息，那就是“人是自由的、人就是自由”。人应超越荒诞世界，反抗荒诞，实现自己的人生价值，创造自己的本质。这种哲理思想在西方世界获得了普遍的认可，并得到了许多人的共鸣。存在主义文学一方面以存在主义哲学为基础，另一方面也推动了存在主义哲学的广泛传播。存在主义文学自诞生以来，并没有共同的纲领和宣言，只是在存在主义哲学这一大背景下产生的文学潮流。他们在对世界的认识，对人自身的认识，还存在着很大的差异。对这一流派的界定也有不同的观点，从广义上来说，后现代主义文学的诸多流派都具有存在主义文学的特点，狭义来说，主要是以萨特、加缪为代表的法国存在主义文学流派。

让-保尔·萨特(1905—1980)，20 世纪法国著名的哲学家、文学家和社会活动家，存在主义文学奠基者和重要的代表。其文学成就主要体现在戏剧和小说创作上。作家致力于用他的文学创作来宣传他的存在主义哲学。主要的文学作品有，中篇小说《恶心》(1936)、短篇小说《墙》(1937)，剧作《苍蝇》(1943)、《间隔》(又叫《禁闭》,1944)和《死无葬身之地》(1946)、《可尊敬的妓女》(1946)、《魔鬼与上帝》(1951)、《涅克拉索夫》(1955)、《阿尔托纳的隐居者》(1958)等。此外，他的哲学著作有《想象》(1936)、《存在与虚无》(1943)、《存在主义是一种人道主义》(1945)和《辩证理性批判》(1960)等。

《恶心》是以日记体写成的小说。主人公洛根丁是个 30 多岁的单身汉，为了人生的价值，几乎每天去图书馆，埋头写一本关于 8 世纪一个冒险家××侯爵的传记。通过图书馆内外的见闻和对现实及人生的思考，他逐渐感到一切存在都是荒谬的，写作是荒谬的，词语是荒谬的，理性也是荒谬的，存在本身更是荒谬的。“一切都令人恶心。”小说通过一系列对荒谬的描写，反映了现实的荒谬性，对现实进行了彻底的否定，带有浓重的悲观主义和虚无主义色彩。

《墙》是一部具有哲学意味的小说。小说讲述西班牙内战期间反法西斯战士伊比埃塔在执行任务时被捕，敌人要他说出另一个战友的藏身之处，就可以免除他的死刑。而他始终也没有说出战友的藏身地。直到最后，他为了戏弄敌人，信口说战友躲在墓地里，不料敌人真的在墓地里找到了他的战友。主人公听到这一消息之后，先是昏倒在地，继而哈哈大笑，以至于笑出了眼泪。萨特在这里说明这样的观点，世界是荒谬的，人生是痛苦的，选择是困难的。生与死只有一墙之隔。要超越这堵墙，既是困难的，又是容易的，一切都是荒诞的偶然。

《苍蝇》是萨特的第一个剧本。此时正是萨特的祖国法兰西上空笼罩着德国法西斯魔影的黑暗时期。当时正投身于抵抗运动的萨特，借用这出浓郁的古代神话悲剧艺术地破除了人对自然之谜的惶惑感，传递出人能战胜“上帝”和“自由选择”生活道路的现代意识。很显然，萨特要用悲剧的主人公俄瑞斯忒斯“自我选择”的英雄气概，扫清处于战时苦难荒诞之中的人们的悲观失望情绪，达到号召人们积极介入生活的目的，无疑这是他向自己同胞发出的进行反抗的暗示。正如西蒙娜·德·波伏娃所说的：“编剧是他当时唯一可行的抗敌形式。”

作品是根据埃斯库罗斯的《俄瑞斯忒斯》三部曲改编而成的。《苍蝇》分三幕，其内容大致如下：第一幕，自幼为躲避杀戮而远离家乡的俄瑞斯忒斯在“鬼节”这一天回到了阿耳戈斯城。自从国王阿伽门农被埃癸斯托斯和王后克吕泰墨斯特拉合谋杀死后，15 年来阿耳戈斯城苍蝇遮天蔽日，臣民们陷入了深深的惊恐、悔恨之中。长大成人的俄瑞斯忒斯怀着复仇的心理来到这里，然而他所接触和目睹的一切使他感到自己无法被臣民们接纳，像个异乡人一样。在留与去犹豫徘徊之际，他遇到了沦为奴仆的姐姐厄勒克特拉，从姐姐的遭遇中，俄瑞斯忒斯感到自己应对阿耳戈斯臣民们负有不可推卸的责任，他决定留下。第二幕，俄瑞斯忒斯冲破了死亡之神朱庇特的阻挠来到“鬼节”的仪式上。在仪式上，埃癸斯托斯借助谎言和朱庇特的神力继续蒙骗臣民。在这里俄瑞斯忒斯同厄勒克特拉相认。俄瑞斯忒斯拒绝了朱庇特要他离开的请求，他在厄勒克特拉的帮助下杀死了篡夺王位的埃癸斯托斯和王后克吕泰墨斯特拉。第三幕，为了躲避复仇女神的追逐，俄瑞斯忒斯与厄勒克特拉来到了阿波罗神庙避难，这时的厄勒克特拉并没有感受到自由的欢乐，在她精神上已经背上杀害母亲的罪名，最后成为朱庇特悔恨的俘虏和奴隶。然而俄瑞斯忒斯清醒地意识到朱庇特是诸神之王但不是人类之王，自己是个超越苦难与往事回忆的自由人。他向阿耳戈斯人宣告：一个新时代已经开始了。随后他承担起阿耳戈斯臣民所有的罪名，带着那群象征黑暗势力的苍蝇离开了阿耳戈斯城。

假如说希腊悲剧家把雅典的光明带进了黑暗的远古世界，那么生活在 20 世纪的萨特，则给这则故事注入了对人类生存价值反思的现代人的革命激情。《苍蝇》通过远古时代的生活场景，展示出浓厚的人可以战胜上帝、驾驭自己的现代思想哲理。萨特将上帝、神和命运都放逐于九霄云外，留下了一个顶天立地的自由人，上帝的统治已不复存在。因此剧本不是要再现俄瑞斯忒斯如何为父复仇的过程，而是重在描写他用行动超越自然之力去选择，留给后人那种艰苦斗争、实现做人的生存价值的精神以及与恶势力斗争的巨大力量。

《间隔》是萨特"境遇剧"的代表。"境遇剧"是萨特为他的戏剧所设定的独特的环境，在人物和环境特定的关系中，让人物在特定的环境中选择自己的行动，体现自己的本质，表现自己的性格和命运。剧本描写一男二女死后在地狱相聚在一起的故事，三个人有男胆小鬼、女同性恋、女色情狂，他们之间争风吃醋，挑拨离间，互相猜忌，各不相容，发生了无穷无尽的冲突和角逐。关键在于，作者这里设置了一个无法分离、无法相爱又无法消解的"死结"。（三个鬼魂在一个密室里，谁都无法逃脱；性情所致，也无法对等相爱；三个都是鬼魂，无法用杀死一个的方法来解脱。）结局是："让我们继续下去吧！"结论是："他人就是地狱。"

《死无葬身之地》也是萨特重要的"境遇剧"之一。剧本描写的是第二次世界大战期间，法国抵抗组织的五名游击队战士在一次作战行动中被捕，敌人严刑拷打五名游击队员，想从他们口中打听队长的下落。作品重点描写五个被捕的游击队员被捕后的表现，他们不论是意志坚定者还是疼痛难忍选择自杀者，甚至是小游击队员弗朗索瓦为了救姐姐想出卖队长，都有选择的自由。而每个人的选择，最终都成为这个人本质的一个部分。

1946 年，萨特应邀去美国演讲。回国后，他针对美国种族歧视的丑陋现实，写作了剧本《可尊敬的妓女》。作品揭露美国种族歧视政策的罪行，歌颂下等人和妓女的正义行为，充分反映了作者的人道主义思想。指出西方世界的所谓自由、民主、人权，只是少数统治者、剥削者的特权，而广大被侮辱、被压迫的民众，则是任人宰割的。这部作品中的存在主义的思想表现在，他通过这个故事指出了现代西方社会一种荒谬的逻辑。剧中有一句经典台词："当一些素不相识的白人在一起议论的时候，就意味着有一个黑人将要送命。"剧中的"白人至上主义者"弗雷德说："看到黑人，这总是一件倒霉的事。黑人就是魔鬼。"剧中代表正统社会的克拉克参议员还有一个说法："黑人是祖国与民族的一个顽劣的儿子。"他们能找出一大堆黑人是"劣等人种"的理由：黑人不是人，杀死一个黑人是天经地义的事情，这并不算犯法。作品讲的是美国的故事，但其中作者要展示的荒谬逻辑在当代世界却是有共性的，即以正义的、道德的或其他冠冕堂皇的名义消灭一个"对手""敌人"或"他者"似乎是天经地义的。只要以正义的名义做任何坏事都可以被看成是正当行为。这就深刻地揭示了现存世界的荒诞性。

1964 年萨特以"一向拒绝来自官方的荣誉"为由宣布拒绝接受当年的诺贝尔文学奖。20 世纪 70 年代中期，萨特的身体每况愈下，尤其是眼睛濒于失明，但他始终关心着法国和世界的发展变化。1975 年 6 月 21 日，萨特 70 岁时，他接受了《新观察家》周刊记者的采访，发表了《70 岁自画像》的谈话。这次谈话被许多评论者认为是萨特对自己作为思想家、作家、社会活动家的各个方面的总结。1980 年 4 月 15 日，萨特因病去世。

西蒙娜·德·波伏娃（1908—1986），法国存在主义重要作家，女权运动的创始人之一。早年结识萨特，一生信奉萨特的存在主义思想，成为萨特的终身伴侣，这也使她的名字始终与萨特联系在一起，成为 20 世纪法国存在主义文学界最有影响的人物之一。同时她也是西方最负盛名的女性主义者，她透过纷繁复杂的妇女现象揭示出妇女境况的社会本质，唤起人们对妇女问题的关心和重视。她曾旗帜鲜明地立足人类意识，把存在主义哲学运用于对女性状况的分析和研究中，并勇敢地向世俗宣布："我们将以存在主义的观点去研究女人，给她们的全部处境以应有的重视，我们的观点是存在主义观点。"她勇敢地追求妇女自由、独立和平等，为妇女解放运动作出了杰出的贡献。她的《第二性》被誉为西方"女性主义的圣经"，对后来的全世界的女性解放运动产生了深远的影响。

作为一名存在主义文学家，波伏娃与萨特一样反对"为艺术而艺术"的文艺观，认为文学必须干预政治和生活，她的小说热衷于表现时代精神，揭示当代人的生存状况，充分表达她的存在主义哲学思想。正如她在《名士风流》前言中所说的那样："文学的作用在于向别人揭示作家所看到的世界……读者可以从中看到自己的忧虑，发现问题，不去鼓励什么，仅仅作为一个见证……"

《女宾》创作于 1943 年，既是波伏娃的处女作，也是其成名作。在这部小说里，波伏娃展示了当今时代自己阶层的人的生存状态，以及人与人之间关系的复杂与危机，表现出了她的存在主义哲学的思考过程。这部小说也是波伏娃以自己的生活为原型创作的。在小说中她不仅写了自己，而且还有她的终身伴侣、存在主义大师萨特和奥尔嘉的影子。奥尔嘉就是书中的格扎维埃尔的原型，即小说扉页题词中出现的奥尔嘉·高萨绮薇茨。小说讲述的是一个剧院的负责人皮埃尔和与他同居八年的伴侣弗朗索瓦兹共同收养了一个来自卢昂的贫穷少女格扎维埃尔，在相处的过程中皮埃尔对格扎维埃尔产生了爱情和情欲，而弗朗索瓦兹为了与皮埃尔保持一致，维系与他的关系，同意帮助皮埃尔达成心愿，建立一个与皮埃尔、格扎维埃尔的"三重奏"家庭。同时，格扎维埃尔与剧院里的青年演员热贝尔相爱，而弗朗索瓦兹也在一次野外中向热贝尔表达了自己压抑已久的爱意。一次偶然的机会，格扎维埃尔发现了弗朗索瓦兹与热贝尔的事，受到严重打击。弗朗索瓦兹顿时感到十分内疚，再加上对格扎维埃尔的痛恨，终于在精神快要崩溃的情况下杀死了她，然后自杀……

波伏娃笔下的女性面临的主要境遇是，女人和男人之间的关系、理智和情感的选择等。这其实是一个两难的境遇：每个人都渴望爱情，都渴望和自己喜欢的人展开恋情。然而生活中，让自己喜欢的人会有许多。那么当遇到这种情况时，究竟是该爱还是不该爱？就像弗朗索瓦兹所面对的，是任凭自己的欲望摆布去爱热贝尔，还是服从自己的理性放弃这份爱而专心于皮埃尔？当看到皮埃尔的生活中有那么多的女人时,她究竟是该睁一只眼闭一只眼忍了,还是努力挣脱这种关系也寻找自己的自由呢?在格扎维埃尔介入到他们的生活之后,她有时候会被气得要命,有时候又被格扎维埃尔的温顺感动得幸福至极,她究竟该如何看待格扎维埃尔对自己的情感呢?是该与之友好相处,还是想办法把她赶走,继续她与皮埃尔的俩人生活呢?还有伊丽莎白,故事中另外一个重要的女性,她爱上了一个有妇之夫克洛德,她已经与他保持了很久的暧昧关系,当她知道克洛德不能离开苏珊娜而和她在一起的时候,她究竟是该继续做他的情人还是尽快结束这种痛苦而再开始另一段感情呢?境遇就是这样一种为存在主义文学人物提供了这么一个紧张的主观感受和在两难中自由选择的客观条件,让处在这些矛盾之中的女人们难以作出选择。这样,作品就充分地表现了存在主义对人生和世界荒诞的认识,揭示了选择的艰难。

从艺术上说,作者从存在主义哲学的角度出发去反映世界和人生,表达自己的哲学思考。因此,作品往往是哲理性多于形象性,寓高度哲理性于文学作品中,不讲求小说情节的复杂性、曲折性,很少有高潮、跌宕,而是对主人公的精神状态展开哲理性的议论分析,人物只是作家表达他们哲学概念的符号和工具。在这类作品中,读者总会感到作家笔下的人物在喋喋不休地阐述自己的人生哲学,作出自己的选择行动,作品中的主人公在很大程度上也就是作者的代言人。

存在主义文学不是一个思想理论体系严密、创作方法和艺术风格统一的文学思潮,虽然存在主义作家在探讨人类生存条件和生存状态的问题上有交汇的地方,但是他们在思想和艺术手法运用的侧重点上是不同的。萨特的哲学实质上是关于自由的哲学,因而在萨特的文学中存在与本质、荒诞世界与"自由选择"是中心内容。加缪的基本哲学思想是荒诞与反抗,而荒诞是他思想的核心,反抗是在荒诞基础上的发展,加缪的这种哲学思想在其许多作品中得到很好的反映。而西蒙娜·德·波伏娃的思想则与萨特相同。她的作品总是把人存在的意义、人生的选择、与他人的关系等存在主义哲理思想同现实生活结合起来,描写人在生存过程中的困惑、追求和希望。

二、存在主义文学的基本特征

1. 鲜明的哲理性和寓意思辨性。

作为哲人,萨特、加缪和波伏娃等作家善于对自然、社会和人类的生存状态进行哲理性的深层透视,而非用诗人的细腻情感来感受这一切。他们的文学作品着重影响的是读者与观众的理智,而非着重影响他们的感情。在阅读和观看萨特等人的文学艺术作品时,我们所经历的不是动人的艺术感染,而是紧张的哲学思考,不进行这样的思考就很难理解他们作品的真谛。鲜明的哲理性和寓意思辨性是存在主义文学的显著特征。

萨特的《恶心》和加缪的《局外人》是作家感受现实、描写荒诞世界的经典作品，这两部小说也是《存在与虚无》和《西绪弗斯的神话》发表之前两位哲人的哲学思想反映。萨特的《恶心》表现了作者早期的哲学思想。萨特在这部小说中描写了一个落魄文人安乐纳洛根丁，作者假借洛根丁在各种具体环境的行为进行了富有哲学意味的形象探讨，描述了洛根丁对世界、对自我、对存在的一系列问题的感受和看法，即世界是荒诞的，人是被偶然抛到这个世界上的，人由于不能左右这个世界而感到恶心。作者在小说的最后越来越使他的主人公时时都在努力挣扎，企图战胜“恶心”，否定现存或已存的东西，摆脱命运的安排。加缪的《局外人》描写了一个小职员莫尔索荒诞的一生，是加缪反映“荒诞”的第一典型形象。

萨特和加缪不仅在小说，而且在戏剧里也同样描写了这种荒诞。以萨特戏剧为例，在萨特的笔下有大批绝望者，由于深感现实令人“恶心”，认为人是被偶然地无缘无故地抛入这个世界，时时受到荒诞外界以及成为地狱的他人的极端压制，人与社会永远无法沟通，在这个痛苦而荒诞的世界上人终究要遭到失败。萨特的剧本背景大都表现一种混乱、恶心，常常令人毛骨悚然，充分显示人与现实不可调和的对立。这就是存在主义者理解的人与社会关系的实质。难怪许多评论者批评萨特的存在主义哲学必然导致悲观主义。然而萨特并未到此止步，萨特的绝望并不绝对地与悲观联系起来，相反，由于萨特的激进的政治立场，他的剧作常常描写人在荒诞中努力超越荒诞现实，通过人的自由选择来实现人生的价值。萨特在戏剧中都将他的人物置于“自由选择”的境况中，表明人是一种不断把自己推向未来的存在物，人能意识到自己，把自己想象成未来的存在。人是自己的上帝。萨特将自己的哲学思想独特地注进自己的戏剧作品里，将自由选择的哲理思想融入戏剧情节中，给人深刻的启示。

萨特一般采取传统的戏剧形式，但他并不十分注重形式的完美，而是注重内容，注重思想启迪的意义。表面上看他的剧本通俗易懂，但其中蕴含着深刻的存在主义哲理，甚至连作品的题目也被赋予这种含义。在现代派戏剧中，很少有像萨特这样把哲理性提到如此高度，使哲学与艺术统一起来的戏剧作家。总之，存在主义文学不以艺术感染取胜，而把哲理作为灵魂，诉诸读者或观众的思辨，影响他们的认识，启迪他们的思考。

2. 主观感受真实性原则。

存在主义文学的真实性严格区别于现实主义文学的真实性。存在主义哲学的主观色彩和非理性特点，为萨特等人的文学艺术作品在认识现实、感受社会生活时打下深深的烙印。主观感受真实性原则成为存在主义文学的又一特征。

萨特承袭并发展了叔本华与尼采的唯意志论、柏格森的直觉主义、克尔凯郭尔有神论存在主义等非理性哲学思想。他只把人作为主体存在本身，用人的存在否定人的社会本质，并认为非理性的心理本能才是人的最真实的存在。因此，存在主义者萨特所追求的艺术的最高真实性，只能是主观意向、欲求、情致的折射物，从而使艺术的任务在于运用各种文学形式来表达自己的哲学思想与个人主观感受。由于萨特雄厚的艺术素养，他善于把描绘现实生活的传统手法和表现人物内心复杂意识活动的现代手法有机地结合起来。他敢于将笔触深入到人物内心深处，触及到理性意识之外的非理性领域，对下意识、潜意识、怪诞的联想、痛苦的意念以及噩梦般的幻觉加以开拓性的描写，也就是说，他变革了传统的艺术内容与形式，创造出一种用主观感受的真实性来反映现实的新型作品。

萨特等存在主义作家的戏剧、小说如同他们的哲学著作一样，充满着浓厚的个人感情色彩。他们在戏剧文学中提供的真实性，是严格区别于现实主义客观真实性的主观感受的真实性。例如，当读者读到萨特对人的存在、对人的自由的描述，读到他笔下的大批人物形象时，萨特主观感受的真实性会使读者产生一种心灵的战栗。萨特是非客观而重主观的，他根本否认意识与物质之间存在决定与被决定的关系。他曾反复强调意识是不为任何客观事物所决定的，不是客观存在决定人的意识，而是人的主观意识创造着客观存在。如果说客观世界的万事万物是存在的，有实在性，这仅是存在，还须在意识指向它们、唤醒它们时，它们才从可能的存在变为现实的存在。所以萨特所描绘的客观世界的一切都是由于意识并通过意识的活动而获得意义。在萨特看来，艺术的本质仍是通过主观性，即意识去创造世界，而不是客观地反映或描述世界。因为世界是杂乱的、缺乏规律的，艺术的本质是借助想象力超越现实而达到非现实，他强调艺术描写的对象本身不依赖我们而存在，但作家或艺术家将它们写进作品或收进画布上后，它们则变成了意识的“唤醒”物，也就是说，成了作家或艺术家进行遐想的凭借。

应该指出，由于萨特进步的政治立场，对社会问题的关心，对现实斗争的介入，尽管他在理论上强调主观感受的真实性，但在创作实践上并不与现实主义相悖离。观众和读者可以从他的作品中感受到现实主义的气息。当我们追寻萨特戏剧创作的轨迹时，就不难发现他的戏剧则是愈来愈接近或者近似现实主义的，与现实主义戏剧艺术的边缘是模糊的。譬如《苍蝇》的主题完全符合萨特在第二次世界大战期间的主观感受。法兰西民族在德寇的铁蹄下濒临灭亡，需要全民奋起，自己拯救自己。决心奋起，将成为拯救民族的英雄；逃避斗争，将沦落为亡国奴。这一感受对许多人来说是如此真切、深刻，以至于古希腊文学中的俄瑞斯忒斯英雄形象，具有巨大的动员力量，古代的题材，收到了现实的效果。加缪的许多作品也同样是他主观感受的结晶，表现了他对真实的体验和理解。

萨特和加缪作为存在主义文学家和剧作家，我们在承认他们的艺术魅力时，不能不在某种程度上肯定他们的主观感受真实性的原则。作为存在主义文学的代表，萨特积极介入时代，使其作品逐步贴近现实生活，作品中的具体性明显地战胜了抽象性，萨特剧中的时间、地点与事件，都相当强烈地反映了第二次世界大战期间和战后法国人民斗争的社会现实，因而有不少评论家把他的作品誉为“时代的见证”，富有强烈的生命力量。萨特的主观感受的方法是以其“介入”说为思想指导，达到为斗争服务的目的，这样他便写出了一些激励人们进行自由选择的英雄人物，如俄瑞斯忒斯等。虽然说萨特的哲学观点妨碍着他去塑造什么英雄典型，但是这个事实毕竟是在作品中出现了。让人自由选择，积极去设计自己，是萨特在其进步的政治观点指导下主观感受的结晶。每当他的作品愈贴近时代时，其艺术价值就显得愈高、愈强，与生活贴得愈近，从而成为世人公认的优秀作品。

3. 极限境遇与自由选择。

萨特认为，存在先于本质，人在荒诞中存在，然后通过自由选择去创造自己的本质。所谓存在，在萨特的戏剧中就是“境遇”。所谓“境遇”，其实就是人处在“两难”或“多难”选择之中。人遇到生存的危机，他或苦闷、消沉，或进取、抗争，他按照自己的意志进行选择，最后以自己的方式解决危机。这个存在，在萨特戏剧中具有重要的意义，没有它，就无所谓创造和选择。“极限境遇”与“自由选择”也是存在主义文学所具有的鲜明特征。

萨特的戏剧常被称为“境遇剧”或“环境剧”。他创作“境遇剧”的目的，就是试图展示当代人面临的问题、普遍的焦虑，召唤人们进行自由选择。1947 年，萨特在《为了一种境遇剧》一文里说：“如果人确实在一定的处境下是自由的，并在这种身不由己的处境下自己选择自己，那么在戏剧中就应当表现人类普遍的情境以及在这种情境下自我选择的自由。……情境是一种召唤，它包围着我们，给我们提供几种出路，但应当由我们自己抉择。”萨特认为，传统戏剧文学是以分析、表现性格为着笔点的，不可能激发观众与读者的思考与判断，其人物的激情、性格似乎是与生俱来的，是先天的或者一定的社会地位规定好了的，不能表现人的复杂性和真实性。当然，这种看法带有片面性。不过从萨特来说，他认为性格只有作为境遇的折射才是真实的，境遇应该成为戏剧主要的表现对象，所以他迫使自己的主人公在种种境遇中进行选择，人的性格则是主人公在境遇中选择的总和。

譬如《死无葬身之地》在剧中给人物展示出一种极限境遇：游击队员们时刻在等待着发生的事情，敌人的审讯造成了巨大的压力，谁也料想不到会有什么后果。每个人面临着生死关头的考验，或做英雄，或做叛徒，都由个人去选择。游击队员之一昂利这样说道：“有两部分人：一部分人要叫另一部分人招供。”表面上看，剧本写的是两部分人之间招供与反招供的斗争，其实萨特是借这一斗争来表现人与境遇的搏斗。投降德国法西斯的法国“合作分子”亦即法奸代表环境一方，他们已异化为法西斯侵略的工具；游击队员代表法兰西民族的尊严和抵抗精神为另一方,但处于厄运险境之中。前者要征服后者,变成反抗者的对立物;后者要用自己的人格与生命,进行英勇选择,粉碎前者的阴谋,保卫自己祖国的独立,否定这个环境。在萨特看来,这两部分人之间的斗争实质上是肯定自己的存在,否定对方的存在的斗争。吕丝受刑,其恋人若望痛苦万状,焦虑不安,说:"她正是为了不出卖我才忍受痛苦和耻辱。"昂利反驳:"不,这是为了取得胜利。"吕丝说得更明白:"要是你们招供了,……他们会说,我终于占有了他们。"这显然是说招供会丧失自身存在的价值,沦为德国占领者的走狗。所以昂利接着吕丝的话说:"她要的是胜利,这就是一切。"游击队员们以弱抗强,以肉体和心灵抵抗痛苦与死亡,其目的是否定法西斯分子的企图,超越自己,超越极限境遇,创造自己存在的本质。游击队员们虽然最后遭到无情杀害,生命结束了,但是他们身上的独立性、主动性并没有丧失,尊严的天性并没有泯灭。法西斯分子虽然活了下来,然而他们作为人的存在早已死亡了。用存在主义观点看,游击队员们则有"家"可归,这个"家"就是人的存在。相反,法西斯分子则处于无"家"可归的状态,所以说,真正死无葬身之地的不是游击队员,而是法西斯分子。

萨特没有写过乐观、明朗的戏剧场面,他的戏剧环境是沉重、严峻的,通过环境旨在揭示世界的荒诞、选择的艰难。异己的外部世界通过异化的人际关系,使剧中人物体验着无尽的焦虑,体验着烦恼、绝望与恐惧。这种体验是以对自在世界全部感受为前提的。作为无神论者的萨特,他笔下的人物没有原罪感,他始终认为外部世界是偶然的组合物,这些被异化的东西是与人格相对立的,只能使人痛苦与悲观。关于"极限境遇"与"自由选择"的主题,许多作品都有不同程度的表现,譬如《苍蝇》《间隔》《可尊敬的妓女》《魔鬼与上帝》等作品。因此,萨特的全部戏剧创作,都在说明他的"存在先于本质",人在一定境遇中解释自己、创造自己的哲理。

总之,存在主义文学蕴含着两个相互矛盾的基本因素:一定的境遇和在这境遇中进行自由选择的人。所谓"境遇",其实也就是对选择自由的限定,而不是像现实主义作家所理解的那样,环境是人物在其中活动的社会诸关系、诸条件的总和;所谓进行"自由选择"的人,是指对这种限定进行冲击、突破的人,而不是像现实主义作家所理解的那样,人物受一定的境遇制约,在一定的境遇中形成并作用于一定的境遇。更为重要的是,无论是境遇还是人物,在萨特那里,是从哲理意念出发的,从他的主观感受真实性出发的,从他介入社会斗争的需要出发的,而不是像现实主义作家那样,从现实生活的实际出发的。在这一点上,也可以说萨特是一个实行"主题先行"的作家。但是,正如上文所一再指出的,站在政治进步立场的萨特,其主观感受的真实性与社会的客观真实性比较接近;他对社会政治斗争的介入是积极的、进步的,而不是消极的、反动的,这种种原因使他的"极限境遇"与"自由选择"尽管出于主观,也比较抽象,但对现实来说并无扭曲、歪曲的情况出现。

三、存在主义文学的基本评价

存在主义文学作为一种文学现象，在第二次世界大战前后及时地反映了西方人的存在危机和寻求生存出路的愿望，切合了他们现实的需要，引起了许多人在思想上的共鸣，使得这一文学思潮能够在西方深入人心，风靡一时。存在主义文学表明存在主义在新的历史时期对人的价值进行了重新肯定，并努力探求在荒诞的境遇里人如何保持尊严与本质等问题，这是西方人道主义思想在20世纪的继承与发展，是一种新人道主义。

存在主义文学在艺术上继承了传统文学的优秀品质，同时也有自己的创新和对文学艺术的独到见解。存在主义文学融传统写实与现代写意的艺术风格和创作方法于一体，形成了一种新型的艺术形式。由于存在主义文学在欧洲文学史的地位，决定了它对其他文学流派必将产生很大的影响，但这主要表现在文学艺术的思考方式上，而不是在形式上，譬如法国荒诞派戏剧等。存在主义文学以观念文学而著称，这也为我们提供了用文学艺术的形式表达深刻哲理思想的典型范例。

总之，存在主义文学是特定时代的产物，它的产生和发展既有社会思潮需求的合理性，也有其文学存在的必要性，对它的研究应该建立在思想背景、社会条件和文学自身发展规律的认识基础上来进行。

第二节　加缪与《局外人》

一、生平与创作

阿尔贝·加缪(1913—1960)，法国小说家、戏剧家、文学评论家，存在主义文学的重要代表。出生于阿尔及利亚的蒙多维城一个贫苦的家庭。其父原籍法国，早年为谋生来到法属殖民地阿尔及利亚务工；母亲是西班牙人，靠做佣人为生。在加缪1岁时，父亲因参加第一次世界大战负伤身亡。年幼的加缪和哥哥，由母亲做工独自抚养，生活非常艰难。加缪是靠奖学金读完中学的，成绩非常优异。1933年起靠半工半读在阿尔及尔大学攻读哲学，大学期间积极参与社会活动，参加了反法西斯左翼运动同盟，曾加入法国共产党。与此同时还从事文学社团活动，建立"劳动剧社"，编写剧本为下层劳动者服务。大学毕业后，成为阿尔及利亚一家报社的记者。记者工作使加缪更加关心社会时事，因不满法国共产党对阿拉伯人的政策而退党，后追随戴高乐领导的法国反法西斯运动，长期从事政论与散文的写作。

1937年，加缪出版随笔《反面与正面》，次年出版散文集《婚礼》，这两部作品标志着加缪文学道路的开端。1939年在第二次世界大战爆发前，加缪来到巴黎从事新闻记者工作，也利用业余时间进行文学创作。1941年法国沦陷后，加缪成为戴高乐领导的地下抵抗运动重要媒体《战斗报》的主要成员，为报纸撰写了许多社论和时事文章，使该报纸成为地下抵抗运动强有力的喉舌。1944年法国解放后，加缪成为《战斗报》主编。1947年，加缪离开《战斗报》，开始从事专业创作。20世纪40年代加缪迎来了创作的高峰时期，1942年分别创作了中篇小说《局外人》和哲学随笔《西绪弗斯的神话》，使其一举成名，之后创作了长篇小说《鼠疫》(1947)。另外还有剧本《误会》(1944)、《围困》(1948)、《正义者》(1949)等，这些剧本在加缪的创作中也有独特地位。40年代创作的作品题材广泛，体裁多样，从而奠定了加缪在文学史上的地位。

中篇小说《局外人》是加缪的成名作，也是作家最具代表性的作品，作品深刻地揭示了荒诞世界中人的困境，成为存在主义最为经典的作品。

在哲学随笔《西绪弗斯的神话》一书中，加缪讲述西绪弗斯，因为受到上天的惩罚，每天重复一件事，就是将一块巨石推上山顶。然而每次推到山顶后，巨石都会滚落下来，他只能再次推巨石上山，而巨石会再次滚落下来。这种周而复始的运动现象揭示了人类循环往复的命运，也是人与世界之间荒诞关系的真实写照。人类就像西绪弗斯一样，注定改变不了人与世界的荒诞关系。加缪对荒诞世界还有更深刻的理解，通过西绪弗斯的悲剧，创造了以荒诞反抗荒诞的楷模。推巨石上山事件本身是荒诞的，因为没有任何意义，也永远没有结果；西绪弗斯推巨石上山的举动同样是荒诞的，因为他重复着一个没有意义、没有结果的活动，他在做无用功。但是，当西绪弗斯在石头滚落后，仍然以坚毅的目光和坚定的步伐走下山来，走向那块滚落的石头，从中人们看到了西绪弗斯的幸福。在人类与世界的荒诞关系中，人类无法改变世界本身存在的荒诞，却能以一种看似荒诞的行为来蔑视世界的荒诞。

长篇小说《鼠疫》进一步阐释人与世界的荒诞关系，更强烈地宣扬了对荒诞世界的反抗态度。故事发生在20世纪40年代的某一年的阿尔及利亚沿海城市奥兰市，医生里厄在他的门前楼梯口发现了一只死老鼠，随后又有人报告说出现了第二只、第三只……城市不断地出现死老鼠，这让里厄医生非常担忧。身边有人开始发病，高烧不退，呼吸困难，里厄医生极为震惊，这是鼠疫蔓延的前兆。城里许多人开始发病，继而开始有人死于鼠疫，死的人也越来越多，整个城市陷入极度的恐慌当中。里厄医生及时向市长建议，采取紧急措施来抗击鼠疫，对鼠疫不再保密，全城宣布封闭隔离，一场人与鼠疫之间的斗争就此展开。但是，在灾难到来之际，人们并没有紧密团结，还是各怀心事。从巴黎来的记者朗贝尔，千方百计地要里厄帮他搞到一张逃离的通行证。帕纳鲁神甫却在宣扬，这是上天对人的惩罚,死去的人罪有应得。走私犯柯塔尔却利用鼠疫发财。城里也时常出现纵火、抢劫、持枪袭击城门的事件。焚尸炉已经远远应付不了急剧增加的死人数量,掩埋尸体的大坑也越挖越深,全城哀鸿遍野。而以医生里厄和中产者塔鲁为代表的知识分子在危难中挺身而出,组成了全城第一支志愿防疫队,他们不顾家人的担心,也顾不上亲人的病情,始终战斗在抗击鼠疫的第一线。他们用自己的勇敢和献身精神,让更多的人懂得了一个道理,即鼠疫已经发生,人们已经无处可逃,只有一条路——与鼠疫进行抗争。越来越多的人被感动,记者朗贝尔也不再逃跑了,加入到他们的队伍之中;帕纳鲁神甫也放弃了"上天惩罚说",开始为死去的人祈祷。在全城人的努力下,鼠疫得以控制,已经有痊愈的病人。第二年的春天发病率越来越低,直至全城解除戒严,人们沉浸在战胜鼠疫的欢乐中。但是里厄医生清醒地认识到,鼠疫并没有真正灭绝,瘟神还会光顾。

小说通过鼠疫流行将人置身于一个荒诞的世界里,寓意人与命运抗争的主题。在这里进一步延续了《西绪弗斯的神话》的寓意,在鼠疫灾难到来之际,人面对灾难的抗争就像是西绪弗斯的反抗一样,尽管这种反抗可能不会取得最终的胜利,人类也无法从根本上消除鼠疫的再次光顾,但是人类抗争行为的本身,就是对荒诞世界的反抗,因而也就获得了人类生存的意义。

20 世纪 50 年代,加缪持续着他的创作热情,先后撰写了评论著作《反抗者》(1951)、《夏日》(1954),还创作了多部小说如《堕落》(1956)、《流放与国王》(1957)、《第一人》(未完成)等。1957 年加缪获得诺贝尔文学奖。

加缪的创作具有强烈的存在主义特点,但加缪本人却否认自己是一个存在主义者。加缪 1943 年结识萨特,当时萨特已经是存在主义大师级的人物,加缪仰慕大师的风采并受到萨特思想的影响,积极参加萨特组织的各项活动。但是后来因为观点的分歧,俩人反目。加缪的论著《反抗者》出版,这是一部视野宽广的关于历史、文学、艺术和哲学著作,书中展现了反抗所采取的各种形式,以及出现的各种偏差和蜕变。著作出版之后,引起了诸多围攻,也受到萨特的强烈批评。为此加缪与萨特之间展开了一场激烈的论战,导致俩人最终决裂。

客观上说,加缪的思想与萨特的存在主义有许多相同之处。从本质上说,加缪与萨特一样,都强调存在、选择、责任。而这一切又都将"存在"作为一个基本前提,将选择作为一个重点。尤其是俩人都在探讨选择与责任的关系,强调责任是选择的核心。然而,也应该看到,加缪的思想与萨特的存在主义也有着明显的不同,加缪更加强调存在的荒诞性,突出以荒诞来反抗荒诞的思想。《局外人》和《西绪弗斯的神话》,就是以荒诞反抗荒诞的经典作品。从某种意义来讲,加缪对存在的荒诞认识和以荒诞反抗荒诞的思想,对后现代主义文学产生了更为深刻的影响。

1960 年 1 月 4 日,加缪乘车出游时遭遇车祸,不幸罹难,年仅 47 岁。

二、《局外人》分析

《局外人》创作于1942年，是加缪的成名之作，也是他最具代表性的作品。随着时代的推移，这部作品在发表后的70余年的时间里，被越来越多的人认为是存在主义最具代表性的作品。

内容介绍 小说的背景是20世纪40年代的阿尔及尔，内容分为两部。第一部，主人公莫尔索，是阿尔及尔一家法国公司的职员，因为生活拮据，把唯一的亲人老母亲送进了养老院。小说开篇就写莫尔索接到来自养老院的电报："母死，明日葬。"他向公司老板请了假，来到养老院时，母亲已经入殓。门房问他想不想最后看母亲一面，他表示不用了。当天晚上，莫尔索为母亲守灵时，喝咖啡，抽香烟，还睡着了。睡梦中被惊醒后，发现母亲的生前老友们前来祭拜。看到老人们悲伤的样子，他感到好像是对自己的审判。第二天为母亲送葬，他仍然表示不用再见母亲最后一面。送葬过程中，他怎么也流不出泪，只得匆匆忙忙安葬了母亲。一想到马上就能在床上睡他个十二个钟头，他感到非常喜悦。回到阿尔及尔的第二天是个星期六，莫尔索去海淀浴场游泳，在这里遇见了曾经在同一家公司就职的打字员玛丽。这是一个让他感兴趣的姑娘，可惜离开了公司。今天在这里相见，莫尔索和她玩了一整天，晚上又和她一起去电影院看了喜剧片。看完电影之后，带玛丽回到了自己的住处。星期天的早晨他醒来的时候，玛丽已经离开，这一天很无聊地过去了。星期一回到公司，老板很客气，自己也很快进入到了工作状态。晚上下班后，遇到了邻居雷蒙，雷蒙求莫尔索代自己给过去的情妇写封信羞辱她，开始莫尔索不允，还打了雷蒙一顿，后来一想也没什么，就写了信。过一个星期，周末玛丽又来找他，俩人一起出游，晚上又住到一起，玛丽问莫尔索爱不爱她，莫尔索感到这是没有意义的问题。雷蒙的情妇接到羞辱信后前来理论，结果俩人大打出手，还惊动了警察。玛丽对蒙尔索的感情不断升温，表示要嫁给莫尔索，只要莫尔索爱她就行。但是莫尔索则回答怎么都可以，只要玛丽愿意，至于说爱不爱的问题毫无意义。后来莫尔索带着玛丽同雷蒙的朋友一起到海滩游玩时，雷蒙情妇的弟弟纠集着一伙阿拉伯人一直跟着他们，雷蒙与这伙人发生殴斗被打。事态本来已经平息，但是莫尔索拿着雷蒙的枪，又与其中的一个阿拉伯人对峙上了。正午的阳光使他眩晕，他似乎看到那个阿拉伯人抽出了刀，于是朝那个阿拉伯人开了枪，而后又补了四枪。

第二部，莫尔索被捕入狱。被捕入狱之后，一次次的审讯，使莫尔索很不耐烦。预审官对他说了很多不着边际的话，也劝他要请一个律师，不然法庭也会为他指定律师。律师来后，并不关心案件本身，而是对他的私生活，尤其是母亲的去世这件事情很感兴趣，还谈到他在母亲下葬时的"麻木不仁"。接下来是预审官的再次讯问。预审官明确说自己关心的不是案件本身，而是莫尔索这个人。

他还热情洋溢地讲自己对上帝的崇敬，并劝导莫尔索要成为一个信徒。当听到莫尔索说不信仰上帝时，预审官愤怒了，他要莫尔索必须信仰上帝，并告诫说所有的人都得信仰上帝，甚至那些背弃上帝的人都要信仰上帝，双方不欢而散。接下来的日子，莫尔索被关进一间大部分囚徒都是阿拉伯人的牢房。玛丽也来狱中看望他，鼓励他不要失望。又是一年的夏天到了，莫尔索的案件进入到法庭开庭阶段。法庭上，令人惊异的是，重要的证人不是杀人现场的相关人，而是与杀人事件没有丝毫联系的母亲生前所在的养老院的院长、门房和其他老人，还有莫尔索的情人玛丽等。莫尔索的"罪证"被一条条理清了。所谓罪名不过是他把母亲送进养老院受到母亲的抱怨，不想看过世的母亲的遗体，没哭过一次，下葬后立刻就走，没有在她坟前默哀，不知道妈妈的年龄，守灵时抽烟、睡觉，喝牛奶、喝咖啡，等等，这些与杀人案件毫不相关的证词激怒了整个大厅的人。尤其是玛丽出庭作证后，检察官用很激动的情绪指证莫尔索："陪审员先生们，这个人在他母亲死去的第二天，就去游泳，就开始搞不正当的关系，就去看滑稽影片开怀大笑。至于别的，我就用不着多说了。""是的，我控告这个人怀着一颗杀人犯的心埋葬了一位母亲。"检察官的诉讼，得到了听众的共鸣并引起强烈愤慨，法官最终宣布要以法兰西人民的名义在一个广场上将莫尔索斩首示众。莫尔索被关押进了死囚牢房，他一次次拒绝神甫为他祷告，最后神甫还是来到了他的牢房，不断地劝导他要信奉上帝，在一切都失败之后，带着对莫尔索的失望离开牢房。莫尔索终于要被送上断头台了，他感到自己过去是幸福的，现在还是幸福的，最后还仅有一点希望，就是希望更多的人来看他被行刑，希望人们对他报以仇恨的吼叫。

人物形象　小说中的主人公莫尔索是一个游离于生活的"局外人"的典型。莫尔索在生活中以一种麻木不仁的态度和莫名其妙的方式对待自己的亲情、爱情、友情以及生命。对母亲去世的无动于衷，对待爱情也很让人莫名其妙。更为莫名其妙的是与邻居雷蒙的关系。雷蒙与他毫不相干，甚至他还有些看不上雷蒙。但是为了这个雷蒙，他又写信骂人家的情妇，又到警察局作伪证，最后还杀死了和他毫无关系的阿拉伯人。对待他人的生命乃至对待自己的生命，他也是无动于衷的。莫名其妙地杀死了阿拉伯人，自己也进了监狱。在狱中，预审官、律师、法官、神甫，都对他定罪与否有至关重要的作用，但是他却完全不在意他们的意志，让每一个人都在他这里碰个鼻青脸肿。最后几乎所有的人都在愤怒中，同意结束他的生命。

莫尔索所有的麻木不仁、无动于衷和莫名其妙，诠释了加缪以荒诞来反抗荒诞的思想。莫尔索看到了人存在的荒诞，他始终不愿意按照常人的状态去生存，所以他特立独行，与周围格格不入，既无所谓希望，也无所谓失望。在他这里没有什么是应该的和不应该的，一切都无所谓。对母亲他还是有很深的情感的，但是他根本就不想用一个大家眼里的孝子的方式来祭奠母亲。在他心里对玛丽也是有感情的,也愿意和她生活在一起,但是涉及爱与不爱的话题,他又是无所谓了。他也非常留恋自己的生命,但是绝不可能按照他人的意志挽救自己的生命。他在被判死刑后,还能有一种幸福感。莫尔索行为方式的荒诞,正是他作为天然人与现代社会所形成的反差。从某种意义上说,他是一个英雄,是一个反抗荒诞的英雄。

思想意义 1. 作品通过莫尔索杀人案被审这一事件,揭示了世界的荒诞性。

小说的前半部分交代了莫尔索杀人的背景,后半部分集中表现了对他的判决。这是一个很清晰的案件,莫尔索犯罪的核心事件是杀人,他被指定的律师来了之后,也告知他如果信任律师,胜诉是没有疑问的。可关键是律师根本就不关心杀人事件本身,却纠缠于莫尔索在母亲下葬时的表现,认为这将成为起诉的一条重要的根据。预审官关心的也不是案件本身,而是劝导他要信奉上帝。庭审阶段,重要的证人都是与杀人事件没有丝毫联系的人,而检察官也是对莫尔索的不孝进行了控诉。可以说,正是这些与命案无关的事断送了莫尔索的性命。还有一点,莫尔索是一个犯了刑事杀人案的人,他最终被斩首,如果依据法律的判决,也是合乎法理的。但是小说中法官对他的宣判,不是依照法律的名义,而是依照法兰西人民的名义。换言之,他被处死,不是因为他触犯了法律规则,而是触犯了“常人”的规则。在这里,我们看到了一个非常可怕的“常人”,它规定着你的情感方式,规定着你的所有行为,你别无选择,否则你只能作为异类被“常人”杀死。这正是荒诞世界的本质特征。

2. 作品通过莫尔索的抗争,表现了存在主义以荒诞来反抗荒诞的思想。

作品中莫尔索一直抗拒“常人”,想成为自己,尽管他心中“很爱妈妈”,却不想用人们习惯了的方式去表达,所以被指控“怀着一颗杀人犯的心理埋葬了一位母亲”;他也珍爱自己的生命,却一次次地在宗教信仰、社会习俗面前喊“不”。莫尔索式的“局外人”,显然同传统的理性式的反抗者有所不同,他没有理性的真理、正义价值可以依据,如果说他还坚持什么,那就是用自己的方式决定自己,追求本我生存的本真状态。但是,莫尔索却是异常艰难的,存在的选择权已经被“常人”摄取,我们只能被“常人”牵着鼻子缠绕到非本真的状态,这种非本真的状态正是“常人”所造就的“非我”。人的存在只能作为“非我”而存在,这正是存在的荒诞性。而莫尔索为了保持本真,找回“本我”,对“选择”保留了选择的权利。然而,莫尔索保留的自我的选择权,却与“常人”的选择状态大相径庭,在我们看来是那样不可理喻。例如他对母亲的去世是那么漠然处之,对玛丽的爱又是那么无动于衷,直至对自己的生命也是无所谓的态度,这就形成了行为的荒诞。而正是这看似荒诞的行为,却是对人存在的荒诞的一种反抗。加缪的存在主义也许与萨特的存在主义有许多的不同,以至于人们对其成为存在主义的代表还有些质疑,但是如果联系存在主义思想的发展历程,尤其是结合海德格尔存在主义关于自己存在与共在的困惑,就能加深对加缪存在主义的理解。

3. 作品通过莫尔索对本真的选择,宣扬了一种西绪弗斯式的幸福。

我们看到莫尔索其实是在与"常人"的对立中,选择了本真,而选择本真也意味着选择了最终杀死自己。一般来说,坚持了本真的"本我",就会与"常人"形成了一种对立关系,因为"本我"的无依据性,决定了"本我"的展示,只能是依据作为"常人"的对立关系而确定。这里还有一个非常执著的"自我",尽管其选择不失为一种悲壮,却只能陷入到与"常人"进行无休止的对立纠葛之中。而加缪却没有把莫尔索的反抗当成是与"常人"刻意的对抗,作品中的莫尔索身上,一直有一种我们难以把握的东西,他莫名其妙的行为背后,有些并不是因为刻意的反抗。小说中不论是在请律师的问题,还是面对预审官的讯问,或是进入法庭审判阶段,常常有一些不利因素的出现,而莫尔索似乎都浑然不知,却还在危机四伏的庭审间歇,品味着"夏日傍晚的气息","公园里鸟雀的叫声"。正因为如此,他才有一种无比的高傲的心,并以高傲的心去可怜那些企图超度他的人。可以说,他和那个推巨石上山的荒谬的英雄西绪弗斯一样,最终也认为自己是幸福的。

艺术特色 1. 作品具有独特的第一人称叙事方式。

小说通过主人公的自述形成全文,这一特点在传统的小说中屡见不鲜。然而,在这部小说中,由于主人公的"局外人"身份,他的自述就以一种自我游离的嘲讽态度对待生活和看待世界。这就出现了一种很奇怪的逻辑关系,一方面主人公"我"(故事中的莫尔索)是所有事件的当事人,是整个故事中的参与者或称局内人。但另一个方面,"我"这个自叙者(叙述者莫尔索)在叙述时又总是让"我"这个当事人游离于事件之外,似乎一切事件都与"我"毫不相干,所以"我"又是所叙述的故事中的局外人。这样,呈现在读者面前的,是两个莫尔索(故事当事人莫尔索和叙述者莫尔索)。例如,故事中莫尔索守灵时,来了一群母亲生前的好友,他们都看到了他,也和他点头打了招呼。在吊唁活动中,他作为母亲唯一的亲人,是事件的当事人。而此时,叙述者却又站在局外:"我看见了他们,我看人从来没有这样清楚过,他们的面孔和衣着的任何一个细节都没有逃过我的眼睛。然而,我听不见他们的声音,我真难相信他们是真的在那里。"这里明显是把那个故事中叫"莫尔索"的人丢在局内,而叙述者"我"却站在局外。在描写莫尔索杀死阿拉伯人的事件过程中也是如此:阿拉伯人抽出了刀子,刀锋闪闪发光,已经对准了他的头颅,生死关头,千钧一发,他只能扣动扳机。这是一个符合事实的故事逻辑。但是,小说的叙述者却采用了另一个逻辑,即在大难当头的时刻,小说表达的却是叙述者"我"对太阳照射时的主观感受:"太阳晒得我两颊发烫。那太阳和我安葬妈妈那天的太阳一样，头也一样难受。太阳扣在我的头上。一切都摇晃。大海呼出一口沉闷而炽热的气息。我觉得天门洞开，向下倾泻着大火。”这一切和现实中所要发生的事件毫不相干。法庭审判过程更是体现了这一独特叙事方式的魅力，在整个案件的审理过程，当事人莫尔索被关进监牢，在法庭上受审，而叙述者莫尔索却游离于故事之外，站在局外冷漠旁观，肆意评说。

2. 与前者的独特叙述相联系，小说的语言呈现出游离于生活之外的平淡和冷漠，造成了一种玻璃板的隔离效果。

一般而言，小说写作需要通过语言来反映作家对其所描写的事件的独特情感，从而对所描写的生活作出审美价值上的判断。换言之，作家通过语言使自己的情感与他所描写的事件和人物密切关联。例如对所描写的人物思想行为的喜怒哀乐的评判，对所发生的事件的否定和赞许，等等。但加缪在这部小说中，却完全违背了传统小说的语言使用规则。不论是叙述语言，还是描写语言，都采取了平淡的、无动于衷的演说方式。例如，小说开篇就是一句：“今天，妈妈死了。”这里没有忧愁，没有悲伤，也看不到任何的情感色彩。小说中常常使用这样的短句，不掺杂情感，只呈现事件。在为母亲守灵时，用得最多的语言也是些“我进去了”“我看见了”“我累了”“不用了”等短句，从中读者完全感受不到叙述者对所发生事件的些许情绪的流露。甚至当女友玛丽问他愿不愿意结婚时，他只是用冰冷的语言回答：“怎么都行。”作者采用这样平淡和冷漠的语言进行写作，其实是大有深意的。对此，萨特在对《局外人》的评论中，对这种语言风格作出了极为深刻的评价。在萨特看来，作者采用这种语言风格，是有意识地在读者和他的人物之间置放了一块玻璃板。在萨特看来，玻璃似乎能让一切穿透而过，但它阻隔了一样东西，即人的姿势、行为的意义。这样可以让读者更加直观地领略作品中的人物在现实社会中的孤独和冷漠。同样，作者这样使用语言，目的也是为了更好地衬托出主人作为局外人的孤独感和陌生感，加深读者对“局外人”特征的认识。

第九章

荒诞派戏剧与《秃头歌女》

【学习重点提示】

1. 把握荒诞派戏剧中“荒诞”的内涵和荒诞派戏剧的艺术表现特点。

2. 掌握《秃头歌女》所体现的人与人之间关系的荒诞性与戏剧表现手法荒诞性的统一。

第一节 荒诞派戏剧概述

一、荒诞派戏剧的发展状况

20 世纪 50 年代初，在西方兴起了荒诞派戏剧。这是一个在第二次世界大战后首先在法国产生，而后流行于许多西方国家的戏剧流派。它也是西方广泛流行的存在主义哲学和荒诞的戏剧形式相互融合的产物，展示的是战后西方世界深刻的精神危机。

1950 年 5 月 11 日，法国首都巴黎的“梦游人”剧院上演了尤金·尤奈斯库的剧本《秃头歌女》，这出戏完全破坏了传统的戏剧程式，没有故事情节，没有戏剧冲突，也没有合乎逻辑的故事线索。剧本的标题下面注明“反戏剧剧本”。当时，观众对这出戏反应冷淡，有一次剧场里只有 3 名观众。同年，有亚美尼亚族血统的法国作家阿瑟·阿达莫夫写出了剧本《进犯》，同样使观众很难接受。与此同时，尤奈斯库的新作不断问世。在两三年的时间里，荒诞派戏剧在巴黎上演得越来越多，终于引起轰动。荒诞派戏剧刚出现时，曾与其他实验性戏剧一起，被统称为“先锋派戏剧”。由于荒诞派作家一反过去传统戏剧的规律和特点，所以人们又称它为“反戏剧派”或“反传统戏剧派”。1961 年，英国戏剧理论家马丁·埃斯林出版了一本《荒诞派戏剧》之后，人们才把以尤金·尤奈斯库为代表的戏剧流派称为“荒诞派戏剧”。

荒诞派戏剧的重要作家除了尤奈斯库外，还有塞缪尔·贝克特、阿瑟·阿达莫夫、让·热内、爱德华·弗兰克林·阿尔比和哈罗尔德·品特等。

塞缪尔·贝克特(1906—1989)被公认为荒诞派戏剧的奠基人之一。他原籍爱尔兰,出生于都柏林一个犹太人的家庭。学生时代在巴黎与著名作家詹姆斯·乔伊斯相识,并当过他的秘书。1927 年从都柏林三一学院毕业,次年在巴黎高等师范学院任英文讲师,开始翻译乔伊斯的作品。1931 年回到都柏林,在三一学院当法文教师,同时研究笛卡儿的著作,获硕士学位。从 1932 年开始漫游欧洲,成为先锋派杂志的撰稿人。1938 年正式定居巴黎。在第二次世界大战中,他参加了反对德国纳粹的抵抗运动。从 20 世纪 20 年代末开始,贝克特开始写作诗歌、小说和评论文章。在创作上他受乔伊斯和法国小说家普鲁斯特的影响较深。1930 年发表诗作《婊子镜》。他的长篇小说有《莫菲》(1938)、《瓦特》(1945),还有三部曲《马洛伊》(1951)、《马洛纳之死》(1951)和《无名的人》(1953)等。贝克特的创作高峰是荒诞派戏剧《等待戈多》(1952)的发表。在此之后,他写的剧本还有《最后一局》(1957)、《哑剧Ⅰ》(1957)、《最后一盘磁带》(1958)、《尸骸》(1959)、《哑剧Ⅱ》(1959)、《啊,美好的日子!》(1961)、《卡斯康多》(1963)和《喜剧》(1964)等。这些剧本的创作和演出,奠定了贝克特在荒诞派戏剧史上的地位。1969 年,贝克特获得诺贝尔文学奖。获奖原因是“他那具有新奇形式的小说和戏剧作品使现代人从精神贫困中得到振奋”,并且他的戏剧“具有希腊悲剧的净化作用”。

贝克特的代表作是《等待戈多》。这出戏在巴黎连演 300 多场,先受冷遇,后引起轰动。这是一出两幕剧,出场人物是两个老流浪汉——爱斯特拉冈(又称戈戈)和弗拉季米尔(又称狄狄),以及奴隶主波卓和奴隶“幸运儿”,还有戈多的信使小男孩。

第一幕发生的时间是某一天黄昏时候,地点是只有一棵枯树在乡间路旁。剧本写两个衣服破烂、肮脏的流浪汉戈戈和狄狄在荒野的路旁相遇了。他们互相说着一些漫无边际的梦呓般的对话,做着毫无意义的动作。一个在不停地脱发臭的靴子,一个不断地闻发臭的帽子,无聊至极。他们一会儿想上吊,一会儿想做点什么事。他们忽而谈起要为自己来到这个世界上忏悔,忽而又谈起要去死海度蜜月,忽而又谈起耶稣的故事。他们一会儿想走,一会儿又说要等待戈多——但他们又不认识戈多。后来,奴隶主波卓用绳子拴住奴隶“幸运儿”的脖子,拿鞭子赶着他上场。波卓命令“幸运儿”跳舞,又命令他作胡言乱语的长篇演说。稍后,波卓挥着鞭子,赶着“幸运儿”到市场卖。最后,一个小男孩出场,告诉他们戈多今晚不来,明晚准来。孩子退场后,夜幕降临,两个流浪汉声言要走,但仍坐着不动。幕落。

第二幕,又一天的黄昏,地点仍与第一幕是同一个地方。不同的只是枯树长出四五片叶子(暗示着时间已经重复过了很久)。两个流浪汉(戈戈和狄狄)又稀里糊涂地来到这里，做着和第一幕基本相同的动作，说着和第一幕基本类似的话语。他们没话找话地等待着戈多。戈多一直不来，让他们烦透了。他们咒骂现实生活，弗拉季米尔吼道："我他妈的这辈子到处在泥地里爬……瞧瞧这堆垃圾，我这辈子从来没有离开过它！"然后又互相对骂："窝囊废！""寄生虫！""丑八怪！""鸦片鬼！""阴沟里的耗子！""白痴！"波卓主仆再次出场，此时的波卓已成了瞎子，"幸运儿"也哑了。台上几个人胡言乱语一番后，波卓主仆退下。小男孩重又出场，宣布戈多今晚不来，明晚会来。两个流浪汉绝望了，解下裤带，又想上吊，但裤带却被拉断了。于是二人商定明天再来等待，如果戈多还不来，再上吊自杀；如果戈多来了，"咱们就得救了"。"好的，我们走吧"，但仍然站着不动。剧终。

《等待戈多》通过荒诞的舞台画面，使人们看到了西方社会生活真实的一面，那就是混乱、丑恶、荒诞。舞台上出现的一切是那样地肮脏、凄惨、黑暗，人们被绝望的气氛所笼罩。这噩梦一般的世界，让人们很自然地联想到西方现实生活中人的处境。人在这个社会中，痛苦、悲惨、无望。戈戈和狄狄作为现代西方社会存在的苦难人类的象征，对自己所生存的世界，对自己的命运一无所知。他们人格已经丧失，个性已被毁灭。在无望的世界中，等待戈多成了他们唯一的精神支柱和唯一的生活内容。但戈多是谁？贝克特没有交代，并说："我要是知道，早在戏里说出来了。"其实，我们可以将"戈多"看成是一种永远不会到来的"希望"。戈多不来，就是"希望"永远不会到来。贝克特看到了现代社会的混乱和荒诞，看到了生活在这个世界中的人们的可怕处境，但又无法对这种现实作出正确的解释，更看不到改变这种处境的出路，只好将人类的这种处境用一种荒诞的形式表现出来。因此，"戈多"实际上也是一种象征，代表了痛苦的人类在荒诞中的若有若无的和永远不能实现的期望。

贝克特认为："只有没有情节、没有动作的艺术才算得上是纯正的艺术。"《等待戈多》正是他这种艺术主张的成功实践。《等待戈多》鲜明地体现了荒诞派戏剧的特点。首先是荒诞的剧情。它没有剧情上的发展，结尾是开端的重复；第二幕又几乎是第一幕的重复。整个剧本的故事情节毫无逻辑可言，如两个流浪汉盲目地寻找戈多，但又根本不认识戈多；甚至他们二人也是在第一幕时还相互认识，但第二天见面时却不认识了；波卓没来由地变成了瞎子，"幸运儿"也莫名其妙地变成了哑巴；再如报信的小男孩竟说报信的不是他；等等。总之，剧中发生的事情，完全没有逻辑，稀奇怪诞。其次是荒诞的舞台形象。剧中人活动的环境是一片荒凉凄惨的景象：阴冷灰暗的黄昏，寂寞空旷的荒野，孤零零、光秃秃的枯树，痛苦无望的氛围，整个画面给人痛苦、绝望、荒谬的感受。舞台灯光的忽明忽暗，加强了荒诞悲苦的效果，给人们留下难忘的印象。再次，活动在这样环境中的剧中人的表现也是荒唐可笑的，他们记忆模糊，语言颠三倒四，动作怪诞滑稽。在这荒诞的境遇中活着的人类,已经失去了人的本质,成为非人,没有些许生存的意义。最后是荒诞的语言。剧中的语言同样没有逻辑,枯燥无味,语无伦次。两个流浪汉总是没话找话,废话连篇。“幸运儿”的长篇演讲,没有标点符号,谁也听不懂;剧中人物的对白,前言不搭后语,答非所问。这说明在荒诞的世界里,人没有了思想,也没有了合乎逻辑的语言,人与人之间根本无法沟通。可以说,荒诞的语言正是荒诞的人物与世界的必然结果。

阿瑟·阿达莫夫(1908—1970),原籍俄国亚美尼亚,1924 年以后在法国定居。1946 年,他发表了处女作《自白》。1950 年后,开始了荒诞派戏剧的创作。主要作品有《进犯》(1950)、《浅陋的习作》(1950)和《大小演习》(1950)、《大小手术》(1951)、《一切人反对一切人》(1953)、《塔拉纳教授》(1953)、《弹子球机器》(1957)、《帕奥罗-帕奥利》(1957)等。

《大小手术》是阿达莫夫写作的一出三幕荒诞剧。在第一幕中,主角本来是五官四肢齐全的,可是到了第二幕,他却莫名其妙地少了两条胳膊;而到了第三幕,他又少了一条大腿。最后,这个肢体残缺的主角只好坐在病人车上退场。剧本通过这个故事启示观众,人们生活在其中的这个世界是极其荒诞的,人类的悲剧是无法说明和无法控制的,社会给人带来的只能是无情的摧残。在《进犯》里,作家写了另一个荒诞的事件:一个家庭里面的成员互相之间竟然毫无联系,只是通过他们同时崇拜一个死去的亲人的情节,才让人们明白他们原来是一家人——人与人之间冷漠隔阂到如此地步,不能不让人得出是这个社会出了问题的结论。在《一切人反对一切人》里,阿达莫夫还描写了各种各样人对人的压迫,如父母的压迫、军队长官的压迫、国家和警察的压迫等。

阿达莫夫的剧作受德国表现派戏剧、卡夫卡的小说和法国现代戏剧理论家安托南·阿尔托的影响。他以敏锐感觉和荒诞的手法去表现人的内心痛苦,剧本充满了悲观和绝望情绪。他的剧作旨在说明世界是荒诞的,命运是不可抗拒的,人活在这个世界上,时刻受到恐怖的威胁而无法解脱。

阿达莫夫的戏剧是抽象的,没有完整的戏剧情节,也没有戏剧动作。人物概念化,只用直觉的舞台形象来显示某种象征性的意义,人物经常连姓名也没有,只用军人、职员、母亲等来代替,有时甚至抽象到用字母来代表人物。

阿达莫夫后来接受了布莱希特戏剧理论的影响,脱离了荒诞派。1960 年,他曾以巴黎公社为题材写出了剧本《1871 年的春天》。

让·热内(1910—1986),法国荒诞派戏剧家。出生在巴黎,幼年即遭遗弃,由育婴堂收养。儿童时代曾在街头流浪行乞,10 岁时被送入教养院。成年后他曾到欧洲各国流浪,参与过走私活动,又当过男妓,还因盗窃而多次被捕入狱。在狱中开始从事文艺创作。1948 年因第 10 次盗窃犯罪而被判无期徒刑。著名诗人科克托和著名作家纪德、萨特十分欣赏他的文学才能,同情他的身世,把他保释出狱。

热内在1940年至1948年间,发表过4部长篇小说:《百花圣母》《玫瑰花的奇迹》《殡仪队》和《勃来斯特的争吵》。1949年,他发表自传体小说《偷儿日记》,表达一个弃儿的辛酸和怨愤心情。1947年后,他开始了荒诞派戏剧的创作,主要作品有《女仆》(1947)、《阳台》(1956)、《黑人》(1958)和《屏风》(1966)等。

《女仆》是他的代表作。剧本中的主角是两个女仆。每到晚上女主人外出时,她俩就轮流扮演主人和仆人。为了发泄对主人的仇恨,她们为"主人"准备了一杯毒药,没想到扮"主人"的女仆竟然假戏真做,把毒药喝了下去。这出戏剧表现的是现代社会中人格的丧失,指出下层小人物只有借助别人的身份和人格,才能找到自我。《阳台》的主题与《女仆》相似,描写的是一群普通人在妓院里分别装扮成将军、主教、法官等进行自我陶醉,在幻象中享受着上等人的生活。但当他们回到真实生活中时,却都彻底失败了。这说明,只有在假的角色中,他们才能获得社会的认同。

热内认为他的戏剧是"对抗社会的戏剧"。由于特殊的生活经历,他憎恨这个社会,他作品中的人物都是些被社会遗弃的人。戏剧的基本思想是认为人在现实中还不如在幻象中真实。因此,他通过戏剧向世人表明:人世间的一切皆为幻象和噩梦,全是谎言与骗局,所以世界是荒诞的。他宣扬罪恶,视恶为善,目的是发泄对社会的愤恨,抗议使人丧失人格的丑恶现实。他的剧作同样充满了悲观绝望的情绪。

爱德华·弗兰克林·阿尔比(1928—　)是美国荒诞派戏剧的代表作家之一。出生在华盛顿,他的祖父和父亲都是剧院的老板。阿尔比从小爱好戏剧,12岁时,就写过一个三幕剧。1946年,他进入康涅狄格州三一学院,但一年后便离开了学校,为广播电台编写音乐节目。后来,他曾当过商品推销员、旅馆服务员、电报公司杂差、秘书等。1958年后从事专业创作。1959年,他的荒诞派剧本《动物园的故事》(1958)在柏林演出,轰动剧坛。次年在美国上演,同样成功。1960年以后,阿尔比陆续创作了剧本《贝西·史密斯之死》(1960)、《沙箱》(1960)、《美国之梦》(1961)、《谁害怕弗吉尼亚·伍尔芙?》(1962)、《悲惨的咖啡店》(1963)、《小艾丽丝》(1964)、《脆弱的平衡》(1966)、《匣子和毛泽东主席语录》(1968)、《一切都过去》(1971)、《海景》(1975)、《听着》(1976)和《计算的方法》(1977)等。

《动物园的故事》是一个独幕剧,1960年搬上舞台后在美国曾一连上演600多场。剧中人物只有两个。彼得是个40多岁的出版商,家庭幸福,生活如意。每逢星期天,他会坐在纽约中央公园的长凳上看书。杰利则是个身份不明、不修边幅的人。有一个星期天,正当彼得坐在公园长凳上看书时,杰利来了。杰利东拉西扯，问东问西，使得他很不耐烦；杰利又迫使彼得承认自己的生活并不是事事如意，如只有两个女儿，没有儿子。彼得还是不愿交谈，但杰利缠着他不放。杰利又讲述母亲的通奸生活，讲述他自己的孤独，讲述他的女房东“终于相信了根本没发生过的事”等，并告诉彼得他曾经与狗进行过“思想沟通”，虽然失败了但却取得了谅解。彼得无法忍受，想走开，但杰利坐了下来，嘲笑他，辱骂他，甚至用瘙痒来刺激他，把他逼到长凳的另一头。杰利继续讲动物园里的见闻并不停地打彼得耳光，致使彼得狂怒，拾起杰利扔给他的尖刀，做出自卫的动作，没想到杰利却对准尖刀用胸膛压过去。杰利快死时，拿出手帕擦掉刀柄上彼得的指纹，一再感谢彼得，并叫他快走。彼得走后，杰利死去。

剧本情节极其荒诞。彼得和杰利是两个象征性的人物。杰利孤身一人，穷困潦倒，没有人关心他，甚至没有人理睬他，逼得他只好与狗沟通。彼得表面上生活幸福安定，但在杰利的追问下，才发现自己也有许多不如意的地方。公园里发生的事情表明，杰利与彼得也始终无法沟通，而要获得沟通，必须付出生命的代价。作者描述的虽然是公园一角发生的事，但揭示的却是整个社会人与人之间冷漠隔阂的冷酷现实。这个社会就像一个动物园，人都是“一个永恒的过客”，人与人之间就像动物园里的动物一样，“用栅栏彼此隔开”，他们无法沟通，只能互相角逐相残。剧本还通过彼得从可怜的立足之地——长凳上——被挤掉的描写，揭示了人在世界上、在异己力量的挤压下不会有真正的立足之地的悲哀。

《美国之梦》也是一个独幕剧。剧中人共 5 个，即父亲、母亲、姥姥、贝克尔太太和一个青年。剧情怪诞迷离，令人不可捉摸，也根本无法理出头绪。但这个家庭的各成员之间的互相敌视，却随处可见。他们虽然有很多财富，但却粗暴、冷酷地对待对方，家庭的温情被互相伤害所代替。作品旨在说明，当前美国社会虽然富有，但其中生活的却都是些没有人情、没有心肝的一群毫无价值的东西。阿尔比说过：“这出戏是对美国形象的一个考察，是对我们社会的以假代真的一次攻击，是对自满、空虚和残酷的诅咒，也是对那种颂扬我们国土上每件事都是美好的作品的反叛。”《美国之梦》表现的是对美国社会现实的辛辣的讽刺。

《谁害怕弗吉尼亚·伍尔芙?》是一出三幕剧。主人公乔治是某大学的历史系教授，他的岳父是乔治任教的大学的校长。乔治的妻子玛莎以及他的岳父都希望乔治能继承校长的位子，但乔治表现平凡，导致玛莎非常失望和不满。剧本嘲讽了美国高级知识分子精神空虚、耽于幻想空谈、害怕现实的弱点。阿尔比虽然把剧名定为《谁害怕弗吉尼亚·伍尔芙?》，但这个伍尔芙与英国“意识流”小说家伍尔芙没有关系。当时美国流行一首儿歌《谁怕大黑狼》，Woolf 与 Wolf 只是谐音。对此，阿尔比曾解释说：“剧本标题的意义是：谁怕没有幻想的真实呢？”

阿尔比还曾写过《哪家剧派是荒诞剧派?》等理论文章,认为流行一时的美国商业化戏剧才是真正的荒诞戏剧,而荒诞派戏剧则是"正视人的现实"的艺术,"是我们时代的现实主义剧派"。正因为他有这种认识,所以他才能在作品中揭露出美国当代社会生活中的一些重要问题。

哈罗德·品特(1930—2008)是英国荒诞派剧作家。出生在伦敦东头一个犹太裁缝的家庭。从小爱好戏剧,1948 年进入英国皇家戏剧学院学习一年。后来曾创作过诗歌,当过演员。1957 年开始创作剧本。第一部剧作《一间房子》(1957)发表后,从此成为专业剧作家。他的重要剧作包括《生日晚会》(1958)、《升降机》(1960)、《看管人》(1960)、《侏儒》(1961)、《搜集证据》(1962)、《茶会》(1964)、《归家》(1965)、《地下室》(1966)、《昔日》(1971)、《虚无乡》(1975)等。

《一间房子》是品特的一个独幕剧。剧中人物赫德夫妇租了一间房子,那虽然是一间既破旧又黑暗的房子,但夫妇俩只有在这黑屋子里才有一点安全感。先是房东领了一对年轻夫妇来租房,后又有一个失明的老黑人到来。这使赫德太太惊恐不安。剧本又描写赫德突然把老黑人打了一顿,赫德太太忽然莫名其妙地双目失明等。剧本揭示了人已经失去"自我"、人与人之间互相隔绝的现实,展示了现代人在一个荒诞而不可捉摸的世界中,既担惊受怕,又茫然不知所措的心理特征。

《生日晚会》是一出三幕剧,主要说钢琴家斯坦利避居在一个海滨公寓里,自己甘心与世隔绝。他不与外界往来,女房东和一位姑娘也没有使他动心。一日,两位客人到访,使他感到神经极为紧张。来客骂他"出卖组织""背叛宗教""杀害妻子""撕毁婚约"等,以致他精神失常。两位客人认为斯坦利患了精神病,把他送往医院。剧中的来客身份不明,情节没有头绪,人物行为不合逻辑,无法理解,像做了一个噩梦。

《看管人》是品特又一部引起轰动的作品。流浪汉戴维斯与人打架,好心的阿斯顿把他救回。阿斯顿兄弟俩的住处是一间塞满废物的房间。阿斯顿与米克争着要当戴维斯的看管人,结果是戴维斯最后被赶出了屋子。剧本揭示人们的精神生活天地越来越狭小,越来越肮脏,人与人互相损害、互相威胁的可怕现实。

品特的剧作深受贝克特、卡夫卡等人的影响。作品大多是以战后英国社会动荡不安的现实为背景,作品中的人物常常是失业者、小职员、流浪汉以及其他下层社会中的人物,常常表现的是在荒诞世界里人的存在的痛苦以及这痛苦无法避免的主题。瑞典文学院宣布英国剧作家哈罗德·品特获 2005 年诺贝尔文学奖,在解释品特获奖原因时,评价他是第二次世界大战后英国最重要的剧作家,他"在剧作品中揭示出隐藏在日常闲谈之下的危机,切入压抑的封闭空间",并说,品特"令戏剧回归其最基本的元素:封闭的空间、意想不到的对话,人们处于相互的支配之下,伪装被剥落”。

除了以上这些重要人物外,在欧美各国还有众多的荒诞派作家。如法国的费尔南多·阿哈巴里(1932—),意大利的迪诺·布萨蒂(1906—1972),艾奇约·德利科(1892—),西班牙的曼努埃·德·彼德罗洛(1918—),德国的希尔德施海默(1916—),彼得·魏斯(1916—1982),美国的阿瑟·科匹特(1937—)等。

总之,20 世纪 50 年代后半期和 60 年代是荒诞派戏剧发展的鼎盛时期,其影响波及整个西方世界,风靡一时。进入到 70 年代后,荒诞派戏剧开始衰落,但其影响一直延续至今。

二、荒诞派戏剧的基本特征

20 世纪 50 年代初,荒诞派戏剧刚出现的时候,不为人所知,观众反应冷淡。随着这类作品的不断增多,人们逐渐在其荒诞不经的戏剧样式背后,悟出了某些具有普遍意义的真理。《秃头歌女》《等待戈多》的演出,终于引起了轰动。到 50 年代中期,尤奈斯库、阿达莫夫和贝克特等人的名声与日俱增,荒诞派戏剧的影响也越来越大,追随者纷纷四起,终于形成了一个文学流派。1961 年,这个流派被英国戏剧理论家马丁·埃斯林定名为“荒诞派戏剧”,并一直沿用至今。

作为一个流派,荒诞派戏剧始终保持着一些共同的特征。

1. 世界荒诞、人生痛苦是荒诞派戏剧的基本主题。

荒诞派戏剧是以存在主义哲学为思想基础的。存在主义哲学认为人和世界的存在都是“毫无意思、荒谬、无用”的。荒诞派戏剧家们接过了存在主义的思想体系,并加以发展和创造。荒诞派戏剧的核心是“荒诞”。所谓“荒诞”,按埃斯林的看法,原来是指音乐中的“不协调音”。词典的解释是,指违反常规,不合逻辑,不可理喻,荒唐可笑。在荒诞派作家看来,“荒诞”的意义要广泛和复杂得多。在荒诞派戏剧家的眼中,世界上的一切(包括人与自然的关系、人与世界的关系、人与人的关系)都已经颠倒混乱,人类已完全丧失了理性,丧失了正义感,变得没有逻辑。人被物化,为物所役,导致人与人之间不能互相沟通,人只能痛苦、受折磨。因此,他们就在自己的作品里集中表现世界荒诞和人生痛苦的种种现实,展示世界混乱、精神混乱和人生混乱的可怕图景。如《动物园的故事》《等待戈多》《一间房子》等就是这种思想认识的艺术反映。

2. 作品具有荒诞的故事和离奇的场景。

荒诞派作家称他们的作品为“反戏剧”。他们一反传统戏剧结构的逻辑性、人物行为的理性和语言的准确性,极度夸张地把自己的主观意识和感受,化为荒诞的故事和离奇的场景。在这种作品中,人们不能用常人的理性去解释剧情,也无法用常人的语言去说清剧情。如尤奈斯库的《犀牛》写的是全城的人争着变犀牛的故事;《阿美戴或怎样摆脱它》写的是一对夫妇处理一具不断膨胀的尸体的故事;贝克特的《喜剧》写的是装在坛子里的三个人搞三角恋爱的故事;贝克特的《等待戈多》中的人物在荒野上活动,场景则只有一棵枯树。尤奈斯库的《椅子》中的人物在孤岛上活动,场景是满屋子的椅子。他们之所以要这样做,并非仅仅是艺术形式上的标新立异,在他们看来,只有这样的戏剧故事和场景,才能真正而深切地表现出世界的荒诞性和人生的痛苦境遇。

3. 荒诞滑稽的人物和反语言是荒诞派戏剧的又一个重要特点。

在荒诞派戏剧作品中,已经没有任何符合客观现实的人物形象了。他们大多是活动着的行尸走肉、精神病患者,是一些没有大志、没有理想、思维混乱、失却理性、猥琐卑贱、语无伦次的生物。他们没有思想,没有性格,没有情感,也没有了任何有目的、有意义和有价值的行动。甚至作家干脆就用具体的职业和字母来代称人物。他们被荒诞的环境、拥挤的"物"所压迫,已经不再是人,而变成了非人。如《等待戈多》中的流浪汉、《动物园的故事》中的彼得和杰利、《生日晚会》中的斯坦利等。

既然人与人之间不能沟通,所以语言就不能再表达和交流思想感情,只能是一些毫无意义的、没头没脑的胡说八道。语言已经不再是人们用来思考和交流思想的媒介,话语行为仅仅成了嘴巴的机械动作而已。所以,我们在这样的剧本里,很难发现有意义的话语。荒诞派戏剧的语言无一例外,都是如此。

4. 作家采用了极度夸张离奇的表现手法。

荒诞派作家在人物塑造、剧情安排、背景设计、语言运用,甚至灯光、道具的使用等各个方面,都采取了极度夸张离奇的手法。他们把现实生活的本来面貌加以扭曲变形,使戏剧成为现实生活的"哈哈镜",并以此来加强戏剧效果。如《阿美戴或怎样摆脱它》中的尸体竟然会不断地膨胀,《犀牛》中出现的竟是全城的人都要变成犀牛,《大小手术》中的主人公由五官四肢齐全突然变得肢体残缺不全,《椅子》中全舞台都是不断以几何数增长的椅子,却看不见人,《秃头歌女》的挂钟没有规律地胡乱敲打,等等,都是极度夸张的。时间的紊乱、空间的紊乱也造成了极度夸张的艺术效果。但正是这些手法的巧妙运用,形成了荒诞派戏剧所要达到的"真实"。对此,尤奈斯库说过:"在我所写的作品里,存在着一个空虚和真实的大杂烩。真理和谎言、文学和资料、真实和欺骗的界限,是很难区分的。"①

三、荒诞派戏剧的基本评价

荒诞派戏剧在20世纪50年代的出现是有深刻的社会历史原因的。荒诞派

① 转引自王诜:《世界著名作家访谈录》,江苏文艺出版社1991年版,第236页。

作家绝大多数出身于中小资产阶级家庭，有的来自社会最底层。独特的社会地位使他们对战后西方资本主义世界的政治、经济和精神危机感同身受。因此，他们觉得这个世界已经失却了理性，没有了正义，也没有了逻辑。与之相联系的是他们对自己的存在也觉得没有了安全感，甚至觉得整个世界都是物的世界，人不但受到人的威胁，也受到物的威胁和挤压。在这个世界上，人已经没有立足点，变成了非人。正是基于此，他们要用与之相对应的艺术形式表现人与世界、人与人之间的荒诞关系。阿尔比说："因为人为了自己的'幻想'而建立起来的道德、宗教、政治和社会的种种结构都已经崩溃了"。"一个能够用理性解释的世界，不管有着什么毛病，仍然是人们熟悉的世界。但是在一个突然被剥夺了幻想和光明的宇宙里，人感到自己是陌生人。他的境遇就像一种无可挽回的终身流放，因为他忘却了所有关于失去的家乡的记忆，也没有乐园即将到来的那种希望。这样一种人与生活的分离、演员和环境的分离，真实地构成了荒诞的感觉。"①荒诞派作家正是基于这种认识，用自己的作品对资本主义世界表示了不满和抗议。他们以荒诞的方式对资本主义社会的丑恶、肮脏现实进行揭露，对帮助我们认识现当代资本主义世界，是有一定的意义的。

荒诞派作家深受存在主义哲学的影响，认为人"活着就是一场梦"，所以人生是荒诞的。要真实地表现这个社会，他们认为只有打破一切传统戏剧的艺术章法，要"反戏剧"，要"把存在的荒诞性凝固成舞台形象"，才能表现荒诞的现实。荒诞派作家正是以极度夸张的漫画式的荒诞表现世界与人生，才造成了恐怖的效果，刺痛了麻木的观众。而"当艺术刺痛了你的时候，你就应当进行思考"。荒诞派戏剧在艺术上的大胆探索，应该说也有很多值得我们研究和借鉴的地方。

不过，荒诞派作家由于阶级的或个人的局限，往往把现代资本主义的社会灾难看成是全人类的灾难，这是不科学的。因此他们无法看到人类的希望，对人类的前途丧失了信心。特别是他们的作品不能正确解释现实生活为什么是这样的，甚至也不想作出解释，这也导致他们的作品都充满了悲观绝望的情绪。

第二节　尤奈斯库与《秃头歌女》

一、生平与创作

尤金·尤奈斯库（1912—1994）是荒诞派戏剧的奠基人和杰出代表，被誉为

① 苏丁：《简明文艺美学手册》，四川文艺出版社 1988 年版，第 239 页。

"荒诞派的经典作家"。他的父亲是罗马尼亚人,母亲是法国人。1912 年他在罗马尼亚出生,童年在法国度过。1925 年回到罗马尼亚上学,后来在布加勒斯特大学法文系学习,毕业后从事法语教学。1938 年后定居法国,进行法国文学研究。第二次世界大战期间在巴黎从事出版校对工作。

尤奈斯库用法语写作,1949 年以后的 30 年内一共写了 40 多个剧本。重要的剧作有《秃头歌女》(1950)、《雅克或驯服》(1950)、《未来在鸡蛋中》(1951)、《椅子》(1952)、《以身殉职》(1953)、《阿美戴或怎样摆脱它》(1954)、《不为钱的杀人者》(1959)、《犀牛》(1960)、《空中行人》(1962)、《国王死去》(1962)、《饥与渴》(1965)、《屠杀游戏》(1969)、《引人注意的妓院》(1973)、《提皮箱的人》(1975)等。他的戏剧作品曾在世界各地上演。

除了戏剧创作外,他还写了许多理论文字,阐述自己的戏剧理论。如《意见和反意见》(1962)、《与克洛德 · 波纳弗阿的谈话》(1966)等。此外,他还发表了散文《零星日记》(1967)、《过去现在,现在过去》(1968)和长篇小说《孤独者》(1973)。1970 年,尤奈斯库被选为法兰西学院院士。

尤奈斯库早期的戏剧创作就开始显示出浓厚的荒诞特色。《雅克或驯服》和《未来在鸡蛋中》是表现人在荒诞的境遇中,受压迫而无能为力,终于屈服异化为非人主题的作品。前一个剧本写雅克在家庭和社会的压迫下,不得不同长有三个鼻子的姑娘结婚。后一个剧本写雅克结婚 3 年,仍没有小孩,在姑娘母亲的压力下,雅克又一次屈服,姑娘终于生育,但生下的却是一筐筐鸡蛋。在全家的威逼下,雅克又屈服了,他不得不去孵蛋。这时候全家人跳起了下流的舞蹈。鸡蛋里变出了"银行家和猪猡、联邦主义者和唯灵主义者、楼梯和皮鞋"。全剧最后在"生产万岁!"的喊声中结束。作品暗示:雅克作为人的代表,却失去了人的本质,不仅他在生活中创造的物质转化成了他的对立面,而且他在荒诞的世界里,在恐怖与无助之中,也逐渐失却人的自主意识,最后成了受摆布的工具。

《椅子》是尤奈斯库的代表作之一。它是个独幕剧。作品呈现的是一对年逾九旬的老夫妇生活在一个孤岛上,老头子说他已经掌握了"人生的秘密消息",并准备为人类宣布这个秘密。为此他特邀了一位演说家代替他发表演讲,还专门邀请了各种来宾来听。戏剧的荒诞性在于,虽然不断宣布宾客们到来,但舞台上却不见有客人出场,只是老夫妇不停地往舞台上搬椅子和老头子不断做出欢迎客人的各种动作。椅子不断增加,很快摆满了舞台。最后是皇帝陛下光临,演说家也终于来到了,老夫妇俩非常激动。在感谢到来的宾客并委托演说家"把所有的话都讲出来"后,老夫妇俩却高喊着"皇帝万岁",同时从两边窗口跳入海中自尽了。演说家打手势,准备发表演说,却无论如何也说不出话来,原来演说家是个哑巴。最后,他只好在黑板上写下"再见啊再见啊吧"后,退场。剧情到此也就终结了。尤奈斯库在《椅子》演出前写信给导演说:"这出戏的主题不是老人的信息，不是人生的挫折，不是两个老人的道德混乱，而是椅子本身，也就是说，缺少了人，缺少了上帝，缺少了物质，是说世界的非现实性，形而上学的空洞无物。戏的主题是虚无。”[①]这里所说的虚无，就是物对人的压迫。在这个戏里，舞台上到处是椅子，它占据了所有的空间。椅子象征着物，而物充塞了世界，它排挤人，使人无处安身。同样，在这里，人已不复存在，不但来宾看不到，就连老夫妇俩也被排斥在舞台的两边，无法立足，最后只好跳海而亡。此剧有力地表现了社会的荒诞、人生的悲哀，而这正是资本主义社会的现实本质。从这里也可以看到作者对人生的思考和对现实的强烈抗议。

《阿美戴或怎样摆脱它》是一部三幕剧。剧中人物阿美戴和玛德莲娜夫妇已经结婚15年，但屋子里的一间卧室里一直摆放着一具死尸。这死尸是谁，阿美戴已经记不清楚。死尸怎么来的，也不清楚。他记得自己好像杀死一个娃娃，又好像有一个女人溺水，自己没有救她，结果她死了（事实上是他把一个青年人当成情敌，把他杀死了）。15年来死尸一直在膨胀，现在已经冲破房门，膨胀到他们住的房间来了。与此同时，房间里又长出了无数的蘑菇。死尸越胀越大，挤得他们无处藏身。阿美戴决定把死尸投入塞纳河，不料又碰到警察，他只好与死尸一起飞向空中。这一剧本反映的仍然是物对人的压迫这一主题。尤奈斯库曾经谈到他怎样写作《阿美戴或怎样摆脱它》，他说，物质充塞每个角落，占据一切空间，它的势力扼杀一切自由；地平线包抄过来，人间变成一个令人窒息的地牢。剧本表明，在资本主义物质生产高度发达的情况下，物不仅不能造福于人，反而成为压迫人的力量，挤掉了人的立足之地，阿美戴作为人的代表，最后也只能消失在茫茫的太空中。

尤奈斯库早期剧作中的人物，基本上是资本主义荒诞现实的受害者。他们生活在荒诞的现实之中，却从来没有想到过要对这种现实进行反抗，有人偶尔试图逃避现实，结果是更深地陷进荒诞现实中。这些剧本也无一例外地基本上没有情节，没有戏剧冲突，人物也没有性格。

到了20世纪50年代后半期至60年代初期，尤奈斯库的思想进一步深化，此时他写作了以贝兰吉为主人公的一组剧本，包括《不为钱的杀人者》《犀牛》《空中行人》和《国王死去》等，表现出了与以往不同的新倾向。主人公贝兰吉不再是麻木不仁的可怜虫，而是具有“反抗”精神的人物，但他的反抗都徒劳无功，最终以失败告终。剧本也有了明显的矛盾冲突，情节的发展也有一定的层次和波澜。《犀牛》是其中最有代表性的一部。

《犀牛》被认为是尤奈斯库最重要的代表作之一。这是一出三幕剧。贝兰吉是一个在出版社做校对工作的职员。有一天他突然发现街上出现了一头飞奔

---

① 转引自廖星桥：《西方现代派文学500题》，辽宁人民出版社1988年版，第491页。

的犀牛。贝兰吉和他的朋友让争论犀牛来自何方，是亚洲种还是非洲种，是一只角还是两只角。争论变成吵架。城里的人也议论纷纷。第二天上午，报纸登出了犀牛的消息。出版社的人分成两派，继续争论不停。突然勃夫先生的妻子勃夫太太神情惶恐地跑来，说她丈夫患了感冒，要请几天假。并说，她一出家门就有一头犀牛跟上她，一直跟到出版社。说话间，那头犀牛嗥叫着冲上了楼梯，楼梯倒塌，勃夫太太突然叫道："这是我的丈夫啊！"于是从窗口跳到犀牛背上，乘犀牛而去。这时，全城已有 17 起犀牛事件发生了。贝兰吉的朋友让也变成了一头犀牛，让的邻居也变成了犀牛。贝兰吉觉得人变成犀牛是极不正常的，也是令人无法理解的。他不愿意变成犀牛。他朝着街上的犀牛群喊着："我是不会跟你们跑的。"女打字员苔丝来看望贝兰吉，说全城已有 1/4 的人，包括社会名流、红衣主教在内，都变成了犀牛。屋外房倒屋塌，成群成群的人在变成犀牛。最后只剩下贝兰吉和苔丝两人。贝兰吉向苔丝表白了爱情。他决定拯救人类，要和苔丝一起当亚当和夏娃，使人类继续繁衍下去。可是苔丝听着犀牛嗥叫就好像听音乐，她说："已不能再坚持抵抗了。""在理的是大伙，既不是你，也不是我。"说完，她就加入犀牛队伍。贝兰吉几乎发狂，世界上只剩下了自己一个人，他感到异常孤独。他叫道："我是最后一个人，我将坚持到底，我绝不投降！"

贝兰吉在剧中是个小职员，生活在社会下层，他对生活感到烦闷和不满。他常常感到"我弄不清楚我是不是自己"，于是以酒解愁，"一旦我喝上那么一点，重担就消失了，我又认出我自己了，我又变回我自己了"。他虽然看到了"每个人内在之处存在的犀牛"，但不愿意失去自己的人格，不肯变成犀牛。他要保持人的形体，要做人。为此，他朝着犀牛群喊着："我是人。"坚持抵抗，拒绝变异。可以说，贝兰吉是个抗拒异化、维护人性的硬汉子。但他毕竟又是个孤独的个人主义者，也知道"谁坚持保存自己的特征，谁就要大祸临头！"因为人变兽已是无法抗拒的潮流，就像大江决堤一样汹涌澎湃，势不可挡。人们想凭理性的力量去抗拒这种变异，无疑是以卵击石。作品指出，人变成犀牛是不正常的，可是人人都变成犀牛以后，没有变成犀牛的人反而是不正常的，世界就是这么荒诞。贝兰吉孤身一人，无限痛苦，"我不漂亮，我不漂亮。漂亮的是它们"。他发出了绝望的哀鸣，他将永远痛苦下去。

显然，《犀牛》一剧所要表现的是人的异化问题。在现代资本主义社会，虽然生产力发达，科学技术高度发展，物质财富大量积累，但精神文明则日渐衰退。资本主义社会的本质注定了物质财富的增多与人的个性发展相互敌对的矛盾越来越严重。这样的现实也必然导致人在痛苦中丧失独立的人格，精神堕落。尤奈斯库虽然无法理解这种异化的原因，但他通过作品揭露了人的异化这种可悲的现实，并对此表示了极大的愤慨和不满。

二、《秃头歌女》分析

《秃头歌女》是荒诞派戏剧中最有影响的作品之一，其成就只有《等待戈多》可以与之比肩。

内容介绍 全剧共分十一场。第一场，在一个英国中产阶级家庭的内室，史密斯先生正在读一份英国报纸，史密斯夫人正在补一只英国袜子。时钟敲了17下，但史密斯夫人说是9点钟。他们自言自语，无话找话，语无伦次。史密斯夫人说汤，说鱼，说土豆，说色拉，说小儿子，说小女儿。史密斯照样读报，打响舌。当史密斯夫人说到大夫时，史密斯先生才开口。挂钟不断乱响，有时7下，有时3下，然后是5下。史密斯夫妇谈到已故的熟人勃比·华特森，一会儿说他死了两年了，一会儿又说他死了3年了，一会儿又说他死了4年了。前后竟说出了10多个勃比·华特森。第二场，女仆玛丽上场，说马丁夫妇来访。史密斯夫妇让玛丽把门打开。请马丁夫妇进来后，他们退场换衣服。第三场，玛丽怪马丁夫妇不礼貌，来得太晚。第四场，玛丽退场，剩下马丁夫妇俩如同陌生人。他俩互不认识，但又好像在哪里见过面。他们谈起话来，谈着谈着，发现俩人是一个地方的人，又是坐着同一个车厢来的，并且同睡一张床，都有一个名叫爱丽丝的女儿。这时钟敲了29下，他俩恍然大悟，原来他俩是一对结婚多年的老夫妻。第五场，玛丽上场，向观众说，马丁夫妇搞错了，他俩讲的那个女儿不是同一个人。马丁先生的女儿白眼珠在右边，红眼珠在左边，马丁夫人的女儿白眼珠在左边，红眼珠在右边。第六场，钟随意乱敲。马丁先生对马丁夫人说不要再失散了。第七场，史密斯夫妇上场，但没有换衣服。史密斯生气地问马丁为什么迟到。他们很久地支支吾吾。马丁夫人说了一件三个人都认为奇妙极了的事情，那就是她在街上看见有一位先生系鞋带。马丁先生讲了一件他们认为比这更离奇的事，那就是有一位先生坐在长凳上看报。然后门铃响了，没有人。第二次又响了，也没人。第三次又响了。史密斯夫人认为没人，但史密斯先生认为有人，马丁先生也认为有人，但马丁夫人认为没人。结果真的没有人。第四次又响了，史密斯先生又认为有人，史密斯夫人很生气，她说准没人，马丁夫人同意史密斯夫人的看法，马丁先生认为不一定没有人。结果史密斯先生去开门，消防队长来了。第八场，消防队长说，门外响铃的时候，有时候有人，有时候没人。消防队长听说大家都没有火灾，感到十分懊丧。他讲了许多故事，如“狗和牛”“公鸡的故事”“蛇和狐狸”和“感冒”等。史密斯夫人也讲了“花束”的故事。这些故事逻辑混乱，矛盾百出，令人摸不着头脑。第九场，女仆玛丽给众人念了一首叫《火》的诗，也是胡编乱造，不知所云。第十场，消防队长要走了，突然问：“那秃头歌女呢？”全场肃静，窘迫不堪。马丁先生说：“但愿你走运，来场大火！”消防队长说：“你我都盼，皆大欢喜。”第十一场，史密斯夫妇和马丁夫妇继续闲谈。他们的对话越来越荒诞：

马丁夫人 你把你丈夫的棺材给我，我就把我婆婆的拖鞋给你。

史密斯先生 我找个耶稣会牧师，好把他许配给我们家女佣人。

马丁先生 倘若面包也是树，则面包便是树，每当清晨，黎明时分，橡树便生橡树。

史密斯夫人 我叔叔住在乡下，可跟接生婆不相干。

这种语无伦次、毫无意义的对话到了最后，变成单词甚至字母，彼此朝着对方的耳朵大叫。突然灯光熄灭，众人越来越快地、有节奏地叫喊。突然喊声停止，灯光复明，马丁夫妇像剧本开始时史密斯夫妇那样坐着，一成不变地念着史密斯夫妇在第一场戏中的台词。幕落。

思想意义 《秃头歌女》深刻揭示了资本主义世界的荒诞本质。尤奈斯库认为现实社会是不可思议的，是违背常规的和荒诞无稽的。戏剧以多个场景展示了这个世界的荒诞性。比如说，门铃响，应该是有人按了门铃，应该有人来，这是常理。可是《秃头歌女》中门铃响了三次，却都没有人来。第四次响了，史密斯太太认为前面三次都没有人来，这一次肯定也没有人来，因为事实才是正确的，常理是不对的，结果她又错了。由此看来，门铃响，有时有人来，有时没有人来，也就是说人们“还是不知道门铃响是表示有人还是没人”。这个情节告诉人们，现实世界太荒诞了，总是捉弄人。它没有逻辑，没有理性，没有规律可循。无论是根据理论，还是根据实践经验，人们都无法认识它。再有，剧中的挂钟始终在胡乱地敲，在 9 点的时候却在敲 17 下，刚敲过后不久又敲 29 下，让人很难知道现在究竟是什么时间，它也是变幻莫测的，说明世界是没有秩序的，是不可知的，人的理性在这样的时间面前也是无能为力的。作品中，没有人知道消防队长的来龙去脉，他一上场就表现出了极度的荒诞性，因为他来这里是要“扑灭城里的全部火灾——包括壁炉中的小火，阁楼或地窖里正在燃烧某种东西的火”。到后来，却连究竟要扑灭什么火也搞不清了，急匆匆地去扑灭“由一时的激情和胃部有点火辣辣而引起的火灾”去了。

《秃头歌女》揭露了资本主义社会中人失去了“自我”的异化现象，展示了人与人之间变得冷漠无情和彼此无法沟通的可怕现实。例如，史密斯夫妇谈到已故的熟人勃比·华特森时，结果发现名叫勃比·华特森的人竟有十几个之多：死者勃比·华特森，他的寡妻勃比·华特森，她有两个孩子，也都叫勃比·华特森。死者的叔父叫勃比·华特森，他收养的男孩也叫勃比·华特森。死者的姑妈叫勃比·华特森，她的女儿也叫勃比·华特森。死者的寡妻勃比·华特森嫁给了死者的堂兄弟勃比·华特森，也就是死者的另一个叔父勃比·华特森的儿子勃比·华特森……这说明,在资本主义社会里,人是没有个性、没有"自我"的,因此也是没有分别的。这样的描写暗示出,当代资本主义的异化现象已经到了无以复加的程度。再如,马丁夫妇虽然结婚多年,朝夕相处,却互不认识,只感觉好像曾经在哪里见过面,但又不能确定。最后经过反复交谈,才突然醒悟,他们原来是夫妻!这个荒诞情节的背后显示的是资本主义社会所导致人类人格的丧失,他们在冷酷的现实生活中,越来越疏远,越来越无法沟通。试想,夫妻尚且不认识,人与人之间的关系也就可想而知了。尤其深刻的是,女仆玛丽的话又使马丁夫妇究竟是不是夫妻的问题再次成了一个谜团。作者还揭示,不仅夫妻互相之间的关系不能确认,甚至连人们自己的身份,以及他们彼此之间的身份究竟是什么也都是无法确认的。剧本结尾,马丁夫妇与史密斯夫妇互换了位置,又开始了新的表演。这说明他们的人格可以互换,丧失了作为人的本质和彼此区分的个性,由此也进一步丧失了自我。

艺术特色 尤奈斯库认为,独创的艺术家从他的主观出发来表现他的主观,从而达到客观化;从内心产生出来的作品经过表面化而获得独立的存在。他还认为,现实主义都在现实之外,它缩小了现实,减弱了现实,粉饰了现实。因此,作家应该表现梦幻和想象中的现实,唯有这样才是真正表现了现实。在《秃头歌女》中,尤奈斯库为了表现荒诞的世界和痛苦的人生,采用了多种崭新的表现手法,取得了很好的艺术效果。

1. 作品极度夸张,奇异变形。

如马丁夫妇到史密斯夫妇家做客,却莫名其妙在门外等了一整天;他们是夫妻,却互不认识。这种描写实际上是把不合常理的事情极度夸张,以表现世界的荒诞。史密斯夫妇家里的挂钟,声音高低轻重不一,有时敲 17 下,跟着又敲 7 下,又敲 3 下,最多竟敲了 29 下。时钟已经丧失了报时功能。描写这奇异混乱的钟声,采用的也是变形的手法,证明了世界的荒诞。又如狗认为自己是大象;小牛犊吃玻璃渣子,居然生出一头母牛;牛同一个人结婚了;等等,都是夸张变形。

2. 作品逻辑混乱,没有正常的戏剧结构。

尤奈斯库认为现实世界是不可认识的,人的理性也是没有作用的,所以传统的戏剧结构也是不能采用的。如门铃响,说明门铃响究竟有没有人来是不可知的,对这个世界也是不能根据理性作出推理和判断的。又比如马丁夫妇,他们通过逻辑推理确定的夫妻关系,竟被女仆玛丽说出的一个简单的事实给推翻了。最后他们究竟是不是夫妻,还是无法判定。史密斯夫妇谈到已故的勃比·华特森,结果在他们的交谈中出现了许多的勃比·华特森,令你无法辨别,在这荒诞的世界里,一却都是乱七八糟的,没有理性,没有逻辑。因此,戏剧情节和结构无法做到条理分明,不能交代得清清楚楚。

3. 台词荒诞。

剧中的台词大多都是意义不明的胡言乱语，词不达意，语无伦次，逻辑混乱，有时只是一个单词，甚至只有一个字母。如史密斯先生的台词："白鹦哥，白鹦嘎，白鹦哥，白鹦嘎，白鹦哥，白鹦嘎，白鹦哥，白鹦嘎，白鹦哥，白鹦嘎，嘎，嘎，嘎，嘎，嘎。"又如史密斯夫人的台词："好一个屎巴巴，好一个屎巴巴，好一个屎巴巴来好一个屎巴巴，好一个屎巴巴，好一个屎巴巴，屎巴巴，屎巴巴，屎巴巴。"又如马丁夫人的台词："贝、西、得、弗、克、勒、墨、讷、扑、儿、丝、第、威，杜不勒威，依克斯、柴特！"这些语言没头没脑，谁也读不懂，说明人与人之间不可能沟通，语言已经不是人类表达思想感情和进行交际的工具，它只是人被抛到荒诞的生存环境中所感到的恐惧的表达和痛苦的呻吟。

尤奈斯库还力图"延伸戏剧语言"，他充分运用道具、布景等舞台设施，刺激观众的感官，呼起观众的感觉和情绪，使他们尖锐地意识到世界之荒诞、人生之痛苦。如一架挂钟，钟声忽高忽低，忽重忽轻，乱敲一通。荒诞的钟声告诉观众，世界像这钟声一样荒诞。有评论家认为，没有一位当代的戏剧家能像尤奈斯库那样善于使道具那么雄辩地说话。

第十章

“新小说派文学”与《窥视者》

【学习重点提示】

1. 把握“新小说派文学”的开拓性与实验性对西方传统小说观念的突破。
2.《窥视者》是如何通过“物”的描写来表现当代西方人与人之间关系的?

第一节 “新小说派文学”概述

一、“新小说派文学”的发展状况

“新小说”是20世纪50年代中叶出现在法国文坛的一个新的文学流派。“新小说”被称为“先锋小说”“实验小说”等。它是继存在主义文学之后,在法国当代文学中出现的一个重要的文学流派。它的发展大致经过两个阶段:一个是“新小说”的产生和发展阶段;另一个是七八十年代后的“实验小说”发展阶段。为了叙述方便,我们将此文学称为“新小说派文学”。

新小说 就“新小说”这个名词而言,它出现在1958年。当时法国的《精神》杂志把一些在“子夜”出版社出书的小说家划归为一派,并为他们出了专刊。因为他们的文艺观和写作方法迥然不同于巴尔扎克,这样,20世纪50年代中期出现在文坛上的一些具有新倾向的小说家的创作,被冠以“新小说”的名称。当时被公认为属于“新小说”派的作家有:罗伯-戈里耶、娜塔丽·萨洛特、米歇尔·布托尔、克洛德·西蒙、克洛德·奥利埃、罗贝尔·潘热、让·里加尔杜以及玛格丽特·杜拉斯等。作为一个现代文学流派,“新小说”派作家的写作活动,是在创作实践和理论探索两个方面进行的。

依据“新小说”发展的状况,学者们将“新小说”分为两个时期,第一个时期是“受到冷遇的时期”。从时间上看,新小说的创作方法实验,其实在20世纪初就开始了。此后,一大批具有“新小说”派倾向的作家,在“新小说”形成气候之前,也已经开始向传统的小说观念挑战,写出了一些具有小说实验性质的作品。

但是,这些刚刚出现的作品却受到了社会舆论与读者的冷遇。例如,1938 年,萨洛特发表的第一部"新小说"作品《趋向性》,就没有引起任何关注;1948 年她的另一部"新小说"《无名氏的肖像》出版,尽管有罗伯-戈里耶为之作序,但是仍然没有受到关注。克洛德 · 西蒙 1945 年发表的《作弊者》,尽管其中有很多新探索,但仍然无人问津。1953 年罗伯-戈里耶发表"新小说"的代表作《橡皮》,也没有引起读者和评论家的兴趣。那些颇负盛名的出版社不愿接受他们的作品。这表明,"新小说"在 20 世纪 50 年代中期之前,还远远没有被文学界和广大读者所接受。

从 20 世纪 50 年代中叶起,"新小说"派作家开始大量登上文坛,从此开始了长达 30 多年的"新小说""走运时期"。此时,"新小说"都汇集在"子夜"和加利玛出版社出版。1954 年以后,"新小说"派作家有 11 部作品相继获得了 7 项各类文学奖;紧接着,《原样》杂志的一批作家也赞同"新小说"的创作原则,从而使他们的队伍进一步扩大。与此同时,很多读者也对"新小说"发生了兴趣;各大报刊也开始开辟专栏讨论"新小说";甚至一些大学也开设了"新小说"的课程。随着"新小说"家频频出国讲学,"新小说"的影响开始走向世界。此时一些重要的"新小说"派作家相继发表了他们的代表性作品,从而取得了引人注目的成就。

在理论上,1956 年萨洛特发表了她的著名论文《怀疑的时代》,它被认为是"新小说"派的宣言。罗伯-戈里耶在 1956 年和 1958 年也发表了《未来小说之路》《自然、人道主义、悲剧》等论文,更加明确地阐述了"新小说"派的文艺观点。经过十几年的发展和论争之后,1970 年和 1971 年,法国文学界两次召开了国际性的文学讨论会,对"新小说"派的理论与实践进行了进一步总结。

纵观"新小说"派文学发展的状况,可以看出,很多作家为这一文学流派的发展作出了较大的贡献。其中,罗伯-戈里耶是"新小说"派文学公认的领袖,他在理论探索和创作实践两个方面都取得了成就。

娜塔丽 · 萨洛特(1902—1999)作为最早创作"新小说"的作家之一,同时是"新小说"派文学的主要理论家。她是具有俄罗斯血统的法国女作家,出生在俄国,两岁时父母离婚,母亲带她到日内瓦,后来定居于巴黎。1925 年毕业于巴黎大学。1938 年,她发表了第一部小说《趋向性》,其内容是对语言的批评和对"内在题材"的谴责,对写作技巧作了大胆的尝试,属于向传统小说的神秘挑战的"新小说"。这部作品提出了"趋向性"的概念,这是从植物学引进的一个词汇。作者以此描述人们头脑中难以察觉的变化并认为这些变化是支配人们的态度和行为的根源,同时也是某些感情如嫉妒、爱、恨或希望的根据。但是,这部作品发表后,并没有引起人们的注意,只是到 1957 年再版时,才引起了轰动。

1948 年,萨洛特发表小说《无名氏的肖像》。作者在书中勾画出一幅专制的父亲如何强迫自己年龄渐大的女儿出嫁的情景：吝啬的父亲不愿满足女儿好挥霍的习惯，因此父女不和。后来女儿找到一个有钱的丈夫，父女言归于好。主人公（即叙述者）像一个暗探，用各种方式去刺探父女二人的思想和行为，揭示出资产阶级的人与人之间的隔膜、猜忌和冷酷。罗伯-戈里耶专为它写了序言，认为“我们这个时代最奇异的特点之一，就是这儿那儿都出现了一些富有生命力的、持否定态度的作品，我们不妨称之为反小说”。于是，“新小说”便因此又得到了“反小说”这一称号。1956 年，萨洛特发表了一部非常精彩的论文集《怀疑的时代》，作者明确提出了“新小说”派的许多文学主张，集中概括了“新小说”派的主要观点。

随后，萨洛特又创作了《马尔特罗》（1953）、《行星仪》（1959）、《黄金果》（1963）、《生死之间》（1968）等重要小说。其中，《行星仪》比较重要。它写一个年轻艺术家如何想讨好一个可笑的女作家，以及他和他的妻子如何想得到古怪的姑母的一套公寓的故事。小说中的每个人都像行星仪中的分子那样运动，相互吸引、冲突和排斥，使人感到这个充满激烈冲突的世界是封闭的，像一座监狱。作者在创作这些小说时，明显地表现出受弗洛伊德和柏格森的影响，大量地采用了意识流的手法，特别注意挖掘“下意识世界”，读起来颇令人费解。

克洛德·西蒙（1913—2005）是“新小说”文学流派的另一位重要作家。生于前法属殖民地马达加斯加的塔那那利佛。父亲作为殖民地军官在第一次世界大战中阵亡，母亲带着他回到故乡佩皮尼昂。此后，他到巴黎一所著名的中学读书，毕业后赴英国牛津和剑桥大学学习，并跟着立体派画师安德烈·洛特学习绘画。他在成长过程中目睹了 1936 年的西班牙内战，并在 1939 年第二次世界大战爆发时到骑兵团服役。1940 年 5 月他在比利时马斯河地区作战时被俘。不久从俘虏营中逃出，回国参加抵抗运动。这些经历，都成了他认识社会和创作小说的最好的题材。1985 年 12 月 10 日他在瑞典皇家科学院领奖时的演说词里曾说道：“我的前半生是多事之秋。见过革命，参加过战争，那景况又特别残酷……我当过俘虏，忍饥挨饿，强迫劳动，累得筋疲力尽，逃出集中营后病得很重，几次险些死于非命，呜呼哀哉……”这种丰富的经历为西蒙的创作提供了色彩斑斓的内容，也使他的作品带有明显的反叛情感。

西蒙的创作历程大致可以分三个时期。早期作品有《作弊者》（1945）、《钢丝绳》（1947）、《格利佛》（1952）、《春天的加冕》（1954）。这几部作品是在“新小说”还受冷遇的时期写的，基本上还没有脱离传统写法，只是在形式上作了某些尝试，反响不很大。真正奠定他“新小说”派作家地位的是他中期的创作，即他在 20 世纪五六十年代发表的几部作品之后。此时的代表作品有《风》（1957）、《草》（1958）、《佛兰德公路》（1960）、《豪华旅馆》（1962）、《历史》（1967）、《法萨卢斯战役》（1969）等。在《风》中，作者通过对一个“反中心人物”，即一个没有个性、毫无作为的人物的演变过程中的不同阶段的描述，显示出作者自己对世界的主观意象：现实世界是一个庞大而荒诞的迷宫，是不可能被认识的；人受盲目的无法控制的力量的支配和摆布，抗拒是没有用的。这里，“风”象征着无规则的变化，也即表示存在的荒谬。同时，作者在《风》中对空间技巧作了大胆的尝试，把小说的空间大幅度地铺展开来。

《佛兰德公路》被认为是西蒙的代表作。这部小说以西蒙当年亲身经历的战争感受为主要脉络，通过主人公散乱的、不连贯的、无明显前因后果的回忆，再现了1940年5月法军在法国佛兰德公路地区被德军击溃而退却时的情景。小说主要写了一个骑兵队及其队长痛苦的遭遇，贯穿全书的主线是那位使全军崩溃、对妻子不忠、怀着绝望心情的队长德·雷谢克谜一般的死亡；同时又从侧面写出了法国上层社会的空虚无聊和荒淫的生活。小说并无明显的故事情节，只是融会了战场上人与物的琐屑的画面，具有悲喜剧的格调。有人指出，他创作《佛兰德公路》时，就像站在一个巨大的画版前，经过反复思索和不断点缀、布局，最后创作出一幅让人一眼能看到多件事同时发生、多种情节同时展现、各种感情交错相融的具有立体感的文学图画。

西蒙创作的这段时期是“新小说”盛行的时期。他的创作对“新小说”的发展起了不可估量的作用。也正是在这个时期里，他找到了自成一格的表现手法，有的评论家说他是“用善于观察的眼睛在写”。20世纪70年代以后是他创作上的晚期阶段。此时他相继发表了《双目失明的俄利翁》(1970)、《导体》(1971)、《三折画》(1973)、《经一事长一智》(1975)、《农事诗》(1981)和《蓓蕾妮丝的秀发》(1984)等作品。

在《三折画》中，作者一方面描写主人公与一个女人的粗野的性行为，后者象征性地观察前者，这两者在主人公扑朔迷离的意识活动中重叠为一。另一方面，让时间处于凝固状态，只让各种人与事局部展开，使它们显示出同时存在的空间形迹，以浓重斑斓的色彩绘出了时间的遗痕、死亡的阴影、战神的狰狞面目、性欲的冲动、爱情的渴望、饥饿与寒冷的折磨，形成他别具一格的同步描写的风格。我们可以看到，作者的创作建立在他自《风》以来所一贯坚持的两个原则上：一是作者所追求的绘画手法（这种手在《风》以前就采用了），把小说写成回忆与感觉的建筑；二是对称技巧，这种形式后来发展成为具有西蒙笔法特征的“三折画”小说格式。西蒙在谈到自己的创作时说“我写小说就同人们作画一样”，使文学艺术能和绘画艺术一样具有共时性、多面性，因此就产生了《佛兰德公路》等一部部把过去、现在、将来交织在一起，让历史、现实、回忆、梦境、想象、幻觉同时出现的小说，使小说既像一幅巨型油画，又像破碎的彩色玻璃构成的万花筒。

米歇尔·布托尔(1926—　)也是“新小说”派的一位重要作家和理论家。

出生于法国里尔一个信奉天主教的中产阶级家庭。早年在巴黎大学攻读哲学和古典文学。毕业后当过中学哲学教员，并到海外当过多年法语教师，后为大学文学教授。1954 年，他开始写小说，他的第一部作品是《经过米兰》。这部小说体现了两个鲜明的特色：一是他把在大学时形成的愿望实现了，即通过创作把哲学和诗结合起来；二是因为他深受乔伊斯、马拉美和卡夫卡等多种流派的作家及抽象画派的影响，从他们那里获取了“小说的诗情”，独特地处理了时空观念。

布托尔的成名之作是他 1957 年发表的长篇小说《变》。小说 10 月出版，12 月就获得了“雷诺奖”。在从巴黎到罗马的一个车厢里坐着小说的主人公、中年男子莱昂贵·台尔蒙。他是意大利某打字机公司巴黎分公司的经理。途中他想着如何与自己的妻子分居并把情妇赛西莉接到巴黎一起生活。一路上，他浮想联翩，回顾了过去和妻子昂丽埃特一起生活的 25 年，也想到两年来，他找借口每个星期去罗马和情妇幽会的情景。前者令人厌倦，后者令人愉快。如果把情妇接到巴黎，让她和令人厌倦的巴黎连在一起，她不也会变得和妻子一样使他厌倦吗？当火车快到罗马时，他改变了主意，决定下车后不去找情妇，也不带她到巴黎去，而要闭门写作。这就是这部小说的主要内容。小说情节简单，与传统故事十分相似。但是，我们必须注意到，与其说故事发生在那个封闭的车厢里，还不如说发生在坐在这个车厢里的主人公的封闭的内心里。此外，小说里的主人公虽然有名有姓，叙述的故事情节有时间，也有地点。但是，这些情节无头无尾，故事早在小说开始之前就开始了，而在小说结束时并未结束。这正是布托尔小说与传统小说不同的特色之一。《变》的另一特色是在语言技巧方面的突破。整部小说自始至终是用第二人称来写的，在“新小说”里这大概是首次尝试。小说一开头便说：“你把左脚踩在门槛的铜凹槽上……你紧擦着门边……你抓住黏糊糊的提手把皮箱使劲拖进来……你把皮箱举起来……”这里，既不是第三人称“他”，也不是第一人称“我”，既不是旁观者的叙述，也不是自叙，引出的结果就大不相同了。第一人称和第三人称是描写性的，第二人称常用于对话性的。有了“你”，就应该有“我”或者“他”，否则“你”就不存在。然而，布托尔却作了这样大胆的试验，居然让“你”作为主人公单独存在了。其实这只是表面现象，在作者心中是有“他”或者“我”的。这个“他”或者“我”就是从“你”中分离出来，与“你”同时存在的，被人看不见、摸不着，却又和“你”形影不离，你在哪里能出现“他”就在哪里能存在的人。主人公“你”在一路上把自己的思想、隐私都揭示在这个无形的人面前：他对妻子的厌倦，对情人的眷恋，他对即将来临的老年的恐惧，他瞒着妻儿要把情人接到巴黎的计划，他瞒着重视职员道德品质的公司到罗马去和情人幽会、在火车上改变主意等秘密，这些是无法说出口的，实际上却又存在。怎么把这一切揭露出来呢，只好别具一格地造出来一个“你”，让“你”去向那个看不见的“他”揭露这一切。作者这样做，是有很深的含意的。正如作者所说:“由于这里描述的是意识的觉醒,所以人物不能自称‘我’,用‘你’既可以描述人物的处境,又可以描述语言是如何逐渐在他身上形成的……”这样一来,从语言效果上讲,可以使读者置身于小说之中,与主人公同呼吸,共命运。而作者的根本意图还是想通过这种特殊的形式去表达某种人生见解或者触及某个道德问题,表达作者的道德观,或者像布托尔自己说的,阐述“巴黎与罗马这两个城市之间的历史传统的关系”。他说:“‘新小说’派作家触及社会问题的方式与萨特的方式不同,萨特是直接介入。‘新小说’派作家其实也触及了很多社会问题,只不过是采用迂回的方式,通过对具体事物的描写,通过人物具体的思想方式,以不同的形式触及社会现实。这是一种特殊的方式。”[①]这里,作者既说明了他为什么采取这种特殊的手法,同时也论证了“新小说”派的作品和创作技巧所具有的社会意义。

总之,布托尔是一个勇于探索并提供各种“新样品”的文学实验家。这是一位少年成名,以才华著称于法国文坛的重要人物。由于他对既定的传统习惯不大在乎,所以他不但在艺术上不遵从传统的规范,在平时也不修边幅,不愿受任何陈规陋习的约束。由于他的技巧层出不穷,所以他获得了“百科全书式的技巧”这样的美称。

除了上述四位主要作家外,还有许多作家在20世纪五六十年代发表了大量“新小说”作品。其中克洛德·奥利埃的作品有《导演》(1959)、《罗朗的失败》(1967)等;让·里加尔杜的作品有《夺取君士坦丁》(1965)、《新小说理论》(1971)等;玛格丽特·杜拉斯的作品有《琴声如诉》(1958)等。其他加入“新小说”派,或用“新小说”的方法创作的作者有数十人,形成了一股声势浩大的浪潮。

此时“新小说”文学还有一个现象值得注意,即到了20世纪60年代,“新小说”派在发展中出现了以菲利普·索莱尔等为代表的一些作家和理论家。他们是一批常在《原样》杂志发表作品的青年,由于他们的立场和观点更为激进以及极端追求新形式,又被称为“新新小说”派。其核心人物是菲利普·索莱尔、让·蒂波多和让·里加尔杜等。“新小说”的文学实践以克洛德·西蒙获得诺贝尔文学奖(1985)达到顶点。

实验小说　“实验小说”主要发生在20世纪后期的美国。20世纪70年代以来,西方小说特别是美国小说在继承“新小说”派作家实验的基础上,又迈出了新的实验与探索步伐。一些充满了前卫意识的作家决心在小说的内容与形式,尤其是叙述方法等艺术技巧的改革上走得更远。他们继承与发扬了此前法国文学的,尤其是“新小说文学”的先锋精神,用于探索,不断地创新和大胆地试

① 柳鸣九:《新小说派研究》,中国社会科学出版社1986年版,第697–698页。

验，成了又一种时尚。一时间，各种令人眼花缭乱的实验性作品如波澜迭出，纷纷登场，在文坛上展现了奇馨异彩、变化万千的另一种景象。事实上，“实验小说”是美国后现代主义文学最重要的组成部分，同时也是后现代小说后期，或谓之“第二阶段”的代表性流派，至今流风未息。

“实验小说”家们锐意打破常规，标新立异，他们解构了数百年以来对小说的情节、内容等作线性叙述的模式，主张用不确定的文体模式来对应奇谲多变的现实世界。他们新颖独特的创作既令读者感到惊奇突兀，但无疑也为他们提供了更为广阔的阅读空间。

美国“实验小说”的出现，与海明威、福克纳之后美国文坛上所谓的“文学衰竭”论紧密相关。许多作家认为文学在传统主义与现代主义的道路上已到了穷途末日，很难有新的建树，真所谓“老调子已经唱完”。于是，一些青年作家再一次从欧洲现代艺术中汲取营养，特别从欧洲绘画流派如立体主义、未来主义和以康定斯基、蒙德里安为代表的抽象派、极简主义以及文学上超现实主义、“新小说”等那里获得灵感，注重对艺术技巧的再探索。约翰·巴思的文章《文学之衰竭》清晰地表述了新一代作家意图“毁坏”“涂改”过去的决心。他们认为既然现存的文学创作已走入困境，那么，一种新实验主义文学或许是文艺创新唯一的希望。

当代美国文坛上，可以称为“实验小说”的作家有不少，其中较为重要的就有托马斯·品钦、约翰·霍克斯、威廉·加斯、约翰·巴思、库特·冯纳古特、威廉·加迪斯和罗伯特·库弗、菲利普·罗斯等。虽然这些作家有的还会被贴上其他的标签如“黑色幽默”“科幻作家”和“犹太作家”等，但他们共同的特征便是突破传统小说的程式，刻意提示读者分清现实与文学中不同的世界，也即文学作品，特别是小说的“虚构”性质。他们对小说新形式、新技巧的创造性“实验”使他们在美国小说发展史上赢得了应有的名声。

托马斯·品钦(1937—　)26 岁时发表了他第一部长篇《V.》(1963)，就显示了他实验尝试的一种倾向。

与托马斯·品钦同时代的约翰·霍克斯(1925—1998)也是一位典型的“实验小说”家。他最著名的作品《第二层皮》(1964)一直吸引着文学评论家，因为它几乎囊括了所有对小说形式进行新探索的方方面面。小说以第二次世界大战退役的军官斯基泼自述身世的形式，回忆了他的生平和遭遇。他的亲人包括父母、妻子、女儿、女婿等均死于非命，他本人也屡遭不幸，但最后终于在一个小岛平凡的生活中获得了内心的平衡和幸福，并与黑人姑娘产生了爱情。这种新时代心路历程式的小说内容上并无曲折动人之处，但它却是“实验小说”中相当成功的一例。小说梦魇般的叙述结构完全颠覆了传统小说的模式，引领读者进入一个亦真亦幻的世界。主人公斯基泼的回忆看似杂乱无章、意识跳跃、时空颠倒，情节线索含糊不清，象征意象转换不定，就连小说最大的隐喻即书名“第二层皮”也难以廓清，读者只是通过一系列表示外壳的物象如皮肤、衣服（雨衣）等来推测它的寓意如内与外、真与假、客观与虚幻的感觉等。由于它的不确定性和多变性，小说留给读者极大的想象空间，这正是“实验小说”家们所希翼的效果。读完这部小说，我们都会有一种被围在“第二层皮”内，想挣扎而又无力的，处于梦魇般困境之中的感觉。

“实验小说”作为一种探索性的流派，自然会有不同的取向。威廉·加斯（1924— ）是一位集语言学教授、文学评论家和作家于一身的人物。加斯的短篇小说《在中部地区的深处》（1968）是它的典型。这篇小说似乎缺少了一般小说中最基本的元素即内容、情节和人物，甚至没有主题。它讲的是一位生活中失意的诗人来到印第安纳州的小镇，用他敏感而细腻的心灵感受着这里的一切。虽然有许多数字和实物，包括小镇的人口、众多有名有姓的人物、略显衰败的街道、商铺等，但它们之间并没有情节上的联系，而只是一个匆匆过客眼中的景物。读者能够从他的视角中体味出一丝悲凉的气息，在模糊的印象中感受“貌似客观的虚假”。

加斯等人迷恋于语言游戏，在小说创作上求新求变，具有积极的意义，但又有意无意地抛开了小说的基本属性而走向了令人费解的极端。

“实验小说”家中最突出的是约翰·巴思（1930— ）。他的小说《漂浮的歌剧》（1956）、《大路尽头》（1958）常常被看成是早期“实验小说”的成功之作。而《烟草经纪人》（1960）和《羊童贾尔斯》（1966）则充分展示了他勇于艺术探索的才能。“羊童”乔治·贾尔斯从小就被放在羊圈里长大，因得其名。故事发生在一个想象的世界——大学之中。该大学有东、西两个部分，分别隐喻了东、西方两个世界阵营。贾尔斯肩负了调停双方矛盾的使命而进入电脑系统，通过似是而非的回答破坏了电脑系统。但当他完成任务后却被抓了起来，并送回了动物园。这部小说寓意深刻，令人深思，而它所用的手法却是传统文学作品的再利用和戏仿。它的意义在于令人信服地证明了“实验小说”成为经典的可能性。

库特·冯纳古特（见下一章）也可以说是“实验小说”最重要的人物。

另一位颇有成就的实验作家是威廉·加迪斯（1922—1998），这位在相当长的一段时期内被认为文风艰涩难懂的作家最终被读者视为后现代主义小说家中的巨匠之一。他的代表作《小大亨》（1975）吸引了众多的文学爱好者。和托马斯·品钦一样，他在小说中也导入了引人遐想的物理学概念“熵”，并把它作为小说的基调。“小大亨”——一个信息网络时代的巨商大贾，竟然是一个六年级的小学生。他从学校的“实习课”上学到了新时代的发财理念，利用学校走廊里的一部公用电话和报刊上收集到的广告信息投机倒卖，暴富成功，建立了他的商业帝国。虽然“小大亨”的生意最终崩盘失败，但他一度的辉煌令人们看到了一个疯狂、无序、尔虞我诈的现代商业社会。这部小说在当今信息社会的意义尤其令人深思，而它在艺术形式上的探索和实验也增添了不少的魅力。它一改以往小说的叙述形式，大量地运用直接引语，有的几乎就是电话的通话记录。读者必须在一大堆毫无头绪的话语中整理出相关的背景和人物，甚至故事情节。阅读这样的作品，一方面是对读者耐心的挑战，另一方面也是对读者参与的刺激。《小大亨》的艺术形式是否成功或者说是否可以成为小说叙述的一种常用方式，会有不同的看法，但它确实成功地表达了作家的思想并“确切地反映了当代生活的真实”，已是不争的事实。

“实验小说”作家人数众多，旗号不一，在形式与技巧的探索上取向不一，步子大小各异。罗伯特·库弗（1932—　）是这条路上走得较远的一个。虽然知音不多，但因作品古怪离奇，常令读者有大吃一惊的感觉。《电影院的幽灵》是最能体现库弗的创作观念的小说。这位“电影院的幽灵”不是别人，正是这座曾经热闹非凡，现在已经废弃了的电影院的放映员，他对以往的恋恋不舍使他始终不能离去。如今没有了观众，电影院空空如也，但他却“阴魂不散”，守着这里，他要用那些遗留的旧电影胶卷再构建一个虚幻的现实。银幕上闪烁的镜头是他一手炮制的，用蒙太奇、拼凑、剪贴的方法重现心目中的世界。但他又时时停留下来，回到现实世界，让观众看清他的行为，在两个“世界”中突出自己的凄苦之情和难以表述的困境。对库弗的“实验小说”，可能会有截然不同的看法，但至少这部作品还是相当成功的，尤其在新技巧、新手法的运用上有其独特的价值。

相对而言，另一位“实验小说”的大师是菲利普·罗斯（1933—　）。罗斯1933年出生于美国新泽西州的一个犹太家庭。1950年进宾夕法尼亚州巴克内尔大学，后来又在芝加哥大学获得硕士学位。他的第一部小说集《再见，哥伦布》出版于1959年，从此声誉鹊起。罗斯早期的作品中最有名的要数1969年发表的《波特诺的主诉》，写一个叫波特诺的犹太青年向心理医生诉说自己在成长过程中的烦恼与痛苦，展现了一个犹太青年在当代社会中的烦恼与不幸。这部小说除了涉及青年人畸形的性意识、性行为之外，也旁及了犹太民族传统的父子、母子关系和年轻的犹太移民在美国社会中的两难处境等，它一面受到了广大读者的青睐，一面也引来了严厉的指责，认为过分的、直接的性描写造成了对青年读者的危害。这本小说使罗斯一举成名，家喻户晓。性与犹太身份成了罗斯以后写作基本的主题。

罗斯后来的作品主要有“朱克曼三部曲”，包括《鬼作家》（1979）、《解放了的朱克曼》（1981）和《解剖课》（1983），另有“罗斯三部曲”[《欺骗》（1990）、《遗产》（1991）、《夏洛克行动》（1993）]等，而小说《反生活》（1986）尤为引人注目，不仅因为它标志了菲利普·罗斯创作主题的转变，更因它是一本成功的“实验小说”而著称。

《反生活》中的“反生活”，也可以理解为“另一种生活”，是罗斯创用的新词。小说共五章，其内容似乎有点匪夷所思。《反生活》现在已被美国读者普遍接受并视为“实验小说”中最成功的作品之一。但小说出版之初，许多人都为它错综复杂的内容和离奇纷乱的结构所惑，对罗斯突然转向感到迷惘不解。随着“实验小说”的发展和对小说文本的细读，人们很快就揭开了它的面纱，《反生活》成了读者认识“实验小说”的一道门径。其中不少独具价值的地方被发掘出来。

《反生活》中一个奇特的地方，就是故事背景的不断转换，一到五章，分别从美国、以色列、空中（飞机上）、美国到英国，这种表面上看来走马灯式的结构并非作家随心所欲的做法，而是他精心打造的一个“迷宫”，紧扣了小说的主题。罗斯在这部小说中所探讨的，是犹太人的身份回归和寻找的问题，这些地方有的是犹太人心中的“希望之乡”，有的是在犹太人基督教世界的散居地，甚至还有不属于任何国家、任何地域的飞机上。罗斯以不同的背景描写犹太人的身份危机，即使在空中也不例外。通过朱克曼兄弟在世界各地的遭遇，读者不禁会问，何处才是犹太人可以真正安身立命的地方？何时才能找回自己的尊严，做一个名副其实的犹太人？

《反生活》中另一个奇特的地方是小说的第一章与第四章之间的相似性和重叠性，作家两次安排了主人公内森·朱克曼和亨利·朱克曼同样死于心脏手术。他们都是因为男性性功能失常而动的手术。很明显，罗斯以此来隐喻他们犹太人身份的失落，而且表明，即使在美国这样兼容并蓄的社会环境里，犹太人所面临的困境是相似的。朱克曼兄弟“死而复生”之后所经历的“双线流亡”或“双线寻找”都没有成功。作者以此来暗示犹太人身份寻找与回归的窘境和困惑。

《反生活》曾经被美国评论界和学术界称为罗斯小说中最晦涩难懂的实验性小说。它扑朔迷离的故事和看似杂乱无章的结构给读者造成了一定的阅读难度和障碍，但一旦理解了作品的主题和作者的用意，顿时有云开日出之感，要在小说中探讨诸如“犹太身份的寻找与回归”“对犹太人散居地现象的质疑”“犹太复国主义极端行为的影响”和“希望之乡在哪里?”之类的大问题，没有一个广阔的视野和超常的结构是不可能做到的。罗斯在《反生活》中所运用实验性技巧如“反体裁”“碎片结构”“虚构与假设”“戏仿”及“作者侵入”等都与他小说的主题表现紧密契合，也是一种最经济、最有效的表现方式。因此，可以说，《反生活》不仅为罗斯赢得了巨大的声誉，也为整个“实验小说”树立了一个成功的典范。

“实验小说”作为一种探索性的文学形式，远未走到尽头。在崇尚新奇的美国和西方文坛，这股潮流至今似无穷尽，它极大地丰富了文学的表现形式和主题内涵，为文学的多样性增添了斑斓的色彩。

二、"新小说派文学"的基本特征

"新小说派文学"包括法国出现的"新小说"和美国的"实验小说"两大现象，但是，总结它们之间的共同特征并非易事。

对什么是新的小说文学界和批评界并没有一个统一的概念和说法。罗伯-戈里耶曾在论文《新小说》中指出："'新小说'不是一种理论，而是一种探索。""'新小说'并没有制定任何法则，因此'新小说'并不是一种狭义的文学流派。首先我们自己就知道，在我们的作品中——例如娜塔丽·萨洛特、克洛德·西蒙以及我的作品中，区别是很大的，我们认为这样很好。如果我们三个人写得一样，那我们三个人还有什么兴趣去写作呢？""所以，我们对于别人和我们自己，绝不是要制定什么规则、理论、法则，完全相反，只是在反对种种僵死的法则的斗争中，我们才结合在一起。"在"新小说派文学"中，故事也是解体的。至于"实验小说"，就更没有一致的说法了。由于它们都是在小说领域进行探索，改变了当代小说的形态，所以我们可以说，"新小说派文学"又可以被称为小说领域的"反小说""实验小说"或"先锋小说"。

但是，既然作为一个与传统小说不同的艺术现象存在，他们的创作总是有着共同性的。具体说来，主要特征是，他们的创作反映了20世纪西方哲学的底蕴，表现了20世纪西方独特现实下作家们对人认识的新发展以及在艺术上的新观念。

1．"新小说"派作家关心的是人和人在世界中的处境。

20世纪人的处境是什么呢？是人与周围世界的极度的不协调。在"新小说"派作家的眼中，世界的本质不在于它自身是什么，也不在于人们从客观世界中获得什么样的思想感情。世界就是世界，个人就是个人，所以，世界的有序性，就只能是一种虚假的编造。"新小说"派作家接受了存在主义关于现实世界是荒诞的思想，认为传统的人们认识世界的方式只符合19世纪之前的情况而不再符合20世纪，特别是20世纪中期法国社会的实际。因为20世纪人的境遇已经不同于以往的处境。罗伯-戈里耶在谈到这两种差异时指出："巴尔扎克的时代是稳定的，刚建立的新秩序是受欢迎的，当时的社会现实是一个完整体，因此巴尔扎克表现了它的整体性。但20世纪则不同了，它是不稳定的，浮动的，令人捉摸不定的。因此，要描写这样一个现实，就不能再用巴尔扎克的方法，而要从各个角度去写，把现实的漂浮性、不可捉摸性表现出来。"①所以，罗伯-戈里耶认为"真正的小说"在巴尔扎克时代确定的规则下就已经永恒地固定下来的想法是

① 柳鸣九：《新小说研究》，中国社会科学出版社1986年版，第567页。

错误的。“不仅19世纪中期以来的小说已经发生了巨大的变化,而且在巴尔扎克时代,当时就已经发生了变化。”①可以说,从关注人是社会环境的产物的处境观发展到人是处在与社会环境相互矛盾之中的境遇观,是“新小说”认识世界和反映世界的最根本的变化。

而到了“实验小说”的发展阶段,小说的内容不再拘泥于现实中可能出现的人物与事件,几乎是无限制地扩大了想象或幻想的空间,故事的现实真实性受到了挑战,而假定的或虚构的情节似乎更合作家的胃口。无论是约翰·巴思的《羊童贾尔斯》、冯纳古特的《时震》(1997)、唐纳德·巴塞尔姆(1931—1989)的《白雪公主》(1967),还是托马斯·品钦的《万有引力之虹》(1974)、威廉·加斯(1924—)的《在中部地区的深处》(1968)等,那些最有代表性的“实验小说”,都充斥了荒诞不经的故事情节,令人们乍一读来如坠云雾,难以理解。但我们随着作家的指引,仔细品味,却能发现正是这种拼贴式的非线性情节,最能表达作者深邃的思考。奇谲多变是“实验小说”作家对世界现实的总体看法,荒诞不经则是他们对人类社会本质的认识。

2. 法国的“新小说”和美国的“实验小说”都追求的是作家完全的主观性。

既然世界给人提供的仅仅是一种生存的境遇,在“新小说”派作家们看来,人要认识和发现自己的本质,只能是个人对这种境遇下“人”的存在状态的发现。因此,以往的那种客观世界决定人的意识的观念,被“新小说”派作家们认为是虚假的。“新小说”派作家就是要造成人与物的彻底分离。例如,萨洛特在她的著名论文《怀疑的时代》中就指出:“心理要素”要“从其寄存的物体上分离出来”。② “在我们周围,世界的意义只是部分的、暂时的,甚至是矛盾的,而总是有争议的。”罗伯-戈里耶也说:“由于在我们的作品中出现了许多物,并且在我们的书中发现有某种非同寻常的事物,立刻就把‘客观性’这个字眼突出来了,于是某些批评家在他们的论题中就把这个字眼当作一个特殊的含义叫出来了:转向物(对象)……在我写的小说中,描写事物的不仅是一个人,而且这还是所有的人当中最中立、最不偏不倚的人;不仅如此,他还永远是一个卷入无休止的热烈探索中的人,他的视像甚至常常变形,他的想象甚至进入接近癫狂的境地。”追求人的完全的主观性,反对客观世界决定人的思想意识的观念,是“新小说”派作家的哲学基础。“只有上帝可以自认为是客观的,至于在我们的作品中,相反的是‘一个人’,是这个人在看、在感觉、在想象,而且是一个置身于一定的空间和时间中的人,受着他的感情欲望的支配,一个和你们、和我一样的人。书中只叙述他的有限的、不确定的经验。他就是在这里的一个人,在现在的一个

---

① 《文艺研究》1982年第4期。

② 廖星桥:《西方现代派文学500题》,辽宁人民出版社1988年版,第473-474页。

人,总之,他就是他自己的叙述者。"[①]换言之,所谓追求完全的主观性,说到底就是要完全从既定的成见中解脱出来,就是要展示和描写世界与人的所谓最本质的东西,写出"一个更实在的、更直观的世界,以代替现在那种充满心理的、社会的功能的世界"。从这个意义上说,"新小说"派作家写作时,并非把人作为社会关系的总和去表现,它更注重读者在小说所提供的纯客观性场景中对人的本质的直接观照和发现。这也表明"新小说"派作家认为艺术的真正本质,恰恰在于在描写事件的过程之中和过程之后,而它自身并不表现出任何预先存在的意义。因此,期望作家在文学作品中必须表现出某种社会意义或作家的某种思想感情,就违背了小说创作的真正规律。

在"实验小说"阶段,作家的主观性得到了更加绝对的发挥。我们知道,"实验小说"更注重在艺术技巧方面的革新,颠覆了传统小说,包括部分现代主义小说的稳定结构。这种艺术形式的变更,其实表现出了作家们对主观感受和主观意识的强烈肯定。在他们看来,现实世界是纷繁复杂、不可捉摸的。现实生活中根本没有什么完整的时间和完整的故事。一切外在事物的完整性,不过是作家主观意识编制的结果。问题是作家自己的主观意识也是不确定的和驳杂混乱的。这样的现实使得他们认为,与此相适应的小说也应该找到相应的结构形式。不稳定性和随意性成了他们追求的效果。缺乏主线,结构松散紊乱似乎并未影响小说的深层含义,有时反而是多元共存的一种表现。如约瑟夫·海勒的《第二十二条军规》,全书共分42个章节,但彼此没有有机的联系,主人公尤索林虽然略显突出,但终究不过是这个"合唱团"中的一员。约翰·巴思的《迷失在开心馆》(1968)也是典型一例。小说写的是一个叫安伯罗斯的13岁的孩子和家人一起去"开心馆"的经历,通过他特定的眼光和感受描写周围的一切。小说共由14个单元组成,彼此只是松散地相连,还常常插入对小说本身的评论,粗粗读来,会有迷失在紊乱结构中之虞,而最后的回思却令人信服地看到了安伯罗斯内心深处那种敏感、困惑与迷离的情怀。

3. "新小说派文学"强调创新性和探索性,反对艺术形式上的保守和僵化。

既然"新小说"或"实验小说"并不提出什么现实的意义,而是离开人的社会环境,抽掉作品中人物的思想意识,描写人的下意识和潜意识的内心世界,那么,这种观念也导致了小说创作观的根本性改变。这种创新和探索,集中在描写方式、时空观、作品形态等方面的改变。

首先是描写方式。"新小说派文学"的描写方式是与传统小说有着明显的区别的。传统小说强调按照生活固有的样子去描写生活和表现情感,所以在写作方式上,注重事物之间的因果关系和作品情感与现实基础的联系,因此,写作

① 伍蠡甫、胡经之:《西方文艺理论名著选编》(下卷),北京大学出版社1981年版,第260-261页。

过程是一种伴随着思想理性、道德理性和情感理性的创作过程。但在“新小说”派作家这里，写作不过是人的视觉或者是人的潜意识运作的“记录”“照相”过程而已（这也是许多法国评论家称“新小说”派为“视觉派”的原因）。换言之，作者在小说中所提供的只不过是一种客观性的、作者眼界所能看到的生活某一方面的原生态而已。这样，“新小说”派家们认为，文学写作的任务，就是要把生活中一个个物象、场面“记录”下来，“拍摄”下来，不要对它们之间的联系妄加描写和主观说明。同样，传统小说在描写时，主张围绕着人来安排情节，并极为注重塑造人物、构思情节、真实地描写环境和热衷于创造典型环境中的典型性格。“新小说”派作家们却把反对传统的“人物在其间活动并生存的故事”作为写作时的主要任务，认为在当代社会中，人也不过是活动着的“物”而已。罗伯-戈里耶曾说过，他要写的不是人，而是一个纯属物质的世界（这个纯属物质的世界其实也是把人看作物的）。所以，在“新小说”作品中，“注重写物”取代了写人。作品中不再注重那种传统文学中对人物和行动的精心描绘。

其次是时空观。“新小说派文学”的作家在作品中表现了新的时空观。传统小说注重时间和空间的有序性，这是与以往社会的有序性紧密地联系在一起的。但在现代社会里，从人出发看世界的视角的转换，导致了“新小说”派作家时空观的变化。在“新小说”中，心理时间取代了物理时间。时间由按顺序直线发展变成了现在、过去、未来，此时、彼时相互交织的心理发展过程。心理空间取代了物理空间，空间范畴无限扩大和任意重叠。因此，在“新小说”中，既没有一个正常的空间，也不再有按顺序直线发展的时间。同时，这种空间与时间又常常交织、杂糅在一起，形成一种新的心理时空网络。对此，布托尔在谈到他的小说时就说过，它们“不仅是一座空间的迷宫，也是一座时间的迷宫”。

最后是作品形态。由于描写方式和时空观的转换，“新小说派文学”呈现出了完全不同于传统小说的作品形态。“‘新小说’与传统小说的区别之一是，传统小说总有开头、高潮和结局，‘新小说’则没头没尾，当中写上一段，然后再回溯到过去，又跳到将来，时间的次序被颠倒、被打死。”此外，“新小说”派作家们常常采用“迷宫式的结构”和“绘画法”。所谓“迷宫式结构”，就是在一部作品中多次采用时间重复、空间重复、地点重复、物件重复、景物重复的方法，将作品的结构安排得错综复杂，像迷宫一样。所谓“绘画法”，指在创作时，作者像画家创作拼贴画一样，打乱时空顺序，让各种各样不同时间和空间里出现的人物和事件，同时散乱地出现在读者的面前，形成具有立体感和色彩斑斓的效果。其他还有诸如“立体对称结构”“小说套小说法”等。这样的方法导致了“新小说”作品奇异和怪诞的形态：如《窥视者》的反复重复样式、《变》的场景时空与人物思绪的交错、《佛兰德公路》的颠三倒四和杂乱无章、《三折画》互不关联的场景的同时出现等。更有甚者，在“新新小说”派那里，小说的形态更加荒诞，如索莱尔的

《悲剧》,用64个"歌"来组织作品,像64个格子的填字谜游戏。因此,有人称"新小说"为"反小说""边缘文学"等。正是上述多方面的彻底变化,导致了"新小说"只是一种"写作"活动。因此,它既不在写作前确定什么写作目的,也不在作品中提出任何意义和价值判断。罗伯-戈里耶还指出:"从今以后,企图用小说来为某种政治目的服务,那是不合理的,即使我们认为那是正义的事业,即使我们在政治生活中为它的胜利而进行斗争。……对于艺术来说,不存在任何预先认识的东西。"同样,"在我们周围,世界的意义只是部分的、暂时的甚至是矛盾的,而且总是有争议的。艺术作品又怎么可能预先提出某种意义,而不管是什么意义呢?……现代小说是一种探索,在探索过程中逐渐地建立起它自身的意义。现实有意义吗?当代艺术家不能回答说:我什么也不知道。他所能说的是:现实在它的发展过程过去之后也许会具有某种意义,也就是说,在艺术作品完成之后。"他们力求以此来探索新的小说领域,创造新的小说表现手法和语言,描绘出原样现实事物背后存在的所谓"真实"的本质世界。这样,在他们的眼中,作家的唯一职责就是文学,而不再是文学以外的东西。在这种写作活动中,"新小说"派作家们也不再以塑造典型环境中的典型人物为小说创作的主要目的,因此,"新小说"中出现的人物其实就是人形状的"物",是"反人物",人的活动表现的是人的一种自发的、下意识的行为。而"实验小说"作家似乎对小说中语言运用的尝试情有独钟。随着现代语言学的兴盛以及作家对小说语言的研究,话语鼎新之风成了时尚,这种改革在多方面、多形式、多层次上展开,只要感到需要,作者可以毫不忌讳地在小说中运用多种插入语、题外话,反讽揶揄甚至说粗口,为了达到目的,有时不惜给人突兀的感觉或者干脆作者自己出面对所写的人与事评价一番。这些语言的尝试,有时会有弦外之音之妙,甚至有画龙点睛的作用,但需要指出的是,也有不少尝试并不成功,成为人物形象完整性的障碍。

三、"新小说派文学"的基本评价

自"新小说派文学"出现以来,关于新的小说试验和创新的争论就没有停止过。很长一段时间里,读者和评论界对这些作品的看法褒贬不一,评论各异。以"新小说"为例,不同的看法大约有以下几种:有的认为"新小说"是对19世纪中叶以来一直在小说界占统治地位的现实主义小说创作方法的挑战,它的出现为摆脱法国20世纪初以来的小说危机带来了新的希望,是现代小说艺术向前发展的必然结果;有的认为它们并没有任何新颖之处,不过是为了标新立异而已;还有的人把它看作是对20世纪50年代法国和欧洲其他国家流行的存在主义文学的反动(如有人认为它标志着"倾向性文学""介入文学"已失去魅力,新的一代青年作家认为文学不能再"积极干预生活",小说只能在自身中寻求其存在的意义);有的追溯到第一次世界大战后一度流行的法国的超现实主义的影响,认为罗伯-戈里耶等人的作品在第二次世界大战后的20世纪50年代出现，是超现实主义从诗歌扩大到小说领域的结果(因为在《超现实主义宣言》中就曾经提出对传统艺术创作方法和语言的挑战，要求作家有更大的自由，打破时间与空间的限制；认为在潜意识的活动中梦幻与现实往往互相交错，并非截然可分，而且通过梦境、想象、幻想可以发现高度的真实)；等等。这些看法，说明一个不争的事实，即“新小说”的出现是20世纪一个非常复杂的文化和文学现象，不能简单加以对待。

我们认为，“新小说派文学”的兴起、发展和演变过程，可以给人多方面的启迪。从积极意义上说，大致体现在两个方面。

首先，这一文学的出现和发展，适应了20世纪西方社会人们的心理需求。可以说“新小说派文学”的出现，与欧美其他现代派文学一样，是同当代西方社会的精神危机分不开的。两次世界大战不仅毁坏了物质成就，同时也造成了对传统的价值标准、精神信仰和对人自身认识方式的解体。20世纪50年代中期，法国的经济虽然开始复苏，但在一些青年知识分子中间，不满现实、渴望从传统的束缚中挣脱出来的心理日趋强烈。这其实是当代西方人对传统社会结构失望，渴望更人道的社会出现的心理反映。“新小说”派作家的文学探索，本质上体现了这一时期西方的基本精神需求，因而具有出现的历史必然性和合理性。

其次，“新小说派文学”的出现，更新了小说艺术观念，拓宽了20世纪科学技术和社会发展新形势下的小说艺术表现领域。随着现代西方社会的发展和科学技术的发展，小说如何适应20世纪新的社会现实和如何保持自己的独特领域，是一个极为重大的问题。在这个意义上说，“新小说”的出现也适应了艺术发展的新要求。“新小说”刚刚问世时，尽管被人们认为是“古怪”的、“荒诞”的和类似“精神病发作”的，但是，在发展中却越来越受到人们的认可。到了60年代，其影响迅速波及欧美乃至世界其他各国。他们所主张的反对19世纪以来以巴尔扎克为代表的传统小说的僵化模式等艺术思想，也越来越受到人们的肯定。“新小说派文学”的艺术实践，在许多方面也为今天的创作提供了有益的营养。至于到了七八十年代，随着科学技术的飞速发展和社会生活的日益复杂，小说的实验更加激进。

同时，我们也要看到，“新小说派文学”，毕竟是一场持续不断的新的文学实验。它在小说观念、基本主张、写作手法以及艺术形式等多方面，还有很多非科学的成分在内。他们反对小说表达作者的任何思想感情、政治立场、道德观念，主张“纯客观”地运用非人格化的、不带任何感情色彩的语言，即用摄像机似的语言描述客观事物，其实是割断了小说与生活之间的联系。他们反对传统小说以塑造人物为主要目的，强调人物只不过是表现某种心理因素或心理状态的临时工具。因此，他们小说中的人物不但没有特征、性格，有时连姓名也没有，是纯粹的“非性格”和“非人物”。这种对小说传统重要因素的消解,还需再评价。“新小说”结构特殊,形态怪异,形象破碎。加之每部作品均冲破了原有时间和空间的限制,语言缺乏逻辑性,破坏了小说艺术的可读性,成了难以卒读的“天书”。凡此种种,都是“新小说派文学”实验和所谓“创新”的弊端。

第二节　罗伯-戈里耶与《窥视者》

一、生平与创作

罗伯-戈里耶(1922—2008)是法国著名小说家,学术界公认的“新小说”派的领袖。在“新小说”派作家里,尽管西蒙1985年摘走了诺贝尔文学奖的桂冠,但无论是在理论上、创作实践上还是在宣传活动上,对“新小说”贡献最大的还要算罗伯-戈里耶。他1922年出生在法国的布勒斯特,青年时代在巴黎农艺学院求学。1945年从农艺学院毕业后在全国统计院工作并进行生物学研究;1950年至1951年在殖民地果品柑橘学院担任农艺师。在这段时间里,他还先后到摩洛哥、几内亚和拉丁美洲等地进行过热带水果的考察和研究工作。1951年,从非洲回国途中,他在船上构思创作出了第一部“新小说”《橡皮》。这是他全面与巴尔扎克的传统小说对抗的第一部试验性作品。

《橡皮》写的只是一天里的事,情节也十分简单,看起来像一部侦探小说,其实是作者在用“新小说”的方法进行创作。主人公杜邦是一个重要的经济学家。他在一家对全国经济和政治都起着重大影响的集团里任职。有个恐怖组织企图把这个集团里的重要人物全部杀死,以打击最高统治阶层的势力。杜邦是第九个被暗杀的对象,前面八人都是在晚上七点半被杀的。杜邦被暗杀后,与他关系甚密的内政部长派青年侦探瓦拉斯去调查。瓦拉斯在城市迷宫般的街道上闲逛,几次走进一家文具店买橡皮。瓦拉斯在当天晚上七点半埋伏在杜邦的书房里,等候恐怖分子来盗走杜邦保存的一些重要文件。当有人接近时,瓦拉斯开枪,走去一看,被他击毙的却是杜邦教授。原来杜邦第一次被刺时只受了点轻伤,并未死。此次他是担心文件被盗,亲自回来取出,然后再前往内政部长家避难,结果反而死于非命。这部小说的特点在于,作家只是为读者提供一种不加任何主观整理的纯客观的生活原样,即不是人物支配情景和故事,而是将物(这里主要指发生的种种事件)作为一种不以人的意志为转移的存在。事件怎么发展,人会有什么样的遭遇,不仅故事中的人物不知道,就是读者乃至作者也不知道。这正是作者的“人是在物质的包围之中,时刻受其影响”的观点的反映。他虚构了这样一个侦探式的故事,目的是揶揄传统现实主义所善于制造的“真实幻觉”。小说没有明显的情节,也没有传统小说那样的结尾,没有连贯而严密的逻辑关系，从这个意义上说，读者完全可以像侦探一样，根据自己的角度去选择不同的情节和探索其中的意义。

《橡皮》的出版，给文学界带来了新的挑战。虽然它问世时读者寥寥无几，没有引起多大的反响，但由于它的“反传统性”，后来渐渐引起了争论。到20世纪60年代，感兴趣者突然猛增，发行量超过100万册，欧美各国都相继出版了译本。1968年，《橡皮》还被改编成电影剧本，搬上了银幕。

《橡皮》的写作实践也对罗伯-戈里耶的“新小说”理论形成起到了极大的推动作用。《橡皮》发表后，他于1956年在《新法兰西杂志》上发表了一篇论文《未来小说之路》。在这篇论文里，他对在《橡皮》里已实践的东西进行了系统的阐述。他认为，目前流行的实际上还是巴尔扎克的小说观念，要想摆脱20世纪以来已出现的小说危机，就必须进行新的实验。要在小说中创造出一个更实体、更直观的世界，以代替现有的这种充满心理的、社会的、功能的意义的世界。这种新产生出来的小说把物体原样和无逻辑姿态的存在当作先决条件，以写物来造成人的复杂的内心世界感受，通过小说重建一个纯属读者内心世界的时间和空间。

罗伯-戈里耶又于1955年发表第二部小说《窥视者》。这是作者的主要代表作，也是“新小说派文学”的代表作之一。它的命运和《橡皮》一样，开始时没有引起注意，但在作者成名之后，则受到了高度重视。在《窥视者》发表的同一年，“子夜”出版社对这位30岁刚出头的年轻作家发生了兴趣，特聘请他为文学顾问。从此以后，罗伯-戈里耶不但自己在这里出版了许多作品，而且还把别的许多“新小说”派作家的作品拉到这里来出版。

此后，作者又出版了《嫉妒》(1957)、《在迷宫中》(1959)、《快照》(1962)、《纽约革命计划》(1970)等小说。为了更客观地记录事物的世界，罗伯-戈里耶还在电影领域进行过尝试。他的电影小说《去年在马里安巴》(又译作《去年在马里安温泉》或《去年在马里昂巴德》)曾获威尼斯电影节大奖。1963年摄制的《不朽的女人》曾获德路克电影奖。1984年他曾来北京讲学。

罗伯-戈里耶的文学活动，对“新小说”的发展起到了极大的推动作用。可以说，正是他的创作实践和理论鼓吹，使“新小说”的影响不断扩大。特别是在1963年，他把自己平时写的理论文章收集成册，题为《走向新小说》，出版后，更为“新小说”派的形成奠定了坚实的理论基础。

二、《窥视者》分析

内容介绍 《窥视者》是罗伯-戈里耶的主要代表作，也是“新小说”派的代表作之一。小说采用和《橡皮》差不多的手法和形式写成。写的是一个旅行推销员在一个小岛上的活动和岛上发生的一起奸杀少女案。《窥视者》不是一个用传统的手法写成的吸引人的故事,“新小说”的特色明显增多。由于小说没有传统的那种故事情节,只能概述大致的内容如下。

小说从“汽笛响了,仿佛所有的旅客都没有听见似的”开始讲起。某一天,旅行推销员马弟雅思乘船到一个小岛上去推销手表。在船上,他发现了一小段被人卷成8字形的绳子。小岛与世隔绝,孤立于沧海之中。10点钟,马弟雅思下了船。在海岸边的斜桥附近他又发现了几个8字形的符号。小岛上有一个小镇。他住下后,经过一段时间的胡思乱想,决定出去推销手表。出去后几次到海边散步,脑子里总有女友的画面和一个女人受虐待的画面重叠出现。其间也碰见了一些人。小镇与乡村交界处有一户人家,那里住的是推销员马弟雅思在船上新认识的水手的姐姐勒杜克太太。她是个寡妇,带着三个女儿。马弟雅思到这家去推销手表时,注意到了墙上挂着的一张美丽的少女照片,少女极像马弟雅思的女友维奥莱年轻时期的样子。其实这个少女是勒杜克太太的小女儿雅克莲。她虽然才13岁,却发育得像一个已经成熟的姑娘。当地的人们包括她的妈妈对她的看法并不好,似乎她很淫荡。当他得知雅克莲正在灯塔附近的悬崖处放羊时,马弟雅思向那里走去……中午,雅克莲没有回家,似乎失踪了。几个小时后,马弟雅思在小时候的朋友让·罗宾家做客时,失口说道:“她再也回不来了。”

第二天早上,渔民们在悬崖下发现了雅克莲的尸体。她赤身裸体,躺在岩石中间,头部和四肢都有伤痕,很多人认为她不像是淹死的。马弟雅思回想此前自己的一系列活动时,觉得她也不像是淹死的。马弟雅思忽然想起自己昨天把三个烟头扔在悬崖边的草地上,就想去找回。在悬崖边,他只找到了两个烟头。回来的路上,他碰到了于连……后来,马弟雅思又返回悬崖处,看到雅克莲的毛线衣,当他把雅克莲的毛线衣扔往大海时,于连又出现了。于连对他说,毛线衣是雅克莲的,并同时向马弟雅思出示了一个烟头,两张糖纸,一段绳子,而这三样东西,毫无疑问,就是马弟雅思遗留在这里的。于连暗示,他目睹了事情的全部经过,可是并不想去向警察说。然而,马弟雅思恍恍惚惚地似乎不知道他是什么意思……其间还有别的男人和女人找过他。再过3个小时,马弟雅思就回大陆了。

小说就这么结束了。

由于这部小说当中穿插着很多互不相干的场景、器物、事件和线索,加之作案者是谁最终没有什么交代,因此,它的故事其实是零散的。

思想意义　由于“新小说”派作家们一直反对文学作品承载任何思想意义、道德情感和价值判断,所以,我们这里所说的思想意义主要来源于读过之后的感悟。

1.《窥视者》在对一段生活事件极端原生态的呈现中,透露出了第二次世界大战之后西方社会中生活着的人对他人、对世界极端冷漠的心理特征,曲折地表现出了人与人之间的严重隔膜。

全书是紧紧地围绕着题目《窥视者》展开的。那么，谁是作品中的窥视者呢？首先，旅行推销员马弟雅思奸杀雅克莲的全过程均被于连所“窥视”。从这个意义上说，于连自然是“窥视者”。但“窥视者”又绝不仅仅单指于连，因为在小说中，马弟雅思这个被窥视者，也多次在一间神秘的房间外，通过窗户、走廊或者镜子的反射，向室内“窥视”他人。所以，在这个层面，马弟雅思也是窥视他人的“窥视者”。若从整部小说来说，马弟雅思在小岛上的一举一动又被整个岛上的人们所窥视，所以，这个社会对每一个人来说，它也是“窥视者”，也可以把马弟雅思看成是窥视社会的“窥视者”。这种层层相依的窥视关系，实际上是将踏上这个小岛上的每一个人，不管是本岛居民，还是外来者，都牢牢地拴在了窥视的网结上。那么，这里的潜台词就是，在这种特定的境域中，人与人之间，除了相互窥视的关系之外，就再也没有什么其他的联系了。如果说，在此前的资本主义社会中，人们还可以靠金钱关系形成一种社会性的联系的话，那么此时连这种能够把社会和人们联系起来并用满腔激情去追求共同利益的东西也不存在了。此时存在的只有人与人之间的窥视、戒备、隔膜和冷漠。这样我们才能够理解，为什么自认为窥见了马弟雅思作案并掌握了其犯罪罪证的于连，不但没有告发马弟雅思，反而销毁了他的罪证；也就可以理解，当马弟雅思与朋友谈到“她再也回不来了”时，对方不仅佯装没听见，甚至还有人暗示他别引火烧身，并替他找了条船，劝他提前离开小岛；也就可以理解几乎整个小岛的人——包括死者的家属——都认定凶手就是马弟雅思，却无人站出来伸张正义。《窥视者》就是通过这样的描写，给人提供了个人生存在其中的一种独特荒唐的境遇。

2. 小说也透露出了一切都是生活本身的机械运动，人活着已经失去了任何意义，完全丧失了主动性，对周围的世界，对自己赖以生存的世界，已经无所作为的情怀。

作者之所以将故事发生的地点放在一个与世隔绝的小岛上，目的是要说明这个小岛不属于任何现实社会，而是一个“封闭体”，一切都在这个封闭的时间和空间内发生，离开小岛，什么故事也没有了。作品开始时，岛上一切如常。当马弟雅思离开小岛，罪行也没有了，岛上又恢复了常态。马弟雅思来到岛上是为了推销手表，可是这个封闭的小岛根本就不需要这东西。他在岛上的全部活动以及他与周围人的联系，根本没有什么实质性的意义。有的学者指出，马弟雅思本质上是弗洛伊德精神分析学说定义下的一个精神病患者，他的行为始终受到两种力量支配：一种来自他的理性意识，反映到行动上就是知道自己到岛上来是为了推销手表，在雅克莲死后知道去找回“罪证”等；另一种来自他的潜意识，反映到行为中，就是下意识地反复拴绳子、窥视屋内、不断在脑海中浮现8字形、时不时地将现实中的雅克莲与以前的女友相混重叠以及出现语无伦次的下意识的行为。两种力量不断冲突,使马弟雅思一直徘徊于现实与幻觉、真实与想象之间,外部世界在他的眼中常常变形以至于成为梦魇。甚至连他自己也说不清楚自己究竟是不是凶手。这样的人似乎是一个被冥冥中超自然力量控制的一个木偶,只好被动地听从超自然力量的摆布。同样岛上的市民也受着两种力量的支配:一方面是不买马弟雅思的手表,拒不接受外来者的"时间",这是理智的表现;但另一方面则是在冷漠中下意识地充当着"凶手"的同谋。整个小岛的人不过是人形动物而已。前面我们说过,"新小说"关心的是人在世界中的处境,这一点在《窥视者》中得到了充分的显现。

艺术特色 作为"新小说"派的代表性作品,《窥视者》在艺术上是极为独特的。从总体上来说,在这部小说里,作者一反巴尔扎克式的传统小说的神圣法则,既没有虚构引人入胜的故事,也没有塑造出栩栩如生的人物形象,更没有去展示纷纭复杂的内心活动,就连自古以来所认定的时空观念在这里也失去了意义,但在创新和实验中,它仍然成为一部完整的小说。主要表现在以下几个方面。

1. 作品展示了完全新颖的描写手法。

作品中包含大量的各种各样的与凶杀案无关的场景、事件、细节和人物,如马弟雅思多次下意识地到悬崖边的活动、小说中多次出现的 8 字形的符号和绳子,多次重叠出现在马弟雅思头脑中的情人维奥莱被伤害的场景以及另一个女人被伤害的场景,等等。这些杂乱的内容,叫人很难摸清头绪。作者利用一根看不见、摸不着的线索——窥视——把全书巧妙地串联起来。小说呈现这种样式的根本原因来自于"新小说"的创作理念:作品只能呈现生活的原样,世界是由独立于人之外的物质所构成的,因此只能着重描写包围人的物质世界。读者只有通过阅读,像侦探一样经过一番分析、推理和考察,剔除种种非本质的现象,才能读懂它。这正是"新小说"的特点之一,也是它"反传统"的手法之一。

2. 作品创造了一种时空全新的结构。

如果用传统的眼光去评判这部小说,毫无疑问,它是一部杂乱无章的作品。如果用另一种美学观点去审视,则会发现,它的结构又是很严密的。换言之,它没有传统小说的要素和结构,却有自成一格的新结构,即"新小说"的结构。这种全新的结构表现在小说中的时间和空间已失去了原有的意义。巴尔扎克式的小说总是按时间顺序直线发展,但在《窥视者》里,时间已不是一个要素。其中,小说结构上有个空洞,投射到时间上,就是马弟雅思的行动时间多出了 40 分钟。马弟雅思是卖表的,马弟雅思为掩饰多余的 40 分钟而竭力向人解释自己的行动时间表,结构上是对应的。岛上居民不要表,实质上是拒不接受他的时间,因为他们知道这段多出来的时间正是他作案的时间。这里,时间不再是小说的基础、要素,那么小说中时序的混乱也就不足为奇了。在空间上,作者采用的是几乎所有“新小说”习惯采用的“封闭结构”,用人物意识的流动取代时间和空间成为情节发展的依据。

3. 传统的故事走向解体。

《窥视者》中没有较为完整的故事,不仅每次出现的小场景中的故事是破碎的,就连全篇故事也是破碎的。作家在小说中常用大量的对物的描写来打断对人的描写,用大量的小故事来打断整个的大故事。全书没有传统概念上的那种直线或曲线的故事情节轨迹,而是散乱的看不出头绪的虚线。因而传统的故事情节被肢解得支离破碎。我们知道,以巴尔扎克为代表的传统小说是以跌宕起伏的情节、栩栩如生的形象和深刻的生活哲理吸引读者的,作品有开局、有进展、有高潮、有完满的结尾,以诱导读者进入事先安排好的虚构境界。所以,在传统小说中,“故事”是支柱之一。罗伯-戈里耶则认为,时代在变化,“真实性”的概念也必然会发生变化,“当今的科学的真实性与巴尔扎克时代已大不相同。巴尔扎克时代认为物质是充实的、坚固的,而当代则认为物质的主体是空虚的”①。面对这样一种形势,罗伯-戈里耶认为“讲故事根本不行了”,即再靠巴尔扎克式的以故事情节取胜的小说模式已不适用了。这种观念反映在《窥视者》里,决定着故事不再是小说的中心,所以,《窥视者》表面上是一个侦探故事,却不是传统意义上的故事。

4. 随着故事的解体,传统小说中的人物也随之瓦解。

传统小说的要素之一就是人物,传统作家极为重视人物的塑造。然而,在“新小说”里,典型人物是不存在的,例如在《窥视者》中,不仅马弟雅思的性格特点不被注意,甚至他是肥是瘦,面部有什么特征都难以确定。马弟雅思为什么要奸杀雅克莲(我们假设他就是凶手)以及他在杀人时有什么思想,什么原因促使他这么做,等等,人物性格的一些重要的东西,作者也没有涉及。有人指出,这不是作者的疏忽,而是故意这么做的。因为罗伯-戈里耶认为,当今的世界已不再有传统文学中那样的人了。马弟雅思的所作所为,于连的所作所为,包括岛上每个人的所作所为,都是出于偶然的。对于这些,“真正的作家是没有什么可说的,有的只是一种说的方式而已”②。这样,人物性格缺乏逻辑,它反过来也导致了故事的解体。

《窥视者》作为“新小说派文学”的代表作之一,艺术特色是多方面的,很多东西还值得深入研究。但无论如何,它的实验是成功的。

---

① 廖星桥:《外国现代派文学论集》,海天出版社 1998 年版,第 354 页。

② 罗伯-戈里耶:《新小说、真实性、现实主义》,张放编译,见《外国文学动态》1984 年第 10 期。

第十一章

“黑色幽默”文学与《第二十二条军规》

【学习重点提示】

1. 把握“黑色幽默”文学的基本特征和艺术特点,尤其是对传统小说观念的突破。

2. 理解《第二十二条军规》的基本内涵及其艺术特色。

第一节 “黑色幽默”文学概述

一、“黑色幽默”文学的发展状况

“黑色幽默”是20世纪60年代崛起于美国的一个文学流派,它因当代美国作家兼文学评论家布鲁斯·杰伊·弗里德曼(1930—)在1965年编选的一部文学作品的集子而得名。尽管此书收入的作品内容各异,形式多变,有的还显得荒诞离奇,滑稽恐怖,但弗里德曼却在这些新颖独特的作品背后发现出了一些共同的特征,他用“黑色幽默”一词来形容这些特征。从此以后,“黑色幽默”在美国文坛不胫而走,成为一股文学潮流的新标志而备受人们的关注。

“黑色幽默”文学在当代美国文坛异军突起,很快成为最有代表性的文学流派之一,并产生了巨大的影响,是有其社会原因的。20世纪上半叶爆发的两次世界大战所造成的灾难,几千万人生灵涂炭以及随后西方社会所发生的一系列危机,日益尖锐的社会矛盾尤其是民族、政治、经济等诸方面的冲突,使人们认清了美国社会的实质,动摇了对旧有制度的信心。对社会现象的失望和对西方文明的怀疑,滋生了悲观主义的情绪。许多知识分子用一种愤世嫉俗的态度对西方政治、传统文化、伦理道德、价值取向等表示不满,他们对以往心目中的上帝、知识、荣誉、诚实等观念是否还有其现实意义深感疑惑,一个“理性的社会”正在土崩瓦解。“黑色幽默”文学的代表作家约瑟夫·海勒(1923—1999)有一本小说,题名为《出了毛病》(1974),可以说是对这种状况的真实写照。同时,他们又对自己在这个社会中的境遇相当敏感，常常有一种失落与无奈的感觉。于是既愤怒又无能为力的困境使这些作家只能运用一种玩世不恭、嘲讽世俗的方式来宣泄自己抑郁难伸的情绪，这是“黑色幽默”产生的社会心理机制，也是人们，特别是一部分知识分子在当代美国社会的历史背景下特殊心态的一种反映。

当代西方的社会现实与矛盾是“黑色幽默”文学产生的土壤，而存在主义哲学思潮以及欧美传统文化中的幽默感，尤其是“病态的幽默”等，则成了这一文学流派的思想基础和艺术形态。有许多西方文学评论家把“黑色幽默”文学看成是存在主义文学在美国的变种。存在主义思想在战后的美国很快找到了它的市场，被广为传播并越来越深地渗入社会意识的各个领域。存在主义所强调的世界与人生的荒诞感和孤独感，正好适应了该时期许多美国人的思想，迎合了处于精神危机状态中的人们的内心需要。“黑色幽默”文学则更强调现实世界的荒诞性并认为它已经丧失了固有的意义和价值，相信个人与整个客观世界之间处于对峙的紧张状态。这一派作家甚至放弃了存在主义要人们勇敢地接受荒谬的生存条件，通过自由选择而获得有价值、有尊严的生活主张。在他们看来，人能够进行自由选择的可能性非常有限，或者根本不存在。因此，他们对现实的看法比存在主义者更消极，更绝望，认为人们在痛苦与不幸的境遇中唯一能做的，就是用一种病态的幽默，或者是绝望的笑声来缓解胸中深沉的恼怒与悲痛。这种幽默是黑色的，按《大英百科全书》的解释，它是“一种绝望的幽默，力图引出人们的笑声，作为人类对生活中明显的无意义和荒谬的一种反响”。从西方文学发展史的角度来看，幽默感始终蕴含于源远流长的欧洲文化的传统之中并被认为是文学作品中宝贵的遗产。从古希腊的阿里斯托芬到拉伯雷的《巨人传》，从塞万提斯的《堂吉诃德》到伏尔泰的《老实人》，都具有这种倾向。“黑色幽默”文学既继承了幽默的特点，又加入了“黑色”的内涵，调动多种可能的表现手段，把周围一切阴暗丑恶的东西，放在独特的“哈哈镜”面前加以扭曲、放大，既使人震惊，又令人捧腹。

被弗里德曼称为“黑色幽默”的作家有十几人之多，除了其中一位赛利纳是法国作家之外，其余都是当代美国作家，而其中最具代表性的，有托马斯·品钦、约瑟夫·海勒、约翰·巴思、库特·冯纳古特和唐纳德·巴塞尔姆等。

托马斯·品钦（1937— ），生于纽约州的格伦科夫城。早年就读于康奈尔大学，获英国文学学士学位。他曾在美国海军中服役，后任职于波音公司。于20世纪60年代开始创作，1964年获福克纳奖。1974年又获全国图书奖。他的三部小说《V.》（1962）、《编号第49的哭喊》（1966）、《万有引力之虹》（1973）使他成为当代美国文坛上最著名的作家之一。

品钦热衷于现代物理学中的“热寂说”，“死亡”是他经常探讨的主题。他把物理学中“熵”的概念注入他的社会观中。因为“熵”有不断扩大的趋势，将使太阳和地球上的热能逐渐散发，而使其活动减慢终至最后沉寂。在他看来，人类社会也如宇宙一样处在衰变过程之中，将来的归宿也必然是崩溃瓦解。因此他笔下的人物往往在惝恍迷离的世界中四处奔走，希望能找到拯救人类世界的良方。在他的第一部小说《V.》中，主人公赫伯特·斯台西尔因父亲与一个名叫“V.”的女人有染而死得不明不白，为了搞清其中的原委，他一心想证实“V.”的真实身份，但历经种种波折之后，结果却使他陷入了对历史的绝望之中，他感到到处都是无以名状的阴谋，人们只是一些像机械组装起来的东西，男女之间也根本没有高尚的爱情，而全部人类的痛苦都与科学技术的发展有关联。《编号第49的哭喊》中的女主人公伊迪帕斯·马斯的遭遇也相似，她被从前的情人定为遗嘱执行人，但却不清楚遗嘱的具体内容；她一心想探求其中的隐情，却被卷入茫然如坠的烟雾。她后来无意之中发现了一个秘密的美国邮递系统，名为“特里斯特罗”，它建立于16世纪，从欧洲传到美国，其网络无处不在，与政府的邮电系统相对抗。伊迪帕斯的调查越是深入，她感到越是迷茫。某次她在一个庄园里发现了一只普通的垃圾箱，上面喷刷着的“垃圾”一词（又可以理解为“浪费”），这使她略有所悟。她所做的一切只不过是一种徒劳无益的努力，因为一切都可能是事前安排好了的骗局。

品钦最成功的作品是出版于1973年的《万有引力之虹》。这部小说现已被视为当代美国小说的经典作品之一，有人甚至把它与现代派文学名著《尤里西斯》相媲美。本书的内容就如它的书名一样令人费解。它涉及战争、科学、情欲等，但不是普遍意义上的这类题材，而更像是一部神秘的启示录式的作品。小说围绕第二次世界大战中德国的V-2火箭展开，是一个情欲与科技互相渗透、互相感应的怪异故事。V-2火箭的落点总是与一个美国军官发生性行为的地点相吻合，这种现象使英、美科学家们大伤脑筋，它吸引了众多的人想找出其中的奥秘，他们想弄清，奇幻多变的宇宙中是否存在着一种神秘的力量在支配世间的一切。V-2火箭神秘的飞行轨迹最后被查明是因为它的制造者，一个性变态的德国武器制造专家在制作这一种武器的过程中，把自己的情欲也熔铸了进去。对他来说，科学技术本身与人的情欲息息相关，二者都象征着死亡。因此，情欲即人类走向死亡的一种本质力量。V-2火箭集情欲与科技成就于一身，最终在万有引力的作用下，划着虹弧坠落，被作者认为是当代世界的象征。

托马斯·品钦的小说内容庞杂、荒诞，结构杂乱无章，真可谓视通万里，思接千载，一些表面看来并不相关的事件与人物被他信手拈来，随意组合在一起。但这种想象的产物是作家反抗和摆脱表层现实的特殊方式，是他表现死亡主题，表现“热寂说”与世界的不可知论的有效方式。品钦透过现象世界对现代经验所作的形而上的概括，与当代西方人们普遍存在的幻灭感、灾难感、孤独感有相通的地方，因此被视为是一位富有启迪意义的重要作家。

与托马斯·品钦相比,库特·冯纳古特(1922—1981)是一位更贴近读者的作家,他那“科幻”式的小说一开始几乎令人疏忽了其中严肃与深刻的寓意。冯纳古特出生于印第安纳州,早年也曾就读于康乃尔大学。第二次世界大战期间加入美军步兵团并被派往欧洲战场。他曾被德军俘虏,囚于德国的文化名城德累斯顿。这段经历对他以后的创作影响甚大。战后,死里逃生的冯纳古特进入芝加哥大学主修人类学。他1942年开始创作,1953年发表了第一部长篇小说《自动钢琴》,从此一发不可收。他的主要作品有《夜妈妈》(1962)、《挑绷子》(1963,又译《猫的摇篮》)、《第五号屠场》(1969)、《冠军牌早餐》(1973)以及短篇小说集《牢狱欢迎你》(1968)等。尽管冯纳古特的作品大都以科幻小说的形式出现,但他却是一位非常严肃、关心社会现实的作家。他在作品中,更多地是向人们提供有关人生、社会问题的探索与思考。主题涉及了诸如战争的荒诞性、科学技术的异化、对集权统治的恐怖等,力图对人类的弱点与痼疾作有力的揭示。

《挑绷子》是冯纳古特最重要的作品之一。它叙述了一位美国作家为了写一本《世界末日》的著作而走访某军事研究机构。但他发现第一颗原子弹在广岛爆炸时,它的发明者费列克斯·霍尼克博士却在哄着孩子玩“挑绷子”的游戏,把一场举世震惊的大屠杀和漫不经心的儿戏同时串在一起,令读者产生触目惊心的感受。而且,这位“原子弹之父”目前正在从事一项名曰“九号冰”的研究工作,这种奇异的冰块可以冻住一切东西。其本来的目的只是为了解决机械化部队在沼泽地的困境,不幸的是,这种“九号冰”的种子不小心被吹散。它洒落在世界各地,把整个地球的大海与陆地都冻住了。这部小说非常形象地表达了作者对现代科技畸形发展的忧虑。这种思想早在作家20世纪50年代的作品中初见端倪,他曾以自己在通用电器公司中工作的切身感受告诫人们要警惕物质主义对人的统治。《自动钢琴》点明了机器“使常规的脑力劳动工作贬值”的倾向,人“在世界上创造了更持久的效率,更高的他自己的形象”,于是“就完全取消了自己继续存在的理由”。这种观点既非危言耸听,也非小题大做或无事生非。冯纳古特对科学技术的异化独具慧眼,值得人们回味深思。在一篇名为《艾布凯克》的短篇小说中,他描写了一架巨型的计算机因获得了“爱”的含义而渴望与一位计算机机房的姑娘谈恋爱,事实上却因无法实现这个愿望而烧机自毁。这个写于计算机诞生不久的故事看起来荒唐可笑,但读者在笑声中会得到一种深沉的启迪。

冯纳古特的代表作品是《第五号屠场》,这部小说也表明了他是一位深切关心多方面社会问题的作家。故事的主人公毕利看似一个疯疯癫癫的人物,和冯纳古特本人一样,他是第二次世界大战中的普通一兵,在炮火声中他所属的那个兵团被德军击溃,他藏身于一个屠宰场的地下室得以幸存,并目睹了法西斯军队灭绝人性的暴行:他们把女学生放在水中活活煮死,熬了人油做蜡烛;同时他也看到了盟军的燃烧弹烧毁了德国的文化城市德累斯顿。战争的残酷给他留下了难以磨灭的印象。他在德国四处流浪,后来又被另一个星球——“541 号大众星”的巨人劫持而去,作家描写他常常奔驰于现实与幻境之中。小说借毕利与外星人的对话以及“541 号大众星”上那种和平宁静的生活环境来谴责地球上战争的残酷与不幸,表达了作家渴望和平自由的愿望。这部小说情节曲折变化,几乎令人眼花缭乱,但冯纳古特非凡的逻辑才能把多重复杂的线索成功地串在一起并演绎了深刻的主题。

可以说,冯纳古特是一个喜欢开玩笑的悲观主义者。他认为笑声实质上是对忧伤、悲剧和灾难的一种可能的校正,“最大的笑声是建筑在最大的失望与最大的恐惧之上的”。正因为他的科幻小说中蕴含了大量现实意义的思想,因此他的作品赢得了越来越多的读者。

另一位“黑色幽默”的重要作家约翰·巴思(1930—)生于马里兰州,早年求学于霍普斯金大学,1969 年在马里兰大学派克学院获文学博士学位。他的主要作品有《流动的歌剧》(1956)、《烟草经纪人》(1960)、《羊童贾尔斯》(1966)。1973 年,他的故事集《吐火女怪》获全国图书奖。

《羊童贾尔斯》的出版标志着巴思黑色幽默风格的最后定型。这部作品受到了英国讽刺大师斯威夫特的小说《格列佛游记》的影响。小说描写一个由电脑和处女所生的羊童被一位厌恶人类的科学家抚养成人,他只有动物的欲望而无人的理性和思辨能力,但仍保留着好奇心与上进心。他和一个有受虐倾向的姑娘在电脑的肚子里做爱,最后终于找到了人性的东西。巴思想通过小说告诉读者,在计算机时代的今天,人们的精神与肉体很可能是分离的,人们有魁伟的体格,但缺少的是健全的精神,变成一种“非人化”的动物。

巴思的代表作是《烟草经纪人》,这部小说提出了人应该如何认识世界的问题。形式上它更像是一部历史小说,用 20 世纪现代人的意识描写 17 世纪北美殖民地的故事,时空的错位和内容上险象环生的笑话令读者目不暇接。主人公库克虽有“烟草经纪人”的雅称却不善于营生,总是做出违背自己本意的事情。这位生活在自我幻想中的人物处处碰壁,现实总是以欺骗的形式弄得他焦头烂额,一切均显得不可捉摸。最后库克如大梦初醒,感到世界并不像他想象的那样。于是怀着一种愤世嫉俗的情怀,他写了一部长诗,激烈地谴责了这个殖民地的罪恶。库克的麻烦并非他个人所专有,对现实世界缺乏真正的了解,想用歪曲世界的面貌来适应自己的观念,恐怕也是人类共有的弱点。巴思把这种现象用形象化了的人物夸张地表现出来,正是这部小说的价值所在。

唐纳德·巴塞尔姆(1931—1989)被称为是一位“严肃的幽默作家和具有创造性的幻想家”。他在作品中更大胆地尝试,把各种表格、插图以及目录等与文章拼贴在一起。因为他认为这个世界早已显得支离破碎,混乱不堪,这种拼贴的方式或许最能反映这个荒诞的世界。他常常用冷嘲热讽的口气对丑恶现实竭尽揶揄、挞伐之能事,甚至因为对现实的不信任,他对人类的交际工具——语言——也产生了怀疑。1967 年出版的《白雪公主》是他的代表作,也是表达这种思想的最佳例子。巴塞尔姆又是一位擅写短篇小说的作家,主要的小说集有《回来,卡利加里博士》(1964)、《伟大的日子》(1970)、《愁苦》(1972)等。

"黑色幽默"文学出现于 20 世纪 60 年代,至 70 年代大盛,约瑟夫·海勒的代表作《第二十二条军规》被视为该文学流派的经典之作。

二、"黑色幽默"文学的基本特征

1. 寓悲于喜的新幽默。

"黑色"一词在英语中具有阴沉、沮丧的含义,与"幽默"放在一起,常给人一种挖苦取乐、玩世不恭的感觉。幽默中包含着阴沉,大笑后品味出绝望,是这一文学流派的最大特征。弗里德曼认为,"黑色幽默"即一种在思想情绪上是黑色的东西与幽默的东西的结合。它是幽默的,但是在幽默中包含着阴沉的东西;它是绝望的,但是在绝望中又令人大笑。冯纳古特的短篇小说《哈里逊·贝杰龙》,描写了一个将来的社会——2081 年的美国。到那时,统治阶级终于感到天下太平,万事如意,他们可以高枕无忧了,因为芸芸众生都已俯首帖耳,彼此间也没有什么差别。宪法规定凡智力、体力及外貌等生来出众的人,都必须相应地戴上智力干扰器——一种每隔 20 秒就会发出噪声的耳机、沉重的沙袋或面罩,以防他们"不公正"地使用这些特点。这种法律的实施是在"优劣平等局"严密监督下执行的。于是整个社会处于浑浑噩噩之中,人们都变成统治者温驯的工具。但可惜的是,即使在这样的愚民社会里还是有人犯上作乱。一个叫哈里逊·贝杰龙的身强力壮的男孩居然敢无视法律及"优劣平等局"的威势,奋起扔掉了身上的障碍物起来造反。他大闹电视台,救出了一个不甘沦为女奴的舞蹈演员,二人在电视屏幕中翩翩起舞、拥抱接吻,欢庆人性的复归,领略人间的真爱。就在这时,"优劣平等局"的局长闻讯赶来,一枪打死了这个社会的叛道者,维护了法律的尊严。哈里逊·贝杰龙的父母一直坐在家里的电视机前眼看了这场悲剧的始终,儿子最后被击毙,他们刚要痛哭流涕,但刺耳的干扰器又响了,于是他们顿时又嬉笑如常。这个故事令人发笑,但这种笑声恰恰表达了作者对现实的荒谬有一种深沉的恼怒和悲痛。它控诉了专制暴政对人民群众精神上、肉体上的摧残,这种幽默是黑色的,它引发的是一种充满了失望与恐惧的笑声。

在《第二十二条军规》中,尤索林的战友斯诺登在机上遭灭顶之灾,人被炸飞,内脏从体内流出,惨不忍睹。但海勒却用一种"幽默"的笔触加以描述:"尤索林再次尖叫了一声……一面沉痛地想到:这是上帝创造的,应有尽有——肝、肺、肾、肋骨、胃，还有斯诺登午饭吃的炖番茄。尤索林对炖番茄有反感，他感到一阵头晕，便转过身，用手按着火辣辣的喉咙呕吐起来。”用这种调侃式的文字来叙述血肉横飞的惨境显得既滑稽又可怕，令人有身处异化世界的惶恐之感。与此相似，托马斯·品钦在小说《伊色弄到了一个鼻子的差事》中写那些劫后余生的士兵：“他们蹒跚的跛行可能意味着在一只腿上布满了由伤疤的结缔组织构成的锦缎和浮雕——有多少女人曾经看见这些而又躲开了？——他们很想把咽喉上的疤痕像华丽而俗气的战争勋章一样谦逊地隐藏起来，他们的舌头从面颊上的一个洞口伸了出来，由于这张额外的嘴巴，他们将永远不能再讲什么悄悄话。”把伤残士兵的创伤加以无情地调笑，犹如一个轻浮无聊的恶作剧。但我们应该看到，作家的内心是相当沉痛的，他们的意图是在逗你一笑的同时，又叫你体味苦涩的滋味。正如美国学者奥尔德曼所说的，“黑色幽默”是“把痛苦与欢乐，异想天开的事实与平静得不相称的反应，残忍与柔情并列在一起的喜剧。它要求同它认识到的绝望保持一定的距离，它似乎能以丑角的冷漠对待意外、倒退和暴行”。“黑色幽默”作家擅长运用一种无可奈何的嘲讽态度来表现人与自己处境的对立，并把这种不调和的现象扭曲变形，使它显得滑稽可笑。他们看到生活中存在着荒谬和可怕的东西，于是加以揭露和嘲讽；同时他们又看到这些可怕的东西具有滑稽的性质，于是在嘲讽中加以纵声大笑；而他们相信凭借这种表面上的轻松与玩世的形式，人们高度紧张的内心或许能得到一种缓释。因此，“黑色幽默”作品所引发的笑声充满了失望与恐惧，它插科打诨式的幽默语言始终未脱悲观主义的精神实质并把人们引向绝望的深渊。

2. 存在主义式的荒诞观。

“黑色幽默”作家大都观察敏锐，见解深刻。他们对资本主义社会的矛盾与危机深有认识并给予无情的揭露与抨击，但他们的表现手法却不同于以往的文学流派。他们认为世界是荒诞的，故只有用荒诞的手法才能描绘其荒诞的本质。冯纳古特在《冠军牌早餐》中写道，不知从什么时候起，夏威夷岛上的每一寸土地都属于几十个富人的财产，而私人财产不容侵犯的铁律迫使岛上所有其他几百万的居民只能借助气球升在半空中苟延残喘地度日。这种描写在抨击资本主义制度方面确实相当有力。在《挑绷子》中，冯纳古特特意描写了在一个被称为圣·劳伦佐的国家里流行的“博可诺主义”。这是一种类似宗教或政治信仰式的学说，在美丽的外衣遮蔽下，实际上是麻痹人民的一种手段。这种学说的创始人意识到要使这个贫苦落后的国家不发生革命，唯一的办法就是编造一种信仰或神话，使人们能够容易地接受现存的社会生活而感到心安理得。他们告诉人们只有生活在一种称为“福沫”——也即无害的谎言之中，“才能使你勇敢、善良、健康和快乐”。这种“无害的谎言”成了人们救命自慰的精神鸦片。有了这种信仰，人们不再“浪费时间去分清什么是现实，什么是虚幻”，这个世界原本就没有真正的意义，社会中的许多东西就像挑绷子一样，是一种虚幻的游戏。在这个游戏中，大人们总是叫小孩看其中的“形象”如猫呀、狗呀、摇篮等，使孩子们对此深信不疑。然而，真正的事实是，这个游戏除了一根绳子之外一无所有。作者把人类社会看成是一场荒诞的游戏而且还十分乏味。而对于这样一个疯狂而荒诞的世界，人类究竟应该怎样去面对它，使之变得具有价值，这正是“黑色幽默”作家们竭力要探索的问题。

3．“反英雄”人物与“反小说”的形式。

“黑色幽默”作家笔下的主人公，常常是一些行为乖僻、思想古怪的猥琐人物。传统文学作品中性格前后一致，形象高大，具有坚定的信念、坚强的毅力和巨大才干的英雄被一些言行可笑卑下的“反英雄”所取代。海勒的《第二十二条军规》，冯纳古特的《第五号屠场》以及托马斯·品钦的《万有引力之虹》的故事背景，都是第二次世界大战，但三部小说中的主人公都不是在战场上建立奇功的英雄，有的甚至还是千方百计逃离战争的怕死鬼，或者疯疯傻傻的精神病患者。他们是一些被生活扭曲得变态的人物，身上有的只是在现代社会中饱受创伤的心灵。作者真正的意图是通过这些表面上看似荒诞不经的故事与人物，让人们意识到世界的荒谬、现实的黑暗。在这种特殊的背景之下，也即在颠倒了的社会中，“反英雄”却显出了真实、可爱的一面。而那些热衷于大发战争财、国难财的所谓“英雄”们才成了官僚体制自私、贪婪、残暴、蛮横与无耻的象征。

4．与小说内容相适应，“黑色幽默”文学在艺术结构上也有了较大的突破。

这些作品往往没有首尾相接的情节结构，时空上有明显的随意性、跳跃性，结构也显得松散。有的小说倘若被抽掉几个章节，对整体来说也不会有太大的影响。作者把现实社会看成是非理性、无逻辑的一团糟，是一片喧闹、疯狂与杂乱的大凑合，荒诞乃是它最根本的属性，故他们可以随心所欲地编排各种情节。冯纳古特常常会突发奇想，在故事的时间与空间背景上大幅度地自由迁徙。《第五号屠场》中毕利上天入地，一会儿在现实中，一会儿又在梦境里，他在地球与太空中的“541 大众星”间来来往往，站在宇宙的高度观察人间的纷争。这种“时间旅行法”显然有助于作家最大限度地摆脱故事情节本身的羁绊，达到经济而有效地表达主题的要求。毕利就寝时是一个衰老的鳏夫，醒来时已回到举行婚礼的美妙一刻。他从 1955 年的门进去，却从 1941 年的门出来，再次折返后，却发现自己在 1963 年。同样，《烟草经纪人》中的库克是一个 20 世纪中叶具有现代意识的人物，但他却经历了一场 17 世纪的生活故事。而《挑绷子》中一位自称为“非常坏的科学家”柯尼斯瓦德博士因自己的发明使不计其数的平民百姓在战争中罹难，因此准备为人类贡献一切，以减轻内心的重负；而据作者测算，他从现在起，每天救人性命，估计到 3010 年方能抵消自己的罪孽。

“黑色幽默”作家在艺术形式方面的革新使作品的主题意义得以最大程度

的表达与深化。冯纳古特的作品改变了人们以往对“科幻小说”的传统看法。在荒诞不经与嬉笑怒骂的表层之下，“黑色幽默”小说以它独特的表现手法给人深刻的启示。

三、“黑色幽默”文学的基本评价

“黑色幽默”文学作为20世纪60年代在美国风行一时的主要文学流派，其思想意义与艺术特征等都已取得令人瞩目的辉煌成就，成为西方现代派文学中重要的一脉。它既是时代的产物，也是西方文学特别是传统的幽默文化与存在主义思潮在美国社会背景下的结合体。这一派作家大都站在人道主义的立场，用嘲讽、调侃的方式来表现现实世界对人的压迫，状写现代人在疯狂而荒诞世界中的境遇问题。

其实，与其说“黑色幽默”作家是一些笑嘻嘻的幽默家，还不如说他们都是些忧心忡忡的预言家和头脑清醒的现实主义者。他们那种似真非真、似假非假的故事内容以及看似奇特杂乱的作品形式并未遮没作品真正深刻的主题，相反，这些作品在抨击、嘲弄黑暗的现实和揭示危机方面耐人寻味。作为当代美国文坛上一个独具慧眼的作家群，“黑色幽默”作家以其敏锐的目光审视着现实生活中的种种问题。第二次世界大战后，资本主义社会的发展除了带来科技的进步与经济的繁荣之外，也引起诸多矛盾。自1947年的“马歇尔计划”和“杜鲁门主义”问世以来，美国开始正式步入冷战时代。随之而来的东西方对抗以及国内民族、民权运动的高涨使人们对这个世界、这个社会以及对人类本身都产生了极大的怀疑。一系列问题如战争、宗教、科学技术的畸形发展、人在现代社会中的境遇、家庭解体、人类前途、道德与价值取向的改变，两代人的隔阂乃至灵魂的探索、自我找寻、变态心理等，都成了“黑色幽默”作家深入探讨的主题。虽然这些作家认为现实太丑恶，对美国的前景抱着一种无可奈何的绝望态度，只能用嬉笑怒骂的手法来加以揭露和嘲笑，以带刺的笑声来减轻人们的痛苦感，但毕竟这些作家在自己的作品中触及了许多严肃而又重大的社会问题，对帮助人们认识现代资本主义社会的疯狂与荒谬，争取合理的社会生活具有积极的意义，这也是“黑色幽默”文学对整个文化事业的重大贡献之处。

“黑色幽默”文学在艺术形式方面也作出了有益的尝试，它是一种新的美学形式，我们可以把它列入喜剧的范畴。但是，它与传统喜剧有着较大的区别，因为它同时又含有悲剧的性质。它既能使你深刻地认识现实的丑恶与荒谬，又能引出你的笑声，使你的绝望与痛苦得到某种程度的宣泄。在读完那些故作夸张或荒诞不经的故事后，往往能体味出令人啼笑皆非的意味。从这个角度看，“黑色幽默”可以称为当代西方文学中一面光怪陆离的“哈哈镜”或一部晦涩离奇的启示录。

当然，我们也要看到，“黑色幽默”作家们对社会的看法，对人类命运的观照与表现，均不是站在科学的立场上进行的，因而，对人类的前途和社会的发展充满了悲观绝望的情怀，从而得出了极其悲观的结论；同样，这些作家们将20世纪西方社会的危机看成是整个人类的危机，妄图以此作为20世纪整个人类命运的写照，这是不可取的。

第二节　海勒与《第二十二条军规》

一、生平与创作

约瑟夫·海勒（1923—1999）出生于美国纽约的康尼岛，是当代美国文坛上最重要的作家之一。海勒祖上原居俄国，后来为了躲避沙皇政府的迫害，举家迁到纽约布鲁克林康尼岛的犹太区。海勒4岁时，父亲死于手术事故。他家境清寒，全靠勤劳的母亲和姐姐拉扯长大。为经济所迫，海勒中学毕业后当了一名邮差。自10岁至19岁，他参加了一个叫“互忠社”的邻居俱乐部，成为其中年龄最小的一员。

第二次世界大战爆发后，18岁的海勒应征入伍，被编入美国空军任投弹手，基地是地中海的科西嘉岛。参战期间，他执行轰炸任务37次，战后退役时已获得了中尉军衔。海勒在空军中的生活经历为他以后创作《第二十二条军规》提供了生活素材。作为“互忠社”的一员，他深受这个称为“康尼岛文艺复兴”组织的影响。其作品中蕴含的荒诞感和反讽式的语汇都受惠于早期他在该俱乐部的生活和阅读经历。海勒年轻时，“互忠社”几乎取代了他父亲的地位。该社的积极分子丹尼尔·罗索福和后来成为作家的乔治·曼德尔都曾像兄长一样照顾他、影响他。海勒早在参军以前就打算将来靠卖文为生，但那时他仅仅发表了两篇短篇小说。战后，海勒回到纽约，这时候他才发现自己在文学创作上既乏基础，也无运气。一些杂志的编辑毫不犹豫地退还了他的稿子。原先想像欧文·肖一样成为一个大作家的美梦破灭了，他感到沮丧不已。在此时期，他曾与罗索福合作写出了一个相当有趣的剧本，但终因不适宜搬上舞台而告失败。不久，海勒进入纽约大学学习，成为该校“联谊会”的成员，并于1948年获得文学学士学位；第二年，他又进入哥伦比亚大学读硕士学位，在此期间他获得了富布赖特奖学金，赴英国牛津大学进修英国文学。1950年回国后，他先后在宾夕法尼亚州立大学执教英语，不到两年，转而服务于《时代》周刊，并开始了他的写作计划。1954年他开始写《第二十二条军规》，每周五天，每晚写三页，从不辍止，一共花了七年时间才算完稿。

《第二十二条军规》于1961年出版时影响并不大，虽然其内容与形式得到诸多文学评论家的称赞,但小说的结构布局等也受到了非议。随着越南战争的爆发,美国国内反战情绪高涨,这部小说才引起了广泛的反响,成了当时美国青年反战运动的精神食粮。许多读者注意到,小说除了暴露战争的荒谬、残酷以及撕下所谓的"正义、真理、自由、博美、荣誉、爱国"等口号的伪装之外,它更触及了西方社会中许多社会问题,如专制集团的无耻、贪婪、自私、愚蠢以及个人在这个社会中的境遇等。小说中那些看似荒谬的情节给读者极大的震惊。海勒运用"黑色幽默"的写作手法给人哭笑不得的新感受。于是,《第二十二条军规》声誉鹊起,短短几年中售出上千万册。

海勒的第二部小说《出了毛病》出版于 1974 年,写作时间长达 13 年之久。它反映了当代社会中人们忐忑不安的感受和无可奈何的心情。主人公斯洛克姆是一个中年知识分子,因工作出色、踏实能干而得到上司的青睐,职务不断提升,过着富裕的中产阶级生活。然而,斯洛克姆对生活却另有一番感受,他时时刻刻有一种忧郁感,对周围的一切疑神疑鬼,总是怀疑什么地方"出了毛病"。他害怕关着的门,想象里面一定有什么不可告人的阴谋;但又害怕打开的门,因为怕里面的"罪恶"一览无余。他周围的人被他搅得难以安宁,妻子与女儿首当其冲,长期的折磨与迫害终于使她们变得歇斯底里而真的"出了毛病"。他公司里的同事也相互提防,各怀鬼胎,形如陌人。小说通过对人物的心理刻画和对他们的举止行为描写,非常有力地表现出美国社会中一些令人惴惴不安的思想危机,反映了中产阶级沮丧、没落、被扭曲了的精神状态。海勒把斯洛克姆看成是"20年后的尤索林",形象地道出了二者之间的内在联系。

海勒的第三部小说《像戈尔德那样好》发表于 1979 年,风格与《第二十二条军规》相近,既幽默又尖锐。它通过一个犹太知识分子布鲁斯·戈尔德人生沉浮的经历,揭示了美国上层社会的一隅,同时也写出了犹太人在美国的境遇:他们过着一种不属于自己的生活,没有自己的思想和真实的感受。小说的主人公戈尔德是一个信奉实用主义的老教授,尽管他口口声声讲究"原则、事业、方式和理想",但内心深处却从未放弃对金钱与名誉的追求。和海勒家族一样,他们的祖上也是从欧洲流落到美国的,在逆境中艰苦奋斗,终于立稳了脚跟。但新一代的犹太移民并不满足于生活上的丰裕,戈尔德指望能在美国社会中闯出一条新路,出人头地,轰轰烈烈大干一番。他很快以吹捧拍马的手段赢得了总统的青睐,又想利用裙带关系不断向上爬。但戈尔德的美梦并未成真,他虽得到过一阵快感,但最后还遭凌辱、受奚落。此时的他才看清所谓令人神往的官场,不过也是个角逐名利之所在。于是他由一个积极拼抢的"入世者"转变为消极沮丧的"出世者"。由这个人物的前后变化,海勒为读者勾画出"已成社交天地"的政界内幕。

除了小说之外,海勒偶尔还涉猎剧本创作。1968 年他的剧作《我们在纽黑文轰炸》在纽约百老汇大剧院上演。其时正值反战运动的高潮，该剧反对一切战争的主题吸引了众多的观众。海勒是一位“黑色幽默”的代表作家，擅长运用喜剧的形式来表达悲剧的内涵。他那种把痛苦与不幸当作开玩笑对象的写作手法常常令读者在捧腹之余又感到心酸、恼怒甚至害怕。海勒似乎找到了最能表达自己思想的好形式，由此成功地用来抨击、嘲讽黑暗的现实和深刻的社会危机。海勒在艺术形式方面的成功得力于汲取许多经典作家作品的营养。他最喜欢的作家是陀思妥耶夫斯基、卡夫卡、王尔德、斯威夫特、莎士比亚等。他广采博纳，使自己的文风显得既幽默又深沉。在小说的人物塑造和语言表达方面独具特色。他笔下的人物大都是被极度夸张的，特别突出人物性格的某一侧面以取得戏剧性的效果。海勒作品的语言相当简练、精彩，对话表达真切自然，把人物的心理表现诉诸具体的个性化语言，闻其声，如见其人，增加了小说的真实感和生动性。

海勒曾先后在宾夕法尼亚州立大学、耶鲁大学等任教，当选为美国艺术文学院成员。在他的交往圈子中，过从甚密者是马里奥·普佐和库特·冯尼格。1999 年 12 月 12 日他由于心脏病突发，在纽约东汉普敦的家里不幸逝世，享年 76 岁。

二、《第二十二条军规》分析

约瑟夫·海勒的成名作《第二十二条军规》自 20 世纪 60 年代问世以来，声誉日重，被公认为是“黑色幽默”文学的代表作，也是当代美国文学中的经典作品。一时间各种评论破空而来，有关它的论著数以千计，说它是一部“令人毛骨悚然的喜剧”者有之，说它是“拉伯雷式的讽刺小说”者有之，把这部小说形容为令人振奋的、残酷而又明智健全的、令人深信不疑的佳作者也有之。总之，这部小说在西方文学评论界引起了广泛的兴趣和反响。

内容介绍 《第二十二条军规》虽以第二次世界大战为背景，但并没有正面表现你死我活的战争场面。事实上，战事在小说中并不重要，它只是作为一个秩序、真理、正义、人道等被粗鲁地取消了的世界的喻体。而作为这个故事发生的具体地点则是靠近意大利附近地中海中的一个叫“皮亚诺札”的小岛。在这个杜撰的具体舞台上，海勒无拘无束地展开了他的故事：一支美国空军部队驻扎在这个孤岛上，他们的生活内幕构成了作者笔下的那个荒诞、非理性、无秩序的梦魇世界。整部小说由 42 个章节组成，几乎每个章节都侧重写一个人物（至少还有 3 个重要人物未被列为专章），又以上尉投弹手尤索林的行为贯穿始终，把各样人物和各式事件串联起来，使整部小说保持了一种既松散又统一的格局。

主人公尤索林上尉是美国陆军第 27 航空队 B-25 轰炸机上的一名领航员兼投弹手，在多次执行所谓的任务之后，他的精神和心灵受到严酷的折磨和损害,因此不愿再做无聊的投弹轰炸工作,渴望保住自己的性命以返回美国。于是他申请停止飞行。根据司令部规定,只要完成25次战斗飞行,就有权申请回国,但条件是必须要得到长官批准。可当尤索林完成32次投弹任务去申请时,联队长卡思卡特上校已经把指标提高到40次了。等他飞完44次,上校又改成50次。当他飞完51次,满以为马上就能回国了,卡思卡特上校把定额又提高到60次。因为按所谓的军规规定,军人必须服从命令。即使在他飞完规定次数后长官还叫他飞,那他也得去,否则就犯下违抗命令的罪行。所以无论他飞满多少次,上校总可以继续增加定额,而他却不能违抗命令。如此反复,永无休止。在这种状况下,联队官兵们的精神已近乎崩溃,可谁也不可能停飞。在万般无奈的情况下,他只好以精神失常的理由逃进医院装病,试图达到自己停飞的目的。但军医则告诉他,这根本就是在白费时间——因为根据规定:精神失常的人是不准上天飞行的,但这只能由患者本人提出申请。而一个人在面临危险时担心自身安全,能够提出申请,就证明他神智是清醒的。于是就产生了如下逻辑:如果你疯了,只要你提出申请就允许你停飞。可你一旦提出申请,就证明你不是疯子,还得接着飞。最后,尤索林终于明白:“这里面只有一个圈套……就是第二十二条军规。”原来,“第二十二条军规”是个骗局,是个圈套,是个无法逾越的障碍。这个世界到处都由“第二十二条军规”统治着,就像天罗地网一样,令人无法摆脱。最后,他不得不开小差,逃往瑞典。

人物形象　在这部小说中所出现的人物,都是病态的。无论是长官和士兵、主角和配角,几乎都是出了毛病的人。换言之,这是一群病态人的大聚合。

尤索林是荒诞社会中一个不甘心被愚弄、被戕害的小人物,一个被现实社会扭曲了的“反英雄”。从小说中我们可以看到,28岁的尤索林曾经满怀维护正义的热忱投入战争,并立下战功,还被提升为上尉。然而慢慢地,他在和周围凶险环境的冲突中,亲眼目睹了那种种虚妄、荒诞、疯狂、残酷的现象后,领悟到自己是受骗了。从此,他对自己投下的炸弹是否命中目标毫不在乎,整天所想的就是逃命保身。每次执行任务,他总是胡乱地扔完炸弹就没命似的逃回基地。看到同伴们一批批死去,他内心感到十分恐惧。他变严肃诚挚为玩世不恭,从热爱战争变为厌恶战争。他不想升官发财,也不愿做无谓的牺牲,只希望能活着回家。不仅在战场上感到恐惧,就是在军营里,他也惶惶不可终日,害怕周围的人暗算他,置他于死地。他反复诉说“他们每个人都想杀害我”。不仅如此,他还装疯,打定主意要在医院里度过余下的战争岁月。换言之,他决心要逃离这个“世界”。

从表面言行来看,尤索林是一个十足的胆小鬼。但随小说情节的展开,我们越来越清晰地看到,尤索林的行为事出有因。他的这些举动是面对疯狂世界作出的理性思考的结果。他几乎可以称得上是皮亚诺札岛上唯一清醒的人物。很显然,在一个是非准则、传统道德被扭曲被嘲笑的荒诞世界中,他毅然作出了“反叛”的选择是相当明智的。他对这场战争的实质是这样认识的:“红肠面包、布鲁克林玉米饼、‘妈妈牌’苹果馅饼,咱们每个人作战就是为了这些东西?有谁给体面人物去卖命呢?没有什么爱国精神,就是这么回事,也没有什么爱国心。”当他想到这个世界上除了擅长钻营、无所顾忌的一小撮人之外,大多数人还得不到温饱和正义时,他拒绝一次又一次地去执行飞行任务,决心逃出毁人毁己的战争魔窟。在他看来,死亡是战争状态的必然结果。按他的说法,“谁让你去送死,谁就是你的敌人,不管他站在哪一方面,卡思卡特上校也不例外。这一点你千万不要忘记,你记得的时间越长,你活得也就越长”。尤索林的这种言论显然在特定的荒唐境遇中有着极大的合理性。在他彻底认清了周围的荒谬与危险之后,尤索林作出的自己要一走了之的选择,是极其清醒与明智的,也是理性思考的必然结果。

从整部小说看,尤索林显然已不是传统文学作品中的英雄形象。他是为了生存下去,为了摆脱任人侮辱、任人宰割的命运而选择了自我行动的一个存在主义的信奉者。事实上,整个皮亚诺札岛差不多已成了一个疯人院,岛上几乎所有的人都处在疯狂的状态下,他们的言行以及他们最后的命运都表明,要是这个世界已经不健全的话,那么只有疯狂才能使它具有意义。

除尤索林的形象外,小说还用哈哈镜手法,描写了其他一些人物形象。

驻扎在皮亚诺札岛上的这支美国空军是番号256中队,负责指挥这支部队的是第27空军司令官佩克姆将军和空军联队司令德里德尔将军。他们虽然肩负重任,但却热衷于相互倾轧,明争暗斗,争权夺利,而且除此之外“再也没有什么更好的事情可做了”。佩克姆将军“是一个恶劣的家伙”,他“对别人的缺点相当敏感,而对自己的缺点则熟视无睹。他发现别人都荒谬可笑,唯独他是例外”。他常常自叹,自己唯一的缺点就是“没有缺点”。为了邀功请赏,谄媚上司,他发出命令,要求所有地中海战区军营中的帐篷统统要并排搭起,帐篷的门要朝国内华盛顿纪念碑的方向,要有气派。他想借此大出风头,哗众取宠,而这道命令着实令他的对手德里德尔将军大动肝火,认为这完全是胡扯蛋。为此两个人打了一场官司。但可笑的是这场官司的胜负决出,竟由司令部一个邮件管理员叫温特格林的士兵所左右,因为他不喜欢佩克姆将军的文风,故将他向上级报告的全部信件扔进了废纸篓,因此德里德尔将军得以胜诉。这两位军队中的大人物也常常为一些琐碎小事闹得不可开交,互相缠住不放,在精神上骚扰对手。有一次佩克姆将军在司令部的电话中听到一句“T. S. 艾略特”①,这句没头没脑的话着实伤了他一番脑筋去猜测它的含义和暗示等。经过一番冥思苦想,

① T. S. 艾略特(1888—1956),美国诗人,文学评论家。详见本书第三章第二节。

他断定这一定是德里德尔将军捣的鬼。于是，他叫人接通了那位将军的电话，也说了一声“T. S. 艾略特”便挂断电话。而德里德尔将军在接到这个“晦涩难懂”的电话后，“紧锁双眉，脸色阴沉沉的，看着叫人不寒而栗”。在苦苦思索之后，他认为这一定是佩克姆将军与他作对的手法。于是，他一报还一报，如法炮制又把这句话还给了佩克姆将军。在周围一片残酷的军事冲突中，军事司令官们出于私嫌互相拆台，竟然玩弄这种无耻的游戏，这充分暴露了统治集团的丑恶和官僚体制的腐朽。

第256中队的中队长卡思卡特上校是全书的重要人物之一，也是这架官僚机器中的主要部件。他“是个有勇气的人，不管有什么轰炸任务，总是毫不犹豫地主动要求他的部下去执行”。这个铁石心肠的人物为博得上司的青睐公开声称：“我对损失人和飞机根本无所谓。”他36岁，“不修边幅，性格抑郁愁闷，走起路来有点蹒跚，一心想当将军。一会儿冲劲十足，一会儿又垂头丧气”，“这个人夜郎自大，欺软怕硬。另外，多年来还一直受到一种忧郁症的折磨”。他有时候十分自负，因为看到“有成千上万和他年纪相同，甚至比他大一点的人，都还没有爬到少校一级。但另一方面，又因为有一些和他年纪相同或比他年轻的人，已经是将军了，这又使他很痛苦，感到壮志未酬，急得直咬手指”。为了拼命爬上去，他千方百计动脑筋，甚至想通过宗教的途径，要求随军牧师协助他制造舆论，帮忙将他的照片刊登在《周末晚邮》报上来抬高自己的身价，以欺世盗名。根据他的观点，若要“取得最有效的成就”，就非得作出一番轰轰烈烈的业绩不可。而他的“大手笔”就是不断提高自己中队战士的飞行次数，“从40次一直提高到70、80，而且为了突出自己独一无二的领导才能，他甚至想到可以提高到100、300或6 000次”。正是在他这种欺下媚上的作为下，中队许多士兵被吓破了胆或死于非命。而且，卡思卡特上校不仅是一个迷恋权势的人物，他在谋私和谋财方面比起其他军官也毫不逊色。他勾结食堂管理员迈洛和他的副手柯恩中校在皮亚诺札岛的各个市场以不同的名义平价买进番茄，又以高价卖给部队食堂，再由迈洛支付一笔可观的佣金，做起了万无一失的倒手买卖。也正是在这样一帮贪官污吏的祸害下，整个基地乌烟瘴气。

在这个飞行大队中，迈洛是一个非常“杰出”的人物。他官职不大，不过是食堂里的一名管理员，但他却在这支空军队伍乃至欧洲的许多地方都赫赫有名，举足轻重。因为他凭着一张“正直无私的脸”，在大队搞了一个联营机构，做无本生意。他简直就是一个天才的生意人，懂得怎样制造差价，变无形价值为有形价值。他声称在马耳他以七分钱一只收进鸡蛋，又以五分钱卖给部队食堂，由此引得不少人为他的买卖担心，怕他蚀了本。而事实上这些鸡蛋是他在西西里岛以一分钱一只购进来的，运到马耳他几经倒手再卖给食堂，他不仅每只净赚三分钱，大饱了私囊，还赢得了大家的信任和敬佩。为了拓展他的业务，他以为大家赚钱为诱饵,几乎把大队里所有的人都拖下了水,共同出资,由他经营"跨国公司"。他可以随意动用部队的作战飞机当他的运输工具,长途贩运战争中奇缺的各种物资。他把部队中用作急救的麻醉剂拿到市场中去卖,还毫无畏惧地冒着被揭露的危险把石油和滚珠轴承卖给敌国。同时,他竟异想天开地要协助作战双方"保持军事均势"。为此他忙得不亦乐乎,"每天早上,迈洛派遣飞机向欧洲和北非各地出发"。他拥有自己做生意用的"空中舰队",在他"事业"发展到顶峰的时期,一面帮助美军轰炸德军在奥尔维那托的一座公路桥梁,一面又跟德军订约用高射炮攻击自己的进攻,保卫那座桥梁,他由此两边收费还外加6%的小费。根据他与德国方面的协定,迈洛他们每击落一架美军飞机,德国再赏给他一千美元,这桩令人发指的卖国行为在迈洛等人看来只不过是普通的生意。而最令他得意非凡的是,他不需花费一分一厘,也不出一卒一兵,就可以坐收德、美两国政府在人力、物力火拼时付给他的"劳务费"。更为嚣张的是,迈洛为了履行他与德军签订的合同,还亲自指挥美军作战飞机轰炸自己的驻地,除了飞机跑道和食堂之外,一律予以摧毁。迈洛之所以如此胆大妄为,是有其"依据"的:资本主义社会中奉为金科玉律的"私人财产,不受侵犯"被他置于一切法律与道义之上。有一回,迈洛从马达加斯加引回了四架满载着食品的德军轰炸机。当他一下飞机,得知基地要扣押德军飞行员,没收这些敌机时,他"怒火中烧,暴跳如雷",大骂宪兵与上校:"这里是俄国吗?"迈洛直着嗓子大声斥责他们。"没收?"好像不相信自己的耳朵似的大叫着。"请问从哪一天起美国政府的政策是要没收公民的私人财产的?真可耻!你们这伙人竟想得出这样一个混蛋主意,真可耻!"当后来迈洛的种种卖国行为被揭露出来以后,引起了国内人民极大的愤慨并要求对他严惩。但迈洛在怒不可遏的公众面前并不惊慌,他认为只需拿出一些钱来向政府"赔偿"因他所带来的生命与物质的损失,这场风波一定会平息下去。事实上正是如此,他非但无罪,而且不久又想到了要"立功受勋"。小说的最后,迈洛已成了一个名利双收的大人物。因为生意上的成功,他还被欧洲一些城市的市民选为市长,所到之处,受到雷鸣般的欢呼,男、女学生放假列队欢迎,到处悬挂着他的巨大肖像。

军医丹尼卡的遭遇也是这个荒诞世界的明证。他是一个属于保持了部分理性的人。他曾经告诫尤索林:"在这个世界里,想顺顺当当地过日子,就得圆滑一点。左手帮右手,右手帮左手,你明白我的意思吗?你给我搔背,我也给你挠痒。""尤索林,我们是生活在一个互不信任、精神准则越来越低的时代里,这是一件可怕的事。"丹尼卡医生老于世故,但最终也未逃脱突然袭来的厄运,他为了冒领飞行津贴,每次都把名字登记在飞行日记上。一天,那架飞机毁于飞行员的自杀。于是,丹尼卡的名字也被从部队的花名册中勾去了。虽然他几经奔走求助,所有的人也都看到他活生生地活在部队中,但大家还是被告知他已经死了，他在国内的妻子也接到了丈夫阵亡的通知书。丹尼卡愤怒地到处找人解释，但“证明他阵亡的材料却像虫卵一样迅速繁殖，而且无可争辩地相互印证”。他待在皮亚诺札岛上为尽力使自己不被埋葬而饱受折磨，在一切努力都无济于事的情况下，丹尼卡医生的“神气变得越来越像一只生病的老鼠，眼眶下边瘪了下去，显得发黑，他蹒跚地，漫无目的地在阴影中走来走去，活像一个到处出现的幽灵”。“直到那时，他才真正意识到，他确实已经死了”。

在这支队伍中，其他人物的情况也大同小异。谢司科普夫少尉是一个野心勃勃、一心渴望在战争中升官获利的人物。他又是一个操练癖，为了让他的部下在阅兵中赢得第一名，他甚至想请一位在金属商店工作的朋友把镍合金的钉子敲进每个士兵的股骨来控制他们手臂的摆动。而恰恰就是这样一个白痴似的野心家，最后青云直上，步步高升，爬上了将军、司令的宝座。

思想意义　这部作品在荒诞的描写中，隐含着极其丰富的严肃的内容。作家从存在主义的人道主义出发，在本书中着重把批判、谴责和讽刺的矛头指向以美国为代表的现代社会的一种有组织的混乱、一种制度化了的疯狂，认为这个社会的一切只服从“第二十二条军规”的荒诞逻辑。

1. 小说描写和呈现了一个是非颠倒、荒诞混乱的世界，表现了作家对颠倒混乱现实社会的清醒认识。

从小说中可以看出，作家描写了世界三个层次的颠倒和混乱：一是整个世界的颠倒和混乱。在小说中皮亚诺札岛其实就是整个世界的象征。就在这个皮亚诺札岛上，到处是一片混乱与疯狂的景象：从上到下，没有人能够说清楚这场战争要干什么，正义与理性受到嘲弄，一切行动都受着各自本能的驱使。权大于法，是非不分，人欲横流，道德沦丧，每个人似乎都变成了没有人性的东西。例如，从迈洛这个人物身上，我们就看到了在这个荒诞的世界里，不法奸猾之徒是如何左右逢源、飞黄腾达的。而反之，持有正义、道德与原则的人则四处碰壁，最后不是被逼疯就是逃之夭夭。疯人受勋，坏人得道，无辜的人们被一种异己的力量所支配、吞噬。在这样的社会环境中，传统的道德原则和社会正义感反被视为异端，整个世界都处在荒诞之中。更为可怕的是，在这个世界中，无所不在的“第二十二条军规”成为了凌驾于人们头上的神秘力量。二是人与人之间关系的颠倒和混乱。在小说中，人们始终处于一种惴惴不安的敌对环境中。我们看到，驻扎在岛上的256中队在官僚军事专制的统治下，士气低落，暮气沉沉。军官与军官、军官与士兵、士兵与士兵之间，互相敌视。而那些当官的借战争大发横财，飞黄腾达。还有的军官胡作非为，热衷于报复与倾轧。还有些人首创了“忠诚宣誓”的活动，逼迫士兵“转个身就得签上忠诚誓约，甚至领饷，到军中小卖部买东西，让意大利理发师理个发等都要签上忠诚誓约”。在这种活动的钳制下，士兵们个个都失去了灵魂。有的疯疯癫癫，甚至驾驶飞机在自己驻地的帐篷上作超低空飞行和丢炸弹。有的酗酒闹事,找妓女胡混,或者用大口径步枪打田鼠解闷。更多的人则是醉生梦死,浑浑噩噩。这些形象地体现出了人生痛苦的存在主义哲学底蕴。三是描写了尤索林等一些人物内心的颠倒和混乱。尤索林本来是个有理想、有志气的青年,但在现实的折磨中,他却甘心情愿甚至不遗余力地要变成胆小鬼和逃兵。可以说,小说用这三种颠倒与混乱构成了一个完整的颠倒与混乱世界。

2. 在揭露颠倒与混乱的畸形世界的同时,作者还为我们状写了一股象征着疯狂的异己力量的法规——第二十二条军规。

所谓"第二十二条军规",按《美国新世界辞典》的解释,该词的意思是"法律、规则或实践上的一个悖论,不管你做什么,你都会成为其条款的牺牲品"。通俗点说,就是用两条都貌似正义,但又相互矛盾的军规(或法令),使人无法行动,也不能行动。例如,一方面,"军规"规定,每人都有不参战的自由——只要你达到了所规定的飞行出战次数。但军规又明确规定,军人必须无条件地服从上司的命令,哪怕是荒谬绝伦的命令。换言之,长官有权废除个人权利的自由。小说中描写卡思卡特上校无限制地提高飞行次数,无理阻挠飞行人员复员回国,要求士兵们无条件地服从他的命令,等等,就是例证。再者,根据"军规",凡疯子可以停飞回国。尤索林装疯卖傻,想利用这条军规溜之大吉,但丹尼卡医生告诉他,事实上这是不可能的。因为军规同时又规定,想停飞回国,必须自己提出申请,而一旦有人提出这个申请,就证明他没有疯,因为"面临真正的,迫在眉睫的危险时,对自身安全表示关注,乃头脑理性活动的结果"。因此,海勒在小说的扉页上写明了它只是一个圈套,是一个套在弱者身上的枷锁。在它的控制下,平民百姓和普通士兵就成了被任意玩弄的对象。所谓"第二十二条军规"其本质就是当权者以"正义"的名义所实施的法外无法、权大于法、官大于法的障眼法。这是一条看不见、摸不着的"军规",但它又无所不在。这也就是为什么尤索林听到那个奄奄一息的老太婆说到"第二十二条军规",并毫不含糊地告诉他"第二十二条军规说他们可以为所欲为,我们不能阻拦他们"时,"他感到整个身体都哆嗦起来"的原因了。老太婆的话,恐怕是对"第二十二条军规"最好的诠释了。

更为可怕的是,正如海勒所言,所谓的"第二十二条军规",其实并不存在。这一点可以肯定,但这也无济于事,因为每个人骨子里都认为它存在。这就更加糟糕,由于就没有具体的对象和条文,即使任人对它嘲弄、驳斥、控告、批评、攻击、修正、憎恨、辱骂、唾弃、撕毁、践踏,也没有办法将其除掉。从这个意义上说,它其实就是社会上无处不在、无所不能的组织化的残暴和专横的象征,是灭绝人性的捉弄人和摧残人的官僚体制的乖戾力量。它虽然显得滑稽可笑,但又令人绝望与害怕,你永远无法摆脱,无法逾越。它永远对,你永远错;它总是有理,你总是无理。海勒认为,“第二十二条军规”作为一种统治世界的疯狂力量的象征,它实质上是恶毒世界和专制意志的一种体现。因为有了它,正义和道德才成了被嘲笑的对象,无辜者成了牺牲品,而那些专横跋扈、腐化堕落、投机钻营、自私愚蠢的家伙才个个活得有滋有味。它并不真正存在,但它处处制约了人们的行为,控制和麻痹了人心。当人们莫名其妙地陷入这条军规的陷阱时,一切想投诉、想反抗、想抗争的企图都是徒劳的。

3. 尽管小说对现代西方社会有组织的混乱和制度化的疯狂的揭露和嘲笑是非常深刻而犀利的,但是不可否认,作者也认为人们对“第二十二条军规”控制人和摧残人的荒诞现状是无能为力的,对那些掌权者的荒诞和疯狂的举动也是无能为力的。因此,他只能指出当代社会中的这种可怕的现状,而无法去解决它,无力去改变它,只好去逃避它。因此,小说流露出了极度悲观与绝望的情绪。

如前所言,虽然尤索林是个有同情心、是非感和正义感的人,对现实的荒诞也有过深刻的认识:“只消看一看,我就看见人们拼命地捞钱。我看不见天堂,看不见圣者,也看不见天使。我只看见人们利用每一种正直的冲动,利用每一出人类的悲剧捞钱。”可就是这个人,也只能被人看成是疯子,成为一名“反英雄”。也可以说,作者所开的玩笑是深刻的,也是辛辣的,但这也只是悲观与绝望的笑而已。

艺术特色　作为一部“黑色幽默”的代表作品,《第二十二条军规》在创作上深受赛利纳、纳博科夫和卡夫卡等文学创新大师的影响,它在各方面都对当时和后来的后现代主义小说产生了相当大的影响。

1. 作品充分体现了“黑色幽默”文学的艺术特点。

作者写作的是一个严肃的题材,表现的是一个重大的社会主题,其中充满了带刺的幽默、绝望的嬉笑和漫画式的人物描写等。带刺的幽默情节在小说中比比皆是。例如,小说中写道:丹尼卡医生的名字在一架撞上山头的飞机的飞行表上出现,就意味着他死了,可怜的丹尼卡医生从此活生生地被遗弃了,大家看到他时,都当他是死人。甚至最终丹尼卡医生自己也开始怀疑自己是否还活着。绝望的嬉笑情节也是数不胜数。例如,作者在貌似不经意的调侃之中,常常显露出锐利的嘲笑讽刺锋芒,直指荒诞现实的要害。这些情节初看令人忍俊不禁,细品则余味深长。如佩克姆将军夸口:“我唯一的缺点就是没有缺点。”丹尼卡医生说:“救命可不是我的事。”某上校“发觉自己仍然无能,而感到十分自豪”。甚至大骗子迈洛也一本正经地说“我这人从不说谎,只是在需要时才说谎”等等。小说中出现的人物多达四十几人,而通过这些人物的举止言谈,人们看到,皮亚诺札岛确实是一个荒诞的世界,一个疯人的社会。这些人物,大多根据作者的意念突出其性格的某一侧面并将其夸大到漫画式的程度。如卡思卡特的专横无理,迈洛的唯利是图,谢司科普夫作为军事机器的个性,等等。因此,有人称这部小说中的人物都是漫画式的“百丑图”，也不为过。而事实上，这样的描写正是海勒创作的特色，与整部小说的情节与氛围相合拍，既增强了嬉戏浮华的喜剧效果，又成功地塑造了荒诞世界中疯狂人物的形象。

2.《第二十二条军规》之所以能一鸣惊人，成为“经典作品”，很重要的一个原因还在于作者在艺术技巧上的创新。

作者在小说结构布局和故事情节安排上，冲破了传统的现实主义创作的窠臼，用一种开放的结构和随意松散的故事叙述方式，来展示他所描述的现实世界的荒谬和混乱。整个作品没有一条完整的情节发展线索，只用叙述、谈话、回忆来组接事件、情节和人物，并且事件是脱节的，时间是零碎化的，对话和叙述是不合逻辑性的。小说中还有许多情节由多人反复陈述构成，人物对话拖泥带水，重复回旋，有的材料多次运用，显得单调。有人将此称为“反小说”的叙事结构。在作品风格上，由于结构和叙述手法新奇，加之作者又用自己丰富的想象使描写的事件和人物极度变形，一件件事，一个个人都变得反常、荒诞、滑稽、可笑，因此，小说充满着混乱、喧闹、疯狂的气氛。事实上，这样的描写正是海勒创作的特色，与整部小说的情节和氛围相合拍。对此，正如有的论者指出的那样，这部作品看来胡搅蛮缠，其实充满哲理，因为只有高度理性的人才能充分注意到事物中隐含的非理性成分。这本书的语言也充分显示了“黑色幽默”文学的语言特点：用故作庄重的语调描述滑稽怪诞的事物，用插科打诨的文字表达严肃深邃的哲理，用幽默嘲讽的语言诉说沉重绝望的境遇，用冷漠戏谑的口气讲述悲惨痛苦的事件。当然，也需要指出，这部小说也存在寻求噱头和繁复冗长的缺点。

《第二十二条军规》所取得的巨大成功使它毫无愧色地跻身于世界名作之列。海勒笔下的世界是一个令人焦虑不安的荒诞世界，但他却并没有因此而造成读者的心理负担。他成功地运用了“黑色幽默”的手法，把忧虑与恐惧寓于插科打诨式的语言之中。阅读这本小说，处处令你忍俊不禁，笑出声来，但笑过之后，你又有一种苦涩的回味，一种沉重的感觉。正如海勒自己说的，“我要人们笑出来，然后在对所笑的事回味的时候，感到惊恐不已”。今天，“二十二条军规”这个词的含义已远远超出了原来小说的范围，它已成了人类难以规避、无法摆脱的一种异己力量的代名词而正式进入美国的日常语言。

第十二章

魔幻现实主义文学与《百年孤独》

【学习重点提示】

1. 把握魔幻现实主义文学流派的主要成就与艺术特点。
2.《百年孤独》是如何通过魔幻手法描写来表达“孤独”主题的?

第一节 魔幻现实主义文学概述

一、魔幻现实主义文学的发展状况

魔幻现实主义文学是20世纪拉丁美洲最重要的文学流派,在整个20世纪西方文学中也占有十分重要的地位。魔幻现实主义文学在体裁上以小说为主,发轫于20世纪20年代,形成于50年代,六七十年代达到鼎盛阶段。至今在世界文坛上有着广泛的影响。“魔幻现实主义”一词,最早是德国文艺批评家弗朗茨·罗于1925年提出的,他在一部当年出版的论绘画的专著《魔幻现实主义·后期表现派·当前欧洲绘画的若干问题》中首先使用这个名词。他在表述“魔幻现实主义”的含义时说,“魔幻”一词“是为了指出神秘并不是经过表现后才来到世界上的,而是始终活动着并隐藏在其中”①。意思是说,事物的神秘性是客观存在的,“魔幻现实主义”就是用“魔幻”对神秘现实进行揭露。后来,这部著作被西班牙《西方》杂志译成西班牙文,于是“魔幻现实主义”一词进入了西班牙语文学艺术领域。

在拉丁美洲文学界,第一个引用“魔幻现实主义”这个术语的是委内瑞拉著名作家阿图罗·乌斯拉尔·彼特里,他在《委内瑞拉的文学与人》(1948)一文中说:“在故事情节中一直占主导地位并给人深刻印象的东西,就是人们对现实生活中的神秘的看法。对现实抑或是富有诗意的猜测,抑或是富有诗意的否定,在

① 见中国人民大学报刊复印资料《外国文学研究》1989年第2期,第24页。

没有找到更确切的表达之前,姑且可称之为'魔幻现实主义'。"[①]此后,古巴作家阿莱霍·卡彭铁尔又从小说创作的角度,进一步对"魔幻现实主义"作了理论阐述,他在长篇小说《这个世界的王国》(1949)的序言中指出:"神奇乃是现实突变的必然产物(奇迹),是对现实的特殊表现,是对丰富的现实进行非凡的、别具匠心的揭示,是对现实状态和规模的夸大。这种现实(神奇现实)的发现都是在一种精神状态达到极点和激奋的情况下才被强烈地感觉到的!"[②]也正如阿根廷著名文学评论家安徒生·因贝特所指出的:"在魔幻现实主义小说中,作者的根本目的是借助魔幻表现现实,而不是把魔幻当成现实来表现。"[③]

作为一种文学现象,魔幻现实主义文学产生于拉丁美洲,是有其深刻的社会、历史和时代原因的。

首先,拉丁美洲曾长期处于西班牙、葡萄牙的殖民统治之下,饱受殖民主义者的疯狂掠夺和残酷剥削。20 世纪初,当欧美资本主义国家都已进入垄断资本主义阶段并拥有着高度发达的物质文明与精神生活时,拉丁美洲却依然十分贫穷和落后。在经济上,第一次世界大战以后,一些主要资本主义国家以垄断公司的形式牢牢地控制着拉丁美洲各国的经济命脉,造成了这些国家经济发展长期停滞、资源严重外流、人民生活痛苦不堪的现状。在政治上,20 世纪以来,虽然多数拉丁美洲国家在名义上获得了独立,但由于帝国主义的操纵和插手,各国的政局仍然动荡不安。一些受外国政府和垄断财团暗中支持的反动政客,依靠外国势力提供的武器,频繁发动军事政变夺取政权。这些统治者上台后无一例外地对人民实行专制独裁统治。他们一方面横征暴敛,巧取豪夺,中饱私囊,过着极端骄奢淫逸的生活。另一方面,他们又用随意逮捕、枪杀、绑架、暗杀等残暴手段维持血腥统治,使得这块美丽富饶的大陆变成了恐怖黑暗的地狱。但是,历史进步的潮流是任何力量也阻挡不了的。随着 20 世纪全世界民族独立运动高潮的到来,拉丁美洲人民逐渐觉醒,他们对外反对帝国主义的侵略掠夺,对内反对专制独裁统治肆虐,民主革命的浪潮一浪高过一浪。许多流亡在欧美各国的拉丁美洲作家也都纷纷行动起来,奋笔写作,反映拉丁美洲的当代现实生活,创作了一大批优秀的小说作品。如这一时期出现的危地马拉作家阿斯图里亚斯的长篇小说《总统先生》(1946)、《玉米人》(1949),古巴作家卡彭铁尔的长篇小说《这个世界的王国》(1949),墨西哥作家鲁尔福的长篇小说《佩德罗·帕拉莫》(1955),委内瑞拉作家彼特里的短篇小说集《雨》(1968),哥伦比亚作家加西亚·马尔克斯的长篇小说《百年孤独》(1967)、《家长的没落》(1975),等等。这

① 廖星桥:《外国现代派文学导论》,北京出版社 1988 年版,第 524 页。

② 见中国人民大学报刊复印资料《外国文学研究》1989 年第 2 期,第 24-25 页。

③ 廖星桥:《外国现代派文学导论》,北京出版社 1988 年版,第 524 页。

些作品运用典型的魔幻现实主义表现手法，揭露社会弊端，抨击黑暗现实，表现具有鲜明而浓厚的拉丁美洲特色的现实生活，从而使本来几乎还是一片空白的拉丁美洲文学得到了空前发展，出现了被称为“文学爆炸”和“文学地震”的繁荣景象。同时也使魔幻现实主义文学作为一个令世人耳目一新的崭新文学流派，出现在世界文坛上。它创造了一个政治、经济落后于文明的步伐而其文学成就却走在了世界前列的奇迹。

其次，魔幻现实主义之所以在拉丁美洲形成，还和其深厚而复杂的民族文化传统有着密切联系。拉丁美洲人民曾以他们的勤劳勇敢和聪明智慧创造过辉煌灿烂的古代印第安文化。公元 15 世纪时，在这块幅员辽阔的大陆上，就已经形成了玛雅、阿兹台克和印加三大文化中心，有着源远流长的文化传统。拉丁美洲杂居着土著印第安人、欧洲移民、印欧混血人以及被贩运来的非洲黑人，他们的生活形态十分复杂。一方面，这儿有着殖民者带来的西方科学文明的现代化生活，同时也还存在着大量宗教迷信的封建式的，甚至是原始部落图腾崇拜式的生活。这些跨度极大、差异迥然的生活形态又非常和谐地混合成一体，构成了拉丁美洲的“神奇”现实。直至今天，拉丁美洲土著印第安人还盛行神灵崇拜，相信神话传说，并习惯用神话知识认识和解释客观世界。而且，印第安人的传统观念中认为生与死、梦幻与现实之间，是没有明确的界限的。比如他们坚信，一个人死了之后仍然可以在现实社会中生活。有的印第安部落到现在还保留着一年一度和死去的亲人“对话”的风俗；他们坚信一个人梦中所经历的事，一定会在现实中继续进行下去，许多印第安人至今仍把梦境和现实混为一谈，等同看待……这些印第安人的古老神话传说以及传统观念像乳汁一样哺育着魔幻现实主义作家的成长，危地马拉作家阿斯图里亚斯就认为影响他创作的是来自外祖母所讲述的印第安人的神话传说。哥伦比亚作家加西亚·马尔克斯童年时期从外祖母那儿听到许多印第安人的神话传说，成年之后又专门对此进行整理和研究。这些神话传说和传统观念如同有机营养一样被魔幻现实主义作家所吸收，成为他们创作中不可或缺的要素和风格。因此，几乎所有的魔幻现实主义文学作品中都出现过鬼怪、巫术、神奇人物和超自然现象，都带有印第安人的神话传说和土著传统观念奇异、神秘、怪诞的色彩。

另外，魔幻现实主义又是在欧洲文学尤其是西方现代主义文学众多流派的共同影响下产生的。从文学传统上说，拉丁美洲作家受西班牙和法国文学的影响较大。西班牙作为殖民地宗主国，率先将西班牙语言和文学输入拉丁美洲大陆，西班牙作家塞万提斯的《堂吉诃德》一直为人们所熟悉，这部小说以它那奇特的表现形式、史诗般的规模、严肃的写实精神和辛辣的讽刺手法，从一开始就深深影响着拉丁美洲西班牙语文学的发展方向，滋养着魔幻现实主义文学的批判传统。许多魔幻现实主义作家早年大都在欧洲流亡和学习深造，因此，对于像法国作家拉伯雷《巨人传》中的怪诞、夸张的风格，巴尔扎克小说中的具体、生动的批判精髓，有着一种与生俱来的“亲和感”，这些自然而然地成为了他们的学习典范。这也就从思想内容上奠定了魔幻现实主义文学社会批判的基本模式。从创作手法上说，魔幻现实主义又借鉴了欧美现代主义文学众多流派的表现方法，如卡夫卡的表现主义、布勒东的超现实主义、艾略特的象征主义，以及乔伊斯、普鲁斯特、伍尔芙和福克纳的意识流小说的艺术技巧等。20 世纪二三十年代，当大批拉丁美洲作家亡命于欧洲时，现代主义文学思潮急风暴雨般地刮过欧美大陆，并且理所当然地被拉丁美洲作家们所接受。比如魔幻现实主义文学的先驱作家阿斯图里亚斯和卡彭铁尔 20 世纪 20 年代末、30 年代初在法国留学和侨居时，曾深受布勒东的超现实主义运动的影响，他们共同主编过超现实主义文学杂志《磁石》，与超现实主义著名作品《磁场》相呼应。阿斯图里亚斯于 1930 年出版的第一部短篇小说集《危地马拉传说》，就是用超现实主义的梦幻、呓语式的手法描写拉丁美洲“神奇现实”的一次尝试。但正如卡彭铁尔后来指出的那样：“我觉得为超现实主义效力是徒劳无益的，我不会给这个运动增光添彩。我产生了反叛情绪，有一种要表现美洲大陆的强烈愿望……多年来，我有了一种模糊的意识，我的作品将在这里展开，将有着浓厚的美洲色彩。”魔幻现实主义作家们清醒地认识到，应该把超现实主义以及其他现代主义流派的艺术形式当成一种方法和手段，用来表现拉丁美洲的现实生活，从而把形式和内容高度和谐地统一起来。这种自觉的思想升华，正是魔幻现实主义这种独特的文学样式产生的最重要的原因。

与 20 世纪以来许多现代主义文学流派的形成过程有所不同的是，魔幻现实主义文学是先有其称谓，后有其作品的。1925 年，当德国人弗朗茨·罗提出“魔幻现实主义”这一名词时，还没有一部魔幻现实主义文学作品问世，拉丁美洲文学也根本不为人们所知晓。1928 年，有人开始运用魔幻现实主义手法进行小说创作，但这还只是零星、初步的尝试。20 世纪 40 年代末 50 年代初，随着许多拉丁美洲作家相继崭露头角，大量魔幻现实主义作品不断涌现，魔幻现实主义作为一个文学流派才正式形成和确立。直到六七十年代，魔幻现实主义文学才有了突飞猛进的发展，终于进入到它的繁荣鼎盛阶段，取得了令世人同声赞叹的巨大成就。

从 20 世纪四五十年代到七八十年代，拉丁美洲文坛人才辈出，群星灿烂，拥有不少世界知名的优秀作家。同时也出现了像魔幻现实主义、结构现实主义、心理现实主义、社会现实主义等众多的文学流派。由于许多作家同时在运用几种不同的表现手法进行创作，所以，确定哪些作家属于魔幻现实主义流派，历来说法不一。一般认为，委内瑞拉的阿图罗·乌斯拉尔·彼特里、危地马拉的米格尔·安赫尔·阿斯图里亚斯、古巴的阿莱霍·卡彭铁尔、墨西哥的胡安·鲁尔福、哥伦比亚的加西亚·马尔克斯等，这些作家对于魔幻现实主义文学的发展作出了巨大贡献。

阿图罗·乌斯拉尔·彼特里(1906—2001)是委内瑞拉极负盛名的作家，也是公认的魔幻现实主义文学的先驱者之一。他曾长期研究印第安文化，担任过委内瑞拉驻法国文化专员，还兼任美国哥伦比亚大学拉丁美洲文学史教授，本人文学根底深厚广博。他善于将印第安民间神话传说、古老的图腾崇拜、迷信幻象等随手拈来地融进自己的作品中。他的艺术风格神秘深奥，变化多姿，充满着深厚的哲学内涵。他的作品主要有短篇小说集《巴拉巴斯和其他故事》(1928)、《三十个人和他们的影子》(1949)、《雨和其他的故事》(1968)。另有四部长篇小说:《带颜色的长矛》(1931)、《黄金国的道路》(1947)、《命运的迷宫》(1964)、《独裁者的葬礼》(1976)。他于1948年第一个把“魔幻现实主义”这个术语引入拉丁美洲文坛。同时，他出色的短篇小说创作，被许多魔幻现实主义的后起作家奉为学习的楷模。早在1928年，他发表的著名短篇小说《雨》，被认为是拉丁美洲最早的魔幻现实主义作品，从而开创了魔幻现实主义的先河。

短篇小说《雨》的情节很简单，它描写在拉丁美洲某地区遭逢大旱，土地龟裂，庄稼即将枯死。正当一对孤苦伶仃的老夫妇祈天不灵、求地不应，面临绝境的时候，在他们的田地里突然神奇地出现了一个陌生小男孩。他长得非常可爱，当时正用自己的尿冲着土块，他一边尿着一边唱道:“堤坝决口了，涨潮了，青蛙大叔的庄园被水冲走了，蚱蜢大婶的牧场被水冲走了，大树也被水冲走了……咕噜噜……咕噜噜……人们快跑啊!”老夫妇把小男孩带回家收养，把他们剩下的仅有一点口粮让给小孩吃，视他为掌上明珠，爱他到了极点。可是有一天，天气骤变，乌云密布，小男孩突然不见了。老两口找遍了各处，最终也没找着孩子，然而他们却迎来了盼望已久的滂沱大雨。雨水沛然淋漓，庄稼得救了，乡亲们也得救了。这篇小说优美隽永，风格神秘。作品中有大量的细节，暗示了小男孩和大雨的神秘联系，他是谁?是不是上帝派来的了解民意、预报雨讯的使者?小说中没有交代。这篇小说取材于古老的印第安宗教观念。印第安人向神求雨时，常常把小男孩作为牺牲，后来又用儿童的木像作为祭祀雨神的供品，这种原始的宗教意识构成了作品的情节基础。从写作方法上看，一方面，这篇小说明显受到超现实主义的影响，作者主要采用了以梦境、幻觉的手法来表现这种“神奇现实”。另一方面，它又和旨在纯粹表现“内心真实”的超现实主义文学有着本质的不同。《雨》虽然还不能算是成熟的魔幻现实主义作品，但它毕竟宣告了魔幻现实主义这种全新的创作方法的诞生。

米格尔·安赫尔·阿斯图里亚斯(1899—1974)是危地马拉杰出的魔幻现实主义作家，也是拉丁美洲魔幻现实主义文学的先驱者之一，世界知名的民主战士。早年在危地马拉大学攻读社会法律，获得法学博士，担任过律师。由于受到反动政府的政治迫害，1923 年亡命欧洲，在法国巴黎大学研究人类学和印第安古代文化，并开始进行文学创作。这一时期，他受法国超现实主义运动的影响，和超现实主义的领袖人物布勒东关系密切。1930 年，他出版了第一部魔幻现实主义作品、短篇小说集《危地马拉传说》，引起了欧洲和拉丁美洲的广泛注意。1933 年回国时，他在巴黎完稿的反独裁统治的长篇小说《总统先生》，正在危地马拉进步人士中秘密传抄。1944 年，乌维科反动政权垮台，《总统先生》终于在 1946 年正式出版。

《总统先生》是阿斯图里亚斯的代表作品。小说以危地马拉的卡夫雷拉和乌维科的军事独裁统治为背景，揭露和抨击了法西斯式的暴君对人民的血腥统治。小说描写 1905—1920 年加乌莱拉独裁统治期间，总统的爪牙、上校警官松连特被一个精神失常的乞丐杀死。残暴而阴险的总统决定利用此事嫁祸给政敌卡纳莱斯将军和阿维尔硕士。但对卡纳莱斯将军却一时难以下手，便阴险地命令自己的亲信米格尔假装好心，悄悄告诉将军说，总统要干掉他，劝他赶快逃走。因为逃跑本身就是犯罪，这样总统就可以堂而皇之地杀掉将军。不料将军逃跑后举行了起义。将军的女儿卡米拉在父亲逃走后屡遭迫害，忧愤成疾。米格尔十分同情她的遭遇，决定和她结婚。总统得知自己的亲信和政敌的女儿结婚的消息，十分恼怒，他故意先在报纸上发表消息，宣布自己将要参加婚礼并为这对新人证婚。结果气死了卡纳莱斯将军。接着，总统又设计秘密逮捕了米格尔，还谎称卡米拉已经做了总统的情人，故意折磨米格尔的身心。卡米拉到处奔波，寻找自己的丈夫，在贫穷、愁苦和焦急中得了肺病，最后只好带着孩子到乡村苦度余生。

《总统先生》塑造了一个专制、残暴的独裁者的形象，揭露和控诉了暴君总统的残酷统治给人民带来的深重灾难。小说中的总统形象只出现过三次，第一次出现在读者面前的，就是一个极端残忍、杀人不眨眼的刽子手。他手下一个老文书不小心将墨水洒到了已经签好总统名字的公文上，总统竟然下令将老人打二百大板，把老文书活活打死了。而总统在得知老文书的死讯时，只若无其事地说了一句："上下一道菜！"连一点民主的伪装都不要了！作品中的总统形象，实际上概括了当时正在拉丁美洲各国进行专制统治的独裁者的共同特征，从而广泛而深刻地反映了整个拉丁美洲暗无天日的黑暗现实。《总统先生》在拉丁美洲文学界影响非常大，被公认为是魔幻现实主义文学的里程碑式的作品。

1949 年，阿斯图里亚斯又出版了另一部长篇小说《玉米人》。小说描写了印第安人与土生白人之间在种植玉米问题上的矛盾冲突。作者借当地保护玉米的玉米神之口，诅咒了凶狠贪婪的白人庄园主统治者，歌颂了纯朴善良的劳动人民。小说采用神话传说的虚幻意境来反映现实，是又一部优秀的魔幻现实主义小说。

从 20 世纪 40 年代到 70 年代，除了以上作品外，阿斯图里亚斯还出版了长篇小说《旋风》(1950)、《绿衣主教》(1954)、《死者的眼睛》(1955)三部曲，短篇小说集《危地马拉的周末》(1956)以及小说《珠光宝气的人》(1961)、《混血女人》(1963)、《丽达·萨尔的镜子》(1967)、《马拉德龙》(1969)、《多洛雷斯的星期五》(1972)等。阿斯图里亚斯在1967年获得了诺贝尔文学奖。

阿莱霍·卡彭铁尔(1904—1980)是古巴当代著名作家，魔幻现实主义文学的先驱者之一。他早年曾积极参加拉丁美洲现代主义文学改革运动，倡导先锋派诗歌。1928年因为反对马查多独裁政权而入狱，1929年流亡法国。侨居法国期间，他结识了布勒东、苏波、艾吕雅、阿拉贡等人，积极参加超现实主义运动，大力提倡所谓反映人的本能、梦幻、潜意识活动的“自动写作法”。1943年，法国沦入德国法西斯铁蹄之下，卡彭铁尔流亡海地。这期间，他潜心研究海地黑人的民间文学和当地黑人宗教，同时公开宣布和超现实主义决裂，兴趣转向了“神奇现实主义”。1945年，他移居委内瑞拉，长期担任新闻编辑。1960年，古巴革命胜利后回国。1980年在巴黎逝世。

卡彭铁尔对于魔幻现实主义的最大贡献是提出了“神奇现实”这一著名理论。他在《这个世界的王国》的序言中全面阐明了“神奇现实”的理论含义。他认为，魔幻现实主义的作品绝不能和神话志怪或幻想故事相提并论。魔幻现实主义的本质就在于“神奇”加“现实”。它的立足点是拉丁美洲的现实，“神奇”只是外在的形式，是手法。就是说，要用神奇的手法来表现拉丁美洲的黑暗现实。作者在《这个世界的王国》中用大量的笔墨，描写了海地现实中种种神奇的现象，并且在序言中指出：“海地的这种神奇并非绝无仅有，而是整个拉丁美洲的财产。”他的“神奇现实”理论后来得到包括阿斯图里亚斯、彼特里、马尔克斯等人在内的所有魔幻现实主义作家的赞同，卡彭铁尔的这篇序言可以说是魔幻现实主义的纲领和宣言。

卡彭铁尔的代表作品是长篇小说《这个世界的王国》(1949)。小说以磅礴的气势、史诗般的规模，描写了19世纪海地黑人英雄马康达尔领导人民发动武装起义以及最后起义失败和主人公英勇牺牲的全过程。这部作品一方面以真实历史事件为基础，有着鲜明的纪实性；另一方面，小说又掺杂了大量的海地黑人民间传说，把人的世界与神、巫、鬼的世界混杂在一起，显得奇诡多姿、变幻迷离，充分表现出“神奇现实”的特有魅力。《这个世界的王国》在魔幻现实主义发展史上，同样具有开辟先河的作用。卡彭铁尔的作品还有长篇小说《埃古·扬巴·奥》(1933)、《消逝的脚步》(1953)、《追踪》(1956)、《启蒙的世纪》(1962)、《方法的根源》(1972)等。

胡安·鲁尔福(1918—1986)是当代墨西哥著名的魔幻现实主义作家，被誉为魔幻现实主义大师。他在1955年发表中篇小说《佩德罗·帕拉莫》，被认为是魔幻现实主义发展史上的一件划时代的大事，它宣告了魔幻现实主义流派的正式形成。这部作品无论从内容上和艺术手法上说,都典型地体现了魔幻现实主义的所有特征,是魔幻现实主义最重要的代表作品之一。小说采用的是鬼魂胡安向另一个死人讲述故事的写法。胡安的父亲、主人公佩德罗“已经死了好多年”,他所在的科马拉村也是一个鬼魂世界,这里全是幽灵。这个故事所讲述的就是佩德罗·帕拉莫罪恶的一生。佩德罗童年时代还是个勤劳善良的孩子,真诚地爱着女友苏珊娜。当大庄园主的父亲被人杀死之后,他由接管庄园开始,就逐渐变成了一个精明、贪婪、狠毒的财主。他夺人田产,霸人妻女,无恶不作,一生滥杀的无辜不计其数。为了替父亲复仇,他一气之下杀了所有参加婚礼的人。他的生活也极端腐化,奸污过无数妇女,私生子多得互相之间都不认识。他投机政治,阴谋夺权。1910 年墨西哥革命爆发时,假装赞助革命,派了 300 人加入起义军,趁机窃取了革命军队的指挥权。最后,佩德罗终于被自己的私生子杀死。这部作品的主人公佩德罗的形象具有十分重要的典型意义。表面上看,他只是一个鬼魂,但他的所作所为,全都是拉丁美洲现实生活中一切独裁统治者、恶霸庄园地主正在干的坏事。这个魔鬼在现实生活当中是随处可见的,他不是鬼,而是拉丁美洲所有独裁统治者和恶霸地主的活生生的化身。这部作品高超地运用了“魔幻”的手法,成功地达到了反映现实的目的。

继鲁尔福之后,哥伦比亚作家加西亚·马尔克斯又成为魔幻现实主义又一位令世人瞩目的重要作家,他的代表作长篇小说《百年孤独》再次引发了一场“文学地震”,成为魔幻现实主义文学堪称经典的作品。

秘鲁作家马里奥·巴尔加斯·略萨(1936—),2010 年诺贝尔文学奖获得者。生于秘鲁南部亚雷基帕省,1953 年入秘鲁国立圣马尔科斯大学主修文学与法律,1957 年入同校语言学研究所做研究生,1958 年获文学(语言学)学位。同年离开祖国秘鲁移居欧洲,曾客居法国、西班牙等国,后来长期定居英国伦敦。1960 年开始写作《城市与狗》,这是他的第一本长篇小说,并于 1963 年出版。该作品奠定了他卓著的国际声誉,旋即有超过 20 种语文的翻译本在世界各地出版,也很快被秘鲁当局查禁。1965 年发表了长篇小说《绿房子》,此书使他获得 1967 年首届罗慕洛·加列哥斯国际小说奖。1976 年 8 月在英国伦敦召开的国际笔会大会中获选为第 41 届国际笔会会长。1981 年,他的长篇小说《世界末日之战》出版,这本书是他自认为写得最好、最有代表性的作品。此后,相继发表了剧本《塔克纳小姐》(1981)、《凯蒂与河马》(1983),小说《利图马在安地斯山》(1993),文论《给一位青年小说家的信》(1997)和非小说文集《顶风破浪》(1998)等。《世界末日之战》是一部历史题材小说,也是一部植根于真实生活的传奇。它以 19 世纪 80 年代发生在巴西腹地的卡奴杜斯农民起义为背景,栩栩如生地刻画了三种不同类型的个性鲜明的人物,他们分别代表救世主式的起义者、保守派和自由派、不切实际的外来势力;宣扬了起义者宁死不屈的精神,揭露了反动势力对起义军勇士血腥屠杀的暴行。同时本书对我们了解拉丁美洲及巴西的这段历史有一定的作用。作者是想借古讽今。因为当初这场农民起义所反映的社会矛盾,在20世纪的拉丁美洲依然广泛地存在,大庄园主阶层和广大的种植园农民之间的矛盾一直没有解决好。略萨说:“卡奴杜斯起义的悲剧,就是拉丁美洲国家现实的总结。”他写这部小说就是想用当代眼光来重新打量那场意义重大的农民起义。

另外,魔幻现实主义作家还有阿根廷的胡利奥·柯塔萨尔(1914—1984)、智利的何塞·多诺索(1924—1996)、墨西哥的卡洛斯·富恩斯特(1928—2012)等人,他们的创作也为魔幻现实主义文学的发展作出了贡献。

二、魔幻现实主义文学的基本特征

魔幻现实主义作为拉丁美洲所特有的文学样式,它具有与众不同的鲜明而独特的基本特征。

1. 用魔幻的手法反映拉丁美洲的社会现实生活。

在魔幻现实主义作家的笔下,拉丁美洲的社会现实与传统现实主义定义中的“现实”,有着根本的区别。魔幻现实主义作品中所表现的是拉丁美洲充满着光怪陆离、虚幻恍惚的现实,也就是卡彭铁尔所说的“神奇现实”。在这种现实中,生死不辨,人鬼难分,幻觉和真实相混,神话与现实并存。比如,在墨西哥作家胡安·鲁尔福的小说《佩德罗·帕拉莫》中,写佩德罗的儿子胡安去寻找“已经死了好多年”的父亲,一个鬼魂把他带到了鬼魂世界科马拉村,住在这里的人全是幽灵。他跟幽灵们对话、交谈,没想到小说写到一半时透露出,胡安竟然也是一个鬼魂。又比如哥伦比亚作家加西亚·马尔克斯的《百年孤独》的最后写道,100多年以后,布恩蒂亚家族的最后一个婴儿被蚂蚁吃掉了。他们几代人辛辛苦苦建立起来的马孔多小镇也被一股从天而降的飓风卷得无影无踪,这里又变成了一片荒芜的沼泽地,好像100多年里这儿什么事也没有发生似的。还有,加西亚·马尔克斯的《家长的没落》中,描写那些帝国主义者临走时,把殖民地国家的住宅、大海划成一块块的方格,编上号码拿走,把草原像地毯那样揭起来卷走,连海风也带走了,只留下像月球表面一样的荒原。在所有魔幻现实主义文学作品中,这种令人不可思议的“神奇现实”比比皆是,这一点,正是魔幻现实主义作品的重要标志。

2. 魔幻现实主义创作原则是“变现实为幻想而不失其真实”①。

这里,最根本的核心是“真实”二字,所有魔幻现实主义作家的创作都以此

---

① 卡彭铁尔:《一个巴罗克作家的简单忏悔》,转引自中国人民大学报刊复印资料《外国文学研究》1989年第12期,第151页。

作为基本立足点。不管作品采用什么样的“魔幻”“神奇”手段，它的最终目的还是为了反映和揭露拉丁美洲黑暗如磐的现实。比如《佩德罗·帕拉莫》反映的就是封建大庄园主对人民的残酷剥削和欺压。佩德罗在小说中是一个鬼魂，但在拉丁美洲现实生活中却是实实在在的真人。无数像他这样贪婪、残忍、狠毒的封建庄园主正是造成墨西哥广大农村贫穷落后、农民生活痛苦不堪的主要原因。阿斯图里亚斯的《总统先生》则是表现专制独裁统治给拉丁美洲社会带来的恶劣后果。小说中的总统先生虽然是个神秘的虚构人物，但在他身上却高度概括了拉丁美洲各国现实中所有暴君们的共同特征。至于《家长的没落》中描写帝国主义势力对拉丁美洲“刮地皮”式的抢掠情节，那是再真实也不过的现实，只不过作者故意将它夸张到了离奇的程度，从而具有一种神奇的效果罢了。

3. 成功运用“魔幻”表现手法。

魔幻现实主义和传统现实主义最根本的区别，就在于表现手法的“魔幻”性，这是魔幻现实主义的又一显著特征。

首先，这种“魔幻”性带有着浓厚的拉丁美洲本土色彩。所谓本土色彩，是指拉丁美洲土著的传统文化和传统观念。印第安人的神话传说、神灵崇拜，以及他们对生与死、梦幻与现实等问题的看法，都是这种“魔幻”的源泉。比如在委内瑞拉作家阿图罗·乌斯拉尔·彼特里的小说《雨》中，久旱不雨的干裂田地里，突然出现一个小男孩。当瓢泼大雨沛然而至时，小男孩却又神秘地不见了。这种表现手法明显来自古代印第安人对于雨神恰克的祭祀和崇拜。又如《佩德罗·帕拉莫》通过胡安和众多鬼魂的谈话以及鬼魂们的回忆，描写主人公佩德罗罪恶的一生。作品中鬼魂可以和活人对话，幽灵与幽灵能够交流思想。这种生死无异、人鬼相通的意识，毫无疑问也是源于印第安阿兹台克人的传统观念。还有加西亚·马尔克斯《百年孤独》中，描写阿卡蒂奥·布恩蒂亚的妻子乌苏娜看见被丈夫杀死的邻居阿吉廖尔的幽灵老是出现在自己家里，布恩蒂亚被乌苏娜的幻觉弄得不耐烦，自己拿着长矛出去一看，“阿吉廖尔的神色悲哀的幽灵果然还站在那里”。这种把幻觉和现实相混杂糅、亦真亦幻的表现手法，同样也是取自印第安土著对于幻觉的流行看法。当然，魔幻现实主义表现手法中也含有《圣经》文化和阿拉伯文化的成分。比如《百年孤独》中描写马孔多小镇一场雨下了四年十一个月零二天，和《圣经·旧约》大洪水的故事情节很相似。另外，小说中许多有关飞毯的描写，以及雷麦黛斯抓着被单升天，则借鉴了阿拉伯《一千零一夜》的内容。

其次，这种“魔幻”性还深受西方现代主义诸多表现手法的影响。魔幻现实主义作家所受教育和生活环境的特殊性，决定了他们对于象征主义、表现主义、超现实主义、意识流小说等西方现代主义手法，采取兼收并蓄的积极态度，并在他们的作品中留下了深深的痕迹。这主要表现在以下几方面。

一是象征。象征手法是象征主义乃至整个西方现代主义文学的最重要的表现手法之一,也是魔幻现实主义使用得最多、最得心应手的表现方法。比如《百年孤独》中写马孔多的居民们在失眠病毒蔓延之后都失眠了,不久又患上了健忘症,连日常生活用品的名字都忘了,于是只好在每件物品上贴上标签,注明名称、用途等。这个情节的象征寓意是耐人寻味的,它在告诫拉丁美洲人民,民族的历史和文化正在被人遗忘,这是何等危险啊!而且,这个经历了许多沧桑变化的马孔多小镇,不正是100多年来孤独而又多灾多难的拉丁美洲大陆的象征吗?

二是荒诞。荒诞手法是贯穿西方现代主义文学的另一个重要的表现手法。在魔幻现实主义作家的创作中,为了展现拉丁美洲的"神奇现实",主要也是借用这种非理性的、极度夸张的荒诞手法。比如《百年孤独》中描写霍·阿卡蒂奥被枪杀后流出的血从门下溢出的情景:"穿过客厅,爬上街沿,顺着土耳其人大街奔驰,往右一拐,然后朝左一拐,径直踅向布恩蒂亚的房子。在关着的房门下面挤了进去,绕过客厅,贴着墙壁(免得弄脏地毯),在饭厅的食桌旁边画了条曲线,沿着秋海棠长廊蜿蜒行进。"又如《佩德罗·帕拉莫》中所虚构的魍魉世界科马拉村以及鬼魂胡安寻父的经历,《家长的没落》中描述帝国主义势力对拉丁美洲国家奇特的抢掠方式,都充满着荒诞不经、不可理喻的色彩,从中不难看到西方现代主义荒诞手法的深刻影响。

三是意识流手法。魔幻现实主义作家在叙事中大量运用内心独白、自由联想、意识流动和时空倒错的手法,也明显来自西方现代主义的影响。比如《佩德罗·帕拉莫》中经常采用随意插笔、打乱时空顺序的写法。在描写佩德罗年轻时和苏珊娜恋爱的情节中,前面是佩德罗的一段内心独白和自由联想,随着他的意识流动,展现了他和苏珊娜在一起的种种甜蜜生活场景。紧接着是他母亲和他的对话:"我说,快从厕所里给我出来,小子。""好,妈妈,我这就出来。"这种梦幻和现实的时空交错,在其他魔幻现实主义作品中,也是随处可见的。

三、魔幻现实主义文学的基本评价

如果把魔幻现实主义文学放到20世纪西方文学的大背景下加以考察,我们会发现其中有一些带有规律性的东西。

1. 魔幻现实主义作为产生于当代拉丁美洲的一种文学现象,无疑是属于世界文学的一个组成部分,有着和其他20世纪西方文学相同的特性。

当20世纪西方先进地区的文学纷纷冲破传统现实主义所谓客观准确描摹现实的樊篱,转而从个人主观内省的角度,发现并且表现了从未有过的、全新的现实时,也就给包括拉丁美洲在内的众多后进地区作家做了一个极具号召力的示范。魔幻现实主义作家几经艰辛所寻找到的拉丁美洲的"神奇现实",正是通过他们独特的视角、深彻的感悟发现并且表现出来的"新的真实"。这里既有着最不可思议的超现实神话奇迹，同时又有着对现实生活最精确、具体的刻画。这真正是从拉丁美洲土著人眼里看见、头脑中理解和口中表述出来的“真实”，是一种类似“原型神话”的“真实”。

2. 魔幻现实主义又存在着有别于其他西方20世纪文学的个性即特殊性。

这主要体现在拉丁美洲“新的真实”的本质上。什么是“新的真实”的本质呢？荣获1982年诺贝尔文学奖的加西亚·马尔克斯在颁奖仪式上，作了题为《拉丁美洲的孤独》的长篇演说。他激烈地指出，“孤独”就是拉丁美洲的代名词。拉丁美洲之所以“孤独”，是因为她落后、封闭、迷信、愚昧和僵化。“孤独”已经渗入了拉丁美洲的民族精神，成为阻碍民族上进、国家发展的心理负担。这就是拉丁美洲“神奇现实”的内在含义。魔幻现实主义作家发掘“神奇现实”的目的，显然是要借此揭示当代拉丁美洲的民族孤独感和心理弱点以及她在西方先进文明的参照下所显示出的巨大差距，从而警醒人们进行自身历史与文化的深刻反思，进而使拉丁美洲走向团结和进步。这一点，是值得所有发展中民族和国家注意的。

3. 魔幻现实主义文学的崛起，究其深层原因，归根结底是拉丁美洲人民新的觉醒的表现，是一种民族自省和反思的开始。

加西亚·马尔克斯在那篇著名的演说中说道：“面对压迫、掠夺和歧视，我们的回答是生活下去。任何洪水、猛兽、瘟疫、饥馑、动乱，甚至数百年的战争，都不能削弱生命战胜死亡的优势。”他充满信心地预言，孤独的拉丁美洲已经一去不复返了，新生的、团结的、朝气蓬勃的理想拉丁美洲一定会出现在世人的面前。这种信念像一条无形的精神线索，始终贯穿每一个魔幻现实主义作家的创作中，因此，魔幻现实主义文学的总体基调是乐观、积极、蓬勃向上的。正是这些因素，使得拉丁美洲魔幻现实主义在政治、经济相对落后的社会条件下，取得了领先于世界的文学成就。

第二节　加西亚·马尔克斯与《百年孤独》

一、生平与创作

加西亚·马尔克斯（1928—2014）是哥伦比亚当代著名的小说家，也是拉丁美洲魔幻现实主义文学的杰出代表。他的长篇小说《百年孤独》是“继塞万提斯的《堂吉诃德》之后最伟大的西班牙语作品”（聂鲁达语）。它标志着魔幻现实主义文学进入了鼎盛时期。

加西亚·马尔克斯1928年3月6日出生于哥伦比亚马格达莱纳省的小镇阿拉卡塔卡。他的父亲是位电报报务员。他8岁之前一直生活在外祖父家。外祖父是位上校军官，参加过两次内战。外祖母是一位勤劳的家庭主妇，很会讲故事。他从小就从外祖母那里听到许多印第安古老的神话和民间传说。他 7 岁时就读过阿拉伯民间故事《一千零一夜》。12 岁时，到首都波哥大教会学校上中学，在那里又阅读了许多世界文学名著，特别是西班牙文学的优秀作品。这些都对他后来的文学创作产生了深刻的影响。18 岁时入波哥大大学攻读法律，中途辍学后从事新闻工作，担任过《观察家》报记者。该报副刊总编辑萨拉梅亚·博尔达是哥伦比亚现代主义文学的奠基人，在他的指引下，加西亚·马尔克斯走上了文学创作的道路。1954 年，他的第一部短篇小说集《周末后的一天》出版，获得了哥伦比亚全国文艺家协会奖。同年，他被《观察家》报派驻欧洲，在意大利和法国工作了一段时间。

1955 年，他发表了第一部长篇小说《枯枝败叶》，引起了拉丁美洲文学界的普遍注意。这部小说描写了马孔多这个沿海小镇一个家族的命运。作品中刻画了一位上校和他的子孙们孤独的生活境遇和忧伤的内心世界。这是《百年孤独》的前身。小说构思新颖、笔法多变，运用内心独白展示人物精神世界，标志着他的魔幻现实主义风格的初步形成。20 世纪 60 年代，他又连续写了几部关于这个家族历史的小说。1961 年他出版了中篇小说《没有人给他写信的上校》，加西亚·马尔克斯自认为这是他“写得最好的小说”。这部作品是《枯枝败叶》内容的深化。它写一位战功卓著的上校，年老退休以后被社会遗弃。他每天盼望着政府的慰问信和津贴，但始终不能如愿，最后竟然把生活的希望寄托在一只斗鸡的身上。作品反映了人们在冷酷无情的社会环境中孤独彷徨、失去归宿感的心态。小说的表现手法也带有明显的现代主义色彩。以后，他又陆续出版了短篇小说集《格兰德大妈的葬礼》(1962)、长篇小说《恶时辰》(1962)和《百年孤独》(1967)，从广度和深度上拓展了这个题材。他的短篇小说集《格兰德大妈的葬礼》，显示了他运用象征和影射手法的娴熟技巧，表明他的魔幻现实主义风格已经日臻成熟。

60 年代中期以后，加西亚·马尔克斯的创作热情日趋高涨，优秀作品不断推出。1967 年，他的长篇小说《百年孤独》出版，引起了世界文坛的巨大震动，成为拉丁美洲魔幻现实主义文学最重要的代表作品。

1975 年，加西亚·马尔克斯又出版了另一部长篇小说《家长的没落》，再次在拉丁美洲西班牙语文学界产生了“爆炸性”的影响，被誉为 1976 年世界十大优秀作品之一。小说以漫画的手法塑造了专制暴君尼卡诺尔的形象，描写他冷酷残忍、荒淫无度、横征暴敛、倒行逆施的种种罪恶。在政治生活中，他为了剪除异己，消灭政敌，无所不用其极：他把政敌处死后扔到河里喂鳄鱼，还把政敌的皮活剥下来再送给他的家属。比如有一次他遭遇暗杀未死后，便怀疑刺客是受国防部部长的指使，于是把曾经是他心腹亲信的国防部部长抓起来，放在火上烤得焦黄后让他的私人卫队食用。他实行独裁统治，为所欲为，所有政令都出自他的第一夫人之手，连刚满月的儿子都被授予少将军衔。在私生活上，更是穷奢极欲、荒淫成癖。他一生有一千多个情妇，共为他生了五千多个怀孕七个月就出生的“七月子”。他甚至还和自己的生身母亲发生性关系。最后，暴君尼卡诺尔终于恶贯满盈，自取灭亡。尼卡诺尔的形象十分典型，他和阿斯图里亚斯的《总统先生》中的总统一样，都是肆虐于拉丁美洲各国的军事独裁政治的产物。在他们的身上，集中了所有拉丁美洲国家的独裁暴君的一切特征。作品在极度的夸张中无情地鞭挞了这些专制独裁者们的丑恶灵魂，表现了作者的人道主义和民主主义立场。

这部小说在结构形式和叙事方式上颇具独创性。作品共分六章，每章不分段落，也没有传统小说中的情节线索的贯穿连接，仿佛是由六个独立的短篇小说连缀而成的。这六个自成体系的章节内容实际上从不同的角度塑造了同一个独裁者的形象。小说中的各章结构完全相同，而且内容可以随意移位。即使在各章之间自由换位，也不会影响作品的完整统一和整体效果。在叙事方式上，作者并没有像传统小说那样展现、描写人们的所见所闻，而是运用了所谓“多人称独白”的手法来叙述主人公的身世，把不同的人们来自不同原点的放射式的思维（也就是人们的所思所想）通过穿插交切，最后聚集到一个人的身上，那就是尼卡诺尔，使他的性格特征得到多方位的、丰满的体现。另外，小说在标点符号的运用上也显示出独创的匠心。前五章采用句号和逗号断句，最后第六章取消句号，只用逗号断句，更加强化了小说与众不同的叙事特点，使作品有一种一气呵成的效果。不难看出，作者在运用这些现代主义表现手法方面的技巧，已经达到了炉火纯青的水平。

20 世纪 80 年代以后，加西亚·马尔克斯的创作风格有所变化。这一时期，他发表了中篇小说《一件事先张扬的人命案》(1981)和长篇小说《霍乱时期的爱情》(1985)两部作品。《一件事先张扬的人命案》以新闻报道的纪实手法，讲述了一件令人触目惊心的凶杀案件，批判了人们愚昧落后的封建思想和习俗。《霍乱时期的爱情》描写了一对青年男女之间“完全不同于过去题材”的爱情故事。从他这一时期作品的内容和形式来看，已经没有了魔幻现实主义神奇怪诞的成分，基本上是现实主义的。

1982 年，加西亚·马尔克斯“因为他的长篇小说把幻想和现实融为一体，勾画出一个丰富多彩的想象中的世界，反映了拉丁美洲大陆的生活和斗争”而荣获了当年的诺贝尔文学奖。这是继 1967 年危地马拉的阿斯图里亚斯之后，魔幻现实主义作家第二次获得此项殊荣。它表明魔幻现实主义作为 20 世纪西方文学的一个重要流派，已经得到了广泛的国际承认，并且无可争议地在世界文学殿堂中占据了一席之地。

加西亚·马尔克斯对于魔幻现实主义文学作出的贡献是多方面的。除了创作实践上拥有像《百年孤独》《家长的没落》这样的世纪扛鼎之作以外,在魔幻现实主义文学创作理论方面,他也是颇有建树的。一是他首先将民族传统和现代意识结合起来,发掘古老的印第安人的神话传说,把它和当代拉丁美洲现实有机地融合成一体,并在一种虚幻的情景和氛围中,给现实披上了光怪陆离的魔幻外衣。正是他全面发展并且广泛应用了所谓"神奇现实"的理论。加西亚·马尔克斯指出:"在拉丁美洲纷繁复杂的、光怪陆离的、令唯美主义者们费解的神奇现实面前,拉丁美洲作家缺乏的常规武器恰恰不是幻想,而是表现这种近乎幻想的真实的勇气和技能。"①二是加西亚·马尔克斯的创作成功地借鉴了欧美现代主义各种新颖的创作手法。他在运用象征、内心独白、自由联想和梦幻意识的技巧方面非常高超,达到了得心应手、出神入化的程度。尤其可贵的是他在借鉴和运用过程中从不囿于这些手法的固定程式,而是擅采众家之长,取我所需,为我所用,不拘一格地开创表现新路。他的代表作《百年孤独》便十分鲜明地体现出他的这种创新精神。

可以说,在创作实践和理论建树方面,加西亚·马尔克斯都走在了魔幻现实主义作家队伍的最前列。他的创作从艺术构思到表现方法上都实现了民族性和世界性的真正统一,为人类当代文学艺术的发展提供了宝贵的经验。

二、《百年孤独》分析

《百年孤独》是加西亚·马尔克斯一生最重要的代表作,也是拉丁美洲魔幻现实主义的经典巨著。小说出版以后受到了空前热烈的欢迎,是世界范围内最畅销的书之一,目前已被翻译成40多种语言,印数超过1 000万册以上。

内容介绍 长篇小说《百年孤独》描写的是布恩蒂亚(又译布恩地亚)家族七代人充满神奇色彩的坎坷经历,以及小镇马孔多(又译马贡多)100多年来从兴建、发展、鼎盛到消亡的过程。它反映了19世纪初到20世纪上半叶哥伦比亚乃至整个拉丁美洲近百年的历史演变和社会现实。

布恩蒂亚家族的第一代霍塞·阿卡蒂奥·布恩蒂亚(以下简称为霍·阿·布恩蒂亚)是一个精力充沛、具有开拓精神的农民,他和表妹乌苏娜(又译乌苏拉)相爱。但双方的家长们都反对这门婚事,因为害怕他们近亲结婚会生出一只蜥蜴。这种可怕事情从前就已经出现过一次,乌苏娜的婶婶嫁给霍·阿·布恩蒂亚的叔叔,就生出个长了一条猪尾巴的男孩。但霍·阿·布恩蒂亚不退缩,说:"我可不在乎生出一个猪崽子,只要它们会说话就行。"于是,他们结了婚。

---

① 加西亚·马尔克斯:《拉丁美洲和加勒比地区的艺术创作》,转引自柳鸣九:《二十世纪现实主义》,中国社会科学出版社1992年版,第130页。

但一年以后,乌苏娜还是个处女。因为她一直害怕长辈们担心的事会真的发生,所以每天晚上她都穿着母亲用厚帆布给她缝的并用交叉皮带系住的“贞节裤”。半年后的一个星期天,霍·阿·布恩蒂亚的公鸡在斗鸡中战胜了同村的阿吉廖尔的公鸡,阿吉廖尔气得发疯,挑衅地喊着:“恭喜你呀!也许你的公鸡能够帮你老婆的忙。”受辱的霍·阿·布恩蒂亚在决斗中用粗大的标枪准确地击中了阿吉廖尔的咽喉。这天夜晚,当死者的亲友们守在棺材旁边伤心时,霍·阿·布恩蒂亚走进自己的卧室,用标枪对准妻子,命令她脱掉“贞节裤”,并且说:“你生下蜥蜴,咱们就抚养蜥蜴。”

尽管人们把这次决斗称为光荣的决斗,但两夫妇却感到了良心的谴责。乌苏娜和霍·阿·布恩蒂亚曾经多次在夜里看见被杀死的阿吉廖尔用麻屑堵住流血的窟窿,用水洗脖子上的血迹。霍·阿·布恩蒂亚于是屈服了,决心远远离开这个村子,绝不再回到这儿来了。就这样,他们翻山越岭,朝着列奥阿察相反的方向前进。有一些年轻人也带着妻子、儿女跟着他们去寻找渺茫的土地。过了一年零两个月,乌苏娜在旅途中生下了第一个儿子阿卡蒂奥,他身体各部分完全没有畜生的症状。在经过了两年多的艰难跋涉之后,他们终于在一个巨大的沼泽地里停留下来。这天夜里,霍·阿·布恩蒂亚做了一个梦,梦见这儿矗立起一座热闹的城市,并听见了一个响亮动听的名字:马孔多。于是第二天他和人们就在这里开始建起一个村庄,取名马孔多。后来,乌苏娜又生下了一个儿子奥雷连诺,一个女儿阿玛兰塔。马孔多很快变成了一个热闹的市镇,开设了商店和作坊,修筑了商道。第一批阿拉伯人沿着这条商道来到了这里,他们用玻璃珠项链交换鹦鹉。霍·阿·布恩蒂亚对周围的生活入了迷,他放弃了炼金术,重新成了一个精力充沛、勤奋的事业家。他大力整顿这个市镇,短时间内就安排好全镇的劳动生活,甚至给每座房子上都安了一个音乐钟。乌苏娜则在振兴家业,她制作美妙的糖公鸡和糖鱼拿到街上卖,收入不错。二儿子奥雷连诺也进入了少年时代,在聚精会神地从事首饰工作。一天,像奥雷连诺预言的那样,布恩蒂亚家里来了一位11岁的姑娘雷贝卡,她的帆布袋子里装着她双亲的骸骨。他们收留了她,乌苏娜费了好大的劲才使雷贝卡摆脱了喜欢用指甲挖吃泥土的嗜好,会用刀叉吃饭了。谁知此后不久,马孔多小镇的居民们患上了一种奇怪的失眠症,又渐渐地发展成健忘症,连日常生活的物品器具的名称和用途都不记得了。为了帮助人们跟健忘症作斗争,奥雷连诺发明了给每件物品贴上标签的做法。后来,那个已经死去的吉卜赛人梅尔加德斯来到了马孔多,用他带来的神奇药水治好了他们的健忘症。当马孔多全镇庆祝记忆恢复的时候,梅尔加德斯告诉老朋友霍·阿·布恩蒂亚,他的确经历过死亡,但由于忍受不了孤独,所以又回到了这里。他带来的银版照相术把布恩蒂亚全家印在彩虹色的金属版上,令霍·阿·布恩蒂亚惊奇得说不出话来。

布恩蒂亚家的孩子们都长大成人了。马孔多的镇长阿·斯摩柯特和妻子有七个女儿,小女儿雷麦黛丝很中比她大出很多的奥雷连诺的心意。而雷贝卡和阿玛兰塔两个人都暗地里爱上了调钢琴的意大利小伙子克列斯比。梅尔加德斯又一次死了,但他的幽灵仍在各个房间里游荡。一天,死去的阿吉廖尔也来了,霍·阿·布恩蒂亚和他一直聊到天亮。不久,霍·阿·布恩蒂亚精神开始恍惚起来,他想毁掉整个房子。奥雷连诺叫来20个人,把他用绳子捆在栗树干上。

奥雷连诺和雷麦黛丝在圣坛前举行了婚礼。本来这一天也是雷贝卡和克列斯比结婚的日子,但克列斯比却接到一封母亲病危的假信,回省城去了。大家怀疑这是阿玛兰塔的诡计,因为她也在暗恋着克列斯比。当她的种种阴谋都不能得逞时,她决定毒死雷贝卡。可阿玛兰塔却错把鸦片酊放到了雷麦黛丝的咖啡中,毒死了正怀有一对双胞胎的雷麦黛丝。阿玛兰塔想起雷麦黛丝生前待她的好处,感到自己罪孽深重。乌苏娜宣布为雷麦黛丝举丧,使雷贝卡和克列斯比的婚事一拖再拖。雷贝卡失去了希望,精神萎靡,又开始吃土。这时,出走多年的霍·阿卡蒂奥突然回家了。他变得异常健壮,而且阅历丰富,活泼风趣,很得女人的喜欢。雷贝卡和他发生了性关系,跟他结了婚,还生下了一个儿子阿卡蒂奥。这是布恩蒂亚家族的第三代。阿玛兰塔终于得到了克列斯比,两个人准备结婚,但遭到了奥雷连诺的反对。战争爆发了,奥雷连诺指挥着一帮年轻人出其不意地袭击了滥杀无辜的警备队,枪决了警备队上尉和四个士兵。当天夜里,他被任命为马孔多的军政长官,他现在是奥雷连诺上校了。奥雷连诺上校一生发动了32次武装起义,全都失败了。他曾经遭受过14次暗杀、73次埋伏和一次枪决,但都幸免于难。他拒绝过共和国总统授予他的荣誉勋章,他曾升任为革命军总司令,在全国广大地区拥有过生杀大权,成为政府最畏惧的人物。在不到12年的南征北战之中,他跟17个女人生过17个儿子,这些儿子都取了奥雷连诺这个名字。

奥雷连诺带领部队离开马孔多时,把这个市镇交给了霍·阿卡蒂奥的儿子小阿卡蒂奥管理。而小阿卡蒂奥却用残酷的镇压手段,使自己成了马孔多不曾有过的暴君。他强迫中年男子戴上红袖章,不许人们做弥撒,随便枪杀平民,强占别人的土地,甚至埋葬死人他都收税,想干什么就干什么,连乌苏娜的阻止也无济于事。一天,他带人闯进镇长阿·斯摩柯特家里,把他抓到兵营并要将其枪毙。乌苏娜听说后,非常惭愧,愤怒地挥着鞭子赶到兵营,拼命抽打小阿卡蒂奥,救出了镇长。她还把关在兵营中的戴脚镣的犯人都释放了。乌苏娜管理了马孔多,她下令取消了红袖章,恢复了做弥撒,宣布小阿卡蒂奥的所有命令无效。她虽然十分勇敢,但她心中却在悲叹自己的命运,感到非常孤独。她去找被忘记在栗树下的丈夫,向他倾诉内心的悲苦。但这时的霍·阿·布恩蒂奥已经失去了跟现实生活的一切联系,完全像一个死人了。二月底,马孔多发生了枪战和白刃战，自由党人失败，小阿卡蒂奥投降，被保守党枪毙了。他留下了一个女儿雷麦黛丝，一对孪生子霍·阿卡蒂奥第二和奥雷连诺第二。阿玛兰塔自愿照顾这几个孩子。

五月里，战争结束了。奥雷连诺被政府以叛乱罪逮捕，判处了死刑。他要求在马孔多执行。正当行刑队举枪射击的一刹那，他的哥哥霍·阿卡蒂奥突然出现在他面前，营救了他。但只过了一年，霍·阿卡蒂奥就莫名其妙地死于手枪之下。他的血从门下溢出，穿着客厅，爬上街沿，在大街上奔驰，一直流到乌苏娜家的厨房里。他的母亲乌苏娜顺着血迹，终于找到了大儿子的尸首。霍·阿卡蒂奥一死，雷贝卡就把自己锁在屋里，与世隔绝了。一天，正在外地的奥雷连诺派专人送信给乌苏娜："当心，爸爸快要死啦。"乌苏娜相信他的预感，果然，两个星期了之后，霍·阿·布恩蒂亚真的去世了。这一夜，天上下起了黄花雨，整整一夜，黄色的花朵像无声的暴雨，在马孔多镇上空飘落，第二天早上，地上仿佛铺了一层密实的地毯。

阿玛兰塔在婚事一直上不顺利。克列斯比由于忍受不了长期的精神折磨而自杀，她又拒绝了奥雷连诺的好朋友马克斯上校的求婚。这个容颜已衰的半老女人，和自己的侄儿、奥雷连诺的儿子奥雷连诺·霍塞发生了乱伦的关系，并且把他当成治疗自己的孤独病的临时药剂，赤身露体地和他一块儿睡觉，经常处于一种无法止息的兴奋状态。由于害怕乱伦的报应，更怕生下长猪尾巴的后代，阿玛兰塔终于坚决中止了与奥雷连诺·霍塞的淫乱关系。奥雷连诺·霍塞不久死于政府军的枪下。

当奥雷连诺上校终于迷上了晚年的宁静生活，重新在作坊里制造小金鱼时，马孔多又像神话一样繁荣起来。布恩蒂亚家族第四代子孙成了中心人物。霍·阿卡蒂奥第二和奥雷连诺第二共同占有着一个女人佩特拉·柯特。这对孪生子身上集中了家族的一切缺点而没有一点美德。自奥雷连诺第二当家以来，几年中，他们凭着家畜家禽神奇的繁殖能力富裕起来了，而这全靠他的情妇佩特拉·柯特的爱情所具有的一种激发动物繁殖的功能。奥雷连诺第二后来迷上了梅尔加德斯留下的羊皮纸手稿，努力破译其中的秘密，但一直没能成功。一天，再次出现的梅尔加德斯告诉他："在手稿满 100 年以前，谁也不该知道上面写些什么。"奥雷连诺第二的妹妹"俏姑娘"雷麦黛丝姿色出众，狂欢节时她当选为节日女王。但狂欢节当天却发生了枪战和混乱，奥雷连诺第二救出了妹妹，同时又把美丽的冒牌女王菲兰达带回家来，和她结了婚。菲兰达给奥雷连诺第二生了一个儿子霍·阿卡蒂奥，又生了一个女儿雷纳塔·雷麦黛丝（梅梅）。这是布恩蒂亚家的第五代。

自从马孔多通了火车之后，居民们被许多奇异的发明弄得眼花缭乱，电灯、电机、电影、留声机，简直使他们来不及表示惊讶。有一个叫赫伯特的先生带领一帮官员访问了市镇郊区，后来人们听说，外国佬打算在这片土地上种植香蕉。香蕉公司出现之后，专横傲慢的外国人代替了地方官吏，手执大砍刀的雇佣刽子手取代了以前的警察。他们随便杀死平民，激怒了老奥雷连诺上校，他在人群中大声叫嚷，要武装他的孩子们去除掉这些坏透了的外国佬。一个星期以后，他的17个已经长大成人的儿子们全部遭到了歹徒的暗杀，最后只剩了最大的一个。奥雷连诺满腔愤怒，希望人们能帮助他发动战争，推翻外国侵略者支持的腐败政府，但他过去的同僚和朋友都避而不见。霍·阿卡蒂奥第二组织了香蕉公司的工人罢工，大罢工爆发后，遭到了政府的残酷镇压。士兵们用机枪从两边向人群扫射，大约有3 000人被打死。这段时间，布恩蒂亚家里也发生了许多事。“俏姑娘”雷麦黛丝在三月的一天下午，抓住一条床单随风凌空升起，永远消失在上层空间。阿玛兰塔一直把自己关在房间里给自己缝制尸衣，因为死神几年前就预告了她的死期将近。接着阿玛兰塔也猝然死亡了。梅梅(雷纳塔)被母亲菲兰达送进修道院，最后在那里死去。乌苏娜这时已经过了百岁，眼睛虽然瞎了，却仍然怀着力图恢复一切的狂热愿望。但她太老了，终于在不小于115岁，不大于122岁时离开了人世。这一年年底，雷贝卡也去世了。不久，霍·阿卡蒂奥第二和奥雷连诺第二也相继病故，一对孪生兄弟的尸体放在两个同样的棺材里。紧接着，菲兰达盖着那件银鼠皮袍直挺挺躺在床上也死了。她的大儿子，神学院学生霍·阿卡蒂奥也被人淹死在浴池里。

布恩蒂亚家的第六代子孙小奥雷连诺·布恩蒂亚是梅梅的儿子。他把那批羊皮书手稿逐渐全部翻译出来，但上面的意思他仍然弄不明白。这时，在外面上学的阿玛兰塔·乌苏娜领着丈夫加斯东回到了马孔多。她像乌苏娜一样活泼、纤小、难以驾驭，又像俏姑娘雷麦黛丝那样漂亮、诱人。奥雷连诺·布恩蒂亚狂热地爱上了她，也就是说，爱上了自己的姨妈。他们两个人沉浸在一种失去理智的、戕害身心的情欲之中。不久，阿玛兰塔·乌苏娜生下了一个健壮的男孩，这个孩子长着一样别人没有的东西：一条猪尾巴。阿玛兰塔·乌苏娜因失血过多而去世，奥雷连诺·布恩蒂亚的心枯萎了。一天，他外出回家之后发现婴儿已经不在摇篮里，只看到一块皱巴巴的被咬烂的皮肤，从四面八方聚集拢来的一群蚂蚁正把它往自己的洞里尽力拖去——这就是他的儿子。在这一瞬间，他终于破译了梅尔加德斯的奥秘。羊皮手稿卷首上有一句题词：“这个家族的第一个将被绑在树上，家族的最后一个人将被蚂蚁吃掉。”这个预言跟布恩蒂亚家族的兴衰完全相符。按照羊皮书手稿的预言，就在奥雷连诺·布恩蒂亚破译手稿的最后一刻间，马孔多这个镜子似的城镇，被飓风从地面一扫而光。

思想意义 《百年孤独》通过对布恩蒂亚家族七代人以及马孔多小镇的兴衰消亡过程的描写，全面深刻地反映了哥伦比亚乃至整个拉丁美洲大陆的历史演变和现实生活，揭示了拉丁美洲民族深层的文化和心理特征，指出了孤独落后所带来的严重危害，表达了作者对于拉丁美洲民族命运的深沉思考和热情关注。

《百年孤独》的内容异常丰富、复杂而深广，具有很高的思想认识价值。主要表现在两个方面。

1.《百年孤独》以小镇马孔多所经历的创建、繁荣、沦落和消亡的百年沧桑，影射和浓缩了哥伦比亚自19世纪初到20世纪上半叶的历史。

马孔多原来是一片未开垦的沼泽地，初创时期也不过20来户人家，河水清澈，河岸上盖着土房。“这块天地还是新开辟的，许多东西都叫不出名字，不得不用手指指点点。”这里封闭、落后，人们生活十分安宁、恬静。这是16世纪以前哥伦比亚土著生活的写照。然而西班牙殖民者闯入，他们用剑与火加上十字架征服了拉丁美洲，继而大批移民涌入这块大陆。哥伦比亚从社会结构、思想信仰到风尚习俗都发生了深刻的变化，形成了哥伦比亚历史上第一次重大转折。小说中有关吉卜赛人来到马孔多，乌苏娜发现与外界的通道以及引来第一批移民的描写，就是这段史实的再现。

19世纪初哥伦比亚独立以后，国家政权被土生白人的大地主、大商人所把持。他们中的保守党和自由党两派之间斗争非常激烈，政客们滥用职权，营私舞弊，操纵选举，践踏宪法，导致国家政变不断、内战频仍。从1830年到1899年间，全国爆发了27次内战，给广大人民带来无尽的痛苦。单是1899年到1902年那次内战，全国就有十万平民丧失生命。小说以很大的篇幅，通过奥雷连诺·布恩蒂亚上校的传奇生涯描写了这方面的史实。奥雷连诺作为马孔多镇长的女婿，亲眼目睹了政界官员的种种丑行，他奋而起义，反对腐败的保守党政府。奥雷连诺上校一生发动过32次武装起义，打了20年的内战。在牺牲了无数生命之后，他“升为革命军总司令，在全国广大地区拥有生杀予夺之权，成了政府最畏惧的人物”。这些描写生动地概括了哥伦比亚历史上第二次重大转折时期的社会生活。

20世纪初期，哥伦比亚内战停止，开始了经济恢复阶段，但很快受到了新殖民主义的入侵。小说描写在马孔多居民被包括火车、电灯、电机、电影、留声机惊得目瞪口呆、眼花缭乱之际，美国香蕉公司在马孔多建立了。各种人像潮水一样涌进这个小镇，彻底改变了它的面貌，带来了马孔多历史上最重大的变革。这种变革给马孔多带来了表面上繁荣，但实质上却是外国资本家更加残酷剥削和掠夺的开始。而且为了维护既得利益，帝国主义者用野蛮暴力镇压人民的反抗。马孔多“一夜之间成了是非之地”。在香蕉工人罢工运动中，政府和帝国主义者“授命军队不惜子弹，打死他们”，“机枪从两个方向扫射人群。霍·阿卡蒂奥第二倒在地上，满脸是血。他苏醒时才发现自己躺在塞满火车车厢的尸体上。他从一个车厢爬到另一个车厢，透过些微弱的亮光，便看见了死了的男人、女人和孩子：他们像报废的香蕉给扔进大海……这是他见过的最长的列车——几乎有两百节运货车厢”。小说愤怒地揭露了帝国主义、新殖民主义的入侵给哥伦比亚造成的巨大灾难。

2. 小说在对布恩蒂亚家族众多人物形象的刻画中,着力表现了他们身上共同具有的特征,这就是马孔多人的孤独感。

从第一代霍·阿·布恩蒂亚到第六代奥雷连诺·布恩蒂亚,每个人都各自生活在自己营造的孤独之中,而且努力保持着这种孤独。第一代霍·阿·布恩蒂亚和表妹结婚以后就遭受到孤独的折磨。妻子由于害怕生下长猪尾巴的后代而不敢和他同房,杀死嘲笑者以后又受到鬼魂的困扰,不得不远走他乡。晚年,他精神恍惚、疯疯癫癫,最后被绑在栗树上孤独地死去。第二代奥雷连诺上校年轻时身经百战,却不知为谁卖命。退休后他把自己反锁在屋里制作小金鱼,做好化掉,化掉再做,“连内心也上了门闩”。第二代中的阿玛兰塔阴险地破坏别人的幸福,又冷酷地拒绝自己的求婚者。她整天为自己织着尸衣,孤独地等待着死神的召唤。第四代中“俏姑娘”雷麦黛丝根本就“不是这个世界的人”,她每天都在浴室里冲洗身子,几小时几小时地打发时间,最后她抓住一条被单飞上了天空……这种孤独的恶习在布恩蒂亚家族中代代相传,周而复始、恶性循环。它制造了愚昧、落后、保守、僵化的现状。它在亲人之间筑起了无形的墙,使人离群索居、与世隔绝、不思进取、停滞倒退。这种孤独的本质是人们因为不能掌握自己的命运而产生的绝望、冷漠和疏远感。它是家族衰败、民族落后、国家灭亡的根源。小说最后描写布恩蒂亚家族连同马孔多小镇被飓风刮走,深刻揭示了由孤独所产生的社会悲剧的必然。

总之,小说深刻地揭示了拉丁美洲近百年来的“孤独”现实和造成这种现实的深刻的历史、政治、经济、文化等方面的原因,是一部当代拉丁美洲的百科全书。

艺术特色 《百年孤独》作为一部魔幻现实主义的经典作品,在艺术上取得了举世公认的巨大成就。这主要体现在“魔幻”手法的运用上,突出表现在以下几个方面。

1. 艺术构思上的魔幻性。

《百年孤独》在小说结构中贯穿着一条明显的线索,这就是布恩蒂亚家族始终对近亲结婚会生出长“猪尾巴”孩子怀有的深深恐惧。这种恐惧作为小说的内在精神线索,一直贯穿作品全篇情节之中。从布恩蒂亚家族第一代霍·阿·布恩蒂亚和表妹乌苏娜结婚开始,这种恐惧就如同笼罩在心头的阴霾挥之不去,并且一代一代地影响着他们的行为。小说从布恩蒂亚家族前一代生下长“猪尾巴”孩子的传说,到这个家族第六代终于生下一个长“猪尾巴”的第七代的现实,实现了小说结构上的完整。另外,梅尔加德斯的“羊皮书”手稿在小说结构中也起着重要的作用。“羊皮书”用神秘的文字记录下了布恩蒂亚家族的兴衰历史,指示着它未来的命运。布恩蒂亚家族每一代都有人在努力破译手稿中的神秘含义，但都没有结果。直到第六代子孙奥雷连诺·布恩蒂亚看见自己长了“猪尾巴”的儿子被蚂蚁吃掉的一瞬间，才猛然领悟了“羊皮书”手稿中的含义。“羊皮书”在作品中也起着一种结构全篇的线索作用，它和布恩蒂亚家族的“恐惧”这条线索一暗一明、一虚一实，相互印证，遥相呼应，体现出小说艺术构思上的魔幻性。

2. 故事情节的魔幻性。

《百年孤独》最重要的艺术特征莫过于小说情节的魔幻性。作品中许多故事情节神奇怪诞、奇妙无比，令人叹为观止。比如关于吉卜赛人梅尔加德斯的神奇故事，是小说的重要情节。梅尔加德斯给布恩蒂亚家带来了启蒙知识，后来他病死在新加坡，尸体被抛入了爪哇附近的大海。但过了不久，他又回到了马孔多，治好了全镇人的健忘症。他告诉霍·阿·布恩蒂亚，他确实已经死了，但由于忍受不了死亡的孤独，所以才回来。这就是说，梅尔加德斯是一个鬼魂。不久，他又一次死了，这回是淹死在河里。布恩蒂亚家埋葬了他，但他的幽灵仍然一直在布恩蒂亚家各间房子里游荡，给这个家族留下了那本神秘的羊皮书手稿。又比如，奥雷连诺上校从小就有一种奇异的直觉和预感，他 3 岁时，有一次他就预言过桌上的汤锅将要掉到地上，令母亲乌苏娜惊奇不已。他后来不断地预言家中将要发生的事情，像雷贝卡的到来，他自己将在马孔多获救，以及父亲霍·阿·布恩蒂亚即将死亡等，不难看出，这些充满“魔幻”的故事情节，鲜明地带有着拉丁美洲本土传统文化和意识观念的特点。

3. 崭新的时间观念和时间描写。

为了表现拉丁美洲百年孤独的现实，马尔克斯创造了新的时间观。他认为，时间在拉丁美洲是静止的，是在一个封闭的时间圈里循环的。在《百年孤独》这部小说中，作品的第一句话就是“多年之后，面对着行刑队，奥雷连诺上校将会想起那久远的一天下午，他父亲带他去见识了冰块”。这其实是给全书定下了一个基调，即叙述的口吻是站在某一个时间不明确的“现在”，去讲述“多年之后”的一个“将来”，然后又从这个“将来”回顾到“那久远的一天”的“过去”。一句话里包含了现在、将来和过去，形成了一个时间性的圆圈。也就是说，马尔克斯往往写已经发生的事，或已经被预见的事物，但他让它们走着命运注定的路，绕了一圈，往往又回到了原处。不仅如此，就是作品中人物的相似名字、人物的相似活动乃至不同时代人物的相似命运，都表明着时间的封闭性和停滞性。因此，可以说，马尔克斯在《百年孤独》中表现出来的时间观，其实正是拉丁美洲百年孤独现实停滞的艺术反映。

4. “魔幻”式象征手法的运用。

《百年孤独》中广泛地运用了象征艺术手法，各种各样的象征喻体在作品中俯拾即是。但和其他许多文学流派不同的是,这种象征手法更多地带有着“魔幻”的色彩。比如,小说中描写马孔多镇上所有的人都患上了一种奇怪的失眠症,进而发展为可怕的健忘症,连日常生活用品的名称都忘了,象征着人们忘记了自己民族的文化和历史。又如在作品中,黄色是不幸和死亡的象征。当霍·阿·布恩蒂亚死亡时,“窗外下起了细微的黄花雨。整整一夜,黄色的花朵像无声的暴雨,在市镇上空纷纷飘落,铺满了所有的房顶,堵塞了房门,遮没了睡在户外的牲畜。天上落下了那么多的黄色花朵,翌日早晨,整个马孔多仿佛铺上了一层密实的地毯,所以不得不用铲子和耙子为送葬队伍清理道路”。奥雷连诺第二的女儿梅梅和香蕉公司工人巴比洛尼亚恋爱,凡是巴比洛尼亚出现的地方,就有许多黄蝴蝶飞舞,梅梅要在人群中找他,只消举眼找黄蝴蝶就行了。天一黑,她的屋子里满是黄蝴蝶,她的母亲菲兰达十分痛恨这些黄蝴蝶,请来警卫开枪打伤了前来和梅梅幽会的巴比洛尼亚。黄蝴蝶竟成了他不幸的根源。实际上,黄色作为香蕉的颜色,这种象征的寓意是十分明显的。

5.“魔幻”式的夸张手法。

夸张是《百年孤独》中运用最多的艺术手法,它同样也具有“魔幻”的特征。小说中描写霍·阿卡蒂奥被枪杀后,他的鲜血从门下溢出,竟然穿过客厅,流到街上,在土耳其人大街上奔驰。然后左一拐,右一拐,径直奔向他母亲乌苏娜的房子。又比如写奥雷连诺第二当家以后,他家的牲畜从来没有像现在这样控制不住地神奇地繁殖起来,这全靠着他的情妇佩特娜·柯特的爱情所具有的激发动物繁殖的功能。以至于奥雷连诺第二兴奋地高叫:“繁殖吧,母牛啊,繁殖吧——生命短促呀。”还有,作品一开始描写吉卜赛人梅尔加德斯拿着两块大磁铁表演所谓的世界第八奇迹:“大家都惊异地看见,铁锅、铁盆、铁钳、铁炉都从原地倒下,木板上的钉子和螺丝嘎吱嘎吱地拼命想挣脱出来,甚至那些早就丢失的东西也从找过多次的地方兀然出现,乱七八糟地跟在梅尔加德斯的魔铁后面。”这些夸张无一不具有鲜明的“魔幻”特点。

第十三章

女性主义文学与《紫色》

【学习重点提示】

1. 结合女性主义文学的发展历程,把握女性主义文学的基本特点和写作价值取向。

2. 把握《紫色》中是如何通过高超的艺术形式来表现黑人女性低下地位和觉醒过程的。

第一节　女性主义文学概述

一、女性主义文学的发展状况

女性主义文学是20世纪西方文学中成就显著、引人注目的现象。女性主义作家以独特的视角和审美意识,表现了多种文化群落中不同文化背景下女性的生活、命运、历史以及对于世界和人生的看法,对以男性为中心的文化传统进行了强劲的理性批判。因此,女性主义文学即使不能算作一个流派,至少也是一个不可忽视的文学现象。

女性解放运动　“女性主义文学”的产生直接来源于女性解放运动。在西方文明史上,妇女地位一直低于男性。正如《圣经》里所描绘的那样,女人是由男人的肋骨造成的,在大部分的农业社会中,妇女只是作为男人的“配偶”或补充而存在。无论基督教的圣母如何地被人所崇拜,中世纪的骑士传统如何地宣扬“女士优先”,女性都只不过是一件被神圣化和理想化了的物体而已。可以说,女性争取自身权利和自由的步伐是与人类争取自由、民主的进程同步的。最初的女性解放运动是从争取女性权利开始的,因而,我们可以把第一个阶段出现的女性解放运动称为“女权运动”。“文艺复兴”时期,妇女问题开始得到初步关注。启蒙运动和法国大革命,唤起了妇女争取平等意识的觉醒。1789年法国大革命时期,奥林普·德·古日的《女权宣言》影响了英国女作家玛丽·沃尔斯通克拉夫特(1759—1797)。她发表的著名论文《为女权一辩》(1792),批判了女人生来就是男人附属品的观点,明确提出女性应当在政治、教育和工作方面享有与男人同等的权利,号召女性"自食其力,不依靠男人",成为"明智的公民"。1870年,英国通过《已婚妇女财产法》,使女性有了财产权。美国大规模的女权运动开始于1848年7月在纽约州的塞内卡福尔斯召开的首届女权大会,要求铲除两性不平等等社会弊端。

进入20世纪以后,女权主义者开始由自发地反抗转向了自觉斗争的历史阶段,以要求人格独立为主要内容的西方女权运动,开始转向更为广阔的要求经济和政治平等的领域。1909年3月8日,美国芝加哥女工为争取自由平等,举行了规模巨大的罢工和示威游行,得到了广大女性的支持和响应。1910年8月,在丹麦哥本哈根举行的第二次国际社会主义妇女大会上,德国女革命家蔡特金提议将每年的3月8日定为国际妇女节并获得通过。1920年至1928年,英、美女性获得完全的选举权。19世纪末20世纪初的妇女革命以公民权的改革告终,一般称这次浪潮为第一次世界女性解放运动。此时,在思想文化和文学领域,弗吉尼亚·伍尔芙成了女性主义者崇拜的对象,她的《自己的房间》所提出的问题引起了广大妇女的兴趣。该文发表于1929年,提到女性个人的收入和个人的空间是女性作家创造力发展的先决条件。在最后一章,伍尔夫先是提出"两性之间最自然的就是合作",继而提出同意柯勒律治说过的伟大的脑子都是半雌半雄的观点,即"两个力量在一起和谐地生活,精神合作"。以上可以看作是女性解放运动的第一个阶段——女权主义阶段。

20世纪五六十年代以后,西方第二次女性解放运动兴起。这次运动远远超出了早期争取妇女财产权和选举权的范围和目标,不再仅仅局限于针砭女性的受歧视现象,而是以怀疑和批判的态度对"西方知识传统"提出了挑战,试图讨论并弄清女性的本质和文化构成,"它包括一名妇女应是什么的真正问题;它包括反对妇女作为男性消费的性欲课题的战役,反对色情描写、强奸等暴力形式;妇女解放运动关心妇女的教育、福利权利、机会的均等、工资、工作环境选择的自由、妇女有了孩子后的生活、是否要孩子以及什么时候要孩子的权利;关注父权制的压迫方式,它和阶级及种族对妇女的压抑等等"①。

第二次女性解放运动的冲击力主要在文化方面,引起了女性主义在社会学、历史学、哲学、心理学、文化学等多方面的研究。这些研究为女性主义文学运动提供了理论依据和动力,女性主义文学的勃兴又反过来为女性解放运动提供了思想武器。发表于1949年的《第二性》可以说是奏响了女性解放运动第二次浪

---

① 克里斯·威顿:《女性主义实践与后结构主义理论》,见鲍晓兰:《西方女性主义研究评介》,三联书店1995年版,第14页。

潮的前奏曲。西蒙娜·德·波伏娃(1908—1986)是20世纪法国也是现代欧洲女性解放运动最重要的人物,她的《第二性》为女性解放运动作出了理论化的论证。她指出:自从以男性为中心的传统建立以来,女人就一直被当作男人身外的“另一种”“非主要的”性别,正是这种历史、社会和文化环境造成了今天的被性别歧视异化了的“妇女”,而不是女性的天性使然。据此,波伏娃提出了“女人不是生成的,而是变成的”的著名观点。她认为,只有经由工作和职业的道路,女性才能找回失去的尊严。

《第二性》的出版,引起了世界范围内的激烈争论,并被译成18种文字,成为现代女性解放运动的经典。《第二性》与《自己的房间》一同被视为女性解放运动的精神纲领。凯特·米利特称《第二性》“为全世界的妇女打开了一道门,改变了全世界亿万人的命运”。[①] 当波伏娃1986年4月逝世时,法国总统密特朗在唁电中说:“她的一生,她的作品和她的斗争导致当今世界及整个世界女性和男性的觉醒。”除了《第二性》,另外还有三部著作是这个阶段不容忽视的,在《女性的奥秘》(1963)一书里,美国的女权主义者贝蒂·弗里丹(1921—2006)把父权社会的家庭比作“舒适的集中营”。她以大量的实例揭示了当时的女性在就业、婚姻、家庭等方面的困惑和要求。另一位美国的女权主义理论家凯特·米利特(1934—)的《性政治》(1970)一书从政治的角度看待两性关系,认为历史上男、女两性之间的关系一直是一种权力支配的关系,是我们文化中最为根深蒂固的压迫关系。米利特阐述了女性斗争的命运及其在19世纪和20世纪的对立面,剖析了男性中心主义如何在劳伦斯等现代作家笔下表现出来。特别批评了弗洛伊德关于女性特征的理论,认为其关于两性生理的差异论直接影响了女性特征的建构,她认为,D. H. 劳伦斯的性宗教其实表现了男性的霸权意识。《女太监》(1970)出自澳大利亚的杰梅茵·格里尔(1939—)之手。该书指出女性时刻囚禁于精神牢笼之中,逐渐丧失了原有的活力,从而变成“被阉割的人”,即“女太监”。1970年,美国现代语言协会举办了第一期“女性主义文学和妇女意识”研讨班,导致了颇有影响的《妇女研究》丛书的出版。

第二次女性解放运动中还有一个现象值得注意,就是美国黑人女性意识的觉醒。20世纪50年代到70年代,美国黑人反对种族歧视和争取平等权利斗争的全面展开,全国性的反越战和平运动等,都促进着一种“解放的新文化”的出现:金斯堡的诗歌,黑人写作的复兴,偏执、浪漫、自由而亲切的摇滚音乐,《第二十二条军规》等“黑色幽默”小说、《烟草经纪人》等“揭丑文学”微妙地改变着人们的认识方式,形成了一种普遍的对美国传统文化的怀疑和否定意识。这种“解放的新文化”也促进了女性解放运动的高涨。不仅觉醒了的白人女性看到

---

① 转引自陆道夫:《强化女性主体意识 纠正男性评论偏颇》,见《河南大学学报》1988年第5期。

了她们同黑人女性具有相似的境遇——虽然与男人在法律上是平等的,但所谓女性的自由和权利、女性多方面发展的设想不过是天方夜谭。黑人女性更发现了她们的悲哀——由于她们是黑人女性,更由于父权制的性别惯例和种族歧视的存在,她们比一般的女人遭受着更多的不平等和不自由。

女性主义文学 20 世纪西方女性主义文学的出现,是在上述的历史、社会背景下产生并发展起来的。同时,20 世纪女性主义文学的发展也同自己长期以来形成的文化传统密不可分。

在欧洲,女性写作有着悠久的历史和传统,但是作为一种真正意义上的"女性主义文学"的出现,时间并不太长。著名女性主义批评家伊莱恩·肖沃尔特在《她们自己的文学:从勃朗特到莱辛的英国女性小说家》(1977)一书中指出:从文学史上的各亚文化群,诸如黑人文学、犹太人文学、加拿大文学、英印文学和美国文学来看,可以发现女性主义文学的发展大体上经历了三个阶段——从 1840 年英国出现用男性笔名的女作家开始,到 1880 年乔治·艾略特逝世为止,是女性主义文学的初始阶段,她称之为"女人气"阶段。在这个阶段,女性的写作主要"是对占优势的传统的普遍形式的模仿,与对艺术标准和艺术的社会作用的看法的内在化"。第二阶段从 1880 年到 1920 年英、美妇女获得选举权的那一年,为"女权主义者"阶段。在这一阶段,以反对占统治地位的传统标准和价值观念,提倡妇女的权利和价值,要求文学上的自主权为特点。第三阶段从 1920 年到现在,在这一时期,特别是从 1960 年以后,伴随着第二次女权主义运动高潮的到来,女性主义文学也进入了一个新的自我意识、自我发现的时期。这一阶段的女性主义文学,从单一的反对男性中心的传统中挣脱出来,走向了建构女性文学独特身份的时期,称之为"女性时期"①。我们将根据这种分期的划分对西方主要国家的女性主义文学发展进程作一番简略的描述。

英国从 18 世纪开始就有了妇女的创作。这一时期的女作家大都以男性的化名从事写作,在形式和语言风格上也尽量模仿男性文学,唯恐流露出女性的痕迹,评论界把这一阶段的英国妇女文学称为"模仿文学"。尽管此时的女作家创作还不能算是真正的女性主义文学,但她们的创作毕竟是真正的女性主义文学的发轫。应该说,以鲜明的女性风格和突出的女性意识,在创作中反映女性自身利益的英国女性主义文学传统的形成,得益于此时出现的被称为"几个敢于公开向社会挑战的反抗型女性"②,她们是:简·奥斯丁(1775—1817)、盖斯凯尔夫人(1810—1865)、夏绿蒂·勃朗特(1816—1855)、艾米莉·勃朗特(1818—

---

① 伊莱恩·肖沃尔特:《她们自己的文学:从勃朗特到莱辛的妇女作家》,见鲍晓兰:《西方女性主义文学评介》,三联书店 1995 年版,第 108 页。

② 见谢江南:《曼斯菲尔德女性主题的嬗变》,见《贵州民族学院学报》1992 年第 1 期。

1848)、凯瑟林·曼斯菲尔德(1888—1923)以及乔治·艾略特(1819—1880)等,她们的创作实现了英国女性主义文学从“模仿”到“反抗”的第二阶段的历史性转折。

简·奥斯丁是承前启后的第一位作家,她在《傲慢与偏见》(1813)等作品中,虽然固守着妇女生活中一个古老的主题——婚姻,但却通过对妇女生活的讽刺性再现,对妇女低下的社会地位所作的嘲讽和揭露,为英国女性主义文学的觉醒开了先河。而1847年夏绿蒂·勃朗特的《简·爱》的发表,则标志着英国女性“自己的文学”的真正开端。在勃朗特姐妹(包括艾米莉·勃朗特)笔下,妇女不再是男性社会中可怜的玩物,也不再是盲目自得的家庭附庸,而是要求与男性人格平等的独立的女性。可以说,此时出现的文学作品中的女性形象,无论是简·爱还是谢利(《谢利》1849)、露西(《维利特》1853)或凯瑟林·肖恩(《呼啸山庄》1847),都是人格独立的妇女的典型。这些女性与作者自己十分接近,尽管出身低下,但都有独立的人格,她们把寻求获得与男子同样的基本权利同自己的人生幸福和理想联系起来。夏绿蒂·勃朗特通过她的女主人公大胆地直抒胸臆,与男权社会公开论战;艾米莉·勃朗特在男女互存的关系中,强调了女性的价值意义。这些理想人物的诞生,标志着英国女性意识的觉醒。即使在被认为最不具有反抗性的凯瑟林·曼斯菲尔德的创作中,也表现出了对于传统文化塑造成的妻子、母亲、家庭主妇生存窘境的挖掘,以及建构具有主体意义的女性文化的努力。乔治·艾略特是英国女性作家中较特殊的一位,她从不认为自己建立了或有助于建立一种妇女写作的传统,甚至曾尖锐地批评过那些“淑女小说家炮制的愚蠢小说”。在写作中她似乎也竭力模仿那种“男性”模式。但她的两本名著《弗洛斯河上的磨坊》(1860)和《米德尔马契》(1872)却都是有关男子优越论神话破产的故事。从作品的暗示中可以看出,艾略特对妇女在智力、道德和精神活力上大大优于男子坚信不疑。

英国女性主义文学在20世纪初的代表作家当推弗吉尼亚·伍尔芙(1882—1941)。1929年,她发表的《自己的房间》,对女性解放运动产生了广泛而深远的影响。她在《自己的房间》中指出:妇女的特殊生活条件决定了她在观察世界和分析性格方面的特点,以及这种特点决定她在创作中最适合采用的体裁;同时,她又提出应该创造一种女性的文风。她强调:女小说家只有大胆地承认她们在性别上的种种局限之后,才能达到出类拔萃的境界。继伍尔芙之后,英国女性主义文学进入了一个“妇女现实主义、女性抗议和女性自我分析在20世纪有关社会和政治的小说中结合在一起”的新阶段。

英国作家多丽丝·莱辛(1919—2013)以多变的文学视角以及丰富的创作成果享誉世界,她的作品描写了第二次世界大战前的非洲生活直至现代社会的混乱所导致的世界灾害。她有17部长篇及几部短篇小说集,曾获英、美、德及奥地利等国的多种文学奖。《草儿在歌唱》(1950)是她的第一部作品，描写罗得西亚农场一个英国女人的抑郁生活。这部小说既反映了英国殖民地白人和黑人之间的统治与被统治的关系，也表现出对处在以男性为中心的社会中的妇女权利的关心。小说出版后5个月内就再版了7次。莱辛在五部曲长篇小说《暴力的儿女们》，包括《玛莎·奎斯特》(1952)、《男婚女嫁》(1954)、《一场风波》(1958)、《陆地封锁》(1965)、《四门之城》(1969)中，塑造的激进派女知识分子玛莎·奎斯特形象，有很多经历显然是莱辛本人生活的写照，被评论家们称为"心理的自传"。多丽丝·莱辛的代表作《金色笔记》(1962)因其对女性独立意识及困境的真实描述，而被誉为20世纪60年代"妇女解放运动"的经典作品，成为女权主义者的必读书。"一切都在崩溃"，这是《金色笔记》的开场告白。围绕着"崩溃"，小说集中描写了女主人公安娜人生旅途中所遇到的政治信仰、生活信念以及创作和情感上的各种困境。主人公女作家安娜·伍尔芙是一个热情而敏感、善良而多情、独立而有思想的"自由女性"代表，挣扎于旧传统与新意识之间，在她身上集中表现出了处在男权社会中的女性在"依附与独立"关系中的游移和困惑。尽管她具有相当的独立意识，离异后独自抚育子女，靠写作谋生，但在迈向自由之路时仍摆脱不了心理上对男性的依恋；尽管她可以敏锐地洞察某些男人的虚妄与鄙俗，丑恶与冷酷，却依然受惑于男女之间的肌肤之爱，以致屡屡受伤，终于在悲观绝望中表现出孱弱恐惧，自厌自弃。安娜最后从分裂重归于完整的精神再生过程靠的仍是男性的支撑，小说中的流亡作家索尔·格林充当了这一角色。然而，索尔又是个具有多重分裂人格的自恋狂，他逃避一切责任，甚至连自己的名字也记不清。安娜在与他既爱又恨、既憎又怜的感情纠葛中，恍然看清了生活的真相，也同时看清了自己：世界原本就是由绝望与疯狂、荒诞与迷惘组成的，人只有在接受疯狂之后，才能蜕变重生，走向人格完整。

除了莱辛，这个时期英国重要的女作家还有玛格丽特·德拉布尔(1939—　)。德拉布尔的《夏日的鸟笼》(1963)、《磨盘》(1965)、《瀑布》(1969)等作品都是反映知识女性的心声和她们获得生活主控权的经历的。

美国文坛上的女作家也几乎是从艰苦创业的殖民时代起就开始了执著的创作和探寻的。在第一阶段的女性作家中为人熟知的有玛格丽特·富勒(1810—1850)、斯托夫人(1811—1896)和诗人艾米莉·狄金森(1830—1886)等，女权主义活动家富勒的《十九世纪的妇女》(1845)带有美国超验主义的色彩。它宣称妇女必须学会"依靠自己"。妇女需要自由地施展她的才能，发现她自己的真理。同时，富勒还提出了妇女差异性理论的观点。斯托夫人的《汤姆叔叔的小屋》(1852)以现实主义的笔调深刻反映了美国南方奴隶制社会的黑暗和落后，揭露了蓄奴制的野蛮与反动，对推动废奴运动以及南北战争都起到了重要的作用。浪漫主义诗人狄金森则主要从自己的生活经历出发抒发了女性对自然、爱情、死亡以及宗教的看法。总之,这个时期的女作家们以细腻的笔调对妇女的生活进行了严肃认真的探讨,写出了妇女的苦闷和思考。她们以对地方、传统和家庭的热爱,给美国传统文学中夸大的雄性倾向增添了相反的色彩。但总体上说来,在19世纪女性主义作家的作品中仍不同程度地表达了对男人的力量和权利的敬意。

在前驱者开拓的基础上,19世纪末20世纪初的女性主义作家的创作比过去更明确地强调了男女不平等,并把妇女的处境作为一个社会问题提了出来。这个时期的女作家们从不同的视角表达了女性意识多样化的内容,创作了风格各异的文本。

19世纪末、20世纪初的美国还有两个作家是不容忽视的。她们是凯特·肖邦(1851—1904)和夏洛蒂·帕金斯·吉尔曼(1860—1935)。肖邦的《觉醒》(1899)中的主人公艾德娜是一位富商的妻子,她容貌姣好,擅长绘画,酷爱音乐,喜欢思考;她向往爱情、自由和幸福,厌倦没有爱情的夫妇生活。起初,她朦胧地意识到自己是"家中奴隶",受丈夫甚至孩子的奴役,因而日益憎恨社会强加给她的贵妇和家庭主妇的角色;接着,她又怀着强烈的自我意识,带着对爱情的希冀走出家庭,离开丈夫和孩子,搬进自己的小屋——"鸽子窝",靠绘画为生。最后,她带着喜悦、困惑、恐惧交杂的心情走向渺茫无际的大海。吉尔曼的短篇小说《黄色糊墙纸》(1892)以第一人称的叙述视角、极其敏锐和细腻的笔触准确地展现了一位被丈夫控制和压迫的知识女性走向精神崩溃的心路历程。文中的黄色墙纸和疯女人极具象征和隐喻的含义。

从20世纪20年代开始,女性主义文学进入高速发展的阶段。特别是20世纪50年代以后,女性主义作家能够真正表露她们有意识、有情欲的经历了。她们向"男性气质"挑战,探索妇女新的社会自由、追求新的精神面貌,拥有了大量的作家作品,有了系统成熟的女性主义诗学理论,日益成为影响巨大的文学实体。

20世纪60年代,美国女性主义文学进入了一个新的发展阶段,涌现出一大批优秀的女作家。就主题而言,美国的女性主义文学可以大致分成三大类。

首先,揭露家务及抚育孩子对妇女才能的扼杀以及对妇女造成的心灵和性格上的伤害。蒂莉·奥尔森的短篇《我站在这里熨衣服》(1956)和《告诉我一个谜语》(1961)是代表性作品。在《我站在这里熨衣服》中,奥尔森从自身体验出发,描写了一位把毕生的时间和精力都投入了抚养子女,自己一事无成的母亲。因无时间和女儿沟通,她看着女儿渐渐和自己疏远而感到无奈。从而揭示了这样一个事实:沉重的社会责任和家庭负担常常使母亲忽视和扼杀孩子的欲望,对家人、特别是孩子造成永久的心灵伤害。而女人如何在家务、工作和主体欲望之间寻求到一种平衡与和谐是作者力图解答却未能给出明确答案的问题。在作者的笔下，母亲角色就是要不断地被打扰，被中断，去被动地接受现实。

其次，囿于家庭的女性（特别是知识女性）所陷入的孤独、苦闷、彷徨，以至于精神失常或走向自杀之路的命运。20 世纪 20 年代到 60 年代是女性解放运动相对沉寂的时期。再加上战争使人们更加意识到平静、舒适的家庭生活的重要意义，一时间“回家去”成为一种时尚。许多年轻的女性，包括接受过高等教育的女性都把结婚、生子当成人生最重要的目标。可是，一旦陷入婚姻的樊篱，狭小的空间和憧憬自由的个性形成了巨大的冲突。短暂的快乐消失后，接踵而来的是无涯的孤独、彷徨、迷失、怨恨。最后，精神崩溃的女性终于或者发疯，或者自杀。女诗人普拉斯的《钟罩》（1963）、玛丽·霍德的《无望的历程》（1984）、欧茨的《随你拿我怎么办》（1973）探讨的就是第二类主题。

最后，黑人女性主义文学的异军突起是本阶段美国女性主义文学发展的一大亮点。爱丽丝·沃克和托尼·莫里森是最有国际影响、成就最高的代表作家。作为黑人女性，由于其自身的特殊身份，她们比白人妇女又多了一层种族的压迫。在她们的作品中，一类黑人女性在种族、性别的双重压迫下，备受歧视。她们过着屈辱、压抑的生活并对这一切逆来顺受。另外一类黑人女性则敢于质疑男权社会的种种不公正，敢于和命运抗争，为了活得像个真正的人，寻找自我，最终走上独立、自主的道路。她们不惜一切代价去和男人斗争。尽管有时碰得头破血流，甚至付出了生命的代价，但是她们体现出的那种宁为玉碎、不为瓦全的精神鼓舞着更多的女性走上觉醒的道路。

托妮·莫里森（1931—　）是美国当代最重要的黑人女性小说家之一，她出生于美国俄亥俄州，毕业于霍华德大学，在康威士大学获硕士学位，其后执教于得克萨斯南方大学和霍华德大学。她创作了多部小说，其中主要的作品有《最蓝的眼睛》（1970）、《秀拉》（1973）、《所罗门之歌》（1977）、《柏油孩子》（1981）以及《宠儿》（又译作《娇女》，1987）、《乐园》（1998）等。她的作品数量虽然不算多，但是每一部都引起了很大反响，获得了极高评价。《所罗门之歌》曾荣获 1978 年度全国书评界小说奖，《宠儿》荣获 1988 年普利策最佳小说奖。1993 年作家荣获诺贝尔文学奖。

揭示美国黑人女性的不幸命运和精神异化，是莫里森小说一以贯之的主题。1962 年，莫里森在霍华德大学执教时参加了一个作家小组，小组规定每个成员都必须朗读自己的作品，起先她把自己中学时代的作文拿来充数，可是有一天却发现自己没什么可读的了，于是，就动手写了一个小故事，讲一个黑人小姑娘渴望自己有一双蓝眼睛。几年后她开始修改这个故事，最终扩展成小说《最蓝的眼睛》。小说讲述了 11 岁的黑人小女孩佩科拉·布里德洛夫的不幸经历。佩科拉觉得自己长得丑陋，她想，自己如果有一双蓝眼睛就一定会变得漂亮起来。后来，她的父亲强奸了她，并生下一个死婴。自惭形秽的心理压力最终使佩科拉发了疯，以为自己不仅长了一双蓝眼睛，而且是最蓝的眼睛。这部小说将种族问题和女性问题联系起来思考，使小说的意义更加深远。莫里森首先以新颖的语言和独特的结构，探讨了白肤、金发、碧眼的白人文化价值对黑肤、黑发、棕眼的黑人心灵的扭曲和摧残，从而揭示出是种族歧视导致了黑人价值和文化的丧失。其次，她更深入地揭示出黑人女性在白人传统和黑人男性文化双重压抑下的非人处境及其所受到的伤害。莫里森曾非常尖锐地指出，美国文学显然是白人男性作家显示其观点、天才和权力的领地，其中心主题是个人主义和男性化。“把问题归结于我们是否美的症结来自于衡量价值的方式，这种价值是彻头彻尾的细枝末节，且完全是白人的那一套，……身体美的概念作为一种美德是西方世界最不足道，然而却是最有害、最具破坏性的观点之一。”[①]莫里森在小说中深刻地揭示出，黑人妇女的真正困境就在于她们一代又一代的精神异化，正是社会和文化意识形态的“白色特征”导致了这种扭曲的“美国非洲人特性”的形成。

而《秀拉》这部小说的思想成就在于，作家在种族和男权的双重压迫中，表现了黑人女性对于种族歧视和男权压迫的反抗。作品主人公秀拉形象的首要意义在于，以黑人女性特有的方式，向白人以及黑人男性中心的传统挑战。她不因孤独而抱怨，也不因被自身阵营的误解与抛弃而气馁，她的精神世界复杂而丰富，是一个独特的黑人新女性形象。

秀拉反抗性格的形成从少女时代就开始了，12 岁时，她和童伴奈尔在放学回家的路上，遭到一伙白人男孩的抢劫，秀拉果断地用水果刀划破手指，以此表示和对方同归于尽的决心。这种自虐式的反抗，成功地吓跑了那伙白人男孩，也成为影响秀拉一生的重要启示。长大后，秀拉对“底层”的传统产生了疑问，为挣脱束缚，她离开了这个令人窒息的地方，到外界广阔的天地去寻求人生真谛。她独自一人在外闯荡十年，走遍了纽约、费城、芝加哥、新奥尔良等各大城市。寻找的结果，却发现所到之处都不过是更大的“底层”罢了，男人们对她只有性欲。“对一个女人来说，情人永远不是同志，永远也不会是。”秀拉的反抗表现在她对自己作为黑人女性对传统性关系中男女两性角色定位的彻底颠覆。秀拉不信奉黑人社区的任何道德规范，而她最离经叛道的行为恐怕是她和男人随意的性关系。“她在镇上的妇女们心中所激起的愤怒简直难以想象——因为她和她们的男人睡上一次就再也不理睬了。”小说一定程度地渲染了秀拉的性生活。被她诱惑和她上过床的男人不计其数，甚至包括奈尔的裘德。这种对男人的随便更准确地说是对男人的不屑与蔑视。她把他们勾引上床，完事后一脚把他们踢开，像破抹布一样丢弃掉。恐怕在这之前的文学作品中找不出任何一位黑人女性在性关系上拥有如此的主动权和高高在上的地位。“尽管它（性行为）本身是一种

---

① 刘硕良：《诺贝尔文学奖作家论》（下），漓江出版社 2013 年版，第 209 页。

生物的和肉体的行为,却根植于人类活动大环境的最深处,从而是文化所认可的各种态度和价值观的集中表现。"[①]秀拉在性行为上的特立独行和放荡不羁令男权社会根深蒂固的两性角色定位彻底地乾坤倒置。

在艺术上,莫里森非常懂得使用词语的意蕴,她往往将最简练的语言扩张出巨大的思想与情感的容量,产生出非同寻常的艺术震撼力。她始终坚持自己的语言就是黑人语言,"当我说'人们'时,我的意思便是'黑人'"。"在文学话语中推行无种族论本身就是种族差别的证明。"她的小说无论是语言还是叙事方法,无不具备黑人和女性文化的品质。

在法国文坛上,20 世纪也出现了大批有才华的女作家,如曾获法国政府荣誉勋章的茜多妮·加布丽埃尔·柯莱特(1873—1954);1983 年获法兰西学院"戏剧大奖"的玛格丽特·杜拉斯(1914—1996)。杜拉斯的自传体小说《情人》1984 年获法国龚古尔奖,被列为法国现代最佳十大小说之一,译成 20 多种文字,影响遍及世界。爱情与欲望是杜拉斯创作的主题。《情人》以法国殖民者在越南的生活为背景,描写了一名贫穷的法国少女与富有的华裔少爷之间深沉而无望的爱情,笔触深达人性中某些最根本、最隐秘的特质,催人深思。此外还有创作了《你好,哀愁》(1953)的弗朗瓦兹·萨冈(1935—)、"新小说"派代表作家之一娜塔丽·萨洛特、第一位获法兰西学院院士的女小说家兼评论家玛格丽特·尤斯纳尔等。有人指出,20 世纪法国长篇小说家中的三分之一是女作家,甚至有专门的妇女出版社出版她们的作品。

玛格丽特·阿特伍德(1939—)是 20 世纪六七十年代加拿大最负盛誉的女性主义作家。《可以吃的女人》(1969)、《浮生》(1972)都是关于女性如何丧失自我、寻觅自我和回归自我的。《可以吃的女人》的主人公玛丽安是一家调研公司的白领,男朋友彼得是一位很有升职希望的律师。一天,两个人在一起谈婚论嫁并想到了未来孩子的教育等问题。突然,玛丽安对面前的美味肉食兴趣全无。在接下去的日子里,玛丽安厌食的范围扩展到了米饭、布丁、蛋糕等。婚期临近,彼得到她寓所商议,玛丽安烘烤了一个穿着鲜红连衣裙的女人形状的蛋糕请彼得品尝。彼得狼狈而逃,他们的关系一刀两断。玛丽安端起蛋糕津津有味地吃起来。她又回到了正常生活中。"可以吃的女人"是传统女性身份的一个比喻——女性一直以来就是男人的猎物,男人手里的牺牲品。玛丽安吃掉了这个蛋糕则象征着她与传统女性角色的决裂和新生的开始。

艾丽斯·门罗(1931—),加拿大女作家。生于安大略省温格姆镇,少女时代就开始写小说。在 40 余年的文学生涯中,门罗始终执著地写作短篇小说,锤炼技艺,并以此屡获大奖,其中包括三次加拿大总督奖,两次吉勒奖以及英联

---

① 凯特·米利特:《性政治》,钟良明译,社会科学文献出版社 1999 年版,第 36 页。

邦作家奖、欧亨利奖、马拉穆德奖和美国全国书评人奖等。2013 年获得诺贝尔文学奖。主要作品有(《阴影的维度》(1950)、《快乐影子舞》(1968)、《你认为你是谁?》(1978)、《爱的进程》)(1986)、《一个善良女人的爱》)(1998)、《仇恨、友谊、礼仪、爱与婚姻》)(2001)、《逃离》)(2004)等。她的写作总是将目光投放在平凡女性的生活上,常常从自己和母亲身上寻找灵感,精确地记录她们从少女到人妻与人母,再度过中年与老年的历程,尤其擅长贴近女性性心理的波折与隐情以及由此而来的身心重负。虽然题材较小,但观察细致入微,隐含着当代社会很多重大而又复杂的情感问题。作品中的女性形象,看似脆弱,实则坚忍而顽强。

女性主义文学在这一时期的发展所呈现出的新动向还有美国华裔女性主义文学的崛起。汤亭亭(1940—)和谭恩美(1952—)是最具代表性的两位作家。汤亭亭的《女勇士》(1976)打破了关于女子属性和华裔美国女子属性的极度沉默,把民间传说、家族史和个人的想象融合在了一起,对于民族和性别的位置进行了一番思考。谭恩美的《喜福会》(1989)更多地关注了华裔女性的身份地位,对母女关系给予了细腻的刻画。

20 世纪 70 年代中期以后,由于“共同的生活经验”,欧美女性主义文学几乎消除了国家界限,“天然地结合在一起”,除了英、美、法等国以外,世界范围内的女作家队伍也在日益扩大,参加运动的不仅是白人女性主义者,还有亚洲、非洲和拉丁美洲等第三世界的妇女以及一些“土著妇女”。至此,女性主义文学越来越成为世界性的文学运动。她们的创作成就也愈益使人刮目相看。例如 1991 年获诺贝尔文学奖的南非女作家纳丁·戈迪默(1923—)、加拿大女作家玛格丽特·阿特伍德、智利女作家伊莎贝尔·阿连德(1942—)等,均是世界级的作家。

特别要指出的是,20 世纪 60 年代以后,随着女性主义文学的深入发展,逐步形成了以“女性意识”为中心的、极富批判意识和创新意识的女性主义文学批评,一批立论大胆、新颖的研究英、美女性文学的专著先后问世。从 20 世纪 60 年代到 80 年代,黑人女性主义文学批评、女同性恋文学批评、生态女性批评以及对性别差异进行比较的“性别诗学”、跨学科的女性主义文化研究等都在蓬勃发展,女性主义文学的一个新时代正在到来。

二、女性主义文学的基本特征

“女性主义文学”中的“女性”一词,并不是简单地指生理学意义上的“妇女”或“女人”,而是强调“性别意识”和“女性文化建构”。这是心理、社会和文化等复杂因素交织运作的结果。“女性主义文学”的核心是“女性意识”,即从反对传统的男性中心主义、争取男女平权运动开始,发展为用一种女性文化批判的立场和方法,通过文学创作来实现对以往的男权传统价值观的质疑和解构。哈佛大学主持出版的《当代美国文学导论》认为,“女性主义文学”是指“那些以亲身体会来描写妇女经历的女作家”的作品。就是说并非所有妇女作家的作品、所有有关妇女的作品都可称之为“女性主义文学”,关键在于作者描写这段经历时所采取的观点,“是以妇女生活的亲身感受(尽管作者可以有多种多样的感受和独特的见解),还是以男子为中心的原则和评价标准来描写和判断”①。

女性主义文学经过多年的创作探索,形成了一些基本特征:

1. 批判男性中心主义文化传统,提倡两性平等,争取在政治、经济、法律、文化、家庭、教育等方面具有与男性同等的权利,用文学的形式,积极参与反对性别歧视的斗争。

女性主义者认为,在父权制的社会中,男性通过对生产关系、国家机器和繁殖单位(家庭)的控制,掌握对女性的支配权。乔伊斯·卡洛尔·欧茨将现存的社会比喻为一架逼人发疯的机器,认为在这架机器中的女人只有像蛇蜕皮一样不断变更自己,才能在这个世界取得部分的存在。里奇则针砭男性的施惠者地位,指出正是男性的“保护”将少女们变成了娇弱的孩子和慢性病患者。大多数激进的文学妇女均对传统的婚姻关系进行了重新评价,提出性别歧视是造成男女之间不和谐的根源;认为在这种压抑之下,男性与女性之间潜伏着的是一场旷日持久的战争。

20 世纪 60 年代以后崛起的黑人女作家更是将女性问题与种族问题联系起来,提出性别歧视与种族歧视其实是本质上相同的一个问题的两面。在她们的作品中白人与父亲往往是暴力的化身,而女性的困境就是处于这两种“暴力”之下一代又一代的精神异化。正是社会和文化意识形态的“白色特征”,导致了“美国非洲人特性”的形成。基于这种认识,托妮·莫里森在《宠儿》中将黑人妇女的强烈愤懑,表现为一个母亲把亲生女儿杀死以保持她在男性和种族环境下的清白。发表于 1970 年的《最蓝的眼睛》,也是一部将男性文化对女性精神的摧残和异化表现至极的作品。

2. 以文学的形式探讨女性意识,改变传统的女性形象,批判男权社会根深蒂固的女性刻板形象。

从对男性为中心的传统文化的反思中,寻求建立男女平等,消除性别歧视的、多元和谐发展的新文化的可能性。从整体上看,女性主义文学在主题、形象、文学模式等许多方面,往往形成一个具有想象力的统一体。她们强调女性与男性不同的特性,寻求妇女生活的特殊性。这突出地表现在:第一,对母亲形象的重新思考。直至 20 世纪初期,女性作家大都受着传统的约束,将婚姻和做母亲

---

① 詹小珊:《当代美英妇女文学概述》,见中国社会科学院情报研究所:《外国文艺》思潮》(第 3 集),陕西人民出版社 1986 年版,第 275 页。

看作毕生的主要内容和神圣职责。然而，在60年代的女作家笔下，母亲不再是温暖而安全的避风港，不再意味着爱抚、慈祥或文明以及神圣，而被视为父权社会的合作者、共谋者。西尔维亚·普拉斯(1932—1963)在《不平静的缪斯》(1957)中怀疑母亲对她的教导，将生活中的动荡不安归咎于她的母亲。梅耶·安吉洛(又译作马娅·安杰卢，1928—2014)笔下的姑娘厌恶并嫉妒她的母亲，因而嫁给了一个父亲式的人。母亲自身同时也成为充满矛盾、性格分裂的人物，她们往往逃避做母亲的职责，对生育感到厌恶和困惑，甚至变成了具有邪恶意味的复仇女神。第二，寻找并塑造新的女性文学形象。格雷斯·佩利(1922—2007)的《最后一刻的巨大变化》(1974)中塑造了这样一个女子："一个精力充沛的中年妇女，她跑呀跑呀，找到她度过童年时代的那些房屋和街道。她住到那儿去，去弄懂这世界正在发生什么事，就好像她还只是一个小孩似的。"[①]托妮·莫里森笔下的秀拉与奈尔，不仅具有奇异的女性间的新友谊，更成为当代美国文坛颇具争议的新形象。秀拉和奈尔既不是白人，也不是男人，她们研究男人，并试图战胜他们。秀拉"要创造我自己"，她和男人的性关系不是为了与他们结合，而是为了更进一步创造自己，肯定自己作为女性的存在。

3. 创造了女性特有的文学表达方式。

女性主义作家对文学的构成因素，诸如语言、形象、题材、情节、象征等，做了女性主义的理解和革新，建立了女性自己特有的、区别于男性中心主义传统模式的独立的文学表达。20世纪60年代以来，自我身份问题成为女性解放运动关注的焦点。在这种趋势下，妇女的写作成为自我解析和自传式叙事的范本，通过文本表达寻找自我的主题，从而形成了一种"主观的现实主义"。美国女性主义女性批评家丽塔·费尔斯克在《超越女性主义美学》(1989)一书中指出，这种"主观的现实主义"的特征是，"全知全能的叙事者一般都被个人化的叙事者取代了，这种叙事者的视点，或者完全等同于主人公或者同情主人公，这是对从现实世界的广泛观察缩小焦距对准情感和经验主体的反应的结果。它强调对有关充满着不确定因素的自我意识的矛盾与冲突进行探索。即使现实世界可以被详尽地描绘……但对于表现女主角成长的主要的自传体的题旨来说，它总还是次要的。这些现实主义的'主观的'样式，集中于经验的意识，并与梦幻和奇想结合，作为其真实概念的一部分展开想象，常常包含着浓烈的新浪漫主义因素"。一些批评家认为，"一般来说，当代女性主义小说大都倾向于'自我发现'的表现，……托妮·莫里森等人的作品，通过'自我认识'达到对不同性别的罗曼司

---

① 丹尼尔·霍尔曼：《美国当代文学》(下)，郑启吟译，中国文艺联合出版公司1984年版，第531页。

情节的公开拒绝，其本文的框架侧重于意义和指向妇女的生活”[①]。

4. 从文学形式上来看，在西方文学史上，妇女在小说领域取得的成就最大，涌现出了不胜枚举的优秀小说家，而女诗人却寥若晨星。

像艾米莉·狄金森、艾米莉·勃朗特、西尔维亚·普拉斯那样的女诗人很少。究其原因，可能不外乎以下二点。第一，小说被认为是可以表现妇女真实体验的最恰当的形式。小说是文学的主要形式，能够比较细腻地反映人们的社会存在，而女性主义文学，特别是早期的女性主义文学主要的目的就是反映妇女的现实状况，因而更适合以小说的形式表现出来。此外，浪漫小说或罗曼司以冒险和爱情为中心内容，它可以使妇女在阅读时摆脱掉日常生活的困境，逃避到美丽的幻想中去；它还给现实中面临重重困难和无数束缚的女作家宽阔的创作空间。比起小说，在西方，诗歌的发源要早得多。这在像伍尔芙那样的女性主义批评家来看，诗歌便成了男人的传统形式，甚至是严密保护的禁地。另外，比起写诗，写小说更容易赚钱谋生。这也就导致了很少有妇女成为诗人的状况。

5. 从主题来看，爱情和婚姻问题是女作家一直以来孜孜探索的主题。

虽然，爱情和婚姻在任何时代都是人类生存面临的基本问题，然而，由于人类的“种的繁衍”客观上只能由妇女直接承担，妇女所承担的为人妻、为人母的角色注定了她们和爱情、婚姻及家庭的关系更加密切和息息相关。因此说，融洽的家庭、称心的丈夫就成了妇女们最基本的理想，爱情和婚姻也就成了女作家创作的主要成分和主题。无论是维多利亚时期的女性作品，《简·爱》《呼啸山庄》，还是 19 世纪末和 20 世纪初的《觉醒》，抑或是 20 世纪中后期的《金色笔记》《可以吃的女人》，都是如此。如果考察一下女性主义文学史，就会轻而易举地发现这种倾向。

三、女性主义文学的基本评价

女性主义文学作为一种方兴未艾的文化现象，目前正在蓬勃地发展着。其中有很多问题尚须假以时日才能得到更为科学的说明。

女性主义首先是一种文化或政治态度。它从女性的性别角色角度出发，反对传统的男性中心主义，反对性别歧视，争取男女平等的权利，树立女性独立、自尊、自强的意识，显示了女性的觉醒和作为自为主体的成熟。进入 20 世纪以后，性别问题日益成为继阶级问题、民族问题之后的又一突出的全球问题。以妇女为主角进行文学创作和思考的女性主义文学的出现，体现了历史的辩证法：“夫权社会创造出女性形象，造就了已成为一种女性的反作用力；而这种女性形象、女性反作用力又成了夫权社会的掘墓人。也正是在这个意义上，妇女执掌着解

① 林树明：《女性主义文学批评在中国》，贵州人民出版社 1995 年版，第 88 页。

放的命运。”[①]从这个意义上可以说，女性主义文学是一股革命的力量，它的目的旨在改变这个社会结构本身。

女性主义作家并非为创作而创作，她们通过文学的方式批判男性中心的文化传统也好，通过文学作品来改变读者的意识也好，目的是要改变世界，从而建立一个全新的、包容女人与男人的文学经验，在男女平等的基础上建立真正普遍意义的新的价值体系。所以，女性主义文学是一种真正意义上的符合人性的文学，因为它试图实现审美的自由、性别的平等与人类的解放三者之间的和谐关系。

女性主义文学已经走过了漫长的发展历程，它的作家队伍不断壮大，作品层出不穷，成为世界文坛上一个引人注目的文学现象。从文学的表现内容、表现形式、艺术手段、审美意识、美学特征等各个方面，开创了女性“自己的”独特的文学，改变了传统的文学观念中对女性创作的偏见，取得了巨大成就，并且还将在21世纪的世界文坛继续扮演重要角色。

西方女性主义文学的历程自涓涓细流开始，发展成今天的蔚蓝壮阔的汪洋大海，浸透着无数女权主义者和女作家们艰苦卓绝的斗争，证明了妇女在心智上不低于男性，从而粉碎了男性优越论的神话。

女性主义文学在主题、内容、形式、语言、艺术手段等方面的变化，反映了西方社会政治、文化的沧海桑田的变化。19世纪的女性主义文学致力于表现女性对平等权利的渴求，特别是在经济上的平等，而对女性深层意识和心理潜流只是比较隐晦地处理。这种情形反映了19世纪女性极其低下的经济地位和身处附庸的状态，也反映当时女性创作环境、出版条件的艰辛。到了20世纪，特别是在“第二次女权主义运动”之后，女性主义作家创作的主题发生了极大的变化，女性性意识、性心理的描写更加细致入微；女性自我意识、对个人归属的追求被放到了更宽广的视野中——个人与国家的关系，与政治、战争的关系中。此外，女性在恋爱、结婚到生儿育女的整个生活道路上的遇到的一切问题、困惑以及在社会中寻求发展中的矛盾心理都得到了细致的探讨。这些都反映了当时西方社会的动荡、传统价值观遭受的冲击。肖邦的《觉醒》由于大胆地描写女性的性意识的觉醒，发表伊始便遭到了社会保守势力的谴责，各种批评纷至沓来，图书馆禁止收藏这部小说。吉尔曼的《黄色糊墙纸》问世时曾被当作恐怖小说。这两个作家和两部作品都是20世纪60年代被挖掘出来的。90年代以后的女性主义文学对于性、性取向的描写增多，许多作品都涉及同性恋、双性恋。而这些作品都能顺利出版并在社会上引起广泛的反响。两者做个比较，这其中的差异直接反映出社会伦理、道德价值取向的变化。社会朝着更开放、更宽松、更宽容的方

① 赫伯特·马尔库塞：《审美之维》，李小兵译，三联书店1992年版，第149页。

向发展。所以说，正如妇女解放程度反映了一个社会的进步程度一样，女性主义文学自身内部因素的不断丰富反映了社会文化程度的进步。

了解西方女性主义文学的发展，有助于了解西方女性不同的存在方式，有助于对西方女性不同时期生存状况及思想情感的了解，更有助于我们对西方女性主义文学作品的解读。有人说21世纪是女性主义文学的世纪，可见当今世界女性主义文学的蓬勃生机、辉煌成就和良好的发展态势。当今西方文坛最被人们看重的两项大奖——诺贝尔文学奖及美国普利策奖，近两年的得主多是女作家。2004年诺贝尔文学奖，由奥地利女作家艾尔夫雷德·耶利内克获得；2005年美国普利策小说奖得主是61岁的女作家玛丽莲·罗宾森，2006年该奖项又被澳裔女作家杰拉尔丁·布鲁克斯摘得。2004年美国国家图书奖的提名名单中，小说类入选作品，竟全部出自女作家之手。女作家们活跃于文学舞台，从表层的意义上来说给这个一直以来由男权话语统治的人类精神园地带来了更加丰富的果实、更加真切的情感；从深层的意义上来说它促进了人类两性间的相互认识、理解与和谐共存，从而提升了人类的生存意义和生命价值。尽管朝向理想的两性彻底融合、和谐共处的文明世界仍然十分遥远，但通过女性主义文学的发展我们可以欣慰地看到社会的进步。我们完全可以认为，妇女的地位是人类社会文明进步的标志。那么，我们也完全有理由坚信女作家的地位也是人类社会文化发展水平的一个标志，西方女性主义文学的发展向我们证明了这一点。

建立在现代欧美女性解放运动和女性主义文学基础之上的女性主义批评理论，从文学理论和批评方法等各个方面丰富与加深了对女性生活本质的认识，为女性主义文学的发展奠定了理论基础，也成为女性主义文学不可或缺的有机组成部分。它不仅对以往的女性经验加以认真的总结，而且在许多方面指导并推动着女性主义文学的发展。女性主义文学批评也是理解和阐释现代西方文化的一种新角度、新话语，它与西方马克思主义文学批评、新历史主义等各种现代文化批评理论联合起来构成了20世纪后半期西方文化的主流，对西方社会和文学的发展也产生了重要影响。

第二节　爱丽丝·沃克与《紫色》

一、生平与创作

爱丽丝·沃克（1944—　）是美国当代最著名的黑人女性作家之一。她的小说生动地反映了黑人女性的苦难，歌颂了她们与逆境搏斗的精神和奋发自立的坚强性格。为了区别于其他女性主义者，她提出了“妇女主义”（Womanism）

这一独特的思想观念。如果说妇女主义是理论，她的长篇小说《紫色》便是对这一理论的具体实践。《紫色》自 1982 年发表以来，便轰动美国文坛，接连获得了美国文学作品的三个大奖：普利策奖、美国国家图书奖和全国书评家协会奖，爱丽丝·沃克成为获得普立策奖的第一个黑人女作家。

爱丽丝·沃克 1944 年 2 月 9 日出生于南方佐治亚州的一个佃农家庭，祖先是奴隶和印第安人，家中 8 个孩子，爱丽丝排行最小。8 岁时，爱丽丝和哥哥们玩“牛仔与印第安人”的游戏，被玩具枪意外射瞎了右眼。1961 年爱丽丝获得奖学金，入亚特兰大的斯帕尔曼大学学习，时值美国民权运动高涨时期，她即投身于这场争取种族平等的政治运动。1962 年，爱丽丝·沃克受邀至马丁·路德·金家中做客。1963 年爱丽丝到华盛顿参加游行，与万千黑人一同聆听马丁·路德·金“我有一个梦想”的讲演。大学毕业前爱丽丝在东非旅行时怀孕，当时流产仍属非法，她经历了一段想要自杀的痛苦时期，同时也写下了一些诗歌。1965 年爱丽丝大学毕业后回到了当时是民权运动中心的南方老家，继续参加争取黑人选举权的运动。在活动中爱丽丝遇上了犹太人列文斯尔，俩人克服跨种族婚姻的重重困难结为“革命伴侣”，爱丽丝再一次怀孕，但不幸的是在参加马丁·路德·金的葬礼时因悲伤而痛失孩子。在列文斯尔的鼓励下，爱丽丝继续写作并先后发表了诗集《一度》（1968）和小说《格兰奇·科普兰的第三次生命》（1970）。1972 年爱丽丝到威尔斯利大学任教，开设了“妇女文学”课程，这是美国大学最早开设的女性研究课程。爱丽丝给学生介绍了大量黑人女作家，尤其是在此过程中发掘并整理了黑人女性主义文学先行者佐拉·尼尔·赫斯顿（1891—1960）的材料。赫斯顿是 20 世纪 30 年代哈莱姆“文艺复兴”时期的黑人女作家，其代表作为《她们眼望苍天》（1937），但因其作品中所体现出的对黑人生活及传统的积极、乐观态度而在抗议文学风靡的时代备受冷落。爱丽丝此时还担任了《女士》杂志的编辑，仍坚持写作。

1973 年、1976 年爱丽丝先后出版了小说集《爱与烦恼》和长篇小说《梅丽迪恩》。在《梅丽迪恩》中，爱丽丝·沃克叙述故事的才能和刻画复杂人物形象的本领已臻于成熟。梅丽迪恩在民权运动中既感到精神解放又孤立无援的矛盾心理也反映出爱丽丝自己对所经历过的政治浪潮的深刻认识。《梅丽迪恩》的出版受到了文艺界的广泛注意，梅丽迪恩这个重新站起来的新女性形象尤其受到女权主义者的高度赞扬。这是爱丽丝·沃克创作的第一阶段，与之一起结束的还有爱丽丝和列文斯尔的婚姻。在爱丽丝后来的作品中，我们可以找到她早年生活滞留下来的某些痛苦记忆以及她对这一段婚姻的反思。爱丽丝随后辞去工作，开始专职写作，在旧金山，她遇上《黑人学者》的编辑罗伯特·亚伦，不久即与之共同生活。1981 年，她移居加利福尼亚州，至今她仍在加州写作和生活。

爱丽丝·沃克的作品所涉及的主题极具普遍意义，例如精神生存、个人认同、自由和力量,以及自我与社群的内在联系。她把对于这些问题的关心,有力地投射到了黑人女性的经验之中。她认为种族主义和性别歧视都是男权文化所产生的后果,她要揭示它们对个人的摧残。

纵观沃克的全部作品,可以清晰地看出,对她而言没有禁忌的爱或主题。她希望那些社会常规被质疑。她的小说《拥有快乐的秘密》(1992)描写了对非洲妇女的强制割礼。她迫使读者去分担书中角色生理上的痛苦,但更重要的是,她突出了强行割礼给女性带来的精神上的残疾。这是一种现实与暗喻的结合。她不畏涉足种族和性的禁忌,在她看来,虐待他人是一种自我憎恨的表达方式,同时也是女性的完整性在社会规范的压力之下被迫分割的表现。沃克一再重申的观点是:健康的自我定义应该建立在自我了解和自爱的基础之上。在她的作品当中,尤其在小说《紫色》之中,她把女同性恋视为自然的和令人自由的。《紫色》的主角茜莉在经历精神死亡之后,在莎格的指引下,获得了理想上的重生。通过一段分享且互惠的关系,她获得了性和精神上的觉醒,意识到自身的美丽以及个人独立的可能。

爱丽丝·沃克把女性视为在死板、束缚的性别分类中受到伤害的一群。正如她在最近的小说中所说的:"快乐的秘密"就是反抗。她的所有作品都在呼吁社会必须改变,以便实现个人转型和自我完整。对于禁忌的抵抗其实意味着一种潜在的救赎以及感情上的维系,例如女同性恋,它可以治愈伤痛、带来解放。沃克的贡献不仅在于她本人对于这些禁忌主题的表达,更在于她小说中的人物对于传统的颠覆、对于刻板形象的突破。

二、《紫色》分析

1982年是爱丽丝·沃克写作生涯的巅峰期,她发表了小说《紫色》。《紫色》1983年一举拿下代表美国文学最高荣誉的三大奖:普利策奖、美国国家图书奖、全国书评家协会奖。1985年美国著名导演斯皮尔伯格将其拍成电影,当电影在爱丽丝的家乡上演时,爱丽丝受到了家乡人民的盛大欢迎。《紫色》从此成为美国大学中黑人文学与妇女文学的必读作品。

内容介绍 《紫色》是一部长篇书信体小说,全书由92封书信构成。主人公茜莉写给上帝的56封信,写给妹妹耐蒂的14封信以及妹妹耐蒂写给茜莉的22封信,是小说的主体。信中所提及的故事,构成了茜莉整个关于童年的回忆以及现今生活的画面。

《紫色》的故事大约发生在20世纪初到第二次世界大战前夕美国南方佐治亚乡村。故事讲的是14岁的黑人女孩茜莉被继父强奸,生下的两个孩子一出生也都被继父送给了他人;多病的母亲不了解真相,被活活气死后;继父另觅新欢,又把茜莉像商品一样转卖给了一个有着四个孩子的鳏夫。结婚后丈夫对茜莉百般虐待，只把她作为泄欲的工具和家中的仆人。深受旧思想、旧习俗影响的茜莉只是自叹命苦，从不反抗，唯有靠给上帝写信来倾诉内心的苦楚。茜莉对丈夫也毫无感情，甚至不愿意叫他的名字，只称他为“Mr ____”。在日后的生活中，她不但任劳任怨地抚养丈夫前妻的儿女，甚至替丈夫照顾染了重病的旧情人莎格。在茜莉精心护理下恢复了健康的莎格，与茜莉成了知心朋友。在莎格的引导与启发下，茜莉初步觉醒，开始用新的眼光观察世界、考虑问题。后来，茜莉在莎格的帮助下，她发现了妹妹耐蒂从非洲寄来却一直被丈夫藏匿着的信件。于是，茜莉在愤怒之余离开了丈夫(断绝了夫妻关系)，跟莎格去了孟菲斯城。她走出家门，成为手艺精湛的裁缝，并开办了一个名为“大众制裤有限公司”的小作坊，过上了独立自主的生活。她的丈夫 Mr ____经过痛苦的思想斗争，认识到了自己身上大男子主义思想的错误，向茜莉作了诚恳的检讨，最终获得了茜莉的原谅。他们虽然已经不再是夫妻，但成了知心朋友。小说的另一条线索是：茜莉的妹妹耐蒂，为了躲避不怀好意的继父和觊觎她身体的茜莉的丈夫，离家出走后到黑人牧师塞缪尔家干活，又随他们去非洲做传教士。结果她发现牧师的一儿一女就是茜莉失去的孩子。塞缪尔一家在非洲生活得很艰难，他妻子染上非洲疟疾，不治身亡。随后耐蒂与塞缪尔结成夫妻。他们在非洲传教并不顺利，便带着儿子亚当、女儿奥莉维亚及儿媳妇塔希回国。小说结尾处，茜莉跟妹妹和儿子、女儿重新团聚，过上快乐的生活。

人物形象　爱丽丝·沃克在《紫色》中，塑造出了茜莉和莎格两个黑人新女性的形象，从而以黑人女作家特有的方式，向白人以及黑人男性中心的传统发出了挑战。

茜莉是一个虽然遭受了巨大侮辱和磨难但最终走向自由独立的黑人青年女性典型。在她的身上，具备以下几方面的特点：第一，她的屈辱经历正是广大黑人女性屈辱史的典型写照。从小说中可以看到，茜莉的命运是非常屈辱和悲惨的，从 14 岁起，就多次遭受奸污和伤害，嫁人后实际上成为家庭中的奴仆和丈夫的泄欲工具。不仅如此，她小小的年纪就承担起了生活的重负。她从来不知道什么是快乐和幸福。更为可怕的是，在长期屈辱境况下的生活中，她还失去了“话语”能力，从而失去了自我。可以说，她的悲惨命运正是广大下层社会黑人女性命运的真实写照。第二，她虽然长期遭受到侮辱和摧残，生活在“失语”的境地之中，但和其他作家所塑造的一直逆来顺受、至死都不觉悟的黑人女性不同，仍然具备觉醒的因子。例如，她的痛苦虽然不能在现实中向人倾诉，但她仍然反抗着“失语”的状态，寻找着可以发出话语的倾诉对象——尽管她倾诉的对象“上帝”是虚妄的。但从她所倾诉的内容中，读者可以看到，其中有对自己屈辱的非人生活的不满，有对不公平的现实的愤怒(尽管是不自觉地)，也有对白人上帝的谴责和对自己心目中理想上帝的追求与渴望。应该说，这一切都是她后来之所以能够走向觉醒的重要因子。20 世纪 40 年代以前,美国文学中的黑人女性形象不外乎两种,一种是"黑保姆"形象,一种是"黑情妇"形象。"黑保姆"们皮肤黝黑,体态臃肿,虔诚勤劳,忠实善良,坚忍而有毅力。她们往往是细皮嫩肉、弱不禁风的白人淑女的陪衬,虽然具有多种优良品质,但却甘心于奴仆的地位。"黑情妇"的命运就更加悲惨,她们往往是白人绅士发泄情欲的对象,是生育更多黑奴的机器。从这个意义上说,茜莉身上已经具有了新的时代特征。第三,茜莉的觉醒之路,是一条从认识自己身体开始—树立女性自我意识—建立女性之间的情谊—寻找经济独立—最终获得男性及其社会尊重的道路。这是女作家设计的一条美国黑人女性的自我救赎之路。这条道路的科学与否我们在此不予置评,但我们看到,茜莉所走的道路毕竟使她获得了新的生活,找到了自身存在的价值和人生的意义,从而达到了精神自立的境界。从这个意义上说,爱丽丝·沃克塑造的茜莉这个黑人女性形象已经发生了质的变化。

莎格是小说中塑造的另一位反抗的黑人女性形象。她是茜莉丈夫的所谓情人,也是一个流浪在各处的乡村酒吧歌手。她在性关系上较为开放,不但自私,而且盛气凌人。莎格所有的一切都是茜莉没有的:自信,美丽,性感,还有最重要的独立精神。她的性格和行为远非她的名字"莎格"(英语中"糖"的变音)暗示的那样"温柔甜美",她是一个极富独立个性与挑战精神的"叛逆者"。与茜莉相同的肤色注定她俩同为"黑人女人",但与茜莉不同的是,莎格拒绝接受男性社会强加给"黑人女人"的隐含意义:对男人逆来顺受,甘为性工具与役畜。在莎格与茜莉的关系中,读者看到的不仅仅是同性恋的色情渲染,而且还是妇女之间的温情、关怀和知己间的爱护。例如,茜莉曾把自己看作一棵麻木而没有知觉的"树",被动地承受命运的苦难,是莎格使她见证了另一种存在的可能。正是在与莎格建立了人与人的关系后,茜莉才渐渐觉醒,走上了自主的道路。可以说,莎格不仅是茜莉的"保护神",使其免遭丈夫的毒打,而且还成为茜莉精神上的"启蒙者"。

应该说,《紫色》中莎格作为黑人女性觉醒的启蒙者形象,是与我们惯常想象的"启蒙者"完全相悖的。但是,我们在其他黑人女作家的作品中,也可以看到类似的人物,如托妮·莫里森笔下的秀拉等。这说明,该类形象可能更典型地表现了美国黑人女性先驱觉醒者的特征。

思想意义 《紫色》这部小说探讨了在种族和男权的双重压迫中,当代美国黑人女性的命运问题和出路,这也是这部小说的基本主题。

1. 表现在种族和男权双重压迫下黑人女性的极度悲惨遭遇和"失语"的境况,是《紫色》这部小说最有价值的思想成就之一。

黑人与女性作家的双重身份,使得爱丽丝·沃克和其他黑人女作家一样,既表现了一个白人中心社会中的黑人女性的可悲命运,又表现了一个男性中心社会中的黑人女性的可怕遭遇。从小说中,我们可以看到,主人公茜莉的命运是十分悲惨的。十多岁就受到了继父的多次奸污,并相继生下了两个孩子。但每次孩子一生下来,连面都没有见到就被继父送给了别人。她被像卖掉一头牲口一样卖给一个年龄大她许多的黑人丈夫 Mr ____,不仅成为他的泄欲机器,还要侍候他带来的、几个年龄比她还大的儿子的生活。丈夫给予她的除了打骂和让她不停顿地劳作之外,没有对她有任何的关怀和温情。她在这个家庭中只是一个奴隶和工具。她的妹妹耐蒂,命运和遭遇也是如此,不仅她的继父千方百计地要把耐蒂搞到手,使之成为茜莉第二,而且茜莉的丈夫也觊觎着她的身子。这一系列的情节表明:在男权制度下,黑人女性的命运是极其悲惨的。不仅如此,在沃克看来,比这更可怕的是黑人女性的"失语"。例如,在自己的家中,受到继父奸污的茜莉,根本无法向人诉说自己的委屈,甚至被蒙在鼓里的母亲也认为她是个放荡的女孩。在丈夫家里,丈夫除了用粗鲁的行动表达自己的要求之外,和她根本无话可说。在整个社区中,她处处遇到的也都是白人鄙视的眼光和男人们不怀好意的对待,根本无人想和她言谈交流,哪怕去听一听她的诉说。这就使得茜莉在继父家,在丈夫家,甚至在整个社区中,连一个可以说话和交流的人都没有,在现实生活中处于完全"失语"的境地(小说中交代,她整天都不说一句话,有时几个月都处在沉默不语的状态中)。为此,她只好把满腹的委屈、难言的痛苦和辛酸的感受,向上帝倾诉——这也就是为什么她要给上帝写信的原因。可是,在小说中我们又看到,她写给上帝的信,都是没有收信人地址的信——这又表明:这些信是永远发不出去的,上帝也是永远收不到的。她写给自己亲妹妹的信,虽然寄出去了,但回信却被丈夫全部扣留。这一切都说明:在沃克看来,黑人女性不仅肉体遭受着摧残和侮辱,更可怕的是她们在社会中和文化上也完全"失语"了。女作家用寓言的方式揭示了现代社会中黑人女性所处的悲惨境地,从而对种族和男权压迫发出了强烈的谴责。

2. 沃克也在《紫色》中,探讨了黑人女性实现自身解放的出路问题。

《紫色》中有一个著名的情节。茜莉丈夫的情人、下层酒吧的女歌手莎格病重回来养病,茜莉的丈夫让茜莉去照顾她。一天,莎格让茜莉对着镜子,审视自己的身体,抚摸自己的性器官,告诉她女性的奥秘所在,并且二人发生了同性关系。这个情节,其实是一种文化隐喻,即女性的觉醒和女性的解放,必须首先从认识自己的身体开始,进而认识到女性自己是作为有情感、有欲望的人活在世界上的。沃克一直认为,黑人女性之所以不能独立,很大程度上是没有意识到自己是有血有肉的活生生的人,因此才一直受制于夫权和父权的统治。同样,如果黑人女性在性关系上脱离男性,她们就不仅能够避免男权统治,而且可以与其他女性建立亲密的姐妹情谊,从而增强黑人女性自身的力量。而同性恋这种极端的女性关系,就是一种反抗夫权制压迫的有效方式。"尽管它(性行为)本身是一种生物的和肉体的行为，却根植于人类活动大环境的最深处，从而是文化所认可的各种态度和价值观的集中表现。”①凯特·米利特从政治的角度看待两性关系，认为历史上男、女两性之间的关系一直是一种权力支配的关系，是社会文化中最为根深蒂固的压迫关系。沃克还认为黑人女性间的同性恋关系并不局限于传统意义上的肉体吸引，而是一种广义上的积极的、具有创造性的友谊，它能够使黑人女性在男性占统治地位的父权社会中保持自主与独立，并寄希望于这种关系能够最大可能地实现女性间的团结。

当然，仅仅靠这种方式还是不够的，为此，小说进一步写道，茜莉的女性意识初步觉醒后，她又勇敢地迈出了更重要的一步，争取经济独立，即离开了家庭，走向了社会，到孟菲斯开办了“大众制裤有限公司”，过起了自食其力的生活。随着经济的独立、知识的增长，她终于由一个思想麻木、任由男性奴役的女性变成了一个有理想、有社会地位的独立女人。这是沃克为黑人女性解放所设计的道路。

3.《紫色》的另外一个重要成就是对黑人男性命运的考察。

沃克的可贵之处还在于她在处理黑人男女之间的矛盾冲突时，深刻地剖析了黑人男性的思想意识和心理状态。她从不把黑人男性理想化，也没有把黑人男性妖魔化。在她看来，黑人男性身上存在着很多污浊的东西和可憎的弱点。如茜莉的继父对她的强暴、她的丈夫对她的摧残，以及黑人男性肮脏懒惰、愚昧无知、行为粗鲁、性格病态等。但这一切都源自哪里呢？作品交代，这是和白人男性统治下的社会风气密切相关的。对此，在小说中，有一个细节需引起人们的注意，即“Mr ____”这个词语不仅仅单指茜莉的丈夫这个人，只是他专有的名称，而是茜莉称呼所有的男人（无论是黑人男性还是白人男性）的共同名称。小说中凡是写到男人的时候，都用“Mr ____”来指代。这一方面说明：在茜莉的眼中，所有的男性都是一丘之貉，白人男性和黑人男性是无差别的，都是摧残、压迫黑人女性的暴力载体；另外一个方面也说明，黑人男性在白人社会的价值标准熏染下生活的理想破灭，他们正是在扭曲状态下失去理性才绝望、痛苦和愤怒的，而他们的绝望、痛苦与愤怒往往会转化为对黑人女性的残酷粗暴。因此，不改变种族制度，不改变社会的不平等状况，换言之，不让每一个“Mr ____”都成为具有真正的自我和充分的人性的人，社会也是没有希望的，女性解放也是没有希望的。由此《紫色》表达出了希望有一个白人和黑人共有的“上帝”，而不再仅仅是只有那个白人的上帝的思想。茜莉的丈夫 Mr ____最后的改变，也就表达了这个思想。

艺术特色　正如托妮·莫里森所言，“用黑人妇女的语言及文化经历写黑

---

① 凯特·米利特：《性政治》，钟良明译，社会科学文献出版社 1999 年版，第 36 页。

人妇女自己的事情，这就必定会把形式和内容奇迹般地结合起来”[①]。《紫色》即如此，以“有意味的形式”成就了有韵味的内容。

1. 书信体小说形式的高妙运用。《紫色》是一部书信体小说，这种形式运用本身就是一个巨大的暗示。

我们知道，人们写信的目的就是要与远方的人沟通和联系，人们一般是不会给自己身边的人写信的。那么，茜莉正是因为无法和身边任何人当面沟通和交流，所以只能借助写信来诉说内心的痛苦——这就暗示了茜莉这类黑人女性在现实中的绝对孤独处境。再者，她写信给上帝，而上帝又永远不会收到她的信件（话语），也永远不会给她回信。那么，这本身也是一种无法交流的交流，是话语的阻隔。她给妹妹写信，妹妹的回信也被丈夫扣押，这也暗示着是一种话语的阻隔。这样，茜莉写信的目的是为了与他者沟通和交流，而实质上则仍然是自言自语，本质上仍然是“孤独的独白”。小说借助这种独特的书信体形式，揭示出了黑人女性群体孤独无助的现实困境和作为“沉默的声音”存在的状况。同样，从小说中书信排列的顺序上看，茜莉从给上帝写信到给人写信，表明主人公精神世界从虚无到真实、从渴望与神沟通到与人沟通的变化；再由开始时茜莉写信没有回信到后来得以与妹妹相互通信，表明主人公由不能沟通到可以沟通的意识觉醒。总之，《紫色》既保持了传统书信体小说细腻的抒情优长，又被赋予了强烈的隐喻色彩。

2. 空白的象征。《紫色》中的空白，不是故意隐藏悬疑推理线索，也并非余音袅袅的留白，而是弥漫着普泛的象征意蕴。

首先，是书信格式的空白。茜莉给上帝写信，象征着无法抵达的话语交流，写给上帝就意味着选择了空白；发信人的地址和签名亦是空白，意味着主人公对自身存在的价值和位置惘然不知，是为自我留的空白。其次是时间的空白。92封书信没有展示清晰的历史和发展过程，信件没有签写时间，连茜莉的成长过程也没有时间提示，读者从整部作品中找不到故事发生的确切时间。这说明茜莉的命运不知道从什么时候开始，也不知道什么时候结束。正因如此，“这一个”女孩的命运就成为整个黑人女性群体命运的写照。当一个事物不知道具体时间，也不知道具体空间的时候，它就等于是一个被隔绝的历史。最后，是姓名的空白。《紫色》中有大量称谓的模糊和缺失的情况，但读来都各有深意。第一类用“Mr ____”标记，这些人都是所谓的绅士、先生，即男权的代表，空白又表示他们本质上是一类人，是整个男权的化身。第二类是白人市长和官员，也都用“Mayor ____”代替，表示白人权利者不是哪一个人，而是一个群体，是一种制度的化身。第三类是女主人公称呼自己孩子的名字时都用“____”代替，表明黑人

① 张京媛：《当代女性主义文学批评》，北京大学出版社1992年版，第107-108页。

的生子不知从何而来，又去向何方的处境。至于小说中的人物，如茜莉、耐蒂、莎格以及索菲亚、哈波、格拉第等都是有名无姓，表明美国黑人传统的缺失，与耐蒂远走非洲“寻根”的情节遥相呼应。

3. 语言的妙用与深意。

《紫色》本来是一部用第一人称叙事的小说，但作家却打破了第一人称叙述的局限性。在小说中的每一封信里，读者可以看到，语言叙述的视角都是混杂的，直接引语与间接引语常常交错使用，其中既有第一人称“我”的言说，又有第三人称“他”的言说。作者这样写，大有深意：这种叙事语言既表明茜莉所代表的黑人女性文化程度较低的现实，也体现出黑人社区斑驳混乱的生活现状。《紫色》中的另一个语言悖论现象是：整部作品中黑人都在使用美国标准语言，而白人市长却用黑人土语大骂黑人。这暗示出黑人群体深受白人文化熏染，以白人语言为美，自觉或不自觉地遗忘了自己语言的现实，暗示着黑人自己失去了以自己的语言符号系统为载体的文化根基。而白人有意模仿和使用黑人的粗鲁语言，则表明了白人自己所处地位的优越和高于黑人一等的心态。同样，小说中有意将白人语言和黑人土语混合运用，也表明语言的差异并非先天存在，而是后天塑造成的。沃克还为小说中不同的人物设计了独特的语言表达方式。例如，主人公茜莉使用的是南方乡村特有的黑人方言（她唯一知道的语言），而耐蒂由于受过教育的，所以她使用的就是较为标准的英语，从而凸显出不同人物身份、受教育程度以及眼界上的差异。我们还会看到，后来，伴随着茜莉的觉醒和成长，她的语言也越来越成熟起来。

第十四章

成长小说与《麦田里的守望者》

【学习重点提示】

1. 把握成长小说的基本特征和艺术上所构建的“寻找”模式。

2. 把握《麦田里的守望者》主人公所体现出的青少年成长的特点和其理想追求。

第一节　成长小说概述

一、成长小说的发展状况

成长小说(Initiation stories)这一术语源自西方文学界。成长小说并非是一个文学流派,它只是欧美文学中一个鲜明的现象。从词源学上看,该术语源于人类学,具有独特的人类学内涵,而且更多地强调人的精神成长,形成独特的价值观念体系和独立的人格。人类个体生命的完整序列包括了童年、少年、青年、中年、老年五个相互联系而又不断嬗变的阶段。而从人类宏观生命进程中看,正是这五个阶段的不断更替发展,形成了人类历史的不断演进和发展。在这五个发展阶段中,由少年至青年阶段,无疑是人形成主体意识、价值观念核心体系的重要阶段。

尽管国外学者对“成长”(Initiation)的解释各不相同,但对“成长”的时间意义确定基本相同,它指“青少年(Adolescence)经历了生活的一系列磨炼和考验之后,获得了独立应对社会和生活的知识、能力和信心,从而进入人生的一个新阶段——成年(Adulthood)”[①]。美国著名文学评论家莱斯利·费德莱尔认为Initiation是通过获取知识坠入成熟的深渊,就像《创世纪》中生活在伊甸园中的亚当、夏娃一样,因受蛇的诱惑偷吃知识之树上的禁果而懂得辨别善恶,睁开理性

① 芮渝平:《美国成长小说研究》,中国社会科学出版社2004年版,第5-6页。

之眼后便失去天真，最后受耶和华的诅咒，被逐出了伊甸园，不得不经受凡人的劳作之苦和生儿育女之痛。因此莱斯利·费德莱尔认为：成长是《圣经》中“失乐园”神话原型的再现。[①] 布鲁克斯和沃伦等人把 Initiation 归结为发现罪恶、发现成人世界真相，从而深化对自我的认识的过程。莫迪凯·马库斯通过对不同定义的研究，对成长小说作了较为全面的界定：“成长小说展示的是年轻主人公经历了某种切肤之痛的事件之后，或改变了原有的世界观，或改变了自己的性格，或两者兼而有之。这种改变使他摆脱了童年的天真，并最终把他引向了一个真实而复杂的成人世界。”[②]

成长小说产生、发展的历史最早可以追溯到德国18世纪七八十年代的“狂飙突进运动”。狂飙突进运动作家大多强调个性解放，崇拜天才，将天才与暴君市侩相对立，将天才与封建等级制度相对立，在个人价值取向上具有鲜明个人主义色彩。启蒙主义思想家强调教育的功能——开启蒙昧，激发理性。“狂飙突进运动”的作家受此影响，歌颂理想的大自然，歌颂个人情感，歌颂纯朴的农夫和儿童，并与城市主流社会庸俗市民和残暴的贵族相对立。在作品中主要的表达方式是通过抒发个人在社会中的主观感受来揭露、批判社会的黑暗、虚伪，并在批判世俗观念过程中表述自我独立的主体意识。实际上，歌德的《少年维特之烦恼》描写的是青年人理想破灭的人生悲剧，表达了对世俗社会强烈批判，歌颂了青年人的自由选择和人生追求，也可归为成长小说。歌德的另一部杰作《威廉·麦斯特的学习时代》在更大的时空中展示了青年人成长的主题，因此也被公认为成长小说的开山之作。主人公威廉·麦斯特出生于富商家庭，但从小厌弃庸俗狭隘的市民生活，向往广阔、自由的生活和对更高理想的追求。他酷爱戏剧艺术，青少年时代即与演员一起投身于流浪演艺生涯，同时广泛接触现实社会，经过漫长而曲折的生活道路，通过复杂的社会实践，最终找到了空想社会主义式的理想生活方式。与启蒙时代流行的其他“教育小说”不同的是，这部小说干巴巴的说教不多，侧重于描写威廉·麦斯特心灵成长的过程，描写了主人公在实践中追求人生意义，树立人生理想，不断磨炼自己，培养自己独立个性和健全人格，并以一个独立完整的人投入现实人生的过程。也可以说，从卢梭的《新爱洛伊斯》《忏悔录》到歌德的《威廉·麦斯特的学习时代》，成长小说的特征渐趋明显。此后，英国作家查理·狄更斯也写作了著名的成长小说《大卫·科波菲尔》，书中描写了大卫从儿童时期历经苦难到通过顽强拼搏取得个人成功，展现了自由选择在人生发展中的巨大作用。列夫·托尔斯泰于19世纪中叶发表的《童年》《少年》《青年》也是最早的成长小说之一。这组三部曲通过对贵族出身

① Leslie Fielder. From Redemption Initiation. New leader, XLI, 1985: 22.

② 巴赫金：《小说理论》，白春仁、晓河译，河北教育出版社1998年版，第230页。

的尼古林卡的思想与感情成长经历的描写，提示了青年人的成长与其社会环境的关系，反映出他努力寻找自己人生价值、生活使命的历程。托尔斯泰把主人公逐步发现世界和认识自身的发展史作为三部曲内在的结构线索，深刻而细致地展现了主人公成长过程中思想感情和心理世界的千变万化。屠格涅夫的《初恋》和《父与子》、普希金的《叶甫盖尼·奥涅金》也可划为成长小说。

20 世纪初至中叶，成长小说可以划分为俄苏文学与欧美文学两股潮流，而且两者在价值观念、表述方式上各具不同的特点。在俄苏文学中，高尔基在 20 世纪初创作发表的自传体三部曲《童年》《在人间》《我的大学》，以自传体小说形式描写了作家从生活的底层攀上文化高峰、走向革命道路的历程，在社会变革的大背景下反映了俄国一代青年在黑暗中寻找真理、追求光明的艰难曲折历程。高尔基的另一部代表作《母亲》，在情节上有两条线索：一条线索是母亲的觉醒和抗争，另一条线索则描写了青年工人巴威尔觉醒后参与无产阶级革命运动，成为了自觉的社会革命者的成长历程，在充分表现了工人家庭中母子两代人的精神成长过程中，显示了无产阶级理想改造现实的强大力量。奥斯特洛夫斯基的长篇小说《钢铁是怎样炼成的》，是俄苏文学中最具感召力和影响力的一部成长小说。书中主人公保尔·柯察金是苏联文学中最具理想色彩和献身精神的英雄形象之一，他具有崇高的革命品德，为共产主义事业而奋不顾身地战斗和劳动，当他卧病不起之时，仍然以坚韧不拔的意志坚持写作，把整个生命和全部精力献给人类最壮丽的事业——为人类的解放而斗争。他对理想的无限忠贞、坚韧不拔的斗争精神感染了几代青年。保尔·柯察金成了 20 世纪中叶社会主义国家青年的精神偶像。

与俄苏文学中的成长小说具有宏大叙事特征不同，欧美文学中的成长小说更多地从个体的角度，通过人与社会的矛盾冲突来刻画人的精神成长。爱尔兰作家詹姆斯·乔伊斯的《青年艺术家的画像》记录了斯蒂芬·迪达勒斯的成长故事，他经历了一个内心正在觉醒的青年对各种传统观念的怀疑、反抗时期，最终反抗宗教、摒弃天主教信仰，通过艺术创作找到了自己的人生理想与人生意义。英国作家毛姆的代表作《人性的枷锁》《刀锋》也可以看作是优秀的成长小说。

成长小说在 19 世纪的美国就获得了人们的青睐，很多作家写作了一些著名的成长小说作品。19 世纪末出现的著名的成长小说作家有梅尔维尔和马克·吐温。

梅尔维尔（1819—1891）的《白鲸》（1851）是成长小说的代表作之一，作品讲述了一个 16 岁的水手伊希梅尔（《圣经》中的人名，意为“被遗弃的人”）在捕鲸船上目睹丧失理性的船长带领众水手与凶残狡诈的白鲸莫比·狄克殊死搏斗并同归于尽，在惊心动魄的海上历险中认识大海、认识人生、认识人性，认识人与自然的关系，最终成熟起来的故事。如果从作品叙述者伊希梅尔的角度看，这是一部包含了成长小说叙事因素的作品。伊希梅尔为了寻求生活的意义逃到海边小镇，与魁魁格结为朋友，并与这位标枪手结伴加入“皮各德”号捕鲸船，作品中的白鲸的白色象征天真、纯洁与恐怖，白鲸象征善与恶的混合，这也是成人世界的基本状况。船长埃哈伯一心要杀死咬掉自己一条腿的白鲸，最初是出于复仇之心，但以后成为了痛恨邪恶的偏执狂，最后走向对宇宙或自然规律的挑战，最后不惜让自己和水手们与白鲸同归于尽。伊希梅尔从这个悲剧中看到了自然与人性的复杂性、悲剧性，小说结尾时他被“拉吉号”船长救出了茫茫大海。而这位船长正在寻找“丢失了的”儿子。伊希梅尔则在“皮各德”号的毁灭中获得了成长和新生。马克·吐温的《汤姆·索亚历险记》(1876)和《哈克贝利·费恩历险记》(1884)是19世纪美国非常著名的成长小说。作者在这两大历险记中，分别通过两个孩童的成长过程，揭示了在社会环境影响下，他们心智的曲折发展和认识逐渐深化以及不断成熟的过程。

进入20世纪后，成长小说在美国获得了长足发展。美国是一个年轻国家，来自世界各地充满自由创造思想的移民不断地给这个国家注入新的血液，辽阔的国土和人口的极大流动性使美国社会充满变化和活力，人们的价值观念具有极大的开放性、创新性、包容性。莱斯利·费德莱尔对美国国民性格的分析，其实就揭示了美国文学中成长小说经久不衰的社会原因：“人们痴迷于成长，在‘成熟’与‘拯救’之间，他们更向往成熟。吸引他们的是哈克·贝利·芬和霍尔顿·考菲尔德这样的人物。在这些人身上，他们看到了这样的理想：清新不败的洞察力、永不衰竭的活力、不受腐化的天真纯洁；全心全意地在潜意识里拒绝所谓的原罪。他们认为成熟的青春就是美国的化身与理想，粗犷、不受约束，但却蕴藏着成熟与责任感。”①

美国成长小说的人物和故事虽然千姿百态，但在情节内容上逐渐形成和沿袭了一些共同的创作模式：故事往往是年轻的主人公正常生活突然断裂，偶然经历某种或目睹某些令人瞠目结舌的罪恶，从而形成精神上的震撼与心灵上的空白，从起初的惊慌失措，到逐渐适应，从逃避现实到直面人生，他们逐渐明了成人社会在教育中灌输给他们的大多数东西是虚假、不可信、落伍的东西。随着社会的急剧变化，年轻的一代只有通过自己的顿悟、探索，才能适应社会发展，这种顿悟标志着青年一代思想、人生新的起点，这既是幻灭的开始，也是走出迷惘、迈向成熟的关键时期。随着独立人格的形成，经历了怀疑、抑制、否定、否定之否定的精神洗礼之后，他们以全新的眼光观察、认识、处理复杂的人际关系，在对世俗观

---

① Hawthorne N. Young Goodman Brown. In: The Heath Anthology of American Literature. Heath and Companny, 1990: 2090.

念的超越中获得了“拈花微笑”式的顿悟与成熟。其中最具思辨色彩的作品是霍桑著名的短篇小说《年轻的布朗先生》,这部作品可谓是《圣经》故事“失乐园”的翻版。小说主人公布朗先生出于好奇,接受了魔鬼的邀请,去森林中参加一次妖魔的聚会。一路上他想到离开了自己新婚的妻子费丝,独自去参加妖魔的聚会实为不妥,特别是作为一个虔诚的基督徒亵渎自己的信仰是有罪的,因此他几次想溜回家。但他在途中得到的新的发现又促使他前行。他发现一些平时道貌岸然、令人敬重的长者也在赶赴聚会,最后他甚至在赶赴聚会的人群中看到自己那纯洁天真的妻子!布朗十分震惊,痛苦万分:原来不能抵御魔鬼诱惑的人根本不只他一个,那些十分高尚、虔诚的人竟比他还要虚伪。大家接受了魔鬼的洗礼,并被赋予了了解别人隐私的超常能力。布朗目睹了人性的软弱与丑陋,他失去了往日的快乐,失去了对村民和妻子的热情和信任,郁郁寡欢地度过了余生。青年人布朗的成长和人生悲剧折射出一个宗教世俗化时代人类的困境。另外,斯蒂芬·克莱恩的《红色勇士勋章》描写了初上战场的青年人成长中面临的一场巨大的精神危机:什么是英雄?什么是勇敢?什么是人生的意义?经过痛苦的思考,最终走出了年轻人天真而怯懦的迷惘,使自己能够用成熟而理性的眼光看待战争、人性和自我;最终形成了独立人格和对不合理现实的批判意识。

在经历两次世界大战后,以上帝为核心的传统基督教价值观体系已摇摇欲坠,青年一代也在深刻反思:如果生命不是上帝赋予,没有这个全知全能的救世主来主宰世界,并为每个人安排好来世今生,那么生存的意义何在?人们该何去何从?这类意识在美国成长小说中表现得尤为突出。其中最著名的代表作家是塞林格,他的代表作《麦田里的守望者》标志着成长小说成为了世界文坛上的一个显著现象。

二、成长小说的基本特征

从成长小说的发展历史可以看到:成长小说是从内容上分类并形成自己独特的艺术风格的,尽管众多的成长小说文本出自不同作家之手,主人公国别不同,民族不同,经历、性格不同,但在思想内容与艺术特点上形成了一些共性,这些共性就是我们归纳与分析成长小说思想和艺术特点的基础理论。

俄国著名文学理论家巴赫金对成长小说的内涵曾作了精辟分析:“这里主人公的形象,不是静态的统一体,而是动态的统一体。主人公本身,他的性格,在这一小说的公式中成了变数。主人公本身的变化具有了情节意义;与此相关,小说的情节也从根本上得到了再认识、再构建。时间进入人的内部,进入人的形象本身,极大地改变了人物命运及生活中一切因素所具有的意义。这一小说类型从最普通的含义上说,可称为人的成长小说。”巴赫金在此所强调的成长小说的主题内涵,是叙写人与社会、人与世界的关系,突出的是人的精神成长经历。因此成长小说既可以以个体经历的发展和变动的过程为题材,也可以以个体在与社会磨合过程中激烈的心理冲突和种种复杂细微的精神、情感现象为题材,着重描写的是成长的烦恼,烦恼中的成长。

1. 成长小说重点表现处于青春期阶段的青少年对人生价值、人生意义的探索。

从众多的作品来看,成长小说的主人公大多都是性格尚未定型的青少年。众所周知,在青少年发展阶段,一方面,智能发展逐渐走向成熟,情绪、情感日益丰富,自我意识逐渐增强,个性发展倾向于复杂多元化。但是,另一方面,他们毕竟还没有真正走向社会,心智还不成熟,因此形成了独特的心理和认知特点。如意向从众性、心理逆反性、兴趣多变性等,再加上青春期压抑及对爱情的向往,此时青少年的自我认同呈现片面性,心理徘徊在极度乐观与极度悲观之间。这导致了在复杂社会生活中寻找自我、身份和人生价值意义,成了他(她)精神追求中的两个重要方面。

2. 表现成长的烦恼和主体意识的觉醒,青春期的纯洁、单纯与社会主流价值观念形成了巨大的张力和尖锐冲突。

成长并非一帆风顺,它的心路历程往往表现出极度的困惑与痛苦的裂变,莱斯利·费德莱尔在谈到汤姆·索亚和哈克贝利·费恩时就宣称:他们是"一个'好的坏男孩'"。换言之,这也就是美国人形象的自我评价。莱斯利·费德莱尔所谓的"好的坏男孩"就是汤姆和哈克那样不愿顺从母亲和长辈的权威,厌恶文明和礼法,不能平心静气地听任现实生活约束的调皮捣蛋鬼,但他们心地善良,正直无私,既冒犯、惹恼母亲,又能讨她们喜欢;既对社会的主流价值观表示蔑视和反叛,又不失天生的正义感和道德心;他们心中虽然充满了成长的烦恼,却不失追寻与探索的勇气。再如《麦田里的守望者》中的霍尔顿,这位 20 世纪的"汤姆"或"哈克贝利",他厌恶社会的荒诞与冷酷,在他满嘴粗话,对周围人与事极尽刻薄评价的同时,却梦想和女朋友一起逃到人烟稀少的小溪边,过一种世外桃源式的简朴清静生活;他还梦想做悬崖上麦田的守望者,以保持童心,不用混迹于虚伪的成人世界。

3. 目睹成人世界的冷酷与荒诞,主张"自由选择",否定权威与约束。

成长小说在主题指向上看往往是社会反抗小说,在成长小说中的主人公看来,成人世界的不公与启蒙主义美丽理想中的"自由、平等、博爱"相去甚远,社会甚至是冷酷、荒诞、虚伪的化身。他(她)们成了被放逐的天使,被赋予了局外人的特殊视角与经历,同时可以从局外人的视角审视、批判主流文化与其急功近利的价值观。受存在主义哲学思想影响,成长小说往往告诉人们:人在这个世界上,每人都有各自的自由,面对各种环境,采取何种行动,如何采取行动,都可以作出"自由选择"。存在主义哲学权威萨特甚至认为:人在客观事物面前,如果不按照个人意志作出“自由选择”，这种人就等于丢掉了个性，失去了“自我”，也就不能算真正的存在。如《麦田里的守望者》中主人公霍尔顿的存在价值就在于他对潘西中学虚伪、丑恶的憎恶，对一切假惺惺的人与事的憎恶，通过对丑陋现实的讽刺、批判，主人公在不自觉状态中开始了人生艰难复杂的探索之旅，他在 3 天的历程中所获得的东西远远超过了他 16 年的人生体验。这也是霍尔顿形象深受读者喜爱，使他们深受启迪的原因。

4. 强调人生经验的获得在于亲身对社会的深刻观察、体验、反思、顿悟、批判。

对成长小说中的主人公来说，人生经验的获得与知识的积累有着本质的不同，后者可以通过教师传授、书本阅读、家长指导而获得，前者则必须依靠个体的体验与总结，因为别人的人生经验是在彼时彼地获得的，现在的经验主体是在一个新的时间、空间之中的，社会已经变化了，因此别人的经验只具有参考性，而不具备完全的指导性。英国毛姆在他的《刀锋》中刻画了一个美国青年拉里的形象，据说是以著名哲学家维特根斯坦为原型的。拉里在第一次世界大战中参战时目睹了战争中血肉横飞的残酷，他无法理解一个个活生生的青年为何变成了死人，像断线的木偶支离破碎、毫无生气，于是他在战后独自寻找生命的价值与意义，他苦读而不求学位，不以名利作为成功的客观标准，甚至用婚姻拯救一位堕落的女人，最后在滚滚红尘中做一名自食其力的出租车驾驶员终其一生。拉里的恋人、亲戚、朋友都认为他不可理喻，而毛姆则称他为“人中龙凤”，就因为拉里不受名利诱惑，寻找到安身立命之道，充分显示了精神成长的力量和自由选择的价值。

5. 成长小说在艺术上的特征也十分明显。

第一，“失乐园”叙事模式。从大量的成长小说中可以归纳出一个主题展现模式：天真纯洁的青少年胸怀理想——社会生活中的磨难与冲突——愈加困惑或精神蜕变——在反抗社会中寻找到自我与人生的意义。具体地说，就是主人公美好的幻想被荒诞的现实社会所粉碎，他（她）看到成人社会的欺诈、虚伪，无法在传统教育中找到合理的答案，只有凭着自己艰苦的精神探索去粉碎谎言，从而寻找到生活的意义，而绝不是适应社会的成熟，在这种冲突与反叛中，青年人完成了痛苦的成长过程。这一特点恰好与《圣经》中亚当、夏娃从天真无知到获得独立认知世界的能力，从而被上帝诅咒“失乐园”神话原型的叙事结构极为相似。所以，我们称之为成长小说的“失乐园”叙事模式。第二，着力描写成长的叙事维度。在成长小说的行动元结构中，成长通常是构成小说的基本物质材料，并得到连续显现而保持足够的叙事维度。如黑人女作家托妮·莫里森的小说《所罗门之歌》，以黑人青年奶娃的成长为重要线索，奶娃在寻宝途中，发现了自己家族的真实姓氏和值得骄傲的历史，从而找到了自我，得到了开启心智的钥匙和建构自我身份的精神财富。奶娃也从一个自私的、不负责的纨绔子弟变成了一个承担责任、懂得珍惜友谊的人。组成小说行动元结构的环节，是奶娃寻宝得到意外收获，其间嵌入历史叙述，寻宝中的喜怒哀乐被置之一隅，着重叙述奶娃精神成长的行动元的连续性，并在这个完整的表述中完成了对奶娃精神成长过程的整体描写。

三、成长小说的基本评价

成长是人类文学的基本母题之一，成长也是人类每一个个体生命发展的重要方式。所以描写青少年精神成长的作品是人类审视自身变化发展的一个重要档案。成长小说中的成长特指人(青少年)的思想文化成长，人在青少年阶段由依赖走向独立、由幼稚走向成熟，是人格和价值观念形成过程中色彩最为丰富、最具个性和变化性的阶段。因而在文学创作与研究中，将成长小说列为一个特殊范畴加以探讨，可以使我们关注人类精神成长的历史，从而为青少年成长提供较为宽松的环境，这对于鼓励成长者自由思考、自由选择具有重要的意义。康德在《实践理性批判》中说："一切实践原则，凡是把欲望能力的对象(物质)假定为意志的规定根据(动机)，则总是依靠经验，并且不能提供实践法则。"人类的选择自由是相当有限的，青少年阶段尤其如此。康德在此对功利和欲望的深度不信任，根源就在于他担心成长主体如果仅仅以自身的自由选择作为必要条件，就会妨害"实践法则"。所以，成长主题的内涵可以归纳为人与社会的互动：一方面是青少年在主体意识和独立人格的追求中，必须依靠自己的社会实践，甚至是在人与社会的矛盾冲突中完成成长过程；另一方面则是青少年在社会化过程中，必然面临理想与现实的尖锐冲突，他们往往从社会制度的缺陷中，敏锐地发现主流价值观念的虚妄、人性异化的荒诞，从而激发自己的生命意志，以矫枉过正的激烈批判来坚持人生理想，尽管人与社会的这种互动充满痛苦和烦恼，甚至暂时起不到改革社会的作用，但它毕竟从人的成长和社会的完善两个层面实现了成长小说的主题价值。

从接受美学角度看，成长小说的作家与读者的关系也是互动的，成长小说主题的实现是作家、作品、读者共同努力的结果，成长小说并不要求读者仅仅从故事层面上了解作品，而是要让读者理解故事背后成长的艰难和意义。读者在阅读过程中与主人公经历了同样的发展过程，文本在此为人们展示了一个成长中渐趋完整的人格，包括物质的、精神的、道德的、情感的和文化上的一致性，从而引起共鸣，反思社会的不完善，汲取生活教训，从而更快地成长。

成长小说的主要功能在于提出问题，而不是解决问题。后期的成长小说受存在主义的影响较大，作家运用存在主义观点书写和表现自己与他人的改变，描写青少年与成人世界的冲突，或许不会直接影响到教育制度、社会制度，但它至少促使人们反思:何以正统的、主流的教育观念在与社会教育、社会影响的抗衡中,越来越显得苍白无力、力不从心?社会为什么给孩子讲假话?学校教育和社会教育出了什么问题?当我们的心灵成长更多地依赖自我探索时,当青少年只有在偏离主流社会功利的价值观中才能寻找到自我存在的价值与意义时,这与成人社会主观希望给青少年提供完善的成长环境与条件形成了"二律悖反",社会强塞给青少年的东西,恰好是他们最不喜欢的、最不能要的东西,这些问题的提出无疑是具有强烈警世作用的。

第二节　塞林格与《麦田里的守望者》

一、生平与创作

杰罗姆·大卫·塞林格(1919—2010),美国小说作家。他的长篇小说《麦田里的守望者》被认为是20世纪美国文学的经典作品之一,是20世纪50年代美国"成长小说"的标志性代表作品,在美国当代文学史中占有重要的位置。

塞林格生于美国纽约城一个犹太富商的家庭,父亲从事食品加工进口生意,家境相当富裕。塞林格15岁时,被父母送到宾夕法尼亚州一个军事学校里住读。1936年,塞林格在军事学校毕业,取得了他毕生唯一的学业文凭。塞林格1937年继续在美国读书,先后进了三个学院,都没有完成学业。第二次世界大战中断了他的学业,1942年至1946年,塞林格在美国从军。经过一年多的特工训练后,1944年他被派往欧洲战场从事反间谍工作。1946年复员回到纽约,专门从事写作。

塞林格早年练习写作短篇小说,是在军事学校读书时开始的。他写作十分刻苦,在军事学校练笔时经常一写就是半夜,甚至彻夜不眠。当时军事学校纪律很严,熄灯后有专人值班巡查,塞林格就"用毯子蒙住全身,照着手电偷偷写作"。1940年,他开始向杂志投稿,在《小说》杂志上发表第一个短篇小说。十余年中,他一共发表了20多篇短篇小说。这些作品有的还在《老爷》《纽约人》等著名刊物上发表,从而使他在美国文学界小有名气。

这期间,塞林格的短篇小说创作表现出了他行云流水般驾驭语言,同时又擅长表达深邃思想的能力。他的短篇小说既流畅可读,又令人掩卷深思,有着很高的艺术欣赏价值。比较重要的有《逮香蕉鱼的好日子》(1948)和《为埃斯米而作》(1949),这是后来被收进短篇小说集《九故事》(1953)中的名篇,也是指示着他后来创作主题和表现手法方向的纲领性作品。《逮香蕉鱼的好日子》小说篇幅很短,内容比较深奥。主人公格拉斯·西摩个性善良,信仰上帝。但其举止怪诞,与世俗格格不入,被世人视为精神分裂患者。尽管他生活优裕,但活在不被理解的世界之中，他仍觉得毫无幸福可言，所以他选择了自杀，安静地死去。自杀前，他和一个小女孩在海滩上玩，听小女孩说到一种专门喜欢吃香蕉而变胖了游不出洞的奇怪的鱼。之后他回到旅馆，没有惊动自己的恋人，用布包着枪饮弹自杀了。“香蕉鱼”是西摩对一种想象中的鱼的称呼，其实现实中并不存在。故事里的香蕉象征着世俗幸福，当人们进入这个世俗世界，就开始拼命追求、营造自己的“幸福”，享受这无尽的“幸福”。就像香蕉鱼一样，拼命吃胖，再也无法从世俗世界中走出来。小女孩天真的话，像禅语一般点醒了西蒙，他不甘心做一条“香蕉鱼”，又感到实在无力游出这个洞口，于是只有自杀，死亡也是另一种形式的救赎。

另一篇小说《为埃斯米而作》，写第二次世界大战前一个在英国训练的美国兵“我”在咖啡馆偶遇一位姑娘埃斯米，答应为她写一篇她所喜欢的“凄苦”小说。故事第二部分跟前面几章无关联，说一个经历了第二次世界大战苦难的军士 X，在战争结束时拆开一封寄给他的信，那却是埃斯米写给他的！小说两部分场景不同，人物也发生了变化，但叙述者“我”仍然是故事的主线索，只是叙述角度从第一人称变成了第三人称。除了结构和叙述方式奇巧之外，在塞林格笔下，“我”与少女埃斯米的短暂交往散发着一种令人心荡神摇的梦幻般诗意，这和充满污秽和凄苦的战争地狱构成极大的现实反差。有人评价《为埃斯米而作》是《九故事》里写得最好的一篇，尤其是小说结尾，X 收到少女寄来的那只军用手表，看着震碎的表壳玻璃，他还有勇气面对那份充满凄苦的爱吗？

1951 年，塞林格出版了长篇小说《麦田里的守望者》，一举成名。这部只有十几万字的小说甫一问世，立即引起轰动。主人公的经历和思想在青少年，特别是大、中学生中引起了强烈共鸣，受到热烈欢迎，成为美国当代文学的“现代经典小说”，并且在半个世纪的时间里，“大大地影响了好几代美国青年”。

塞林格成名后隐居乡下，多年笔耕不倦。他在他的私人庄园里特地为自己造了一间只有一扇天窗的水泥斗室作书房，每天早晨八点半就带饭盒入室写作，直到下午五点半才出来，任何人都不准进去打扰他。但据说，他写作的过程十分艰苦，从《麦田里的守望者》出版后，他写作的进度越来越慢，十年总共只出版了三个中篇和一个短篇集，后来甚至不再发表作品。从 1953 年到 1963 年，塞林格出版的作品有：一个短篇集《九故事》(1953)和三个中篇小说(两个中篇集)《弗兰尼与卓埃》(1961)及《抬高房梁，木匠们》(1963)、《西摩小传》(1963)。但据说他业已完成的作品数量很可观，只是他不肯拿出来发表。

1953 年，塞林格将早年创作的部分作品结集成短篇集《九故事》出版。除了炉火纯青的艺术手法外，这本薄薄的集子有一个令人瞩目的主题，也就是塞林格在所有作品中不断重复的中心思想：(作者)“把儿童的世界看成是真实的世界，而成人的世界则只是一个正从内部毁坏的、把人类之爱永远牺牲于此的卑劣的肮脏处所。”①

塞林格的“遁世”行为，引起了无数人的好奇心，人们纷纷猜测，终日打听关于塞林格的“秘密”。任何有关他创作的新闻，都能引起轰动。但关于塞林格的生活和写作近况，不仅他本人讳莫如深，就连跟他接近的一些亲友，也都守口如瓶。他的中篇集《弗兰尼与卓埃》尽管以前在《纽约人》杂志上发表过，但1961年首次以单行本发行时，它“不仅在美国文学界被认为是一件大事，而且在无数塞林格迷的眼里，简直是神的出现”②。

塞林格后来出版的几个中篇小说内容都是围绕一个叫格拉斯的一家进行的，主要描写他们的生活片段，刻画格拉斯家族年轻的一代（主要是西摩、弗兰尼、卓埃、布迪）的形象。其主旨是展现美国富裕中产阶层和家庭中年轻的一代的生活以及他们的精神世界。他们痛恨当代社会和现实世界的虚伪与丑恶，但在实际上又不能离开这样的生活，内心深处十分矛盾和痛苦。

1963年，塞林格的另一部中篇小说《抬高房梁，木匠们》出版，作品以西摩弟弟布迪的视角展开叙述。小说一开始交代了格拉斯兄弟的家庭背景。格拉斯一家共有七个孩子：西摩、布迪、布布、瓦特、威克、卓埃、弗兰妮。父亲是犹太人，母亲是爱尔兰人，是“潘塔奇斯轻歌舞剧团”的退休演员。西摩是格拉斯家的长子，弗兰尼是最小的女儿。故事中的“我”患肋膜炎，出院后去参加哥哥西摩与穆莉尔的婚礼，在众人急切的等待中，作为主角的新郎西摩却始终没有在婚礼现场出现。“我”随着失望而愠怒的众人离开婚礼现场，由于堵车，又将众人带到了西摩的公寓里，大家展开了一番争吵、闲聊和讨论。几经周折，人们才从伴娘的口中得知，西摩和新娘早就躲开众人“私奔”而去。于是众人散去，公寓中只剩下了“我”。

小说的题目取自西摩的妹妹布布用肥皂片写在浴室镜子上的一句给西摩的留言：“抬高房梁，木匠们。新郎像阿瑞斯（古希腊神话中的战神）那样来了，个儿比巨人高得多。”这是一首来源于古希腊民间的催妆诗，用于在婚礼上演唱的。西摩是塞林格“格拉斯系列小说”中的理想人物，头脑清醒、意志坚强，思想和言行臻于十全十美。他教诲六个弟妹“不仅要爱这个世界，宽恕这个世界，而且要在这个世界上努力尽自己的责任”。他在小说中“私奔”的原因据说是“唯恐别人祝福自己幸福”。西摩后来开枪自杀，布迪解释说，应当是在大彻大悟后寻求解脱的一种方式，也是他向往东方哲学和试图皈依佛教禅宗的表现。一般评论家认为，这部小说的社会意义和艺术魅力是远逊于《麦田里的守望者》的。

1999年，塞林格在沉寂了34年未发表任何作品之后，终于在亚马逊网站上

① 布拉德伯利：《美国现代小说论》，王晋华译，北岳文艺出版社1992年版，第121页。

② 参见1961年9月15日《时代》杂志。

发布消息:将推出他的新长篇小说《哈普沃兹 16,1924》。但却因故一再推迟,至今未能正式出版。《哈普沃兹 16,1924》最早以短篇的形式出现过在 1965 年 6 月的《纽约人》杂志上,这也是他公开发表的最后一篇小说。小说的形式是 7 岁的西摩从哈普沃兹夏令营寄给家里的一封长信。小说前半部分描写了西摩眼中“夏令营生活的黑暗和极端沮丧的一面”,以及他对夏令营女辅导员哈普女士的爱慕之情和他对于周边事物充满智慧的评价;小说后半部分是跟弟弟布迪讨论需要阅读的一些书目,并对每本书和作家进行了见解独到的评论。西摩是一个聪慧敏感的天才少年,当时他虽然只有 7 岁,但已经表现出对庸俗的成人世界格格不入的早熟式的孤独感。他“用自闭和空想的方式来表达自己对这个庸俗、怪诞、充满功利主义的世界的疏远”,并且暗示他将从这个世界退出,或者在适当的时候结束生命。为了表现自己特殊的早慧,西摩在信中还刻意卖弄文风上的聪明、理性和随意,并时不时搬用晦涩、生僻的词汇以及口语、俚语。凡是认真读过这部小说的人无不为西摩鹤立鸡群般的深邃思想和语言表达能力所惊叹,也为他对周围庸俗环境的敏感和不妥协而担心。

塞林格在不少作品中都极力塑造这样一些早熟聪慧的天才少年,他笔下的少年儿童心理年龄都比他们的实际年龄大,阅历经验也都非常丰富。在这篇小说中塞林格把西摩的早慧、敏感发挥到了极致。他曾说过,“我最好的朋友都是儿童”。他喜欢从青少年内心世界角度塑造青少年形象,借用青少年敏锐的目光和纤细的感受来描摹和评价这个功利世界的一切。塞林格借用西摩的信,表达了对那种制度化了的教学方式感到极度沮丧;对天真无邪的孩子们将来要面对的问题表示担忧;希望做父母的能对孩子有某种理解,家能给孩子某种温暖和庇护,以便使他们孤独的心灵得到慰藉;作者在西摩的信中暗示道:“真正的爱也许是解决问题的答案。”

2010 年 1 月 27 日,杰罗姆 · 大卫 · 塞林格在位于美国新罕布什尔州的家中去世,享年 91 岁。

二、《麦田里的守望者》分析

1951 年,随着长篇小说《麦田里的守望者》的出版,塞林格被公认为第二次世界大战后美国最重要的小说家之一。这部“里程碑式的作品”,经受了半个多世纪的考验,依然被公认为美国当代文学中最重要的经典作品之一。《麦田里的守望者》篇幅只有十几万字,但它却对美国社会产生过巨大影响,影响了几代美国青年的精神思想。它的意义已经远远超出了一本畅销小说所具有的文学价值。自 1951 年出版以来,小说迅速被译成十几种国家的文字,全球总销量累计已超过 6 000 万册。在中国,自 20 世纪 80 年代初至今,已有多种版本多次印刷,常销不衰,深受我国广大读者的喜爱。

内容介绍　《麦田里的守望者》以主人公霍尔顿——一个中产阶级家庭出身的16岁中学生自叙语气，讲述自己第四次被学校开除后只身在纽约城游荡了一天两夜的经历和内心感受。作品真实地展示了美国战后一代青少年苦闷、彷徨的精神世界，揭示了资本主义社会精神文明的实质。

作品用第一人称写成。故事从"我"离开潘西中学那天讲起。那天是星期六，正好学校举行校际橄榄球比赛。可是那天"我"却没有心情观看比赛，因为我马上就要离开学校，"我"被除名了。这是"我"第四次被踢出学校，原因是有四门功课不及格。经历了一些和同学的风波之后，"我"决定四处游荡。

"我"一直走到火车站，运气不错，等了十分钟就上了火车。有位举止高雅的太太坐在"我"身边，没想到她竟然是同学的母亲。"我"跟她瞎吹了一通。下车后，"我"住进了一家叫爱德蒙的旅馆。突然发现，这里住的尽是一些心理变态的人，于是勾起了"我"的性欲，也想尝试一下，就给一个并不相识的舞女打了电话，可她说今晚没空，弄得"我"索然寡兴。时间还早，"我"稍微洗漱了一下，进了旅馆楼下一个叫紫丁香厅的夜总会。"我"要了一杯可乐，因为我这个年龄买不到酒。夜总会里乱得要命，乐队也特别糟糕，周围全是些粗俗不堪的人，而且也没有一个像"我"这样年龄的人。"我"对邻桌三个巫婆似的姑娘抛起媚眼，请她们跳舞，一直消磨到酒吧关门，才回到休息室里。但"我"一想起了斯特拉德莱塔和琴在汽车里干过的事，心里就堵得慌。于是又坐上出租车，来到欧尼夜总会。尽管时间这么晚了，老"欧尼"还是拥挤不堪，大家都来这儿听老欧尼演奏钢琴。待在这里的好多是一些名牌大学里的粗俗不堪的家伙，他们千篇一律地穿着法兰绒休闲装，假模假式地抽着烟，跟漂亮姑娘们喋喋不休地说着橄榄球比赛。我实在忍受不了这帮家伙。我一口气喝了三大杯酒，待了一会儿，就离开了。

乘着酒劲，醉醺醺地徒步回到旅馆，开电梯的伙计凑上来问"我"要不要妓女，"我"正闷得要命，不假思索就答应了，谈好价格是五块钱。"我"进了房间，又紧张又后悔，老实跟你说，"我"还是个童男呢！那妓女进屋后马上脱下衣服，"我"原想先跟她认识认识，多跟她聊会儿天。而她只想尽快干完那事拿钱就走。"我"觉得十分沮丧，只好撒谎说自己刚动完手术，只想跟她说说话，但照付她钱。不料她却发火了，"我"赶紧给她五块钱打发她走，她却坚持非要十块，"我"把她轰了出去。一会儿，开电梯的家伙陪着那妓女打上门来，他硬从钱包里又抢走了五块钱，还重重地朝"我"肚子打了一拳。"我"又害怕又委屈，一下子哭了起来。

上午10点光景，"我"饿醒了，便给萨丽·海斯打了个电话，"我"认识她已好几年了。萨丽晚到了10分钟，她看上去漂亮极了。"我"一看见她，简直想跟她结婚了，真好笑！在说着闲话的时候，"我"突然有了一个主意，想带萨丽一起远离人群，到马萨诸塞森林中去生活。萨丽却说“我”异想天开。我们争执起来，她简直气疯了。离开了萨丽后，“我”给卡尔·路斯打了电话。他对性问题颇有研究，特别是性变态者之类。老路斯知道在美国搞同性恋的每一个男女。可“我”心里老怀疑他本人就是搞同性恋的。我们10点钟在维格酒吧见了面，两个人喝了好多威士忌和马提尼酒，我们一直讨论着性的问题。从酒吧出来时我已经醉得很厉害了。“我”无处可去，就信步走向中央公园。这时，“我”把给妹妹菲苾买的唱片掉在地上摔碎了，“我”难过得差点哭出来。公园里很黑，坐在一把长椅上，“我”冻得发抖，真怕自己会得肺炎死掉。因此决定偷偷溜回家去看菲苾。

“我”在黑夜中很小心地用钥匙把门打开，悄悄走进房间，轻得一点声音都没有，因为“我”母亲的耳朵尖得就像只混账猎狗。“我”找到了熟睡的菲苾，叫醒了她，她高兴得要命。但同时也不住地嘟囔说，爸爸知道了会要你的命！“我”不耐烦地告诉她，这是个最最糟糕的学校，里面全是伪君子！还有卑鄙的家伙！老菲苾一声不响地仔细听着，她都懂。她反驳说：“你不喜欢任何学校。你不喜欢任何东西。你不喜欢。”“不，我喜欢！”“我”忽然想起了《你要是在麦田里遇到了我》那首歌。“我”正唱这首歌时，爸、妈回来了，“我”急忙躲进壁橱，等妈妈进来跟菲苾道完晚安后，“我”摸黑穿好鞋，向菲苾借钱、告别，最后，“我”把那顶猎人帽送给了她，溜出了家门。

“我”过去的英文老师安多里尼住在苏敦广场十分阔气的公寓里。他热情地接待了“我”。谈话时安多里尼在一张纸上写下了一位精神分析学家说的一句话“一个不成熟男人的标志是他愿意为某种事业英勇地死去，一个成熟男人的标志是他愿意为某种事业卑贱地活着”送给“我”。“我”觉得很困，便在安多里尼先生家的客厅里一张床上睡下。但接着发生了一件事。“我”一下子醒了，感觉到头上，像是一个人的手，在黑暗中抚摸着轻轻拍着“我”的脑袋。原来是安多里尼先生！这真把“我”吓坏了，紧张到极点，连裤子都穿不上了。“我”在学校之类的地方遇到过的性变态者要比谁都多。

“我”逃了出来。没地方可去，只好到中央大街车站候车室待了一晚。今天是星期一，离圣诞节已经很近，“我”已经打定主意，远走高飞。走之前“我”还想看一眼菲苾，便跑到她的学校，给她留了一张纸条，约她中午在博物馆见面。12点多一点，菲苾来了，让“我”差点晕倒的是，她竟带了个大手提箱，说是要跟“我”一起走。怎么劝也没有用，“我”只好表示自己也不走了，今天就回家。“我”带她去了动物园，来到了木马转台前让她去骑木马，菲苾总算跟“我”和好了。“我”坐在一条长椅上看她。雨越来越大，淋得像只落汤鸡。可是“我”不在乎，看着菲苾穿着那件蓝大衣，老是转个不停，看上去真他妈的好看极了。

人物形象 霍尔顿是一个处在成长过程中的复杂而矛盾的美国现代青少年

典型。

1. 霍尔顿给人们最深刻的印象是他那种“反叛”的思想和行为。

作为中产阶级子弟，他有着苦闷孤独、愤世嫉俗的精神世界。他渴望真诚和友谊，但他的周围到处都是虚伪和欺骗。他看不惯世俗社会中的种种人情世态，嘲笑、批判成人社会的每一个方面，可他又无力改变这种现状，只好以不求上进、玩世不恭、“坏学生”等消极方式对现实进行反抗，甚至放纵、召妓……最后干脆想逃离这个现实世界，到穷乡僻壤去装成一个又聋又哑的人。

2. 作为一个青春少年，他又有着一颗纯洁善良、追求理想的童心。

他为受难者捐款给修女，擦掉墙上的下流字眼，为小同学讲解道理，对妹妹菲苾爱护备至。最难得的是他有一种朦胧的社会责任感，即做一个“麦田里的守望者”，不让孩子们掉进成人虚伪的世俗世界的悬崖：“有那么一群小孩子在一大块麦田里做游戏。几千几万个小孩子，附近没有一个人——没有一个大人，我是说——除了我。我呢，就站在那混账的悬崖边。我的职务是在那儿守望，要是有哪个孩子往悬崖边奔来，我就把他捉住——我是说孩子们都在狂奔，也不知道自己是在往哪儿跑，我得从什么地方出来，把他们捉住。我整天就干这样的事。我只想当个麦田里的守望者。”

3. 霍尔顿的形象为我们提供了一个研究青少年精神成长过程的典型案例，其价值在于：一个在物质条件相对富裕的社会中长大的青少年，其寻求真理的过程注定是曲折、不平坦的。

原因在于：一方面，物质生产飞速发展，精神生活和物质生活的脱节，客观上造成了青年一代的精神空虚；另一方面，青少年的个性发展、自我价值实现等自身精神心理需求，由于社会关注不够而得不到满足。因此，在青少年寻求真理的过程中，任何努力和形式都是值得肯定和宽容的，只有事实和自身经验才有资格教育他们。而一旦这些尝试和体验被概括上升成经验教训时，它们就形成了人生最可宝贵的思想资源。大人们毫无道理的指手画脚、横加指责，往往非但不能有助于事情解决，反而有可能激发他们更加强烈的反叛心理。霍尔顿的故事，其实也是在概括一种成长规律。

思想意义 这部小说主要的思想意义在于描写和表现了美国战后一代青少年典型的成长苦恼，把以霍尔顿为代表的生活在一个物质极大丰富国度的美国青少年的整个精神世界及其面临的最深刻的矛盾写得淋漓尽致。

1. 小说深刻地描写了20世纪50年代美国典型的文化氛围和处在社会过渡期青年人的思想状态。

美国的20世纪50年代是一个相当混乱的时期，第二次世界大战的阴云尚未散去，冷战硝烟又起。一方面科技发展迅速，另一方面人们缺乏理想，意志消沉。可以说，当时整个社会都处在巨大的矛盾和转型之中。这种状况，无疑对那些刚刚走出校门的青年人冲击最大。在自己无力改变的社会大背景情况下，在一种所谓“青春大骚动”的文化潮流中，以一代青年为主体的“垮掉的一代”运动开始兴起，从而形成了弥漫于整个社会“激进”“反叛”和“颓废”的意识和风气。这些“披头族”和“嬉皮士”们所创造的流行文化是，留山羊胡须、蓄长发、吸毒、性放纵，鼓吹“禅宗”和“佛教”等东方文化等。这些青年人质疑和否定当时的主流文化和传统价值观，以嬉笑和玩闹的态度表达自己的不满和诉求，但他们又不知道出路在哪里，只能用玩世不恭的态度对待。他们极端的态度和做法极大地影响了战后西方文学乃至社会文化的发展走向。有人指出，霍尔顿其实就是最早的“垮掉派”分子。他的思想和行为真实地反映了当时一代青年的精神风貌和典型特征。实际上，《麦田里的守望者》以及主人公霍尔顿，早已成为一种文化现象，反映了美国青年在战后所谓“沉寂的十年”这一特定历史时期种种思想心态和精神面貌，同时也折射了美国社会在“异化”“麦卡锡主义”和“保守文化”的高压背景下的某些特征和困境。它的意义已经大大超越了文学的范畴，成了美国社会价值取向的一个外化标志。

2. 作者揭示了社会转型时期两种价值观的冲突，并通过主人公的经历对传统的价值观念和道德规范发出了强烈的质疑。

霍尔顿的生活环境用一句话来概括，就是“虚伪”。从作品中主人公霍尔顿的经历可以看出，学校里有所谓的规章制度，其实是以扼杀青年人的天真和纯洁为目的的；家庭中的所谓父母对孩子的关怀和爱，是以扼杀其个性和自由为代价的。德高望重年长者的所谓提携与教诲，不过是要满足自己低下卑鄙的欲望；社会中所期望的“好孩子”，不过是要在落后的价值观念和陈旧的道德规范下塑造新的虚伪者。事实证明，传统价值观念的解体和陈旧道德的被取代，是任何人都阻挡不了的。塞林格正是通过这篇小说的写作，不仅直接呈现了两者价值观的严重冲突，而且也预示了新的价值观正在艰难形成之中。小说最后写霍尔顿的妹妹菲苾的出现，就像是一片灿烂的阳光打破了阴郁的天空，让人感到无比的畅阔。

值得指出的是，《麦田里的守望者》从争议到被认可，从“怪胎”到“经典”，其本质说明了美国社会本身在转型。几十年后，我们看到，一些备受争议的价值观在转型中变成了社会的价值主体。同时这些反叛、迷惘的“垮掉的一代”青年已经成长为社会的骨干、领导者。这些沁在骨子里的反叛经验变成了他们一生宝贵的经历和体验。

艺术特色 《麦田里的守望者》在艺术上的贡献主要表现在三个方面：小说独特的叙事角度和方法、新颖的情节模式和象征意象的运用。

1. 小说以第一人称的角度和口吻叙述霍尔顿自己的所见所闻、所思所想和所言所行，令人读之真实而亲切。

小说的作者既是故事的讲述者，也是故事的主人公，这样也就消除了陌生感，使读者阅读起来感觉非常真实自然。从叙事手法上说，第一人称的叙述，也就紧紧抓住了青少年青春期的心理特点和细微变化，使其能更好地表现主人公性格的方方面面，没有一般小说叙述者那种高高在上的说教气味。例如，霍尔顿的善良、热情、单纯，以及他的任性、放纵、荒唐等复杂矛盾的性格特征，是通过“我”亲身经历的细节以及“意识流”等种种手法，多层面、立体化地展现在读者面前的；由于第一人称的写法，在语言的运用上，小说的叙述语言是与叙述者的身份相一致的，它运用青少年学生讲故事惯用的平铺直叙口气，纯真、直率，并大量使用口语和俚语，新鲜活泼，感情真挚，有一种如闻其声、如见其人的效果。容易令读者，尤其是青少年读者产生共鸣和认同。这些独特的叙事特点对小说的成功有着重大的作用。

2. 小说的情节模式非常新颖。

这部小说所叙述的情节事件是主人公霍尔顿两天一夜的平凡活动，平铺直叙，一件接一件。情节的发展并无人为刻意的悬念和推动。小说的情节是与霍尔顿的行踪同步的。从小说中我们可以看到，霍尔顿的行踪大致路线是：潘西中学宿舍——火车上——爱德蒙旅馆——欧尼夜总会——旅馆——维格酒吧间——中央公园——自己家中——安多里尼先生家——中央车站——菲苾学校——动物园等。一方面，霍尔顿所走过的地方，是他所痛恨的现实社会的小小缩影，充斥着无数“假模假式”的人和事情。同时，这又是霍尔顿生活中须臾不可或缺的环境，它们为这个“富家子弟”提供着他所依靠的一切物质生活条件。霍尔顿反叛它，揭露、批评它，可又无法离开它半步。而这种小说情节所展示的深层底蕴则是精神的“漂泊”和“旅行”，即“反叛者”的“心灵漂泊”和“彷徨者”的“寻真旅程”。我们看到，在这个世界中，霍尔顿始终是个孤独的精神“漂泊者”：一方面，他作为一个“坏小子”和“反叛者”，在精神的漂泊中，总是要做出一些“出格”和“荒唐”的事情来；但另一方面，霍尔顿作为一个青春少年，他又强烈地渴望寻求真善美的理想生活。可以说，他所走过的每一处地方，都记录了他的反叛行为，同时也记录了他的良知、正义、同情，以及出于一种朦胧的社会责任感对现实所进行的抗争——尽管是非常微弱的抗争。所以，他的出走又不能不说是一次“寻真”的旅程。

3. 这篇小说运用了许多象征意象来表达作者的创作主旨。

其中最重要的意象就是“麦田”和“守望者”。这两个象征意象代表了小说的全部意义。一群孩子嬉戏的麦田，它象征着霍尔顿心中纯真无邪的理想乐园；那“混账的悬崖边”，则象征着纯洁的儿童世界与污秽的成人世界的交界处；孩子们一旦跌落进成人世界，无异于沦入万劫不复的罪恶深渊，所以“我”要时刻准备着挽救孩子于危险之中。小说中另一个富有深刻象征意义的意象，就是霍尔顿那顶“红色猎人帽”，它贯穿小说的始终。主人公以“麦田里的守望者”自居，处处表现了他那朦胧的社会责任感。猎人帽对于霍尔顿来说，是他理想和责任所在，他的身心寄托所在。当他处境不顺、心烦意乱、企图逃避现实时，他就会不停地抚弄着那顶红色猎人帽。而在读书、跟知识对话、沉湎在幻想世界里时，他就把猎人帽的鸭舌转到脑后，那帽子就变成了他幻想的一部分。他希望心爱的妹妹菲苾能认同他的思想和行为，最后他把红色猎人帽送给了妹妹。

第十五章

“元小说”和《寒冬夜行人》

【学习重点提示】

1. 把握“元小说”“元”的内涵以及“元小说”的基本观念和艺术特色。

2.《寒冬夜行人》的超常规写作手法表现了作家对西方当代生活什么样的独特认识？

第一节　“元小说”概述

一、“元小说”的发展状况

20世纪60年代以来，受后现代主义思潮的影响，西方学界出现了诸如“元政治”(Meta-politics)、“元语言”(Meta-language)、“元历史”(Meta-history)、“元修辞”(Meta-rhetoric)、“元戏剧”(Meta-theatre)、“元电影”(Meta-cinema)和“元批评”(Meta-criticism)等术语。这标志西方文化整体“元意识”(Meta-sensibility)，即自我意识的增强。

“元小说”即“关于小说的小说”(Meta-fiction)，又称“超小说”(Surfiction)、“自我生成小说”(Self-begetting novel)或“内小说”(Introverted novel)。它与“新小说”(New Novel)等共属“反小说”(Anti-novel)一类，是后现代主义文学的重要组成部分。

“元小说”作为文学术语最早出现在美国小说家兼批评家威廉·加斯1970年发表的论著《小说与生活中的形象》中。此后，很多批评家对这一术语作出过阐释，观点大同小异，他们都强调“元小说”是对小说本质和创作问题的自我探究。著名批评家帕特里夏·沃在《元小说：自觉意识小说的理论与实践》中指出：“元小说”是一个专有名词，指一种为了凸显关于小说与现实之间关系的问题而自觉地、有系统地把注意力放在小说自身作为人造物品(artifacts)的身份上的小说写作……这种小说不仅分析研究叙述小说的基本结构，而且探究文艺小说文本的外部世界可能存在的虚构性。

“元小说”的概念虽然出现不久，具有“元小说”特点的西方文学却早已存在，最早可以追溯到“文艺复兴”时期西班牙作家塞万提斯创作的《堂吉诃德》。劳伦斯·斯特恩（1713—1768）的《项狄传》（1759—1767）、奥斯汀的《诺桑觉寺》（1818）、赫胥黎（1894—1963）的《对格》（1928）和纪德（1869—1951）的《伪币制造者》（1925），直至19世纪末20世纪初美国小说家霍桑、麦尔维尔、马克·吐温等人的创作，都具有“元小说”的基本特点，即充满强烈的自我意识。

20世纪60年代以来，“元小说”创作大规模出现，迅速成为备受瞩目的文学现象。主要的代表作家有弗拉基米尔·纳博科夫、路易斯·博尔赫斯、库特·冯纳古特、威廉·加斯、约翰·福尔斯、罗伯特·库弗、戴维·洛奇和伊塔洛·卡尔维诺等。

弗拉基米尔·纳博科夫（1899—1977），生于俄国圣彼得堡。1919年布尔什维克革命期间，全家流亡德国。他曾在剑桥三一学院攻读法国和俄罗斯文学，后来在柏林和巴黎开始文学创作生涯。1940年移居美国，曾在威尔斯里、斯坦福、康奈尔和哈佛大学执教，以小说家、诗人、批评家和翻译家身份享誉文坛。1961年迁居瑞士蒙特勒，1977年7月2日在洛桑病逝。纳博科夫是20世纪公认的杰出小说家和文体家。主要著作有《玛利》（1925）、《防御》（1929）、《黑暗中的笑声》（1932）、《斩首之邀》（1936）、《天赋》（1937）、《庶出的标志》（1947）、《洛丽塔》（1955）、《普宁》（1957）、《微暗的火》（1962）、《透明物体》（1972）等。

《洛丽塔》是纳博科夫的代表作，讲述一个40多岁的男人亨伯特迷恋上12岁的“小仙女”洛丽塔的故事。作品一出版便引发争议。很多评论家从传统的小说观念和社会历史批评视角出发，视其为伤风败俗的淫秽小说。纳博科夫对此却不以为然。他认为，“文学是创造，小说是虚构。说某一篇小说是真人真事，这简直侮辱了艺术，也侮辱了真实”①。作者一方面运用栩栩如生的描绘和叙述使人们相信这是一个真实的故事，另一方面又不断地将这种真实性破解。亨伯特说：“我疯狂占有的不是她，而是我自己的创造物，是另一个，梦想中的洛丽塔——或许比洛丽塔更真实，……的确，她自己是没有生命的。”运用自我暴露虚构性的创作手法，纳博科夫使读者进入一个虚实难辨的世界。

路易斯·博尔赫斯（1899—1986），阿根廷诗人、小说家兼翻译家。生于布宜诺斯艾利斯一个有英国血统的律师家庭。在日内瓦上中学，在剑桥读大学。掌握英、法、德等多国文字。中学时代开始写诗。1946年因在反对庇隆的宣言上签名，被革除在图书馆中的职务，派任市场家禽稽查员，但作家拒绝任职并发表公开信表示抗议。1950年至1953年间任阿根廷作家协会主席。1955年任国

① 纳博科夫：《文学讲稿》，申慧辉译，三联书店1991年版，第21页。

立图书馆馆长、布宜诺斯艾利斯大学哲学系和文学系教授。1950 年获阿根廷国家文学奖，1961 年获西班牙福门托奖，1979 年获西班牙塞万提斯奖。重要作品有诗集《布宜诺斯艾利斯的激情》（1923）、《面前的月亮》（1925）、《圣马丁牌练习簿》（1929）、《阴影颂》（1969）、《老虎的金黄》（1972）、《深沉的玫瑰》（1975），短篇小说集《恶棍列传》（1937）、《小径分岔的花园》（1941）、《阿莱夫》（1949）、《死亡与罗盘》（1951）、《布罗迫埃的报告》（1970）等。还译有卡夫卡、福克纳等人的作品。

博尔赫斯的作品文体干净利落，文字精练，构思奇特，结构精巧，小说情节常在东方异国情调的背景中展开，荒诞离奇且充满幻想，带有浓重的神秘色彩。《小径分岔的花园》讲述一位名叫俞琛（第一人称）的中国人作为德国间谍被人追捕，他需将被轰炸城市的名称告之上司。为实现计划，他来到一个叫"阿尔贝"的中国通的住处。他们谈论起中国人崔朋的遗产"小径分叉的花园"，最后俞琛在阿尔贝不备的情况下枪杀了他，随后自己也被捕绞死。但俞琛的任务完成了，他的上司通过报道，猜出那个将被炸的城市叫"阿尔贝"。作品运用骗局创作法和迷宫结构，造成小说扑朔迷离的阅读效果；又通过精心设置的魔幻叙述手段，消除了传统小说文本中真实和虚构清晰的界限。这篇小说对时间和永恒严肃的思考传达了深邃的现代意义，在表现形式上具有鲜明的后现代特征。博尔赫斯的叙事游戏是严肃思考的结果，由此起到了连接现代性和后现代性的作用。

库特·冯纳古特的《第五号屠场》也被认为是一部典型的"元小说"。亲历了德累斯顿大轰炸的作家在战后对此久久难以释怀，他把这种感觉在作品中借一幅图画和一首歌加以诠释。糊墙纸的一端是故事的开头，另一端是结尾，两者中间全部空白是故事的中间部分。蓝线、红线、黄线从纸的一端向另一端延伸。德累斯顿的毁灭是用橙色的井字形垂直线条表示的，凡通过它而幸存的线条出现在纸的另一边。然而，走出另一边的人物却无法继续向前，他们只能不断地循环往复，在代表他们的那条线上来回移动。正如那首歌所唱："在下名叫雍永森，工作地点在威斯康星，工作单位是木材厂。有时走在路上撞见了人，他们问我：'请问尊姓大名？'我回答说：'在下名叫雍永森，工作地点在威斯康星……'"这幅图画和这首歌都暗示，很多人（也许所有人）不得不经常回到生活历程的某一个中点，不断回答所谓"身份"的问题，就像冯纳古特本人总是回到战争中的"他"一样。作品中，冯纳古特不断以亲历者和见证人的身份表达对战争的憎恨和诅咒，又以作者的身份讲述创作的艰辛和不易，对历史事实的思考和对小说创作的探求交织在一起。

《时震》（1997）是冯纳古特宣称的封笔之作，作品以他惯用的科幻小说模式和幽默、讽喻的笔法，讲述了一个令人忍俊不禁又启人深思的故事。2001 年 2

月 13 日下午 2 点 27 分，宇宙经受了一次自信危机，暂时厌倦了无穷无尽的扩展，决定搞一次恶作剧。于是，时空统一体出现了故障，宇宙一下子缩回到十年前的 1991 年 2 月 17 日。就在时间再次向 2001 年运行的过程中，所有的人或物，都得将十年的经历一一重新体验。于是，作者及其家人，以及科幻小说作家基尔戈·特劳特（他的另一个自我），不得不再次经历过去经历的一切——"赛马时再押错赌注，再同不该结婚的人婚配，再次感染上淋病……"

《时震》充分展现了冯纳古特对所有既定规范玩世不恭的嘲讽态度。作品中，冯纳古特反反复复把文学作品称为"26 个发音符号、10 个数字和 8 个左右标点的特殊横向排列组合"，断然剥去文学所谓的真实和神圣的外衣，赤裸裸地暴露出小说人为制造的虚构本质。《时震》中的科幻作家基尔戈·特劳特，也对文学传统给予了辛辣的讽刺："那些附庸风雅的蠢家伙，用墨水在纸上塑造有血有肉的、活生生的、立体的人物。……好极了！地球已经因为多了三十亿有血有肉的、活生生的、立体的人物而正在衰亡，还不够吗！"他补充说他这一辈子只塑造过一个有血有肉的、活生生的、立体的人物，那是他的儿子，不是用笔，而是通过性交。冯纳古特借特劳特之口讽刺了小说模仿现实的做法。

威廉·加斯（1924—　），美国华盛顿大学哲学系教授，著名评论家和小说家。代表作品有《文字的原住地》（1984）、《发现形式》（1996）、《隧道》（1995）、《时间的考验》（2002）、《在中部地区的深处》（1968）等。

《在中部地区的深处》是加斯小说中具有高度实验性的一篇。作品共有 36 个独立小节，每节有一个标题，如"一个地方""天气""我的房子""一个人""电线""教堂""政治""人们""重要资料""教育"等。小说大致内容是讲述一个中年诗人，离开爱人来到印第安纳州的一座衰败的小镇，这里环境污秽、冷漠，居民孤独、绝望，给人一种悲凉之感。作品展现在读者面前的是文字组成的一幅幅孤零零的画面，没有时空联系，没有事件，没有主题，只有语言本身傲视着读者。作品中不断出现的"我写这页的时候""我不能再杜撰了""我就想让这一页这个样子"等句子，直接提示读者，一切都是语言的虚构。

约翰·福尔斯（1926—2005）（参见本书第一章中的英国现实主义文学）生于英国埃塞克斯郡，自幼在伦敦郊外生活，热爱大自然。曾在贝德福德寄宿中学受到良好的正统教育，但这类学校普遍实行的高年级学生责罚低年级学生的野蛮管理办法，以及他本人长期担任学生秘密组织的头领的经历，使他深谙等级制度、法律控制的实质，从青年时期产生了对一切当权者、组织者的强烈憎恨。第二次世界大战期间，曾任皇家海军中尉。1949 年底获牛津大学文学学士学位。20 世纪 50 年代初正式开始文学创作。他说自己之所以从事文学创作，是因为这样可以随心所欲地虚构人物场景和对话，可以逃避他所不喜欢的各种外界生活。福尔斯的主要代表作有《收藏家》（1963）、《魔术师》（1966）、《法国中尉的女人》(1969)等。

《法国中尉的女人》曾获1970年W.H.史密斯文学奖。作品讲述的是没落贵族查尔斯和家庭女教师萨拉之间的爱情故事。关于作品的思想内容,福尔斯本人曾指出:“实际上,我的小说的主题就是写在这样一个毫无自由的社会里,一个地位卑贱的女子是怎样获得自由的。争取自由并不是谋取私人利益的事情,也并不仅仅是与社会相抗衡的问题。我曾说过,自由不应视为个别人的事情。只有靠许多人的共同努力和相互理解,自由才可能取得。”福尔斯先运用传统小说中全知全能的叙述者视角,对主要人物查尔斯、萨拉等人的内心世界和生活背景进行细致的描绘和揭示,继而断然打破读者的阅读期待,暴露故事的虚构性,采用全知视角,只是按照传统方法进行写作。这种对传统创作手法边运用边评判的做法,是典型的后现代文学的戏仿手法。除此之外,作品的开放式结局也颇具特色。福尔斯认为:“真实生活本身充满了各种解释,有不同的发展趋势。生活并不是从一开始便固定了的故事,它不像铁道那样只能有一个固定的旅程。”

罗伯特·库弗(1932—)生于美国艾奥瓦州查尔斯市,后随父母迁往伊利诺伊州赫林镇。1951年在目睹赫林矿难后,创作了第一部短篇《矿井里的乌烟》。1953年获印第安纳大学学士学位。毕业当天就应征参加了海军,1957年退役,开始文学创作。1960年第一部作品集《西班牙度过的一个夏季:诗五首》出版。1965年在芝加哥大学获硕士学位,相继在艾奥瓦大学、普林斯顿大学等多所大学执教。1986年创作的《布鲁诺分子的由来》,被评为当年首部最佳小说,获威廉·福克纳奖。从此在当代美国文坛中占有一席之地,被誉为最富创造力的作家之一。1969年小说集《对位旋律与分枝旋律》出版;1977年出版的《公众的怒火》确立了库弗美国重要当代小说家的地位。

库弗认为,体制、科学、历史、政治等,同神话和文学一样,都是虚构的。他大部分作品中的人物,一方面制造虚幻的东西,一方面试图强调这些虚幻东西的真实性,因而无法认识虚幻的本质,最终被虚幻的制度控制和束缚。库弗不喜欢僵化的文学形式,厌恶创作成规,他作品的形式和结构都是开放式的。

《保姆》是小说集《对位旋律与分枝旋律》中的一篇,共108节,它没有头,没有尾,没有时间秩序和逻辑上的联系,每节孤立突兀地出现在篇中,在读者的阅读中形成互不相接的画面。关于作品的结尾,可以用文中的话说:“见鬼去吧,我不知道。我们还是来看看下半夜有什么电影吧。”《公众的怒火》将虚构话语和历史事件编织在一起,有力揭示了所谓“历史真实”的虚构本质。作品取材于20世纪50年代发生在美国的一个骇人听闻的历史事件——罗森堡夫妇间谍案。尽管整个事件中除了戴维的供词外,别无任何证据证明罗森堡夫妇有罪,他们还是被判有罪。作品揭示,一切不过是语言的游戏,只要掌握了话语权,就可以按照话语操纵者的意图,"创造历史","书写历史"。于是,罗森堡夫妇成为一个纯属虚构的历史事件的牺牲品。小说中,作家不断站出来强调语言的虚构能力,使读者的注意力不断由故事内容转向虚构的制作过程和作者的论述。小说还运用并置的手法,给故事设置了多种结局,表现出后现代文学的开放性和去中心性。

戴维·洛奇(1935—)出生于英国伦敦,曾就读于伦敦大学,后获伯明翰大学博士学位。因其对文学所作出的突出贡献,被授予英国皇家文学院院士称号,获大不列颠帝国勋章和法国文艺骑士勋章。1960 年起执教于伯明翰大学英语系,1987 年退职从事创作,兼任伯明翰大学现代英国文学荣誉教授。迄今为止,洛奇已出版 12 部长篇小说,最著名的是"卢密奇学院三部曲"《换位》(1975 年,获霍桑登奖和约克郡邮报小说大奖)、《小世界》(1984 年,获布克奖提名,1988 年改编为电视连续剧)和《作者,作者》(2004)。他还著有《小说的艺术》(1992)和《意识与小说》(2002)等多部文学批评理论文集。洛奇的作品已用 25 种语言翻译出版。洛奇本人担任编剧的《好工作》,获 1989 年英国皇家电视学会最佳电视连续剧奖。文学批评史家安东尼·伯吉斯认为,洛奇是"同代作家中最优秀的小说家之一"。

《换位》运用绝妙的双重结构,讲述了两位大学教师换职的故事。主人公美国尤福利亚州立大学教授莫里斯·扎普教授和鲁米治大学讲师菲利浦·史沃娄,因二人所在的两所大学之间进行的一项校际交流计划而换职半年。二人在离开自己的职位和家庭后,分别巧遇对方的妻子,继而与之产生暧昧关系,直至到对方家里充当起丈夫和父亲的角色,并且卷入了当地的政治事件。《换位》虽然具有时空有序和情节完整等传统小说的特点,但开放式的结尾和作者自我暴露的评论,都使其堪称"元小说"的重要作品。

伊塔洛·卡尔维诺的《寒冬夜行人》使"元小说"的创作直抵巅峰状态。

二、"元小说"的基本特征

1. "元小说"坦陈小说作为语言艺术的虚构本质。

传统小说,尤其是现实主义小说,注重小说内容的真实性,把真实视为小说的生命,认为小说要通过真实地再现社会现实,来实现揭示和批判现实矛盾的价值和功能。而"元小说""使我们吃惊地意识到,我们正在与之打交道的不是世界本身,而仅仅是世界上的又一种事物,一种由人创造的东西"①。虽然作家对"小说从来不是真实的东西"这一点心知肚明,却只有"元小说"家将其自我暴露。他们不愿回避小说是"文学创作"这一事实,认为"掩盖虚构的企图越是煞

① 华莱士·马丁:《当代叙事学》,伍晓明译,北京大学出版社 2005 年版,第 222 页。

费苦心，虚构就变得越是吱嘎作响”。因此，“元小说”作家在小说中大量采用“露迹”的手法，即“叙述者在叙事文本中自我暴露叙事和虚构的痕迹，甚至公然讨论各种叙述技巧的一种叙事手段”①，“直截了当地宣布它们是虚构的产物，是所有齿轮都暴露无遗的文学机器”②。

“元小说”家认为，小说中所述一切内容，包括叙述者、作者、人物、事件，都是语言的创造物。沃尔特·阿比什的作品《字母表非洲》(1974)，第1章的全部词语都以字母“A”开头，第2章加上了以“B”开头的词语，第3章加上了以“C”开头的词语，其余各章依次类推。“《字母表非洲》的新规则体现了一种为后现代主义者所津津乐道的‘新现实’，即语言产生作者——该书叙述者‘I’(我)一直要等到‘I章’(即第9章)才能出现，‘实实在在’地显示了语言先于叙述者和作者这样一个事实。”③“元小说”家时刻自我警示并向读者展现小说作为语言艺术的虚构性，实现的是另一种真实。“‘小说’是一种假装。但是，如果它的作者们坚持让注意这种假装，他们就不再假装了。这样他们就将他们的话语上升到我们自己的(严肃的、真实的)话语层次上来。”④换言之，“元小说”家打破了小说内容真实的神话，他们对小说的虚构性本质加以揭示的话语本身，构成了对语言功能和小说创作本质的真实揭示。

2．“元小说”家认为世界本身也是不真实的。

小说是文字的虚构，虚构是所有游戏的基本要素。社会生活中的规则、制度、习俗和惯例，同游戏一样充满人为性、武断性和虚假性。人们被框定在社会角色中，就如同被设定的游戏角色一样，逐渐丧失独立人格。人们常常无法区分游戏角色和现实角色，无法确定哪一个“我”才是真实的我，二者纠缠在一起，难分彼此。斯帕克的小说《公众形象》(1968)中，女主人公安娜贝尔是一位出色的演员，她在舞台上成功地扮演了“英国铁娘子”这一角色，这种剧中的角色反过来影响、制约甚至决定了她在现实生活中的行为举止。她为了改变这一情况开始新的生活，不得不带上孩子离家出走。

小说是语言的虚构物，而人作为语言的动物，社会作为语言的表达对象，同样丧失了保持真实的可能性，成为像小说一样的语言的虚构物。“现实是语言造就的，而虚假的语言造就了虚假的现实。传统小说的叙述方式便是虚假现实的造就者之一：它虚构出一个虚假的故事去‘反映’本身就是虚假的现实，因而把读者引入双重虚假之中。小说的主要任务是揭穿这种欺骗，把现实的虚假和

---

① 朱明：《“元小说”的叙事手段及其操作策略》，见《文史哲》1998年第3期，第91页。

② 曾军：《“元小说”研究在中国》，见《西北师大学报(社会科学版)》2000年第6期。

③ 殷企平：《元小说的背景和特征》，见《杭州大学学报》1995年第3期，第87页。

④ 华莱士·马丁：《当代叙事学》，伍晓明译，北京大学出版社2005年版，第229页。

虚构的虚假展示在读者面前,从而促使他们去思考。”[①]这样,“元小说”家同时表达了两种相互矛盾又相互一致的感受。一方面,他们揭示语言是一种制造谎言的机器,写小说是在编造谎言;现实的真实性是人无法借助语言认清和说清的。另一方面,他们又赞叹用语言构成的世界比现实世界更真实。

3. “元小说”运用“戏拟”“拼贴”等手法,使内容具有多义性和不确定性。

“元小说”似乎“患了一种介乎妄想症和神经分裂症之间的疾病,在联合与分裂之间犹豫不决”。“顺序颠倒、杂乱无章、支离破碎和东拉西扯可以说是它的显著特征。”[②]这种艺术特征概言之,就是“戏仿”和“拼贴”手法的大量运用。

“戏仿”又称“滑稽模仿”,是一种文学模仿形式,它保留了原有作品的形式和风格,却代之以截然不同的主题和内容。威廉·加斯的《在中部地区的深处》,标题与乔伊斯《尤利西斯》中第七章开头段的小标题“在爱尔兰首府的中心”颇为相似;小说开头“我跨越海洋来到……/B”的叙述性话语,与叶芝的《驶向拜占庭》中第二小节末句“于是我跨越海洋来到拜占庭圣城”也很相像。《法国中尉的女人》中的传统叙述视角和心理刻画手法,卡尔维诺《寒冬夜行人》的嵌套式叙事结构,都是对传统文学形式的“戏仿”。这种“旧屋翻新”的手法,“用现在成为‘话语的材料’(a matter of discourse)的东西代替曾经作为‘事实’(a matter of course)的东西”,从而“发现什么形式可以表现什么内容”,“将它们释放出来以表现当代关注的东西”[③]。

“元小说”对各种传统文学要素的“戏仿”,互不相连的故事片段的组合,都是后现代艺术“拼贴”手法的体现。正如威廉·加斯《在中部地区的深处》中的36个相对独立的小节;卡尔维诺《寒冬夜行人》中的10个不同故事的开头。“拼贴”使“元小说”无论篇幅长短,都始终保持短篇作品的强劲张力。每一个片段,都与文学传统形成广泛的“互文”,要求读者仔细揣摩,并充分联想,实现“窥一斑见全豹”的阅读收获。可以说,“拼贴”使作品容量大大增加,实现了多种解读的可能性,因为没有情节便不会有秩序,没有秩序便不会有中心,而没有中心事物就处于不确定之中。可见,“拼贴”和“戏仿”一样,对传统小说而言,既是反拨和挑战,又是继承和发展。

4. “元小说”打破创作与批评、作者与读者、作者与人物之间的壁垒,全面探讨小说艺术。

“元小说”作家不但自我暴露虚构的本质,还在作品中直接进行自我评价,

---

① 柳鸣九:《从现代主义到后现代主义》,中国社会科学出版社1994年版,第16-17页。

② Emory Elliott. Columbia Literary History of the United States. Columbia University Press,1988:146.

③ Patricia Waugh. Meta-fiction: The Theory and Practice of Self- Conscious Fiction. Methuen Co. Ltd.,1984:133.

探讨叙述方式、人物塑造等问题。《第五号屠场》中，库特·冯纳古特在描写了第二次世界大战末期对德国德雷斯顿地区的大轰炸之后，这样写道："这段描述太短、太乱、太刺耳……这是因为不可能用理智的方法去谈论一场屠杀。"[①]在《法国中尉的女人》第55章中，作者福尔斯竟然在火车车厢中与他作品中的人物查尔斯相遇，并一边看着他的人物一边思考他的结局。福尔斯想把查尔斯永远留在去伦敦的路上，却又想到，他正在采用的维多利亚小说的叙述成规，不允许开放性的、不了了之的结尾。

对于人物，"元小说"作家彻底放弃了作者的主宰地位，将人物视为具有充分主体性的人。约翰·福尔斯认为："现在，小说家仍旧是神仙，因为他可以创造一切(即便是有幸成为现代小说先驱的作品，也没能完全排除作者的意向)。不同之处在于，我们已经不再是维多利亚时代所想象的无所不知、发号施令的神仙；我们成了新的神学形象，即以自由而不是权威为首要原则……我想让你知道，我无法完全驾驭我脑海中的人物。"换言之，"为了使我自由，我就得给查尔斯，给蒂娜，给莎拉，甚至给面目可憎的波尔蒂尼夫人自由。何谓上帝？完美的定义只有一个，即允许别人保持自由。我必须遵从这一定义行事。"[②]"元小说"作家在作品中直接讨论小说创作问题的做法，不但消弭了创作与评论之间的界限，而且使"元小说"通过"戏仿""拼贴"形成的开放式空间进一步扩大。

三、"元小说"的基本评价

"元小说"独特的艺术思维和艺术形式引来了一些负面评价。狄克斯坦指出："他们所缺乏的往往是辛辣、激情和一种易于辨认的人性结构。""巴斯式的作家深陷于一筹莫展的自我意识之中，他们根本缺乏的正是想象力和使想象力自由翱翔的深刻主观性。"[③]狄克斯坦否定了"元小说"家对作品无限多义性的追求和对作者绝对主宰地位的放弃。

然而，"元小说"更多地获得了读者的认可和评论家的肯定。海登·怀特在《文学史上的变革问题》(1975)中指出："只有当形成了一个读者群并抛弃了陈腐的或难解的传播过程及方式时，重大的文学变革才会发生。"[④]读者的喜爱与接受、后现代思潮的兴起与传播，客观上使"元小说"的存在与繁盛具有了合理性；反过来，"元小说"的创作本身又反作用于文学环境和社会生活。

总体来看，"元小说"的价值主要表现在以下几个方面。

---

① Kurt Vonnegut. Slaughterhouse Five. Dell Publishing, 1991: 19.

② 约翰·福尔斯:《法国中尉的女人》，刘宪之、蔺延梓译，百花文艺出版社1985年版，第11页。

③ 狄克斯坦:《伊甸园之门》，方小光译，上海外语教育出版社1985年版，第236、238页。

④ Patricia Waugh. Meta-fiction: The Theory and Practice of Self-Conscious Fiction. Methuen Co. Ltd., 1984: 64.

1. “元小说”以其独特的艺术形式，超越传统小说明晰的意义空间，把读者引入一条“充满欺骗和错觉”的道路，迫使读者参与同小说创作有关的美学问题和哲学问题的探讨。

“元小说”由此体现了至高的哲理诉求和形而上的追索。同时，作者非但没有放弃艺术的现实使命，而且奋力开拓新的认知领域，追求新的认知成果，寻求在当下语境中对世界和人生的本真解读。“元小说”中的每个句子皆为现实和道德而焦虑，作者在努力尝试与未确定的东西打交道，而不是表达一个让所有人必须遵从的主张。这正是“元小说”突破意义确定性的价值所在，它不提供结论，却引起并引导思考。

2. “元小说”并不因其自暴虚构而丧失真实性和现实意义。

“我听见你们说小说家笔下的世界并不存在。确实如此，不过需要加上一句——它们比哲学家们的世界更加实在。”[①]“‘元小说’并不是为了想象中的自我陶醉式的娱乐而抛弃‘现实世界’，它所做的只是重新思考现实主义的常规。”[②]“元小说”的后现代思维方式和语言论倾向，使其对世界的本质和“真实”的含义，都有不同于以往的看法。传统观点认为世界是真实的，文学是虚构的；“元小说”认为世界和文学都是语言的创造物。传统认知中的现实世界清晰可辨，时空有序，人类可以认知并予以把握；“元小说”所理解的现实世界无序、断裂、混乱，无法确定意义和中心。传统小说以再现典型环境中的典型人物，叙述完整的故事情节，注重细节的刻画和描写为“真实”的标准；“元小说”以“戏仿”“拼贴”所形成的随意性和多义性成为世界的真实写照。可以说，“元小说”反映的是另一种真实。

3. “元小说”使用两种语言，即传统的文学语言和元语言。

“元语言是对另一种语言起能指作用的语言，因此这另一种语言就变成了所指。”[③]“元小说”内部既有一套文学语言，又有一套反观文学语言的元语言。这样，“‘元小说’的作者在创造艺术形象世界的同时建立了一个抽象的批评世界，前者好比一个普通语言的文本，后者则好比一个元语言的文本”[④]。因此说，“元小说”是一种“充分自觉的、以虚构和叙述行为本身为虚构和叙述对象的小说新文体”，它“在一篇叙事之内谈论这篇叙事”，公开讨论虚构叙事和现实之间的关系，将叙事本身加以主题化，有意显示“叙事的成规性”。[⑤]

---

① William H. Gass. Fiction and the Figures of Life. Knopf, 1970: 4.

② Patricia Waugh. Meta-fiction: The Theory and Practice of Self- Conscious Fiction. Methuen Co. Ltd., 1984: 74.

③ Frederic Jameson. The Prisonhouse of Language. Princeton and London, 1972: 159.

④ 江宁康：《元小说：作者和文本的对话》，见《外国文学评论》1994 年第 3 期，第 7 页。

⑤ 华莱士·马丁：《当代叙事学》，伍晓明译，北京大学出版社 2005 年版，第 229、226、222 页。

4．“元小说”具有继往开来的文学价值。

华莱士认为,“元小说”的出现标志着小说艺术的进步,因为“如果我谈论陈述本身或它的框架,我就在语言游戏中升了一级”。甚至有人预言:“在‘元小说’之后,新的纯文学也将随之而来。”“已经失去的个性或许也将重新归来,这恰恰是为了向时代挑战。”①并不过誉地说,“元小说”对小说虚构本质的自暴,对“戏仿”“拼贴”手法的运用,使其在创作态度上可能比我们大多数人更加严肃,它在艺术传承上为旧小说输进了新鲜血液。

第二节　卡尔维诺与《寒冬夜行人》

一、生平与创作

伊塔洛·卡尔维诺(1923—1985),意大利小说家。生于古巴。父亲是意大利人,园艺师;母亲是撒丁岛人,植物学家。伊塔洛,即“意大利”,作家取这个名字是为了怀念故乡,不忘故土。1942 年开始,卡尔维诺曾先后就读于都灵大学农学系和文学系。第二次世界大战期间,参加了当地游击队组织的抵抗运动。战后在都灵的艾依那乌迪出版社任文学顾问。在此期间,他加入了意大利共产党,并经常为该党的中央机关报《团结报》撰写文章。“匈牙利事件”之后,卡尔维诺退出意大利共产党。1985 年 9 月 19 日,62 岁的卡尔维诺因突患脑溢血与世长辞,他的脑神经外科医生不尽惊叹:“从未看过一个人的脑内构造像卡尔维诺那么纤细复杂。”

卡尔维诺一生著作颇丰,其作品可以分为四类。第一类是小说,主要有:《蛛巢小径》(1947)、《最后飞来的是乌鸦》(1949)、《烟云》(1958)、《不存在的骑士》(1959)、《马可瓦多》(1963)、《监票人的一天》(1963)、《宇宙奇趣》(1965)、《零点起始》(1967)、《看不见的城市》(1972)、《命运交叉的城堡》(1973)、《寒冬夜行人》(1979)、《帕罗马尔》(1983)等。第二类是童话,收录在《意大利童话故事》(1956)中。第三类是杂文,主要有《向迷宫挑战》(1962)、《惶惑的年代》(1962)、《物质世界的海洋》(1962)。第四类是小说理论,集中收录在《文学讲稿》(1985),即《未来千年文学备忘录》中。

卡尔维诺是位“一只脚跨进幻想世界,另一只脚留在客观现实中”的作家。他的小说创作深刻揭露了资本主义经济发展中人的全面异化,全方位探索了小说的本质和创作问题,呈现出艺术与哲思共在、现实与幻想结合、传统与现代统一的独特风格。

---

① 米克洛什·绍博尔基:《后现代主义之后》,见《外国文学动态》1988 年第 3 期。

卡尔维诺认为，资本主义经济的发展，社会物质财富的积累，非但没有实现人类的自由和幸福，反而使现代人陷入恐惧和荒诞之中，因为进步和理性的梦中往往掺杂着鬼影。而现代文学的力量就在于它说出了社会和个人本来想说而又没有意识到的一切。他本人的创作，以文人的敏锐、哲人的深刻，直刺现代社会的种种顽疾，实践了他作为文学家的社会使命。

卡尔维诺的处女作长篇小说《蛛巢小径》和短篇小说集《进入战争》(1954)，都是以战争为主题的作品，他的“创作是从写战争和人民的生活起步的”①。卡尔维诺本人曾亲历第二次世界大战，参加了游击队的抵抗运动，他的父母还因此被捕。这一切给他的身心造成了无法愈合的创伤，使他对民众在战争中遭受的苦难无法释怀，战争的残酷和罪恶成为他必须付诸笔端的内容。正如他本人所言：“在经历了一场谁也逃脱不了的战争之后，作家与民众之间存在着一种交流沟通的迫切性：每个人都有很多故事要公开对人说……谁着手写作，都会涉及同样的题材，像是一个无名者的口述。”

脍炙人口的中篇小说《分成两半的子爵》(1952)，直接揭示了资本主义经济制度下人的异化。作品的主人公是一个贵族军官，在17世纪奥、土战争期间被一颗炮弹炸成了两半。小说中的人物“分成两半的子爵”也是现代社会中，被资本主义经济发展的“大炮”炸成两半的现代人的写照。这部作品可以说是一部现实主义的寓言，代替处于衰退之中的意大利新现实主义文学发挥了社会批判作用。

《攀缘在树上的男爵》(1957)表达了作家对人与自然关系的思考和忧虑。小说的主人公是一个12岁的孩子，因为厌恶姐姐做的恶心的蜗牛汤和父亲家族的守旧与专横，毅然跳上树去再也不下来。按布洛克的观点，人在自然中的地位有三种模式：第一种模式是超自然的，把人看成是神的创造的一部分；第二种模式是自然的，把人看成是自然秩序的一部分，像其他有机体一样；第三种模式是人文主义的模式，以人的经验作为人对自己、对上帝、对自然了解的出发点。卡尔维诺希望人类能够摆脱自我中心的观念，超越人类是万物中心的看法，真正与大自然和谐共处。

《房产投机》(1957)的主人公是个身处都市的文人，他对资本主义高度发展的现代社会深恶痛绝，力图改变现状却无能为力。短篇小说集《马可瓦多》(1963)以寓言的风格，揭示了人类社会在社会学、心理学和生理学等方面的全面蜕化，描述了当代人孤独、惶恐、疏离和不安的心理状态。小说《监票人的一天》(1963)中，那些根本“无法辨认他们的投票对象是何许人”的残疾人，被变相利用为政客们争权夺利的工具。《烟云》《不存在的骑士》(1959)等都是深刻揭

---

① 转引自吕同六：《卡尔维诺文集·序》，译林出版社2001年版，第6页。

示现实社会弊病的作品。

《宇宙奇趣》中，主人公“我”是一个跨越时空的人，亲历了世界初创，但又生活于现代社会之中。卡尔维诺以奇异的想象、深刻的哲思和智慧的比喻，构想出人类的过去和世界的历史，讲述人性的复杂和宇宙的微妙。正如文中这样一段对话：“我开始跟她比比划划地交谈起来：‘沙子，不是沙子。’我先指指四周，再指指我们俩。她表示理解和赞同。‘岩石，不是岩石。’我把话题继续下去。‘我，不是你。’我们没有多与少的概念，要表明我们两个人有共同之处又有差异并不容易。”简洁轻巧的语言，言说的却是宇宙和人类的终极哲理。

《看不见的城市》《命运交叉的城堡》和《寒冬夜行人》是卡尔维诺创作风格臻于完善的作品，后现代艺术特色十分鲜明。《看不见的城市》用城市的形象，来表现几何理性和人生变幻莫测之间的张力。小说中，忽必烈派马可波罗去视察城市。“对于每一座城市，马可波罗都用大量的细节进行描述，而忽必烈却用黑白棋格上城堡、主教、士、王、后和卒的种种排列组合来代表。马可波罗的叙述更多地体现了感性的城市的方面；而忽必烈则体现出走向理性化、几何和代数的智慧的趋势，他把对帝国的知识降格为棋盘上棋子的行走规则。”[①]《命运交叉的城堡》中，卡尔维诺受时下流行的符号学和叙事学理念的影响，运用塔罗纸牌的排列组合，编织出不同人物的不同故事，实践了“拼贴”的艺术原则。最后一部小说《帕罗马尔》中，作家借日常生活琐事展开奇思妙想，苦苦探索宇宙与人类、自然与语言、自我与现实之间的关系。

卡尔维诺花费两年心血写成的《意大利童话故事》(1956)，被誉为“意大利式的格林童话”“世界文学宝库中的瑰宝”。它不仅闪耀着美好的人性光辉，也体现了卡尔维诺对沉重话题一贯的淡化处理风格。当写到一个人的死亡时，他往往使用最简单、最平静的语言来讲述。如：“后来有一天，他从监狱里被提出来，然后，他被绑赴刑场，砍了头。”这种一笔交代的写法，使死亡变得似乎只是一瞬间的事情，并不困难和可怕。

《向迷宫挑战》《惶惑的年代》《物质世界的海洋》是卡尔维诺1962年发表在《梅那坡》文学杂志上的一系列杂文。这些杂文揭示了20世纪60年代资本主义发展新阶段中，“那些向‘物质世界’投降的人们已经沦为商品化的人了，他们的思想也商品化了”。并指出，“战后出现的这种向物质世界投降的历史现象是由于人类无力诱导事物发展的进程所致”。卡尔维诺还提醒人们，“不能向现存的条件投降，也不能蜗居斗室，而是要寻找一条出路，向物质世界的汪洋大海，即‘迷宫’挑战”。

---

① 卡尔维诺：《未来千年文学备忘录》，杨德友译，辽宁教育出版社1997年版，第50－51页。有关《文学讲稿》的内容，如无特殊标明，均出自此书。

《文学讲稿》是卡尔维诺重要的文学理论著作。在这部著作中，卡尔维诺将小说创作的经验概括为“轻逸”（lightness）、“迅速”（quickness）、“确切”（exactitude）、“易见”（visibility）、“繁复”（multiplicity）和“连贯”（consistency）（未完成）。这几个词是他对自身创作经验的总结，也是对小说本质思考的结论，具有很大的文学和美学价值。

“轻逸”的语言在表达中显出轻松平淡的风格。“意义通过看上去似乎毫无重要的语言肌质表达出来，使意义本身也具有同样淡化的程度。”卡尔维诺说：“我的写作方法一直涉及减少沉重。”“只要人性受到沉重造成的奴役，我想我就应该像柏修斯那样飞入另外一种空间里去。我指的不是逃进梦境或者非理性中去。我指的是我必须改变我的方法，从一个不同的角度看待世界，用一种不同的逻辑，用一种面目一新的认识和检验方式。我所追求的轻逸的形象，不应该被现在与未来的现实景象消融，不应该像梦一样消失。”“轻是一种基于哲学和科学的观看世界的方法。”卡尔维诺正是以他轻逸的文学语言和轻逸的文学形象，展示了一个伟大作家举重若轻的非凡才智。

“迅速”强调叙述简洁、富于节奏、适当重复，同时又要思维清晰、逻辑明确。卡尔维诺曾提到：“在我整理19世纪的学者们记录的意大利民间故事的过程中，如果原文极为简明扼要，我就十分欣赏。我致力于传达出这一特征，尊重它的简洁，同时力求获得最大限度的叙述力量。”这里的“简洁”指的就是一种叙事速度，是直接切入主题的叙事能力。这一主张在他的《寒冬夜行人》的十个故事开头中得到了完美实践。

“确切”涉及有限与无限、确定性与不确定性、清晰与模糊的关系问题。卡尔维诺强调，小说要具有一种几何的晶体结构，这种晶体结构“具有精确的小的平面，能够折射光线”，折射出世界的纷繁复杂。他说：“宇宙分解为一团热，必定化为熵的涡动，但是在这个不可逆转的过程中有可能出现某些有序的区域，即存在着一些部分，这些部分倾向成为某种形式，即某种特殊的点，我们在其中似乎可见出某种图案或者图景。一篇文学作品就是这种最小部分之一，其中的存在物结晶成为一个形体，形成某种意义——不是固定的、不是限度的、没有变得像岩石一样稳固僵硬，而是像有机体一样是有生命的。”文学创作正是要通过对“某些有序的区域”的呈现，折射出宇宙完整的生命机体。

“易见”指文学要通过幻想创造引人入胜的细节和生动的形象。对于卡尔维诺来说，“幻想可以在任何土壤中诞生，甚至可以从与视觉幻想距离甚远的现代科学术语中诞生。甚至在阅读纯粹的科学著作或者最为抽象的哲学著作中，也可能读到这么一句话，它能出人意料地激发人的形象幻想”。而他作品中的幻想，又不同于传统文学作品中的幻想。“19世纪的幻想是浪漫精神的优雅的产物，很快它就成为了通俗文学的一部分。而在20世纪，智力性（不再是情感的）幻想成为至高无上的。它包括：游戏、反讽、眨眼示意，以及对现代人隐蔽的欲望和噩梦的沉思。”[①]卡尔维诺所说的这种充满智慧的幻想，一部分来自对已经用过的形象的回收利用，让它们在新语境中改变其意义；一部分来自完全的独创。

“繁复”不仅指艺术组合而言，也指对于万事万物互相联结以至无穷这一性质的关注，在文学中呈现为不断扩张而无法完结的作品。卡尔维诺认为：“现代小说是一种百科全书，一种求知方法，尤其是世界上各种事体、人物和事务之间的一种关系网。”这种小说打破科学、哲学、艺术、美学的疆界。他认为，“知识作为一种繁复的现象，是一条把所谓的现代主义和被定名为后现代的主要作品连贯起来的一条线索，这条线索高于给它贴上的一切标签”，他“希望这条线索不断展延到未来千秋中去”。这无疑是一个宏伟的文学构想，虽然“过分宏伟的设想在许多领域中都可能令人厌倦，但在文学中则不然。即使我们提出难以量计的目标，而且没有希望实现，文学也依然存在。即使诗人和作家为自己提出他人不敢想象的任务，文学也依然继续发挥作用”。卡尔维诺为自己和所有的文学家设定了高远神圣的目标。

卡尔维诺在他的所有作品中都在思索和探寻文学的新形式，不仅仅为了发现文学的出路，更为寻求世界和人类的出路。他认为，现代人已经陷入一场语言的瘟疫，普遍缺乏遣词造句的能力。他力图使用他能想到的唯一的武器，即关于文学的思想，来反抗这一切。对于文学的价值，卡尔维诺充满信心，因为“世界上存在着只有文学才能以其特殊手段给予我们的感受”。他希望把倍感亲切的文学的某些价值、特质和品格纳入新的一千年的远景之中。

卡尔维诺像他尊敬的作家史蒂文生一样，“懂得仿写古老的历险故事，以他自己的生命使得这些旧作复活”，使原型性形象焕发新的光彩。他懂得“运用适当的方法，在现代人看起来有些怪诞的形象中注入让同样的现代人读起来却并不怪诞的思想。这就是说，要让怪诞的形象与世人进行灵魂的认同”。因此，他没有像很多后现代小说家那样遭人诟病，而是被读者称为他们心中的太阳。

二、《寒冬夜行人》分析

卡尔维诺把《寒冬夜行人》称为“超级小说”，声称这是他“努力创作的这种小说之一”，其“目的在于用十个故事的开头说明小说的实质”。从实际情况来看，这部小说完美地实现了卡尔维诺的创作意图，是一部名副其实的“关于小说的小说”。

---

① 转引自艾晓明：《叙事的奇观——图说卡尔维诺〈看不见的城市〉》，见《作家杂志》2002 年第 1 期。

内容介绍 《寒冬夜行人》几乎是一部不可概述的小说,任何概括的尝试都会承担挂一漏万的遗憾。从故事内容来讲,大致包括以下两个部分。

一是小说的主体故事,以"章"为标题,讲述男、女两个读者的阅读和相爱的过程。第一章讲述"读者"(即男读者)买了卡尔维诺新出版的小说《寒冬夜行人》,开始阅读。《寒冬夜行人》的故事情节发展到关键处却没了下文。第二章讲"读者"去书店问个明白,发现自己刚刚读到的故事开头,并不是原本想买的卡尔维诺的书,而是波兰作家巴察克巴尔的小说《马尔堡市郊外》。另外一位"女读者"也遇到了同样的情况。于是他们决定找这位波兰作家的小说继续读下去。然而,他们换回去的却是辛梅里亚民族的一位年青作家的小说《昂立杠峭壁上》。这样,两位读者阴差阳错地阅读了十个互不相关的故事的开头。男女读者也在共同寻找故事下文的过程中产生感情,最终结为夫妻。新婚之夜,当"女读者"提出要熄灯就寝时,"读者"却说:"稍等一会儿,我马上就读完伊塔洛·卡尔维诺的《寒冬夜行人》了。"

二是在各章之间嵌入的十个故事片段。第一个故事《寒冬夜行人》,写一位神秘的旅行者,在一个陌生的小火车站的一次接头行动,可看作"侦探"小说。第二个故事《在马尔堡市郊外》,是一部以封建世仇为主题的"复仇"小说。第三个故事《从陡壁悬崖上探出身躯》,叙述一位年轻女子帮助一个犯人从海滨监狱越狱潜逃的故事,可谓之"惊险小说"。第四个故事《不怕寒风,不顾眩晕》,以"革命年代"中的动荡、怀疑、背叛、死亡为描写对象,堪称"革命小说"。第五个故事《向着黑魆魆的下边观看》,记述一桩杀人者企图毁尸却屡屡失败的故事,是一部"凶杀小说"。第六个故事《一条条相互连接的线》,讲述一位大学教师对电话铃声的莫名恐惧,是颇具现代性的"心理小说"。第七个故事《一条条相互交叉的线》,讲述主人公"我"依靠镜子的反射、折射原理扩大或隐匿自己的形象,周旋于"我"的竞争者、黑社会和敌人之间,隐喻"有限与无限""真实与虚幻""确定与不确定"等哲理问题,是典型的"寓言小说"。第八个故事《在月光照耀的落叶上》,模拟日本作家伊谷氏的"新感觉派"手法,描述男主人公对于秋日落叶和女主人公肉体的细微体会,可看作"性爱小说"。第九个故事《在空墓穴周围》,讲述一个儿子寻母归宗的故事,文中描述的山地环境、世代近亲通婚的人群、不死的灵魂等,都显示出拉美"魔幻现实主义小说"的特点。第十个故事《最后结局如何》,讲述厌世的"我",用意念取消了一切建筑物、人、公共机构甚至自然界,却不想正迎合了右翼力量要毁灭人类、迎接"新人"的企图,"我"因此陷入极度的恐惧之中,是一部特点鲜明的"社会幻想"小说。这些故事都只有开头,没有发展,没有结尾。

卡尔维诺运用嵌套式的叙事结构使一部小说变成了十一部小说。不仅如此,作者在小说结尾处把十个故事的名称连缀成短文,又出现了第十二部小说的开头：

寒冬夜行人，在马尔堡市郊外，从陡壁悬崖上探出身躯，不怕寒风，不顾眩晕，向着黑魆魆的下边观看，一条条相互连接的线，一条条相互交叉的线，在月光照耀的落叶上，在空墓穴周围，……最后结局如何？

这可看作另外一部"悬疑小说"的开头。

思想意义 《寒冬夜行人》是关于小说的小说，其思想内容包括故事的主题思想和文学创作理念两部分。

1.《寒冬夜行人》的故事内容直指各种现实问题。

成功的年迈幻想作家西拉·弗兰奈里，陷入了创作危机。"许多他已经下笔的小说，由于这场莫名其妙的、突如其来的精神危机，都已半途而废，可他已从世界各地的出版商那里预支了稿酬，国际金融机构已经投入了大量资金，小说中人物喝什么牌号的酒，到什么地方旅游，穿什么式样的服装，用什么式样的家具与摆设，等等，早已与有关的广告公司签订了合同。"寥寥数语，卡尔维诺就把市场经济操纵一切的作家的境遇描述得淋漓尽致，语气充满了无奈和嘲讽。

十个嵌入主体故事的故事片段，以最少的笔墨，最大容量地展现了后现代生存语境的光怪陆离。越狱、凶杀、革命、复仇、争斗、性爱、恐惧、寻宗，无一不是现实社会、现实人生和现实心理的真实体现。正如卡尔维诺所说："如果读者看，我想他会在我的故事中发现大量的道德和政治观念。我遭遇着日常生活，当我消沉时，我开始传达它们自身欣快的想象。无论如何，我肯定我是一个自己时代的人。我的时代的问题出现在我的故事中。不，我不在真空中写作。"①

然而，《寒冬夜行人》的终极目标并非仅仅把读者的视线聚焦在现实层面，它要唤起读者的冥想与哲思。卡尔维诺认为，世界一直在向他发出信息和警告，希望读者能去倾听作品中的低声细语，时刻警醒审慎地关注人类业已或可能陷入的倒退。因此，"拒不去实现因果取向的期望，拒不以开头、中间和结尾这样的成规来创造小说"，颠覆情节，解构秩序，都是后现代文学试图"把稳定的个体逐出公众的安居意识"，以保持思索和警醒状态。

2.《寒冬夜行人》充分发表了关于小说创作和阅读方面的观点和见解。

作品中的"女读者"柳德米拉对小说的观念一直处在变化之中。开始时，她喜欢小说能使她"立即进入一种明确、具体而清晰的境界"。不久，她又强调书"应该有点捉摸不定，字里行间还应有某种东西，我也说不清楚是什么东西"。接下来，她的愿望似乎渐次明晰起来，她希望看到一本"能让人感觉到即将到来

---

① Sharon K. Hall. Contemporary Literary Criticism. Gale Researc Company，1986：306.

的历史事件，有关人类命运的历史事件"的小说；一本"只管叙事的小说，一个故事接一个故事地讲，并不想强加给你某种世界观"的小说；"那些一开始就令人感到焦虑的小说"；一本"在世界毁灭之后才赋予世界以意义"的小说。柳德米拉对小说的期望和描述，正是卡尔维诺小说创作的实践和追求。它们既有小说艺术从未改变的对世界和人类的深切观照，又有后现代小说独特的表现形式和书写方法。

柳德米拉的姐姐，则是资本主义后工业时代被机器异化了的读者的代表。她主张用电脑来写小说，用机器来解读小说。对科技理性的过度信任和依赖，使她丧失了对人性复杂性的关注和探寻。与她观点截然相反的是另一个人物西拉·弗兰奈里。他在日记里写道："假若我只是一只手，一只斩断的手，握着一支笔写作……那么，谁支配这只手呢？一群读者？时代的精神？集体无意识？……我之所以要取消我，并非要这只手成为某种确定的东西的代言人，只是为了让写作属于应该写出的东西，让叙述成为无人叙述的行为。"无法实现超越个人因素和文化背景的局限，表达最应该表达的内容的写作追求，令作家倍感困扰。

艺术特色 1.《寒冬夜行人》充分运用结构的戏仿、主题的拼贴和语言的罗列等艺术手法。

在叙事构成上，《寒冬夜行人》模拟《一千零一夜》，采用主体故事中插入独立小故事的嵌套式结构。与《一千零一夜》中的每一个小故事都独立完整不同，《寒冬夜行人》的十个嵌套故事都只有开头。卡尔维诺在《寒冬夜行人》中曾写道："今天写长篇小说也许有点逆历史潮流而动，因为现在的时间已被分割成许多片段，我们度过的或用于思考的时间都是些片段，它们按照各不相同的轨道行驶与消逝。"因此，这种模仿就变成一种戏仿，变成传统嵌套式叙事结构与后现代片段拼贴的组合，使一部小说涵盖了几乎所有小说类型和文学主题。

嵌套式的结构中，正如卡尔维诺在《寒冬夜行人》所说：其中"每一件物品，哪怕是最小的一件物品，都被看作是一张关系网的纲，作者不能不去注意它，结果小说的细节与离题发挥多得数不胜数。小说的主题就这样向四面八方伸延，范围越来越宽，越来越广。如果这些话题能够向各自的方向发展的话，那么它们就会包罗整个宇宙。"这就实现了卡尔维诺写作"百科全书"式小说的创作目标。

卡尔维诺不但以"戏拟"和"拼贴"的手法使《寒冬夜行人》形成小说主题、模式和思想的聚会，还用"罗列"和"并置"的手法使其形成语言的嬉戏和狂欢。在小说第二章中，男读者"你"看《寒冬夜行人》看到 30 多页的时候，发现小说没有下文时，恨不得把书给扔掉。把书扔掉这个想法，卡尔维诺运用了极其繁杂而冗长的语言来表达：

你把书扔到地上；你真想扔到窗户外面去……你真想把这本书扔到房子外面去，扔到院子外面去。扔到街道外面去，扔到城市外面去，扔到县、市领土之外去，扔到区领土之外去，扔到国家领土之外，扔到欧洲共同市场之外去，扔出西方文明，扔出欧洲大陆，扔出大气球，扔出生物圈，扔出同温层，扔出重力场，扔出太阳系，扔出银河系，扔出天河，扔到银河系能够扩张到的边沿之外去，扔到那时空不分的地方去，那里“不存在”即过去、现在和将来都不存在，也许会接受这本书，让它消失在绝对否定、不能再加以否定的否定之中。这才是这本书应有的下场。

这种的语言的“罗列”和“并置”现象，在《寒冬夜行人》中大量存在。这些语言乍看起来啰唆而缺乏意义，细读起来，却形成不受叙事程度限制的作品意义和思想内涵的增值。那种疯狂地想把书彻底扔掉的想法，酷似一个人想彻底逃离现实世界的愿望。卡尔维诺的语言狂欢，不是作品字面的喧嚣，而是意义和内涵的膨胀。

2.《寒冬夜行人》采用第二人称叙述视角。卡尔维诺将两位主人公直接称为“读者”和“女读者”。这样便于进行沟通，使读者与人物合一，读者与作者无间。

全知全能的“作者”是近现代社会人性张扬的产物。自 19 世纪末开始，人们开始倡导采用人物的有限视角，让读者直接进入人物的内心，随着人物的眼光来观察世界，体验亲临其境的感觉。《寒冬夜行人》开篇写道：“你即将开始阅读伊塔洛·卡尔维诺的新小说《寒冬夜行人》了。”“像你这样仔细的读者从第一页开始一定注意到这点了……”卡尔维诺注重的是阅读故事的过程，是信息发出者（作者笔下的“读者”）和信息接收者（小说的实际读者）之间的交流与互动。读者与作品的对话，使作品对读者形成强有力的召唤结构。

第二人称使卡尔维诺不仅赋予读者和作者平等交流的权利，而且对阅读提出了具体要求。“你即将开始阅读伊塔洛·卡尔维诺的新小说《寒冬夜行人》了。请你先放松一下，然后再集中注意力。把一切无关的想法都从你的头脑中驱逐出去，让周围的一切变成看不见、听不着的东西，不再干扰你。”卡尔维诺还提示读者“不要期待这本书里有什么与众不同的地方”，又鼓励读者在阅读中保持对一切都满怀希望的精神。卡尔维诺诚挚地渴望读者能够认真地对待阅读，能够懂得如何挑选值得一读的“新书”，能够对书怀有不灭的希望，能够在阅读中获得收益和乐趣。

第二人称叙述表达了卡尔维诺希望在作家和“读者”、作家与人物、“叙述者”和“读者”、小说中的“读者”和现实中的读者之间，实现平等交流的创作理念；小说中人物之间的对话和自述，又进一步加深了对小说创作问题的探讨和追问。《寒冬夜行人》由此成为一部名副其实的讨论小说创作的小说。

在《寒冬夜行人》的结尾处，卡尔维诺以他一贯深沉而不失乐观的笔触写道：“世界正在变成碎片，我在这些虚悬着的碎片上奔跑……让世界上的一切事物重新存在，重新恢复。”“一切小说最终的含义都包括这两个方面：生命在继续，死亡不可避免。”作家的才华和智慧，正在引领读者在不可避免的死亡面前，将生命继续下去。“伟大的艺术把不同信仰的人们带到一起，因为它好像是把他们的不同词汇转变成为一种合并了这些词汇所有含义的一种综合经验，属于各种哲学之间。”①用布斯的这句话定位卡尔维诺和他的《寒冬夜行人》，应是恰当的。

---

① W.C.布斯：《小说修辞学》.华明、胡晓苏、周宪译，北京大学出版社1987年版，第155页。

第十六章

跨文化文学与《河湾》

【学习重点提示】

1. 掌握跨文化文学的基本成就和作为一种文学现象的主要特征。

2. 把握《河湾》通过"希望、恐惧、欲望、幻灭"的描写所表现的非洲大陆文化冲突。

第一节 跨文化文学概述

一、跨文化文学的发展状况

历史地来看,20 世纪是人类迄今为止经历的最剧烈多变的时代。相继发生的两次世界大战、民族民主革命、长期的冷战以及各种冲突,使人们饱尝国家对抗、民族分裂意识以及文学形态冲突的痛苦。20 世纪最后二十几年的历史演进更为复杂,东欧解体,冷战结束,世界进入全球化历史阶段。

关于全球化的概念,学界争议不断,歧义叠起。出于不同角度的定义的全球化意义是不一样的。如果把世界各地的人员流动、文化远距离的传播看作是全球化的重要因素的话,那么全球化就如同人类历史本身一样悠久。狭义地来说,全球化始于近代 15 世纪西方开始"有组织的暴力方面的优势"向外扩张,伴随他们的殖民开拓、军事征服、经济掠夺和技术进步的脚步,大批欧洲人殖民海外,西方文明的影响延伸到拉丁美洲和北美洲,甚至澳大利亚和新西兰,最后抵达曾经高于西方文明的亚洲地区。某种意义上,这是一种西方文明占支配地位、帝国主义欲望达成的全球化模式。

随着历史条件的改变——前殖民地纷纷独立成为新型民族国家,随之而兴的是宗教复兴、民族文化复兴,西方文明呈现出衰退迹象,全球化模式发生了很大的变化,世界进入亨廷顿所说的第三阶段:"文明间的关系比它们第一阶段更为频繁和紧张,也比它们在第二阶段更为平等和互惠。"①

不管学术意义上的全球化概念如何繁复,全球化的现实已经存在并在继续扩大。在这一过程中,文化全球化和文化冲突凸显。全球化表现出的西方化和美国化的现象引起非西方国家的疑惧:担心全球化可能带来单一文化的威胁。即使西方内部,很多识分子对美国化的全球化非常担忧,认为西方文化、美国文化的全球传播势必会遭遇潜在的抵抗。一些学者把持续升温的恐怖活动视为反对全球化的极端形式。针对一些剧烈事件,亨廷顿得出一个结论:西方文明同与宗教相连的东方文明对抗是不可避免的。他的观点引起激烈持续的争论。

从全球化的发展来看,文化全球化是全球化的综合表现。全球化为文化交往和对话提供了更广泛的空间。就西方文化而言,全球化为它的更新提供了可能:西方人可以有意识地从不同文化中汲取养分来丰富自己的文化。历史上,它已经这么做过,并借此完成了"文艺复兴"的伟业。

全球化一个重要的标志,就是跨洲际、跨国界、跨文化的移民潮。驱使人们离开祖居地或出生地,开拓新的生活空间,迁徙到陌生的环境,部分因为人类冒险天性:对于异国他乡充满好奇心和征服的欲望;更多的时候,乃是由于更为错综的外力所迫,比如宗教迫害、种族清洗、社会动乱、大饥荒等。在 20 世纪,两次世界大战造成史上规模最大、范围最广的流亡和离散。特别是在第二次世界大战期间,大批犹太人和知识分子纷纷出逃到美国;盟军征调殖民地的土著和居民入伍,奔赴欧洲战场(战后,许多非裔、拉丁美洲裔的退伍军人就滞留于欧洲不归);第二次世界大战后,"广泛的领土重新划分造成了大幅度的人口移动"(萨义德语);冷战期间,两大对立的意识形态竖起一堵堵看似无法穿越的"柏林墙"或铁丝网,依然未能阻止偷渡流亡的暗潮;20 世纪 80 年代末期,随着全球化进程加快,大量移民从前殖民地或其他非西方国家涌入欧美,牛津大学历史学家费利皮·费尔南德斯·阿姆斯托说:"今天在荷兰这个拥有一千九百万人口的国家中,就有一百万移民。法国有四百万穆斯林,其中大多数来自前法属殖民地。英国也有两百万穆斯林……根据统计,5% 的欧盟人口是穆斯林人口。分析家认为,按照这种趋势发展下去,欧洲将会成为穆斯林的一个殖民地。同样的现象发生在美国,讲西班牙语的印第安血统的人"重新殖民到美国在 19 世纪从他们手中所征服的那片土地上",占全美人口 7% 的拉美移民使西班牙语成为最重要的第二语言,直接影响了美国文化的构成和传播方式。当有人担忧全球化美国化的时候,移民、美国之外的观念和事件也在影响美国国内的文化和价值趋向。这种交错往返的文化交流增进了世界各地各自文化的丰富性和多样性。

从人口众多、背景复杂的移民群落里涌现出来的一大批移民作家,以他们的

① 塞缪尔·亨廷顿:《文明的冲突与世界秩序的重建》,周琪等译,新华出版社 1998 年版,第 40 页。

才华和经验拓展了西方文学的疆界和想象。20 世纪西方著名的小说家,不少就是跨国籍的作家:康拉德、乔伊斯、贝克特、纳博科夫、加西亚·马尔克斯、昆德拉、恩古吉、奈保尔、拉什迪、菲里普斯、哈金等。对于这样一群作家的创作,学者引入不少内涵互涉重叠的命名,包括流亡文学、离散文学、移民文学、非母语写作、多元文化文学、后殖民主义文学……在引起争议的同时,也指示多种研究角度的可能。

本书将移民作家创作的文学定位为"跨文化文学",以此说明一种文类:内包多元庞杂的风格(现实主义、魔幻现实主义、现代主义、后现代主义),共享一些相同的母题(母女关系、写作与自我发现)、相近的价值取向(世界主义、文化多元主义等)、相关的经验(种族、性别、边缘性等)、叙事形式(仿写、自传、寓言等)以及语言特征(杂语、洋泾浜英语)。移民作家跨越民族文化边界,创造出富有世界主义精神的文学作品。在文化全球化的当下语境,跨文化文学反映了文化认同的难题、文化交流的可能性或不可能性。

俄苏与东欧移民作家 "十月革命"之后和第二次世界大战以及其后的冷战时期,大批俄罗斯作家流亡海外。在这些作家中,不少人享誉世界,极大地扩展了俄罗斯文学的影响范围。在 5 位获得诺贝尔文学奖的俄语作家中,有 3 位是流亡作家:蒲宁(1870—1953)、索尔仁尼琴(1918—2008)、布罗茨基(1940—1996)。1933 年蒲宁以长篇小说《阿尔谢尼耶夫的一生》摘取桂冠,成为第一个获得诺贝尔文学奖的俄罗斯作家。

弗拉基米尔·纳博科夫(1899—1977)的成就则举世公认,前一章已有介绍。他先后使用俄语、法语和英语创作,是 20 世纪最杰出的小说家和文体家之一。纳博科夫出身于圣彼得堡一个家有藏书万卷的贵族及政治文化精英之家,自小接受良好的多语教育,广泛涉猎俄、英、法三语文学,十四五岁的时候,他已"反复通读了托尔斯泰、莎士比亚和福楼拜的全部作品"。1919 年,纳博科夫随全家流亡德国,后进入剑桥三一学院攻读法国和斯拉夫文学。毕业后,活跃于柏林和巴黎的俄罗斯侨民文学圈子,一度化名为西林(Sirin),用俄语和法语发表小说和诗歌。1940 年,纳博科夫一家逃离巴黎,移居美国,先后就职于斯坦福大学、康奈尔大学和哈佛大学,教授俄国文学、欧洲文学和比较文学。执教哈佛期间,他还兼任鳞翅类学教授。纳博科夫热衷于收集蝴蝶,这一专业水准的爱好深度地影响了他的创作和文体风格。

在小说《普宁》(1957)中,纳博科夫通过描述一个流亡的俄国老教授在美国一家大学的教书生活传达了流亡者的"语言之痛"。普宁教授俄语,面对几个初级水准的美国学生,他虽然充满激情地朗诵俄罗斯文学杰作的选段,绘影绘声地模仿表演,但如对牛弹琴;他作学术报告,每次都不得不"先把充满格言警句的流畅的俄文稿费劲地翻译成破绽百出的英语稿。……"寂寞孤独的普宁教授只好钻进俄罗斯文学的故纸堆里，聊解乡愁。

冷战期间，在属于社会主义阵营的东欧国家，一些被认为属于持不同政见的作家选择或被迫流亡。

米兰·昆德拉(1929—　)是当代最伟大的小说家之一，出生于捷克一个音乐家庭。父亲是钢琴家，自幼受到良好的音乐熏陶和教育，大学毕业后进入电影学院任教。1967年，他的第一部长篇小说《玩笑》在捷克出版，确定了作者在捷克当代文坛上的重要地位。然而，1968年苏军入侵捷克斯洛伐克后，《玩笑》因其政治性讽刺成为禁书。在严格的出版审查制度下，昆德拉的创作难以为继，他决定自我流放，于1975年携妻移居法国。他很快成为法国读者最喜爱的外国作家之一，继而成为当代最有影响的流亡作家。几乎每次新作问世，都会掀起了一阵"昆德拉热"。

尽管昆德拉的小说以其政治倾向和情色描写而著称，但是他最关注的两大主题却是勘探存在的遗忘和反叛媚俗。他的代表作《生活在别处》(1969)、《为了告别的聚会》(1975)、《笑忘录》(1978)、《生命不能承受之轻》(1984)等从不同侧面深化了这两大主题。昆德拉一直用捷克语进行创作。但近年来，他开始尝试用法语写作，已出版了《缓慢》(1995)、《身份》(1997)和《无知》(2003)"遗忘三部曲"。

《生命不能承受之轻》发表于1984年，是全世界公认最受欢迎的畅销书，根据本书改编的电影《布拉格之恋》也成为热销全球的经典。该书对生命、死亡、爱情的思考，沉重得让人"不能承受"。"生命不能承受之轻"，十年来已经成为一种流行于世界的语言。

小说的开始就以尼采"永恒轮回"的哲学观念展开对生活属性的讨论。永恒轮回因其沉重而成为负担；那么个体生命及时间不可轮回的属性意味着不能绝对重复的一次性，同时也昭示着我们可以生活的全部的轻松来与沉重抗衡。那么这种观点所隐含的视角是我们可以忽略那些转瞬即逝的事物或它们一闪即逝的特性，借此来消解道德、责任等加诸我们身上的沉重。这种沉重和轻松在小说的主人公托马斯和他妻子特里莎之间展开。生活的不可预知性造成了"六个碰巧""四个刚好"这一系列偶发性事件的组合，他也因此与特里莎相识并成为特里莎的灵魂召唤者。但是性与爱的轻和重、忠诚与背叛、分离与团聚开始在托马斯的生活中盘旋冲突，使得他不断从轻与重之间进行转换。而生活也的确昭示最沉重的负担成为最充实的象征。这沉重和负担把我们的生活压向大地，同时走向真切和实在。而轻松意味着选择离别真实的生活，得到自由的同时，生命失去了意义和目的。作品中，托马斯是被作者置于"轻与重"当中进行追问的主人公。他崇尚解除了责任、忠诚等意义的"轻"的生活，如他的"性友谊"规则，他深信"只发生过一次的事就是压根儿没有发生过"这样一句名言。但在与特里莎交往之后，他经历了几次艰难的选择：选择和她一起生活，选择是否继续“性友谊”，选择是否离开布拉格去寻找她，多次的选择使他体悟到了人类生存的不可轮回。如果自己的不可轮回，可以等同于从来没有存在过，他的生命价值由此就遭受到被否定的危险。性的“轻”似乎无限自由却了无意义，“爱”与“被爱”却能令托马斯贴近真切和实在，冲淡着他内心对生命的强烈虚空之感。这里，托马斯体现了人类借助“重”确认自我价值的可能性，而同感症是这种可能性的表现形式之一。

在轻与重的选择以及在作出选择后的改变中，托马斯从媚俗世界的“魔鬼”变成了特里莎“怀中的一只兔子”；相反，特里莎一生“软弱”却在最后意识到正是自己把爱人引至山穷水尽之处；萨宾娜反对“媚俗”，反对以作态取悦大众，因为它是侵蚀人类心灵的普遍弱点，是一种文明病。但昆德拉借萨宾娜的思考表达了自己的看法：媚俗是人类生存状况的一部分，只要有公众在，就免不了媚俗，包括我们自己。因此，当萨宾娜想到家庭的平静、安宁眼中也流下了媚俗的泪水。她一路背叛，但当她“背叛”一切走近虚无，才知道虚无才是自己一切背叛的目标。弗兰茨梦想着伟大的进军却死于街头毫无意义的斗殴。昆德拉意不在以此表现人的无能：无可逃遁而又无力自主，而旨在反映人的“生命”存在。人面对一次性的时间和生命无知、无助。然而，随着不可轮回的过去的丧失，生活在消解过去、未来之下给予了人生命存在的空间，而人类在借助偶然事件打破固有秩序时显示了生命的主动性，自主、自愿地从偶然机遇中读出自己生命所需的意义，以现在行为展现个体特质，从而实现人的存在意义。生命的本质可轻可重，轻到无法承受，重到无法负荷，但是轻与重可以互相转换。这就是人类的生存境况，也是昆德拉在作品中为我们诠释的一个主题。

《无知》最具自传色彩，真实再现了作者的流亡人生，探讨了缠绕在流亡者心中的一个无解难题：何处为家？小说女主角依莲娜在苏联坦克进入布拉格后流亡巴黎。柏林墙倒塌之后，她回到故乡，期盼重拾记忆和旧爱，却发现在流亡者离开的这些年，一把无形的扫帚已经改变、毁灭和抹去了曾经熟悉或者说想念的一切。一旦流亡，就再也回不去心灵的老家了。作者不由得追问：“《奥德赛》在今天还可能想象吗？回归之英雄史诗还属于我们这个时代吗？要是老橄榄树被砍倒了，要是他没有认出周围的一切，清晨，当尤利西斯在伊萨卡岸边醒来，他还能心醉神迷地听到大回归之乐吗？”

昆德拉提供了与众不同的创作手法。他擅长运用音乐的结构来安排小说结构；用镜头来观察、描写和叙事；并善于用幽默的语调、反讽手法来描绘人类的生存境况。他的作品看似轻松通俗，实则沉重深邃；幽默但严肃，以全新的叙事方式拓展多种主题。他在文学作品中融入哲学的思考，或者说他就是在对哲学问题进行探讨。他迫使读者反思并体验阅读感悟后的快乐。

加勒比海英语作家　加勒比海西印度群岛是英国的前殖民地。居民的主体由非洲黑奴的后代、欧洲移民与当地人混血而成的克利奥尔人(Creoles)、印度的契约劳工的后代以及少数白人构成。按照《不列颠百科全书》的界定,加勒比海是一个没有本土传统的地区,因为16世纪率先抵达这里的西班牙殖民者已将原住民丰富的文化传统夷为空白。由于社会环境鄙陋,文化土壤贫瘠,几个世纪里,除了一些口头文学之外,真正意义上的文学创作很少出现。然而,自20世纪40年代以来,经过许多流亡作家和本地作家锲而不舍的努力,加勒比海英语文学以其清晰的边缘意识,逆写帝国的锋芒和别样的语言风格,逐渐赢得外界的关注。他们之中已经产生了两位诺贝尔文学奖得主:诗人沃尔克特(1930—　)和小说家奈保尔。他们二人将加勒比海英语文学带进了当代世界文学的前沿地带。

加勒比海作家大都从小接受英语教育。很自然,英帝国的文学经典成为他们不得不接受的遗产或包袱。他们基本上使用英语进行创作,写作的素材和主题都摆脱不了帝国的阴影或影响。即使标榜去帝国反殖民的写作,也必须借助西方的思想武器和文学模式。因此,加勒比海英语文学必然地进入西方文学的范畴,成为后殖民主义写作的重要部分。

加勒比海小说家中,除了被誉为“当代最伟大的英语作家”奈保尔之外,最具有影响力的小说家包括牙买加·琴凯德和卡里尔·菲利普斯。

牙买加·琴凯德(1949—　),原名爱莲·波特·理查逊。出生于西印度群岛的蕞尔小国安提瓜和巴布达,接受过英式初等教育。17岁时,以互裨姑娘[①]身份来到美国纽约。后来进入大学学习摄影,成为《纽约客》的撰稿人,长达20年。

从事创作之初,琴凯德改用现在的名字,以此切断她与家庭以及出生地的联系。在一个缺乏生活目的“小地方”和缺乏沟通的家庭里成长,她遭受冷落,也倍感压抑和孤独。父母期望她的弟弟们成为大人物,却把赚钱养家的责任交付给她。几十年后她功成名就,谈到自己的母亲,她依然怨气难消:“她贬抑我们的方式极其粗暴,很残酷,使人痛苦。”母女之间这种冷漠的关系给予琴凯德无法愈合的创伤,却赋予她丰富的创作灵感。她几部备受好评的小说都有母亲的影子和自己艰涩的成长经历。在这些形似自传的小说里,琴凯德把母女之间强弱对峙的关系推及到帝国与殖民地的关系,讲述霸权如何泯灭了殖民地人的自我意识,窒息了他们的同情心,剥夺了他们爱的能力,年轻的女性如何从各种样式的强权(粗鲁的父亲、冷漠的奶妈、严酷的教师、傲慢的白人主人)挣脱出来,获得自我界定和表达的自由。

---

① 互裨姑娘(au pair):指以授课、协助家务等换取膳宿等的青年女子。

琴凯德的主要小说包括《在河底》(1983)、《安妮·约翰》(1985)、《一个小地方》(1988)、《我母亲的自传》(1996)、《我的弟弟》(1997)等。其中,《我母亲的自传》被认为是她最有代表性的杰作,“堪与加缪的《局外人》媲美”。

《我母亲的自传》是一个年届70的老妇雪拉·克劳德特·理查逊的追忆,追忆自己倔强而苦涩的成长和探索自我的过程。小说的开篇奠定了全书悲怆而富有乐感的基调:“我的母亲一生下我就死了。因而,在我的整个一生中,唯有虚无伫立于我和来世之间,我的身后总是吹着一股凄寒而又晦暗的风。”小说的结尾则道破了几乎所有流亡异国他乡的加勒比海作家的啮心之痛:“我是谁?”

琴凯德的小说叙述风格紧凑而抒情。批评界将她与四位诺奖获得者沃尔·索因卡、德拉克、沃尔科特、托妮·莫里森以及奈保尔等作家相提并论。美国当代最知名、最有影响力的批评家与作家苏珊·桑塔格曾说:“当代英语作家中,我想读的没有几个人。只有琴凯德的作品,是我一向最想要读的。”①

卡里尔·菲里普斯(1958—　)出生于加勒比的一个岛国圣基茨,尚在襁褓之中就随父母移民到英国的利兹。他8岁时,父母离异。有一段时间,他和几个弟弟被寄养在不同的白人家庭。坚强的母亲决定独力把他们抚养成人。由于他们家是当地唯一的黑人居民,他们不断遭遇种族歧视和少年光头党的骚扰。在这种环境下,菲里普斯长成一个问题少年和聪明的学生。18岁时,这个“带约克郡口音的工人阶级男孩”,进入牛津大学学习英国文学,以优异的成绩毕业。一毕业,旋即开始他逐渐辉煌的写作生涯。他一度滞留于伦敦数年,以自由职业身份为多家报纸、杂志撰稿。目前,居住在美国纽约。

作为一个多才多产的作家,菲里普斯的创作包括小说、电视剧、话剧、电影剧本和游记。同时,他还客座不同国家的大学,教授文学和写作课程。飘零的身世和飘忽的行踪强化了他和加勒比海作家共有的“无根情结”,而曾为孤立无援“黑鬼移民”的经历加深了他对于祖先和同胞悲惨历史的理解。菲里普斯说自己最喜欢历史,他的小说基本上也可以视为一种纵深穿越种族、性别和国界的历史写作。通过深究遥远和当代的历史事件(贩奴贸易、大屠杀、独立运动等),重构受害者个人的记忆,菲里普斯记录了西印度群岛黑奴和移民遭受的迫害、孤立以及他们边缘化生存的苦难。他的小说具有浓郁的悲观色彩,鲜有快乐的结局。

菲里普斯的主要小说包括《最后的航程》(1985)、《独立国度》(1986)、《剑桥》(1991)、《渡河》(1993)等,先后获得各种文学奖项,广受批评界的激赏。其中,小说处女作《最后的航程》获得麦尔康姆·X奖(这个奖项乃是为了纪念美国黑人人权斗士麦尔康姆·X所设的)。这部小说部分取材于作者的父母20世纪50年代移民到英国的经历,讲述了一个年轻的黑人母亲和家人在阴冷的伦敦

① 牙买加·琴凯德:《我母亲的自传》,路文彬译,南海出版公司2006年版,封三。

求生的艰辛和“无所归属”与“无处为家”的绝望。女主人公雷娜想找一处栖身之地,可到处都看见这样的标牌:不租有色人种!这部小说还预示了菲里普斯将会屡屡回返的一个主题:移民的文化传统与他们新环境的冲突。菲里普斯善于采用多重视角叙事。例如,在《渡河》一书中,他就使用了四种不同的叙事视角来讲述奴隶制度幸存者的故事。

印裔移民作家 印度是一个多人种、多民族、多语言、多宗教、多种姓的国家。部分因为民族语言繁多,相互沟通困难,数千年内,印度基本处于小国林立、各自为政的局面。从19世纪开始,英国殖民政府强力推行以英语为基础的教育体系,客观上推进了各地之间的交流,印度实现了真正意义上的统一。印度独立之后,历届政府很明智地继续采用前殖民者语言一体化的政策。目前,印度是世界上说英语人数最多的国家,众多的印度人经由英语教育与英国文化和文学发生密切的关系。许多印度作家,特别是漂泊于西方的印度作家使用英语创作。在杂色斑斓的后殖民英语文学版图上,他们的创作占据重要的位置。

持久的英语和英国文化影响并培养了一批具有世界主义倾向和认同西方价值的作家。从定居牛津,有“最后的英国人”之称的印度著名作家、学者尼拉德拉·什迪钱·乔杜里(1897—1999),到奈保尔,都曾因为他们的立场招致印度民族主义的责难或恶评。乔杜里就说过:“当用英文写作时,我不是印度人也不是英国人。我只是一名作家。作家不知道自己的民族。”尽管在英语中游刃有余,但印裔作家依然感觉他们处于边缘地带,为文化认同的难题所困扰:对于自己原来的祖国和寄身于其中的国家抱着复杂难辨的感情。奈保尔认为印度只是他想象力驻留的地方,而伦敦也不是他的神话国度。即使穆克基(1940—)这种出身于印度上流社会,自幼随父母居住在英国,接受西方精英教育,能够自由迁居的作家,也会发现她是一个“明显的少数民族”,遭遇种族歧视的伤害。在不少印裔作家的小说里,可以发现他们以不同的方式持续地表达这种边缘性的感受和摇摆于错位—复位的困境。对于从前大英帝国殖民地流亡四海的印度移民来说,更多的时候,他们犹如搁浅在大海中间的船只,归途和去程一样遥不可及。

印度移民文学作家众多,杰作迭出。具有世界影响力的作家包括萨尔曼·拉什迪和裘帕·拉希莉。

萨尔曼·拉什迪(1947—)出生在印度孟买一个穆斯林中产之家。祖父是乌尔都语诗人,父亲剑桥大学毕业。作者14岁时,被家人送到英国一所中学留学,后进入剑桥大学主修历史。求学期间,印、巴分治,家人选择出走巴基斯坦以示效忠自己的信仰。这样的家庭背景和教育背景预示了作者的写作特点:错综的历史感、嬗变的价值观、分裂的身份意识和杂糅的美学风格。

拉什迪的小说主要包括《格林姆斯》(1975)、《午夜的孩子》(1981)、《耻》

(1983)、《哈伦与故事海》(1990)、《摩尔人的最后叹息》(1995)等。其中,《午夜的孩子》是与《百年孤独》并称的杰作,“印度对英语小说最新最出色的贡献”。这部小说具有明显的魔幻现实主义色彩,兼容多种叙事形式,混融了玄幻、神话、口传文学、宗教等题材,暗引和呼应多位英语作家的文本,彻底颠覆了读者的阅读期待,改变了他们对于历史、宗教、民族性乃至叙事艺术的理解。作者通过主人公萨里姆·西奈(他诞生在印度独立之夜 1947 年 8 月 15 日,具有神异能力)回顾自己的家史,叙述了印度独立之后发生的种种重大历史事件。宏大的历史和混乱的公众生活从西奈个人经历中获得意义和解释。

裘帕·拉希莉(1967—)是印裔美国作家,她出生在伦敦一个印度移民家庭,后随全家移居美国,进入大学,主攻“文艺复兴”研究,获得博士学位。拥有如此杰出的英语教育背景,拉希莉使用英语创作特别得心应手。她的处女作《疾病解说者》一问世就好评如潮,小说准确描绘了印度移民和他们的后代来到文化交汇之处所面临的矛盾冲突。作者通过富有含义的细节把握移民的内心世界,反映他们生活在陌生人中间的无家之感和乡愁——无论她的小说人物漂泊何处,加尔各答总是会浮现出来,成为一个抹不掉的背景。作者说:“我不在这里长大,我不是这里的一部分,我们紧紧抓住一个不与我们在一起的世界。”她把个人的体验上升为一个离散族群的集体意识:他们需要印度这个想象的故乡来支撑他们挣扎在异乡,但是一旦回到故乡,他们却发现自己已经成了故乡人眼里的“外国观光客”:既不熟悉传统的礼仪,也听不懂得印地语情歌……拉希莉很会讲故事,她的叙事风格具有一种“罕见的优雅”,文笔灵巧而敏锐。

华裔移民作家 中国人大规模地移往西方的移民活动则始于近代。19 世纪后半期,清朝政府开始对英属殖民地和美国输出契约华工。同时,一些西方国家的代理商到华南沿海地区诱骗甚至劫掠中国人去国外当苦力。其中,有 10 万华人劳工先后进入美国,参加修建横贯北美大陆的铁路,用自己的血汗和生命促进了美国西部开发和经济繁荣。铁路建成之后,许多华工滞留在西海岸地区落地生根。他们历经数次排华浪潮,忍受敌意的社会环境,从事最辛苦的职业,最终成为美国社会的模范少数族裔。到了 20 世纪,各种复杂的社会原因和个人因素扭结成一只看不见的手,驱使中国人不断移民。自 80 年代以来,中国移民不再是沉默的少数民族,而是旅居国文化生活的积极参与者和杰出贡献者。这个转变部分归功于华裔非母语写作的崛起。许多华裔移民作家,使用英语或法语创作。犹如其他族裔的作家一样,华裔作家十分关注移民的生存和认同的困境,文化差异和冲突的难题。

美国华裔文学是中、美两种文化相互碰撞、相互融合的结果。由于华裔作家特殊的生活经历和体验,他们大都以独特的双重视角进行创作。在他们的作品中,既有对早期移民满怀憧憬、梦想,远渡重洋来到异国他乡艰苦创业过程的描写，又有对华裔后代经历的两种文化的冲突以及由此带来的文化认同上的矛盾的反映；有对美国文化形成的刻板华裔形象的反驳，还有关于一代代华裔对中、美两种文化最终将走向融合的美好愿望的抒发。

20 世纪七八十年代，美国华裔文学迎来了繁盛时期。汤亭亭、谭恩美、赵健秀的作品为华裔文学的空前繁荣作出了一定的贡献。同样，旅法作家程抱一等也产生了一些影响。

日裔美国诗人本乡在评价汤亭亭的《女勇士》对美国文学所产生的影响时曾说过："70 年代中期对于亚裔美国作家来说，最重要的事件也许是汤亭亭《女勇士》的出版和随后的畅销。……因为《女勇士》打破了关于女子属性和华裔美国女子属性的极度沉默，在出于对民间传说、家史和个人沉思所想象出来的历史和神话的'他者'之中重新排列了民族和性别的位置。"[①]《女勇士》共分为五部分，分别由既独立成章又相互联系的五篇故事组成。故事一：作者从母亲那里听到的关于姑姑的故事。由于姑姑背着丈夫与别人有了私情并怀孕，家人遭到了愚昧村民的袭击。姑姑生下孩子并随后抱着婴儿投井自杀，家里从此绝不允许再提起姑姑。故事二：作者想象自己成为女勇士在白虎山修炼，后来和未婚夫并肩作战，为国效劳，成了家乡的英雄。故事三：母亲（勇兰）在中国的医学院里学习，名列前茅。她还能捉鬼、驱鬼。母亲来到美国，靠自己的努力站稳了脚跟。故事四：姨妈（月兰）被丈夫遗弃在香港，而他在美国再度娶妻生子。勇兰将月兰接到美国试图帮她讨回公道。但由于月兰懦弱并且不适应美国的生活，最后发疯，住进了疯人院。故事五：作者回忆了自己童年时代的生活。为了让她学好英文，母亲曾按照家乡的习俗割断她的舌筋并教育她女人要学会遵从男人，守口如瓶。由于恐惧，她曾很少说话。当她最后把心中的秘密一股脑地向母亲宣泄之后，她找到了自我。在《女勇士》中，作者把神话与传说、想象与现实融为一体，题材涉及范围极其广泛。在书中，汤亭亭以爱恨交织的情绪描绘了古老而神秘的中国文化，向传统的父权制社会发起挑战；揭示了第一代华裔在美国文化中的边缘地位以及在夹缝中求生存的艰辛的创业历程；展现了第二代移民在中、美两种文化的碰撞中成长的体验和对待两种文化的态度。可以说，《女勇士》是一部消解了"性别""种族""文化"对立的杰作。除了《女勇士》，汤亭亭还著有《中国佬》和《孙行者》两部长篇小说。虽然"这三本书总共不过是 857 页的小说，却艺术地建立了华裔美国文学的新传统"[②]。

谭恩美（1952—　），全球知名度最高的华裔作家之一。她出生在加利福尼亚州的奥克兰，她的父母于 20 世纪 40 年代移居美国。谭恩美自小在两种语言

---

① 转引自李健孙：《支那崽》，王光林、叶兴国译，译林出版社 2004 年版，《总序》第 11 页。

② 程爱民：《美国华裔文学研究》，北京大学出版社 2003 年版，第 209 页。

和文化的环境中成长。父母希望她成为一个医生，但她却选择做一个作家。作为移民第二代，作者个人的成长经历其实也是华人移民生活的翻版。父母为了美国梦来到美国，希望他们的孩子通过教育和职业成功融入美国社会，同时却要求儿女保留中国人的性格，顺从父母的愿望。儿女们接受了美国文化之后，追求个人独立，不再认同父母的价值观。谭恩美的处女作《福喜会》(1989)，连续 40 周登上《纽约时报》畅销书排行榜，并获得了“全美图书奖”等奖项。小说通过四对母女的冲突描写了两种文化的冲突，女儿们美国的经验，母亲们的中国的过去，母女两代人如何穿过文化差异、代沟和性别战争寻找自我，等等。有评论家认为这部小说不只是关于“中国的”。母女之间的冲突、沟通与和解具有普遍的意义。作者的叙事艺术最为人称道。她善于交错运用不同的叙述角度来说故事。语言机警老辣，颇有黑色幽默之风。

程抱一(1929—　)，法籍华裔诗人、小说家、翻译家，学者、法兰西文学院院士。程抱一出生于山东济南，1948 年随父赴法国留学并定居法国。他一生致力于东西方文化的沟通，48 岁时开始用法语写作，出版十余种著作，在法国文化界影响甚巨，被认为是“中国和西方文化间永不疲倦的摆渡人”。1999 年，步入古稀之年的程抱一发表了用 12 年心血写成的第一部长篇自传小说《天一言》。小说一发表就引起法国读书界的强烈反响，获得 2001 年的“费米娜文学奖”，译成多种文字。这部小说是一个穿行于多种社会文化时空的中国艺术家的回忆和心路历程。小说的主要情节围绕画家天一、演员玉梅和诗人浩朗三个艺术家之间跨越国家和时代的情感之旅展开，但很大一部分内容回顾了天一困居法国那段岁月。就像小说的作者一样，天一经历了文化边缘人的痛苦。作品中写道：“那时我的整个身体有那种根本的缺失感，一种缺乏存在合法化的感觉，仿佛没有什么能保证我的身份，也没有什么能证实我存在的必要性。比被排斥更糟糕的是，我觉得被分离了，与别人、与我自己，与一切的一切分离开了。我是来这儿学画的，而我面临的却是一个学不来的职业：存在。”

后殖民时代的移民作家群，除了俄苏与东欧作家、加勒比海英语作家、印裔英语作家、华裔移民作家之外，其他族裔的移民作家，包括非洲英语作家、穆斯林法语作家、日裔英语作家发展势头都非常迅猛，不少小说家的作品正在引起西方主流读书界和批评界的关注，进入大学课堂，成为学生必读的当代经典。例如，现居住在英国的日裔石黑一雄(1954—　)，28 岁时就已称雄于英国文坛，其主要作品《群山淡景》(1982)、《浮世艺术家》(1986)、《长日将尽》(1989)等获得多项重要文学大奖。

二、跨文化文学的基本特征

移民作家穿行于不同文化疆界之中，接受不同文化的影响，往往使用非母语创作，因此，跨文化文学具有驳杂的多样性。有些学者把20世纪80年代以来的移民作家的创作归入后现代主义的范畴，认为其代表作品表现出如下特征：

1. 身份（文化）认同的焦虑意识。

在一个全球化的时代，人们似乎更容易克服地理疆界的阻隔，但却无法克服漂移带来的认同焦虑。就移民作家群体来言，他们在地域上和文化上的归属感越来越模糊，很多移民作家声称自己是世界公民。纳博科夫就认为，与作家的艺术相比，国籍并不特别重要；印裔作家穆克基就讨厌别人称呼她是少数族裔作者。尽管胸怀世界主义，他们依然承受四海为家却无处为家的痛苦。就移民作家所描写或代言的移民群体而言，他们总是天堂里的外来者。按照拉什迪的说法，“传统上，一位充分意义上的移民要遭受三重分裂：他丧失他的地方，他进入一种陌生的语言，他发现自己处身于社会行为和准则与他自身不同甚至构成伤害的人群之中”。例如，奈保尔笔下的印裔非洲人因达尔到英国念了三年大学，却一直漂浮在英国社会之外，既没有看到什么，也没有学到什么，毕业时他准备找个工作，发现大学分配委员会只给英国学生找工作；后来他在一家业余剧团跑龙套，最终发现自己和团里其他成员不管过着怎样的波希米亚生活，别人还是有根的，有比较牢靠的关系，而他只能漂浮在英国社会之外。

2. 跨文化的视角。

移民作家一般有着双重视角。在与其他文化接触时，他们总是会把既有的知识与新的经验进行对照，超越原有的视野，在文化的相互参照中思考事物的本质和人类的命运。例如，《河湾》里的萨林姆，作为一个接受西方教育的移居非洲的印度穆斯林，来到非洲后，他既能够跳出印度人的视野，也能够跳出西方人的视野，更能够跳出非洲人的视野的局限，从一个新的高度，观察和评价各自的文化特性。

3. 广阔的文化地理背景。

复杂的流亡/移民路线营造出跨文化文学广阔的文化地理背景。昆德拉就说过，一部小说在地理上如何处理是他遇到的主要美学难题之一。像他的《生活在别处》，小说的舞台范围通过叙述者的离题从布拉格扩大到欧洲各地；奈保尔则把多元的地理和文化带进他的许多小说中。

4. 魔幻现实主义的叙事手法。

从本质上说，跨文化的文学创作本身就是一种混融。混融幻想与写实的魔幻现实主义叙事手法最能贴切地表现移民（流亡）作家和移民（流亡者）不同经验层面上的世界。例如，在谭恩美的小说中，现实与梦幻交织在一起。透过具有东方神秘色彩的扶乩、占卜、生肖相克的习俗描写，读者依然能够辨认出现实生活的清晰纹路；而拉什迪的《午夜的孩子》，不可思议的奇事与正在上演的社会政治事件并行。

三、跨文化文学的基本评价

跨文化作家的创作对世界文化的发展和融合,作出了巨大的贡献。正是他们的创作,改变了原有世界文化和文学发展的格局,使世界文化的交流、融合获得了长足的发展和进步。我们知道,全球性的移民改变了整个世界的格局,也改变了西方文学的构成。因此,再也不能单纯地以移居的国别或民族归纳、总结作家的创作。波兰裔作家贡布罗维奇(1904—1969)说过:"任何一个尊重自己的艺术家都应该是、而且在每一种意义上都是名副其实的是流亡者。"[①]第一次世界大战前后的战争和革命在改变政治制度和民族国家疆界的同时,还把一大批作家从其血肉相连的祖国、文化和语言抛掷或驱逐出去,使他们成为永远的流浪者。比较而言,第二次世界大战前后和其后的冷战期间,流亡作家多是迫于巨大的政治压力或冒着生命危险出逃祖国,如第二次世界大战期间的德国作家托马斯·曼流亡美国,奥地利作家茨威格流亡巴西,贡布罗维奇流亡阿根廷。冷战之后,作家基本上可以自由地在游走于不同的国家。许多作家不是传统意义上的流亡作家,更多地属于跨国知识分子,自愿选择流放自己,但不管处于何种原因,流亡作家都要承受巴基斯坦裔学者艾德华·萨依德称之为的最悲惨的命运:"一直与环境冲突,对于过去难以释怀,对于现在和未来满怀悲苦。"[②]英国学者博埃默认为典型的后殖民地作家"更应该是一个文化上的旅游者,是一个超国界的,而不只限于一个民族。他出生在过去的殖民地,文化兴趣在'第三世界',在其他地方则完全是世界主义的,他(她)在西方大都市工作,然而在写作主题和在政治上,又保持着与某个民族主义文化背景的联系"[③];而他们的创作,反映出不断变化的族群,多元的文化视野,复杂个人的经验如何融入一个更大的文化之中。

同样,跨文化作家的创作具有巨大的文化价值的同时,也要看到,在这些作家身上,都体现出了身份和角色的无根感和焦虑意识。这导致了这些作家在创作中常常表现出悲观和虚无的意识。这一点是我们学习中要加以注意的。

第二节　奈保尔与《河湾》

一、生平与创作

V. S. 奈保尔(1932—　)是 2001 年诺贝尔文学奖的获得者。"最伟大的英

① 转引自王开岭:《激动的舌头》,中国电影出版社 2000 年版,第 232 页。

② 爱德华·萨义德:《知识分子论》,单德兴译,生活·读书·新知三联书店 2000 年版,第 44 页。

③ 博埃默:《殖民与后殖民文学》,盛宁、韩敏中译,辽宁教育出版社 1998 年版,第 264 页。

语作家”“游牧知识分子”“后殖民主义作家”“种族主义者”“讨好西方价值的人”“仇恨黑人的人”等，这些都是批评家和学者派给奈保尔的标签，尽管奈保尔从来不承认它们有任何意义，但却多少说明了他的复杂性。任何伟大的作家都有多个侧面。奈保尔也不例外。他的复杂性来自他错综复杂的文化和教育背景，以及他对这种错综复杂背景的探索及其孤傲尖锐的言论方式。

奈保尔出生于西印度群岛的特立尼达和多巴哥一个印度移民家庭。1880年，为了逃避贫穷和饥荒，身为婆罗门高等种姓的祖父，来到特立尼达的种植园当契约劳工。这段历史对于奈保尔家族来说，是一种“被剥夺了应享权利”和个人尊严的历史。奈保尔的父亲是《特立尼达卫报》的记者，由于经济拮据，不得不长期寄居于妻子家族人丁密集、吵吵嚷嚷的大住宅里，仰人鼻息。虽然生计艰难，心怀作家梦想的父亲却鼓励儿子从事写作：“你一定要成为作家。”在给儿子的一封信里他说：不要害怕成为一个艺术家。并告诫儿子：“D. H. 劳伦斯就是一个不折不扣的艺术家；不管怎么样，你要像劳伦斯那样去想。记住，他曾说‘为我而艺术’。”在那个时代，父亲如此期望近乎堂吉诃德，因为在一个民生凋敝、文化鄙陋的“小地方”，没有一个严肃的作家能够靠写作为生。父亲的教诲和鼓励给予奈保尔一生的影响。

1950年，奈保尔得到一笔政府奖学金，前往英国牛津大学求学。毕业后，他滞留在英国，决心成为职业作家。但是，写作事业开初并不顺利。他所写的东西“很难被任何一位伦敦的出版家认为是一本真正的书”。奈保尔一直不是商业意义上的成功作家。即使他在荣获多项文学奖项、获得批评界的激赏后，他的作品也未能带给他很大的收益。“大量的评论和可怜的销量”似乎就是他前20年写作事业的写照。因此，有好多年，奈保尔漂在伦敦的日子相当艰难，除了经济压力之外，最大的压力来自他内心的那种无所归属的苍凉。在自传性小说里以及游记作品中，他不断描写过自己边缘性的生活，在《黑暗地带》中他写道：“我来到伦敦。这座城市变成我的世界中心；经过一番艰苦的奋斗，我才来到这儿，我被哄骗了，而我没有别的地方可去。……在这儿，我是一座大城市的一个居民，无亲无故。时间流逝，把我带离童年的世界，一步一步把我推进内心的、自我的世界。”

虽然从踏上英国土地那天起，奈保尔就决心要摆脱西印度群岛以及岛上自我封闭的印度移民社区，但是他的早期三部小说《神秘的按摩师》(1957)、《米格尔大街》(1959)、《毕司沃斯先生的房子》(1961)却是以特立尼达为背景的。通过回忆，作者重构了一部剧变时期特立尼达的社会历史，记叙了第二次世界大战期间及战后的特立尼达混乱、贫瘠、荒诞的政治文化生活。在这三部小说里，奈保尔将会持续深化的写作主题和现实主义的叙事风格已经初露锋芒：见证帝国崩溃之后的混乱和创伤，关注个人认识自我和塑造自我的难题；精确的描写、精练的讽刺、精辟的剖析和清晰的结构。

《神秘的按摩师》是一部喜剧小说，描写了一个印裔小人物，一个失败的老师加纳什怎么被混乱的时代、愚昧的民众一步步推上政治舞台的过程。他的一系列角色转换的故事犹如连续漫画一般，充满了令人捧腹的情节和使人莞尔的细节。按照作者的看法，加纳什的生活呈现了特立尼达人历史的一个片段。在社会急剧转变时期，草根阶层的投机分子似乎很容易成为“人民的英雄”。

《米格尔大街》由17个单独成篇又相互关联的短篇小说组成。奈保尔选择一个成长中的男孩（也就是少年奈保尔）的视角来观察街坊邻居悲喜交加的生活。不少篇什是出色的人物速写。他们的怪僻、姿态、言语给人深刻的印象。作者少时，酷爱英国文学的父亲经常给他朗诵狄更斯小说片段。狄更斯是描画怪诞人物的高手。从奈保尔笔下的半是疯子半是骗子的曼曼、“诗人”布莱克·华兹华斯等身上都可以看出狄更斯的影响。

《毕司沃斯先生的房子》被视为一部杰作。小说部分以奈保尔父亲和家人的生活为原型。就像老奈保尔一样，毕司沃斯先生不得不寄寓于妻子娘家檐下。在那个闹哄哄而自成一体的大院子里，每个人都生活在别人的注视之下，互相猜忌和羁绊。毕司沃斯试图拥有自己的一栋住房以便过上独立而有尊严的生活。他的一生就在为这个梦想挣扎，屡屡受挫：建房被毁，买房受骗。最终，他还是欠债买下一栋到处都有破绽的房子。

这部悲喜交加的小说具有多重寓意。其中之一是它可被当作一个族群痛苦历程的寓言来读：他们被命运抛掷在一处对于印度移民并不友善的孤岛。生活在黑人和克里奥尔人之中，一栋房子可能就是他们唯一能够用来抵御种族敌意和暴力的堡垒，尽管这堡垒基础不牢，结构摇晃，透风漏雨。与岛上其他族裔的居民相比，印度移民最没有安全感。在奈保尔其后的小说里，他将不断地写到印度移民的房子或大院以及他们对于居所的重视。对于流亡天涯的印度人来说，抓住一处自己的住房就像茫茫大海上抓住一根浮木一般。

30岁后，强烈的无根意识驱使奈保尔频繁旅行（尽管入籍英国，他却很少住在英国）。非洲、亚洲、美洲，特别是前大不列颠帝国的殖民地，外来文明和本土信仰错综和冲突的地区，都留下了作家兼记者的奈保尔的履痕。在他看来，旅行可以使他逃出那层被命运强加在他身上的“殖民硬壳”。在不断位移和漫游中研究不同文化背景里的人，结识不同阶层的人，和他们谈话，听他们的家族历史，观察他们的日常生活。最重要的是：发现“帝国究竟对人类做了什么？”

他多次寻访印度，这个“存在于特立尼达这个小岛外面茫然太虚的一个国家”，发现自己很难确认自己和印度的精神关系。他完成了三本关于印度的游记，其中最著名的两本仅从题目上来看就颇能刺伤印度人的民族感情：《黑暗地带》（1964）和《印度：一个受伤的文明》（1977），虽然在其后的《印度：无数的叛乱》(1990)中,奈保尔缓和了早期关于印度的悲观无情的评价,但依然冒犯了印度民族主义者。

自20世纪70年代中期以后,奈保尔的创作受到评论界广泛的注意。特别是后殖民主义批评渐成气候之后,奈保尔的作品成为注释批评理论的上佳样本和大学文科专业学生的必读经典。可以说,他的每本新作都会激发一阵评论的浪潮,再次把作者卷入溢美和苛评的漩涡之中。最犀利的指控来自后殖民主义批评理论的宗师,即《东方主义》一书的作者爱德华·萨义德。

2001年的诺贝尔文学大奖授予奈保尔,并没有缓解加诸他身上的种种责难或误解。奈保尔有关印度、特立尼达和伊斯兰教国家的作品曾在这些地区受到抵制或严厉的批评。

奈保尔是个勤奋、多产的作家。40多年的写作生涯中,他发表了包括游记在内的近30部作品,平均18个月发表一部,除了以特立尼达生活回忆为题材的三部早期小说外,代表作还包括《中间通道》(1962)、《效颦者》(1967)、《黄金国的陷落》(1969)、《在一个自由的国度》(1971)、《游击队员》(1975)、《河湾》(1979)、《抵达之谜》(1989)、《世间之路》(1994)、《半生》(2001)等。不少具有自传性质,如《河湾》《抵达之谜》《半生》等。

在这些自传性的作品中,主人公通常是一个具有奈保尔式背景的印度移民,例如《河湾》里的萨林姆,《抵达之谜》中的艾伦和《半生》里的威廉·塞默特·钱德兰。按照奈保尔的界定,这些人都是"有着陌生人神经的陌生人":他们从自己的文化根源里连根拔起,又迫于情势把自己从借居地里流放出去,但他们从来不是真正的自由人,他们总是处在某个社会或族群的边缘。"死亡与失败尾随他们。"(拉什迪语)

发表于获奖前的《半生》延续和深化了奈保尔的一个核心主题:寻找生活却不得不过着借来的生活。小说的标题暗示了第一主人公威廉·塞默特·钱德兰不完整的生存状态。这种不完整乃是继承了他父亲的命运。威廉的父亲,一个印度教徒,就过着借来的生活,生活在别人关于他的想象和期望里。他出身于婆罗门高等种姓,响应圣雄甘地打破种姓隔离的号召,娶了一个低等种姓的女人。但是,这种出自别人期望的婚姻并不成功。后来,违背他的本意,他成了一个西方人参拜的"高僧"。为了迎合他们对于印度宗教的想象,他只好永远维持英国著名小说家塞默特·毛姆第一次看见他时的姿态。威廉显然不想走父亲的老路,但是,他也摆脱不了"别人的期望"。灰心的父亲出于某种自嘲的动机,借来作家毛姆的名字命名儿子。在奈保尔的小说里,人物的名字有时候就是一种他们不得不背在身上的"殖民的硬壳"的标记。威廉靠着英国人的奖学金离开印度,来到伦敦求学,尝试写作、学习恋爱(准确地说,学习性爱),事事不如意。和父亲相比,他经历的疆域扩大了许多——从独立前的印度到第二次世界大战后的英国再到非洲的葡萄牙属地，但他从来没有过上完全属于自己的生活：这诚如作品中所说的，威廉从他的背景逃出去，即使他逃到了非洲那个葡萄牙的殖民地，他还是发现生活并没有改变。

奈保尔虽然高产，但绝不滥造。每部作品出版和再版前他都要反复修改。“每本小说都是一个发现；它们以不同的方式呈现素材、遣词造句。”（布鲁斯·金语）犹如所有杰出的作家一样，奈保尔非常重视叙事的语言、形式和结构。这种艺术上的自律和苛求使他的论敌也非常佩服。

奈保尔具有摄像机般的精确和清晰，精确和清晰到刺伤人的程度。把奈保尔置于试验文学、先锋文学、后现代文学的背景下观照，他所具有的“精确和清晰”乃是一种当代小说罕见的品质。不同于拉什迪这样的后殖民主义作家，奈保尔走的是现实主义路线，即将逼真的叙事艺术和严正的观察能力结合于作品之中。从某种意义上说，奈保尔继承19世纪现实主义小说伟大的传统。

二、《河湾》分析

内容介绍 非洲位于黑暗深处，“人到了这里，就沦落到任人宰割的地步。”小说的叙述者萨林姆出生在东非海岸一个印度穆斯林大家庭。萨林姆家族已在非洲定居几百年了，世代经商，人人守着本分，沿袭先人的活法。但是，萨林姆却是一个别有想法的人——作者在他的身上，投射了自己的影子：强烈的自我意识和敏锐的观察能力。他认为家族大院薄薄的围墙不能提供真正的庇护，只有独立出来，才能驾驭自己的命运。

由于无钱前往帝国最后的中心伦敦求学，他从一位世交，未来的岳父手中接手了河湾小镇的一间店铺，驾车进入非洲内陆深处。沿途所见，使他连连后悔：“真是疯了。我走错了方向，走到头也不可能有新的生活。”

非洲纷纷独立，但政治上的自由很快转化为普遍的社会混乱和腐败。小镇恢复成丛林，前殖民者留下的“遗产”沦为废墟：建筑烧掉，纪念碑毁掉，汽船拆掉；“这深沉的非洲愤怒，这不顾后果的破坏欲望，都让人毛骨悚然。”

萨林姆不祥的预感得到证实：东海岸的起义发展成种族骚乱——黑人对外来移民的骚乱。他的家族再次离散，即使离散后，他的父亲还把一个家仆托付给他照顾。

河湾所属国家的“大人物”控制住了无政府局面，并着手推进现代化。河湾被选中作为新领地。欧洲人再次来到河湾，协助“大人物”实现他壮丽的狂想：竖起一座座水泥和玻璃的大厦，雕像、路灯、外国装饰树，大学、研究所……在萨林姆眼里，新领地是一场骗局。

好友因达尔也来到领地。他对萨林姆讲述了自己留学伦敦的经历：身处帝国的中心，却发现自己漂在边缘。因达尔家的豪宅在东非海岸的种族骚乱中化为乌有,家人各奔东西。他回不去了。在巧遇某个美国机构的神秘人物后,他被派往领地大学执教。他训练费尔迪南这些未来的非洲官员们,一时风光无限。作为新非洲学术界的代表,受邀到世界各地大学演讲。

"大人物"的顾问雷蒙德是个白人历史学家。他一直在写,或者假装在写一部非洲历史——他从来没有真正了解非洲,他只是根据报纸和二手资料研究非洲。他的瑞士籍太太、美丽的耶维特吸引了萨林姆。他们很快成了情人。萨林姆为她优雅的欧洲气质所蒙蔽,耶维特只是需要婚外性爱转移她对丈夫的失望。最终,他们的关系结束。萨林姆决定履行对岳父的诺言,前往英国订婚。在飞机上,他意识到自己在飞向一个陌生的命运。从未婚妻那里知道:因达尔已经被他的机构抛弃,流落纽约。

"大人物"开始实施外国企业国有化。萨林姆的店铺成了当地非洲人的产业。萨林姆走私象牙黄金,弥补自己的损失,被家仆墨迪告发,进了监狱。费尔迪南搭救了他。在又一轮骚乱的枪声中,萨林姆逃离河湾。

人物形象 萨林姆是一个精神和情感上一个永远处于无根状态的漂泊者和流放者形象。奈保尔一直以外人或者世界公民自许。作为一个出走特立尼达、流亡英国的印度移民,他是双重的"无国"之人:"我来自一个很小的社会,我很清楚我在这个世界毫无影响。我远离这个世界。其次,我属于一个很小的族群,我离开了,成为一个外国人,成为一个作家。这就使我避免了直接介入。"奈保尔把自己的身世、一些性格和苍凉的疏离感转借给萨林姆。虽然萨林姆的教育程度不及奈保尔,但他善于观察,不亚于一个敏锐的作家;精于评论,不逊于一个老练的记者。

心口刻着流放的印记,萨林姆待在任何地方,都感觉自己像一个外人,既没有满足感,也没有安宁感。置身在家族大院的庇护之下,他感到自己孤立无援,决心自我流放:"我要离开我家的宅院,离开我周围的人群。如果和他们绑在一起,自欺欺人地和他们一起过日子,只会走向灭亡。"他来到丛林之中的河湾,依旧感到孤立无援:"这里的外国人也没有向我表示欢迎。"几家印度同胞对他还算友善,但彼此之间从来没有真正意义上的亲近;当地非洲人隐藏在重重丛林之中,总是使他感到不安,甚至恐惧:"丛林足以掩盖屠杀的声音,泥泞的河流和湖泊足以冲走淋漓的鲜血。"甚至在自己栖身的"家"里,他也是个外人,他收留的家仆墨迪很快就反仆为主。也许,就剩下前任房客留下的巨大的床属于萨林姆。最终,他在这种床上发现:尽管和耶维特肉体密切接触,他依然是耶维特生活中的外人。他来到从小在书本上就熟悉的欧洲,外乡人的感觉更加强烈了:"我身在伦敦,但我并不知道自己身在何方……"由于和任何族群、价值理念和集团保持一种疏离感,他能够"从熟悉的情景跳出来,从一定的距离之外打量它"。犹如奈保尔,他总是以局外人的眼光注视眼前所发生的一切。

身为穆斯林印度人，他并不认同自己族群的传统。他批评他们缺乏历史感："我觉得如果没有欧洲人，我们的过去就会被冲刷掉，就好像镇外那片沙滩上渔人的印记一样。"在河湾，萨林姆仔细观察身边的人和事。从几家印度人的生活方式，他印证了自己关于本族群的悲观看法：他们过多地陷在自己的生活里，不能思考生活的本质；从神秘的丛林妇女扎贝思的儿子费尔迪南身上，他发现有什么东西横亘在他们之间，他感到害怕；从收藏非洲面具的惠斯曼斯神父那里，他看到一个谦卑而虚荣的西方学者：神父认为要在非洲还没有死的时候，把它的物品保存起来；即使他身陷囹圄，他还能够冷静地审视非洲人的面孔，分析他们身上表现出来的狂热的性质。无所归属的身份反而给予他一种超然的视角，使他能观察现实，发现真相。这也许是命运给他的一个补偿或馈赠。

思想意义 纵观奈保尔的创作，他一直在记录和探索"历史混乱留下的心理创伤"。《河湾》生动而深刻地传达了作者的写作意图。

第二次世界大战后，许多殖民地纷纷独立。殖民者坐上直升机带上掠夺的财富，溜回欧洲，把混乱、落后和部落仇杀留给非洲。从1965年到1966年，奈保尔作为记者采访了东非和扎伊尔，即今天的刚果民主共和国。20世纪70年代，他又先后两次重访扎伊尔，见证了独立之后的扎伊尔剧烈的社会变革，包括外国企业收归国有、种族骚乱的浪潮等。这就是小说故事发生的背景。在这背景之下，个人命运是作者关注的重心。他们的希望、恐惧、欲望和幻灭是非洲政治生活的解释。

一是"希望"。在第二章里，萨林姆比较了阿拉伯人与欧洲人的差异。从欧洲人印制的"阿拉伯独桅船"邮票里，他发现自己的文明已经没落。18世纪阿拉伯人和欧洲人曾在非洲内陆的河湾相遇较量，结果阿拉伯人撤退，欧洲人则留了下来，建立起一个欧洲小镇。萨林姆决定挣脱家族的庇护，到河湾做生意。这个决心其实也暗含了一种在他的族群身上已经衰落了的雄心——对这个世界有所奉献。在河湾，他先后结识了一些满怀希望之人，如魔法师扎贝思的儿子费尔迪南——一个非洲本土知识分子和实习官员，他认为非洲的未来就是他的工作；再如因达尔，一个印度穆斯林富商的儿子，英国名牌大学毕业生，非洲政府请来的顾问，踌躇满志地来到河湾，他觉得他在施展他的才能，帮助非洲重新认识自己。"大人物"的新非洲设想煽起了很多人的希望。领地的人对此充满信心，就连领地的外人，性格比较悲观的萨林姆也感觉自己找到了梦寐以求的生活。

二是"恐惧"。恐惧是奈保尔小说屡屡探讨的一个主题。身为移民的作者知道，漂移的个人和族群从来就没有安全感，哪怕他们可以暂时获得一个安全的居所或地位，"你拥有的一切可能会在顷刻之间化为乌有"。置身于一个动荡时期和丛林地带，每个人都生活在恐惧之中，即使"大人物"也有他的恐惧——他每次出行，都要派一个白人巫师打前站，先把对他不利的东西引开。如果说，前帝国以其制度和效率维持了非洲的秩序,去殖民后的非洲则陷入混乱和无序。

三是“欲望”。欲望是希望的堕落。萨林姆怀着开始新生活的希望进入河湾。在那里,他和耶维特相遇。这是“两个沦落人凑在一起互相安慰”,他们的关系“有种很无情的因素”。很长时间,悲观的作家自己也不相信世界上存在美好的爱情,作为一个殖民地来的有色人种,很难有机会得到欧洲式的诗意爱情。在他的小说,多数妻子或情人的形象比较危险,令人压抑,她们满足男人的欲望,却败坏他们的希望和道德。

四是“幻灭”。小说的开篇奠定了整个小说的悲观主义基调:“世界如其所是。人微不足道,人听任自己微不足道,人在这个世界上没有位置。”小说的结尾以费尔迪南的评论呼应主题:“大家都在干等,在等死,大家内心深处都知道。我们在被谋杀,一切失去了意义。……大家都知道自己失去了可以回的地方。”

艺术特色 《河湾》的故事发生在20世纪六七十年代的扎伊尔。奈保尔曾几次采访过那个地区。小说的素材和许多细节来自这几次采访。有批评家认为,《河湾》更像是一部报告文学。实际上,这部小说发展了奈保尔开创的混合自传、报告和分析的叙事形式(在他今后的小说中,这种形式将趋于完美,也许会成为他留给英国文学的主要遗产),体现了作者一贯的风格特点。

1. 精确的写实。

萨林姆一进入河湾,就看见:“这地方的确遭到了动乱的洗劫,这个河湾小镇已经被糟蹋得面目全非。河的急流处原本是欧式郊区,我到的时候早已夷为平地,废墟上长满了灌木,原来的花园和街道都分辨不出来了。只有码头和海关办公楼一带的行政和商业区域幸免于难,还有镇中心的一些居民街道。再没有什么了。连那些非洲人城区也空了,只有角落里还有人居住,其他地方则是断垣残壁。那里有很多水泥结构的房子,是矮墩墩的盒子,有的淡蓝色,有的淡绿色,也都空荡荡的,上面爬满了生得快死得也快的热带藤蔓,如同一层层褐绿色的席子。”场景描写干净利落,小镇全貌一目了然。在小说中,这种范例俯拾即是。

2. 精练的讽刺。

“大人物”后来就说过,要沿着河流建一个长达两百英里的“工业园”。(其实他并不是认真说的。他只想扮出魔法师的样子,而且要比他在其他所有地方见到的魔法师更厉害。)不过,正如小说作者所说:“在白天,那种未来远景还是可以去想一想的。你还可以想象这片土地被驯化了,驯化得适合我这样的人居住。独立前有一部分土地就被驯化过,但这些土地现在已经是满目疮痍。”奈保尔的讽刺或为人称道,或使人愤怒。这里,“魔法师”的比喻入木三分,揭示了“大人物”模仿欧洲、不切实际、急就章式的现代化的荒诞。

3. 精辟的分析。

例如,作者写道:“神父对自己的文明有独到的见解,这种见解让他过着一种雅致的生活，激发他去寻找，去探索。我们看到的只有丛林，他却发现了人性的丰富饱满。不过他对文明的想法和他的虚荣相似。他过分沉迷于研究大河边各民族的混合。他为此付出了代价。”奈保尔的分析一针见血。神父表面上不像其他欧洲人，老是强调自己的欧洲性。但实际上，他收集非洲面具，保留当地历史的行为就显示出是一种文化帝国主义的文化优越感。神父不相信丛林民族能够表述自己，所以他要代他们表述。

4. 互文。

采访扎伊尔之后，奈保尔发表了《康拉德的黑暗》一文，提到他的焦虑，认为在他写作之前，康拉德已经漫游过全球，写尽所有题材了。也有很多批评家认为《河湾》是康拉德的《黑暗心脏》的续写或改写。二者之间构成明显密集的互文关系：从大结构到小章节，从人物到场景，从意象到暗喻，等等。甚至他关于阿拉伯人殖民非洲的评论与康拉德关于罗马人入侵英格兰的评论异曲同工。

第十七章

生态文学与《寂静的春天》

【学习重点提示】

1. 掌握生态文学的基本特征和主要成就，尤其是生态文学在当今的意义与价值。

2. 把握作家在《寂静的春天》中所表现出的生态思想特点和生态忧患意识。

第一节　生态文学概述

一、生态文学的发展状况

生态文学是兴起于20世纪60年代、绵延至今，仍在发展的一种生机勃勃的文学流派。它是伴随着世界范围内的生态恶化以及生态理念的兴起而形成的。“生态学”一词最初由德国生物学家恩斯特·海克尔于1866年提出。它由希腊文派生而来，具有家园、自然、存在、共生等含义。在生态学的基础上形成了生态主义，而生态文学就是以生态主义为指导思想，反映、考察人与自然之间关系的文学。它凸显生态危机意识，探寻生态危机的社会根源，以生态整体主义为思想基础，描摹理想的生态环境，进而表达人与自然和谐相处的理想愿景。

现代生态文学的产生有着深厚的历史背景和现实因素。尽管文学自古以来就有对自然的描写，或是讴歌自然的美和诗意，或是颂扬人类征服和改造自然的过程，但是，严格来说，这属于前生态文学，并不是严格意义上的现代生态文学。因为现代生态文学的出发点是要破除人类中心主义。尽管在此之前也有很多文学作品对自然进行叙述和描写，但这些作品大都以人类和自然二元对立的观点来看待自然现象的。而19世纪末、20世纪初以来，特别是20世纪下半叶至今，由于人物质欲望的无限膨胀，人类对自然的疯狂索取，肆意破坏，使得自然不堪重负，人与自然的关系日益恶化。随着生态环境的破坏日趋严重，生态危机意识逐渐凸显，于是人们重新思考人类文化中的人类中心主义思想的弊端，在文化研究领域则出现了要求重视生态伦理、敬畏自然等观念。基于这些观念进行的文学创作形成了生态文学现象。这是生态文学产生的时代背景与现实原因。因此，生态文学是一种关注现实人类生存条件恶化的介入文学，生态作家以文学为武器担当起了认识、警示和遏制生态危机、保护现实环境的责任。也可以说，在某种程度上，生态文学成为人类转变思想观念，建立各种生命体平等、自然与人类一体的生态观的审美载体。

生态文学的形成有一个历史过程，虽然随着生态主义的出现，生态文学这一术语在 20 世纪才正式诞生，但人类的生态思想则源远流长。古希腊的阿那克西曼德认为自然规律不可抗拒；毕达哥拉斯反对虐待动物；犬儒学派崇尚质朴自然。中世纪的神学家圣弗朗西斯认为所有生物都是平等的。而“文艺复兴”时的切萨尔皮诺则提出要尊重自然万物。18 世纪至 19 世纪的浪漫主义时期，回归自然成为重要思想。华兹华斯和梭罗的作品蕴含着与自然和谐共生的生态思想。20 世纪以来，随着生态主义思潮和生态批评蓬勃发展，施韦兹所提出的“敬畏生命”更加振聋发聩；纳什呼吁“自然的权利”引人瞩目；列奥波德倡导“大地伦理”令人警醒，这些观念都有力地推动了生态文学和生态文学批评的发展。近年来，生态文学批评的创始人、美国学者格洛特费尔蒂倡导用“生态批评”作为一种研究文学与自然环境关系的新的文学批评方法，并编辑了《生态批评读本》(1996)。英国生态批评的代表乔纳森·贝特在《浪漫生态学》(1991)及《大地之歌》(2000)中从文学批判的视角指出了生态危机的问题。同样，20 世纪 80 年代以来，哈佛大学、耶鲁大学、普林斯顿大学、布朗大学等名校，以及美国的普通高校大都开设了生态文学或者生态文学批评的课程。1992 年成立于美国的“文学与环境研究会”，更推进了生态文学批评的发展。2005 年，美国生态文学批评家劳伦斯·布伊尔在《环境批评的未来：环境危机与文学想象》中指出了环境的想象不仅是指生态文学对生态理想的表达，还包括对未来生态灾难的预想和预警这一重要思想。

20 世纪西方生态文学的发展以 1962 年蕾切尔·卡森的《寂静的森林》为界，大致可以分为前、后两个阶段。20 世纪 60 年代之前的生态文学是指广义的生态文学作品。即指那些具有关注自然问题，具有生态主义意识的传统文学作品。主要代表作家有美国的梭罗、约翰·缪尔、玛丽·奥斯汀、亨利·巴斯顿、奥尔多·利奥波德等。20 世纪 60 年代之后至今的生态文学是指狭义的生态文学作品，即作家有鲜明的生态主义立场，揭示生态危机，探寻生态危机产生的社会原因，从生态整体去思考人与自然，倡导生态责任。代表作家如美国的蕾切尔·卡森，俄罗斯的艾特玛托夫和英国作家多丽丝·莱辛等。

19 世纪的美国作家梭罗(1823—1862)的散文《瓦尔登湖》(1862)被誉为“绿色圣经”。他还创作了《在康科德河和梅里马克河上一周》(1862)、《缅因森林》(1862)、《科德角》(1862)等描绘自然、富有生态哲学思考的一系列文学作品。梭罗对大自然的热爱,对自然的美与和谐的描绘,在其作品中处处可见。梭罗赞美瓦尔登湖,言说“湖是风景中最美、最有表情的姿容。它是大地的眼睛,望着他的人可以测出自己天性的深浅”。梭罗认为瓦尔登湖就是人间的天堂所在。梭罗也敏锐地意识到工业文明的发展对自然的巨大破坏,因此,梭罗在作品中描写了伐树、采冰等人类活动对自然的破坏,预见了生态危机将会出现。梭罗还提出“简单生活”和“保护荒野”的理念,这一理念影响了美国以及其他不同国度的众多读者。

美国作家约翰·巴勒斯(1837—1921)热爱自然山川鸟类,其作品《醒来的森林》(1871 年)描述了美国哈德逊山谷中弥漫着原始气息的森林,种类繁多的鸟,各种鸟鸣声如林中的音乐会,格外清新悦耳。

美国作家玛丽·奥斯汀(1868—1934)的《少雨的土地》(1902)被誉为“沙漠经典”。它以作者在沙漠小镇 12 年的生活经历为背景写作而成。奥斯汀充满感情地给我们描绘了干燥少雨的沙漠如优美的胜地一般,生机勃勃,富有活力。她倡导一种融入自然的简朴的精神化的生活。

美国作家约翰·缪尔(1883—1942)被人们称为“大自然的推销者”和“美国自然保护运动的圣人”。他的代表作《我们的国家公园》(1901)蕴含了朴素的人与自然是和谐整体的生态思想。缪尔认为大自然充满浩瀚的力量和优雅的风光景致。在这部作品中,他写道“大自然的美是上帝的微笑,影响我们的身体、情绪以及精神世界,具有改造人类灵魂的潜在能力”。缪尔还提出了“大自然拥有权利”,认为“大自然肯定首先是,而且重要的也是为了它自己和它的创造者而存在的。所有的事物都有价值”。《我们的国家公园》一经出版就引起了巨大反响,直接影响了美国国家公园的修建和环境保护。

美国作家奥尔多·利奥波德(1887—1948)的《沙乡年鉴》(1949),提出了土地伦理观念。书中将整个地球自然界置放于人类道德关怀的视野之中,描述了作者在沙漠、山脉、海岸及被沙漠化的土地上的亲身体验,感慨随着现代化的进程,壮美的自然荒野离我们越来越远,提醒人类关爱土地。利奥波德在书中阐述的土地伦理观念,认为人类不应当凌驾于大自然万物之上,应对每一个伦理范畴内的成员保持谦卑之心,平等对待它们,爱护它们。

美国作家亨利·巴斯顿(1888—1968)的《遥远的房屋》(1928)描述了作者只身一人在美国大西洋的一个海滩生活一年的经历。书中真实地记述了四季轮回中的海滩、沙丘,小屋,各种鸟类、沙丘地带的植物,描述了自然的壮丽和其所面临环境的严酷。

20 世纪 60 年代至今西方文坛涌现出一大批杰出的生态作家和生态文学作品。从美国到法国、英国、俄罗斯等以及世界其他各国,生态文学成为全球性的文学流派。

1962 年美国作家蕾切尔·卡森(1907—1964)出版了《寂静的春天》,凸显了当时发生在美国的浓重的生态危机意识。书中描述了由于滥用化学农药对生态环境和人类生存所造成的巨大威胁。此书成为生态文学的奠基之作,它激发了人们对环境保护的重视,促成了“地球日”的建立,并掀起了世界范围内的生态文学浪潮。

美国西格德·F. 奥尔森(1899—1982)的《低吟的荒野》以春、夏、秋、冬四季描述了美国北部的奎蒂科——苏必利尔荒原的四时景色,暮霭如歌,宁静美好,令人体会深度的生态和谐之美。

美国作家爱德华·艾比(1927—1989)终身致力于西南部沙漠地区的保护事业,被称作“现代的梭罗”,他的代表作《大漠孤行》(1968)以犹他州的沙漠为背景,表达了沙漠的广袤、宁静与美,传达出现代人对宁静家园的精神追求,探索了保护荒野对现代文明的意义。

美国生态诗人斯奈德(1930—)的一系列生态诗歌《僻野》(1968)、《观浪》(1970)、《龟岛》(1974)等融东西方生态观念于一体,充满生态哲理沉思。

美国作家安妮·迪拉德(1945—)的散文《汀克溪的朝圣者》(1974)记述了作者在弗吉尼亚州蓝山汀克溪畔的生活,被视为“更有胆魄的《瓦尔登湖》”。文中蕴含了大量生态思想,如人类回归自然,与大自然和谐相处,崇尚生态和谐,主张简单生活和生态保护。

美国小说家博伊尔(1948—)的《地球之友》(2000)是一部典型的生态预警小说,讲述了环境保护主义者泰尔·瓦特尔如何预测 2025 年的美国环境状况的故事。

美国作家特丽·T. 威廉斯(1955—)的《心灵的慰藉》(1991)表现了因受 20 世纪 50 年代美国核试验影响而身患乳腺癌的一家三代女性在盐湖边寻求精神慰藉的情景。由于描写的是作家亲身的经历,真挚感人。当作者翻开患乳腺癌的母亲所记的日记准备出书时,她本人也被确诊为乳腺癌。读着昔日的日记,盐湖畔的细沙、鼠尾草的记忆被唤醒,触动了作者内心的悲痛。如她本人所述:“我讲述这个故事,是为了抚慰自己受伤的心灵,是为了面对我尚无法理解的事物,是为了给自己铺一条回家的路,因为我认为,‘记忆是唯一的回归家园之路’。我一直在避难,这个故事是我的归程。”

除美国外,20 世纪其他国家的生态文学著名作品也有很多,有代表性的,如法国作家勒·克莱齐奥(1940—)的《诉讼笔录》(1963)和《沙漠》(1980),法国作家图尼埃(1924—)的《礼拜五》(1967),德语作家克·沃尔夫的《核干扰事件,一天的消息》(1987)和君特·格拉斯的《母老鼠》(1986)以及格特露德·洛腾埃格尔的《大陆》(1985)等,这些作品都深刻而又忧虑地描绘了大自然被严重污染，生态环境遭到无情破坏等可怕场景，蕴含生态危机主题。

英国作家多丽丝·莱辛（1919—2013）的小说《玛拉和丹恩历险记》（1999）描述了数万年后环境恶化导致冰川重临、文明毁灭、人类回到原始状态的生存图景。这是一部生态预警小说，预测了人类遭受毁灭性生态灾难的未来情景。

加拿大作家玛格丽特·阿特伍德（1939— ）的《“羚羊”与“秧鸡”》（2003）是一部生态预警小说。作品描写人类未来可怕的局面：一些高科技生物公司随心所欲地开发各种免疫和抗病毒药物，滥用生物技术在动物身上进行基因嫁接试验，以培育供人类移植用的器官等，导致全人类的毁灭。这是一部寓言性的人类末日图画，充满了生态预警内涵。

俄罗斯作家艾特玛托夫（1928—2008）的小说《白轮船》（1970）以一则古老的神话比附现实，将写实与象征寓意手法熔于一炉，形象地阐明了大自然是人类的母亲；告诫人们，以利己主义态度对待大自然必将危及人类生存。小说《断头台》（1986）具有强烈的象征意味，提醒人们，不注意保护动物和其他生物，那么人在毁灭他者的同时也在毁灭自身。作品中的达坎洛夫之流就是在虐杀大批动物的同时，自身也走向了毁灭。维·彼·阿斯塔菲耶夫（1924—2001）的《鱼王》（1975）以及拉斯普京（1937— ）的《告别马焦拉》（1976）都充满了浓重的生态预警意识。

二、生态文学的基本特征

生态文学的创作和生态思想密切相连，作家们注重凸显生态危机意识，表达自然生态审美体验，构建和谐的生态理想。生态文学的思想内蕴大致有以下几点。

1. 生态文学注重探寻生态危机的社会根源，批判人类中心主义，强调敬畏自然，担负生态责任。

生态文学最重要的特征就是：重视唤起人们对当下生态危机的严重关切，激发人们的生态保护意识，从而反思人类文化和现代生活方式的合理性，强调生态责任。作家们认为，生态环境之所以受到严重破坏，根源就在于当前人们所信奉的人类中心主义，它导致了人类的欲望无度发展，人类凌驾于万物之上。正是在人类中心主义思想的影响下，随着科技的飞速发展，人类对自然的掠夺和控制日益加剧，致使生态环境破坏严重，出现了环境污染、资源枯竭、能源危机、生态失衡等重大的生态危机。生态文学正是以对这些可怕现象的大量描写，揭示了这一现象的根源。《寂静的森林》里卡森批判人类滥用杀虫剂，并指出杀虫剂是人类制造出的恶魔，它对生态环境的破坏力超出人们的想象，不仅是虫子被杀死，整个生态系统的物种，包括人都无一幸免地遭到荼毒。因此卡森声称人类发明的“杀虫剂”应该叫作：“杀生剂”。生态文学在控诉生态破坏的同时，对人漠视自然和贪婪的欲望进行了痛心疾首的批判，强调人担负起生态责任，建造诗意栖居的存在家园。生态文学家怀特提出敬畏自然；海德格尔提出人不是自然存在的主人，而是自然界的看护者、存在的牧羊人。这些都强调人肩负有保护生态的责任。

2. 生态文学家提倡表现生态整体观，推崇生态伦理。

他们认为人和自然是有机整体，强调运用生态整体观来阐述生态理念。生态文学所描写的整个生态都是有机整体的，人也是自然的一部分，植物、动物、人、自然是一个共生的生态系统。利奥波德在《沙乡年鉴》中总结出的"土地伦理"，就认为人类只是由土壤、河流、植物、动物所组成的整个土地社区中的一个组成部分。在这个社区中，所有成员都有其相应的位置，都是相互依赖的。任何有利于保护生物社区的完整、稳定和美丽的行为都是对的，反之则是错的。所以，很多生态文学作品都描写和表现了对"土地伦理"的认同思想，并揭示人作为整个生态系统的一部分的内涵，从而倡导人类与自然和谐共处。

3. 生态文学发掘自然之美，热衷于构建回归万物和谐的生态审美境界。

生态文学作家们在他们的各自作品中，对大自然之美，对人与动物和谐相处之美，对人与荒草树木的情感相融之美，有大量的描述。如独居瓦尔登湖的梭罗、沙漠孤行的艾比、山中漫步的巴勒斯等。在他们的笔下，大自然、人与自然的关系等，都带有审美性极强的描绘。例如贝特在《大地之歌》中说要展现理想的自然生存状态就是很好的例证。他甚至写道："想象的自然状态，想象中的理想的生态系统；阅读它们，陶醉于它们的境界，我们便可以开始想象另一种与我们现状不同的栖居于大地的方式。"梭罗、艾比、巴勒斯等的作品构建了一个不同于现代人生活的诗意栖居方式。

4. 生态文学具有多样的艺术风格。

(1) 生态文学的表现形式多样，既表达真情实感，又具有科学理性。由于生态文学秉承生态主义观念进行创作，因此不拘泥于某一种文体。诗歌、散文、游记、科学小品文、小说都可以成为作家表达生态思想的样式。生态文学作家既在作品中表达对自然的真情实感，同时又是大自然的记录者。他们中的许多人就是博物学家或动植物专家。如，梭罗被称为博物学家，他的作品多由日记整理而成，观察细致，资料翔实，感情深沉，充满哲思。卡森是一位海洋生物学家，她的文笔优美，也大多带有科普性质，其作品充满浓烈的感情，具有细腻、优美的语言和科学、严谨的理性精神。

(2) 生态文学崇尚自然感性美，展现一种自然清新、别具一格的审美取向。生态文学中的自然审美和传统的自然审美不同。这种自然审美既不是将具体的审美经验抽象成形而上的理性认识，也不是通过具体的审美对象来表达审美者的思想情绪。在生态文学中，自然为主体而非客体，对自然的描写并非凸显人的精神。生态文学崇尚自然感性美，突出的是自然这个审美对象，而不是突出审美者。作品旨在具体地表现自然本身的美。生态文学中处处可见这样的审美表达，使得生态文学别有鲜活灵动之美。比如，卡森对海洋的描写，鲜活生动。卡森热爱大海，在她的眼中，蓝色的海洋孕育万物，充满神秘。

(3) 生态文学表达人与自然相互交融的和谐美，作家主张文学作品描绘画面要优美而自然、融洽。生态美学家阿诺德·柏林特提出的交融美学就主张，生态文学作家描写自然的美不是有距离地审视，而是全身心地投入，与自然融为一体。梭罗在《瓦尔登湖》中描写自己就是自然的一部分，整个身体成了一个感官，每一个毛孔都吸取着快乐。在冬天，他在湖上与潜水鸟捉迷藏，在回家的途中松鼠从他的鞋上踩过去——一幅幅人与自然相互交融的和谐画面在作品中随处可见。

三、生态文学的基本评价

在当代西方思潮中，生态主义以其在人类和自然关系问题上的独特观察和深刻思考令世人关注，随之引起全球范围内的生态文学和生态批评运动。生态文学立足当下人们的生存境遇，以生态理念为内蕴，用文学的形式表达生态危机，发出生态预警，阐述敬畏自然的生态整体观，从而勾画了生态理想境界，倡导人们肩负生态责任，与大自然和谐共生。

生态文学为20世纪文学创作和文学发展提供了新视角，开拓了新领域，带来了新的理念，并赋予文学新的使命。伴随着生态问题的日益严重，生态文学逐渐发展成全球性的文学运动。生态文学既反思人类文化和历史，又直面现实危机与发展，具有积极介入的文学精神。它力图将一种有益于人和自然的生态思想转变为现代人的生存价值观，强调人要摈除人类中心主义，建立生态整体观，并从现代性的异化中解脱出来，与大自然恢复亲密接触与沟通，寻找深刻的生命体验，探寻文化与精神的出路，构建诗意栖居的生存目标。

第二节　蕾切尔·卡森与《寂静的春天》

一、生平与创作

蕾切尔·卡森(1907—1964)是20世纪美国最著名的生态文学作家，她的作品《寂静的春天》成为生态文学史上的里程碑。

卡森于1907年5月27日出生于美国宾夕法尼亚州的泉溪镇，那里一派田园风光，林地绵延，农田处处，街道风景如画，房屋绿荫掩映。卡森对自然和文学的热爱深受母亲的影响。她的母亲是一位热爱自然的女性，经常带年幼的卡森去野外的树林和果园里玩耍和散步，让卡森和自然十分亲近。家乡自然美景的熏陶，令卡森对大自然充满了爱和好奇。卡森的读书和写作天赋很早就显示了出来。她从小迷恋图书，喜欢写作。1918 年 5 月她在母亲的帮助下给“圣尼古拉斯联合会”征文比赛寄出她的第一篇故事《白云中的战役》，荣获了最佳散文银质奖，并被刊登在著名儿童刊物《圣尼古拉斯》上，于是卡森深受鼓舞，继续写作和投稿。后来，卡森回忆起自己的创作之路时说：“我现在还能记得起的最早的儿时梦想有两个，一是观察所有与海洋有关的神奇事物，另一个是有朝一日成为一个作家。”中学毕业后卡森获奖学金进入宾夕法尼亚女子学院。在大学期间，卡森主修过文学和生物学，1929 年，卡森获得科学学士，之后在伍兹霍尔海洋生物实验室从事研究，1932 年获得动物学硕士学位。

卡森的文学作品主要有《海底》(1937)、《海风下》(1941)、《海洋传》(1951)、《在海边》(1955)和《寂静的春天》(1962)。

1937 年，卡森的散文《海底》发表在《大西洋月刊》上。在《海底》里，卡森既用优美文笔描绘了海洋的浩瀚神秘之美，又阐述了自己的生态观。卡森说：“大洋接受了来自大地和天空的水，将它们储存起来，春季阳光的照射使海底的能量越积越多，直至唤醒沉睡的植物；植物的迅速生长为浮游生物的大量繁殖提供了充足的食物；浮游生物的激增喂饱了大群大群的小鱼……假如任何一个环节出了问题，海底世界的灾难就要发生了。”卡森通过认识大海了解到大自然是一个严密的有机体系，任何一种生物都与其他生物以及生存的环境有着密不可分的关系。

《海风下》(1941)是卡森的第一本著作，书中详细记述了卡森对各种海洋生物的观察，展现了生命的有机联系。“一群海鸥自外滩飞来，享用被抛弃的鱼，灰浊的海衬出它们羽色的白。它们正为争抢食物而斗嘴，两只体型较小、披着光泽黑羽的鸟乘虚而入，各拖一条鱼到沙滩高处，狼吞虎咽地吃了个精光。它们是鱼鸦，专在水边捡食死蟹、死虾等大海遗物。待日落后，鬼蟹也会成群结队出洞来，清理掉这些鱼的最后尸骨残迹。便在此刻，沙蚤已经集聚，忙着把鱼尸上的物质转化成它们自己的生命。海中没有糟蹋掉的东西；一个生命死了，必有另一个生命继起，珍贵的生命质素形成无止无尽的循环链。”卡森通过生动的语言阐述了自己的生态观，她认为自然界是一个生机勃勃的生态链，每一种生物都意义重大。

《海洋传》(也译作《我们周围的海洋》)(1951)是卡森的成名作。在书中卡森既表现了海洋的博大浩瀚之美，又表达出对人类活动破坏海洋的生态危机的忧思。文中充满了海洋的奇妙和美丽。“日复一日，信天翁号好似航行在一个圆形的小房间里，房间的墙壁是柔软的灰色帷幔，地板则如玻璃般平滑。有时海燕像燕子般振翅飞过房间，有如变魔术一样穿墙进出。傍晚，夕阳在沉没前，犹如淡银色的圆盘悬挂在船的索具上，雾气飘浮，流光四散，看到眼前的景象，我们不禁想吟咏柯勒律治的诗句。我们可以感受到一股强大的力量，但是却看不到力量的形貌。”同样，卡森在这部作品里也表达了对生态危机的忧患意识：“海洋是生命的源头，创造了生物，如今却受到另一种生物活动所威胁，这种情形是多么怪异呀。”卡森认为人类向海洋埋藏放射性物质的废弃物，这种做法对生态将造成不可挽回的破坏。

1955 年，卡森的第三部书《海的边缘》出版，书写海洋的生命，告诉人们关于潮汐、海底火山、海洋生物等大海的秘密。“夜晚的黑暗拥有了海水、空气和海滩。这黑暗是古老世界的黑暗，早在还没有人类之前……那时候海滩上还没有其他能被看见的生命，除了一只小小的螃蟹在附近爬行……这样一种奇怪的感觉占据了我的心，我进而第一次意识到每一种生物都有属于它自己的世界，第一次懂得了生存的本质。”

《寂静的春天》的写作缘于卡森的一个朋友给她的来信，信中谈到喷洒化学杀虫剂导致小镇鸟类的死亡，希望卡森能提供些帮助。而此时的卡森正经受着癌症的折磨，她不顾病痛，搜集资料，关注杀虫剂等化学药剂滥用的问题准备写作。1960 年，卡森做了乳房切除手术，但癌细胞仍在扩散。她意识到生命的紧迫性，于是将最后的时间全都留给了《寂静的春天》一书的创作。《寂静的春天》出版以后，社会各界反响极为强烈。这部作品充满了生态文学介入现实的精神，它直面社会现实，以大量的事实和科学依据揭示了滥用杀虫剂对生态的破坏和对人类健康的损害，猛烈抨击了人类对自然的破坏，以及依靠科技来征服与统治自然的生活观念。《寂静的春天》所表现的生态危机引起广泛关注和积极回应。人们重新审视现代生活理念，开始重视保护生态环境，于是美国的各类环保组织、生态学研究机构纷纷涌现。1969 年，美国国会通过《联邦环境政策法案》，1970 年美国环保局成立，同年第一个“地球日”被确定。1972 年，卡森在书中强烈指责的 DDT 杀虫剂被美国环保局禁止使用。

卡森于 1963 年当选美国艺术与文学院院士。1964 年 4 月 14 日，病逝于马里兰州银泉镇，年仅 56 岁。

蕾切尔·卡森既是一位热爱自然、描绘自然的散文作家，又是一位富有生态责任意识的生态文学家。她对自然充满爱意，她的作品语言生动而优美，同时，她的作品充满生态危机意识，令人深思。卡森通过文学创作凸显了生态危机，描写了科技对生态环境的破坏，探寻了现代生态危机的原因。卡森的作品传播生态理念，对生态文学促进和环保运动的发展，以及对美国乃至世界上许多国家的环境政策产生了极其深刻而广泛的影响。1980 年美国政府追授她美国对普通公民的最高荣誉——“总统自由奖章”。2000 年美国著名刊物《时代》将蕾切尔·卡森评选为 20 世纪最有影响的 100 个人物之一。

二、《寂静的春天》分析

《寂静的春天》是一部生态文学的经典之作。最初于1962年在《纽约人》杂志上连载，接着全书也于同年出版。这部作品一问世就引起了巨大的反响，书中的生态危机意识令人警醒，引发了公众对环境问题的注意，并在当时的美国乃至全世界掀起了一场前所未有的大规模辩论，促使环境保护问题提到了各国政府面前，使得环境保护这一概念开始深入人心，各种环境保护组织纷纷成立。因此，该书被认为是现代环境运动的肇始，也标志着生态文学的兴起。美国原副总统戈尔曾评价说，《寂静的春天》的影响可以与《汤姆叔叔的小屋》等同。

内容介绍 《寂静的春天》全书一共17章。在第一章《明日寓言》中，作家开篇就向人们描绘了一个美丽村庄的突变：从前，美国中部有一个美丽的城镇。田野里，麦苗绿油油；山坡上，长满了果树、松树、橡树、枫树、白桦树；路两旁，葱郁的灌木篱墙间漂浮着五彩云朵般的野花。清凉的小溪从山间流出来；鱼儿在溪流积成的水塘里嬉戏；小鹿和狐狸穿行在树林里、田野间；小鸟在空中喧闹；人们在这一片和谐的自然环境里安家落户。但是，一片片从天而降的白色粉剂制造了一场瘟疫：植物枯萎了，果树结不出果实来了，牲畜死掉了，鱼儿死光了，鸟儿不再歌唱了，大人和孩子也都是疾病缠身。那个万物复苏、生命尽情欢唱的春天消失了，取而代之的是一个到处弥漫着死亡气息的"寂静的春天"。在第一章的结尾处，卡森以一个科学家的理智、责任和勇气，给自己的写作定下了一个艰难的任务："是什么东西使得美国无数城镇的春天变得寂静无声了呢？这本书将带你一起去寻找答案。"

接下来的15章，作者分别以"地球的水""土壤的国度""地球的绿衣""没有鸟儿歌唱""死河""祸从天降""人的价格""大自然的报复""大灾难的征兆"等为题目，用生态整体观思想，从陆地到海洋，从海洋到天空，从自然到人类，全方位地揭示杀虫剂、除草剂等化学药品对大自然造成的危害，深刻地剖析和解释造成春天寂静的原因。卡森通过充分的科学论证，表明杀虫剂等化学药品所引发的严重的环境问题，实际上正在美国的全国各地发生。它破坏了从浮游生物到鱼类到鸟类直至人类的生物链，使人患上慢性白血球增多症和各种癌症。

最后一章名为"另一条路"。作者提出，所谓的"控制自然"乃是一个愚蠢的提法，那是生物学和哲学尚处于幼稚阶段的产物。她呼吁，透过新颖、富于想象力与创造力的方式，尝试去解决和其他生物共享地球的问题；指出人类唯有更谦卑、更尊重大自然，反省并改正自己的错误，才有可能挽救人类自己。

思想意义 《寂静的春天》是生态文学的里程碑。全书从生态的角度去思考现实，以生态整体观为思想基础，揭示了生态的破坏对人类和自然的致命危害，充满着浓厚的生态危机意识。这部作品既有严谨、求实的科学理性精神，又充满敬畏生命的人文情怀。

1. 作品预警生态危机，揭示人类滥用化学药物导致生态灾难的严重性。

卡森以大量的事实和科学知识为依据，揭示了人类滥用杀虫剂和除草剂等化学药物对自然环境所造成的全球性破坏和引发的严重的生态危机。卡森指出："地球环境对地球上的生命一直有着塑形和改造作用，而生命的反作用实际上相对微小，但是自从出现了人类后，生命改造大自然的能力大为提高，同时，人类对环境的侵害也在增大。空气、土地、河流和大海都受到了危险的致命物质的污染。化学药品的有害作用，甚至可以与放射性危害相提并论，它们将长期滞留在土壤里，进入生物的组织中，并在一个引起中毒和死亡的环链中不断传递迁移。"卡森的忧虑不是源自文学家的虚构和想象，而是建立在确切的科学知识和具体的调查统计资料基础上的。《寂静的春天》里论述杀虫剂——尤其是 DDT 的使用，已经对自然界中的生物关系造成了怎样的破坏。卡森用浅显的、简洁的语言提出了生态的有机联系，认为生态联系就是所有生命体的一种相互作用："即使只是少量的 DDT 在动植物间传播，其毒性也足以毒死知更鸟，让春天失声。"

2. 揭示生态危机产生的文化原因，质疑现代人的自然观和科学观。

著名生态思想研究者唐纳德·奥斯特指出："我们今天所面临的全球生态危机，起因不在生态系统的自身，而在于我们的文化系统。要度过这一危机，必须尽可能清楚地理解我们的文化对自然的影响。"卡森在《寂静的春天》里探寻和揭示造成生态灾难的社会根源，使得生态文学具有显著的文化批判的特点。人类中心主义思想是生态危机的根源，要消除生态危机，人类必须消除人类中心主义，建立生态有机整体主义。卡森说："我们总是狂妄地大谈特谈征服自然，我们还没有成熟到懂得我们只是巨大的宇宙中的一个小小的部分；人类已经具备了毁灭地球的能力，具备无限能力的人类，如果继续不负责任、没有理性地征服自然，带给地球和人类自己的只能是彻底的毁灭。"

3. 呼吁建立生态整体观和生态联系观，构建和谐、稳定的生态系统。

在《寂静的春天》里，卡森强烈地呼吁要以生态整体观和生态联系观来看待世界，使生态系统和谐、稳定、平衡和持续地发展。卡森认为大自然是一个有序的生态系统和生态整体。她写道："地球上的植物是生命大网络的一部分，一种植物与其他植物之间、植物与动物之间有着密切的、不可分割的关联。……如果我们还打算给后代留下自然界的生命气息，就必须学会尊重这个精美、细致但又十分脆弱的自然生命之网，以及网络上的每一个联结。……我们已看到的，土壤与在其中、其上生活的生物之间存在着一种彼此依赖、互为补益的关系。大概，野草从土壤中获取一些东西，野草也可能给予土壤一些东西。"换言之，自然界存在着一种天然的平衡机制，这种自然平衡是一个将各种生命联系起来的复杂、精密、高度统一的系统。卡森说:“水、土壤和由植物构成的大地的绿色斗篷组成了支持着地球上动物生存的世界;纵然现代人很少记起这个事实,即假若没有能够利用太阳能生产出人类生存所必需的基本食物的植物的话,人类将无法生存。我们对待植物的态度是异常狭隘的。如果我们看到一种植物具有某种直接用途,我们就种植它。如果出于某种原因我们认为一种植物的存在不合心意或者没有必要,我们就可以立刻判它死刑。除了各种对人及牲畜有毒的或排挤农作物的植物外,许多植物之所以注定要毁灭仅仅是由于我们狭隘地认为这些植物不过是偶然在一个错误的时间,长在一个错误的地方而已。还有许多植物正好与一些要除掉的植物生长在一起,因之也就随之而被毁掉了。”

4. 提倡敬畏生命,担负生态责任,人与自然和谐共生。

卡森认为人应该敬畏生命,担负起生态责任,提倡人发挥主体性和能动性去保护自然、爱护生命,维护生态平衡,让人类回归和重建与自然的和谐共生。卡森指出,生命是一种超越了我们的理解能力的奇迹,甚至在我们不得不与它进行斗争的时候,我们依然要对它心怀敬畏之情。卡森说:“由于森林管理局所制定的‘改良’措施,柳树也遭到鼠尾草的下场,被同样的、不分青红皂白的喷药所杀死。当1959年道格拉斯访问这个地区的时候,这一年正在喷药,他异常惊骇地看到枯萎垂死的柳树,‘巨大的不可相信的创伤’。麋鹿将会怎么样呢?海狸以及它所创造的小天地又怎样呢?一年以后他重新返回这里以了解风景毁坏的结果。麋鹿和海狸都逃走了。那个重要的水闸也由于缺少精巧的建筑师的照料而无踪影了,湖水已经枯竭,没有一条大点儿的鳟鱼留下来,没有什么东西能够生存在这个被遗弃的小河湾里,这个小河穿过光秃秃的、炎热的、没有留下树荫的土地。这个生命世界已被破坏。”

艺术特色 《寂静的春天》的写作极为严谨,是科学性和文学性的统一,生态思想和文学审美的统一。主要的艺术风格如下。

1. 作品用审美的手法表达了深刻的生态哲理思想。

《寂静的春天》是在讲故事,但却从根本上改变了人们原有的自然观,使人们建立起了全新的生态思想。这部作品犹如生态哲学的启蒙书。卡森在书中用优美的语言阐述了她的生态哲学思想。比如生态整体观。卡森说:“1920年,澳大利亚昆虫学家被派到北美和南美去研究这些仙人掌天然产地的昆虫天敌。经过对一些种类的昆虫进行试用后,一种阿根廷的蛾于1930年在澳大利亚产了30亿个卵。7年以后,最后一批长得浓密的仙人掌也死掉了,原先不能居住的地区又重新可以居住和放牧了。”

2. 作品做到了科学性和艺术性的有机统一。

《寂静的春天》具备科学的严谨性和散文的优美性,既注重严谨客观的事实调查,又发挥诗意的文学想象。生态作家梯尔曾称赞此书说,像卡森这样把科学与艺术完美结合，是极其困难的，甚至是不可企及的。一方面，卡森用严谨的科学写作方法来酝酿此书，在这部小说写作开始前的素材收集和资料分析阶段，她完全是以一个科学家的身份去查找资料、搜集数据的。这些资料、数据都反映在作品中。如卡森就以严密的数据论证了死牛与喷药的野草有关："危险全在于硝酸盐的增长上，这种增长由于反刍动物所特有的生理过程立刻会引起严重的问题。大多数这样的动物具有特别复杂的消化系统——其胃分为四个腔室。纤维素的消化是在微生物（瘤胃细菌）的作用下在一个胃室里完成。当动物吃了硝酸盐含量异常高的植物后，瘤胃中的微生物便对硝酸盐起作用，使其变成毒性很强的亚硝酸盐。于是引起一系列事件的致命环节发生了：亚硝酸盐作用于血色素，使其成为一种巧克力褐色的物质，氧在该物质中被禁锢起来，不能参与呼吸过程，因此，氧就不能由肺转入机体组织中。由于缺氧症，即氧气不足，死亡即在几小时内发生。"另一方面，《寂静的春天》又具有文学的虚构和想象性。布伊尔认为生态文学的想象，不仅指生态文学对美好理想的表达，还包括对未来的生态灾难的预想和预警。卡森在作品中虚构了一个故事，来引起人们对生态环境巨大的忧患意识。卡森在文中说："上述的这个城镇是虚设的，但在美国和世界其他地方都可以容易地找到上千个这种城镇的翻版。我知道并没有一个村庄经受过如我所描述的全部灾祸；但其中每一种灾难实际上已在某些地方发生，并且确实有许多村庄已经蒙受了大量的不幸。在人们的忽视中，一个狰狞的幽灵已向我们袭来，这个想象中的悲剧可能会很容易地变成一个我们大家都将知道的活生生的现实。"

3. 语言表达准确、生动，多运用对比等艺术手法。

《寂静的春天》语言表达十分准确和生动。如论述杀虫剂的危害时说："这些喷雾液、药粉、烟雾剂现在几乎普遍在农场、花园、森林和家庭中使用……这些化学药品不应称作'杀虫剂'，而应称为'杀生剂'。""鸟儿不再唱歌，鱼儿不再跳跃于水中"，"人甚至连自己创造的魔鬼都认不出来"。全文大量运用对比手法。如把漫长历史中生物对环境的微弱影响与20世纪人类对环境的巨大改变作对比，突出人类对环境的破坏作用。"在很大程度上，地球上动植物的形体和习性是由环境造成的，相对于地球的漫长历史，反向作用即生物对其环境的实际影响较小。只是在20世纪较短的时光瞬间中，一个物种——人——才获得了有效力量去改变他所在世界的大自然。"作品中也把滥用化学药品对自然的污染、破坏作用与众所周知的核污染作对比："由核爆炸释放到空中的锶-90以射线性尘埃的形式随雨水或漂浮物落到地球上，留在土壤里，进入地上生长着的草、玉米或小麦等植物体内，最后钻进人体，停留在骨骼里直到人死去。"而化学药品的危害，也是如此。书中还把人对自然环境适应的缓慢与人类发明、制造化学药品的惊人速度作对比，突出人类无法适应被污染的环境。"要生成现今栖居在地球上的生物需要亿万年的时间——在这漫长的时间里，生物不断发展进化，种类越变越多，达到一种同其环境相适应、相平衡的状态。单是在美国，每年就有约500种新的化学药品需要人和动物的身体以某种方式去与之适应，它们完全超出了生物学经验的范围。”

时至今日，《寂静的春天》译本在世界各地热销、流传。美国前副总统戈尔为《寂静的春天》所写的序言里，对卡森所作出的贡献给予了高度的评价：“1962年，当《寂静的春天》第一次出版时，公众政策中还没有‘环境’这一款项。……《寂静的春天》犹如旷野中的一声呐喊，用它深切的感受、全面的研究和雄辩的论证改变了历史的进程。如果没有这本书，环境运动也许会被延误很长时间，或者现在还没有开始。”卡森的“声音永远不会寂静。她惊醒的不但是我们国家，甚至是整个世界”。

第十八章

通俗文学与《达·芬奇密码》

【学习重点提示】

1. 思考和认识通俗文学的价值,掌握通俗文学的基本特征。
2. 把握《达·芬奇密码》中"密码"的基本内涵以及艺术上的崭新特点。

第一节　通俗文学概述

一、通俗文学的发展状况

20 世纪以来,西方的通俗文学是一种不容忽视的存在。尤其是近几十年来,通俗文学在西方很多国家得到进一步发展,出现了通俗文学的创作、出版和阅读热潮。这种状况的出现有其深刻的社会文化乃至文学上的原因。

首先,从通俗文学自身发展的原因来看,文学自身的发展规律就有一个从口头到文字、从通俗到高雅的过程。通俗文学产生的源头可以追溯到古希腊的《荷马史诗》,因为最初的史诗是以口头吟唱的方式传播的有人物、有情节的故事。其后随着城市的产生和发展,中世纪的欧洲出现了"市民文学",它显然是以娱乐大众为目的的文学样式,它区别于当时作为主流的宗教文学的地方,除了内容上的世俗性以外,还有形式上的简洁明快,语言上的通俗直白。"文艺复兴"时期是通俗文学的繁荣期。这一时期的小说充满着现世精神,倾注着对人间生活的关爱,洋溢着原始的野性与鲜活的生命力。西方文学贯穿始终的人文主义精神,在这一时期的通俗文学作品中得到最集中、最充分的体现与张扬。这种世俗的人文主义精神一脉相承到今天。尽管不同时代出现的通俗文学作品所表现的具体内容有所变化,但是关心人的命运及其生存环境、生存状态,是所有优秀的通俗文学作品的一个基本立足点。可以说,通俗文学一直生生不息、不断流传。更有意思的是,许多昔日不入流的通俗文学作品变成今日的经典,新的通俗品种又继续出现;还有些通俗品种自身有着明显的继承关系,如 18 世纪的英国海上冒险小说、感伤小说、哥特小说等就为后来的犯罪小说、言情小说、恐怖小说打下了基础。

其次，通俗文学的表现方式与人们的生活方式和阅读兴趣密切相关。最初的通俗文学产生于雅典城邦，到了中世纪人们把通俗文学称为“城市文学”或“市民文学”。这说明通俗文学的主要读者群是城市市民，它与社会的城市化过程以及城市中占主体地位的人群的生活方式相一致。特别是在20世纪战乱频繁、经济危机严重以及核恐怖、环境危机、犯罪率上升等社会问题成堆的情况下，城市的读者群往往容易形成逃避现实的心理。比如在美国，通俗文学的主要读者群就是中产阶级，因此它在很大程度上体现了美国中产阶级的价值观，满足了他们的审美趣味和心理期待。还有一点就是社会发展到今天，科技与生产力进步异常迅猛，人们的生活节奏日益加快，大多数人既无时间也无精力坐下来细细品味高深的纯文学，尤其像现代主义作品中某些晦涩难懂的精品，可能更适合少数专家们作研究用，而不适合多数读者作消遣式的阅读。

再次，现代通俗文学的发展是市场经济发展的必然结果。市场经济的发展不仅使物质生产需要竞争，作为精神生产主体的作家及其作品，也需要通过竞争来维持自身的生存，进而证明自己的存在。市场经济的供求关系是一条铁定的规律，作品的畅销必然成为众多作家追求的目标；或者说读者需要什么，作家就努力生产什么。这决定着当今任何作家在投入创作的精神生产时，无不期望自己的作品能产生巨大的社会效应和经济效应，而这两种效应产生的最好渠道是市场。作品要通过图书市场才得以与读者见面，因此市场的需求，最直接反映了作品被读者接受的程度。尤其到当下，随着信息技术的广泛运用，手机文学、视频文学等艺术种类的出现，创作变成了普通大众随时随地可以进行的行为。加之社会发展到今天，不用考虑衣食温饱，以往作为有一定经济条件才能写作的贵族式的作家也正在走向消亡，文学写作越来越成为普通大众的行为方式。

最后，几种相关思潮的影响。通俗文学在20世纪得以蓬勃发展，也是与它所受到的20世纪一些重要思潮的影响分不开的。择其要者，大致以下几种思潮对其产生和发展影响巨大。例如，后现代主义思潮的一个重要观点是主张消除严肃文学与通俗文学的对立。西方马克思主义批评家们从社会学的角度反向论证了文学通俗化是当代社会文化发展的必然趋势。同样，女权主义也对通俗文学的发展有较大的影响，大量女性作家对创作的参与，使作品充满女性的内容、女性的视角、女性的话语，加上数量众多的女性读者群，对通俗文学起到了推波助澜的作用。

20世纪以来，欧洲各国的通俗文学取得了引人注目的发展，我们将从时间和类别两方面加以说明。从时间分期上，我们大致可以以第二次世界大战结束为界，将其分为前后两个发展阶段。20世纪前期的欧洲通俗文学是在19世纪通俗文学的基础上继承和发展起来的。很多类别的通俗小说都可以在19世纪同类别小说中找到明显的继承关系和痕迹，在艺术手法、情节结构等方面都有对19世纪及其之前通俗文学的学习借鉴之处。第二次世界大战结束后的半个多世纪以来，可以看成是20世纪西方通俗文学发展的第二个时期。从20世纪50年代开始，尤其是近几十年来，科技的发展使世界的空间骤然变小，人们的生活节奏迅速加快，加之电视和电脑的普及，使通俗文学的内容、形式及创作过程和生产方式都发生了明显的变化，通俗文学出现了前所未有的繁荣景象，产生了一大批有影响的通俗文学作家和作品；通俗文学的批评从无到有，从兴起到形成热潮；通俗文学走进高等学府课堂并在最新的文学史中开始占有一席之地。

20世纪西方通俗文学主要以叙事性作品（小说）为主。从小说的形式上看，大致有侦探小说、犯罪小说、历史传奇小说、言情小说、科幻小说等样式。由于西方通俗小说在题材上和艺术手法上有许多互相交叉、渗透之处，所以很多作品同时具有言情、恐怖、惊险、神秘等特点，很难将其归入某一类，因此，以下的分类是相对的。

侦探与悬疑推理小说　侦探与悬疑推理小说在20世纪西方通俗文学中占有较大的比重。这一类小说一般以描述犯罪作案过程，寻找犯罪动机，并依据犯罪现场查找罪犯、惩治罪犯为特点；作品的主题大多表现惩恶扬善或正义战胜邪恶等思想。但由于这类作品所热衷的是以脱离社会矛盾的虚构故事来吸引读者的，所以长期受到文学史家们的忽略。

在20世纪初，英国作家阿瑟·柯南·道尔（1859—1930）塑造的侦探福尔摩斯几乎成了家喻户晓的人物。面色冷峻、态度斯文而又聪明、机敏、具有高超推理能力的私人侦探福尔摩斯，至今仍然具有很大影响，甚至成了所有侦探的代名词。这也形成了“英国古典侦探小说”中的侦探破案以心理分析为主、以智取胜的写作模式。

20世纪英国侦探惊险小说的代表作家还有阿加莎·克里斯蒂、多萝西·塞耶斯、约翰·勒加雷等。阿加莎·克里斯蒂（1891—1976）是英国“古典侦探小说”的主要代表作家。1920年发表第一本侦探小说后，一生中共写下了70多部小说和16部剧本以及多篇短篇故事。代表作有《东方客车谋杀案》（1934）、《尼罗河上的惨案》（1937）、《哑证人》（1937）、《阳光下的罪恶》（1941）等。她在这些系列小说里塑造了非常有名的比利时侦探赫尔克尔·波洛的形象。波洛主要依靠逻辑和心理分析的方法破案。后来她在作品如《藏书室女尸之谜》（1942）、《谋杀启事》（1950）、《加勒比海之谜》（1964）、《复仇女神》（1971）、《马普尔小姐探案》（1979）等中，又塑造了一个出色的女侦探马普尔小姐。这两个人物除了有一些怪癖特征以及高超的分析能力之外，很难说还有什么典型的性格。作家的主要兴趣也不在此，而是热衷于在作品中巧妙地布下一连串的疑阵，从而凸现主人公的破案才华。从思想内容上来看,她的作品很难说接触或表现了什么当时社会的一些根本性的问题,只是依稀地透露出了20世纪西方社会出现的一些弊端,如犯罪率升高、犯罪手段变化以及当时的世态人情等东西。包括是什么原因造成人犯罪、凶手生活的时代和环境以及是否导致犯罪等问题,作家均没有什么兴趣。这类作品的主要思想价值就在于,作家表现了一种“犯罪者一定会受到惩处”的坚定信念,其深层内涵是“善必胜恶”传统信念的现代表现。在艺术上,作家力图造成一种紧张效果。因此,作品中充满了神秘气息。她的小说具有极强的可读性,发行量极大。因此在很长的时间里成为侦探小说创作的典范和其他侦探作家仿效的对象。她曾被英女王授予“侦探女王”的桂冠,并获“不列颠帝国勋章”。

多萝西·塞耶斯(1893—1957)也是英国女小说家。毕业于牛津大学,做过编辑工作。主要作品是犯罪侦探小说,包括《谁的尸体?》(1923)、《剧毒》(1930)、《谋杀必须登广告》(1933)、《九个裁缝》(1934)等。这些小说的写法同柯南·道尔和阿加莎·克里斯蒂的写法差不多,其中主要人物也是一个聪明的侦探,名字叫彼得·温塞姆。他口若悬河,机智风趣。

约翰·勒加雷(1931—)被称为国际文坛最出名的间谍小说家。出生于英国普尔,毕业于英国牛津大学,由于精通德语,被英国情报机关派往德国做间谍人员。1963年开始发表小说《冷战谍魂》,其他作品有《纯情的情人》(1971)、《蜻蜓》(1983)、《俄国情报所》(1989)、《巴拿马裁缝》(1996)等。代表作《俄国情报所》写了一个英国出版商充当间谍的经历和感受,反映冷战期间西方间谍活动的新特点、新方式。此书曾被某些评论家称为“一部紧扣历史的令人叹服的惊险小说”①。

美国也是20世纪侦探和悬疑小说写作较为兴盛的国家。美国作品中的侦探,除了像英国侦探那样善于用头脑分析、推理破案以外,还具有果敢敏捷的行动能力,如擒拿格斗、高超车技、准确枪法等。相比之下,这种侦探更具有现代特性和个人魅力。由于主人公都有硬汉特点,所以这类作品又被称为“硬汉派侦探小说”。达希尔·哈梅特(1894—1961)是“硬汉派侦探小说”的创始人和代表作家之一。出生于马里兰州圣·玛丽镇一个种植烟草的农户人家,本人曾当过私人侦探8年,所以对犯罪分子的心理及作案手段,对于警方的侦破策略等,都有具体而细致的感性认识,写出《血腥的收获》(1929)、《戴恩家的祸祟》(1929)、《马耳他黑鹰》(1930)、《玻璃钥匙》(1931)和《瘦子》(1933)五部长篇小说,同时也刻画了美国人某种堪与海明威小说中的硬汉相比的人物性格。

雷蒙德·钱德勒(1888—1959)被誉为“硬汉派侦探小说”的灵魂人物,作品

---

① 康纳·克鲁斯·奥布赖克:《间谍的悲哀》,勿冈译,见《译林》1990年第2期,第114页。

被列入“美国文库”，是世界上唯一一位被纳入经典文学史册的侦探小说大师。他为艾略特、加谬、钱锺书、村上春树等文学大师最崇拜的小说家，被称为“文学大师崇拜的大师”。共创作了包括《长眠不醒》(1939)、《漫长的告别》(1953)在内的7部长篇小说和20部左右的短篇，塑造了最为成功的侦探菲利普·马洛。

米基·斯皮兰(1918—2006)是20世纪美国最受欢迎的“硬汉派侦探小说”作家之一，七八十年代声名达到鼎盛。他在作品中塑造了一个叫迈克·哈默的人物。这是一个二战老兵，退役后成为了一个私人侦探。长得身强力壮，性格刚毅，勇敢、睿智，有正义感，还很讨女人喜欢，等等，有点类似007邦德。他主张自己动手伸张正义，不能指望烦琐的法律和国家机器解决生活中那些不公平的事情，因此不仅亲自破案，而且还亲自惩罚恶人。重要代表作有《我，裁决人》(1947)、《我要报仇》(1950)、《蛇》(1964)、《幸存……零》(1970)、《杀手》(1989)等10部作品，总销量达数亿册。

玛利亚·缪勒(1944—　)是美国“女侦探小说”浪潮的代表作家。1977年出版处女作《艾德温铁鞋》，作品中塑造的女侦探莎伦·麦科恩形象获得巨大的成功。后又出版了“女侦探系列小说”20多部，成功地创造了莎伦·麦科恩与埃琳娜·奥利弗雷兹这两个女侦探形象。缪勒笔下的人物具有较强的女权主义思想，她们不再是女超人形象。缪勒在她的领域享有很高的声望，曾荣获美国“侦探小说终生成就奖”。

这类作家中还有瑞士的迪伦马特(1921—1990)和法国籍的比利时作家乔治·西麦农(1903—1989，又译作西默农)都非常出色。

科幻小说　科幻小说是现代科技发展条件下出现的一种独特的通俗文学样式，它不仅担负科普的责任，还选择科幻这一特殊视角关照现实世界和社会，表达人的希望、恐惧与不安。科幻小说的产生与发展与现代科技的发展程度直接相关，许多科幻小说家自身就是著名的科学家。20世纪科幻小说可分为四阶段：战前兴起时期、黄金时期、新浪潮派、70年代以后。

战前兴起时期最著名的科幻小说家是英国作家赫伯特·威尔斯(1866—1946)，他也被认为是现代科幻小说的鼻祖。代表作是《时间机器》(1985)、《大战火星人》(1900)等。《大战火星人》写火星人征战地球、地球人节节败退的故事。这种外星人以其超前的科技力量吞并地球的内容，现已称为当今科幻小说的重要模式之一。

卡尔·恰比克(1890—1936)常被看成是捷克著名的现代派作家，但也写过多部科幻作品。其作品鲜明的特色是有意识地用表现主义手法进行创作，并把科学幻想与社会批判结合起来，具有巨大影响。代表作为剧本《万能机器人》(1920)、小说《专制工厂》(1922)、《大战蝾螈》(1936)等。

20世纪三四十年代被称为西方科幻小说的“黄金时期”。约翰·W.坎贝尔

(1910—1971)被认为是“黄金时期”科幻小说的奠基人。他主办惊险科幻小说杂志三四十年，在他周围积聚了一大批优秀的科幻小说家。他的主要代表作有《来自茫茫太空的入侵者》(1936)、《行星探险者》(1938)等。这一时期重要的科幻小说作家还有美国的阿西莫夫(1902—1992)和英国的阿瑟·克拉克(1917—2008)等。

产生于20世纪六七十年代的所谓“新浪潮派”科幻小说的基本特征在于，这一派作家主张在内容和形式上都向“主流文学”靠拢。他们不再只注意科技发展造福于人类的方面，更多注重它所带来的种种弊端以及人类因此必须面对的许多新问题，如人口、环境、战争等。在表现手法上，他们注重人物性格塑造，讲究结构严谨，尽量避免暴力场面的渲染，力求创造“伟大的文学”。

哈里·哈里森(1925—2012)是“新浪潮派”科幻小说的代表，也是长期定居英国的美国作家。主要作品有“死亡世界三部曲”和“不锈钢鼠系列”。其中《死亡世界》(1956)描写动植物与残害它们的人类间的殊死搏斗，是第一部有关环保的科幻小说。作品从科学的角度提出了许多人类必须正视的问题，表现了作者对人类命运的深切忧虑和关怀，充满浓厚的人道主义精神。

麦克尔·莫尔考克(1938—　)是英国科学小说杂志《新世界》主编，同时又是一位多产的“新浪潮派”科幻小说作家。他创造的多重系列中以乔里·康纳琉斯形象最为成功。代表作有《最后的程序》(1963)、《英国杀手》(1964)等。他的作品吸收了通俗小说的多重手法，熔恐怖、冒险、神秘、幻想于一炉，对读者颇具吸引力。

第二次世界大战结束以后到20世纪70年代以前，科幻小说基本以英、美为主，70年代以后这种状态有所改变。除英、美科幻小说仍继续发展外，另外一些科技较为发达的国家，如苏联、法国、比利时、西德、西班牙、瑞士都出现了一些有成就的科幻小说家。

苏联作家斯特鲁格特斯基兄弟的代表作《火星人第二次入侵地球》(1976)，描写火星人不再需要用死光枪这种武器与人类战斗，因为人类太腐败，仅用谣言就足以将它毁灭。小说巧妙地将科学幻想与社会问题结合在一起，取得了很好的效果。

当代最重要的科幻小说家还有德国的赫伯特·弗兰克(1920—1986)和沃尔根·契杰克(1936—　)等。著名的阿根廷作家博尔赫斯的作品中也有一部分是科幻小说。

历史传奇小说　历史传奇小说是指作品中主要人物和事件具有一定的历史依据，同时又富于传奇色彩的小说。20世纪西方历史传奇小说家可分为历史派和浪漫派两类，它们的主要区别是在描写时，或侧重历史真实，或侧重想象真实。

在英国文学中，历史传奇小说由来已久，瓦尔特·司各特式的浪漫故事也流传甚广。到了20世纪,历史传奇小说的创作依然繁荣,只是由于趣味的不同,它们不再像维多利亚时代那样富于华丽的修饰和浪漫的色彩。这种新颖的历史传奇小说的代表是罗伯特·格雷夫斯的"罗马帝国三部曲"。

罗伯特·格雷夫斯(1895—1985)的父亲是位诗人,曾热心于爱尔兰文学和音乐的复兴。年轻的格雷夫斯曾在牛津就学,并以诗歌创作被人们所熟悉。第一次世界大战期间随英军去法国,战场见闻成了他诗歌创作的一个重要源泉。他的自传作品《话别旧事》(1929)是经过战争浩劫的一代人的自述。《耶稣王》(1946)是一部非传统历史传奇小说。他最为脍炙人口的历史传奇小说是记述罗马帝国宫闱变乱的"罗马帝国三部曲"。三部曲的第一部《我,克劳迪斯》(1934)主要描写了罗马皇帝克劳迪斯(公元前10—公元54)在罗马帝国的一场宫廷变乱中幸免于难的历史逸事。作品栩栩如生地描绘了他用羞涩、口吃、跛足、似乎没有权欲的假象,度过了两届独裁统治,并在后一个皇帝遇刺时被宫廷卫队拥戴为罗马皇帝的经历,深刻表现了统治集团内部的黑暗状况。三部曲的第二部《上帝克劳迪斯》(1935),全名《上帝克劳迪斯和他的妻子麦莎丽娜》,记述了从克劳迪斯即位到被害这段时期内罗马帝国的开拓征战和宫廷变乱。作品从克劳迪斯受命于危难之际写起,他上任后,公众认为他是个丑陋的白痴,元老对他毫无信心。在这种情况下,克劳迪斯却决心重振朝纲。他推行新政,任命新官,废除酷刑;他平定了国内的叛乱,从德意志收复了失地;又挥戈北上,远征英国并大获全胜。接着,克劳迪斯又打败了东方异族企图建立犹太帝国的阴谋。然而,正当他成功之际,他的妻子麦莎丽娜却与人淫荡私通并与一些人酝酿着篡夺皇位的阴谋。幸亏有克劳迪斯的一个情妇揭露了麦莎丽娜的叛逆计划,阴谋才未能得逞。经过审判,克劳迪斯处死了麦莎丽娜和她的一百多个情人。随后,克劳迪斯与他的侄女爱克丽宾拉结婚,并将爱克丽宾拉与前夫生的儿子和自己的儿子并列为皇位继承人。爱克丽宾拉为了使儿子提前即位,设计毒死了克劳迪斯。格雷夫斯以大量逼真的细节描写和出色的语言技巧重现了一个遥远的历史时代。在《上帝克劳迪斯》出版4年之后,格雷夫斯又完成了三部曲的最后一部《贝里沙里奥斯伯爵》(1938),主要描写了其后发生在拜占庭帝国的故事。格雷夫斯写历史传奇小说并不仅仅是为了追忆历史,目的是通过历史表现充满社会动荡和文化变革的时代。

英国小说家艾尔弗雷德·杜根(1903—1964)早年从事文物发掘工作,1950年后转向历史传奇小说创作。他的历史传奇小说以严格的学术研究为依据,并极力避免对历史作浪漫主义的渲染。《待赎的夫人》(1950)反映了11世纪拜占庭帝国的历史;《国王的良心》(1952)记录了公元5世纪和6世纪撒克逊人来到不列颠岛时的情景;《小皇帝》(1955)、《豹与百合花》(1956)、《魑魅魍魉》(1958)和《杰弗里勋爵的幻想》(1962)等分别记录了十字军远征以及中世纪以后的英国的一些历史事件。杜根的小说以丰富翔实的历史资料著称。

英国女作家玛丽·勒诺(1905—1983)与杜根的创作主张相似,英国“历史派”作家的风格在这位女作家身上得到充分的展示和发扬,她不仅在理论上强调作家有尊重历史事实的责任,而且身体力行地在自己的创作中坚持这一原则。她的代表作《天火》(1958)、《波斯男孩》(1960)、《葬礼游戏》(1962)是以马其顿王国亚历山大大帝的真实经历为内容的三部曲,这些作品是她实践自己理论的证明。直到20世纪70年代,仍有一批“历史派”作家积聚在她周围,创作了一大批忠实于史实的作品。

英国另一位重要的历史题材作家是杰克·林赛(1900—1990)。他出生于澳大利亚的墨尔本,1926年移居英国,是一位杰出的文学家、政治家和社会活动家。一生写了大量的历史传奇小说。他的作品大多取材于古代历史事件。《1649年,一年的历史》(1938)取材于英国资产阶级革命;第二次世界大战期间写成的《我们一定会回来》(1942)表现了反法西斯斗争;《48年的人们》(1948)记录了1848年的欧洲革命,重点是英国宪章运动。《被出卖了的春天》(1953)与林赛的另外两部作品《涨潮》(1953)、《抉择的时刻》(1955)一起构成一部宏大的三部曲,描写了工党在1945年英国大选中获胜,执政后却令民众大失所望的历史,触及了战后英国社会的一些重大历史政治事件。

美国女作家玛格丽特·米切尔(1900—1949)不仅以她那本反映南北战争的小说《飘》一举成名,而且还为美国的“浪漫派”历史传奇小说打开了新局面。她生于美国佐治亚州亚特兰大市一个有名的律师家庭,10岁进入亚特兰大公立学校,后进入本地的华盛顿神学学校,随后又在马萨诸塞州史密斯大学学习,一年后因母亲去世而中途退学照顾家庭。她的第一次婚姻很不幸,与丈夫离婚后,在“亚特兰大杂志”工作了三年,任副刊编辑兼记者。第二次结婚后辞去了工作。由于她小时候骑马摔坏过腿,行走不便,再婚后不得不待在家里。1926年开始写小说《飘》并于1936年正式出版。它一面世便引起了各方面的好评,这个默默无闻的妇人从此一举成名。1949年她在亚特兰大因车祸不幸丧命,年仅49岁。

《飘》以南方奴隶主女儿郝思嘉在南北战争前后曲折复杂的经历为主要线索,真实而生动地再现美国南北战争这一重要历史时期的南方社会生活。反映了北方资本主义制度与南方奴隶制度之间的殊死搏斗,以及战后南方社会每个人面对这种巨大的社会变迁所做的选择和他们所遭遇的命运。

作为一部历史传奇小说,《飘》真实地反映了南北战争前后这段历史的许多重要场景与画面。例如,战前南方奴隶主对“内战”和“主义”的狂热叫嚣;战争初期南方军队的不可一世;北方军队转败为胜的大反攻;新制度取代旧制度那种摧枯拉朽的阵势;战后南方社会的混乱与南方贵族们的苦苦挣扎;等等。不管作者在主观感情上如何倾向于奴隶社会那种田园牧歌式的生活，她冷静、客观的眼光和忠于历史事实的精神，使她在作品中写出了南方奴隶制社会被这场战争风暴彻底席卷而去的事实，并且揭示了这一历史趋势的不可抗拒性。从作者对作品中的主要人物形象的刻画和对他们命运的安排，可以清楚地看到，作者虽然把自己的同情给予了她心爱的贵族们，但同时也看到他们的没落是历史的必然这一不可逆转的发展趋势。她在哀叹南方贵族们的不幸时，更鄙视他们在急剧变化的生活面前无能为力、束手无策，嘲笑他们除了看重虚幻的名誉、道德、门第外，恐惧真实的社会生活。指出他们是一个专门用来做装饰的族类，血管里流的是陈旧的血液，脑子里想的是莫名其妙的东西，因此他们不配有更好的命运。与之相对照的是，作者实际上肯定的是郝思嘉和白瑞德这样敢于打破旧的传统，能够忍受各种困苦和磨难，能够在变化了的社会形态中迅速适应新的生活，有能力改变自己的社会角色和生活方式的强者。作品也揭示了蕴藏在青年男女身上美好的爱情理想，展示出了缠绵悱恻的人情美和爱情美。像郝思嘉和白瑞德这样充满种种弱点的人，对自己所爱的人，他们都表现出巨大的真诚和热情，表现出超乎寻常的执著与耐性，这不能不令人感动。同样，作者暗示，无论一个人多么恶劣，只要他还懂得爱他人，他就可以得救——因为他有人性。郝思嘉和白瑞德在爱情上所表现的那种真挚与彻底，虽然过于理想、过于古典，但它毕竟展示了人性中最美好的东西，这也正是作品的魅力所在。

郝思嘉是这部作品的主人公。整部作品的成功，应该说在很大程度上是因为作者塑造了这个令人着迷的郝思嘉小姐。小说从她 16 岁写起，一直到 28 岁结束。在这 12 年间，郝思嘉的命运发生了翻天覆地的变化，她三次嫁人，两度守寡，育有三子。郝思嘉原本是一个娇生惯养、娇情任性的奴隶主大小姐。但生活的变故，使她一下子落到流离失所、饥寒交迫的境地。她不得不睁开眼睛面对现实，开始成为一个注重实际的人。第一，她认识到人要学一些实际的本领，例如，像黑人那样耕田、采棉的事都是有用的。第二，她懂得了钱的重要性，因为新的世界只认一样东西，那就是万能的金钱，唯有钱能让你觉得踏实和安全，否则，你只有挨饿、受苦、流落街头……正因为她看到新的世界是一个弱肉强食的世界，所以时刻告诫自己不能回顾过去，认为缅怀和感伤毫无益处，只会摧毁她的奋斗和勇气。于是，为了保住家园，她哪怕是拿自己的身体做抵押也在所不惜，当她决心抵押自己的计划落空后，她又公然抢走了妹妹的未婚夫甘扶澜，她用甘扶澜口袋里的钱不仅保住了陶乐，而且还自己开了一个木材厂。郝思嘉不仅自己亲自经营木材厂，主动地到处去拉生意，并且还打算一旦手中有了多余的钱，就拿这些多余的钱去放高利贷，用钱赚钱。这一切致使她那老实厚道的丈夫感到非常惊讶和愤慨，他想不通"怎么一个女孩也会懂得押款生息一类的事情的！"总之，为了赚钱，她绞尽脑汁、费尽心机、无所不为。最初她这样做，确实是为生计所迫，是为了保存陶乐这个自己赖以生存的家园；接着是希望过得更好一些；到后来，她的心思就完全给金钱占据了，她满脑子装的都是怎样去赚更多的钱。事实证明，她确实是一个难得的经商人才，一个成功的商人，她不仅算起账来比她那丈夫强一百倍，而且处理问题毫不拖泥带水，干脆、冷酷、清醒。生活迫使她丢掉了许多贵族们视为神圣的东西——那些过时的道德规范、阶级偏见、南方主义、万能的上帝，等等，还有什么妇道、男权、名誉……在她看来，这一切统统都是胡说八道。她不仅口头上蔑视、抨击这些传统的价值观念，而且在行动上更是身体力行地这样实施着。至此，她已从一个奴隶主大小姐彻底转化成了一个资产阶级的暴发户。无论是在思想观念上还是在行为方式上，她都已经是一个典型的资产者，而不再是模范贵族的一分子。或者说，她是南方贵族社会的一个彻底的叛逆者。南方贵族社会咒骂、谴责郝思嘉自私、贪婪、无耻、残忍、冷酷，为了金钱不择手段。这并不是对郝思嘉的污蔑和诽谤，在她的身上的确存在着这些品质。从传统道德的角度看，她的确应该是十恶不赦的；然而这些恰好是资产阶级赖以生存的根本。在资本主义上升时期，这些在贵族眼里看来无耻之极的冒险家、暴发户们正是一种积极向上、充满活力和朝气的新生力量。正如白瑞德对郝思嘉所说的："我们不是上等人，我们是光明的，——唯其如此，才能够这么蓬蓬勃勃地兴旺。"对于奄奄一息的奴隶制度，新生的资产阶级的兴起，具有历史必然性与合理性。作品中女主人公不仅是这种阶级力量的具体代表，而且在她的身上还体现了美国资产阶级那种百折不挠、勇于进取、敢于开拓的美国精神。她是一个在旧世界废墟上建立新生活的女英雄，是一个在新旧社会交替中的乱世佳人。

20 世纪 70 年代以后英、美等国的历史传奇小说又呈现出新的特点，新的作家们顺应社会的要求，在作品风格上将言情、格特、历史熔于一炉，常与其他类通俗小说风格相融合，将言情、哥特历史等要素熔于一炉，呈现出你中有我，我中有你。

社会问题小说　通俗小说发展到 20 世纪 70 年代以后，不再像过去那样有明显的类别指向。因为许多作家不仅在内容上涉及的面广、量大，而且手法上往往将言情、悬念、惊险同时并用，致使当代许多通俗小说难以归类。但所有这些小说无论是法律小说、医学小说、政治小说，还是商业、金融这些行业的小说，它们的共同点都是暴露当代西方社会中存在的各种问题，因此我们将它们统统归为社会问题小说，它以揭露现实社会中的弊病为基本内容。

在 20 世纪西方通俗文学版图中，反映社会问题的作品以美国为最多，成就也相对较大。

阿瑟·黑利（1920—2005）是加拿大籍的英国人，长期侨居美国，作品多以美国的社会生活为背景。主要作品有《最后的诊断》（1959）、《大饭店》（1965）、

《航空港》(1968)、《汽车城》(1971)、《烈药》(1975)、《侦探》(1997)等。黑利是个创作态度非常严肃的作家,他的作品以暴露行业内幕为主要内容,反映各行各业内部的保守与进取、正义与邪恶之间的斗争,注重事件的证据。他总是先对各行各业进行大量调查研究,然后才开始写作,因而有较高的认识价值。有人说他的作品更像"新闻报道",他自己则说"我写的是人,而不是其他的什么东西"。

欧文·华莱士(1916—1990)有"世界最畅销作家"的美誉。出身于好莱坞,那里浓厚的艺术氛围,奠定了他雄厚的文学基础。第二次世界大战期间,华莱士作为随军记者在美国军队服役。1942 年,他被调到海军总部的新闻图片司任职,后来又调到信号部队。在此期间,华莱士开始写作教育片和创作电影剧本。在从事了长达 10 年的电影剧本创作之后,1958 年转而写作小说。1960 年,他以著名的长篇小说《却普门报告》一炮走红,从此一发不可收拾,创作了许多既畅销又获好评的优秀作品。他的主要作品还有与《却普门报告》相似的《女妖岛》(1963)、《金房子》(1964)、《男人们》(1964)、《白宫黑幕》(1964)、《耶稣手稿之谜》(1972)、《玫瑰梦》(1973)、《圣床》(1975)等。

《却普门报告》堪称华莱士的第一代表作。它是根据 20 世纪 50 年代美国著名的性心理学家金赛对男女性行为的调查报告而创作的。作品借三对男女的夫妻性行为和婚外性行为的调查,透视了美国已婚女人的性观念和性隐私,从而揭示了一条颠扑不破的真理:性,只有伴随着爱,才成其为高尚的人类性爱。

《女妖岛》是华莱士又一部以性为主题的探索小说。作者从广袤海域中寻找到一个尚处在原始、蒙昧状态的孤岛——即华莱士心目中的世外桃源。在这个世外桃源里,华莱士向往的并不是陶渊明所憧憬的男耕女织的田园风光,而是这里原始的、自然的、赤裸的、毫无做作、毫无障碍的性行为。作者大概对西方现代的"性文明"过于厌倦,所以他向海洋深处寻找寄托,他终于找到了女妖岛,也为人类找到了又一个伊甸园。

《金房子》描写米娜姐妹在芝加哥开办了一家颇负盛名的妓院,名之曰"埃费雷俱乐部",俱乐部里一间专门用来接待高级嫖客的房子,里面的一切用品,包括钢琴都全部用纯金制成,名曰"金房子"。芝加哥市长为了实施他所谓的改革计划,更为了迎接亨利亲王的来访,费尽心机查封了埃费雷俱乐部,并将米娜姐妹关进了牢房。然而,亨利亲王莅临芝加哥后,取消了一切社交应酬,只为了要逛一逛慕名已久的埃费雷俱乐部。市长和警察局局长只得双双到牢房去请求米娜姐妹重操旧业,恢复埃费雷俱乐部的风采。小说通过这样一个故事,展示了资本主义社会道德的虚伪。

《白宫黑幕》以日益严重的美国罪犯活动为社会背景,描写了美国统治阶层内部对解决社会犯罪问题的两种不同政治观点和派别的斗争。作品以大量的事实描述了美国社会的犯罪危机,揭示了白宫和联邦调查局的黑色内幕。

《耶稣手稿之谜》为欧文·华莱士的第8部长篇小说。这是一部在全世界——特别在欧美社会,尤其是宗教界引起巨大反响的一部作品,也是用小说形式提出并探讨基督本人和《圣经》的真实性,揭示宗教信仰和科学文明、精神寄托与物质生活矛盾关系的一部作品。作品包含丰富的知识和想象力,具有很高的阅读价值和启迪性。这部作品可以与后来出现的丹·布朗的小说《达·芬奇密码》并肩而立。

华莱士的作品很多,但由于创作水平参差不齐,显得良莠不分。他的作品在世界各国拥有广泛的读者,每部平均印数为448万册,总印数不下2亿册。华莱士的妻子、儿子、女儿都从事创作,而且都是畅销书作家,全家好似一个专产畅销书的工厂。著名的《人民年鉴》、《世界之最大全》就是他一家集体制作的。

马里奥·普佐(1920—1998)是20世纪中期出现的著名作家。出生在纽约曼哈顿下层社会贫民区的一个意大利移民家庭,父亲是纽约铁路工人。虽然出身低下,但他本人与黑社会没有任何关系。他从小喜欢读书,尤其喜欢读关于纽约州印第安人部族战争的小说,少年时代就特别喜欢俄国作家陀思妥耶夫斯基的《卡拉马佐夫兄弟》和《白痴》,并善于观察生活,这些都为他后来的创作生涯打下了基础。第二次世界大战期间,他在美军中服役。复员后,在纽约新学院、哥伦比亚大学学习。他的第一部小说《黑暗的竞技场》(1955)被认为是描写战后德国的最佳小说;《幸运的朝圣者》(1964)则是一部关于意大利移民的小说,带有自传性质,被《纽约时报》称为"小经典作品"。这两部小说出版后都得到了评论家的肯定,虽然这些作品关注现实问题,具有思想深度,也深得作者本人偏爱,可惜并不畅销。

普佐坦承写作通俗小说的初衷是因为"我生活在贫困中,那是帮助我写作的诱因之一,那是我的生活的出路"。写《教父》时,普佐已经45岁了,他说"我已经厌烦当艺术家了,此外,我欠亲戚、金融公司、银行以及各式各样书商和放高利贷者共2万美元,现在确实已到了成熟得不必循规蹈矩的时候了"。普佐用3年时间写完了《教父》(1969)。

《教父》被美国当代著名评论家霍尔·伯登誉为是一部令人拍案叫绝的成功之作,是揭露阴险的罪犯集团的权威小说。很多人把《教父》当成一个战后颓废的美国社会的寓言,一个黑色的"美国梦"。这部作品是基于作家儿时对活跃在美国的意大利黑手党组织的印象,加上后期大量查阅有关黑帮家族的资料写成的。除了有娴熟的编织故事的技巧,在大学从事社会学研究对他的创作也有很大的帮助,因此使得这个反映美国的意大利黑帮家族史的故事别具特色。

作品主要讲述了纽约五大黑势力集团之一的维托·考利昂父子两代人采用多种手段,吞并其他集团,实现了在整个美国黑势力集团中独尊地位的惊心动魄的经历。犯罪的"合法化"是《教父》的主题,普佐描述了黑帮家族考利昂崛起的发家史，同时勾画了美国的社会结构，包括维托·考利昂的善行、高度组织下的控制机制、精密的计算，以及对家族的敌人——叛徒、家族的不称职者和敌对派成员的迅速的报复。在《教父》中，普佐开始探索“有组织犯罪”作为一种由其神圣的习俗、严格的行为规则特别是个人荣誉和忠诚所主宰的自足的社会实体的存在。

作者展现的是一个非道德的社会制度的荒诞性和美国社会现实的复杂性，目的要引起人们对现实社会合理性的质疑，是一种带有颠覆性的写作。书中提及的“地下世界”显然是针对当时美国现状提出的。作者把当代的美国社会划分为“地上社会”（由合法政府管辖的）和“地下社会”（由黑帮势力管理的）两部分。对人民的公开挤压来自社会的上层，结果是使普通人走投无路，只能投向“黑帮”的地下营垒，寻求庇护。在意大利语中“黑帮”一词原意就是“避难所”。由此，作者暗示：是不公平的现实社会产生了“黑帮”。在作品中，可以看到，美国人大都有双重身份，一方面是公开的社会成员身份，另一方面又属于不同的地下势力集团。在这个表面祥和、秩序井然的社会背后，是一套由黑社会建立起来的阴森恐怖的规矩和等级。意大利后裔维托·考利昂的势力就遍及美国各地甚至欧洲，上至政府，下至平民百姓都伏首听命，尊称他为“教父”。可以说，他才是美国社会真正的主人。作者这样描写，是在告诉人们，在现今的美国社会里，想要在公开的法律保护之下寻求正义是痴心妄想，只有在黑社会内部才有正义可言。而这个“正义”权利的实现，又只能是或者采用无情暴力，或者听命于“教父”。对此，霍尔·伯登指出：“马里奥·普佐的新小说是一种对准顽固堡垒猛烈攻击的攻城锤，其主旨在于振聋发聩。这是一部内容充实的家史，记录的是一个家庭不惜用枪、用斧、用绞刑具、用攻心战来实现自己对整个美国地下势力集团体系的独霸控制的详细过程。”①例如，小说中写道，主人公维托·考利昂，这个美国“地下社会”的统治者，促成他对抗的社会根源就是贫穷以及教育、种族、政府及其制度的不公平。作为意大利移民的儿子，他知道，在意大利“黑帮——这个词已经演变成为了反抗那些压榨这个国家的历代统治者而成立起来的秘密组织的名称”。“宗教法庭对西西里人不分贫富，统统严刑拷打，天主教内部的地主老财和王孙公子都有对牧民和农民作威作福的绝对权力。警察是教会的权利工具。”因为父亲在意大利被黑帮杀害，他 12 岁只身逃往美国，但发现美国也非天堂，维托·考利昂“对于压在他头上的政权也颇为反感”，“因为社会本身不能保护那些没有能力的社会成员，所以他首先使自己具有一定的力量，然后进入这个社会，同时他是按照一套自己的伦理原则办事的，而他认为那套伦理原则大大优于社会的法律结构”。

---

① 《教父》，周汉林译，译林出版社 1997 年版，第 1 页。

小说揭示了美国黑帮势力崛起和发展的奥秘,可以看作是现代黑社会生活的百科全书。从小说中可以看到,整部作品反映的是黑帮的家族史。他们的崛起和发展,是与“暴力手段”“精明的经营”和“地下正义”分不开的。小说揭示:黑帮的发展壮大背后隐藏着巨大的罪恶,黑帮组织和黑帮社会是用各种各样残暴的暴力手段来维系的。在小说中不择手段的杀人越货、血腥残暴的肉体惩罚以及大规模的黑帮火拼比比皆是。其手段之残忍、其做法之野蛮、其场面之血腥,令人不寒而栗。可以说,各种犯罪手段集于一书。正是利用各种残酷的暴力手段,考利昂家族以及纽约的其他黑帮家族建立起了庞大的犯罪帝国。不仅如此,除暴力手段外,维托・考利昂家族的成功还依赖“非法”营生(走私、色情业、贩毒)而逐步发展壮大,通过这些行业,累积财富,并以金钱收买法律界、政界、经济界的重要人物,形成巨大的关系网络。正是以此,他们为所欲为,其势力也渗透到各个领域,甚至在政府枢纽部门也有了他们的代理人。可以说,普佐在他的小说中缔造了“家族”和“事业”共同发展的神话。把血缘关系与资本主义经济事务发展联系在一起。作者揭示出:当黑帮的实力逐渐强大,不再满足现有的非法地位,便力求融入合法社会,享受他们的财富。可以说,他们由非法社会向合法社会的过渡是依靠非法的暴力行为得以完成的,但是他“管理他自己的世界,比他的敌人管理这个世界好得多”。同样,与一个司法系统腐败、政府无能、充斥着暴力与不公平的社会相比,以犯罪起家的黑帮家族可能更具有人情味,至少他办事的“伦理道德”是以友谊、忠诚为核心的——无论贵贱,有求必应,能切实解决社会底层受压迫民众依靠政府法令所不能解决的问题。从这个意义上说,《教父》揭示的真理比起政治家、道德家乃至经济学家还要多。美国的《旧金山时报》曾指出,马里奥・普佐当年创作的小说《教父》是美国文学创作中的一个转折点,它使黑手党问题引起了举国上下的普遍注意。从 20 世纪 70 年代初开始,反映黑手党问题的作品开始频繁出现。

《教父》在艺术上也颇值得称道。整个作品遵循的是现实主义的创作风格,以时代氛围真实、矛盾纠葛真实、人物关系真实、犯罪手段真实和细节描写真实取胜,细致入微地反映美国黑帮社会的产生、发展和内部激烈的斗争,揭露美国社会在繁华表象下,隐藏于社会深处的各种黑暗势力的冷酷本质。“这部作品的故事情节波澜起伏。普佐的表现技巧颇见功力:在他的笔下,一个本来令人感到义愤的情节都十分入情入理。一切感情的冲动,一切杀戮,一切粗鄙的两性关系,都同他所刻画的人物所处的环境协调一致。但同时他又能把他所塑造的人物的令人不寒而栗的气氛烘托得具有人情味,真实可信。”①

除《教父》外,普佐还写了反映拉斯维加斯生活的《愚人之死》(1978)、讲述

---

① 《教父》,周汉林译,译林出版社 1997 年版,第 1 页。

肯尼迪家族的《第四个 K》(1990),还有延续意大利黑手党故事的《西西里人》(1984)、《最后的教父》(1996)、《终极教父》(1999)等。

西德尼·谢尔顿(1917—2007)是20世纪70年代以来美国有影响的作家之一,也是当今在美国和世界上拥有大批读者的“暴露小说”代表作家之一。“暴露小说”不同于传统的批判现实主义文学,但它们都从不同的角度暴露了当代西方社会的黑暗面以及尔虞我诈的过程。这类小说的作者,在作品中常常并不表示自己的倾向性,他们只是把黑幕揭开,让读者去评价他们所看到的事物。西德尼·谢尔顿具有多方面的写作才能,除了小说,在电影、电视、舞台剧等方面都颇有建树,同时获得过奥斯卡奖、托尼奖、埃德加奖等奖项。他的长篇小说几乎每部都是畅销书。这些作品多以上流社会为背景,通过小说中的主人公不同的命运揭示了美国政界、财团、影视圈以及黑社会方方面面的黑暗与丑恶,描绘了在这个社会结构里各种人物的不同命运。谢尔顿的小说,有的以确曾发生过的历史事件为素材;有的则以某家大公司或社会机构为蓝本,抓住现实生活中丑恶的肮脏的某一方面展开情节,向读者揭示他们一向感到神秘而又无法去了解的天地。

他的重要作品有1974年发表的《午夜情》,这部作品以第二次世界大战期间的欧美社会为背景,描写了出身贫寒的法国电影女明星佩奇先被父亲出卖,后被情人抛弃,愤怒之下奋而报仇的故事。小说以感人的笔触揭示了她走上犯罪道路的原因。《血统》(1977)是他另一部引起巨大轰动的小说,主要反映了洛菲公司家族成员为了金钱相互倾轧的惊心动魄的故事,淋漓尽致地暴露了各大财团之间唯利是图的卑鄙关系。这些作品涉及的社会生活面很广阔。

1980年发表的长篇小说《天使的愤怒》被认为是“一部灿烂的严肃小说”。作品描写正直有为的年轻女律师詹尼弗·帕克在社会种种恶势力的逼迫下,终于沦为黑手党同伙的经历。小说在强烈暴露美国社会和司法界黑暗的同时,指出,在这个社会里,个人的所谓成功必须付出高昂的代价——正直、良知、道德。这恰好说明美国的成功除了现实的功利价值以外,并没有更多令人欣慰的东西了。作品还通过她与两个男人(一个是后来称为政界巨头的亚当·沃纳,另一个是黑手党头目麦克尔)之间的关系,提出了人应该怎样选择自己的生活道路这一严肃的问题。在经历了种种挫折之后,她终于重新认识到了律师的神圣职责,开始了新的生活。

罗宾·科克(1942—)毕业于哥伦比亚大学医学院。毕业后加入美国海军做眼科医生,后升任少校军医。第一部长篇小说是《实习医生之年》(1975),此后相继出版了《昏迷》(1977)、《狮身人面像》(1979)等。他的小说多以医学界为题材来揭露美国社会的黑幕。《昏迷》主要描写医科大学生苏珊·惠勒在某医院实习期间,对几个手术病人长期昏迷不醒产生了怀疑。因此,她不畏艰险，冲突重重阻力，终于揭露了某些身居高职的医学权威，惨无人道地致使病人昏迷，摘取人体器官在黑市牟利的黑幕。作品对资本主义社会黑暗面的揭露具有极大的意义。《狮身人面像》描写了埃及新发现一尊价值连城的古代金像，于是，国内外的文物走私集团上下勾结，为占有这个珍贵的金像，展开了一场错综复杂、惊心动魄的争夺战。小说既揭露了法国、希腊犯罪集团的丑恶嘴脸，又颂扬了美国女考古学家艾丽卡·巴伦敢于保护稀世文物的献身精神。

约翰·格里森姆(1955—)是美国近几十年来走红的通俗小说家。毕业于密西西比大学法学院，从事了 9 年律师工作，具有丰富的法律知识和生活阅历。他的作品通过法律这一特殊的角度，透视美国社会中的种种问题，例如，金融、保险、商界、政坛等各方面的丑恶，揭露了执法机关与执法者们许多不可告人的阴谋与罪行。他说："法律可以提供许多有趣味的写作材料、耸人听闻的场景以及卑鄙可耻的角色，小说情节几乎就摆在你面前。"[①]主要作品有《杀戮时刻》(1989)、《陷阱》(1991)、《鹈鹕案卷》(1992)、《当事人》(1993)、《超级说客》(1995)、《街头律师》(1998)等。《鹈鹕案卷》写美国两名大法官一夜间同时被杀害，法学院学生达比·萧在调查中发现惨案与商界政界的大人物有关，而她无意间的插手使自己陷入极大的危险之中。最后真相大白，她却不得不隐居国外。小说暴露了美国政界、商界与法律界错综复杂的利害关系和黑幕。小说出版后立刻雄踞当年十大畅销书之首，并且很快被搬上银幕，由好莱坞明星朱丽亚·罗伯茨主演。他的小说一部比一部销量大，好几部作品被改编成电影，全球票房总值高达数亿美元。格里森姆的作品深受欢迎，有其艺术上的精彩之处自不待说，更重要的是其内容的深刻性与尖锐性，他的作品看似写的是法律界的问题，实则通过法律界这个切入口，暴露的是整个美国上层社会各方面的黑暗与罪恶，也许正是这一点，使他赢得了众多的读者与观众。由于格里森姆这种旋风般成功的示范效应，他将美国的"法律小说"推向一个新高潮。

描写黑幕的社会问题小说，除美国外，在英、法、德等国也有不俗的作家出现。

英国作家查尔斯·斯诺(1905—1980)具有多方面的才能。他早在 1932 年就发表过侦探小说《船行中的死神》，紧接着又发表过科幻小说《返老还童》(1937)。后来主要致力于反映英国社会问题的系列小说《陌生人和兄弟们》(1940—1970)的创作。1964 年发表的《权力通道》是《陌生人和兄弟们》系列小说中的一部，写的是英国保守党议员罗杰·奎夫如何深谋远虑、费尽心机爬上了国防大臣宝座的过程，暴露了英国政界的上层人物互相钩心斗角、不择手段的黑暗内幕。斯诺的作品还有《不满意的人们》(1972)、《在他们的智囊中》

① 旭宁编译：《格林森姆印象》，见《译林》1994 年第 4 期，第 210 页。

(1974)等。

肯·福莱特(1949—)也是英国著名作家,生于英国威尔士,曾任《伦敦晚报》的记者,他的作品多以国际政治斗争为背景,无论是纪实文学还是小说都非常畅销。主要作品有《针眼》(1978)、《万里救人质》(1979)、《吕贝卡密匙》(1980)等。《万里救人质》以纪实文学的体裁,详述了1978年美国营救被伊朗扣押的人质的经过,暴露了美、伊上层之间的许多内幕,作者自称书中"无一字不实"。

杰弗里·阿切尔(1940—)毕业于牛津大学,曾任英国议院议员和保守党副主席,下野后专事写作,其作品颇受读者欢迎。他的主要小说《生而为囚》(2008)出版三天即名列《星期日泰晤士报》等各大媒体畅销书榜。《生而为囚》描写了丹尼·卡特莱特与未婚妻贝丝及家人在酒吧聚会时,碰上其他客人对贝丝出言不逊,双方发生冲突,导致贝丝的哥哥在混乱中被刺身亡。可是丹尼却被对方指称是杀人凶手,被判了22年的徒刑。在狱中,牢友尼克的外貌及身材与丹尼相近,也因此被人误认为是丹尼而遭到杀害。丹尼借这个阴差阳错的机会,顶替尼克的身份出狱,领取了丰厚的遗产,开始了他的复仇计划。小说暴露了英国司法界的黑暗。

法国作家保罗-卢·苏里采尔(1946—)是罗马尼亚移民,18岁开始经商,后又涉足房地产业和金融业,成就巨大。苏里采尔从事文学创作以来,根据自己的经历写了《金钱》(1980)、《现金》(1981)、《财富》(1982)三部作品,出版后颇受欢迎。《绿色国王》(1984)是作者的一部力作。作品主要描写纳粹集中营中的幸存者报仇的故事,通过主人公浪迹世界各地后,终于成为亿万富翁的经历,揭示了商场的竞争和主人公应付人生种种挑战的决策,同时也表现了金钱在现代社会的巨大作用。

德国作家海吟茨·G.康萨里克(1921—)是著名的通俗小说家,他的许多作品都以医学领域的生活为题材。主要作品有《毒枭欲火》(1980)、《荣誉的十字架》(1992)、《血浆黑手》(1994)以及《沉默的运河》(1998)等。《血浆黑手》指出血浆污染是传染艾滋病的一个重要渠道,它关系着人类的健康和生命,可是唯利是图的商人为牟取暴利却和政府官员勾结,致使不幸的人们受到艾滋病的感染,毁掉了他们的健康和人生。康萨里克的作品关注当前西方社会的一些重大而敏感的社会问题,深受各国读者的欢迎。

20世纪下半期通俗小说在西方社会数量越来越多,影响越来越大。除以上介绍的以外,还有恐怖小说、犯罪小说、奇异魔幻小说、文化悬疑小说等,这些类别中出现了一些很受读者欢迎的作家,如"恐怖小说之王"斯蒂芬·金(1947—)、以写现代言情小说著称的丹尼尔·斯蒂文(1947—)等。

在20世纪末,西方文学界出现了两个通俗文学的杰出代表乔安娜·凯瑟琳·罗琳和丹·布朗。

英国女作家乔安娜·凯瑟琳·罗琳(1965—)从小喜欢写作和讲故事,在6岁时写了一篇跟兔子有关的故事。后就学于英国埃克塞特大学,学习法语和古典文学,获文理学士学位。毕业后曾在英国曼彻斯特接受教学培训。在课外时间,她认真重读了西方奇幻经典《魔戒》,这对她后来的写作起到了巨大影响。1986年毕业并于2000年获得该校的荣誉文学博士。1990年至1993年,她在葡萄牙任英语教师时与一名葡萄牙记者相遇并结婚,并开始进行哈利·波特系列作品的创作。据罗琳回忆,1989年她在曼彻斯特前往伦敦的火车旅途中,一个瘦弱、戴着眼镜的黑发小男孩,一直在车窗外对着她微笑。他的出现使她萌生了创作哈利·波特的念头。婚姻失败后,她带着襁褓中的女儿回到英国,在苏格兰的爱丁堡安顿下来。在爱丁堡,靠救济金跟女儿勉强度日并完成了第一本书的创作。1997在英国出版了《哈利·波特和点金石》,1998年《哈利·波特与魔法石》作为前者的修订本出版后,她成为非常受欢迎的儿童文学作家。她的其他作品还有《哈利·波特与密室》(1998)、《哈利·波特与阿兹卡班的逃犯》(1999)、《哈利·波特与火焰杯》(2000)、《哈利·波特与凤凰社》(2003)、《哈利·波特与混血王子》(2005)以及《哈利·波特与死亡圣器》(2007)、《怪兽及其产地》(2001)和《穿越历史的魁地奇》(2001)等。哈利·波特系列小说以哈里的生活为主线。小哈利在自己11岁生日时得知自己是两名大魔法师的遗孤,并且自己也拥有独特的法力。这些小说讲述了哈利在霍格沃茨学校学习法术和巫术的七年间发生的冒险故事。前六本描写的是主人公哈利·波特在霍格沃茨魔法学校六年的学习生活和冒险故事。第七本描写的是哈利·波特在校外寻找降服伏地魔的魂器并消灭伏地魔的故事。该系列小说被翻译成67种语言,所有版本的总销售量逾5亿本(截至2008年),名列世界上最畅销小说之列。这些系列小说曲折地体现了20世纪末21世纪初期科技的高度发展与人的欲望、渴望达成的情怀。

美国作家丹·布朗创作的作品影响也非常广泛。

二、通俗文学的基本特征

所谓"通俗文学",是与纯文学相对而言的,是从读者接受的角度来确定其内涵的。主要指那些适合一般大众的欣赏水平和需要,容易让大众理解和接受的文学作品。换言之,这一文学必须适合普通人的爱好、趣味和教育程度等。因此,国外有人称其为"亚文化现象"。

1. 通俗文学的首要特征是通俗性或曰大众性。

这一文学是以全社会的普通大众(不是特指的某些群众)为对象,并根据他们的口味和接受能力而创作的文学。具体来说,是适应普通大众的爱好趣味、欣赏水平和教育程度而出现的。这就决定了它也是以普通大众所能接受的艺术方法而创作的文学,同时又必须是深受他们欢迎的文学,因此具有广泛的大众性。这样,像纯文学那种注重作品的社会功能、故事情节背后的哲理化反思以及艺术技巧的创新与多变等特点,对通俗文学而言,就不大适用。长期以来,在纯文学作品中,人们反对描写过于直白,思想情绪过于外露,主张含蓄、深沉。这些被艺术批评家们常常加以肯定和称道的东西,往往被通俗文学作家们弃如敝屣。他们写作时所考虑的只是如何能满足大众的口味。换言之,是大众的接受与欣赏水平指挥着通俗作家应该写什么和怎么写。而评价一部通俗文学作品成功与否,主要取决于该作品被群众欢迎的程度如何。20 世纪西方社会通俗文学所表现的主要是现代社会的各种人们极为关心的事情及现代普通人的命运。例如,科技发展对人类的威胁、黑社会、环境污染、核战争以及各种生存竞争等。由于通俗文学作品所描写的都是贴近人们生活的现实题材,关心的是当代生活的热点问题,表现的是现代普通大众的思想感情,因此读起来很容易在普通大众的心理上和精神上产生共鸣。

2. 从作品要达到的目的看,通俗文学的另一特征是娱乐性或曰消遣性。

与纯文学过于强调文学艺术的教育和美育作用不同,它是以满足大众的娱乐消遣要求为第一宗旨的,是以让普通大众通过阅读这类作品来度过空闲时间和以消闲解闷为首要目的的。很难说人们能在有些内容离奇的通俗文学作品中得到什么美学启迪,但这并不妨碍众多人去抢读它。究其原因,恐怕正是这些作品中离奇的枪战格斗、恐怖的暴力凶杀、缠绵的男欢女爱适应了一般人那种追求娱乐的消遣心理。特别是在某种不快的经历后,或在为消除紧张工作后的疲劳以及为平复情感上的创伤等的时候,通俗文学更具有纯文学难以取代的作用。例如,20 世纪初,英国作家柯南·道尔的福尔摩斯探案故事,就在充满战争和经济危机的年代里,以其惊险曲折的情节使某些人沉湎于其中而暂时忘却了社会矛盾,无形中缓解了人们日常的忧虑和疑惧,因而得以广泛流传。当然,我们说通俗文学作品的目的主要在于娱乐消遣,但并不排斥其“劝世”和“警世”的作用。特别是有些优秀的通俗文学作品,往往把让人长几分见识、多几分警惕当成追求的目标,这在西方通俗文学中也不乏先例。

3. 从作品的美学特征看,通俗文学所追求的是新奇性和刺激性。

所谓“新奇”,主要是指作品所描写的内容让人感到新鲜特别,奇异有趣;所谓“刺激”,即作品主要目的是作用于读者的感官和心灵,使读者感到有趣和激动。纵观众多的西方通俗文学作品,其题材和内容无不具有新、奇、逗、险的特色,作品所描写的事件本身就容易满足一些读者的猎奇心理。所以,与纯文学创作不同,通俗文学作家特别看中的是生活中奇异的事情、独特的风情和超凡的人物。在艺术表现上,为了满足新奇性和刺激性的要求,结构的完整性、情节发展的生动性和悬念性与语言表达的平白性在这一文学创作中占有突出地位。通俗文学的结构具有一定的模式，它们往往有稳定的故事框架，注重细节展示和细腻描写。这些情节要素和故事框架反映了读者群的某些心理期待。例如，一般通俗文学中的悬念、言情、恐怖，常是不可缺少的要素，无此不足以吸引一般的读者。所以作者往往在叙述一些紧张事件的同时加上一些恋爱花絮，好像做菜要放盐一样。这些看来简单的东西背后，实际上反映了人们心理深层的某些需要。情节吸引人是通俗文学的另一个重要特点。它不像某些现代派小说那样淡化情节，时空倒错，而是以紧张的悬念、耸人听闻的事件、刺激性的场景、恐怖神秘的氛围牢牢地抓住读者，满足读者的好奇心和寻求刺激的心理，以求放松日常激烈竞争生活中绷得太紧的神经。采取直白通俗的语言是通俗文学的语言特点，这类作品修辞上很少用象征、寓意等手法，情节、对话、动作都是日常生活中人们熟悉惯用的表达方式。尽管难免有时会粗糙世俗一些，有些描述显得过于直露而不够含蓄高雅。但也正因为如此，通俗文学才能更贴近生活和吸引各类读者。由于通俗文学语言直白、情节生动、对话精彩、动作丰富，光看文本已令人身临其境，改编成影视作品非常容易吸引观众，这也是通俗小说影响越来越大的一个重要原因。由于通俗文学这种欣赏的可视性，通过影视传媒进一步扩大了它的阵地，反过来又促进了影视文学的发展，形成了一种良性互动的关系。这样，新奇的内容加上丝丝入扣、悬念丛生、异峰迭起的布局，通俗文学的可读性往往超过某些纯文学作品。例如，英国小说家阿加莎·克里斯蒂的侦探小说，很难说触及了战后什么根本问题，作者对人物塑造也很少有什么兴趣。但东方快车上的谋杀、尼罗河边的惨案等题材，本身就具有引人入胜的力量；加之作家构思新奇，遍布疑阵，期间又夹杂着神秘恐怖气氛，凡此种种，使她的小说成为世界上受到普遍欢迎的通俗文学作品。

三、通俗文学的基本评价

当代西方通俗文学蓬勃发展并且影响日益扩大，面对这一不争的事实，我们既不能视而不见，又不能全盘照收。像任何事物一样，通俗文学的自身必然存在着良莠不齐、优劣不等的问题。但有一点可以肯定，经过实践反复证明并受到多数读者推崇和喜爱的作品，一定有其存在的理由。

我们从这些作品中首先受益的是能够从一个侧面认识当今西方社会。这正如钱锺书先生所说："理解当前的西方社会，通俗流行的作品常常是较好的指南。"①著名的通俗文学作品常常从大众的角度涉及重大的社会问题，关心人类命运和发展。例如，科技发展带来的灾难、物质生产过剩的后果、生态环境的破

① 钱锺书：《新年贺词》，见《译林·外国文学》1988 年第 1 期，第 4 页。

坏、黑社会毒瘤、战争威胁以及大众的情感欲望等。读这些作品能够从一个纯文学所没有的视角来让人们了解世界正在发生什么,大众正在关心什么。

由于通俗文学作家中许多都是各类专业人士,具有相当的专业水平,所以通俗文学作品往往具有较强的专业性和技术性知识。例如,科幻小说的作者很多是有名的科学家,他们的作品有些确实给了发明家们有益的启示;写医学小说的作家一般都学过医或对医学界的内幕较为熟悉;法律小说的成功者很多不仅学法律出身,而且有的作家曾经从事过相当长时间的律师工作;还有的间谍、侦探小说家自己就曾当过间谍或侦探;其他诸如政治家、金融家、企业家等,当他们论及本行时无疑都是专家。

除了内容上的认识价值以外,通俗文学吸引读者的最重要之处在于它艺术上的成功。它制造出各种生动惊险的情节、神秘恐怖的氛围、令人牵肠挂肚的悬念等,其实都是当代西方社会最本质的特征——竞争——的反映。结果,人性中的丑恶、病态、畸形的东西,成了作家描述的对象和读者审美的对象。此外,许多通俗文学作品通过少数人与庞大的社会机构集团的抗衡,或与超自然力量的较量,反映资本主义社会对少数智慧、有力量人物的崇拜,显示出当今西方社会普通大众期待着敢于与恶势力抗争的超自然、超社会的英雄出现的心理。

通俗文学的娱乐性、消遣性也有积极的作用。随着物质生产的巨大进步,现代生活对普通大众的精神和肉体均形成了巨大压力,甚至中产阶级尽管衣食无忧,但生活的空虚单调也令人窒息。通俗文学从一定程度上能够使人们从强烈刺激中得到暂时缓解和放松。

但是,我们也要看到通俗文学的不足。法兰克福学派的马尔库塞认为,大众文化的特征之一就是大量地呈现毫无思想的闲暇活动,是一种层次较低的亚文化。西方通俗文学毕竟缺乏纯文学的那种使命感和对人类面临重大问题的深度反思,常常为读者提供一种快餐式的资本主义社会生活场景。再者,其写作过程和作品本身的商业化、商品气息过于浓厚,艺术水准参差不齐。特别是20世纪的很多通俗文学作品对色情和暴力常常做过分的渲染,以适应大众的生活趣味,这些都是要引起读者注意的。

第二节　丹·布朗与《达·芬奇密码》

一、生平与创作

丹·布朗(1964—　)出生于美国新罕布什尔州的艾斯特镇,美国畅销书作家。父亲是大学数学教授,母亲是宗教音乐家,而妻子布莱思则是艺术史学家兼画家,家庭环境为他的创作提供得天独厚的条件。布朗在全心投入写作事业之前，曾拿到西班牙语和英语双学位，在短暂涉足音乐界之后，一度还曾担任过利普·埃克塞特学院英文老师。

1996 年，丹·布朗辞去教职，全心投入写作。出于对从事密码破译工作的秘密政府机关的兴趣，他于 1998 年出版了《数字城堡》，作品以美国国家安全局为背景，探究了公民隐私和国家安全之间的矛盾与界限。随着高科技进入人们的日常生活，公众要捍卫自己的隐私变得格外困难，小说正是传达了这样的忧虑和恐惧。2000 年出版的小说《天使与魔鬼》则以瑞士一个物理实验室和梵蒂冈城为背景，牵扯到一个古老组织光照派与罗马天主教会之间的冲突，是一部描写科学与宗教之间矛盾的惊悚小说，表达了对信仰丧失和科学万能论的担忧。2001 年出版的《骗局》涵盖了多个学科和畅销小说的各种要素，可惜“生不逢时”，尤其涉及政府机关和总统竞选腐败问题，这在“9·11 事件”激起美国人无比热忱的爱国心之后，显得不合时宜。

丹·布朗的前三部小说销量平平，每部小说初版大约仅万余册左右。而 2003 年第四部小说《达·芬奇密码》出版后，随即登上《纽约时报》畅销书排行榜第一名，现已是有史以来最畅销的小说之一，丹·布朗借此一跃而成畅销作家中的黑马。此后推出的《失落的秘符》（2009）与《地狱》（2013），仍是密码学结合科技、宗教、艺术的惊悚悬疑小说风格，带领读者一起紧张刺激地探索隐藏的历史、神秘的符号、飘忽的真相与惊天的秘密。除了丰富的知识和惊险的故事，丹·布朗的几部小说一方面传递了对当下社会的科学、宗教、政治和国家安全困境的深切焦虑和关怀，如科学与信仰的冲突，国家安全与个人隐私之间的矛盾，政治道德、国家安全与高科技之间的矛盾，将大量当代危机问题有机地引入作品之中；另一方面，集谋杀、恐怖、侦探、悬疑、言情等各种通俗小说因素于一身，还融密码学、符号学、数学、绘画等各种文化符号和当代高新科技于一体，诸多方面的知识巧妙地运用到高潮迭起的情节里面，从多种角度满足了不同人群的阅读期待。

二、《达·芬奇密码》分析

内容介绍　这是个完全虚构的故事：索菲·奈芙的祖父雅克·索尼埃的公开身份是卢浮宫的馆长，其实他是郇山隐修会的大师（秘密首领）。岣山隐修会是一个成立于 1099 年的秘密组织，西方历史上诸多伟人，如蒲伯、牛顿、波提切利、达·芬奇以及维克多·雨果等都曾任不同时代的郇山隐修会的大师。郇山隐修会长久以来一直保守着基督教史上一个重大秘密的证据，即耶稣是所罗门王的后裔，曾经有过妻子，这个妻子就是《圣经·新约》中提到的抹大拉的玛利亚。而耶稣遇难时，抹大拉的玛利亚已经有孕在身，他们的后代血脉一直延续至今。按此逻辑，耶稣教义中就包含着女性崇拜。但当时的罗马教会为树立其绝对的父权制的统治，自公元 1 世纪起就刻意抹杀和隐藏这个事实，并通过编造《创世记》中的亚当、夏娃神话等手段彻底终结了基督教中的女神信仰，而且还通过各种手段清除和追杀其后人。而天主教中的“天主事工会”就是一个现代的严格执行古代罗马教会规则、偏执地维护基督教男权崇拜信仰的激进组织。按照郇山隐修会创始者们的约定，在“千禧年”即将到来之际，他们将要向世人公布这一秘密的证据。而承担着公布这个秘密使命的“大师”雅克·索尼埃却在公布这些证据之前犹豫了：他认为公布这些证据将会造成基督教世界的大分裂和摧毁整个现有的教会系统。“天主事工会”的“导师”雷·提彬爵士（他的公开身份是英国皇家史学家，圣杯学者）知道这个消息后，利用“天主事工会”与罗马教廷的矛盾，执意要把这个秘密的证据公布出来，以便给罗马教廷带来混乱和打击，造成教廷的危机。这样，当他得知了雅克·索尼埃不想公布这些证据之后，就派人杀害了他，目的是要利用警察的破案来使证据大白于天下。没想到正在巴黎出差的哈佛大学符号学教授罗伯特·兰登的出现，使他的计划落空了。兰登午夜被中央司法警察局的侦探叫到了案发现场。到现场后，他发现雅克·索尼埃在人生的最后时刻，把自己全身的衣服剥去，将自己的身体摆成达·芬奇名画《维特鲁威人》的样子，并用手蘸自己的鲜血在腹部画了一个五芒星，还在身旁写下了几行谜一样的数字和文字：

13—3—2—21—1—1—8—5

O, Draconian devil!

O, Lame Saint!

P. S. Find Robert Langdon.

由于雅克·索尼埃临死前留下最后一行文字是“P. S. Find Robert Langdon”，即“索菲公主请找到罗伯特·兰登”，兰登被请到卢浮宫凶案现场。其实这是中央司法警察局的探长贝祖·法希设下的圈套，因为他怀疑兰登就是杀人犯，想通过发现兰登的言语破绽以便将其捉拿归案。危急之时，索尼埃的外孙女、颇有天分的密码破译专家索菲·奈芙也赶到现场，并声称自己破译了第一行的数字密码，原来它是一串“斐波那契”密码序列——索尼埃通过这种留下谜题的方式，向因一场误会造成多年未曾联系、同时又在密码破译部门工作的孙女传达自己的死讯。她还假借让兰登接听美国大使馆电话的方法告知其所面临的锒铛入狱危险。此后，二人联手开始破译密码。在对诸多奇形怪状的符号及密码进行整理破译的过程中，他们发现将“O, Draconian devil! O, Lame Saint!”字母打乱重新排列，可以一字不差地拼成“Leonardo da Vinci”（列昂那多·达·芬奇！）和“The Mona Lisa!”（蒙娜丽莎！）这样，他们知道，有关雅克·索尼埃死因的线索一定就隐藏在达·芬奇的绘画艺术作品当中。此后，他们经过一系列艰难的对达·芬奇作品以及各种物件所隐藏的密码的破译工作，依据随之而来的各种提示，足迹遍布巴黎、伦敦等诸多地方，逐步了解了被郇山隐修会十几代大师隐藏了千余年的“秘密”（抹大拉的玛利亚就是“圣杯”）的内容。接下来是寻找这些秘密的证据（即自古传下来能够证明这一秘密的文件）。在兰登和索菲破译密码、追求真相的同时，提彬爵士则设计了很多阴谋，以图抢先拿到这批证据并予以公布。他一方面派出患有白化病的天主教的坚定献身者赛拉斯去追杀兰登和索菲（他也是杀害雅克·索尼埃的凶手），另一方面他自己则以朋友的身份不断给予二人“帮助”；他还利用“天主事工会”的主教阿林加洛沙对他的信任，鼓动他去罗马与教廷摊牌，试图让教廷成为和峋山隐修会公开对峙的一方。他也利用探长贝祖·法希急于破案的心理对其进行误导，有意把水搅浑。还指使自己的仆人雷米设下计谋，引诱兰登和索菲陷入险境，同时当事情败露后，又设计杀掉了他。在经历了多次被跟踪、陷害、追杀的事件后，兰登和索菲凭借自己的智慧和丰富的学识，历经千难万险，终于在罗斯林教堂找到了雅克·索尼埃的遗孀（她是知道这些秘密证据藏身地点的最后知情人），但却被告知，尽管她知道所藏地点，但她绝不会告诉他们以及任何人。她也告诉二人，郇山隐修会绝无意图在任何预定时间公开“圣杯”的秘密及其证据。因为公开了这些秘密，将导致基督教世界的分裂和各种纷争。同样，她还认为就算这些秘密被公开了，那么在今天这种公开也已经没意义了——因为现在的世界正呈现出圣杯的真正本性及其精神力量。她还对索菲·奈芙说明了她的真实血统。原来她就是耶稣和抹大拉的玛利亚的硕果仅存的后裔之一，小时候祖父戏称她为“公主”，并非是玩笑。再说“天主事工会”方面，由于杀人的行为败露，赛拉斯在逃避警方追捕中意外地射杀了自己的恩人阿林加洛沙主教，自己也被警察射伤。阿林加洛沙主教在临死前，明白自己受了提彬爵士的欺骗，幡然醒悟，托请探长贝祖·法希将自己公文包里的息票债券转交给被赛拉斯杀害的郇山隐修会领袖们的家属，作为良心上的补偿；并告诉了赛拉斯被骗的真相，让他忏悔赎罪。赛拉斯受伤后逃到了一个公园，鲜血不断流出，死亡即将来临，最后他在忏悔的祷告中慢慢地合上了眼睛。提彬爵士铤而走险，绑架了兰登和索菲，但最后被兰登制服，贝祖·法希带领警察将他逮捕。

当一切事情都已结束，兰登和索菲这对恋人再次来到卢浮宫参观的时候，豁然间，他们见到的场景使他们理解了真正的“圣杯”和理解了真正的“达·芬奇密码”。

人物形象 小说中主要人物罗伯特·兰登，作为哈佛大学著名宗教符号学教授，最鲜明的特点就是学识渊博、善于思考。

从作品中可以看到，他的知识极其渊博。他不仅是密码学、符号学界的翘楚，对这个专业所涉及的各种密码、字谜、塔罗牌、女神、巫术、占星术、秘密仪式领域有极深的造诣，而且他还具有非常广博而丰富的历史、宗教、绘画、建筑、数学、考古、人体解剖等多方面的才能。例如小说中描写兰登给学生讲解 PHI 时说:“没有人比达·芬奇更了解人体的精妙结构。实际上,达·芬奇曾挖掘出人的尸体来测量人体骨骼结构的确切比例,他是宣称人体的结构比例完全符合黄金分割率的第一人。量一下你肩膀到指尖的距离,然后用它除以肘关节到指尖的距离,又得到了 PHI。用臀部到地面的距离除以膝盖到地面的距离,又可以得到 PHI。再看看手指关节、脚趾、脊柱的分节,你都可以从中得到 PHI。朋友们,我们每个人都是离不开黄金分割的生物。”对这样复杂的问题,他寥寥数语就讲得明明白白。

不仅知识渊博,他还极为善于思考。作品中说“他是个有思考能力的英雄,不停探索、坚持解开谜团”。与以往的侦探小说中的侦探相比,他的目的不是捉住罪犯,而是要搞清和解决文化上的难题。所以,在小说中,他不像柯南·道尔笔下的福尔摩斯那样对案件本身的蛛丝马迹有超强的敏感,也没有像阿加莎·克里斯蒂笔下的大侦探波洛那样执著于对案件的清醒洞察,更没有像有些当代作家笔下的侦探那样能文能武,武功高强,能亲自破案,并可以用自己高强的武功或行动能力亲手将罪犯逮捕归案、绳之以法。兰登不是在破案,也不关注雅克·索尼埃被杀是何人所为,他要运用自己丰富的符号学知识通过精密深入的思考去破解符号本身的难题,利用自己所熟悉的科学知识与宗教学识,带领读者穿过历史迷雾,找到破解文化困境的方法。

可以说,这个形象是作者塑造的一个具有超强文化积淀的理想化学者。从这个形象身上可以看到当代人崇尚知识、崇尚智慧的时代特征。

思想意义 《达·芬奇密码》的主要价值在于,这部小说提出了如何对待当代文化冲突以及提出了如何解决这种冲突的途径。

1. 小说通过一个精心虚构、貌似真实的故事,揭示了不同教派之间尖锐的文化冲突。

在小说中,读者可以看到,作者精心设置了文化上处于针锋相对的两个集团或曰载体。一个是郇山隐修会,另一个是“天主事工会”。小说中描写的郇山隐修会,一直尊崇被基督教传统所压抑的、历史更为悠久的女神宗教的信仰和观念。他们是以抹大拉的玛利亚为核心,以守护耶稣血脉为重任的地下教会,一直都维持着自己的信仰与圣婚仪式,并且试图有一天能够把这个秘密公之于世,把千百年来被篡改的基督教历史改正过来。而作为它的对手的“天主事工会”则固守着传统的信条,一心维持耶稣的神性和基督教的男性崇拜,认为郇山隐修会的说法是异端。倘若这个秘密公开,那将是一场灾难,不可避免地会造成基督教世界的分裂。为了保住原有的信条,“天主事工会”甚至不惜采用极端的方式——杀掉对手,甚至杀掉知情者。从小说中的很多情节来看,两个教派的冲突已经到了白热化的你死我活的程度。

作品中,作者还通过对一些古老文化意象的不同解释,揭示了这种矛盾的不可调和。例如,小说中出现的“圣杯”意象,在郇山隐修会的人看来,“圣杯”是个倒三角的符号“▽”,这其实也就是女性的隐喻。而“天主事工会”则绝不认同这个说法。因此,在小说中作者借兰登之口指出了千百年来关于寻找圣杯故事的不同解释,本质上不过是基督教到底是男性崇拜还是女性崇拜斗争的具体表现,小说中明确指出:“圣杯代表着失落的女神。关于骑士们寻找圣杯的传说实际上是关于寻找圣女的故事。那些宣称寻找圣杯的骑士是以此来掩盖真相,以免受到罗马教廷的迫害。当时的教廷欺压妇女,驱逐女神,烧死不信奉基督教的人,而且还禁止异教徒崇拜圣女。”换言之,在“天主事工会”的人看来,自古以来所寻找的“圣杯”不过是那只曾盛过耶稣被钉在十字架时流下的鲜血的杯子。《达·芬奇密码》中这种矛盾冲突的“意象”比较典型的还有“五芒星”“五瓣玫瑰”等符号。在郇山隐修会的人眼中,这些不同历史时期出现的符号,都和女性崇拜有着密切关系。例如,“五芒星”第一次出现在被谋杀的雅克·索尼埃尸体旁边时,兰登指出它是一种异教符号,代表女性崇拜,是爱与美的女神维纳斯的化身。而“天主事工会”则认为“五芒星”与魔鬼崇拜有关系。两者的争议表面上是不同角度下对符号的解释,实则是两个教派之间的尖锐矛盾。

作者这样描写,当然不是为了提出基督教到底是女性崇拜还是男性崇拜的问题,因为这个问题本来就是个假问题,是小说家言,不足为信。但它却隐含着当代文化冲突的信息密码。我们知道,所谓的文化冲突,本质上是不同的思维出发点和思维方式之间的冲突(这如作品中两个教派团体之间的冲突一样)。而在20世纪末,世界性的不同文化间的冲突越演越烈。甚至文化间的这种冲突,已经成了世界各地频繁爆发战争的缘由。换言之,文化冲突已经发展成为全世界范围内的经常性和普遍性现象。因此,作者这样描写,其实在客观上就应和了当前文化冲突和文明冲突的现实,指出了文化冲突的后果。因此,我们也可以将《达·芬奇密码》,看成是丹·布朗精心建构的一个当代文化冲突寓言。

作者也通过提彬爵士的一系列所作所为,揭示了构成文化冲突的真正原因。私心作祟所导致的宗教般的狂热在作者看来才是导致文化冲突的主要原因。提彬爵士本来是“天主事工会”的“导师”,理应说,他应该全力去阻止郇山隐修会所隐藏的秘密外泄。但他却恨不得尽快地这个秘密泄露出来,甚至派人去杀害不想泄露这个秘密的敌手,以便借助警探之手使这个秘密公之于世。为什么会有这样不合情理的反常行为?小说中揭示的原因就是私心导致了他的疯狂,正因为他疯狂地坚持耶稣是人不是神,坚持耶稣有后代的理论,并且疯狂地要公布这一惊世骇俗的理论,他才设计了一系列的阴谋。为了满足自己的私心和狂热,他既利用教廷,也利用兰登。利用教廷是要逼迫那些保护索菲的人说出真相;利用兰登是要找到证据。可以说他是一个疯狂的不负责任的学者,是一个为了满足私心而走向偏执疯狂的人。作者通过这个形象也暗示,文化冲突虽然有立场和角度不同的差异,但也未必就能造成冲突,而真正引起冲突的仍然是某些人的野心以及由此带来的疯狂。

2.《达·芬奇密码》也指出了文化和解的出路。

如果说,小说前面的内容主要凸显了不同教派之间,男性的宗教传统与女性的宗教传统之间的矛盾和斗争的话,小说并没有就此而止步,而是进一步探讨了不同的文化教派、文化观点如何相互理解、相互宽容和相互融合的问题,体现了作家所主张的"文化和谐"的思想。"达·芬奇密码"中的"秘密"究竟是什么?通读小说后我们知道,这并非是作者一再故弄玄虚的基督教早期被压抑的"女性崇拜"的真相,也不是各种具体密码所包含的"圣杯"的隐藏之所。在小说"尾声"部分,真正的"密码"出现了——这密码就是"人类文化应该和谐相处"。作品通过兰登和索菲到卢浮宫参观的情节,为读者揭示了"达·芬奇密码"的这个真谛。在参观中,他们通过细致地观察,一是发现了卢浮宫建筑具有双重象征:一方面这里是"大师杰作掩映中相拥而眠"之所,是收藏达·芬奇《蒙娜丽莎》等名画的所在;另一方面这里也收藏有大量的天主教艺术品,收藏着各种其他不同民族、不同宗教所创造的大量艺术精品——这说明多种文化本来就能够和谐相处,也应该和谐相处在一起——它们都是人类共同的文化遗产。卢浮宫是各种不同人类文化遗产的和谐寄居之所。小说在结尾处还用极具象征性和符号性的手法,给了这一密码的内涵更加形象性的具体展示:兰登和索菲在地下大厅突然注意到,卢浮宫新建的玻璃金字塔的地下部分是个三角形下垂体,呈现为倒立的圣杯状,即在其地下部分实则有着一个倒立的三角形"▽"。"他们来到通道尽头,走进一间巨大的地下室。就在眼前,倒立的金字塔闪着光芒,从上面垂下来——那是一个V字形的大得惊人的玻璃杯轮廓。圣杯!兰登从上而下,顺着逐渐变小的圣杯望过去,看到它的底部,圣杯尖离地面只有6英尺高。而在圣杯尖的下方也矗立着一个小型建筑,那是一个微型金字塔。"它的塔尖呈正三角形"△"状,与上面那个垂下来的三角形塔尖顶相对。"这座小小的建筑物从地底下凸出来,仿佛是冰山上的一角——是一个巨大的金字塔形拱顶的顶部,它绝大部分淹没在下面,就像是一个隐秘的房间。"假如把这两个三角形符号重叠,于是就出现了"大卫之星"的符号:

✡

这是个既独立存在又两者合一的符号象征,分则独立,合则一体,两个部分只有合在一起,才构成一个完整的、和谐的整体。作者这样写作的目的,其实就是告诉人们,"天主事工会"有其自己的男性崇拜传统,而郇山隐修会则有自己的女性崇拜传统。这两者虽然有区别,表面上完全对立,但其实又都是一种文化——基督教文化——的不同侧面。它们只有结合在一起,才构成类似"大卫之星"的完整价值。所以,任何文化都不能仅仅强调自己的价值而忽略对方的价值单独存在,只有和谐相处,宽容互补,才能推动文化的前进。因此,"文化和谐"——就是"达·芬奇密码"的真正含义。作品用此告诉读者,在今天文化冲突日趋激烈的时候,要尊重文化传统的多样性,要有宽容精神。任何文化都不能因自己的一己之私而否定其他文化。

艺术特色 文化悬疑小说《达·芬奇密码》之所以能风靡全球,在于作家为其作品注入了全新的创作理念。具体有以下几个方面的特色。

1. 打破了严肃小说与通俗小说的界限,既有通俗小说的叙事模式,又有后现代小说的叙事技巧。

从故事的内容和情节的安排上看,丹·布朗沿用了古典侦探小说的模式,以一件离奇的谋杀案为楔子。在《达·芬奇密码》中,老馆长雅克·索尼埃留下了一串匪夷所思的线索,兰登和索菲一直在推理、解谜,而解谜的过程又是悬念丛生的过程,糅合了谋杀、恐怖、侦探、悬疑、言情等常规的畅销书要素于一身,这使得小说能适合普通读者的品位,刺激、紧张之外又耐人寻味。美国纽约书评家珍妮·麦斯琳充满赞赏地说:"自从《哈利·波特》出版以来,还没有哪个小说作者像丹·布朗这样罪大恶极地用跌宕起伏的故事情节令读者喘不过气来,用一个又一个圈套哄得读者晕头转向。"借用了通俗文学传统的叙述模式之后,丹·布朗又不止于此,他灵活而又创造性地运用多种后现代小说的叙事技巧,如反体裁、迷宫手法、反传统、颠覆及改造的运用等技巧,但又摒弃了一般后现代试验小说令人难以卒读、晦涩难懂的痼疾。整部小说就像一个精巧的迷宫,由卢浮宫、维莱特庄园、威斯敏斯特教堂、罗斯林教堂,以及各种奇形怪状的符号在现实和象征之中交织形成。

2. 用亦真亦幻的笔法展现了严肃的文化内涵。

《达·芬奇密码》的成功,与它本身明显的文化特性不无关系,丹·布朗试图探讨女性是如何在历史进程和基督教文化发展中丧失了她们最初所代表的精神力量的。因此,小说充斥着各种文化符号,如达·芬奇的绘画、"斐波那契"密码序列、五步抑扬格、死海古卷、圣杯、圣婚、"天主事工会"、郇山隐修会,以及大量隐喻和象征的手法等,涵盖了艺术、数学、文学、社会学以及宗教等各个领域,使得小说的品位大大提高。更有趣的是,《达·芬奇的密码》中故事发生的地点,从巴黎的卢浮宫到伦敦的西敏寺,从里茨酒店到苏比教堂,从圣叙尔皮斯教堂到香榭丽舍大街,几乎都是真实的。同样像郇山隐修会以及"天主事工会"这样的社会组织,也并非作者的杜撰;各路人所普遍关注的那些有争议的问题也具有一定的根据。例如作者煞有介事地在"写在前面"里强调,"本书中所有关于艺术品、建筑、文献和秘密仪式的描述都准确无误",似乎是要使读者更为相信他所谓的历史秘密的真实性。小说中所列出的秘密组织郇山隐修会的历任长老和大师的名单,也都是历史上赫赫有名的艺术家、科学家、政治家、学者以及诗人。但问题是故事发生的地点虽然都是极其真实的,他所描写的事件却毫无历史事实依据。即便是最耐人寻味的对达·芬奇的《蒙娜丽莎》《达·芬奇自画像》以及《最后的晚餐》作品的解读也显得匪夷所思;对《最后的晚餐》的诠释更是颠覆了传统观念,认为画中人物并非是十三个男性,而是十二个男人和一个女人,这些都是作者通过想象杜撰的。甚至耶稣基督,也被丹·布朗从“神”还原为“人”,并声称他结了婚,留下了后代。而耶稣的妻子,就是被他救赎的抹大拉的玛利亚。应该说,这种借用真实地点、历史人物和文化器物并在此基础上进行虚构故事的做法,是后现代小说家创作的典型特点。由于作家有意识地模糊真实与想象的界限,不仅集知识性、趣味性于一体,而且亦真亦幻、真假难辨,从而营造出一种虚构的真实。

3.《达·芬奇密码》的文字简约而干练,有着散文诗般的美。

如在小说最后,罗伯特·兰登与索菲·奈芙终因患难与共而萌发了爱情,夜色笼罩着他们并肩而立的悬崖,两个人难分难舍,欲言又止。作家在此有一段景物描写:“她看起来有些失望,但似乎知道他说的没错。很长一段时间,两个人都不说话。终于,索菲探过身子,抓住他的手,带他走出了教堂,来到这座悬崖峭壁上的一块小高地。他们从这里看过去,苏格兰的乡村,正沐浴在从散开的云中泄漏出来的银色月光里。他们就这样一言不发地站着,手牵着手,共同抵御这突如其来的倦意。”整段文字平淡、自然而又清新,情景交融,营造出美不胜收的诗境,为小说平添了浪漫的色彩,恰如春风扑面,暗香浮动。

正如有学者指出的,《达·芬奇密码》受欢迎,反映了读者对小说知识性与趣味性相结合的内在要求,也预示了通俗小说与严肃小说逐渐合流的趋势。这部小说既摆脱了一般通俗小说的创作模式,又摒弃了传统经典文学的某些陈规陋习,成为曲虽高却和者众的雅俗合流的典范。

拓展学习书目

[1] 吴元迈,等.20 世纪外国文学史[M].南京:译林出版社,2013.
[2] 聂珍钊.20 世纪西方文学[M].北京:高等教育出版社,2010.
[3] 郑克鲁.20 世纪外国文学史[M].上海:复旦大学出版社,2007.
[4] 李明滨.二十世纪欧美文学[M].北京:北京大学出版社,2000.
[5] 汪介之.20 世纪欧美文学史[M].南京:南京师范大学出版社,2003.
[6] 刘建军.20 世纪西方文学作品选[M].北京:高等教育出版社,2014.
[7] 朱立元,李均.二十世纪西方文论选[M].北京:高等教育出版社,2002.
[8] 申丹,韩加明,王丽亚.英美小说叙事理论研究[M].北京:北京大学出版社,2005.
[9] 袁可嘉.现代主义文学研究[M].北京:中国社会科学出版社,1989.
[10] 盛宁.人文困惑与反思:西方后现代主义思潮批判[M].北京:生活·读书·新知三联书店,1997.
[11] 陈众议.拉美当代小说流派[M].北京:社会科学文献出版社,1995.
[12] 侯维瑞.现代英国小说史[M].上海:上海外语教育出版社,1985.
[13] 王佐良.英国二十世纪文学史[M].北京:外语教学与研究出版社,1994.
[14] 李志清,卡里纳·特雷维桑.20 世纪法国文学[M].北京:北京大学出版社,2007.
[15] 高中甫,宁瑛.20 世纪德国文学史[M].青岛:青岛出版社,2014.
[16] 杨仁敬.20 世纪美国文学史[M].青岛:青岛出版社,2010.
[17] 李毓榛.20 世纪俄罗斯文学史[M].北京:北京大学出版社,2000.
[18] 杨仁敬.美国后现代派小说论[M].青岛:青岛出版社,2004.
[19] 李维屏.英美现代主义文学概观[M].上海:上海外语教育出版社,1998.
[20] 罗钢,刘象愚.后殖民主义文化理论[M].北京:中国社会科学出版社,1999.
[21] 张京媛.当代女性主义文学批评[M].北京:北京大学出版社,1992.
[22] 贝尔沙尼.法国现代文学史[M].孙恒,肖旻,译.长沙:湖南人民出版社,1989.
[23] 安德烈·莫洛亚.从普鲁斯特到萨特[M].袁树仁,译.桂林:漓江出版社,1987.

[24] 弗莱德里克·R.卡尔.现代与现代主义[M].陈永国,傅景川,译.长春:吉林教育出版社,1995.

[25] 布雷德伯里,麦克法兰.现代主义[M].胡家峦,等,译.上海:上海外语教育出版社,1992.

[26] 弗雷德里克·詹姆逊.文化转向[M].胡亚敏,等,译.北京:中国社会科学出版社,2000.

[27] 阿伦·布洛克.西方人文主义传统[M].董乐山,译.北京:生活·读书·新知三联书店,1997.

[28] 华莱士·马丁.当代叙事学[M].伍晓明,译.北京:北京大学出版社,2005.

[29] 罗伯特·汉弗莱.现代小说中的意识流[M].程爱民,王正文,译.长沙:湖南人民出版社,1987.

[30] R.S.弗内斯.表现主义[M].艾晓明,译.北京:昆仑出版社,1989.

[31] 欣奇利夫.荒诞说[M].刘国彬,译.北京:中国戏剧出版社,1992.

[32] J.L.斯泰恩.现代戏剧理论与实践[M].刘国彬,等,译.北京:中国戏剧出版社,2002.

郑重声明